Von David Baldacci sind die folgenden
BASTEI LÜBBE TASCHENBÜCHER erschienen:

12763 Der Präsident
12976 Das Labyrinth (Total Control)
14348 Die Versuchung
14626 Die Wahrheit

DAVID BALDACCI

Die Verschwörung

Thriller

Aus dem Amerikanischen von
Uwe Anton

BASTEI LÜBBE TASCHENBUCH
Band 26209

Vollständige Taschenbuchausgabe der im Gustav Lübbe Verlag
erschienenen Hardcoverausgabe

Bastei Lübbe Taschenbücher und Gustav Lübbe Verlag
sind Imprints der Verlagsgruppe Lübbe

Übersetzung aus dem Amerikanischen von Uwe Anton
unter Mitarbeit von Ronald M. Hahn

Titel der amerikanischen Originalausgabe: SAVING FAITH
© 1999 by Columbus Rose, Ltd.
Published by arrangement with Warner Books, Inc., New York
© für die deutschsprachige Ausgabe 2000 by
Verlagsgruppe Lübbe GmbH & Co. KG, Bergisch Gladbach
Umschlaggestaltung: Tanja Østlyngen, unter Verwendung eines
Fotos von Image Bank
Satz: hanseatenSatz-bremen, Bremen
Druck und Verarbeitung: Elsnerdruck, Berlin
Printed in Germany, Oktober 2003
ISBN 3-404-26209-3

Sie finden uns im Internet unter
http://www.luebbe.de

Der Preis dieses Bandes versteht sich einschließlich
der gesetzlichen Mehrwertsteuer.

Für meinen Freund
Aaron Priest

DANKSAGUNG

Meiner lieben Freundin Jennifer Steinberg, die eine Fülle von Informationen für mich aufgespürt hat. Aus dir wäre eine großartige Privatdetektivin geworden!

Meiner Frau Michelle, die mir stets die Wahrheit über meine Bücher sagt.

Neal Schiff vom FBI für die ständige Hilfe und Zusammenarbeit bei meinen Romanen.

Mein besonderer Dank gilt FBI-Spezialagent Shawn Henry, der mir großzügig seine Zeit, seine Fachkenntnisse und seinen Enthusiasmus schenkte und mir geholfen hat, ein paar schlimme Schnitzer in der Story zu vermeiden. Deine Kommentare waren ein großer Gewinn für das Buch, Shawn.

Martha Pope für ihr wertvolles Insiderwissen in Sachen Capitol Hill und ihre Geduld mit einem politisch Ahnungslosen. Du wärst eine hervorragende Lehrerin, Martha!

Bobby Rosen, Diane Dewhurst und Marty Paone, die mir von ihren beruflichen Erlebnissen und Erinnerungen erzählt haben.

Tom DePont, Dale Barto und Charles Nelson von der NationsBank für ihre Hilfe bei wirtschaftlichen und steuerrechtlichen Themen.

Joe Duffy, der mir die Entwicklungshilfe der USA und deren Mechanismen erklärt hat, und seiner Frau Anne Wexler, die ihre wertvolle Zeit und ihr Wissen mit mir teilte.

Ganz besonderer Dank gebührt meinem Freund Bob Schule, der mir bei der Entstehung dieses Romans außerordentlich geholfen hat und mir nicht nur faszinierende Einzelheiten über seine lange und außergewöhnliche Karriere in Washington erzählte, sondern auch zahlreiche Freunde und Kollegen ansprach, um mir ein besseres Verständnis für Politik und Lobbyismus zu verschaffen und dafür, wie Washington wirklich funktioniert. Du bist ein wunderbarer Freund und echter Profi, Bob.

Mein Dank gilt weiter dem Abgeordneten Rod Blagojevich (Demokratische Partei, Illinois), der mir Einblicke ins Leben eines Parlamentariers gewährte.

Dem Abgeordneten Tony Hall (Demokratische Partei, Ohio), der mir ein besseres Verständnis für das Elend der Armen dieser Welt vermittelte und dafür, wie dieses Thema in Washington behandelt wird (oder auch nicht).

Meinem guten Freund und Verwandten, dem Abgeordneten John Baldacci (Demokratische Partei, Maine) für seine Hilfe und Unterstützung bei diesem Projekt. Wären in Washington alle so wie John, wäre die Handlung dieses Romans völlig unglaubhaft.

Larry Benoit und Bob Beene für ihre Hilfe in allen Fragen des Lobbyismus und die praktischen Grundlagen der Regierungsarbeit bis zu den letzten Eckchen und Winkeln im Kapitol. Ihnen verdanke ich eine meiner Lieblingsszenen in diesem Roman.

Mark Jordan von Baldino's Lock and Key, der mir erklärt hat, wie Alarmanlagen und Telefonsysteme arbeiten und wie man sie knackt. Mark, du bist der Größte.

Steve Jennings, der wie üblich jedes Wort gelesen und dazu beigetragen hat, den Roman zu verbessern.

Meinen lieben Freunden David und Catherine Broome, die mir die Landschaft North Carolinas gezeigt und mich fortwährend ermutigt und unterstützt haben.

All jenen, die zu diesem Roman beigetragen haben, doch aus einer Vielzahl von Gründen anonym bleiben möchten. Ohne euch hätte ich es nicht geschafft.

Meiner Lektorin und Freundin Frances Jalet-Miller. Ihr Geschick, ihre Ermutigung und freundliche Überzeugungskraft waren genau das, was ein Autor sich von einer Lektorin wünscht. Auf viele weitere gemeinsame Bücher, Francie.

Letztlich, doch keinesfalls an letzter Stelle, danke ich Larry, Maureen, Jamie, Tina, Emi, Jonathan, Karen Torrres, Martha Otis, Jackie Joiner und Jackie Meyer, Bruce Paonessa, Peter Mauceri und allen anderen im Verlag Warner Books. Es brauchte uns *alle*, um es zu schaffen.

Sämtliche genannten Personen haben mir das Wissen und die Hilfe gegeben, diesen Roman zu schreiben. Doch *wie* ich diese Hilfe umgesetzt habe, um in *Die Verschwörung* die Winkelzüge, Gaunereien und ausgemachten Verbrechen unter einen Hut zu bringen und Verschwörer und Kriminelle zu schildern, habe ich allein zu verantworten.

KAPITEL 1

Der große Raum lag tief unter der Erde und war nur durch einen Expressaufzug zu erreichen. Man hatte diesen Raum in den frühen sechziger Jahren als geheimes Projekt erbaut; offiziell waren damals Renovierungsarbeiten an einem Privatgebäude vorgenommen worden, unter dem sich dieser Raum befand – ein »Superbunker«, der ursprünglich als Schutzraum bei einem atomaren Angriff dienen sollte. Der Bunker war jedoch nicht für die oberste Führungsschicht der amerikanischen Regierung bestimmt gewesen, sondern für Personen, die als »zweitrangig« eingestuft wurden und wahrscheinlich nicht in der Lage wären, sich zu retten, denen aber ein höheres Maß an Schutz zugestanden wurde als dem Normalbürger. Selbst bei der völligen Vernichtung musste politisch alles seine Ordnung haben.

Der Bunker war zu einer Zeit erbaut worden, als die Leute es noch für möglich hielten, einen direkten atomaren Treffer zu überleben, sofern sie sich tief unter der Erdoberfläche in einen stählernen Kokon einschlossen. Nachdem der atomare Holocaust den Rest des Landes vernichtet hatte, würden die politisch Verantwortlichen sich aus den Trümmern wühlen, auch wenn es dann nichts mehr gab, für das man noch politische Verantwortung hätte übernehmen können – es sei denn, für verdampfte Materie.

Das ursprüngliche oberirdische Gebäude war längst abgerissen worden, doch der Bunkerraum existierte noch immer. Er befand sich nun unter dem Gebäude eines seit Jahren leer stehenden Supermarkts. Vergessen von der Welt, diente der Bunker inzwischen bestimmten Personen, die für den größten Geheimdienst der USA arbeiteten, als Besprechungsraum. Die Sache war nicht ungefährlich, weil diese Konferenzen nichts mit den offiziellen Pflichten der Teilnehmer zu tun hatten und die Angelegenheiten, die bei den Treffen diskutiert wurden, ungesetzlich waren. An diesem Abend ging es um Mord, sodass man zusätzliche Sicherheitsvorkehrungen getroffen hatte.

Die superdicken Stahlwände waren mit einem Kupfermantel verstärkt. Dieser Mantel sowie Tonnen schallisolierender lockerer Erde zwischen dem Bunker und der Oberfläche boten Schutz vor neugierigen elektronischen Ohren, die im All oder sonst wo lauschen mochten. Niemand kam besonders gern in den unterirdischen Raum; er war unbequem und wirkte ironischerweise sogar auf Männer, die bekanntermaßen Sympathie für Heimlichtuerei empfanden, viel zu übertrieben. Doch die Erde wurde inzwischen von so vielen technisch hochgerüsteten Überwachungssatelliten umkreist, dass kaum ein Gespräch, das an der Oberfläche geführt wurde, vor Lauschern sicher war. Man musste sich schon in der Erde vergraben, um vor seinen Feinden in Sicherheit zu sein. Und wenn es einen Ort gab, an dem Personen sich im begründeten Vertrauen darauf versammeln konnten, dass ihre Gespräche in einer Welt ausgeklügeltster Beobachtungs- und Abhörtechnologie nicht verfolgt werden konnten, dann war es dieser Bunker.

Die Männer, die sich an diesem Tag zu einem ihrer Treffen versammelt hatten, waren ausnahmslos grauhaarige Herren weißer Hautfarbe, von denen die meisten auf die Sechzig zugingen, das bei ihren Arbeitgebern übliche Rentenalter. Unauffällig und sachlich gekleidet, hätten sie Ärzte, Anwälte oder Anlageberater sein können. Es waren durchweg Männer von der Sorte, die man einen Tag, nachdem man ihnen das erste Mal begegnet war, schon wieder vergessen hatte. Anonymität war ihr Handwerkszeug. Bei Menschen wie ihnen hing das Leben – oder ein gewaltsamer Tod – von solchen Feinheiten ab.

Die Mitglieder dieser Clique kannten Tausende von Geheimnissen, die der Öffentlichkeit nie zugänglich gemacht werden konnten, weil sie mit einem Sturm der Empörung auf die Taten reagiert hätte, die für das Entstehen dieser Geheimnisse verantwortlich waren. Doch Amerika verlangte oft nach bestimmten Ergebnissen wirtschaftlicher, politischer, gesellschaftlicher oder anderer Natur, die nur zu erreichen waren, wenn man bestimmte Teile der Welt blutig schlug. Die Aufgabe dieser Männer bestand darin, Mittel und Wege zu finden, wie man so etwas in aller Heimlichkeit anstellte, damit kein schlechtes Licht auf die Vereinigten Staaten fiel und das Land vor den verfluchten internationalen Terroristen und anderen Ausländern geschützt blieb, denen es nicht passte, wenn Amerika die Muskeln spielen ließ.

An diesem Abend hatte man sich im Bunker versammelt, um über die Planung des Mordes an Faith Lockhart zu diskutieren. Technisch gesehen war es der CIA auf Grund einer vom Präsidenten erlassenen Durchführungsverordnung zwar verboten, sich an Mordverschwörungen zu beteiligen, doch diese Männer, die ausnahmslos der CIA angehörten, waren heute Abend nicht als Vertreter des Geheimdienstes anwesend. Es war eine eher private Zusammenkunft, und man war sich nahezu einig darüber, dass die Frau sterben musste, und zwar bald. Ihr Tod war unerlässlich für das Wohlergehen der Vereinigten Staaten. Mochte es nicht einmal der Präsident wissen – die Anwesenden wussten es. Weil es bei dem Mordanschlag jedoch auch um ein zweites Menschenleben ging, waren die Diskussionen erbittert geworden, und die Versammelten erinnerten an Abgeordnete, die sich auf dem Capitol Hill Gefechte um Regierungszuschüsse in Milliardenhöhe lieferten.

»Sie wollen damit also sagen«, meinte einer der Weißhaarigen und stieß einen schlanken Finger in die rauchgeschwängerte Luft, »dass wir zusammen mit der Lockhart auch einen FBI-Agenten töten müssen.« Er schüttelte ungläubig den Kopf. »Warum einen der unseren? Das kann nur zu einer Katastrophe führen.«

Der Mann am Kopfende des Tisches nickte gedankenvoll.

Robert Thornhill war der höchstdekorierte Kalte Krieger der CIA; sein Status beim Geheimdienst war einmalig, sein Ruf makellos und die Liste seiner beruflichen Siege unerreicht. Als stellvertretender Leiter der Operationsabteilung genoss Thornhill die größten Freiheiten und war verantwortlich für den Einsatz der Außenagenten und die geheime Anwerbung ausländischer Spitzel. Die Einsatzleitung der CIA kannte man außerdem inoffiziell als »Spionageladen«. Ihr stellvertretender Leiter war der Öffentlichkeit völlig unbekannt – für Thornhill die perfekte Ausgangslage, bedeutungsvolle Arbeit zu leisten.

Er hatte die Angehörigen der auserlesenen Gruppe, die ebenso wie er über den Zustand der CIA bestürzt waren, selbst zusammengestellt. Er war es auch gewesen, der gewusst hatte, dass der Bunker, diese weitläufige unterirdische Zeitkapsel aus den frühen Sechzigern, immer noch existierte. Und er hatte das Geld aufgetrieben, um den Bunker heimlich wieder auf Vordermann und seine technische Einrichtung auf den neuesten Stand bringen zu lassen. Es gab im ganzen Land Tausende dieser kleinen, von Steuerzahlern finanzierten Spielzeuge, doch viele waren völlig verfallen. Thornhill unterdrückte ein Lächeln. *Tja, was hätte die Regierung noch zu tun, wenn sie nicht das schwer verdiente Geld der Bürger aus dem Fenster werfen könnte?*

Auch jetzt, als seine Hand über die Konsole aus rostfreiem Stahl mit den drolligen Einbau-Aschenbechern fuhr, als er die gefilterte Luft roch und die schützende Kühle der ihn umgebenden Erde spürte, schweiften seine Gedanken für einen Augenblick in die Ära des Kalten Krieges zurück. Damals hatten Hammer und Sichel immerhin ein bestimmtes Maß an Gewissheit bedeutet; der schwerfällige russische Stier war Thornhill lieber als die wendige Sandviper, bei der man erst wusste, ob sie in der Nähe lauerte, wenn sie zubiss und einem ihr Gift in die Adern spritzte. Es gab viele Leute, die sich im Leben nichts sehnlicher wünschten, als die USA in die Knie brechen zu lassen. Es war Thornhills Aufgabe, dafür zu sorgen, dass es nie dazu kam.

Er ließ den Blick in die Runde schweifen und erkannte zufrieden, dass die Hingabe der anderen Anwesenden zu ihrem Land der seinen in nichts nachstand. Thornhill hatte Amerika schon seit früher Kindheit dienen wollen. Sein Vater war beim OSS gewesen, dem Vorläufer der CIA im Zweiten Weltkrieg. Thornhill senior hatte nur wenig von dem verlauten lassen, was er damals getan hatte, doch er hatte dem Sohn die Philosophie eingeimpft, dass es im Leben nichts Größeres gab, als seinem Land zu dienen. Gleich nach dem Studium in Yale war der junge Thornhill zur CIA gegangen. Sein Vater war bis zu seinem Todestag stolz auf ihn gewesen. Und der Sohn war stolz auf den Vater.

Thornhills silbern schimmerndes Haar verlieh ihm eine distinguierte Ausstrahlung. Seine Augen waren grau und lebhaft, sein Kinn energisch, die Stimme tief und kultiviert. Technische Fachausdrücke kamen ihm ebenso leicht und klangvoll über die Lippen wie Gedichte von Longfellow. Er trug noch immer Anzüge mit Weste und rauchte lieber Pfeife als Zigaretten. Der achtundfünfzigjährige Mann hätte seine Zeit bei der CIA in aller Ruhe absitzen und dann das ruhige Leben eines weit gereisten und kultivierten Exstaatsdieners führen können. Doch er hatte nicht vor, sich in aller Stille zu verabschieden. Der Grund dafür war glasklar.

In den letzten zehn Jahren waren die Zuständigkeiten und der Etat der CIA immer mehr beschnitten worden. Es war eine katastrophale Entwicklung; denn die Feuerstürme, die in verschiedenen Teilen der Erde auflorderten, wurden immer häufiger von fanatischen Köpfen entfacht, die man keinem politischen Körper zurechnen konnte und die obendrein die Mittel besaßen, sich Massenvernichtungswaffen anzueignen. Doch während fast allgemein die Ansicht vertreten wurde, Hochtechnologie sei die Antwort auf alle Schlechtigkeiten auf Erden, wusste Thornhill nur zu gut, dass nicht einmal die besten irdischen Satelliten die Gefühlslage der Menschen in den Straßen von Bagdad, Seoul oder Belgrad messen konnten. Kein Computer in der Erdumlaufbahn vermochte die Gedanken der Menschen aufzufangen oder zu erkunden, welche teuflischen Wünsche in ihren Herzen brannten. Deshalb würde Thornhill einen cleveren Außenagenten, der bereit war, sein Leben aufs Spiel zu setzen, jederzeit der besten Technik vorziehen, die man für Geld kaufen konnte.

Er verfügte über eine kleine Gruppe fähiger CIA-Agenten, die ihm und seinen privaten Zielen absolut ergeben waren. Alle hatten hart dafür gearbeitet, der Agency wieder ihre einstige herausragende Stellung zurückzugeben. Und nun hatte Thornhill endlich das Mittel, eben dieses Ziel zu erreichen. Schon bald würde er mächtige Abgeordnete, Senatoren und sogar den Vizepräsidenten in der Hand haben – und genügend hochrangige Bürokraten, um jeden Ratschlag von außen zu ersticken. Man würde das CIA-Budget wieder erhöhen, das Personal aufstocken, und der Geheimdienst würde wieder die Rolle in der Welt spielen, die ihm von Rechts wegen zustand.

Diese Strategie hatte bei J. Edgar Hoover und dem FBI funktioniert. Thornhill hielt es nicht für einen Zufall, dass der Etat und der Einfluss des FBI unter seinem verstorbenen Direktor und dessen angeblichen »Geheimakten« über mächtige Politiker gestiegen waren. Wenn es auf dieser Welt eine Organisation gab, die Robert Thornhill aus tiefstem Herzen hasste, war es das FBI. Er war bereit, jede Taktik anzuwenden, die seinen eigenen Laden wieder in die vorderste Reihe brachte, auch wenn dies bedeutete, seinem erbittertsten Gegner das eine oder andere abzuschauen. *Tja, Ed, ich werde dir zeigen, wie man es noch besser macht.*

Thornhill richtete seine Aufmerksamkeit wieder auf die Männer, die um ihn versammelt waren. »Natürlich wäre es ideal, müssten wir keinen von unseren Leuten umbringen«, sagte er. »Aber es ist nun mal eine Tatsache, dass das FBI Faith Lockhart rund um die Uhr bewacht. Sie ist nur verletzlich, wenn sie zu dem Haus geht. Und da die Möglichkeit besteht, dass sie ohne Ankündigung ins Zeugenschutzprogramm übernommen wird, müssen wir *beide* vor dem Haus erledigen.«

Ein anderer Mann meldete sich zu Wort. »Also gut, beseitigen wir Faith Lockhart – aber lassen Sie um Himmels willen den FBI-Mann am Leben, Bob.«

Thornhill schüttelte den Kopf. »Das Risiko ist zu groß. Ich weiß, es ist erbärmlich, einen Kollegen zu töten. Aber es wäre ein katastrophaler Fehler, uns vor der Pflicht zu drücken. Sie wissen doch, was wir in das Unternehmen investiert haben. Wir dürfen nicht versagen.«

»Verdammt noch mal, Bob«, sagte der Mann, der zuerst protestiert hatte, »wissen Sie, was passiert, wenn das FBI dahinter kommt, dass wir einen ihrer Leute liquidiert haben?«

»Wenn wir nicht mal *das* geheim halten können«, sagte Thornhill mit scharfer Stimme, »haben wir unseren verdammten Beruf verfehlt. Es ist doch nicht das erste Mal, dass Menschenleben geopfert werden müssen.«

Ein anderer Mann beugte sich im Sessel vor. Er war der jüngste Anwesende, hatte sich jedoch durch seine Intelligenz und die Fähigkeit, extreme und gezielte Brutalität anzuwenden, den Respekt der anderen erworben.

»Eigentlich haben wir bisher immer nur den Plan durchgespielt, Lockhart zu beseitigen, um den FBI-Ermittlungen gegen Buchanan zuvorzukommen. Warum wenden wir uns nicht an den FBI-Direktor, dass er seinen Leuten die Anweisung erteilt, die Ermittlungen einzustellen? Dann müsste keiner dran glauben.«

Thornhill maß den jüngeren Kollegen mit einem enttäuschten Blick. »Und wie würden Sie dem FBI-Direktor erklären, welche Gründe uns dazu bewegen?«

»Wie wäre es mit einer leichten Abwandlung der Wahrheit?«, erwiderte der jüngere Mann. »Selbst in der Geheimdienstbranche dürfte für so was hin und wieder Platz sein, oder?«

Thornhill lächelte gutmütig. »Der FBI-Direktor würde uns alle am liebsten auf Dauer in irgendeinem Museum ausstellen. Und seine Nachforschungen, um die es hier geht, könnten sich als Knüller erweisen. Und da soll ich zu ihm gehen und sagen, hören Sie, guter Mann, lassen Sie Ihre Untersuchung bitte einstellen, damit die CIA illegale Mittel anwenden kann, um Ihren Laden zu übertrumpfen? – Genial. Warum bin ich nicht selbst darauf gekommen? Und wo möchten Sie Ihre Gefängnisstrafe absitzen?«

»Du lieber Himmel, Bob, wir arbeiten jetzt mit dem FBI zusammen. Wir leben nicht mehr in den sechziger Jahren. Vergessen Sie nicht das CTC.«

Das CTC war die Zentralstelle für Terrorismusbekämpfung, eine gemeinsame Einrichtung von CIA und FBI mit dem Ziel, durch gegenseitige Bereitstellung von Informationen und Mitteln die Wirksamkeit der Bekämpfung des internationalen Terrorismus zu erhöhen. Das CTC war von den Beteiligten allgemein als Erfolg bewertet worden. Für Thornhill dagegen bot es dem FBI nur eine weitere Möglichkeit, seine gierigen Finger in die Angelegenheiten der CIA zu stecken.

»Zufällig habe auch ich in bescheidenem Maße mit dem CTC zu tun«, sagte er. »Ich halte es für ideal, um das FBI und seine Pläne im Auge zu behalten. Und seine Pläne haben normalerweise nichts Gutes zu bedeuten, sofern sie uns betreffen.«

»Na hören Sie mal, Bob, wir sitzen doch alle im gleichen Boot.«

Thornhill blickte den jüngeren Mann auf eine Weise an, dass alle anderen im Raum erstarrten. »Sagen Sie diese Worte nie wieder in meinem Beisein«, erklärte er.

Der andere Mann erbleichte und sank im Sessel zurück. Thornhill klemmte sich das Mundstück seiner Pfeife zwischen die Zähne. »Soll ich Ihnen konkrete Fälle nennen, in denen das FBI die Lorbeeren für Erfolge eingeheimst hat, die auf unser Konto gehen? Für Ruhmestaten, bei denen unsere Agenten ihr Blut vergossen haben? Soll ich Ihnen sagen, wie oft wir die Welt vor dem Untergang bewahrt haben? Möchten Sie wissen, wie das FBI Ermittlungsergebnisse manipuliert, um als alleiniger Retter dazustehen, damit weitere Gelder in sein ohnehin aufgeblähtes Budget gepumpt werden? Soll ich Ihnen aus meiner sechsunddreißigjährigen Karriere Beispiele dafür nennen, wie das FBI alles daransetzte, die Aufgaben und Erfolge der CIA und ihrer Agenten herabzuwürdigen? Wollen Sie das hören?« Der andere Mann schüttelte langsam den Kopf, während Thornhills bohrender Blick auf ihm ruhte. »Es wäre mir sogar scheißegal, wenn der FBI-Direktor persönlich hier herunterkäme, um mir den Hintern zu küssen und mir unverbrüchliche Treue zu schwören. Auch dann würde sich meine Meinung nicht ändern. Niemals. Habe ich mich klar ausgedrückt?«

»Ich verstehe, was Sie meinen«, antwortete der jüngere Mann, auch wenn es ihn Mühe kostete, nicht verwundert den Kopf zu schütteln. Bis auf Robert Thornhill wusste jeder in diesem Raum, dass CIA und FBI im Grunde gut miteinander auskamen. Obwohl das FBI bei gemeinsamen Operationen allein seiner Größe wegen manchmal schwerfällig vorging, veranstaltete es keine Hexenjagd mit dem Ziel, die CIA in Misskredit zu bringen. Doch die Anwesenden wussten sehr genau, dass Robert Thornhill das FBI für ihren schlimmsten Feind hielt. Außerdem wussten sie, dass Thornhill bereits vor Jahrzehnten eine Vielzahl gerissener, hinterhältiger Morde inszeniert hatte – im Einvernehmen mit der CIA-Führung. Einem solchen Mann kam man besser nicht in die Quere.

»Aber wird das FBI nicht alle Hebel in Bewegung setzen, um die Wahrheit ans Licht zu bringen, wenn wir den Agenten töten?«, wandte ein anderer Kollege ein. »Sie haben die Mittel, eine Politik der verbrannten Erde zu praktizieren. So gut wir auch sind, kräftemäßig ist das FBI uns überlegen. Und wie stehen wir dann da?«

Gemurmel entstand in der Runde. Thornhill ließ den Blick misstrauisch über die Gesichter schweifen. Die versammelten Männer waren unsichere Verbündete, ängstlich, undurchsichtig und seit langem daran gewöhnt, nur sich selbst zu trauen. Es war schon ein Wunder gewesen, sie alle unter einen Hut gebracht zu haben.

»Das FBI wird *alles* tun, den Mord an dem Agenten und der Hauptzeugin eines seiner bisher ehrgeizigsten und bedeutendsten Ermittlungsfälle aufzuklären. Aus diesem Grunde schlage ich vor, dass *wir* dem FBI die Lösung des Falles liefern – eine Lösung, wie *wir* sie für richtig halten.« Die Männer blickten Thornhill neugierig an. Er nippte an seinem Wasserglas; dann stopfte er gemächlich seine Pfeife.

»Nachdem Faith Lockhart unserem Freund Buchanan jahrelang geholfen hat, seinen Laden am Laufen zu halten, hat ihr die Angst, ihr Gewissen oder ihr gesunder Menschenverstand schließlich so sehr zugesetzt, dass sie zum FBI gegangen ist, um alles auszuplaudern, was sie weiß. Dank einer kleinen Vorsichtsmaßnahme meinerseits konnten wir diese Entwicklung voraussehen. Buchanan hat nicht die geringste Ahnung, dass seine Partnerin sich gegen ihn gestellt hat. Er weiß auch nicht, dass wir sie beseitigen wollen. Das wissen nur wir.« Im Stillen beglückwünschte Thornhill sich zu dieser Bemerkung. Sie kam gut an, machte ihn allwissend. Und Allwissenheit gehörte zu seiner Branche.

»Aber beim FBI könnte man auf den Gedanken kommen, dass Buchanan von Lockharts Verrat weiß oder irgendwann davon erfährt. Wenn also für einen außen stehenden Beobachter irgendjemand ein stichhaltiges Motiv hat, Faith Lockhart zu töten, dann ist es Danny Buchanan.«

»Worauf wollen Sie hinaus?«, fragte jemand.

»Ganz einfach«, erwiderte Thornhill knapp. »Wir werden Buchanan nicht erlauben, von der Bildfläche zu verschwinden. Stattdessen geben wir dem FBI den Tipp, Buchanan und seine Kundschaft hätten Lockharts schrägen Zug entdeckt und sie und den Agenten ermorden lassen.«

»Wenn das FBI Buchanan schnappt, wird er doch alles ausplaudern«, erwiderte der andere Mann rasch.

Thornhill schaute ihn an wie ein enttäuschter Lehrer einen Schüler. Im Lauf des letzten Jahres hatte Buchanan ihnen alles geliefert, was sie brauchten. Nun brauchten sie Buchanan nicht mehr.

Langsam dämmerte den Anwesenden, was er meinte. »Wir stecken es dem FBI also *nach* Buchanans Ableben«, sagte ein anderer Mann. »Drei Leichen. – Korrektur: Drei *Morde*.«

Thornhill ließ den Blick durch den Bunkerraum schweifen und musterte schweigend die Gesichter der anderen, um ihre Reaktionen einzuschätzen, was die Änderung seines Plans betraf. Obwohl sie Vorbehalte hatten, einen FBI-Agenten zu ermorden, wusste Thornhill, dass den Männern drei Tote nichts bedeuteten. Sie waren vom alten Schlag und wussten genau, dass solche Opfer manchmal notwendig waren. Ihr Job kostete mitunter andere Menschen das Leben; andererseits hatte ihr Tun bisher einen offenen Krieg vermieden. Drei Menschen zu töten, um drei Millionen zu retten – wer konnte dagegen etwas einwenden? Selbst wenn die Opfer nahezu unschuldig waren. Jeder Soldat, der im Kampf fiel, war unschuldig. Thornhill war der Überzeugung, dass die CIA ihren wahren Wert bei verdeckten Einsätzen beweisen konnte, die in nachrichtendienstlichen Kreisen den eigentümlichen Begriff »dritte Option« trugen, weil sie zwischen Diplomatie und offenem Krieg angesiedelt waren. Allerdings hatten sich gerade bei »dritten Optionen« einige der größten Katastrophen für die CIA ereignet. Doch wer nichts wagt, der nichts gewinnt. Eine passende Inschrift für Thornhills Grabstein.

Er ließ keine förmliche Abstimmung vornehmen. Sie war unnötig.

»Danke, meine Herren, ich werde mich um alles kümmern«, sagte er und beendete die Sitzung.

KAPITEL 2

Das Cottage mit den Holzschindeln stand allein am Ende einer kurzen Schotterstraße mit festgestampfter Fahrbahn, deren unbefestigter Rand von einem Gewirr wuchernder Pflanzen bewachsen war: Löwenzahn, Ampfer und Vogelmiere. Das kleine, baufällige Gebäude stand auf einem ebenen, hektargroßen Stück gerodeten Landes; an drei Seiten befand sich so dichter Wald, dass die Bäume einander bekämpften und versuchten, auf Kosten der Nachbarn Sonnenlicht zu ergattern. Die Feuchtgebiete in der Gegend und Probleme bei der Erschließung hatten dafür gesorgt, dass das achtzig Jahre alte Haus nie Nachbarn gekannt hatte. Der nächste Ort lag etwa fünf Autokilometer entfernt; für diejenigen, die mutig genug waren, sich zu Fuß durch die dichten Wälder zu schlagen, war es weniger als die Hälfte.

In den letzten zwanzig Jahren war das rustikale Cottage meist für improvisierte Teenagerpartys benützt worden, hin und wieder auch von Landstreichern, die sich nach der Bequemlichkeit und relativen Sicherheit von vier Wänden und einem Dach über dem Kopf sehnten, mochte beides noch so löchrig sein. Der jetzige Besitzer hatte die Bruchbude erst vor kurzem geerbt und schließlich beschlossen, sie zu vermieten – mit Erfolg. Der neue Bewohner hatte die Miete sogar für ein Jahr im Voraus bar bezahlt.

An diesem Abend wurde das schenkelhohe Gras vor dem Cottage von einem aufbrisenden Wind niedergedrückt und wieder aufgerichtet. Hinter dem Gebäude schien eine Reihe stämmiger Eichen die Bewegungen des Grases nachzuahmen; sie wiegten sich hin und her. Auch wenn es kaum möglich erschien – bis auf den Wind hörte man keine anderen Geräusche.

Nur eines.

Im Wald, ein paar Hundert Meter hinter dem Cottage, bewegten sich zwei Füße platschend durch ein seichtes Bachbett. Die schmutzige Hose des Mannes und seine durchnässten Stiefel kündeten von den Schwierigkeiten, mit denen er sich im Dunkeln durch das überwucherte Gelände bewegt hatte. Selbst das Licht des zu drei Vierteln vollen Mondes war ihm keine große Hilfe gewesen. Der Mann blieb stehen und wischte seine schlammigen Stiefel am Stumpf eines umgestürzten Baumes ab.

Nach diesem Gewaltmarsch war Lee Adams verschwitzt und durchgefroren zugleich. Er war einundvierzig Jahre alt, einsfünfundachtzig groß und außergewöhnlich kräftig. Er machte regelmäßig Krafttraining, wie man seinem Bizeps und den Rückenmuskeln ansehen konnte. In Lees Beruf war es sehr wichtig, gut in Form zu bleiben. Zwar musste er oft tagelang in Autos sitzen und observieren oder in Bibliotheken und Gerichtsgebäuden Mikrofiche-Aufzeichnungen durchsehen, hin und wieder jedoch kletterte er auf Bäume, schlug Männer zusammen, die größer waren als er, oder kämpfte sich – so wie jetzt – mitten in der Nacht durch Wälder, die von Wasserrinnen durchzogen waren. Ein kleines Extratraining konnte zwar nicht schaden, aber er war keine Zwanzig mehr, und das ließ sein Körper ihn spüren.

Lee hatte dichtes, welliges braunes Haar, das ihm ständig in die Stirn zu hängen schien, ein blitzendes, ansteckendes Lächeln, ausgeprägte Wangenknochen und anziehende blaue Augen, die Frauenherzen von vierzehn Jahren aufwärts höher schlagen ließen. Allerdings hatte er sich in seinem Job so viele Knochenbrüche und andere Verletzungen zugezogen, dass sein Körper ihm viel älter erschien, als er tatsächlich war, was er jeden Morgen beim Aufstehen zu spüren bekam. Abnutzungserscheinungen. Schmerzen. Krebsgeschwulste oder bloß Arthritis, fragte Lee sich manchmal. Was, zum Teufel, spielte es für eine

Rolle? Wenn Gott deine Rückfahrkarte löst, hat er das Recht dazu. Dann ändern auch gesunde Ernährung, Gewichtheben oder Fitnesstraining nichts an seinem Entschluss, dir den Stecker rauszuziehen.

Lee spähte nach vorn. Er konnte das Cottage noch nicht sehen; das Walddickicht war zu dicht. Er fummelte an den Einstellknöpfen des Fotoapparats herum, den er aus seinem Rucksack genommen hatte, und atmete ein paar Mal tief durch.

Lee hatte die Tour zum Haus zwar schon mehrmals gemacht, das Innere des Hauses aber nie betreten. Allerdings hatte er Dinge gesehen – seltsame Dinge. Deswegen war er wieder hergekommen. Es war an der Zeit, mehr über das Geheimnis zu erfahren, das dieser Ort barg.

Als Lee wieder zu Atem gekommen war, marschierte er weiter. Seine einzigen Gefährten waren umherhuschende Wildtiere. Hirsche, Kaninchen, Eichhörnchen und sogar Biber gab es reichlich in diesem noch immer ländlichen Teil des nördlichen Virginia. Während er weiterging, lauschte er dem Flattern fliegender Geschöpfe. Er konnte sich nur huschende, tollwütige Fledermäuse vorstellen, die blind um seinen Kopf herumschwirrten. Und es kam ihm so vor, dass er alle paar Schritte geradewegs in einen Moskitoschwarm geriet. Wenngleich man Lee eine große Summe Bargeld als Vorschuss gezahlt hatte, dachte er ernsthaft darüber nach, seinen Tagessatz bei diesem Auftrag drastisch zu erhöhen.

Als er den Waldrand erreicht hatte, blieb er stehen. Er hatte beträchtliche Erfahrung, Schlupfwinkel zu erkunden und die Aktivitäten und Gewohnheiten anderer Menschen auszuspionieren. Dabei ging man am besten langsam und methodisch vor, wie ein Pilot mit seiner Checkliste. Man musste nur hoffen, dass nichts geschah, das einen zum Improvisieren zwang.

Lees gebrochene Nase war ein bleibendes Ehrenzeichen aus seiner Zeit als Amateurboxer bei der Marine. Damals hatte er seinen jugendlichen Aggressionen Luft gemacht, indem er im Ring mit Gegnern kämpfte, die es mit ihm aufnehmen konnten, was ihr Gewicht und ihr Können betraf. Lees damaliges Waffenarsenal waren Boxhandschuhe, schnelle Fäuste, flinke Beine, gute Reflexe und sehr viel Mumm gewesen. Meist hatte es zum Sieg gereicht.

Nach der Militärzeit war für ihn alles ziemlich gut gelaufen. Obwohl er seit vielen Jahren als Freiberufler arbeitete, war er zwar kein reicher Mann, aber auch kein armer Schlucker. Er war auch nie ganz allein, auch wenn er seit fast fünfzehn Jahren geschieden war.

Das einzig Gute, das seine Ehe hervorgebracht hatte, war vor kurzem zwanzig geworden. Seine Tochter war groß, blond und intelligent, stolze Inhaberin eines Stipendiums an der Universität von Virginia und der Star der Hochschul-Hockeymannschaft. In den vergangenen zehn Jahren hatte Renee Adams allerdings nicht das geringste Interesse gezeigt, irgendetwas mit ihrem Alten zu tun haben zu wollen – eine Entscheidung, die von ihrer Mutter uneingeschränkt begrüßt wurde, wenn nicht sogar auf ihr Drängen zurückzuführen war, wie Lee nur zu gut wusste. Dabei war seine Exfrau bei ihren ersten Verabredungen so lieb gewesen, so nett, so vernarrt in seine Marineuniform und so scharf darauf, mit ihm ins Bett zu gehen.

Um sich über den Verlust Lees hinwegzutrösten, hatte seine Verflossene, eine ehemalige Stripperin namens Trish Bardoe, einen Burschen namens Eddie Stipowicz geheiratet, einen arbeitslosen Ingenieur mit Alkoholproblemen. Lee hatte damals geglaubt, Trish würde geradewegs in eine Katastrophe schlittern, und hatte versucht, das Sorgerecht für Renee zu bekommen, da ihre Mom und ihr Stiefvater sich nicht um sie kümmern konnten. Tja, aber um diese Zeit erfand Eddie – ein hinterhältiger Hurensohn, den Lee nicht ausstehen konnte – mehr oder weniger zufällig irgendeinen blöden Mikrochip und war stinkreich geworden. Lees Kampf um das Sorgerecht hatte daraufhin ziemlich an Schwung verloren. Um der Ungerechtigkeit und Demütigung die Krone aufzusetzen, hatten das *Wall Street Journal, Time, Newsweek* und eine Reihe anderer Zeitschriften ausführliche Artikel über Eddie veröffentlicht. Er war berühmt. Im *Architectural Digest* hatte man sogar sein Haus vorgestellt.

Lee hatte sich ein Exemplar der Zeitschrift besorgt. Trishs neues Zuhause war ein riesiger Kasten – hauptsächlich scharlachrot und auberginefarben – und wirkte so finster, dass es Lee an das Innere eines Sarges erinnerte. Die Fenster waren so gewaltig, dass sie einer Kathedrale zur Ehre gereicht hätten, und das Interieur war so gigantisch, dass man sich darin verlaufen konnte. Ferner verfügte das Heim über genug Zierleisten, Holzvertäfelungen und Treppenhäuser, um eine durchschnittliche Stadt im Mittelwesten ein ganzes Jahr lang zu beheizen. Außerdem besaßen Trish und Eddie einen steinernen Springbrunnen mit den Skulpturen nackter Menschen darauf. Ein echter Hammer. Als Lee dann noch das doppelseitige Foto des glücklichen Paares sah, fiel ihm nur eine passende Unterzeile ein: »Herr Arschgeige und Frau Sexbombe – viel Geld und null Geschmack«.

Ein Foto jedoch hatte Lees ungeteilte Aufmerksamkeit erregt. Es zeigte Renee auf dem prächtigsten Hengst, den Lee je gesehen hatte; das Pferd stand auf einem tiefgrünen Rasen, der so makellos gemäht war, dass er wie die spiegelglatte Oberfläche eines Teichs aussah. Lee hatte das Foto sorgfältig ausgeschnitten und an einem sicheren Ort verwahrt – in seinem »Familienalbum«, wenn man es so nennen wollte. Natürlich wurde er selbst in dem Artikel mit keinem Wort erwähnt. Wozu auch?

Eins war Lee allerdings sauer aufgestoßen: Renee wurde als Eds Tochter bezeichnet. »Stieftochter«, hatte Lee beim Lesen vor sich hin gemurmelt. »Stieftochter. *Das* kannst du mir nicht auch noch wegnehmen, Trish.« Meist war er nicht neidisch auf den Reichtum seiner Exfrau; schließlich bedeutete dieser Wohlstand auch, dass es seiner Tochter an nichts mangelte. Aber irgendwie tat es ihm doch weh.

Wenn man jahrelang etwas besessen hat, das Teil von einem selbst war und das man mehr liebte, als vielleicht gut war, und wenn man es dann verliert ... nun ja, Lee gab sich alle Mühe, nicht zu eingehend über diesen Verlust nachzudenken. Er war zwar ein großer, starker Bursche und ein zäher Knochen, aber wenn er zuließ, dass seine Gedanken zu lange an dem klaffenden Loch in seiner Brust verweilten, endete es stets damit, dass er Rotz und Wasser heulte wie ein kleines Kind.

Manchmal war das Leben wirklich komisch. So komisch, als bekäme man eine Bombengesundheit attestiert, und am nächsten Tag fällt man tot um.

Lee musterte die verschlammten Hosenbeine, massierte sein müdes Bein, in dem ein schmerzhafter Krampf wütete, und verjagte gleichzeitig einen Moskito von einem Auge. Ein Haus, so groß wie ein Hotel. Bedienstete. Springbrunnen. Rassepferde. Schnittiger Privatjet ... Es war nicht auszuhalten.

Er drückte sich den Fotoapparat an die Brust. Er hatte einen 400er-Film eingelegt, den er »turbolud«, indem er die ISO-Geschwindigkeit auf 1600 einstellte. Ein schneller Film brauchte weniger Licht; außerdem sorgte die kürzere Öffnungszeit der Blende dafür, dass die Fotos schärfer wurden, denn die Wahrscheinlichkeit, dass es durch Verwackeln oder Vibrationen der Kamera zu Verzerrungen kam, war wesentlich geringer. Lee schraubte ein 600-mm-Teleobjektiv auf und klappte das dreibeinige Stativ auseinander.

Er spähte zwischen den Ästen wilder Hornsträucher hindurch und konzentrierte sich auf die Rückseite des Cottage. Vereinzelte Wolken trieben am Mond vorbei und machten die Finsternis um ihn herum noch tiefer. Lee schoss mehrere Fotos; dann verstaute er die Kamera.

Er starrte wieder zum Haus, doch es war zu weit weg. Von seinem Standort aus konnte er nicht erkennen, ob es bewohnt war oder nicht. Zwar brannte nirgends ein Licht, aber vielleicht gab es in dem Gebäude Räumlichkeiten, die man von hier aus nicht überschauen konnte. Außerdem konnte er von hier die Vorderseite nicht sehen. Möglicherweise war dort ein Fahrzeug geparkt. Bei seinen früheren Märschen zu diesem Haus hatte Lee auf den Verkehr und die Fußspuren geachtet. Viel war allerdings nicht zu sehen gewesen. Offenbar fuhren nur wenige Autos diese Straße hinunter, und Spaziergänger oder Jogger gab es überhaupt nicht. Sämtliche Wagen, die Lee beobachtet hatte, hatten hier gewendet. Die Fahrer hatten offenbar eine falsche Abbiegung genommen. Alle bis auf eines.

Lee blickte zum Himmel. Der Wind hatte sich gelegt. Er schätzte grob, dass die Wolken den Mond noch einige Minuten verdecken würden. Er schulterte den Rucksack, verharrte einen Moment mit angespannten Muskeln, als wollte er seine ganze Kraft mobilisieren, und glitt dann zwischen den Sträuchern hervor.

Lee bewegte sich geräuschlos voran, bis er eine Stelle erreichte, wo eine Reihe überwucherter Büsche ihm Deckung bot. Von hier aus konnte er Vorder- und Rückseite des Hauses im Auge behalten. Während er beobachtete, hellten die Schatten sich auf, als der Mond wieder hinter den Wolken zum Vorschein kam – ein leuchtendes Gesicht, das Lee müßig zu beobachten und sich zu fragen schien, was er dort trieb.

Wenngleich die Gegend ziemlich einsam war, war die Innenstadt Washingtons nur vierzig Autominuten entfernt, was dieses Haus in vieler Hinsicht sehr praktisch machte. Lee hatte Erkundigungen über den Besitzer eingezogen und festgestellt, dass er sauber war. Dem Mieter jedoch kam man nicht so leicht auf die Spur.

Lee zog ein Gerät hervor, das wie ein Kassettenrecorder aussah, jedoch ein batteriebetriebener Türschlossknacker war. Dann folgte ein Etui mit Reißverschluss. Lee öffnete es, tastete die darin befindlichen Dietriche ab und suchte den heraus, den er benötigte. Mit einem Imbusschlüssel schraubte er den Dietrich am Gerät fest. Seine Finger bewegten sich schnell und sicher, auch dann noch, als wieder eine Wolkenbank über ihn hinwegzog und die Dunkelheit erneut tiefer wurde. Lee hatte diese Werkzeuge schon so oft benützt, dass jeder Handgriff auch mit verbundenen Augen gesessen hätte.

Er hatte sich die Schlösser des Hauses schon bei Tageslicht mit einem Hochleistungs-Feldstecher angeschaut und eine seltsame Entdeckung gemacht. An den Außentüren befanden sich Riegelschlösser. An den Fenstern im ersten *und* zweiten Stock waren Rahmenschlösser angebracht. Und sämtliche Schlösser und Beschlagteile sahen nagelneu aus. Nagelneue Schlösser an einem verfallenden Miethaus am Arsch der Welt.

Als er darüber nachdachte, wurde er so nervös, dass ihm trotz des kühlen Wetters Schweißperlen auf die Stirn traten. Seine Hand legte sich kurz auf die Neun-Millimeter im Gürtelhalfter. Das Metall der Waffe hatte eine beruhigende Wirkung. Lee zog die Pistole hervor und machte sie feuerbereit, indem er den Sicherungshebel löste, den Hammer spannte, sodass eine Kugel in die Zündkammer transportiert wurde, und den Hebel wieder vorlegte.

Dass die Bruchbude sogar über ein elektronisches Sicherheitssystem verfügte, war der größte Hammer. Ein kluger Mann hätte sein Einbruchwerkzeug eingepackt und wäre nach Hause gefahren, um seinem Auftraggeber zu melden, dass nichts zu machen war. Aber Lee war stolz auf seinen Beruf. Er wollte auch diesen Auftrag zu Ende bringen – oder wenigstens so lange fortführen, bis etwas passierte, dass er es sich anders überlegte. Und wenn es sein musste, konnte Lee sehr schnell laufen.

Ins Haus einzudringen war eigentlich nicht besonders schwierig, insbesondere deshalb nicht, weil Lee den Zahlencode der Alarmanlage kannte. Lee hatte sich den Code bei seinem dritten Besuch an diesem Haus beschafft, als die beiden Leute hier erschienen waren. Lee hatte längst gewusst, dass das Haus verkabelt war; deshalb war er entsprechend vorbereitet gewesen. Er war vor den beiden hier eingetroffen und hatte gewartet, während das Paar im Innern der Bruchbude irgendetwas getrieben hatte. Nach Verlassen des Hauses hatte die Frau den Zugangscode eingegeben, um die Alarmanlage zu aktivieren. Lee hatte im gleichen Gebüsch gehockt wie jetzt. Er hatte zufällig ein elektronisches Gerät bei sich gehabt, das die Zahlenfolge des Codes sozusagen aus der Luft geschnappt hatte – wie einen Baseball, der präzise im Handschuh eines Fängers landet. Sämtliche elektrischen Strömungen erzeugen Magnetfelder, die wie kleine Sender wirken. Als die hoch gewachsene Frau die Zahlenfolge eingab, hatte die Alarmanlage für jede Zahl ein eigenständiges Signal abgestrahlt – genau in Lees elektronischen Fanghandschuh hinein.

Noch einmal ließ er den Blick über die Wolkendecke schweifen; dann zog er Latexhandschuhe mit verstärkten Fingerspitzen und Handflächenpolstern an, zückte eine Taschenlampe und holte erneut tief Luft. Augenblicke später trat er aus der Deckung der Büsche hervor und schlich leise zur Hintertür. Dort zog er die verschlammten Stiefel aus und stellte sie neben den Eingang. Bei seinem Besuch wollte er keine Spuren hinterlassen. Gute Privatschnüffler blieben unsichtbar. Er klemmte sich die Lampe unter den Arm, schob den Dietrich ins Schloss und aktivierte die Apparatur.

Lee benützte den elektronischen Türschlossknacker zum Teil aus Gründen der Schnelligkeit und Zeitersparnis, zum Teil aber auch deshalb, weil er noch nicht genug Schlösser von Hand geknackt hatte, um auf diesem Gebiet ein wahrer Könner zu sein. Man musste Dietriche und Spannwerkzeuge ständig einsetzen, wollte man seinen Fingern das nötige Feingefühl verleihen. Solche Instrumente waren sehr empfindlich, besonders dann, wenn die Zuhaltungen des Schlosses ihr Tänzchen begannen. Mit einem Dietrich und einem Spannwerkzeug konnte ein erfahrener Schlosser jedes Schloss schneller knacken als Lee mit seinem elektronischen Gerät. Aber das Schlösserknacken von Hand war eine wahre Kunst, und Lee kannte seine Grenzen. Kurz darauf spürte er, dass der Riegel zurückglitt.

Als er die Tür nach innen schob, erklang mit einem Mal das leise Piepen der Alarmanlage in der tiefen Stille. Augenblicke später hatte Lee die Steuertafel entdeckt und tippte rasch die sechsstellige Zahlenfolge ein. Das Piepsen erstarb augenblicklich. Als Lee leise die Tür hinter sich zuzog, wusste er, dass er nun als Schwerverbrecher galt.

Der Mann ließ das Gewehr sinken, und der rote Leuchtpunkt der Laserzieleinrichtung verschwand vom breiten Rücken des ahnungslosen Lee. Der Mann, der die Waffe hielt, hieß Leonid Serow und war ehemaliger KGB-Offizier – und ein Mann, der auf Mord spezialisiert war. Nach dem Zusammenbruch der Sowjetunion hatte Serow plötzlich ohne einträgliche Beschäftigung dagestanden. Doch sein Talent, Menschen auf wirkungsvolle Weise umzubringen, war auch in der »zivilisierten« Welt sehr gesucht. Als Kommunist, den man jahrelang ziemlich verhätschelt und mit eigener Wohnung und eigenem Wagen ausgestattet hatte, war Serow im Kapitalismus buchstäblich über Nacht reich geworden. Wenn er das vorher geahnt hätte!

Serow kannte Lee Adams nicht. Er hatte auch keine Ahnung, was er hier wollte. Er hatte Lee erst bemerkt, als dieser aus dem Gebüsch neben dem Haus getreten war, genau gegenüber von Serow. Die wenigen Geräusche, die Lee gemacht hatte, waren vom Wind überdeckt worden.

Serow schaute auf die Armbanduhr. Sie mussten bald hier sein. Er betrachtete den langen Schalldämpfer, der an seinem Gewehr befestigt war, und rieb sanft über den langen Lauf, als wollte er sein Lieblingskuscheltier streicheln oder als wollte er dem brünierten Metall zu verstehen geben, dass er uneingeschränktes Vertrauen in dessen absolute Treffsicherheit hatte. Der Schaft des Gewehrs bestand aus einem Spezialgemisch aus Kevlar, Fiberglas und Grafit, das für außergewöhnliche Festigkeit sorgte. Der Lauf der Waffe war nicht auf herkömmliche Weise gezogen, sondern besaß ein gerundetes Rechteckprofil, eine so genannte Polygonbohrung, mit einer Rechtsdrehung. Solche Läufe erzielten angeblich eine um bis zu acht Prozent höhere Mündungsgeschwindigkeit. Und was noch wichtiger war: Ballistische Untersuchungen der Kugeln, die aus dieser Waffe abgefeuert wurden, waren praktisch unmöglich, da sich im Lauf keine Felder oder Züge befanden, die nach dem Abfeuern unverwechselbare Spuren im Metall der Geschosse hinterließen. Der Teufel lag eben im Detail. Serow hatte seine gesamte Karriere auf dieser Philosophie aufgebaut.

Die Gegend war so einsam, dass er schon darüber nachgedacht hatte, ob er den Schalldämpfer abmontieren und sich auf sein Können als Scharfschütze, das High-Tech-Zielfernrohr und den bestens durchdachten Fluchtplan verlassen sollte. Serow hielt seine Zuversicht für gerechtfertigt. Es war wie mit einem umstürzenden Baum. Wenn man mitten im Nirgendwo jemanden umbrachte, wer hörte ihn dann schon sterben? Außerdem wusste Serow, dass manche Schalldämpfer die Flugbahn einer Kugel stark beeinflussen konnten – mit dem Ergebnis, dass niemand dran glauben musste außer dem verhinderten Attentäter, sobald dessen Auftraggeber von der Pleite erfahren hatte. Trotzdem: Serow hatte die Konstruktion des Schalldämpfers persönlich beaufsichtigt und war zuversichtlich, dass er wie geplant funktionieren würde.

Der Russe bewegte sich leise und drehte die Schulter, um einen Krampf zu lösen. Seit Anbruch der Dunkelheit war er hier. Doch Serow war an lange Nachtwachen gewöhnt. Wenn er Aufträge erledigte, wurde er niemals müde: Das Leben bedeutete ihm so viel, dass es seinen Adrenalinspiegel in die Höhe trieb, wenn er die Vorbereitungen traf, ein anderes Leben auszulöschen – so, als käme zugleich mit dem Risiko stets ein neuer Kraftschub. Ob man einen Berg bestieg oder einen Mord beging: Seltsamerweise fühlte man sich in der Nähe des Todes lebendiger.

Serows Fluchtweg durch die Wälder sollte ihn auf eine stille Straße führen, wo ein Wagen auf ihn wartete, um ihn zum nahe gelegenen Dulles-Flughafen zu bringen. Dann würde er andere Aufträge übernehmen, an Orten, die wahrscheinlich noch exotischer waren. Doch was Serow betraf, hatte auch dieser Ort seinen Reiz.

Es war ziemlich schwierig, jemanden in einer Stadt umzulegen. Die Wahl des Tatorts, das Betätigen des Abzugs und die Flucht waren in Städten immer ziemlich kompliziert, weil es dort Zeugen gab und die Polizei in sämtlichen

Himmelsrichtungen immer nur wenige Schritte entfernt war. Doch auf dem Land, in der Einsamkeit einer bäuerlichen Umgebung, von Bäumen gedeckt, in einer Gegend, in der die Häuser weit voneinander entfernt waren, konnte er Tag für Tag mit gleich bleibender Effizienz töten, wie ein Wolf in einer Schafherde.

Serow saß auf einem Baumstamm. Er war nur ein paar Meter vom Waldrand und ungefähr dreißig Meter vom Haus entfernt. Trotz des dichten Waldes bot die Stelle ihm freies Schussfeld. Auf diese Entfernung hatte eine Kugel auf ihrem Weg zwischen Mündung und Ziel nur zwei Zentimeter Toleranz.

Der Mann und die Frau, hatte man Serow mitgeteilt, würden das Haus durch die Hintertür betreten. Bloß würden sie es nicht bis dahin schaffen. Was der Laserstrahl unmerklich berührte, wurde von der Kugel zerfetzt und zerrissen. Serow wusste, dass er sogar ein Glühwürmchen treffen konnte, selbst wenn es doppelt so weit von ihm entfernt war wie die Hintertür.

Alles war so perfekt vorbereitet, dass sein Instinkt ihm zu höchster Wachsamkeit riet. Nun hatte er einen ausgezeichneten Grund, nicht in diese Falle zu tappen: den Mann im Haus. Er war kein Polizist. Gesetzeshüter schlichen nicht durch die Sträucher und brachen in anderer Leute Häuser ein. Da man Serow nichts davon gesagt hatte, dass der Mann heute Abend hier auftauchen würde, zog er den Schluss, dass der Bursche nicht auf seiner Seite stand. Doch Serow wich nicht gern von einmal gefassten Plänen ab. Er nahm sich vor, an seinem ursprünglichen Vorhaben festzuhalten und durch den Wald zu fliehen, nachdem die beiden tot am Boden lagen – falls der Mann im Haus blieb. Sollte der Bursche sich irgendwie einmischen oder nach draußen kommen, sobald die Schüsse gefallen waren ... nun ja, dann gab es eben drei Leichen statt zwei. Serow hatte ausreichend Munition dabei.

KAPITEL 3

Daniel Buchanan saß in seinem verdunkelten Büro und nippte schwarzen Kaffee, der so stark war, dass er bei jedem Schluck fast spüren konnte, wie sein Puls sich beschleunigte. Er fuhr sich mit der Hand durchs Haar, das immer noch dicht und lockig war, aber nach dreißig Jahren Plackerei in Washington nicht mehr blond, sondern grau. Nach einem weiteren langen Tag, an dem er sich bemüht hatte, Abgeordnete davon zu überzeugen, dass seine Ziele ihrer Beachtung bedurften, war er total geschafft. Gewaltige Mengen Koffein waren zunehmend sein einziges Heilmittel. Dass er eine ganze Nacht durchschlief, kam nur selten vor; er machte nur hier und da ein Nickerchen und schloss die Augen, wenn man ihn zur nächsten Konferenz oder zum nächsten Flug fuhr. Manchmal nickte er auch während einer endlos langen Debatte im Kongress ein oder schlief für ein oder zwei Stunden zu Hause in seinem Bett – seine offizielle Schlafenszeit, sozusagen. Ansonsten galt seine ganze Kraft und Zeit dem Kapitol mit all seinen beinahe mystischen Facetten.

Buchanan war einsachtzig groß – ein Mann mit breiten Schultern, funkelnden Augen und gewaltigem Leistungsdrang. Einer seiner Jugendfreunde war in die Politik gegangen. Buchanan dagegen hatte kein Interesse gehabt, irgendwelche Ämter auszuüben, doch seine Lebhaftigkeit, Schlagfertigkeit und seine natürliche Überredungsgabe hatten ihn zum geborenen Lobbyisten gemacht. Von Anfang an war er erfolgreich gewesen. Seine Karriere war seine Besessenheit. Konnte Danny Buchanan keinen Einfluss auf Gesetzgebungsverfahren nehmen, war er ein unglücklicher Mann.

Wenn er in den Büros der Abgeordneten saß, lauschte er dem Summen des Stimmanzeigers und ließ die Monitore nicht aus den Augen, mit denen die Büros ausgestattet waren. Diese Monitore unterrichteten ihn über den derzeitigen Stand der Abstimmungen, die Abgabe der Ja- und Neinstimmen und darüber, wie viel Zeit seinen Gesprächspartnern blieb, bis sie wie Ameisen davonhuschten, um auch ihre Stimme abzugeben. Etwa fünf Minuten vor Ende der Stimmabgabe beendete Buchanan sein Gespräch und machte sich selbst auf, den aktuellen Lagebericht in der Hand, um nach weiteren Abgeordneten Ausschau zu halten, mit denen er reden musste. Der Lagebericht führte die täglichen Abstimmungstermine auf, die Buchanan halfen, herauszufinden, wo bestimmte Abgeordnete sich zu einem bestimmten Zeitpunkt aufhalten mochten – entscheidend wichtige Informationen, wenn man Dutzenden sich bewegender Ziele nachspürte: gestresste Männer, die möglicherweise gar nicht mit einem reden wollten.

Heute war es ihm gelungen, das Gehör eines einflussreichen Senators zu finden. Buchanan war mit der nichtöffentlichen U-Bahn zum Kapitol gefahren, um bei der Abstimmung eines Ausschusses dabei zu sein. Er hatte den Mann mit dem zuversichtlichen Eindruck verlassen, einen Helfer gefunden zu haben. Zwar gehörte der Senator nicht zu seiner »speziellen Truppe«, aber Buchanan war klar, dass man nie wissen konnte, aus welcher Richtung einem irgendwann Hilfe zuteil wurde. Es war ihm egal, dass seine Klientel nicht bedeutend war und nicht zu der Wählerschicht zählte, die sich der besonderen Beachtung der Abgeordneten sicher sein konnten. Er setzte sich trotzdem mit allen Mitteln für sie ein. Seine Sache war gut. Deswegen durfte er auch Methoden benützen, die in diesen Breitengraden weniger dem allgemein akzeptierten Verhaltenskodex entsprachen.

Buchanans Büro war spärlich möbliert. Außerdem fehlte

es ihm an vielen typischen Utensilien des rührigen Lobbyisten: Danny, wie er sich gern nennen ließ, arbeitete nicht mit Computern, Disketten, Akten und Aufzeichnungen, in denen irgendetwas Wichtiges stand. Akten konnten gestohlen werden, in Computer konnte man sich hineinhacken, und die Telefone wurden ohnehin allesamt angezapft. Spione belauschten alles und jeden mit allen möglichen Tricks, von dem uralten Dreh mit dem Wasserglas, das man an eine Wand drückte, bis hin zu den neuesten High-Tech-Geräten, die ein Jahr zuvor noch nicht einmal erfunden worden waren und die jeden Informationsstrom praktisch aus der Luft saugen konnten. Die meisten Organisationen spuckten vertrauliche Mitteilungen auf eine Weise aus, wie torpedierte Schiffe Matrosen ins Meer spuckten.

Und Buchanan hatte eine Menge zu verbergen.

Zwanzig Jahre lang war er der einflussreichste, umtriebigste Lobbyist von allen gewesen; in mancher Hinsicht hatte er dabei in Washington Pionierarbeit geleistet. Doch der Lobbyismus hatte sich in einer heimeligen Welt hoch bezahlter, bei Parlamentsdebatten vor sich hin schnarchender Anwälte entwickelt; nun aber war er zu einem Geschäft geworden, dessen Komplexität kalt und gefühllos machte und in dem die Risiken nicht hoch genug sein konnten. Als Auftragskiller des Kongresses hatte Buchanan die Umweltverschmutzer bei ihren Kämpfen gegen die Umweltschützer erfolgreich vertreten und ihnen ermöglicht, einer ahnungslosen Öffentlichkeit den Tod durch Pestizide und Gifte verschiedenster Art zu bringen. Er war der führende Politstratege der Pharmakonzerne gewesen, deren Medikamente die Mütter gleich zusammen mit ihren Kindern ins Jenseits befördert hatten. Er war als leidenschaftlicher Fürsprecher der Rüstungsproduzenten hervorgetreten, denen es völlig egal war, ob ihre Waffen sicher waren. Dann hatte Buchanan hinter den Kulissen die Fäden für die Automobilindustrie gezogen, die lieber vor Gericht gegangen war als einzugestehen, dass die Sicherheitseinrichtungen in ihren

Fahrzeugen nicht dem Standard entsprachen. Und schließlich, bei seinem allergrößten Coup, hatte Buchanan die Tabakindustrie in einem blutigen Krieg an allen Fronten angeführt. Damals hatte Washington es sich nicht leisten können, Buchanan oder seine Klienten zu ignorieren. Und er hatte ein Riesenvermögen zusammengerafft.

Viele der Strategien, die Danny Buchanan damals ausgeheckt hatte, waren inzwischen Allgemeingut und wurden auch bei den derzeitigen Gesetzesmanipulationen benützt. Vor Jahren hatte Buchanan von »seinen« Abgeordneten Gesetzesvorlagen lancieren lassen, die von vornherein zum Scheitern verurteilt waren, um auf diese Weise die Basis für spätere Veränderungen zu unterminieren. Heute wurde diese Taktik im Kongress ständig angewandt. Nichts hassten Buchanans Klienten so sehr wie Veränderungen. Ständig hatte er seinen Rücken gegen diejenigen decken müssen, die ihm etwas anzuhängen versuchten, da sie das wollten, was Buchanans Klienten nicht wollten. Mehr als einmal hatte er politische Katastrophen abgewendet, indem er die Büros der Abgeordneten mit Briefen und Informationsmaterial überflutet hatte – und mit kaum verschleierten Drohungen, ihnen die finanzielle Unterstützung zu streichen. »Mein Klient wird Ihre Wiederwahl unterstützen, Herr Senator, weil wir wissen, dass Sie für uns da sind. Ach, übrigens, der Spendenscheck ist schon auf Ihrem Wahlkampfkonto.« Wie oft hatte er diese Worte schon gesagt?

Seltsamerweise hatte gerade der Lobbyismus im Dienste der Mächtigen vor zehn Jahren zu einer dramatischen Veränderung in Buchanans Leben geführt. Ursprünglich hatte er zuerst seine Karriere aufbauen und sich dann mit einer Frau zur Ruhe setzen und eine Familie gründen wollen. Um sich noch einmal die Welt anzuschauen, bevor er sich diesem letzteren Vorhaben widmete, war er mit einem 60000 Dollar teuren Range Rover auf einer Fotosafari durch Westafrika gefahren, hatte dort aber nicht nur wunderschöne Wildtiere gesehen, sondern auch Schmutz, Elend und menschliches Leid, wie er es nie zuvor erlebt hatte. Bei einer Reise in eine abgelegene Gegend im Sudan war er Zeuge eines Massenbegräbnisses von Kindern gewesen. Man hatte ihm erzählt, eine Epidemie habe sich im Dorf ausgebreitet: eine jener verheerenden Krankheiten, die das Gebiet immer wieder befielen und Alte und Junge dahinrafften. Auf Buchanans Frage nach der Krankheit hatte man ihm geantwortet, es wäre »etwas ähnliches wie die Masern«.

Auf einer anderen Reise hatte er in einem chinesischen Hafen beim Entladen von Milliarden amerikanischer Zigaretten zugeschaut, die von Menschen geraucht wurden, die ihr Leben auf Grund der verheerenden Luftverpestung ohnehin schon hinter Atemmasken verbrachten. Er hatte gesehen, wie man Mittel zur Empfängnisverhütung, die in den Vereinigten Staaten verboten waren, an Hunderttausende von Menschen in Südamerika verschleuderte – mit Gebrauchsanweisungen in englischer Sprache. In Mexico City hatte er Hütten neben Wolkenkratzern gesehen, in Russland Verhungernde neben verbrecherischen Kapitalisten. Obwohl es ihm nie gelungen war, Nordkorea zu bereisen, wusste er, dass dieses Land ein legalisierter Gangsterstaat war, in dem in den vergangenen fünf Jahren schätzungsweise zehn Prozent der Bevölkerung verhungert war. Jedes Land konnte Buchanan eine neue, schreckliche Geschichte erzählen.

Nach zwei Jahren »Pilgerfahrt« hatte sich Buchanans Interesse an der Ehe und der eigenen Familie in Nichts aufgelöst. Alle sterbenden Kinder, die er gesehen hatte, waren seine Kinder geworden. Seine Familie. Auch wenn auf der ganzen Welt weiterhin frische Gräber für Millionen Junge, Alte und Hungernde ausgehoben wurden – diese Menschen sollten nicht mehr kampflos krepieren. Und Buchanan wollte den Krieg für sie führen. Er hatte alles für sie gegeben, mehr noch, als die Tabak-, Chemie- und Waffenkonzerne von ihm bekommen hatten. Noch heute erinnerte er sich genau daran, wann und wo ihm dies alles bewusst geworden war: beim Rückflug von einer Südamerikareise auf der Flugzeugtoilette. Ihm war speiübel gewesen, und er hatte vor dem Bottich gekniet und das Gefühl gehabt, jedes tote Kind, das er gesehen hatte, mit eigenen Händen ermordet zu haben.

Nach seiner Wandlung war Buchanan gezielt an Orte gereist, an denen Hunger, Krankheit und Tod herrschten, um herauszufinden, wie er am besten helfen konnte. In eines dieser Länder hatte er persönlich eine Schiffsladung Nahrungsmittel und Medikamente überführt, musste aber erkennen, dass es keine Möglichkeit gab, die Fracht ins Landesinnere zu bringen. Plünderer hatten sich die Lieferungen unter den Nagel gerissen, und Buchanan hatte es hilflos mit ansehen müssen. Daraufhin hatte er als ehrenamtlicher Spendensammler für humanitäre Organisationen wie CARE oder MISEREOR gearbeitet. Er hatte seine Sache gut gemacht, aber die Dollars hatten sich als Tropfen auf den heißen Stein erwiesen. Die Zahlen sprachen gegen sie; die Probleme wurden ständig größer.

Buchanan war nach Washington zurückgekehrt, hatte die von ihm gegründete Firma verlassen und nur einen Menschen mitgenommen: Faith Lockhart. Seit nunmehr einem Jahrzehnt waren seine Klienten, seine Mündel, die ärmsten Länder der Welt. Um die Wahrheit zu sagen, fiel es ihm schwer, sie als geopolitische Einheiten zu betrachten. In seinen Augen waren sie keine Staatsgebilde, sondern Heerscharen hungernder, kranker Menschen, die unter verschiedenen Flaggen dahinvegetierten und keine Stimme besaßen, weder im eigenen Land noch sonst wo auf der Welt. Buchanan hatte den Rest seines Lebens der Lösung des unlösbaren Problems der Habenichtse dieser Welt gewidmet.

In Washington hatte er seine immensen Fähigkeiten als Lobbyist und seine Verbindungen zu nutzen versucht – um erkennen zu müssen, dass seine neuen Projekte in der Beliebtheit neben denen verblassten, für die er sich früher stark gemacht hatte. Als er noch Advokat der Reichen und

Mächtigen auf dem Capitol Hill gewesen war, hatten die Politiker ihn lächelnd begrüßt – zweifellos in Erwartung von Wahlkampfspenden und anderen Zuwendungen. Nun zeigte man ihm die kalte Schulter. Einige Kongressabgeordnete brüsteten sich sogar damit, nicht mal einen Reisepass zu besitzen, und erklärten, die Vereinigten Staaten würden schon jetzt viel zu viel Entwicklungshilfe zahlen. Wir haben schon genug Arme bei uns zu Hause, erklärten sie, und wir sollten uns erst mal um sie kümmern.

Doch am häufigsten bekam Buchanan zu hören: »Was soll mir das einbringen, Danny? Warum sollten meine Wähler in Illinois mir wieder ihre Stimme geben, wenn ich etwas gegen den Hunger in Äthiopien unternehme?« Buchanan war von einem Büro zum anderen geschickt worden und hatte meist nur mitleidige Blicke geerntet: Danny Buchanan, der vielleicht größte Lobbyist, den es je gegeben hatte, war senil geworden, wirr im Kopf. Eine traurige Geschichte. Sicher, es ist eine gute Sache, sich für die Armen einzusetzen und so weiter, wer würde das bestreiten? Aber jetzt komm wieder auf den Teppich, Danny. Afrika? Sterbende Säuglinge in Südamerika? Mann, ich hab hier meinen eigenen Scheiß am Hals.

»Hör mal, Danny, wenn es nicht um Handel, Militär oder Erdöl geht – warum, zum Teufel, verschwendest du meine Zeit?«, hatte ein hoch angesehener Senator geantwortet und damit wahrscheinlich den Grundsatz der amerikanischen Außenpolitik auf einen Nenner gebracht.

Sind sie wirklich alle so blind?, fragte Buchanan sich unaufhörlich. Oder bin ich so ein Narr?

Schließlich war er zu dem Schluss gelangt, dass ihm nur eine Möglichkeit blieb. Sie war zwar ungesetzlich, aber wer an den Abgrund gedrängt wurde, durfte in der Wahl seiner Mittel nicht zimperlich sein: Buchanan setzte sein gesamtes Vermögen aufs Spiel, das er im Lauf der Jahre angehäuft hatte, und ging dazu über, gewisse Politiker in Schlüsselpositionen zu bestechen, um sich ihrer Unterstützung zu versichern. Es hatte hervorragend geklappt. Die Hilfe für seine

Schützlinge nahm auf unterschiedlichste Weise zu. Selbst als Buchanans Vermögen aufgebraucht war, sahen die Dinge positiv aus, waren zumindest nicht schlechter geworden – sofern man es nicht schon als Erfolg wertete, wertvolles, hart erkämpftes Terrain zu halten. Alles hatte bestens funktioniert, bis vor etwa einem Jahr ...

Wie aufs Stichwort riss ihn ein Klopfen an der Bürotür aus seinen Gedanken. Das Gebäude war geschlossen, das Reinigungspersonal längst gegangen. Buchanan blieb an seinem Schreibtisch sitzen und beobachtete, wie die Tür aufging und die schemenhafte Gestalt eines hoch gewachsenen Mannes im Rahmen erschien. Der Fremde tastete nach dem Schalter und knipste das Licht an.

Buchanan kniff die Lider zusammen, als über ihm die Deckenlampen aufflammten. Als seine Augen sich an die Helligkeit gewöhnt hatten, erkannte er Robert Thornhill, der seinen Trenchcoat auszog, sein Jackett glatt strich. Als er sich setzte, waren seine Bewegungen ruhig und bedächtig, als hätte er gerade zu einem Gläschen im Country Club Platz genommen.

»Wie sind Sie hier hereingekommen?«, fragte Buchanan scharf. »Das Gebäude ist angeblich sicher.« Aus irgendeinem Grund spürte er, dass vor der Tür noch andere lauerten.

»Ist es auch, Danny. Jedenfalls für die meisten.«

»Es gefällt mir nicht, dass Sie hierher kommen, Thornhill.«

»Ich bin jedenfalls so höflich, Ihren Vornamen zu benützen. Und es würde mich freuen, wenn Sie auch mir diese Freundlichkeit erweisen würden. Es ist zwar nur eine Kleinigkeit, aber immerhin verlange ich nicht von Ihnen, dass Sie mich *Mister* Thornhill nennen. So ist es doch zwischen Herr und Knecht üblich, nicht wahr, Danny? Sie sehen – *so* böse bin ich gar nicht.«

Buchanan wusste, dass das selbstgefällige Gehabe dieses Mannes gespielt war, um ihn zu verunsichern und aus dem Konzept zu bringen. Er lehnte sich im Sessel zurück und verschränkte die Hände im Schoß.

»Und wie komme ich zu der Ehre Ihres Besuches, *Bob*?«

»Wegen Ihres Treffens mit Senator Milstead.«

»Ich hätte ihn auch in der Stadt treffen können. Ich weiß überhaupt nicht, warum Sie darauf bestanden haben, dass ich nach Pennsylvania fahre.«

»Weil Sie auf diese Weise eine weitere Gelegenheit haben, sich für die darbenden Massen einzusetzen. Sie sehen, auch ich habe ein Herz.«

»Sie nutzen die Notlage von Millionen Männern, Frauen und Kindern, für die es schon ein Wunder ist, wenn sie die Sonne aufgehen sehen, für Ihre eigenen egoistischen Pläne aus. Macht das eigentlich einen Kratzer in Ihr Gewissen, *Bob*? Falls Sie überhaupt wissen, was das ist.«

»Ich werde nicht dafür bezahlt, ein Gewissen zu haben. Ich werde bezahlt, die Interessen unseres Landes zu schützen. *Ihre* Interessen. Außerdem – brauchte man ein Gewissen, um zu überleben, wäre Washington entvölkert. Im Übrigen stehe ich Ihren Bemühungen positiv gegenüber. Ich habe nichts gegen die Armen und Hilflosen. Gut für Sie, Danny!«

»Tut mir Leid, das kaufe ich Ihnen nicht ab.«

Thornhill lächelte. »In jedem Land der Welt gibt es Menschen wie mich. Das heißt, sofern das Land etwas *taugt*. Wir sorgen dafür, dass wir die Ergebnisse bekommen, die von der Allgemeinheit gewünscht werden, weil die Allgemeinheit selbst zu feige ist, sie durchzusetzen.«

»Sie spielen also Gott? Muss ein interessanter Job sein.«

»Gott ist abstrakt. Ich beschäftige mich mit Fakten. Und wo wir gerade dabei sind: Sie haben Ihre Ziele mit illegalen Mitteln angestrebt. Wer sind Sie, dass Sie mir die gleichen Rechte verwehren?«

Tatsächlich wusste Buchanan keine Antwort auf diesen Vorwurf. Und Thornhills unbeugsame, kalte Art machte Buchanans Hilflosigkeit noch größer.

»Noch irgendwelche Fragen über das Treffen mit Milstead?«, fragte Thornhill.

»Sie haben doch genug Material über Harvey Milstead,

um ihn drei Mal lebenslänglich einzulochen. Hinter wem oder was sind Sie wirklich her?«

Thornhill lachte leise. »Ich hoffe, Sie beschuldigen mich nicht, eigene geheime Ziele zu verfolgen.«

»Sie können es mir erzählen, Bob. Wir sind doch Partner.«

»Vielleicht ist es ganz einfach. Vielleicht will ich nur, dass Sie springen, wenn ich mit dem Finger schnippe.«

»Ach ja? Es könnte aber auch sein, dass Sie hinterher nicht mehr aus eigener Kraft gehen können, wenn Sie noch einmal so plötzlich bei mir auftauchen wie jetzt.«

»Ein einzelgängerischer Lobbyist bedroht *mich*.« Thornhill seufzte. »Aber so einzelgängerisch sind Sie ja nun auch wieder nicht. Sie haben doch eine Ein-Frau-Armee. Wie geht es Faith? Geht's ihr gut?«

»Faith hat nichts damit zu tun. Sie wird niemals an der Sache teilhaben.«

Thornhill nickte. »Sie sitzen als Einziger im Dreck. Sie und Ihre saubere Gruppe verbrecherischer Politiker. Die besten und klügsten Köpfe Amerikas.«

Buchanan blickte seinen Gegenspieler kalt an und schwieg.

»Die Sache läuft allmählich an, Danny. Bald ist die Show zu Ende. Ich hoffe, Sie haben Ihren sauberen Abgang schon vorbereitet.«

»Wenn ich abtrete, werden nicht mal Ihre Spionagesatelliten meine Fährte aufstöbern können.«

»Zuversicht ist eine feine Sache. Nur ist sie manchmal fehl am Platze.«

»Mehr wollten Sie mir nicht sagen? Dass ich mich auf meinen Abgang vorbereiten soll? Ich bin schon darauf vorbereitet, seit ich Ihnen das erste Mal begegnet bin.«

Thornhill erhob sich. »Sie konzentrieren sich auf Senator Milstead. Besorgen Sie uns gutes und ergiebiges Material. Bringen Sie Milstead dazu, dass er darüber redet, was er nach der Pensionierung an Einkünften hat, und über die nominellen Aufgaben, die er dafür zu erfüllen hat. Je mehr Einzelheiten, desto besser.«

»Es wärmt mir das Herz, wenn ich sehe, wie viel Spaß diese Geschichte Ihnen macht. Wahrscheinlich noch viel mehr Spaß als damals die Sache in der Schweinebucht.«

»Das war vor meiner Zeit.«

»Tja, ich wette, auch Sie haben irgendwo Ihre Duftnote hinterlassen.«

Thornhill wirkte für eine Sekunde aufgebracht; dann kehrte seine Gelassenheit wieder. »Sie würden einen guten Pokerspieler abgeben, Danny. Aber vergessen Sie bitte nicht, dass ein Bluff auch dann einer bleibt, wenn man nichts von Wert in der Hand hat.« Er zog seinen Trenchcoat über. »Machen Sie sich keine Umstände, ich finde schon allein hinaus.«

Dann war er auch schon fort. Es schien, als könne Thornhill so plötzlich auftauchen und verschwinden wie ein Schatten. Buchanan lehnte sich im Sessel zurück und atmete tief ein und aus. Seine Hände bebten. Er drückte sie fest auf die Tischplatte, bis das Zittern nachließ.

Thornhill war wie ein explodierender Torpedo in Buchanans Leben aufgetaucht. Im Grunde war er, Buchanan, Thornhills Lakai geworden und spionierte nun jene Leute aus, die er seit Jahren mit seinem eigenen Geld bestach. Nun sammelte er Material für dieses Scheusal, der es für Erpressungen benützte. Und Buchanan war hilflos und konnte ihn nicht daran hindern.

Ironischerweise hatten der Schwund seines Vermögens und seine jetzige Tätigkeit im Dienst eines anderen Mannes Buchanan genau dorthin zurückgebracht, woher er einst gekommen war. Er war an der berühmten Philadelphia Main Line aufgewachsen und hatte auf einem der prächtigsten Landsitze dieser Gegend gelebt. Wie dicke graue Pinselstriche hatten Mauern aus Feldstein eine gewaltige, makellose Rasenfläche umgrenzt, auf der eine riesige Villa von fast viertausend Quadratmetern Wohnfläche mit breiten, überdachten Veranden gestanden hatte – eine Villa mit mehr Schlafzimmern als ein Studentenwohnheim und üppig ausgestatteten Bädern mit teuren Fliesen und vergoldeten Wasserhähnen. Sogar über der einzeln stehenden Vierfachgarage hatte sich eine Wohnung befunden.

Es war die Welt der blaublütigen Amerikaner gewesen, in der ein verhätscheltes Dasein und zerstörte Erwartungen nebeneinander existierten. Buchanan hatte dieses verzwickte Universum zwar aus einer vertraulichen Perspektive beobachtet, jedoch nicht zu seinen privilegierten Bewohnern gehört. Seine Familie hatte die Chauffeure, Hausmädchen, Gärtner, Hausmeister, Kindermädchen und Köchinnen der Blaublütigen gestellt. Nachdem die Buchanans die Kälte des kanadischen Grenzlandes überstanden hatten, waren sie scharenweise in den Süden ausgewandert, wo das Klima angenehmer war und die Arbeit keine Äxte, Flinten und Angelhaken erforderte. In Kanada hatten sie fischen und jagen müssen, um sich ernähren zu können, und Bäume fällen, um es warm zu haben, hatten aber hilflos zuschauen müssen, wenn die Natur ihre Reihen dezimierte – ein Prozess, der die Überlebenden freilich stark und ihre Nachkommen noch stärker gemacht hatte. Danny Buchanan war vielleicht der Stärkste von allen.

Der junge Danny hatte den Rasen gegossen, den Swimmingpool gereinigt, den Tennisplatz gefegt, hatte gestrichen, Blumen gepflückt, Gemüse geerntet und auf angemessen respektvolle Weise mit den Kindern gespielt. Als er älter wurde, hatte er in der Abgeschiedenheit labyrinthartiger Blumengärten seine ersten sexuellen Erfahrungen mit der jüngeren Generation der verzogenen Reichen gesammelt, hatte mit ihnen zusammen geraucht und Alkohol getrunken. Als zwei dieser jungen Reichen zu Grabe getragen wurden, war Danny sogar einer der Sargträger gewesen und hatte aufrichtig geweint. Die Verstorbenen hatten ihr privilegiertes Leben weggeworfen, hatten zu viel Whisky mit hochgezüchteten Sportwagen kombiniert, zu hohe Geschwindigkeit mit zu beschränkten Fahrkünsten. Wenn man das Leben sehr schnell lebte, starb man oft sehr schnell. Jetzt sah Buchanan sein eigenes Ende ebenso rasch auf sich zurasen.

Er hatte sich in beiden sozialen Schichten nie recht wohl gefühlt, weder bei den Reichen noch bei den Armen. Sosehr sein Bankkonto wuchs, zu den wirklich Wohlhabenden würde er niemals gehören. Er hatte zwar mit den reichen Erben gespielt, doch schon wenn es ums Mittagessen ging, war es mit der Gemeinsamkeit vorbei: Die anderen verschwanden ins Speisezimmer, während Danny in der Küche sein Brot mit den Dienstboten aß. Und während die blaublütigen Sprösslinge in Harvard, Yale und Princeton studierten, hatte Danny sich durch die Abendschule gequält – eine Institution, für die seine privilegierten Freunde nur Hohn und Spott übrig hatten.

Sogar seine eigene Familie kam ihm nun fremd vor. Er hatte seinen Verwandten Geld geschickt, doch sie hatten es nicht angenommen. Und als er sie besuchte, musste er feststellen, dass es kein Thema mehr gab, über das er mit ihnen reden konnte. Sie verstanden nicht, was Danny tat, und es interessierte sie auch nicht. Sie ließen ihn allerdings spüren, dass sein Job in ihren Augen kein ehrlicher Beruf war. Er hatte es an ihren verschlossenen Mienen erkannt und an ihrem Getuschel. Washington war ihnen so fremd wie die Hölle, an deren Existenz sie ausnahmslos glaubten. Und Daniel log für Geld – für viel Geld. Er hätte lieber dem Beispiel seiner Familienangehörigen folgen und ein ehrlicher, einfacher Arbeiter werden sollen. Indem er sich über sie erhob, hatte er ihre Prinzipien verraten und alles, wofür sie standen: Gerechtigkeit, Redlichkeit, Geradlinigkeit.

Der Weg, den er in den letzten zehn Jahren gegangen war, hatte seine einsiedlerische Abgeschiedenheit noch stärker werden lassen. Er hatte nur wenige Freunde. Trotzdem gab es Millionen von Menschen auf der ganzen Welt, die stark von ihm abhängig waren – bis hin zum nackten Überleben. Es war eine bizarre Existenz, wie selbst Buchanan zugeben musste.

Und nun, mit Thornhills Auftauchen, war sein Fuß wieder eine Sprosse tiefer gerutscht auf der Leiter, die in den Abgrund führte. Jetzt konnte Buchanan nicht einmal mehr auf seine einzige Vertraute bauen, auf Faith Lockhart. Sie kannte Thornhill nicht und durfte auch nie etwas über den Mann erfahren. Nur dies gab ihr Sicherheit – kostete Buchanan aber seine letzte echte menschliche Bindung.

Jetzt war Danny Buchanan wirklich allein.

Er trat ans Fenster seines Büros und blickte auf die majestätischen Bauwerke, die in der ganzen Welt bekannt waren. Es mochte Menschen geben, die behaupteten, die wunderschönen Fassaden seien eben nur *Fassaden*: Wie die Hand eines Bühnenzauberers dienten sie lediglich dazu, den Blick von den wirklich wichtigen Dingen in dieser Stadt abzulenken, die in der Regel nur zum Nutzen handverlesener kleiner Gruppen getätigt wurden.

Buchanan hatte gelernt, dass die beste Grundlage für wirkungsvolle und langfristige Macht letztendlich in einer milden Herrschaft bestand, die von wenigen Menschen über viele ausgeübt wurde; denn die meisten Leute interessierten sich nicht für Politik. Es galt, ein geschicktes Gleichgewicht zu wahren, sodass die Wenigen sanft und zivilisiert über den Vielen standen. Buchanan wusste, dass das perfekteste Beispiel der Weltgeschichte in dieser Stadt existierte.

Er schloss die Augen und ließ sich von der Dunkelheit umfangen, ließ frische Energie in seinen Körper strömen, denn morgen stand ihm ein Kampf bevor. Doch es versprach eine sehr lange Nacht zu werden, denn in Wahrheit war Buchanans Leben ein langer Tunnel ins Nichts geworden. Doch wenn es ihm gelang, auch für Thornhills Untergang zu sorgen, war es die Sache wert. Ein winziger Riss in der Finsternis genügte. Hoffentlich hatte er Glück.

KAPITEL 4

Der Wagen, der über den Highway fuhr, hielt sich genau an die Geschwindigkeitsbegrenzung. Der Mann saß am Steuer, die Frau neben ihm. Beide wirkten starr und angespannt, als befürchte der eine den Angriff des anderen.

Als über ihnen ein Jet mit ausgefahrenem Fahrwerk donnernd auf die Landebahn des Dulles Airport einschwebte, schloss die Frau auf dem Beifahrersitz die Augen. Sie stellte sich vor, sich an Bord der Maschine zu befinden und sich auf eine weite Reise vorzubereiten, statt zur Landung anzusetzen. Als sie die Augen langsam wieder öffnete, bog der Wagen vom Highway ab, und sie ließen den beunruhigenden Schein der Natriumleuchten hinter sich. Bald fuhren sie an unregelmäßigen Baumreihen vorüber, die zu beiden Seiten der Straße standen. Die breiten, grasbewachsenen Straßengräben waren tief und morastig, und die Scheinwerfer, die in die Finsternis stachen, waren die einzige Lichtquelle.

»Ich verstehe nicht, warum Agentin Reynolds heute Abend nicht kommen kann«, sagte die Frau.

»Die Antwort ist ganz einfach, Faith«, erwiderte Special Agent Ken Newman. »Sie sind nicht der einzige Fall, an dem Reynolds ermittelt. Aber so fremd bin ich Ihnen doch auch nicht, oder? Wir werden uns bloß ein wenig unterhalten, wie zuvor schon. Tun Sie einfach so, als wäre ich Brooke Reynolds. Wir gehören doch alle zum gleichen Team.«

Der Wagen bog in eine andere, noch abgelegenere Straße ein. Auf dieser Strecke wichen die Bäume abgeholzten, gerodeten Flächen, die auf den letzten Schliff durch Bulldozer warteten. In einem Jahr würden hier fast so viele Eigenheime stehen wie zuvor Bäume, denn die Stadt wuchs unaufhaltsam. Momentan sah das Land verwüstet und nackt aus – und trist. Wahrscheinlich lag es an der Zukunft dieser Gegend. Was das betraf, so waren die Aussichten für Faith Lockhart ähnlich zweifelhaft.

Newman warf ihr einen kurzen Blick zu. Widerwillig musste er sich eingestehen, dass er sich in Gegenwart dieser Frau unbehaglich fühlte, als säße er neben einer Handgranate, von der er nicht wusste, wann sie hochging. Nervös verlagerte er sein Gewicht im Fahrersitz. An der Stelle, an der sich üblicherweise das Leder des Schulterhalfters rieb, war seine Haut nicht schwielig wie bei den meisten Menschen, die häufig ein Halfter trugen, sondern wund und gerötet. Ironischerweise hatte er den Eindruck, dass das schmerzhafte Brennen ihn gereizt machte, da er sich nie entspannte. Es war eine deutliche Warnung, dass sich dieses leichte Unbehagen tödlich auswirken konnte, wenn er unachtsam wurde. Doch heute Abend rieb der Halfter nicht an seiner Haut, denn Newman trug eine kugelsichere Weste. Der Schmerz und sein erhöhtes Wahrnehmungsvermögen waren nicht annähernd so stark wie sonst.

Faith spürte das Rauschen des Blutes in den Ohren. All ihre Sinne waren dermaßen angespannt, als würde sie tief in der Nacht im Bett liegen und fremdartige, beunruhigende Geräusche hören. Als Kind konnte man zum Bett der Eltern flüchten und zu ihnen steigen; man wurde zugedeckt und von liebenden, verständnisvollen Armen umschlungen. Doch Faiths Eltern lebten nicht mehr, und sie war inzwischen sechsunddreißig Jahre alt. Wen gab es schon noch, der Faith Lockhart trösten konnte?

»Nach heute Abend wird Agentin Reynolds sich wieder um Sie kümmern«, sagte Newman. »Sie kommen gut mit ihr zurecht, nicht wahr?«

»Ich weiß nicht, ob ›gut zurechtkommen‹ zu einer Situation wie dieser passt.«

»Aber sicher. Es ist sogar sehr wichtig. Reynolds ist ziemlich geradeheraus. Glauben Sie mir – wenn es Reynolds nicht gäbe, würde die Sache nirgendwo hinführen. Sie haben uns noch nicht viel Brauchbares gesagt, aber Brooke Reynolds glaubt an Sie. Solange Brooke ihre Zuversicht behält, haben Sie eine mächtige Verbündete. Sie kümmert sich wirklich um einen.«

Faith schlug die Beine übereinander und verschränkte die Arme vor der Brust. Sie war etwa einssiebzig groß; ihr Oberkörper war zu kurz, und ihr Busen hätte üppiger sein können, doch ihre Beine waren lang und schön geformt. Wenn sie schon nichts anderes vorzuweisen hatte – auf ihre Beine war Verlass, falls sie mal Beachtung brauchte. Die langen, schlanken Muskeln ihrer Ober- und Unterschenkel, die sich unter den dünnen Nylonstrümpfen abzeichneten, sorgten dafür, dass auch Newmans Blick mehrmals auf ihre Beine fiel. Faith bemerkte, dass er allmählich Interesse an ihr entwickelte.

Mit einem Kopfrucken warf sie ihr langes, rötlich braunes Haar nach hinten und legte die Finger auf ihren Nasenrücken. In ihrem Haar hatten sich ein paar dünne weiße Strähnen gebildet. Noch fielen sie nicht auf, aber das würde sich im Lauf der Zeit ändern. Faith stand unter so schrecklichem Druck, dass er äußere Spuren hinterlassen *musste*. Dabei war neben ihrem Fleiß und ihrer geistigen Beweglichkeit auch ihr gutes Aussehen ihrer Karriere sehr dienlich gewesen; das wusste Faith. Es war verkehrt zu glauben, körperliche Vorzüge wären im Beruf bedeutungslos. Sie spielten sogar eine große Rolle, besonders wenn man es als Frau überwiegend mit Männern zu tun hatte, und das war während Faiths Laufbahn stets so gewesen.

Das breite Lächeln, das man ihr schenkte, wenn sie beispielsweise das Büro eines Senators betrat, hatte weniger mit ihrem wachen Verstand als mit den kurzen Röcken zu tun, die sie gern trug. Manchmal war es geradezu lächerlich einfach: Faith sprach über hungernde Kinder, über Familien, die in den Gossen ferner Städte dahinvegetierten – und die Kerle starrten ihre Brüste an. Was das betraf, war Testosteron die größte Schwäche der Männer und der größte Vorteil der Frauen. Zumindest half es, Platz auf einem Spielfeld zu schaffen, das bisher allein Männern vorbehalten war.

»Es ist schön, so geliebt zu werden«, sagte Faith. »Aber wenn man in einer Gasse aufgelesen wird und sich dann mitten in der Nacht am Ende der Welt wiederfindet – das ist ein bisschen viel, finden Sie nicht auch?«

»Wir konnten Sie doch nicht einfach in die Washingtoner Außenstelle reinmarschieren lassen. Sie sind die Starzeugin einer Ermittlung, die sich als höchst wichtig erweisen könnte. Das Versteck ist sicher.«

»Das heißt, es ist perfekt für einen Hinterhalt. Woher wissen Sie, dass man uns nicht verfolgt hat?«

»Man *hat* uns verfolgt. Aber es waren unsere eigenen Leute. Wäre uns irgendein anderer gefolgt, hätten die Jungs es gemerkt und uns nicht weiterfahren lassen, glauben Sie mir. Hinter uns war ein Wagen, bis wir vom Highway abgebogen sind. Jetzt ist keiner mehr da.«

»Dann ist Ihre Truppe also unfehlbar. Mit solchen Leuten hätte ich auch gern zusammengearbeitet. Wo haben Sie solche Könner her?«

»Hören Sie ... Wir sind Profis, ja? Entspannen Sie sich.« Doch während Newman diese Worte sagte, schaute er in den Rückspiegel.

Als sein Blick jäh auf das Handy fiel, das auf der Mittelkonsole lag, konnte Faith unschwer seine Gedanken lesen. »Aha. *Jetzt* hätten Sie wohl lieber Verstärkung?«

Newman warf ihr einen raschen Blick zu, erwiderte aber nichts.

»Okay«, sagte Faith. »Nehmen wir uns mal die wichtigsten Punkte vor. Was habe ich überhaupt davon? Darüber haben wir noch nie richtig gesprochen.«

Da Newman nicht antwortete, musterte Faith ein paar Sekunden lang sein Profil und versuchte, sich über seine nervliche Verfassung im Klaren zu werden. Dann streckte sie die Hand aus und berührte seinen Arm.

»Ich bin sehr große Risiken eingegangen«, sagte sie und

spürte, dass sich bei der Berührung ihrer Finger seine Muskeln spannten. Doch sie zog die Hand nicht zurück, sondern drückte ein wenig kräftiger zu. Ihre Fingerspitzen konnten nun den Stoff seines Jacketts von dem des Hemdes unterscheiden. Als Newman sich ein Stück zu ihr herumdrehte, sah Faith zum ersten Mal seine kugelsichere Weste. Ihr Mund wurde trocken, und sie zog die Hand zurück, als hätte sie sich verbrannt.

Newman schaute sie kurz an. »Ich kann es Ihnen erklären. Was genau man Ihnen anbietet, weiß ich leider nicht. Bisher haben Sie uns eigentlich noch nichts gesagt. Aber wenn Sie sich an die Regeln halten, wenn Sie uns sagen, was wir wissen müssen, dann haben Sie bald eine neue Identität und können auf den Fidschi-Inseln Muscheln verkaufen, während Ihr Partner und seine Spielgefährten langjährige Gäste der Regierung sein werden. Machen Sie sich nicht zu viele Gedanken. Versuchen Sie einfach, die Sache durchzustehen. Vergessen Sie nicht, dass wir auf Ihrer Seite sind. Wir sind Ihre einzigen Freunde.«

Faith lehnte sich zurück und löste den Blick endlich von Newmans kugelsicherer Weste. Sie gelangte zu dem Schluss, dass es an der Zeit sei, die Bombe platzen zu lassen. Sie konnte es ebenso gut bei Newman probieren wie bei Brooke Reynolds. Brooke und Faith waren ganz gut miteinander ausgekommen. Zwei Frauen in einem Meer von Männern. Auf subtile Weise hatte die FBI-Agentin bestimmte Dinge verstanden, die ein Mann nie begriffen hätte. Andererseits waren sie wie zwei streunende Katzen gewesen, die lauernd eine Fischgräte umkreisten.

»Ich will Buchanan mit im Boot haben. Ich weiß, dass ich ihn dazu bringen kann. Wenn wir zusammenarbeiten, hat Ihr Fall viel mehr Gewicht.« Sie stieß die Worte rasch hervor und war erleichtert, als sie endlich heraus waren.

Newmans Gesicht verriet sein Erstaunen. »Faith, wir sind zwar ziemlich flexibel, aber wir machen auf keinen Fall ein Geschäft mit dem Typen, von dem Sie behaupten, dass er hinter der ganzen Sache steckt.«

»Sie kennen die Hintergründe eben nicht. Seine Motive. Er ist kein schlechter Kerl. Er gehört zu den Guten.«

»Er hat gegen das Gesetz verstoßen. Sie haben gesagt, dass er Regierungsbeamte bestochen hat. Das reicht.«

»Wenn Sie erst einmal wissen, *warum* er es getan hat, werden Sie anders darüber denken.«

»Bauen Sie Ihre Hoffnungen nicht auf diese Strategie, Faith. Das sollten Sie sich nicht antun.«

»Und wenn ich nun sage, so oder gar nicht?«

»Dann machen Sie den größten Fehler Ihres Lebens.«

»Mit anderen Worten – er oder ich?«

»Die Wahl dürfte Ihnen nicht schwer fallen.«

»Dann muss ich noch einmal mit Agentin Reynolds sprechen.«

»Sie wird Ihnen das Gleiche sagen.«

»Da wäre ich nicht so sicher. Ich kann ganz schön überzeugend sein. Außerdem bin ich im Recht.«

»Sie haben ja keine Ahnung, um was es geht, Faith. Nicht FBI-Agenten entscheiden darüber, wer angeklagt wird, sondern der Staatsanwalt. Selbst wenn Reynolds sich auf Ihre Seite schlägt – was ich bezweifle –, kann ich Ihnen jetzt schon sagen, dass es keine Möglichkeit gibt, den Staatsanwalt rumzukriegen. Wenn er eine Gruppe mächtiger Politiker abschießen will und ausgerechnet mit dem Typen einen Deal macht, den er vorher in die Scheiße geritten hat, ist er als Nächster an der Reihe und wird seinen Job los. Wir sind hier in Washington und haben es nicht mit Schimpansen, sondern mit acht Zentner schweren Gorillas zu tun. Wenn die Sache herauskommt, werden die Medien ausrasten. Hinter den Kulissen wird man mit Überlichtgeschwindigkeit irgendwelche Deals abwickeln und uns am Ende des Tages allesamt rösten. Es heißt Buchanan oder gar nichts.«

Faith lehnte sich zurück und schaute zum Himmel. Einen Moment lang stellte sie sich zwischen den Wolken Danny Buchanan vor, der in einer engen, dunklen Gefängniszelle hockte. Sie durfte es nicht so weit kommen lassen. Sie musste mit Reynolds und der Staatsanwaltschaft reden, damit auch Buchanan Immunität erhielt. Nur so konnte die Sache gut gehen. Doch Newman hörte sich sehr überzeugt an. Und was er sagte, klang verdammt logisch. Sie waren in Washington.

So plötzlich, wie ein Streichholz aufflammt, war Faiths Zuversicht verschwunden. Hatte sie, die vollkommene Lobbyistin, die schon Gott weiß wie lange politische Punktezettel vergeben hatte, die hiesige Lage falsch eingeschätzt?

»Ich müsste mal auf die Toilette«, sagte sie.

»Wir sind in einer Viertelstunde beim Haus.«

»Und wenn Sie die nächste Straße links nehmen, sind wir anderthalb Kilometer weiter an einer Tankstelle, die rund um die Uhr auf hat.«

Newman schaute sie überrascht an. »Woher wissen Sie das?«

Faith erwiderte seinen Blick mit einer Zuversicht, die ihre aufsteigende Panik übertünchte. »Ich weiß immer gern, worauf ich mich einlasse. Das schließt auch die Menschen und die Gegend mit ein.«

Newman antwortete zwar nicht, bog aber nach links ab. Bald darauf gelangten sie zu einer gut beleuchteten Exxon-Tankstelle, zu der auch ein Laden gehörte. Trotz der abgeschiedenen Lage musste der Highway ganz in der Nähe sein, denn auf dem Parkplatz standen eine Menge Laster, deren Fahrer sich im Laden der Tankstelle offenbar mit allem Nötigen versorgten. Männer mit Stiefeln, Cowboyhüten, Wrangler-Jeans und Windjacken, die Embleme von Fahrzeugherstellern zeigten, schlenderten über den Parkplatz. Andere tankten geduldig ihre Trucks. Wieder andere nippten an heißem Kaffee. Vor ihren müden, ledrigen Gesichtern stiegen winzige Dampfwölkchen auf. Niemand schenkte der Limousine Beachtung, die vor der Toilette hielt, die auf der Rückseite des Gebäudes lag.

Faith schloss die Tür hinter sich ab, klappte den Deckel der Toilette herunter und setzte sich darauf. Alles, was sie brauchte, war Zeit zum Nachdenken und um die Panik unter Kontrolle zu bringen, die aus allen Richtungen auf sie einstürmte. Sie schaute sich um, und geistesabwesend nahm ihr Blick die handgeschriebenen Kritzeleien auf der abblätternden gelben Farbe wahr, mit der die Wände gestrichen waren. Einige obszöne Sprüche und Zeichnungen ließen Faith geradezu erröten. Andere Kritzeleien waren in ihrer Primitivität witzig, andere schreiend komisch. Möglicherweise stellten sie alles in den Schatten, was an die Wände des benachbarten Männerklos geschmiert war, auch wenn die meisten es vermutlich für unmöglich gehalten hätten. Aber Männer unterschätzten Frauen ständig.

Faith stand auf, spritzte sich kaltes Wasser ins Gesicht und trocknete sich mit einem Papierhandtuch ab. Sie spürte, wie ihr plötzlich die Knie weich wurden, und sie hielt sich am fleckigen Porzellan des Waschbeckens fest. Immer wieder war sie von dem Albtraum geplagt worden, so etwas könnte bei ihrer Hochzeit passieren – dass sie vor dem Traualter bewusstlos umkippte. Tja, darum brauchte sie sich jetzt wohl keine Sorgen mehr zu machen. Sie hatte in ihrem ganzen Leben keine dauerhafte Beziehung gehabt, es sei denn, sie zählte einen gewissen Jungen dazu, dessen himmelblaue Augen sie nie vergessen würde. Damals war sie in der fünften Klasse gewesen.

Danny Buchanan hatte ihr eine bleibende Freundschaft geschenkt. Er war in den letzten fünfzehn Jahren ihr Mentor und Ersatzvater gewesen. Im Unterschied zu allen anderen hatte er ihre Fähigkeiten erkannt und ihr eine Chance gegeben, als sie verzweifelt danach suchte. Faith war mit grenzenlosem Ehrgeiz und Begeisterung, doch ohne irgendein festes Ziel nach Washington gekommen. Lobbyismus? Sie hatte zwar nichts davon verstanden, aber es hatte sich interessant angehört. Und lukrativ. Ihr Vater war ein gutmütiger, aber zielloser Wanderer gewesen, dessen Weg von einer Geschäftsidee, die ihn reich machen sollte, zur nächsten führte, und hatte Frau und Tochter dabei mitgeschleppt. Er hatte zu den tragischen Menschen gehört – ein Visionär, dem die Fähigkeit fehlte, seine Visionen zu verwirklichen. Die Dauer einträglicher Jobs hatte er nicht nach

Jahren gemessen, sondern nach Tagen, sodass ihr Leben von ständiger Existenzangst bestimmt gewesen war. Wenn seine Pläne fehlgeschlagen waren und er das Geld anderer Menschen verloren hatte, hatte er mit seiner Frau und Faith die Flucht ergriffen. Hin und wieder waren sie obdachlos gewesen und hatten öfter gehungert als sich satt gegessen. Trotzdem war Faiths Vater immer wieder auf die Beine gekommen, wenn auch schwankend. Bis zu seinem Todestag. Die Armut war geblieben – und eine bohrende Erinnerung für Faith.

Sie hatte ein gutes und sicheres Leben führen wollen, ohne von irgendjemandem abhängig zu sein. Buchanan hatte ihr die Gelegenheit verschafft, diesen Traum zu verwirklichen – und noch viel mehr: Er hatte nicht nur eine Vision gehabt, sondern auch die Fähigkeit, seine Ideen wahr werden zu lassen. Faith hätte ihn niemals betrügen können. Sie empfand tiefe Achtung vor dem, was Buchanan getan hatte und immer noch tat, mit aller Kraft. Er war der Fels, den Faith in diesem Stadium ihres Lebens gebraucht hatte.

Doch im letzten Jahr hatte ihr Verhältnis sich verändert. Buchanan zog sich immer mehr zurück und redete nicht mehr mit ihr; er war reizbar geworden und brauste bei jeder Gelegenheit auf. Als Faith ihn bedrängte, ihr anzuvertrauen, was ihn beunruhigte, war er noch verschlossener geworden. Dabei hatten sie sich so nahe gestanden, dass Faith dieser neue, geheimnistuerische Buchanan regelrecht fremd erschien. Sie kamen nicht einmal mehr zu ihren ausführlichen Strategiesitzungen zusammen. Buchanan bat sie auch nicht mehr, ihn auf seinen Reisen zu begleiten.

Und dann hatte Buchanan etwas Schreckliches getan: Er hatte sie belogen. Die Sache an sich war völlig trivial gewesen, die Auswirkungen jedoch ernst. Wenn er sie schon bei Kleinigkeiten belog – was hielt er dann an Wichtigem vor ihr geheim, fragte sich Faith. Bei einer letzten Auseinandersetzung hatte Buchanan ihr gesagt, dass es nicht gut für sie wäre, wenn sie den Grund für seine Sorgen erführe. Und dann hatte er die größte Bombe explodieren lassen.

Falls sie kündigen wolle, stehe es ihr frei, hatte Buchanan erklärt und hinzugefügt, dass es vielleicht sogar an der Zeit sei. Kündigen! Für Faith war es so schlimm, als hätte der eigene Vater ihr gesagt, sie solle sich endlich davonscheren.

Warum hatte Buchanan gewollt, dass sie ging? Faith hatte diese Frage lange zu schaffen gemacht, bis ihr schließlich die Wahrheit dämmerte. Irgendjemand war Danny auf der Spur. Irgendjemand war hinter ihm her, und er wollte nicht, dass sie sein Schicksal teilte. Faith hatte es ihm ins Gesicht gesagt. Er hatte es rundheraus abgestritten und dann darauf bestanden, dass sie endlich ging. Edel bis zum Ende.

Doch wenn Buchanan sich schon weigerte, sie ins Vertrauen zu ziehen, wollte Faith wenigstens einen eigenen Kurs für sie beide abstecken. Nach langem Überlegen war sie zum FBI gegangen. Schließlich bestand die Möglichkeit, dass das FBI Dannys Geheimnis entdeckt hatte, was die Sache, wie Faith sich gesagt hatte, vielleicht leichter machte. Nun aber überfielen sie tausend Zweifel, was ihren Entschluss betraf, beim FBI auszupacken. War sie wirklich so naiv gewesen zu glauben, das FBI würde Danny Buchanan einen roten Teppich ausrollen, um ihn zum Zeugen der Anklage zu machen? Nun verwünschte sie sich, weil sie ihnen Dannys Namen genannt hatte, auch wenn er in Washington eine von vielen Berühmtheiten war und das FBI so oder so die Verbindung gezogen hätte. Man wollte Danny ins Gefängnis stecken. Sie oder Danny. War das die Wahl, die sie treffen musste? Sie hatte sich noch nie so allein gefühlt.

Faith warf einen Blick in den zersprungenen Toilettenspiegel. Es sah aus, als wollten die Knochen ihres Gesichts die Haut durchstoßen. Ihre Augenhöhlen wirkten hohl. Ein Zentimeter Haut zwischen ihr und dem Nichts. Ihre großartige Vision, der Ausweg für sie beide, war plötzlich zu einem freien Fall von irrsinnigen, Schwindel erregenden Ausmaßen geworden. Ihr streunender Vater hätte gepackt und sich bei Nacht und Nebel davongemacht. Was sollte sie, seine Tochter, jetzt tun?

KAPITEL 5

Als Lee über den Flur ging, zückte er seine Pistole und hielt sie vor sich. Mit der anderen Hand schwang er langsam und gleichmäßig die Taschenlampe.

Der erste Raum, in den er schaute, war die Küche. Sie enthielt einen kleinen Kühlschrank aus den fünfziger Jahren – einen echten Stromfresser – und einen abgetretenen, schwarz-gelb karierten Linoleumboden. Die Wandfarbe war auf Grund von Wasserschäden hier und da verschossen. Die Decke war noch nicht fertig; die Balken und die Unterseite der oberen Etage waren deutlich zu sehen. Lee betrachtete alte Kupferrohre und neue Verbindungsstücke aus PVC, die, um mehrere Ecken verlegt, unter freigelegten, angedunkelten Wandhaken verliefen.

Die Küche roch nicht nach Essen, nur nach Öl, das sich wahrscheinlich in den Herdbrennern und dem Innern des Rauchabzugs verhärtet hatte und nun vermutlich von Myriaden Bakterien wimmelte. Ein verkratzter Resopaltisch und vier Metallklappstühle mit Vinylrücken standen mitten im Zimmer. Die Schränke waren leer; Geschirr war nirgends zu sehen. Auch keine Trockentücher, keine Kaffeemaschine, keine Gewürzbehälter oder irgendwelche anderen Gegenstände mit persönlicher Note, die den Eindruck erwecken könnten, die Küche sei irgendwann im letzten Jahrzehnt benützt worden. Ihm war, als sei er in die Vergangenheit gereist oder auf einen privaten Atombunker gestoßen, wie man sie in den hysterischen fünfziger Jahren errichtet hatte.

Das kleine Speisezimmer lag der Küche genau gegenüber.

Lee schaute sich die hüfthohe Holztäfelung an, die sich im Lauf der Jahre verdunkelt und Risse aufgeworfen hatte. Ihm war plötzlich kalt, obwohl die Luft abgestanden und drückend war. Das Haus verfügte offenbar über keine Zentralheizung, und Lee hatte auch keine offen installierte Klimaanlage gesehen. Und draußen war ihm kein Heizöltank aufgefallen, jedenfalls nicht zu ebener Erde. Lee beäugte die Heizstrahler, die vor der Wand am Boden standen. Ihre Kabel waren in Steckdosen gestöpselt. Wie in der Küche war auch hier, im Speisezimmer, die Decke noch nicht fertig. Das Stromkabel, das zu einer staubbedeckten Deckenlampe führte, verlief durch Löcher, die man durch die Balken gebohrt hatte. Lee vermutete, dass die Stromleitung erst nach dem Bau des Hauses verlegt worden war.

Als er über den Flur in den vorderen Teil ging, trat er in den unsichtbaren Lichtstrahl, der in Kniehöhe von einer Wand zur anderen verlief, und irgendwo im Haus ertönte ein kaum hörbares Klicken. Lee zuckte kurz zusammen, schwenkte die Mündung der Waffe herum und entspannte sich wieder. Das Haus war alt, und alte Gebäude erzeugten nun mal viele Geräusche. Lee war nur ein wenig nervös; aber das war nicht verwunderlich. Das Haus und die Umgebung hätten sehr gut in einen Film wie *Freitag der Dreizehnte* gepasst.

Lee betrat einen der vorderen Räume. Dort sah er im Strahl der Taschenlampe Möbel, die man an die Wände geschoben hatte. Im Staub auf dem Boden fanden sich Schleifspuren und Fußabdrücke. In der Mitte eines Zimmers gab es mehrere Klappstühle und einen rechteckigen Tisch; an einem Ende dieses Tisches standen mehrere Styroporbecher neben einer Kaffeemaschine, einer Packung Kaffee, Milch und Zucker.

Lee nahm das alles mit einem Blick wahr. Dann sah er die Fenster und kniff die Augen zusammen. Die Fenster waren mit großen Sperrholzplatten vernagelt, halb verdeckt von den schweren zugezogenen Vorhängen.

»Verdammt«, murmelte Lee. Er entdeckte schnell, dass

auch die kleinen quadratischen Haustürfenster mit Pappdeckeln abgedichtet worden waren. Verrückt. Lee nahm den Fotoapparat hervor und machte ein paar Aufnahmen.

Da er die Suche so schnell wie möglich abschließen wollte, eilte er die Treppe hinauf in den ersten Stock. Vorsichtig öffnete er die Tür zum ersten Schlafzimmer, spähte hindurch und sah ein kleines, gemachtes Bett. Ein schimmeliger Geruch schlug ihm entgegen. In diesem Zimmer waren auch die Wände noch nicht fertig: Lee drückte eine Hand gegen die rauen Planken und spürte sofort den Luftzug, der von draußen durch die Risse drang. Für einen Augenblick war er erstaunt, als er einen dünnen Lichtstrahl sah, der vom höchsten Punkt der Wand ins Zimmer fiel. Dann wurde ihm klar, dass es der Mondschein war. Er fiel durch einen Spalt an der Stelle, an der Wand und Dach aufeinander stießen.

Vorsichtig öffnete Lee die Tür des Einbauschranks. Sie stieß ein protestierendes Quietschen aus, dass Lee vor Schreck der Atem stockte. Keine Kleider, nicht mal ein Kleiderbügel. Lee schüttelte den Kopf und ging in das angrenzende Bad. Hier gab es eine modernere, abgehängte Decke, einen Linoleumboden mit Kieselmuster und Wände aus Dämmplatten mit abblätternden geblümten Tapeten. Die Dusche war ein Kasten aus Fiberglas. Doch es gab weder Handtücher noch Toilettenpapier oder Seife. Mit Duschen war es also nichts, nicht mal mit Frischmachen.

Lee ging in das nächste, nebenan liegende Schlafzimmer. Hier war der Schimmelgeruch so intensiv, dass Lee sich beinahe die Nase zuhalten musste. Der Schrank war ebenfalls leer.

Irgendwie passte alles nicht zusammen. Lee stand in einer Pfütze aus Mondlicht, das durchs Fenster fiel, und spürte, wie der Luftzug seinen Nacken kitzelte – der Hauch kam durch Risse und Spalten in den Wänden. Lee schüttelte den Kopf. Was trieb Faith Lockhart hier? Lee hatte vermutet, dass sie dieses Haus als eine Art Liebesnest nutzte, auch wenn er sie hier nur mit einer hoch gewachsenen Frau gesehen hatte. Man weiß ja nie, wo die Vorlieben mancher Leute liegen. Aber in dieser verfallenen, muffigen Bruchbude konnten sie es unmöglich miteinander getrieben haben.

Lee ging wieder nach unten, durchquerte den Flur und betrat den zweiten Raum, den er für das Wohnzimmer hielt. Auch hier waren die Fenster vernagelt. An einer Wand stand ein Bücherregal ohne Bücher. Wie in der Küche war auch hier die Decke noch nicht fertig. Als Lee den Strahl der Taschenlampe nach oben richtete, sah er kurze Holzstücke, die x-förmig zwischen den Deckenbalken festgenagelt waren und eine Art Gitter bildeten. Ihr Holz unterschied sich deutlich von dem älteren des Gebälks: Es war heller und hatte eine andere Maserung. Waren es Zusatzstützen? Wozu dienten sie?

Lee schüttelte den Kopf wie jemand, der sich seinem Schicksal ergibt. Nun musste er sich auch noch darum sorgen, dass ihm jeden Moment die erste Etage auf den Kopf stürzen konnte. Er stellte sich vor, was die Presse schreiben würde. Die Schlagzeile würde vermutlich lauten: GLÜCKLOSER PRIVATDETEKTIV VON DUSCHKABINE ERSCHLAGEN, und darunter: DIE STEINREICHE WITWE: »KEIN KOMMENTAR.«

Als Lee in die Runde leuchtete, erstarrte er. In einer Wand befand sich eine Tür. Höchstwahrscheinlich ein Einbauschrank. Daran war nichts ungewöhnlich, sah man davon ab, dass die Tür mit einem Schloss versehen war. Lee ging hinüber, betrachtete sie eingehend und musterte den kleinen Haufen Sägemehl, der genau unter dem Schloss am Boden lag. Offensichtlich war es übrig geblieben, als jemand die Löcher für das Schloss in die Holztür gebohrt hatte. Ein Schloss mit Feststeller. Ein Sicherheitsschloss, das man erst kürzlich an einer Schranktür befestigt hatte – in einem Haus am Arsch der Welt. Was konnte hier so wertvoll sein, dass man diese Mühe auf sich nahm?

»Verdammt«, fluchte Lee noch einmal. Er wollte verschwinden, konnte den Blick aber nicht von dem Türschloss nehmen. Wenn Lee Adams überhaupt einen Fehler hatte – und in seiner Branche konnte man es kaum als Fehler bezeichnen, im Gegenteil –, dann war es Neugier. Geheimnisse zogen ihn an, und Menschen, die irgendetwas vor ihm verbergen wollten, machten ihn wild. Als bodenständiger Bursche, der fest davon überzeugt war, dass reiche Mächte die Erde beherrschen und normalen Menschen wie ihm nur Ärger machten, glaubte Lee aus tiefster Seele an die Notwendigkeit, diese Mächte bloßstellen zu müssen. Und um dies in die Tat umzusetzen, klemmte er sich nun die Taschenlampe unter die Achselhöhle, schob die Waffe ins Halfter und zückte seinen elektrischen Türschlossknacker. Seine Finger arbeiteten flink, als er einen neuen Dietrich in das Gerät schob; dann holte er tief Luft, steckte den Dietrich ins Schloss und aktivierte das Gerät.

Als der Riegel zurückglitt, atmete Lee erneut tief durch, zückte die Pistole, richtete sie auf die Tür und drückte die Klinke herunter. Eigentlich glaubte er nicht, dass jemand sich in dem Schrank eingeschlossen hatte und ihm nun ins Gesicht springen würde; andererseits hatte er schon seltsamere Dinge gesehen. Vielleicht hielt sich doch jemand hinter der Tür auf.

Als Lee sah, was der Schrank enthielt, wünschte er sich beinahe, jemand hätte ihm aufgelauert. Dann wären seine Probleme einfacher gewesen. Er fluchte mit zusammengebissenen Zähnen, steckte die Pistole weg und machte, dass er davonkam.

Aus dem Schrankinneren fiel der Schein der blinkenden roten Lichter aus der Apparatur verschiedener elektronischer Geräte durch die offene Tür.

Lee stürmte ins andere Zimmer, leuchtete mit gleichmäßigen Bewegungen die Wände ab. Dann sah er es. In die Wand neben der Zierleiste war ein Kameraobjektiv eingelassen. Wahrscheinlich eine nadeldünne Linse, die speziell für verdeckte Überwachungen entwickelt worden war. Bei der erbärmlichen Beleuchtung war sie unmöglich zu sehen, doch der Strahl der Taschenlampe brachte sie zum Aufblinken. Als Lee den Lichtkegel im Kreis bewegte, entdeckte er drei weitere Objektive.

Gütiger Himmel! Das Geräusch, das er vor einiger Zeit gehört hatte, hatte vermutlich irgendein Gerät eingeschaltet, das die Kameras steuerte. Lee eilte zum Wohnzimmerschrank zurück und ließ die Taschenlampe vor dem Videorecorder aufleuchten.

Wo war der Auswurfschalter, verdammt? Lee entdeckte ihn schließlich und betätigte ihn, doch nichts geschah. Er drückte den Schalter mehrmals. Dann betätigte er die anderen. Nichts. Schließlich fiel sein Blick auf das *zweite* kleine Infrarotportal an der Vorderseite des Gerätes, und er hatte seine Antwort. Der Recorder wurde ferngesteuert. Man hatte die Schaltungen überbrückt.

Lee gefror das Blut in den Adern, als er daran dachte, welche Weiterungen sich hinter dieser Sache auftaten. Er fragte sich, ob er eine Kugel in die Kiste jagen sollte, damit sie das kostbare Videoband ausspuckte. Aber er hatte keine Ahnung, ob das verfluchte Ding gepanzert war und er sich womöglich einen Querschläger einfing. Angenommen, die Anlage war mit einer Echtzeit-Satellitenverbindung ausgerüstet, und das Band diente nur als Sicherheitskopie? Gab es hier etwa auch eine Kamera? Vielleicht beobachtete man ihn in diesem Augenblick. Eine lächerliche Sekunde lang war er versucht, den möglichen Beobachtern wenigstens die Zunge herauszustrecken.

Lee wollte erneut die Flucht ergreifen, als ihm plötzlich eine Idee kam. Er schob die Hand in den Rucksack. Seine sonst so ruhigen Finger zitterten nun leicht und schlossen sich krampfhaft um den kleinen Behälter. Lee zog ihn hervor und kämpfte eine Sekunde mit dem Deckel; dann gelang es ihm, den kleinen, aber starken Magneten herauszunehmen.

Magneten waren ein beliebtes Einbruchwerkzeug, denn sie eigneten sich ideal dazu, Fensterbolzen aufzuspüren und freizubekommen, wenn man sich erst durchs Glas geschnitten hatte. Anderenfalls konnten diese Bolzen den geschicktesten Einbrecher schachmatt setzen. Nun aber sollte der Magnet die umgekehrte Rolle spielen: Er sollte Lee nicht beim Einbrechen helfen, sondern ihn bei seinem hoffentlich spurlosen, unsichtbaren Abgang unterstützen.

Lee nahm den Magneten in die Hand, ließ ihn über die Vorderseite des Videorecorders und dann über dessen Oberseite gleiten – so oft, wie er es in der einen Minute konnte, die er sich erlaubte, bevor er um sein Leben laufen wollte. Er betete darum, dass die Magnetfelder die Bilder auf dem Band löschten. Die Bilder von ihm.

Als die Minute um war, warf Lee den Magneten in den Rucksack zurück, wirbelte herum und rannte zur Tür. Nur Gott wusste, wer vielleicht schon auf dem Weg hierher war. Plötzlich stockte sein Schritt. Sollte er noch einmal zum Schrank zurück, den verdammten Recorder herausreißen und mitnehmen? Doch das nächste Geräusch, das er hörte, ließ ihn diesen Gedanken vergessen.

Ein Auto näherte sich.

»Verdammte Scheiße!«, zischte Lee. Faith Lockhart und ihre Begleiterin? Sie waren doch nur jeden zweiten Tag hier aufgekreuzt! Man konnte sich aber auch auf gar nichts mehr verlassen.

Lee stürmte in den Flur zurück, riss die Hintertür auf, rannte ins Freie, hetzte über die Terrasse, sprang und landete schwer im glatten Gras. Seine schuhlosen Füße rutschten aus, und er stürzte. Der Aufschlag ließ ihn nach Atem ringen, und er verspürte einen jähen, grellen Stich im Arm, wo sein Ellbogen auf den Boden geprallt war. Doch die Angst war ein großartiges Mittel gegen den Schmerz. Sekunden später war Lee auf den Beinen und jagte zum Waldrand.

Er war gerade hinter den ersten Bäumen verschwunden, als der Wagen am Haus vorfuhr. Die Scheinwerfer wippten auf und ab, als er von der flachen Straße auf den unebenen Boden fuhr. Lee machte noch einige Schritte, dann war er zwischen den Bäumen und ging in Deckung.

Der rote Leuchtpunkt hatte sich einige Sekunden lang auf Lees Brustkorb befunden. Serow hätte den Mann leicht erledigen können. Aber das hätte die Leute in dem Auto gewarnt. Der Ex-KGB-Mann richtete sein Gewehr auf die Tür an der Fahrerseite. Er hoffte, dass der im Wald verschwundene Mann nicht so dämlich war, noch einen Versuch zu machen. Er hatte bis jetzt sehr viel Glück gehabt und war dem Tod gleich zwei Mal entwischt. Man sollte sein Glück nicht versuchen. Außerdem zeugte es nicht von gutem Geschmack, überlegte Serow und blickte wieder durch das Laserzielfernrohr.

Lee hätte weiterflüchten sollen, er blieb aber keuchend stehen und schlich dann zum Waldrand zurück. Seine Neugier war immer sein größter Fehler gewesen. Außerdem – wer auch immer die elektronische Apparatur überwachte, hatte ihn wahrscheinlich längst identifiziert. Verdammt, diese Leute wussten wahrscheinlich schon, dass sein Zahnarzt lieber Coke als Pepsi trank. Also konnte er ebenso gut in der Nähe bleiben und beobachten, was sich nun tat. Wenn die Leute aus dem Wagen in Richtung Wald kamen, musste er eben machen, dass er davonkam, auch mit nackten Füßen. So einfach würden sie ihn nicht kriegen.

Lee duckte sich und zückte sein Nachtsichtgerät. Es war eine Neuentwicklung und dem Restlichtverstärker, mit dem er früher gearbeitet hatte, haushoch überlegen. Das Gerät benötigte überhaupt kein sichtbares Licht, sondern verwandelte Infrarotstrahlung in Bilder; im Gegensatz zu einem Verstärker konnte es dunkle Bilder von einem schwarzen Hintergrund unterscheiden: Die Wärmestrahlung wurde in kristallklare Bilder umgesetzt.

Als Lee die Schärfe einstellte, erschien ein grüner Bildschirm mit roten Bildern vor seinen Augen. Das Auto wirkte so nahe, als brauchte er nur die Hand auszustrecken, um es zu berühren. Die Motorhaube strahlte der großen Hitzeentwicklung wegen besonders hell. Lee beobachtete einen Mann, der an der Fahrerseite ausstieg. Er hatte ihn noch nie gesehen, aber die Frau, die auf der anderen Seite aus dem Wagen stieg und auf den Mann zuging, kannte er umso besser: Faith Lockhart.

Dann standen die beiden nebeneinander. Der Mann zögerte, als hätte er irgendetwas vergessen.

»Verdammt«, zischte Lee durch zusammengebissene Zähne. »Die Tür.« Er richtete sein Sichtgerät einen Moment auf die Hintertür des Cottage. Sie stand weit offen.

Der Mann hatte es allem Anschein nach gesehen. Er drehte sich um, wandte sich der Frau zu und griff in sein Jackett.

Serow, in der Deckung des Waldes, richtete den Laserpunkt auf den Halsansatz des Mannes. Er lächelte zufrieden. Der Mann und die Frau standen bestens in Position. Die Munition, die Serow benützte, war speziell für das Militär angefertigt: Stahlmantelgeschosse. Doch Serow interessierte sich nicht nur für Munition – auch für die Wunden, die sie schlug. Auf Grund der hohen Geschwindigkeit würde die Kugel selbst sich nur minimal verformen, wenn sie das Ziel durchschlug. Doch die Freisetzung der kinetischen Energie des Geschosses würde verheerende Verletzungen hervorrufen. Die Eintrittswunde, der Wundkanal und das Austrittsloch waren um ein Mehrfaches größer als die Kugel, bevor die Wunden sich teilweise wieder schlossen. Die Zerstörung von Gewebe und Knochen trat strahlenförmig auf, vergleichbar einem Erdbeben, das noch in weiter Ferne vom Epizentrum fürchterliche Schäden anrichtete. In Serows Augen war das auf schreckliche Weise schön.

Was das Maß an kinetischer Energie betraf, war die Geschwindigkeit das Entscheidende, denn sie wiederum bestimmte das Maß der Schäden, die das Ziel davontrug. Verdoppelte man das Gewicht einer Kugel, verdoppelte sich auch die kinetische Energie. Serow hatte jedoch schon vor langer Zeit gelernt, dass die kinetische Energie sich *vervierfachte*, wenn man die Geschwindigkeit der Kugel verdoppelte. Und seine Waffe und ihre Munition standen in Sachen Geschwindigkeit ganz weit oben. Ja, es war wunderschön.

Allerdings konnte die Kugel ihres Stahlmantels wegen einen Menschen leicht durchschlagen und den töten, der hinter ihm stand – ein bei Soldaten, die in die Schlacht zogen, nicht unbeliebtes Phänomen. Auch Killern, die es auf zwei Opfer abgesehen hatten, wussten diesen Effekt zu schätzen. Falls aber doch eine zweite Kugel nötig war, um die Frau zu erledigen – sei's drum. Munition war relativ billig. Und Menschen eben auch.

Serow holte kurz Luft, verharrte absolut regungslos und drückte leicht auf den Abzug.

»O Gott!«, rief Lee, als er sah, dass der Körper des Mannes zuckte und mit Wucht gegen die Frau geschleudert wurde. Die beiden stürzten zu Boden, als wären sie aneinander gekettet.

Lee rannte instinktiv aus dem Waldstück hervor, um der Frau zu helfen – als eine Kugel den Baum genau neben seinem Kopf traf. Sofort ließ Lee sich zu Boden fallen und kroch in Deckung. Schon schlug die nächste Kugel in seiner Nähe ein. Er lag auf dem Rücken und zitterte so heftig, dass er sich kaum auf das verdammte Fernrohr konzentrieren konnte; dennoch suchte er die Gegend ab, aus der die Schüsse seiner Meinung nach gekommen waren.

Wieder schlug ein Geschoss dicht neben ihm ein und schleuderte ihm Dreck ins Gesicht, der ihm in den Augen brannte. Wer immer sich da draußen versteckte, wusste, was er tat, und war gut genug bewaffnet, um einen Dinosaurier zu erledigen. Lee bemerkte, dass der Schütze sich immer besser auf ihn einschoss.

Dass der Mann einen Schalldämpfer benützte, erkannte Lee am Klang der Schüsse: Sie hörten sich an, als würde jemand mit der flachen Hand an eine Mauer klatschen. *Zack. Zack. Zack.* Wie platzende Luftballons auf einem Kinderfest und nicht wie kleine, kegelförmige Metallstücke, die mit einer Million Mach flogen, um einen Privatschnüffler umzunieten.

Abgesehen von der Hand, die das Fernrohr hielt, bemühte er sich, kein Glied zu rühren, nicht mal zu atmen. Einen schrecklichen Augenblick lang sah er den roten Streifen eines Laserpfeils wie eine neugierige Schlange neben seinem Bein aufblitzen, dann war er wieder verschwunden. Er hatte nicht viel Zeit. Wenn er hier blieb, war er ein toter Mann.

Lee legte das Schießeisen auf seinen Brustkorb, streckte die Finger aus und tastete einen Moment vorsichtig über den Boden, bis seine Hand sich um einen Stein schloss. Blitzschnell drehte Lee das Handgelenk, warf den Stein etwa anderthalb Meter weit, traf einen Baumstamm und wartete. Wenige Sekunden später schlug an der gleichen Stelle eine Kugel ein.

Als das sauerstoffarme, überheiße Gas, das aus dem Gewehrlauf jagte, mit der Außenluft zusammenstieß, schoss Lee sich mit dem Infrarot-Suchgerät sofort auf die Wärme des letzten Mündungsblitzes ein. Der schlichte physikalische Vorgang hatte schon viele Soldaten das Leben gekostet, da er ihre Position verriet. Lee konnte nur auf das gleiche Ergebnis hoffen.

Er nützte den Mündungsblitz, um das thermische Bild des Mannes anzuvisieren, der sich in der Deckung des Waldes befand. Der Schütze war nicht sehr weit entfernt, durchaus in Reichweite von Lees SIG. Da ihm klar war, dass er vermutlich nur einen Versuch hatte, nahm Lee langsam die Waffe, hob den Arm und versuchte, freies Schussfeld zu finden. Er richtete den Blick durchs Fernrohr auf sein Ziel, entsicherte die Waffe, sprach ein leises Gebet und feuerte acht Schuss aus dem fünfzehnschüssigen Magazin ab. Sie waren alle mehr oder weniger in die gleiche Richtung gezielt, um die Chance eines Treffers zu erhöhen. Die Pistolenschüsse waren viel lauter als die schallgedämpften Detonationen des Gewehrs. Das Getrappel von Hufen und das Knacken von Zweigen verriet, dass das Wild angesichts des Schusswechsels die Flucht ergriff.

Eine Kugel Lees fand auf wundersame Weise ihr Ziel – hauptsächlich deshalb, weil Serow genau in den Weg des Geschosses trat, als er den Versuch machen wollte, näher an sein Ziel heranzukommen. Der Russe ächzte auf, als die Kugel in seinen linken Unterarm schlug. Den Bruchteil einer Sekunde lang spürte er einen Stich – dann kam auch schon das dumpfe Pulsieren, als die Kugel durch Gewebe und Venen drang, den Oberarmknochen zerschmetterte und schließlich im Schlüsselbein stecken blieb. Serows linker Arm wurde schlagartig nutzlos, ein totes Gewicht.

Nachdem Leonid Serow im Laufe seiner Karriere ein Dutzend Menschen ermordet hatte – stets mit einer Schusswaffe –, spürte er nun zum ersten Mal am eigenen Leib, wie es war, wenn man getroffen wurde. Der Ex-KGB-Mann umklammerte das Gewehr mit der unverletzten Hand und legte einen professionellen Abgang hin. Er drehte sich um und rannte, und bei jedem Schritt, den er machte, spritzte Blut auf die Erde.

Lee beobachtete die Flucht des Mannes einige Sekunden durch das Infrarot-Sichtgerät. So wie sein Gegner den Rückzug antrat, hatte er mindestens einen direkten Treffer abbekommen; da war Lee ziemlich sicher. Er gelangte zu der Ansicht, dass es dumm und unnötig war, einen bewaffneten und verletzten Mann zu verfolgen. Außerdem hatte er etwas anderes zu tun. Lee packte seinen Rucksack und rannte zum Cottage.

KAPITEL 6

Während Lee und Serow ihren Schusswechsel austrugen, bemühte sich Faith verzweifelt, wieder Luft zu bekommen. Der Zusammenprall mit Newman hatte ihr den Atem geraubt; außerdem spürte sie einen pochenden Schmerz an der Schulter. Es kostete sie alle Kraft, Newmans Körper von sich herunterzuschieben. Dann spürte sie eine warme, klebrige Flüssigkeit auf ihrem Kleid. Einen schrecklichen Augenblick lang glaubte Faith, sie sei getroffen worden. Sie hatte es zwar nicht bemerkt, doch die Glock-Pistole des FBI-Agenten hatte wie ein Schild gewirkt und die Kugel beim Austritt aus seinem Körper abgelenkt. Nur aus diesem Grund war Faith noch am Leben. Einen Moment starrte sie auf das, was von Newmans Gesicht noch übrig war. Dann spürte sie, wie Übelkeit in ihr aufstieg.

Faith riss den Blick von Newman los. Es gelang ihr, sich in die Einfahrt zu ducken, die Hand in die Tasche des Toten gleiten zu lassen und seinen Autoschlüssel hervorzuziehen. Ihr Herz schlug so schnell, dass sie sich kaum konzentrieren konnte. Sie konnte den verdammten Schlüssel nur mit Mühe halten. Immer noch geduckt, öffnete sie die Fahrertür.

Sie zitterte so heftig, dass sie nicht wusste, ob sie den Wagen überhaupt fahren konnte. Als sie hinter dem Steuer saß, schlug sie die Tür zu und verriegelte sie. Der Motor sprang an, und Faith legte den ersten Gang ein, trat aufs Gaspedal – und würgte den Motor ab. Sie fluchte laut, drehte erneut den Zündschlüssel. Stotternd sprang der Motor wieder an. Faith trat vorsichtig aufs Gaspedal, bis die Maschine rund lief.

Sie wollte gerade Gas geben, als sie sich beim Luftholen verschluckte. Vor der Seitenscheibe an der Fahrerseite stand ein Mann. Er atmete schwer und sah so verschreckt aus, wie Faith zumute war. Doch sie sah nur die Waffe, die genau auf sie gerichtet war. Der Mann gab ihr mit einer Geste zu verstehen, sie solle die Scheibe herunterkurbeln. Sie fragte sich, ob sie nicht lieber Gas geben sollte.

»Versuchen Sie's nicht«, sagte er. Er schien ihre Gedanken durch die Scheibe zu lesen. »Ich bin nicht der Kerl, der auf Sie geschossen hat«, fügte er hinzu. »Wäre ich nicht gewesen, wären Sie jetzt tot.«

Schließlich ließ Faith die Scheibe herunter.

»Machen Sie die Tür auf«, sagte der Mann, »und rutschen Sie rüber.«

»Wer sind Sie?«

»Machen Sie schon! Ich weiß zwar nicht, wie Sie die Sache sehen, aber ich will nicht mehr hier sein, wenn andere aufkreuzen. Vielleicht sind die bessere Schützen.«

Faith entriegelte die Tür und rutschte auf die Beifahrerseite. Lee steckte die Waffe ins Halfter, warf den Rucksack nach hinten, stieg ein, schlug die Tür zu und fuhr an. Genau in diesem Moment klingelte das Handy auf der Mittelkonsole, und beide zuckten zusammen. Lee hielt an. Sie musterten das Handy, dann schauten sie einander an.

»Das Telefon gehört mir nicht«, sagte er.

»Mir auch nicht«, erwiderte Faith.

Als das Klingeln verstummte, fragte Lee: »Wer ist der Tote?«

»Von mir erfahren Sie nichts.«

Der Wagen erreichte die Straße. Lee konzentrierte sich auf die Fahrbahn und gab Gas. »Vielleicht werden Sie es irgendwann bedauern.«

»Das glaube ich nicht.«

Ihr zuversichtlicher Tonfall schien ihn zu verwirren.

Als er ziemlich schnell eine Kurve nahm, schnallte Faith sich an. »Wenn Sie den Mann da hinten erschossen haben, erschießen Sie auch mich – ob ich Ihnen etwas erzähle oder nicht. Wenn Sie die Wahrheit sagen und ihn *nicht* erschossen haben, bringen Sie mich nicht um, nur weil ich Ihnen nichts erzähle.«

»Was Gut und Böse betrifft, haben Sie sehr naive Ansichten«, sagte er. »Auch die Guten müssen hin und wieder jemanden umlegen.«

»Sprechen Sie aus Erfahrung?« Faith rutschte ein Stück näher an die Wagentür heran.

Lee betätigte die Zentralverriegelung. »Jetzt stürzen Sie sich bloß nicht aus dem Wagen. Ich möchte nur wissen, was los ist. Fangen Sie doch mal bei dem Toten an.«

Faith musterte Lee. Es war alles ein bisschen zu schnell gegangen. Als sie schließlich etwas erwiderte, war ihre Stimme schwach und dünn. »Haben Sie was dagegen, wenn wir einfach herumfahren, sodass ich eine Zeit lang hier sitzen und nachdenken kann?« Sie faltete die Hände und fügte heiser hinzu: »Ich habe noch nie jemanden sterben sehen. Ich bin noch nie fast ...« Ihre Stimme wurde immer schriller, und sie begann zu zittern. »Halten Sie bitte. Um Himmels willen, halten Sie an! Mir wird schlecht.«

Lee hielt den Wagen am Straßenrand und drückte den Knopf, der die Tür öffnete. Faith stieß die Tür auf, beugte sich hinaus und übergab sich.

Er streckte eine Hand aus, legte sie auf Faiths Schulter und drückte sie, bis ihr Zittern aufhörte. Dann sagte er mit bedächtiger, fester Stimme: »Gleich geht es Ihnen besser.« Er wartete, bis sie sich wieder hinsetzte und die Tür schloss. »Zuerst müssen wir den Wagen loswerden. Meiner steht hinter dem Waldstück. Wir brauchen nur ein paar Minuten bis dorthin. Ich kenne einen Ort, an dem Sie sicher sind. Okay?«

»Okay«, brachte Faith mühsam hervor.

KAPITEL 7

Knapp zwanzig Minuten später fuhr eine Limousine in die Einfahrt des Cottage, und ein Mann und eine Frau stiegen aus. Das Licht der Scheinwerfer spiegelte sich auf dem Metall ihrer Waffen. Die Frau näherte sich dem Toten, kniete sich neben ihn und schaute ihn an. Wäre sie nicht sehr gut mit Ken Newman bekannt gewesen, hätte sie ihn vermutlich nicht erkannt. Sie hatte schon mehr als eine Leiche gesehen, spürte aber trotzdem, wie ihr der Mageninhalt hochkam. Rasch stand sie auf und wandte sich ab. Sie und der Mann durchsuchten gründlich das Cottage, warfen einen aufmerksamen Blick auf den Waldrand und kehrten dann zu der Leiche zurück.

Der große Mann mit der tonnenförmigen Brust blickte auf den Toten hinunter und stieß einen Fluch aus. Howard Constantinople, von seinen Freunden »Connie« genannt, war ein altgedienter FBI-Agent und hatte in seinen langen Dienstjahren schon sehr viel gesehen. Doch heute Abend befand er sich auf einem Territorium, das sogar ihm neu war. Ken Newman war ein guter Freund von ihm gewesen. Es sah aus, als würde Connie jeden Augenblick in Tränen ausbrechen.

Die Frau, die neben ihm stand, war einszweiundachtzig groß und somit keinen Zentimeter kleiner als ihr Begleiter. Ihr brünettes Haar war extrem kurz geschnitten, ihr Gesicht war lang, schmal und hatte einen intelligenten Ausdruck. Sie trug einen schicken Hosenanzug. Die Jahre und der Stress ihres Berufs hatten feine Fältchen um ihren Mund und ihre traurigen dunklen Augen gegraben. Ihre Augen suchten das umliegende Gelände mit dem erfahrenen Blick eines Menschen ab, der nicht nur an das Observieren gewöhnt war, sondern aus dem Gesehenen auch die richtigen Schlüsse ziehen konnte. Ihre Miene ließ deutlich erkennen, dass ihr Inneres von Zorn und Trauer aufgewühlt war.

Brooke Reynolds war neununddreißig Jahre alt, und wenn sie es darauf anlegte, konnte sie mit ihrem aparten Gesicht und ihrem schlanken Körper durchaus die Aufmerksamkeit der Männerwelt erregen. Doch da sie sich mitten in einem hässlichen Scheidungsprozess befand, der ihren beiden kleinen Kindern bisher ein heilloses Chaos beschert hatte, bezweifelte sie, je wieder eine feste Beziehung zu einem Mann eingehen zu wollen.

Ihr Vater, ein eingefleischter Baseball-Fan, hatte sie trotz der Einwände der Mutter auf den Namen Brooklyn Dodgers Reynolds taufen lassen. Brookes alter Herr hatte es nie verwunden, dass seine heiß geliebte Mannschaft eines Tages nach Kalifornien abgewandert war. Von diesem Tag an hatte ihre Mutter darauf bestanden, sie Brooke zu nennen.

»Mein Gott«, sagte sie schließlich, ohne den Blick von dem toten Kollegen zu nehmen.

Connie schaute sie an. »Was machen wir jetzt?«

Brooke schüttelte das Netz der Verzweiflung ab, das sich über sie gelegt hatte. Nun war rasches und methodisches Handeln angesagt. »Hier wurde ein Verbrechen begangen, Connie. Wir haben keine große Wahl.«

»Die örtlichen Bullen?«

»Das hier ist ein AFO«, erwiderte Reynolds, was nichts anderes hieß als »Angriff auf einen Bundesbeamten«, »deshalb wird das FBI die Ermittlungen leiten.« Sie stellte fest, dass sie den Blick einfach nicht von der Leiche abwenden konnte. »Aber wir werden natürlich mit den Beamten des Staates und des Verwaltungsbezirks zusammenarbeiten müssen. Ich habe Verbindungen zu den Leuten; deshalb bin ich ziemlich sicher, dass wir den Informationsfluss kontrollieren können.«

»Bei einem AFO müssen wir die VCU einschalten«, sagte Connie. Damit meinte er die Abteilung für Gewaltverbrechen des FBI. »Dann haben wir ein Loch in unserer chinesischen Mauer.«

Brooke atmete tief ein, um die Tränen zurückzuhalten, die ihr in die Augen traten. »Wir werden tun, was wir können. Zuerst müssen wir den Tatort sichern, was hier draußen nicht allzu schwierig sein dürfte. Dann rufe ich Paul Fisher in der Zentrale an und sage ihm, was passiert ist.« Sie stellte sich die Befehlskette in der Außenstelle Washington des FBI vor. Man musste den SAC verständigen, den Dienst habenden Agenten, und den ASAC, seinen Stellvertreter, und natürlich den ADIC, den Dienst habenden Direktor-Stellvertreter und Leiter der FBI-Außenstelle Washington, der nur eine Stufe unter dem FBI-Direktor stand. Bald, dachte Brooke, haben wir genügend Abkürzungen, um ein Schlachtschiff zu versenken.

»Ich wette, dass auch der Direktor zu uns rauskommt«, meinte Connie.

Reynolds' Magenwände fingen an zu brennen. Ein ermordeter FBI-Agent war ein schwerer Schlag. Doch ein Agent, der sein Leben verlor, während er für sie Vertretung machte, war ein Albtraum, einer, aus dem sie nie wieder erwachen würde.

Eine Stunde später wimmelte es am Tatort von den verschiedensten Fachleuten. Zum Glück waren keine Journalisten erschienen. Der Leichenbeschauer bestätigte, was ohnehin jeder wusste, der Newmans fürchterliche Wunde gesehen hatte: Spezialagent Ken Newman war an einer Kugel gestorben, die in den oberen Nacken eingedrungen und im Gesicht wieder ausgetreten war. Während die örtliche Polizei Wache schob, sicherten die Spezialisten vom FBI am Tatort die Spuren.

Brooke, Connie und ihre Vorgesetzten versammelten sich hinter ihrem Wagen. Der ADIC war Fred Massey, der ranghöchste Agent am Tatort. Er war ein kleiner, humorloser Mann, der immer wieder auf übertriebene Weise den Kopf schüttelte. Sein weißer Hemdkragen hing lose um seinen dürren Hals. Sein kahler Schädel leuchtete im Mondschein wie eine Billardkugel.

Ein VCU-Agent tauchte mit zwei schlammigen Stiefeln und einer Videokassette aus dem Cottage auf. Brooke und Connie hatten die Stiefel bei der Durchsuchung des Hauses zwar bemerkt, aber klugerweise darauf verzichtet, die Beweisstücke anzufassen.

»Jemand war im Haus«, meldete der Agent. »Die Stiefel standen auf der hinteren Terrasse. Kein gewaltsames Eindringen. Die Alarmanlage war abgeschaltet, der Schrank mit der Elektronik stand offen. Sieht aus, als hätten wir den Eindringling auf Band. Er hat den Laser ausgelöst.«

Er reichte Massey das Band, der es sofort an Brooke weitergab, um damit – alles andere als subtil – zu zeigen, dass die ganze Sache *ihre* Aufgabe war; ihr würde man Erfolge gutschreiben oder Fehlschläge anlasten. Der VCU-Agent schob die Stiefel in einen der Säcke für Beweismittel und ging ins Haus zurück, um die Suche fortzuführen.

»Berichten Sie mir, was Sie beobachtet haben, Agentin Reynolds«, sagte Massey. Sein Tonfall war knapp. Jeder wusste, warum.

Einige andere Agenten hatten ganz offen Tränen vergossen und laut geflucht, als sie die Leiche ihres Kollegen gesehen hatten. Als einzige anwesende Frau und Newmans direkte Vorgesetzte hatte Reynolds nicht das Gefühl, sich den Luxus leisten zu können, vor den anderen zu weinen. Die große Mehrheit der FBI-Agenten musste während ihrer gesamten Laufbahn niemals die Waffe ziehen, außer um ihren Waffenschein zu erneuern. Brooke hatte sich hin und wieder gefragt, wie sie reagieren würde, wenn eine solche Katastrophe eintrat. Nun wusste sie es: nicht sehr gut.

Möglicherweise ging es um den wichtigsten Fall, den sie je bearbeiten würde. Vor kurzem war sie dem FBI-Dezernat zur Bekämpfung öffentlicher Korruption zugeteilt worden. Nachdem sie eines Abends einen Telefonanruf von Faith Lockhart erhalten und sich mehrmals heimlich mit der

Frau getroffen hatte, war Reynolds zur Leiterin einer Sondereinheit ernannt worden. Diese Sondereinheit könnte imstande sein, einige namhafte Leute aus Regierungskreisen in Washington abzuservieren, sofern Faith Lockhart die Wahrheit sagte. Für eine solche Chance hätten die meisten Agenten ihr Leben gegeben. Einer hatte es heute getan.

Reynolds hielt die Kassette in die Höhe. »Ich hoffe, das Band kann uns Aufschluss darüber geben, was hier passiert ist – und was aus Faith Lockhart geworden ist.«

»Halten Sie es für möglich, dass sie Ken erschossen hat?«, sagte Massey. »Wenn ja, lasse ich sofort eine landesweite Fahndung rausgehen.«

Reynolds schüttelte den Kopf. »Meine Nase sagt mir, dass Lockhart nichts damit zu tun hat. Aber es stimmt – wir wissen noch nicht genug. Wir werden das Blut und andere Rückstände überprüfen lassen. Wenn es ausschließlich Kens Blut ist, wissen wir, dass Faith nicht verletzt wurde. Außerdem steht fest, dass Ken seine Waffe nicht abgefeuert hat. Und er hat seine kugelsichere Weste getragen. Und noch was – an seiner Glock fehlt ein Stück.«

Connie nickte. »Die Kugel, die ihn getötet hat, ist von hinten in seinen Hals eingedrungen und im Gesicht ausgetreten. Ken hatte die Waffe in der Hand, wahrscheinlich in Augenhöhe. Die Kugel ist gegen die Glock geprallt und hat ein Stück herausgerissen.« Er schluckte mühsam. »Die Rückstände auf Kens Waffe untermauern diese Vermutung.«

Reynolds schaute ihn traurig an und fuhr mit ihrer Analyse fort. »Dann hat Ken möglicherweise zwischen Lockhart und dem Schützen gestanden?«

Connie schüttelte langsam den Kopf. »Ein menschlicher Schild. Ich hab' gedacht, so einen Scheiß macht nur der Secret Service.«

»Ich habe mit dem Arzt gesprochen. Wir werden erst nach der Autopsie Genaueres wissen. Man kann zwar den Wundkanal sehen, aber ich glaube, Ken wurde mit einem Gewehr erschossen – was nicht gerade die Art von Waffe ist, die Frauen in der Handtasche mit sich führen.«

»Dann hat also jemand auf die beiden gewartet?«, fragte Massey.

Connie blickte ihn an. »Aber warum sollte dieser Unbekannte jemanden töten und dann ins Haus gehen?«

»Vielleicht waren Newman und Lockhart im Haus«, sagte Massey.

Reynolds wusste, dass Massey seit Jahren nicht mehr an einem Außeneinsatz beteiligt gewesen war. Aber schließlich war er der ADIC, und sie konnte ihn schwerlich ignorieren. Was aber noch lange nicht hieß, dass sie einer Meinung mit ihm sein musste.

Sie schüttelte energisch den Kopf. »Wären sie ins Haus gegangen, hätte man Ken nicht in der Einfahrt erschossen. Dann wären sie immer noch im Haus. Vernehmungen wie in diesem Fall dauern jedes Mal mindestens zwei Stunden. Heute waren wir höchstens eine halbe Stunde nach ihnen hier. Und die Stiefel da gehören nicht Ken. Aber es sind Männerstiefel – Größe achtundvierzig, würde ich sagen. Muss ein ziemlicher Brocken gewesen sein, der Kerl.«

»Wenn Newman und Lockhart das Haus nicht betreten haben und es keine Anzeichen für ein gewaltsames Eindringen gibt, kannte der Fremde den Code, mit dem man die Alarmanlage deaktiviert«, sagte Massey mit unüberhörbarem Vorwurf.

Reynolds' Lage war zwar erbärmlich, aber sie musste da durch. »So wie Ken gestürzt ist, sieht es aus, als wäre er gerade aus dem Auto gestiegen. Dann scheint irgendwas seine Wachsamkeit erregt zu haben, und er hat seine Glock gezogen.«

Sie führte die anderen zur Einfahrt. »Schauen Sie sich die Spurrillen an. Der Boden ist hier ziemlich trocken, aber die Reifen haben sich tief in die Erde gegraben. Ich glaube, hier ist jemand ziemlich eilig abgehauen. Ich würde sogar sagen, so schnell, dass er seine Stiefel vergessen hat.«

»Und Lockhart?«

»Der Schütze hat sie vielleicht mitgenommen«, sagte Connie.

Reynolds dachte darüber nach. »Es ist zwar möglich, aber ich verstehe nicht, warum. Er hätte sie doch ebenfalls umbringen müssen.«

»Fragen wir uns doch erst mal, wieso der Schütze hierher gekommen ist«, sagte Massey. Dann beantwortete er die Frage selbst. »Eine undichte Stelle?«

Reynolds hatte auch schon über diese Möglichkeit nachgedacht – von dem Augenblick an, als sie Newmans Leiche gesehen hatte. »Mit allem gebührenden Respekt, Sir, das kann ich mir nicht vorstellen.«

Massey zählte die Einzelheiten an seinen Fingern ab. »Wir haben eine Leiche, eine verschwundene Frau und zwei Stiefel. Nehmen wir alles zusammen, fehlt uns eine dritte Person. Aber können Sie mir sagen, wie diese dritte Person ohne interne Informationen an diesen Ort gelangt ist?«

Reynolds sprach ziemlich leise. »Es könnte ein Zufall sein. Ein einsamer Ort ... vielleicht war es ein bewaffneter Raubüberfall. So was kommt vor.« Sie atmete schnell ein. »Aber wenn Sie Recht haben, und es gibt hier ein Leck, dann ist es nicht durchgängig.« Die anderen schauten sie neugierig an. »Der Schütze hat eindeutig nichts davon gewusst, dass wir unsere Pläne in letzter Sekunde geändert haben. Dass Connie und ich heute Abend hier auftauchen würden. Normalerweise wäre *ich* mit Faith zusammen gewesen, aber ich habe an einem anderen Fall gearbeitet. Doch es hat zu nichts geführt, deshalb habe ich in letzter Minute beschlossen, mit Connie zusammen hierher zu fahren.«

Connie warf einen Blick auf die Limousine. »Stimmt. Davon konnte keiner etwas wissen. Nicht mal Ken hat es gewusst.«

»Ich habe allerdings *versucht*, Ken zwanzig Minuten vor unserer Ankunft anzurufen. Ich wollte nicht unangekündigt hier auftauchen. Hätte Ken einen Wagen vor dem Haus vorfahren hören, hätte er sich vielleicht erschreckt, zuerst geschossen und dann Fragen gestellt. Doch als ich ihn angerufen habe, muss er schon tot gewesen sein.«

Massey trat auf sie zu. »Agentin Reynolds, ich weiß, dass Sie diesen Fall von Anfang an bearbeitet haben. Ich weiß auch, dass die Benutzung dieses Schlupfwinkels und die interne Videoanlage zur Überwachung Miss Lockharts von allen Verantwortlichen gebilligt wurde. Ich verstehe Ihre Schwierigkeiten bei der Weiterführung dieses Falles. Und ich kann mir vorstellen, wie schwierig es ist, das Vertrauen der Zeugin zu erlangen.« Er hielt einen Augenblick inne und schien seine Worte mit großer Sorgfalt abzuwägen. Newmans Ermordung hatte alle entsetzt, auch wenn FBI-Agenten oft in Gefahr gerieten. Trotzdem – diesem Fall haftete persönliche Schuld an, und das wussten sie alle.

»Ihre Vorgehensweise«, fuhr Massey fort, »entsprach allerdings kaum dem Lehrbuch. Und es ist eine Tatsache, dass wir einen Mann verloren haben.«

Reynolds nahm sofort den Kampf auf. »Wir mussten sehr behutsam vorgehen. Wir konnten Lockhart ja nicht gleich von einem Kordon FBI-Agenten umgeben lassen. Dann hätte Buchanan sich abgesetzt, bevor wir ausreichend Material für eine Anklage gehabt hätten.« Sie holte tief Luft. »Sie haben nach meinen Beobachtungen gefragt, Sir. Ich will sie Ihnen nennen: Ich glaube nicht, dass Lockhart Ken getötet hat. Ich glaube, Buchanan steckt dahinter. Wir müssen Lockhart finden. Aber wir müssen ganz behutsam vorgehen. Wenn wir eine bundesweite Fahndung ausschreiben, ist Ken Newman möglicherweise umsonst gestorben. Und wenn Faith Lockhart noch lebt, gebe ich um ihr Leben keinen Pfifferling, wenn wir mit der Sache an die Öffentlichkeit gehen.«

Reynolds warf einen Blick auf den Kombi, dessen Türen sich soeben hinter Newmans Leiche schlossen. Hätte sie Faith Lockhart an Kens Stelle begleitet, hätte der Täter vermutlich sie erschossen. Für jeden FBI-Agenten war der Tod eine ständige, wenn auch ferne Bedrohung. Was wäre, fragte sich Brooke, wenn die Kugel sie getroffen hätte? Würde Brooklyn Dodgers Reynolds aus der Erinnerung ihrer Kinder verschwinden? Ihre sechsjährige Tochter würde sich sicher an »Mommy« erinnern. Doch was den dreijährigen David anging, hatte sie ihre Zweifel. Falls sie ums Leben kam – würde David sie später nur als die Mutter bezeichnen, die ihn »zur Welt gebracht« hatte? Schon der Gedanke daran lähmte sie.

Brooke Reynolds hatte sich irgendwann einmal aus der Hand lesen lassen. Die Handleserin hatte sie herzlich willkommen geheißen, hatte ihr eine Tasse Kräutertee eingeschenkt, mit ihr getratscht und Fragen gestellt, die bemüht beiläufig klingen sollten. Diese Fragen – Brooke hatte es gewusst – dienten dazu, ihr Hintergrundinformationen zu entlocken, denen die Wahrsagerin dann das übliche Brimborium hinzufügte, wenn sie in die Vergangenheit und Zukunft »schaute«.

Nachdem die Dame die Handfläche ihrer Kundin beäugt hatte, verkündete sie, Reynolds' Leben werde kurz sein. Sehr kurz. Das kürzeste, das sie je gesehen habe. Dabei hatte sie eine Narbe auf Brookes Handfläche betrachtet. Brooke wusste, dass diese Narbe von einem Sturz im Garten stammte. Sie war im Alter von acht Jahren in die Scherben einer Colaflasche gefallen.

Die Handleserin hatte ihre Teetasse genommen und offenbar darauf gewartet, dass ihre Kundin um nähere Informationen bat – wahrscheinlich hatte sie ein Extrahonorar herausschlagen wollen. Reynolds hatte erklärt, dass sie stark wie ein Pferd und dann und wann allenfalls an einer leichten Grippe erkrankt sei.

Der Tod, hatte die Handleserin erwidert, müsse nicht durch natürliche Ursachen eintreten. Dabei hatte sie ihre getuschten Brauen gehoben, um ihre Worte zu unterstreichen.

Daraufhin hatte Reynolds ihr fünf Dollar gezahlt und war gegangen.

Nun machte sie sich ihre Gedanken.

Connie schabte mit der Spitze seines Schuhs über den Boden. »Wenn Buchanan dahinter steckt, ist er wahrscheinlich längst über alle Berge.«

»Das glaube ich nicht«, erwiderte Reynolds. »Unmittelbar nach der Tat zu verschwinden wäre wie ein Schuldeingeständnis. Nein, wenn Buchanan dahinter steckt, wird er nichts übereilen.«

»Das gefällt mir nicht«, sagte Massey. »Ich bin für eine bundesweite Fahndung. Wir nehmen Lockhart hoch, vorausgesetzt, sie lebt noch.«

»Sir«, wandte Reynolds gereizt ein, »wir können sie nicht als Verdächtige in einem Mordfall benennen, solange wir davon ausgehen müssen, dass sie nichts mit dem Mord zu tun hat und möglicherweise selbst ein Opfer ist. Sollte Lockhart wieder auftauchen, würden wir eine Menge unangenehmer Fragen zu beantworten haben – das ist Ihnen doch wohl klar.«

»Dann suchen wir sie eben als wichtige Zeugin«, sagte Massey. »Das ist sie ja nun wirklich.«

Reynolds schaute ihn direkt an. »Eine bundesweite Fahndung ist keine Antwort. Sie schadet mehr – und zwar allen Beteiligten –, als dass sie nützt.«

»Buchanan hat keinen Grund, sie am Leben zu lassen.«

»Lockhart hat was auf dem Kasten«, entgegnete Reynolds. »Ich war oft mit ihr zusammen. Ich habe sie kennen gelernt. Wenn sie noch ein paar Tage durchhält, sind wir aus dem Schneider. Buchanan kann unmöglich wissen, was sie uns erzählt hat. Aber wenn wir sie als wichtige Zeugin zur Fahndung ausschreiben, unterschreiben wir damit ihren Totenschein.«

Alle schwiegen eine Zeit lang. »Also gut, ich verstehe, was Sie meinen«, sagte Massey schließlich. »Glauben Sie wirklich, Sie können Lockhart irgendwie auftreiben?«

»Ja.« Was hätte sie sonst erwidern sollen?

»Sagen Sie das jetzt aus dem Bauch heraus, oder haben Sie Ihr Gehirn eingeschaltet?«

»Beides.«

Massey musterte sie eine ganze Weile. »Gut. Vorerst konzentrieren Sie sich darauf, Lockhart zu finden, Agentin Reynolds. Die VCU-Leute untersuchen den Mord an Newman.«

»Ich möchte, dass sie den Hof durchkämmen und nach der Kugel suchen, die Ken getötet hat«, sagte Reynolds. »Dann sollten Sie sich im Wald umschauen.«

»Warum im Wald? Die Stiefel haben doch auf der Veranda gestanden.«

Reynolds warf einen Blick zum Waldrand hinüber. »Wenn ich jemanden aus dem Hinterhalt angreifen würde, wäre das da meine erste taktische Wahl.« Sie deutete auf die Bäume. »Gute Deckung, ausgezeichnetes Schussfeld und ein versteckter Fluchtweg. Man steigt in den bereitstehenden Wagen, schafft sich die Tatwaffe vom Hals, dann eine schnelle Fahrt zum Dulles-Flughafen, und eine Stunde später ist man in einer anderen Zeitzone. Die Kugel, die Ken getötet hat, ist durch den Nacken eingedrungen. Ken stand also mit dem Rücken zum Wald. Er kann den Angreifer nicht gesehen haben, sonst hätte er ihm nicht den Rücken zugedreht.« Brooke warf einen Blick auf den dichten Wald. »Es deutet alles darauf hin, dass der Schuss von dort kam.«

Wieder fuhr ein Wagen vor. Der FBI-Direktor persönlich stieg aus. Massey und seine Adjutanten eilten zu ihm und ließen Brooke und Connie allein.

»Was hast du jetzt vor?«, fragte Connie.

»Vielleicht finden wir heraus, zu welchem Aschenputtel diese Stiefel passen«, sagte Brooke, während sie Massey beobachtete. Er unterhielt sich mit dem Direktor, einem ehemaligen Außenagenten, der diese Katastrophe sehr persönlich nahm, wie Brooke wusste. Alles und jeder, der mit der Sache in Zusammenhang stand, würde nun zu einem Gegenstand intensiver Überprüfung werden.

»Wir werden allen erdenklichen Hinweisen nachgehen.« Sie tippte mit dem Finger auf die Videokassette. »Aber unsere beste Spur scheint das hier zu sein. Wer auf diesem Band auch zu sehen ist – wir schnappen ihn uns. Und dann gnade ihm Gott!«

»Je nachdem, wie die Sache läuft, haben wir nicht mehr viel Zeit, Brooke«, sagte Connie.

KAPITEL 8

Lee umfasste den Lenker so fest, dass seine Knöchel weiß hervortraten. Als der Streifenwagen mit heulender Sirene in Gegenrichtung an ihnen vorbeiraste, atmete er erleichtert auf und trat das Gaspedal durch. Sie hatten das andere Auto abgestellt und saßen nun in seinem Fahrzeug. Lee hatte das Innere des Wagens, mit dem der Ermordete zu dem kleinen Haus gekommen war, zwar gründlich abgewischt, aber wahrscheinlich doch irgendwas vergessen. Heutzutage gab es Geräte, die Dinge aufspüren konnten, die man mit bloßem Auge nicht mal sehen konnte. Und das war nicht gut.

Als Faith die wirbelnden Lichter des Streifenwagens in der Dunkelheit verschwinden sah, fragte sie sich, ob die Polizisten zu dem Cottage unterwegs waren. Hatte Ken Newman eigentlich Frau und Kinder gehabt? Jedenfalls hatte er keinen Ehering getragen. Wie viele Frauen hatte auch Faith die Angewohnheit, auf solche Dinge zu achten. Allerdings hatte Newman wie ein väterlicher Typ gewirkt.

Während Lee den Wagen durch abgelegene Straßen lenkte, bewegte Faiths Hand sich nach oben, nach unten und berührte dann den linken und rechten Oberarm: Sie bekreuzigte sich. Die beinahe automatischen Bewegungen erstaunten sie selbst. Sie sprach ein stummes Gebet für den Toten. Und noch eins für seine Familie, falls es eine gab. »Tut mir Leid, dass du tot bist«, sagte sie leise, um das zunehmend schlechte Gewissen zu beruhigen, dass sie überlebt hatte.

Lee schaute sie an. »Ein Freund von Ihnen?«

Sie schüttelte den Kopf. »Er wurde meinetwegen umgebracht. Reicht das nicht?«

Es überraschte sie, wie leicht ihr der Text des Gebets eingefallen und ihr religiöses Empfinden zurückgekehrt waren. Durch das unstete Leben ihres Vaters war Faith nur selten in der Kirche gewesen. Doch ihre Mutter hatte darauf bestanden, dass Faith dort, wo Dad sein Glück versuchte, auf katholische Schulen ging. Ihr Vater war dieser Tradition auch nach dem Tod seiner Frau treu geblieben. Die katholischen Schulen hatten sie offenbar geprägt – trotz des Lineals, mit der die eine oder andere Schwester ihr des Öfteren eins übergebraten hatte. Im Sommer vor der Abschlussklasse war Faith zur Waisen geworden. Ein Herzschlag hatte den ständigen Reisen mit ihrem Dad ein jähes Ende bereitet. Man hatte Faith zu einer Verwandten geschickt, die sie nicht haben wollte und der es sichtlich schwer gefallen war, dem Mädchen Beachtung zu schenken. Faith hatte bei jeder Gelegenheit gegen die Frau rebelliert: Sie hatte geraucht, getrunken und in jungen Jahren ihre Unschuld verloren, lange bevor es Mode wurde. Das ewige Zerren der Nonnen an ihren Röcken, damit sie ihre Knie bedeckte, hatte in Faith nur den Wunsch erweckt, die verdammten Dinger bis zum Zwickel ihres Höschens hochzuziehen. Insgesamt gesehen war es ein Lebensjahr gewesen, das man am besten vergaß. Danach folgten ein paar Jahre, die auch nicht viel besser waren: Faith hatte versucht, sich durchs College zu schlagen und ihrem Leben einen Sinn zu geben. In den letzten fünfzehn Jahren jedoch war es flott bergauf gegangen – zielstrebig, energisch und flüssig. Nun aber war sie ins Trudeln geraten und raste auf die Klippen zu.

Faith warf einen Blick zu Lee. »Wir müssen die Polizei anrufen und jemandem sagen, dass er da draußen liegt.«

Lee schüttelte den Kopf. »Viel zu gefährlich. Keine gute Idee.«

»Wir können ihn doch nicht einfach da liegen lassen. Das ist nicht recht.«

»Wollen Sie etwa zum nächsten Polizeirevier und versuchen, die ganze Sache zu erklären? Man wird uns in Zwangsjacken stecken.«

»Verdammt noch mal! Wenn Sie es nicht tun, tue ich es eben. Ich lasse ihn *nicht* für die Eichhörnchen da liegen!«

»Ist ja schon gut, regen Sie sich ab.« Er seufzte. »Ich nehme an, wir können irgendwann einen anonymen Anruf riskieren, damit die Bullen sich um die Sache kümmern.«

»In Ordnung«, sagte Faith.

Ein paar Minuten später fiel Lee auf, dass Faith zappelig wurde.

»Ich muss Sie um noch was bitten«, sagte sie.

Ihre Art ging ihm allmählich auf den Wecker. Er bemühte sich, nicht an den Schmerz in seinem Ellbogen zu denken, an die lästigen Dreckklümpchen in seinen Augen und an die unbekannten Gefahren, die vor ihnen lagen.

»Und das wäre?«, fragte er vorsichtig.

»Wir kommen gleich an eine Tankstelle. Ich möchte mich waschen.« Dann fügte sie leise hinzu: »Falls es Ihnen recht ist.«

Lee musterte die Flecken auf ihrer Kleidung, und sein Gesichtsausdruck wurde sanfter. »Kein Problem«, sagte er.

»Es geht die Straße da runter...«

»Ich weiß, wo die Tankstelle ist«, sagte Lee. »Ich informiere mich über die Gegebenheiten der Gegend, in der ich arbeite.«

Faith schaute ihn nur an.

Als Faith auf der Toilette sorgfältig das Blut aus ihrer Kleidung wusch, gab sie sich alle Mühe, sich nicht auf ihre Tätigkeit zu konzentrieren. Trotzdem hatte sie alle paar Minuten das Gefühl, sie müsse sich die Kleider vom Leib reißen und sich mit der Seife aus dem Spender und den Papierhandtüchern von dem Stapel auf dem schmutzigen Waschbecken abschrubben.

Als Faith wieder in den Wagen stieg, sagte Lees Blick, was sein Mund ihr verschwieg.

»Jetzt geht's mir wieder besser«, sagte sie.

»Übrigens, ich heiße Lee. Lee Adams.«

Faith erwiderte nichts. Er ließ den Wagen an und fuhr weiter.

»Sie brauchen mir nicht zu sagen, wie Sie heißen«, sagte er. »Man hat mich beauftragt, Sie zu beschatten, Miss Lockhart.«

Sie beäugte ihn argwöhnisch. »Wer hat Sie beauftragt?«

»Weiß ich nicht.«

»Sie wissen nicht, wer Ihr *Auftraggeber* ist?«

»Das ist ziemlich ungewöhnlich, zugegeben, kommt aber schon mal vor. Manchen Leuten ist es peinlich, einen Privatschnüffler zu engagieren.«

»Dann sind Sie also Privatdetektiv?« Ihr Stimme klang ein wenig geringschätzig.

»Es gibt schlimmere Methoden, sich seine Kohle zu verdienen. Und ich arbeite so legal, wie es eben geht.«

»Wie ist Ihr Auftraggeber darauf gekommen, gerade Sie zu engagieren?«

»Wenn man davon absieht, dass ich eine tolle Anzeige im Branchenverzeichnis habe ... ich hab nicht die leiseste Ahnung.«

»Haben Sie irgendeine Vorstellung, auf was Sie sich da eingelassen haben, Mr Adams?«

»Sagen wir mal so. Wenn ich daran denke, was hinter uns liegt, mache ich mir so meine Gedanken. Jemand, der auf mich schießt, kann sich meiner ungeteilten Aufmerksamkeit ziemlich sicher sein.«

»Und wer hat auf Sie geschossen?«

»Der gleiche Kerl, der auch Ihren Freund auf dem Gewissen hat. Ich glaube, ich habe ihm eine verpasst, aber er ist entkommen.«

Faith rieb sich die Schläfen und schaute hinaus in die Finsternis. Lees nächste Worte überraschten sie.

»Wer sind Sie? Eine wichtige Zeugin?« Als Faith nicht

antwortete, fuhr er fort: »Als Sie damit beschäftigt waren, den Wagen abzuwürgen, hab ich mir Ihren Freund kurz angeschaut. Er hatte eine Neun-Millimeter Glock bei sich und trug eine Kevlar-Weste, auch wenn sie ihm nichts genützt hat. Auf dem Abzeichen an seinem Gürtel stand FBI. Ich hatte keine Zeit, einen Blick in seinen Ausweis zu werfen. Wie hieß er?«

»Ist das von Bedeutung?«

»Schon möglich.«

»Wie kommen Sie darauf, dass ich eine Zeugin sein könnte?«, fragte Faith.

»Das Cottage. Spezielle Schlösser, Alarmanlage. Das Haus ist eine Art Schlupfwinkel. Dass da niemand wohnt, steht fest.«

»Sie waren also drinnen.«

Er nickte. »Zuerst hielt ich es für 'ne Art Liebesnest, aber als ich mich ein paar Minuten umgeschaut hatte, wusste ich, dass ich damit falsch lag. Ist 'ne eigenartige Bude. Versteckte Kameras, Recorder, die alles aufzeichnen... Wussten Sie eigentlich, dass Sie da drin ständig auf der Bühne standen?«

Ihr erstaunter Blick war ihm Antwort genug.

»Wenn Sie schon nicht wissen, wer Sie engagiert hat... wie hat man Ihnen erklärt, auf welche Weise Sie mir folgen können?«

»Ganz einfach. Ein Anrufer sagte mir, ich bekäme Informationen über Sie und einen Vorschuss ins Büro geschickt. So war's dann auch. Ich bekam eine Akte über Sie und ein dickes Bündel Bargeld. Ich wurde angewiesen, mich an Sie dranzuhängen, und das habe ich getan.«

»Mir hat man erzählt, ich würde nicht verfolgt.«

»Tja, auf dem Gebiet bin ich ziemlich gut.«

»Sieht so aus.«

»Nachdem ich herausgefunden hatte, wohin Sie gehen, brauchte ich bloß vor Ihnen da zu sein. Ganz einfach.«

»Wer hat Sie angerufen? Ein Mann oder eine Frau?«

»Keine Ahnung. Die Stimme war verzerrt.«

»Hat Sie das nicht misstrauisch gemacht?«

»Mich macht alles misstrauisch. Eins steht fest: Wer hinter Ihnen her ist, meint es verdammt ernst. Mit der Munition, die der Bursche benützt hat, hätte man einen Elefanten erledigen können. Ich weiß, wovon ich rede, und zwar aus Erfahrung.«

Er verfiel in Schweigen, und Faith konnte sich nicht überwinden, irgendetwas zu sagen. Sie hatte mehrere Kreditkarten in der Handtasche, aber sie waren nutzlos: Sobald die Nummer der Karte in irgendeinem Computer erschien, kannte man ihren Aufenthaltsort. Sie schob die Hand in die Tasche und berührte den Tiffany-Ring, an dem die Schlüssel ihrer wunderschönen Wohnung und ihres luxuriösen Wagens hingen. Auch diese Schlüssel waren nutzlos. In ihrer Geldbörse befand sich die ungeheure Summe von 55 Dollar und ein paar Cent. Man hatte sie völlig entblößt – bis auf die paar Kröten und die Sachen, die sie am Leib trug. Faiths armselige Kindheit war schlagartig wiedergekehrt, in all ihrer tristen Hoffnungslosigkeit.

Sie verfügte zwar über eine große Summe Bargeld, aber es lag in einem Schließfach ihrer Washingtoner Bank. Die Bank öffnete erst am nächsten Morgen. Außerdem waren zwei andere Dinge in dem Schließfach, die Faith noch wichtiger waren als das Geld: ein Führerschein und eine weitere Kreditkarte, beide auf einen falschen Namen ausgestellt. Es war zwar ziemlich einfach gewesen, an diese Papiere heranzukommen, doch Faith hatte gehofft, sie nie benützen zu müssen, sodass sie beides im Bankschließfach deponiert hatte, statt es an einem zugänglicheren Ort aufzubewahren. Nun konnte sie über ihre Dummheit nur noch den Kopf schütteln.

Mit dem Führerschein und der Kreditkarte stand ihr fast die ganze Welt offen. Faith hatte sich oft mit dem Gedanken beruhigt, dass beides ihre Rettung sein würde, wenn um sie herum einmal alles zusammenbrechen sollte. *Tja*, dachte sie, *das Dach ist weg, die Wände knirschen, der Killertornado tobt vor dem Fenster, und die Sopranistin sitzt in einer Li-*

mousine und ist auf dem Rückweg zum Hotel. Es wird Zeit, das Zelt abzubrechen und zu verschwinden.

Sie schaute Lee an. Was sollte sie mit ihm machen? Sie wusste, dass es ihre größte Herausforderung war, den Rest der Nacht zu überleben. Vielleicht konnte er ihr dabei helfen. Er schien nicht auf den Kopf gefallen zu sein und hatte eine Kanone. Wenn es ihr gelang, in die Bank hinein- und wieder rauszukommen, ging alles schon irgendwie weiter. Noch sieben Stunden, bis die Bank öffnete. Es hätten ebenso gut sieben Jahre sein können.

KAPITEL 9

Thornhill saß in dem kleinen Arbeitszimmer seines wunderschönen, efeuumrankten Hauses in einem teuren Viertel von McLean, Virginia. Die Familie seiner Frau war reich. Er genoss den Luxus, den man sich mit dem Geld kaufen konnte, ebenso wie die Freiheiten, die ihm sein Beruf als Staatsdiener verlieh. Im Moment fühlte er sich allerdings nicht sonderlich wohl.

Die Nachricht, die Thornhill soeben erreicht hatte, erschien ihm unglaublich. Andererseits konnte *jeder* Plan schief gehen. Er schaute den Mann an, der ihm gegenübersaß. Auch er war ein CIA-Veteran und gehörte Thornhills geheimer Truppe an. Philip Winslow teilte Thornhills Ideale und Bedenken. Sie hatten manchen gemeinsamen Abend in seinem Arbeitszimmer zugebracht, im Ruhm vergangener Erfolge geschwelgt und Pläne geschmiedet, dass es auch in Zukunft wieder Triumphe gab. Beide Männer hatten ihr Examen in Yale abgelegt und gehörten zu den besten und erfolgreichsten Absolventen. Sie waren zur CIA gegangen, als es noch ehrenvoll gewesen war, dem Vaterland zu dienen, als ein Mann noch *alles* getan hatte, um die Interessen seiner Heimat zu schützen, und als die CIA nur die allerbesten Absolventen eingestellt hatte. Thornhill, ein Mann mit Weitblick, glaubte von ganzem Herzen daran, dass man bereit sein musste, Risiken einzugehen, wollte man seine Visionen verwirklichen.

»Der FBI-Mann ist tot«, sagte er zu seinem Freund und Kollegen.

»Und Lockhart?«, fragte Winslow.

Thornhill schüttelte den Kopf. »Sie ist verschwunden.«

»Dann haben wir also einen Top-Agenten des FBI erledigt und die Zielperson entwischen lassen«, fasste Winslow zusammen und schüttelte die Eiswürfel in seinem Glas. »Das ist gar nicht gut, Bob. Die anderen werden sich nicht darüber freuen.«

»Es gibt aber auch eine gute Nachricht«, sagte Thornhill ironisch. »Unseren Mann hat's auch erwischt.«

»Hat der FBI-Mann ihn erledigt?«

Thornhill schüttelte den Kopf. »Nein. Es war heute Abend noch jemand dort. Man weiß noch nicht, wer es ist. Serow hat Meldung gemacht. Er hat uns eine Beschreibung des Mannes geliefert, der sich am Haus aufgehalten hat. Wir lassen sie gerade vom Computer auswerten. Kann nicht lange dauern, bis wir seine Identität kennen.«

»Kann er uns irgendwas erzählen?«

»Im Moment nicht. Mr Serow befindet sich momentan in einem Unterschlupf.«

»Dir ist doch klar, Bob, dass das FBI jetzt Himmel und Hölle in Bewegung setzt.«

»Genauer gesagt«, sagte Thornhill, »es wird *alles* tun, um Faith Lockhart zu finden.«

»Wen verdächtigt das FBI?«

»Buchanan natürlich«, erwiderte Thornhill. »Ist doch logisch.«

»Dann stellt sich wohl die Frage, was wir mit Buchanan anstellen.«

»Im Moment nichts. Wir halten ihn auf dem Laufenden. Das heißt, natürlich bekommt er nur *unsere* Version der Wahrheit zu hören. Wir sorgen dafür, dass er nicht auf dumme Gedanken kommt, und behalten gleichzeitig das FBI im Auge. Buchanan verlässt heute Morgen die Stadt, also sind wir in dieser Hinsicht abgesichert. Falls die FBI-Ermittlungen aber zu sehr in Richtung Buchanan weisen, schenken wir ihm einen frühen Tod – und unseren Berufskollegen sämtliche unerfreulichen Tatsachen darüber, wie er versucht hat, sich Lockhart vom Hals zu schaffen.«

»Und Lockhart?«, fragte Winslow.

»Ach, die findet das FBI schon. Das ist etwas, was sie können – auch wenn sie zu sonst nicht viel zu gebrauchen sind.«

»Ich verstehe nicht, wie uns das helfen kann. Wenn Lockhart redet, geht Buchanan unter, und dann wird er uns mit sich reißen.«

»Das kann ich mir kaum vorstellen«, erwiderte Thornhill. »Wenn das FBI die Frau findet, sind wir dabei, falls wir sie nicht als Erste aufstöbern. Und diesmal schießen wir nicht daneben. Wenn Lockhart erledigt ist, kommt Buchanan dran. Und dann können wir uns wieder auf unseren ursprünglichen Plan konzentrieren.«

»Hoffentlich klappt's.«

»Oh, das klappt schon«, sagte Thornhill mit seinem gewohnten Optimismus. Wenn man in seinem Job lange durchstehen wollte, musste man einfach positiv denken.

KAPITEL 10

Lee fuhr den Wagen in die Gasse und hielt. Sein Blick schweifte über die Landschaft, über die sich die Dunkelheit senkte. Sie waren mehr als zwei Stunden herumgefahren, bis Lee überzeugt gewesen war, dass niemand sie verfolgte. Dann hatte er von einem Münzfernsprecher aus die Polizei angerufen. Obwohl sie jetzt relativ sicher waren, behielt er weiterhin eine Hand am Griff seiner Pistole, bereit, die SIG ohne Zögern zu ziehen, um ihre Feinde mit einer tödlichen Salve niederzumähen. Das war natürlich nicht ernst gemeint.

Heutzutage konnte man ganze Völkerscharen umbringen, die man nicht einmal sah – mit einer atomar bestückten Rakete, die mehr Grips hatte als ein Mensch. Ob das Gehirn der Opfer, fragte sich Lee, in dieser einen Millisekunde, in der es zu Asche verbrannt wurde, noch den Gedanken formen konnte, dass die Hand Gottes sie niedergestreckt hatte und nicht irgendein gottverdammtes Ding, das der Mensch, dieser Idiot, gebaut hatte. Einen verrückten Augenblick lang suchte er den Himmel nach einer Interkontinentalrakete ab. Und wenn man bedachte, wer an dem ganzen Mist beteiligt war, *war* diese Vorstellung vielleicht gar nicht so verrückt.

»Was haben Sie der Polizei erzählt?«, fragte Faith.
»Das Nötigste. Was passiert ist und wo.«
»Und?«
»Die Dame war zwar skeptisch, hat sich aber bemüht, mich an der Strippe zu halten.«

Faith schaute sich in der Gasse um. »Ist *das* der sichere

Schlupfwinkel, den Sie erwähnt haben?« Sie deutete in die Dunkelheit, auf die versteckten Nischen, die Mülleimer und in die Richtung, in der entfernte Schritte auf dem Asphalt erklangen.

»Nein. Wir lassen den Wagen hier stehen und gehen zu Fuß weiter. Der Schlupfwinkel ist übrigens meine Wohnung.«

»Wo sind wir hier?«

»North Arlington. Hier wohnen zwar nur noch Yuppies, aber die Gegend kann trotzdem gefährlich sein, besonders nachts.«

Als sie durch die Gasse gingen und auf die Straße einbogen, hielt sich Faith dicht neben Lee. Die Straße wurde von alten, aber hübschen, gepflegten Reihenhäusern gesäumt.

»Welches gehört Ihnen?«

»Das große da am Ende der Straße. Der Eigentümer hat sich aufs Altenteil zurückgezogen und wohnt in Florida. Ihm gehören noch ein paar andere Häuser. Ich schaffe ihm hier den Ärger vom Hals, deshalb kommt er mir mit der Miete entgegen.«

Faith wollte aus der Dunkelheit der Gasse, doch Lee hielt sie fest. »Einen Moment noch, ich will erst was nachprüfen.«

Sie krallte die Hand in sein Jackett. »Lassen Sie mich bloß nicht allein hier!«

»Ich will nur nachschauen, ob jemand da ist, der 'ne Überraschungsparty für uns schmeißen will. Wenn Sie was sehen, das Ihnen nicht geheuer ist, geben Sie einfach Laut, dann bin ich in zwei Sekunden wieder hier.«

Er verschwand, und Faith zog sich wieder in die Gasse zurück. Ihr Herz schlug so laut, dass ihr der verrückte Gedanke kam, jemand würde gleich ein Fenster aufreißen und ihr einen Schuh an den Kopf werfen. Als sie schon glaubte, es nicht mehr aushalten zu können, kam Lee zurück.

»Okay. Sieht aus, als wäre die Luft rein. Gehen wir.«

Die Eingangstür war abgeschlossen. Lee öffnete sie mit seinem Schlüssel. Faith bemerkte eine Videokamera, die über ihrem Kopf an der Wand installiert war.

Lee schaute sie an. »War meine Idee. Ich weiß gern im Voraus, wer mich besuchen will.«

Sie stiegen vier Treppen bis in den obersten Stock hinauf und gingen dann über einen Flur bis zur letzten Tür auf der rechten Seite. Faith betrachtete die drei Türschlösser. Lee öffnete jedes mit einem speziellen Schlüssel.

Als die Tür aufschwang, hörte Faith ein piepsendes Geräusch. Sie betraten die Wohnung. An der Wand war die Steuertafel einer Alarmanlage zu sehen. Darüber befand sich eine glänzende Kupferplatte, die an einem Scharnier an die Wand geschraubt war. Lee legte die Platte um, sodass sie die Steuertafel verdeckte. Seine Hand glitt unter die Kupferplatte und betätigte mehrere Knöpfe. Das Piepsen verstummte.

Er blickte Faith an, die ihn aufmerksam beobachtete.

»Van-Eck-Strahlung. Sagt Ihnen wahrscheinlich nichts.«

Sie runzelte die Stirn. »Wahrscheinlich.«

Neben der Alarmanlage befand sich ein kleiner, in die Wand eingelassener Monitor, auf dem die Eingangstreppe vor dem Haus zu sehen war. Allem Anschein nach war es eine Bildverbindung zu der Kamera, die Faith draußen gesehen hatte.

Lee verschloss die Wohnungstür und klopfte mit der Hand dagegen. »Sie ist aus Stahl und wird von einem Spezialrahmen gehalten, den ich selbst gebaut habe. Es spielt keine Rolle, wie stark das Schloss ist – meist gibt der Rahmen nach. Die meisten Rahmen taugen nichts. Sie sind für Einbrecher die reinsten Weihnachtsgeschenke. Aber mit dieser Tür dürften die Jungs Probleme kriegen. Außerdem gibt's hier einbruchsichere Fensterschlösser, Bewegungsmelder im Freien und eine Telefondirektverbindung, die auf die Alarmanlage reagiert. Hier sind wir sicher.«

»Sie legen großen Wert auf Sicherheit, stimmt's?«, sagte Faith.

»Nein, ich leide unter Verfolgungswahn.«

Faith hörte irgendetwas, das sich auf dem Flur näherte. Sie zuckte zusammen, entspannte sich aber, als sie Lee lächelnd in Richtung des Geräusches gehen sah. Eine Sekunde später trottete ein alter Schäferhund um die Ecke. Lee hockte sich hin und spielte mit dem großen Tier, das sich auf den Rücken legte. Lee begrüßte ihn, indem er seinen Bauch kraulte.

»He, Max, wie geht's, alter Knabe?« Er streichelte Max' Kopf, und der Hund leckte liebevoll die Hand seines Herrchens.

»Max ist das beste Sicherheitssystem, das je erfunden wurde. Bei ihm braucht man sich keine Gedanken über Stromausfälle, auslaufende Batterien oder Leute zu machen, die irgendwann zur anderen Seite wechseln.«

»Sie wollen also, dass wir hier bleiben?«

Lee schaute zu ihr auf. »Haben Sie Hunger? Durst? Über diese und andere Fragen sollten wir uns lieber mit vollem Magen Gedanken machen.«

»Essen kann ich im Moment noch nichts, aber ein heißer Tee wäre nicht übel.«

Ein paar Minuten später saßen sie am Küchentisch. Faith nippte an einem Kräutertee, während Lee sich eine Tasse Kaffee machte. Max döste unter dem Tisch.

»Wir haben ein Problem«, sagte Lee. »Als ich im Cottage war, habe ich irgendein Gerät aktiviert. Ich bin gefilmt worden.«

Faith blickte entsetzt drein. »Mein Gott – dann könnten sie schon hierher unterwegs sein.«

»Vielleicht ist es ganz gut so.« Lee schaute sie jäh an.

»Und weswegen?«

»Weil ich Verbrechern nicht helfe.«

»Sie halten mich also für eine Verbrecherin?«

»Sind Sie eine?«

Faith befingerte die Teetasse. »Ich habe mit dem FBI zusammengearbeitet – nicht *gegen* das FBI.«

»Na schön. Und in welcher Angelegenheit?«

»Das kann ich Ihnen nicht sagen.«

»Dann kann ich Ihnen nicht helfen. Kommen Sie, ich fahre Sie nach Hause.« Lee wollte sich aus dem Stuhl erheben.

Faith packte seinen Arm. »Warten Sie. Bitte, warten Sie.« Die Vorstellung, allein gelassen zu werden, lähmte sie.

Lee setzte sich wieder und wartete.

»Wie viel muss ich Ihnen erzählen, damit Sie mir helfen?«

»Kommt darauf an, welche Art Hilfe Sie haben wollen. Ich werde nicht gegen das Gesetz verstoßen.«

»Darum würde ich Sie auch nicht bitten.«

»Dann haben Sie keine Probleme – sieht man davon ab, dass irgendjemand Sie umbringen will.«

Faith trank nervös einen Schluck Tee. Lee beobachtete sie.

»Wenn man anhand des Videos herausfindet, wer Sie sind, sollten wir uns dann nicht lieber verziehen?«, fragte sie.

»Ich hab das Videoband manipuliert. Habe einen Magneten darüber geschoben.«

Faith schaute ihn an. In ihren Augen flammte Hoffnung auf. »Glauben Sie, dass Sie das Band gelöscht haben?«

»Weiß ich nicht genau. Ich bin kein Experte auf dem Gebiet.«

»Aber es dürfte auf jeden Fall eine gewisse Zeit dauern, bis man die Aufnahme rekonstruieren kann, oder?«

»Ich hoffe es. Aber wir haben es natürlich nicht mit dem Christlichen Verein Junger Männer zu tun. Die Überwachungsanlage war gesichert. Kann sein, dass das Band sich selbst vernichtet, wenn die Polizei versucht, es mit Gewalt aus dem Gerät zu entfernen. Wenn es so wäre, gäbe ich alle siebenundvierzig Mäuse dafür her, die ich auf der Bank habe. Ich bin ein Mensch, dem seine Intimsphäre wichtig ist. Aber Sie haben mir noch immer nicht gesagt, um was es geht.«

Faith erwiderte nichts, schaute ihn nur an, als hätte er ihr einen unanständigen Vorschlag gemacht.

Lee legte den Kopf schief. »Hören Sie, ich bin der Detektiv, okay? Ich werde die Schlüsse ziehen, und Sie sagen mir, ob ich richtig oder falsch liege, einverstanden?« Da Faith noch immer schwieg, fuhr er fort: »Die Kameras, die ich gesehen habe, befanden sich nur im Wohnzimmer. Der Tisch, die Stühle, die Kaffeemaschine und das andere Zeug standen ebenfalls im Wohnzimmer. Ich bin also in eine Laserschranke oder so was gelaufen und habe dadurch die Kameras eingeschaltet.«

»Ich nehme an, so könnte es gewesen sein«, sagte Faith.

»Nein, könnte es nicht. Ich kannte nämlich den Zugangscode für die Alarmanlage.«

»Und?«

»Ich habe ihn eingegeben und auf diese Weise das Sicherheitssystem ausgeschaltet. Warum hat der Stolperdraht trotzdem funktioniert? Er war so geschaltet, dass die Kameras sich eingeschaltet haben, obwohl das Sicherheitssystem deaktiviert war. Wer immer die Anlage installiert hat – weshalb sollte er Interesse daran haben, sich selbst zu filmen?«

Faith schaute ihn völlig verwirrt an. »Keine Ahnung.«

»Ganz einfach. Damit man auch *Sie* filmen kann, ohne dass Sie es wissen. Der abgelegene Ort, die Sicherheit auf CIA-Niveau, die FBI-Leute, die Kameras und die Elektronik – das alles deutet in eine Richtung.« Lee legte eine Pause ein und überlegte, wie er es ausdrücken sollte. »Man hat Sie dorthin gebracht, um Sie zu verhören. Aber vielleicht war man sich nicht sicher, was Ihre Kooperationsbereitschaft betrifft – oder man vermutet, dass jemand versuchen könnte, Sie umzulegen. Also nimmt man die Verhöre auf – für den Fall, dass Sie später irgendwie verlustig gehen.«

Faith musterte ihn mit einem resignierten Lächeln. »Das war verdammt weitsichtig von ihnen, nicht wahr? Ich meine, was das ›verlustig gehen‹ betrifft.«

Lee stand auf, schaute aus dem Fenster und überdachte die Lage. Ihm war gerade etwas sehr Wichtiges eingefallen, auf das er schon viel früher hätte kommen müssen. Auch wenn er die Frau nicht kannte – in Anbetracht dessen, was er ihr nun sagen musste, fühlte er sich ziemlich beschissen. »Ich habe schlechte Nachrichten für Sie.«

Faith wirkte überrascht. »Was soll das heißen?«

»Sie werden vom FBI verhört. Anscheinend stehen Sie sogar unter Zeugenschutz. Ein FBI-Mann, der Sie beschützt, wird umgelegt, und ich habe möglicherweise den Kerl angeschossen, der ihn getötet hat. Das FBI hat mein Gesicht auf Video.« Er hielt einen Moment inne. »Ich muss Sie ausliefern.«

Faith sprang auf. »Das können Sie nicht machen! Das können Sie nicht! Sie haben doch gesagt, Sie wollen mir helfen!«

»Wenn ich Sie nicht ausliefere, stehen mir einige Jahre an einem Ort bevor, an dem gewisse Typen mit anderen nicht sehr freundlich umspringen. Im besten Fall verliere ich meine Zulassung als Privatdetektiv. Würde ich Sie besser kennen, käme ich mir noch mieser vor, aber wenn ich's recht überlege, bin ich mir nicht sicher, ob selbst meine Oma all diesen Ärger wert wäre.« Er zog seine Jacke an. »Wer ist für Sie zuständig?«

»Ich kenne den Namen nicht.«

»Haben Sie irgendeine Telefonnummer?«

»Die würde Ihnen nichts nützen. Ich bezweifle, dass er im Moment Anrufe entgegennehmen kann.«

Lee beäugte sie argwöhnisch. »Soll das heißen, der Tote war Ihr einziger Kontaktmann?«

»Genau.« Die Lüge kam Faith über die Lippen, ohne dass sie eine Miene verzog.

»Der Bursche war Ihr Kontaktmann und hat sich nie die Mühe gemacht, Ihnen seinen *Namen* zu nennen? Das sieht dem FBI aber gar nicht ähnlich.«

»Tut mir Leid, mehr weiß ich auch nicht.«

»Wirklich? Nun, dann sage ich Ihnen mal, was ich weiß. Sie waren mindestens drei Mal mit einer Frau in dem Cottage. Mit einer großen Brünetten. Haben Sie die ganze Zeit mit ihr zusammengesessen und sie mit ›Agentin X‹ angeredet?« Er beugte sich vor. »Lügenregel Nummer eins: Wenn du jemanden anschwindelst, dann sorge dafür, dass er nicht das Gegenteil beweisen kann.« Er packte ihren Arm. »Gehen wir.«

»Mr Adams, möglicherweise haben Sie ein Problem, auf das Sie noch nicht gekommen sind.«

»Ist es denn die Möglichkeit? Wollen Sie's mir sagen?«

»Was genau wollen Sie dem FBI erzählen, wenn Sie mich dort abliefern?«

»Ich weiß nicht. Wie wär's mit der Wahrheit?«

»Na schön. Schauen wir uns die Wahrheit doch mal an. Sie haben mich beschattet, weil jemand, den Sie nicht kennen und nicht identifizieren können, Sie dafür bezahlt. Was bedeutet, dass Sie nicht mehr aufzuweisen haben als Ihr Wort. Sie konnten mich verfolgen, obwohl das FBI mir zugesichert hat, dass es unmöglich sei. Sie waren heute Abend in dem Cottage. Ihr Gesicht ist auf dem Videoband. Ein FBI-Agent ist tot. Sie haben Ihre Waffe abgefeuert. Sie behaupten zwar, Sie hätten auf den anderen Mann geschossen, aber Sie können nicht beweisen, dass es überhaupt einen anderen Mann gab. Somit stehen nur folgende Tatsachen fest: Sie, der FBI-Mann und ich waren am Cottage. Sie haben Ihre Waffe abgefeuert, und der FBI-Mann ist tot.«

»Nur passt die Kugel, die den Burschen umgebracht hat, leider nicht in meine Waffe«, sagte Lee verärgert und ließ Faiths Arm los.

»Dann haben Sie die andere Waffe eben weggeworfen.«

»Und warum hätte ich Sie mitnehmen sollen? Wenn ich der Schütze war, warum habe ich Sie dann nicht dort draußen umgebracht?«

»Ich sage ja nicht, was ich glaube, Mr Adams. Ich will nur andeuten, dass das FBI Sie vielleicht verdächtigen wird. Wenn es in Ihrer Vergangenheit nichts gibt, was das FBI misstrauisch macht, glaubt man Ihnen vielleicht.« Beiläufig fügte sie hinzu: »Man wird Sie wahrscheinlich nur ein Jahr lang beschatten und die Sache dann aufgeben, falls sich nichts ergibt.«

Lee maß sie mit einem finsteren Blick. Seine jüngere Vergangenheit war blitzsauber. Wenn man allerdings ein wenig tiefer grub, geriet man in etwas trübere Gewässer. In seiner Anfangszeit als Privatdetektiv hatte Lee einige Dinge getan, die er heutzutage nicht mal mehr in Betracht ziehen würde. Nichts Illegales, aber aufrechten Bundesbeamten gegenüber schwer zu erklären.

Und dann gab es noch den Gerichtsbeschluss, den seine Exfrau erwirkt hatte, bevor Eddie der Glückspilz auf seine Goldmine gestoßen war: Lee durfte sich seiner Verflossenen nicht nähern. Sie hatte behauptet, er hätte ihr aufgelauert und sei möglicherweise gewalttätig. Natürlich wäre Lee gewalttätig geworden – aber nur dann, wenn er das kleine Dreckstück in die Finger gekriegt hätte. Jedes Mal wenn er die Schrammen auf den Armen und Wangen seiner Tochter gesehen hatte, sobald er unerwartet in diesem Rattenloch von Wohnung aufgetaucht war, hatte ihn fast der Schlag getroffen. Trish hatte jedes Mal behauptet, Renee sei die Treppe heruntergefallen. Sie hatte ihm rotzfrech ins Gesicht gelogen, obwohl die Abdrücke ihrer Knöchel auf der weichen Haut des Mädchens noch deutlich zu erkennen gewesen waren. Lee hatte Eddies Wagen mit einer Brechstange bearbeitet und Eddie anschließend eine aufs Maul hauen wollen. Aber der feige Hund hatte sich im Badezimmer eingeschlossen und die Bullen angerufen.

War er wirklich darauf aus, das FBI einzuladen, in den nächsten zwölf Monaten in seinem Leben herumzuschnüffeln? Andererseits – wo stand er, wenn er die Frau laufen ließ und das FBI ihn ausfindig machte? Wohin er sich wandte, überall stieß er auf Schlangennester.

Faith sagte in sanftem Tonfall: »Wollen Sie mich vor dem Washingtoner Hauptquartier absetzen? Es liegt an der Ecke Fourth und F Street.«

»Ist ja schon gut«, sagte Lee wütend. »Ich hab verstanden. Aber ich habe nicht darum gebeten, dass dieser ganze Scheiß auf meinen Schultern abgeladen wird.«

»Und ich habe Sie nicht darum gebeten, sich in die Sache einzumischen. Aber ...«

»Aber was?«

»Aber wenn Sie heute Abend nicht dort gewesen wären,

wäre ich jetzt nicht mehr am Leben. Tut mir Leid, dass ich Ihnen noch nicht gedankt habe. Ich will es jetzt nachholen.«

Lee spürte trotz seines Argwohns, dass sein Zorn allmählich abflaute. Entweder meinte die Frau es ernst, oder sie war das aalglatteste Biest, das ihm je begegnet war. Vielleicht war sie von beidem etwas. Schließlich waren sie hier in Washington.

»Ich helfe Damen immer gern«, sagte er trocken. »Na gut, mal angenommen, ich liefere Sie nicht aus. Wie sollen wir Ihrer Meinung nach die Nacht hinter uns bringen?«

»Ich muss hier weg. Ich brauche etwas Zeit, um die ganze Sache zu durchdenken.«

»Das FBI wird Sie nicht einfach so davonspazieren lassen. Ich nehme an, Sie haben mit den Herrschaften irgendein Abkommen getroffen.«

»Noch nicht. Und selbst wenn es so wäre – glauben Sie nicht, dass ich einen guten Grund hätte, die Abmachung nun rückgängig zu machen?«

»Was ist mit den Leuten, die Sie umbringen wollen?«

»Erst brauche ich ein bisschen Luft. Dann kann ich entscheiden, was ich tue. Durchaus möglich, dass ich wieder zum FBI zurückgehe. Aber ich will nicht sterben. Und ich möchte ebenso wenig, dass irgendjemand dabei draufgeht, der etwas mit mir zu tun hat.« Sie schaute ihn mit festem Blick an.

»Ich weiß Ihre Besorgnis zu schätzen, aber ich kann auf mich selbst aufpassen. Wohin wollen Sie denn flüchten? Und wie wollen Sie dorthin kommen?«

Faith setzte zu einer Antwort an, hielt dann aber inne. Plötzlich misstrauisch geworden, starrte sie zu Boden.

»Wenn Sie mir nicht vertrauen, Faith, klappt die Sache nicht«, sagte Lee sanft. »Wenn ich Sie gehen lasse, muss ich den Kopf für Sie hinhalten. Aber noch habe ich keine Entscheidung getroffen. Es hängt viel von dem ab, was Sie jetzt denken. Wenn das FBI Sie braucht, um ein paar einflussreiche Leute abzusägen – und nach allem, was ich bisher gesehen habe, geht es mit Sicherheit nicht um Ladendiebe –, muss ich mich auf die Seite des FBI schlagen.«

»Angenommen, ich würde mich stellen, sofern man mir meine Sicherheit garantieren kann ...«

»Das halte ich für vernünftig. Aber welche Garantie gibt es, dass Sie sich überhaupt stellen?«

»Angenommen, Sie gehen mit mir?«, sagte sie schnell.

Lee zuckte so heftig zusammen, dass er versehentlich Max trat, der unter dem Tisch hervorkam und ihn beleidigt beäugte.

Faith sprach eilig weiter. »Wahrscheinlich ist es nur eine Frage der Zeit, bis man Sie auf dem Band identifiziert hat. Der Mann, den Sie erschossen haben ... Was ist, wenn er Sie bei seinem Auftraggeber identifiziert? Sie sind doch ebenso in Gefahr.«

»Ich weiß nicht recht ...«

»Lee«, sagte Faith aufgeregt, »ist Ihnen je der Gedanke gekommen, dass der Mann, der Sie beauftragt hat, mich zu beschatten, auch *Sie* beschatten ließ? Es ist doch möglich, dass man Sie nur benützt hat, damit es zu dieser Schießerei kommt.«

»Tja, aber wenn man mich hätte beschatten können, dann auch Sie«, konterte er.

»Angenommen, man wollte Ihnen die ganze Sache in die Schuhe schieben?«

Lee stieß die Luft aus, als ihm die Hoffnungslosigkeit seiner Lage deutlich wurde. *Scheiße, was für eine Nacht!* Warum hatte er das alles nicht kommen sehen? Ein anonymer Klient. Eine volle Geldtüte. Eine mysteriöse Zielperson. Ein einsames Cottage. Hatte er im Koma gelegen, oder was?

»Ich bin ganz Ohr.«

»Ich habe ein Schließfach in einer Washingtoner Bank. In diesem Schließfach befinden sich Bargeld und ein paar Plastikkärtchen, die auf einen anderen Namen ausgestellt sind und mit denen wir so weit von hier weg kommen, wie wir wollen. Das einzige Problem ist, dass die Bank möglicherweise beobachtet wird. Ich brauche Ihre Hilfe.«

»*Ich* kann doch nicht an Ihr Schließfach.«

»Aber Sie können mir helfen, die Bank auszuspionieren, um festzustellen, ob Sie beobachtet wird. Auf so etwas verstehen Sie sich allem Anschein nach besser als ich. Ich gehe rein, lass mir den Inhalt des Faches geben und komme so schnell wie möglich wieder raus. Sie schirmen mich ab. Wenn irgendwas verdächtig aussieht, machen wir die Mücke.«

»Hört sich eher so an, als wollten wir die Bank ausrauben«, sagte Lee leicht vergrätzt.

»Ich schwöre, dass alles in dem Schließfach mir gehört!«

Lee strich sich übers Haar. »Na schön, vielleicht klappt's. Und was dann?«

»Dann setzen wir uns nach Süden ab.«

»Und wohin?«

»An die Küste von Carolina. Outer Banks. Ich hab da ein Häuschen.«

»Sind Sie die Besitzerin? So was kann man nachprüfen.«

»Ich habe es auf den Namen einer Firma gekauft und die Papiere als Prokuristin unterschrieben – mit einem falschen Namen. Aber was ist mit Ihnen? Sie können nicht unter Ihrem Namen reisen.«

»Machen Sie sich um mich keine Sorgen. Ich hatte in meinem Leben mehr Namen als Shirley MacLaine, und ich habe auch Papiere, um es zu beweisen.«

»Dann wäre ja alles klar.«

Lee schaute Max an, der seinen großen Kopf auf seinen Schoß gelegt hatte. Er streichelte dem Tier sanft die Nase.

»Wie lange müssen wir fortbleiben?«

Faith schüttelte den Kopf. »Ich weiß nicht. Vielleicht eine Woche.«

Lee seufzte. »Die Dame, die unter mir wohnt, könnte sich um Max kümmern.«

»Dann machen Sie also mit?«

»Nur solange Ihnen klar ist, dass ich nichts dagegen habe, einem Hilfsbedürftigen zu helfen, aber dass ich auch nicht vorhabe, den größten Blödmann der Welt zu spielen.«

»Sie kommen mir nicht wie ein Mann vor, der diese Rolle je spielen würde.«

»Wenn Sie mal herzhaft lachen wollen, sagen Sie das meiner Exfrau.«

KAPITEL 11

Das alte Alexandria lag im nördlichen Virginia am Potomac River, ungefähr fünfzehn Autominuten südlich von Washington, D.C. Wasser war der Hauptgrund für die Gründung des Ortes gewesen, der als Hafenstadt lange Zeit in Blüte gestanden hatte. Die Stadt war noch immer wohlhabend und ein beliebter Wohnort; der Fluss aber spielte für die wirtschaftliche Zukunft der Stadt keine Rolle mehr.

Die Einwohnerschaft bestand aus alteingesessenem Geldadel und neureichen Sippen, die in altehrwürdigen Ziegel-, Stein- und Holzhäusern residierten. Diese Wohnhäuser entstammten der Architektur des späten 18. und frühen 19. Jahrhunderts. Einige Straßen waren noch von dem Pflaster bedeckt, über das einst George Washington und Thomas Jefferson geschritten waren. Und der junge Robert E. Lee. Die beiden Häuser, in denen er als Kind gewohnt hatte, standen einander auf der Oronoco Street gegenüber, welche wiederum nach einer speziellen Marke Virginia-Tabak benannt worden war, die es längst nicht mehr gab. Viele Bürgersteige bestanden aus Ziegeln; diese hatten sich rings um die zahlreichen Bäume angehoben, welche den Häusern, Straßen und Einwohnern seit so vielen Jahren Schatten spendeten. Eine Anzahl gusseiserner Zäune, die Höfe und Gärten der Häuser umgrenzten, waren goldfarben gestrichen und protzten mit Spitzen und Kreuzblumen nach europäischem Vorbild.

Zu dieser frühen Stunde waren die Straßen der alten Stadt still, sah man vom Tröpfeln des Regens und dem Rauschen des Windes in den Zweigen der knorrigen alten Bäume ab, deren flache Wurzeln sich in den harten Lehmboden Virginias krallten. Die Straßennamen spiegelten den kolonialen Ursprung der Gegend: Wenn man in die Stadt fuhr, kam man über die King, Queen, Duke und Prince Street. Parkplätze waren rar; deshalb waren die schmalen Alleen mit fast sämtlichen Automarken und Typen vollgestellt. Vor den zweihundert Jahre alten Häusern wirkten die Fahrzeuge eigenartig fehl am Platze, als hätte eine Zeitverwerfung sie in die Ära der Pferde und Kutschen zurückversetzt.

Das schmale, vierstöckige Ziegelsteinhaus an der Duke Street zählte zu den eher unscheinbaren in dieser Gegend. In dem kleinen Vorgärtchen stand ein einsamer, schiefer Ahornbaum, dessen gespaltener Stamm von Efeu überwuchert war. Der gusseiserne Zaun befand sich zwar in gutem, aber nicht erstklassigem Zustand. Das Haus verfügte über einen Garten und einen Hinterhof, doch die Pflanzen, der Springbrunnen und die Ziegelarbeiten waren nichts Besonderes, wenn man sie mit anderen verglich, die es nur wenige Schritte weiter zu sehen gab.

Die Möbel im Inneren des Hauses waren allerdings weitaus eleganter, als das Äußere einen Beobachter hätte vermuten lassen. Der Grund dafür war einfach: Das Äußere eines Hauses konnte Danny Buchanan nicht vor neugierigen Blicken verbergen, das Innere sehr wohl.

Die ersten Streifen des Morgenrots erschienen am Horizont, als Buchanan vollständig angezogen in der kleinen ovalen Bibliothek gegenüber dem Speisezimmer saß. Vor dem Haus wartete ein Wagen, um ihn zum Reagan National Airport zu bringen.

Der Senator, mit dem Buchanan sich treffen wollte, gehörte zum Bewilligungsausschuss, dem möglicherweise wichtigsten Ausschuss des Senats überhaupt, da dieses Gremium (und seine Unterausschüsse) die Geldbörse der Regierung kontrollierte. Noch wichtiger für Buchanans Ziele war, dass der Senator überdies Vorsitzender des Unterausschusses für Auslandshilfe war, der darüber bestimmte, wohin die meisten Entwicklungshilfedollars flossen. Der hoch gewachsene, distinguierte Senator mit dem makellosen Auftreten und der Vertrauen erweckenden Stimme war einer seiner langjährigen Partner. Der Mann hatte die Macht, die sein Amt mit sich brachte, stets genossen und ständig auf zu großem Fuß gelebt. Das Ruhestandsgeschenk, das Buchanan ihm zu bieten hatte, war so groß, dass ein Mensch allein es eigentlich kaum ausschöpfen konnte.

Buchanans Unterstützungsprogramm hatte anfangs vorsichtig begonnen. Er hatte sämtliche Kandidaten in Washington analysiert, die auch nur im Entferntesten bereit sein könnten, seine Ziele zu fördern. Dann hatte er sich gefragt, ob sie bestechlich waren. Viele Abgeordnete waren wohlhabend, viele aber auch nicht. Wer im Parlament arbeitete, für den war es oftmals ein finanzieller und familiärer Albtraum, zwei Wohnsitze zu unterhalten, und in Washington war das Leben nicht billig. Oft wohnten die Abgeordneten ohne ihre Familie in dieser Stadt. Buchanan war an diejenigen herangetreten, die er für empfänglich hielt, und hatte ein langwieriges Verfahren entwickelt, um zu überprüfen, ob seine Kandidaten verlässlich waren. Die Möhren, die er ihnen vor die Nase gehalten hatte, waren anfangs zwar klein gewesen, wurden aber schnell größer, wenn das Objekt des Interesses entsprechenden Enthusiasmus zeigte. Buchanan hatte eine gute Auswahl getroffen, denn von seinen Kandidaten war ihm noch keiner begegnet, der nicht bereit gewesen wäre, für die anstehende Belohnung seine Stimme zu verkaufen. Vielleicht waren diese Leute der Meinung, dass der Unterschied zu dem, was in Washington jeden Tag passierte, allenfalls marginal war. Buchanan wusste auch nicht, ob es sie interessierte, dass er edle Ziele verfolgte. Doch sie hatten die Entwicklungshilfe für Buchanans Klienten aus eigenem Antrieb ständig erhöht.

Außerdem hatte jeder von ihnen schon erlebt, wie Kollegen ihre Ämter niederlegten und sich der Goldgrube des Lobbyismus zuwandten. Doch wer wollte schon so schwer schuften? Buchanan hatte die Erfahrung gemacht, dass ehemalige Abgeordnete ohnehin nur schreckliche Lobbyisten abgaben. Mit dem Hut in der Hand frühere Kollegen um Geld anzugehen, gegen die man kein Druckmittel mehr hatte, war nicht gerade das Gelbe vom Ei. Viel cleverer war es da, sie zu melken, wenn sie die höchste Machtposition ihrer Karriere innehatten – den vorübergehenden Vorsitz in Ausschüssen und dergleichen. Zuerst musste man sie eingehend bearbeiten. Später zahlte man sie großzügig aus. Gab es etwa etwas Besseres?

Buchanan fragte sich, ob er sein Gesicht würde wahren können, wenn er den Mann traf, den er bereits verraten hatte. Andererseits wurde in dieser Stadt an allen Ecken und Enden Verrat betrieben. Alle grabschten ständig nach einem Stuhl, bevor die Musik verstummte. Der Senator würde verständlicherweise sauer reagieren. Na ja, er musste sich halt zusammen mit den anderen in die Reihe stellen.

Buchanan fühlte sich plötzlich müde. Er hatte zwar keine Lust, in den Wagen und schon wieder in ein Flugzeug zu steigen, hatte in dieser Sache aber keine Wahl. *Gehöre ich noch immer zur Lakaienklasse Philadelphias?*

Dann richtete er seine Aufmerksamkeit auf den Mann, der vor ihm stand.

»Er lässt Sie freundlich grüßen«, sagte der stämmige Kerl. Nach außen hin war er Buchanans Fahrer; in Wahrheit gehörte er zu Thornhills Leuten, die ihre wertvollste Beute im Auge behielten.

»Dann übermitteln Sie Mr Thornhill meine besten Wünsche und dass Gott beschließen möge, ihn keinen Tag älter werden zu lassen«, sagte Buchanan.

»Es gab wichtige Entwicklungen. Er möchte, dass Sie davon erfahren«, sagte der Mann ungerührt.

»Zum Beispiel?«

»Miss Lockhart arbeitet mit dem FBI zusammen, um Sie ans Messer zu liefern.«

Für einen kurzen, Schwindel erregenden Augenblick

glaubte Buchanan, er müsse sich übergeben. »Was soll das heißen, verdammt?«

»Unser Mann beim FBI ist gerade erst auf die Information gestoßen.«

»Soll das heißen, man hat Miss Lockhart in eine Falle gelockt? Sie gezwungen, für das FBI zu arbeiten?« *So, wie ihr es mit mir gemacht habt?*

»Sie ist aus freien Stücken zum FBI gegangen.«

Langsam erlangte Buchanan die Fassung wieder. »Erzählen Sie mir alles«, sagte er.

Der Mann tischte Buchanan eine Reihe von Wahrheiten, Halbwahrheiten und ausgemachten Lügen auf und berichtete alles mit eingeübter Aufrichtigkeit.

»Wo ist Faith jetzt?«

»Untergetaucht. Das FBI sucht sie.«

»Wie viel hat sie erzählt? Soll ich Vorbereitungen treffen, das Land zu verlassen?«

»Nein. Das wäre zu früh. Was Miss Lockhart erzählt hat, reicht für eine Strafverfolgung noch nicht aus. Sie hat zwar geschildert, wie die Sache läuft, aber Namen hat sie noch nicht genannt. Was aber nicht besagt, dass das FBI aus ihren Worten keine Schlüsse ziehen kann. Aber dabei müssen sie vorsichtig sein. Schließlich braten die Verdächtigen keine Hamburger bei McDonald's.«

»Und der viel gepriesene Mr Thornhill weiß nicht, wo Faith ist? Ich hoffe, dass seine Allmacht ihn nicht ausgerechnet jetzt verlässt.«

»Darüber habe ich keine Informationen«, sagte der Mann.

»Das ist ein Armutszeugnis für ein Unternehmen, das Nachrichten sammelt«, sagte Buchanan und bekam sogar ein Lächeln zu Stande. Ein Scheit im Kamin stieß einen lauten Knall aus, und flüssiges Mark und ein Rest von Feuchtigkeit im Holz spritzten gegen die Abschirmung. Buchanan beobachtete, wie die Flüssigkeit an den Maschen herablief, bis sie verdunstete. Warum hatte er plötzlich das Gefühl, dass der Rest seines Lebens soeben symbolisch an ihm vorbeigerauscht war?

»Vielleicht sollte ich versuchen, Miss Lockhart zu finden.«
»Das sollte Sie wirklich nicht kümmern.«
Buchanan schaute den Mann an. Idiot! »*Sie* müssen schließlich nicht ins Gefängnis.«
»Wir bekommen das schon hin.«
»Ich möchte weiter informiert werden, klar?« Buchanan drehte sich zum Fenster um, betrachtete auf der spiegelnden Oberfläche die Reaktion des Mannes auf seine jäh hervorgestoßenen Worte. Aber was waren sie wirklich wert? Er hatte die Runde eindeutig verloren. Eigentlich hatte er gar keine Chance gehabt zu gewinnen.

Die Straße war dunkel, leblos. Er hörte nur die vertrauten Geräusche der Eichhörnchen, welche die Bäume hinaufjagten und bei ihrem nie endenden Kampf ums Überleben von Ast zu Ast sprangen. Buchanan hatte sich auf einen ähnlichen Kampf eingelassen, der aber viel gefährlicher war als das Hüpfen über die schlüpfrige Rinde zehn Meter hoher Bäume. Der Wind war ein wenig stärker geworden; im Schornstein war ein leises Heulen zu vernehmen, und ein Rauchwölkchen aus dem Kamin trieb ins Zimmer.

Der Mann schaute auf seine Armbanduhr. »Wir müssen in einer Viertelstunde aufbrechen, damit Sie Ihre Maschine bekommen.« Er nahm Buchanans Aktentasche, drehte sich um und ging hinaus.

Robert Thornhill hatte Buchanan stets vorsichtig kontaktiert. Keine Anrufe im Haus oder im Büro. Begegnungen unter vier Augen nur dann, wenn die Umstände dergestalt waren, dass sie keinen Argwohn erregten und eine Beschattung durch Dritte unmöglich war. Bei ihrer ersten Begegnung hatte sich Buchanan – was sehr selten vorkam – angesichts seines Gegenspielers unterlegen gefühlt. Thornhill hatte ihm in aller Ruhe die knallharten Beweise seiner ungesetzlichen Geschäfte mit Kongressabgeordneten, hochrangigen Bürokraten, selbst Mitgliedern des Stabs im Weißen Haus vorgelegt: Aufzeichnungen von Gesprächen über Abstimmungstricks und Strategien, um Gesetze zu Fall zu bringen, von offenen Diskussionen über die Frage, welchen

Scheinposten Buchanan ihnen zuschustern wollte, wenn sie aus dem Amt schieden, und wie ihre Entlohnung aussehen würde. Bis ins Detail hatte der CIA-Mann Buchanans System von schwarzen Kassen und Scheinfirmen aufgedröselt, das dazu dienen sollte, Staatsbeamte und Mandatsträger zu bestechen.

»Ab jetzt arbeiten Sie für mich«, hatte Thornhill geradeheraus gesagt. »Sie gehen Ihrer Tätigkeit weiter nach, bis mein Netz so fest geknüpft ist, dass es jeder Belastung standhält. Dann können Sie sich aus dem Staub machen, und ich erledige den Rest.«

Buchanan hatte sich geweigert. »Eher gehe ich in den Knast«, hatte er erwidert. »Das ist immer noch besser als ein unkündbarer Knebelvertrag.«

Thornhill hatte ungeduldig ausgesehen. »Ich habe mich offenbar nicht deutlich genug ausgedrückt. Gefängnis steht gar nicht zur Debatte. Entweder arbeiten Sie für mich, oder Sie sind ein toter Mann.«

Angesichts dieser Drohung war Buchanan zwar erbleicht, aber standhaft geblieben. »Ein Staatsbeamter droht mit Mord?«

»Ich bin ein ganz besonderer Staatsbeamter. Ich bin für Extremfälle zuständig. Das rechtfertigt mein Vorgehen.«

»Das ändert nichts an meiner Antwort.«

»Sprechen Sie auch für Faith Lockhart? Oder sollte ich in dieser Angelegenheit mal mit ihr persönlich reden?«

Diese Bemerkung hatte Buchanan getroffen wie ein Schuss in den Kopf. Ihm war klar, dass Robert Thornhill keine leeren Drohgebärden machte. Der Mann erweckte nicht mal den Anschein eines aufbrausenden Menschen, und seine Wortwahl war äußerst behutsam. Wenn er beispielsweise sagte: »Tut mir Leid, dass es so weit kommen musste«, war man am nächsten Tag vielleicht tot. Buchanan hatte Thornhill damals als einen vorsichtigen, behutsamen und konzentrierten Menschen eingeschätzt. Ihm nicht unähnlich. Und so hatte er mitgemacht. Um Faith zu retten.

Nun verstand er die Bedeutung von Thornhills Gardisten:

Das FBI beobachtete ihn. Tja, es würde bestimmt nicht leicht für sie werden, denn Buchanan bezweifelte ernsthaft, dass sie in Thornhills Liga spielten, wenn es um heimliche Unternehmungen ging. Aber eine Achillesferse hatte schließlich jeder. Die seine hatte Thornhill in Faith Lockhart gefunden. Buchanan fragte sich, was Thornhills Schwäche sein möchte.

Er ließ sich in einen Sessel sinken und musterte das Gemälde an einer Wand der Bibliothek. Es war ein Porträt, Mutter mit Kind. Das Bild hatte fast achtzig Jahre lang in einem privaten Museum gehangen; es stammte von einem der anerkanntesten, doch weniger berühmten Meister der Renaissance. Die Mutter war eindeutig die Beschützerin; das Kind – ein kleiner Junge – konnte sich nicht allein verteidigen. Die wunderschönen Farben, die kunstvoll gemalten Profile, die in jedem einzelnen Pinselstrich erkennbare unterschwellige Brillanz der Hand, welche dieses Bild geschaffen hatte, entzückte jeden Betrachter. Die sanfte Biegung der Finger, die strahlenden Augen ... Jede Einzelheit war dynamisch, voller Leben, und das vierhundert Jahre, nachdem die Farbe gehärtet war.

Es war eine vollkommene und beiderseitige Liebe zwischen Mutter und Kind – eine Liebe, die durch keine heimlichen und zerstörerischen Ziele kompliziert wurde. Das Gemälde war Buchanans kostbarster Besitz. Leider würde er es bald verkaufen müssen und das Haus vielleicht dazu. Das Geld wurde ihm knapp; er musste die »Pensionskasse« seiner Leute auffüllen. Er hatte sogar ein schlechtes Gewissen, weil er das Gemälde noch immer besaß. Besser gesagt, das Geld, das es repräsentierte. Die Hilfe, die es vielen Menschen bringen konnte. Doch es war erhebend, einfach nur dazusitzen und dieses Kunstwerk zu betrachten. Es war unglaublich beruhigend. Und der Gipfel des Egoismus. Aber es brachte ihm mehr Freude als alles andere.

Aber vielleicht wurde jetzt alles anders. Er war an einem toten Punkt angelangt, in des Wortes doppelter Bedeutung. Thornhill würde ihn nie aus seinen Krallen entwischen lassen. Buchanan gab sich auch nicht der Illusion hin, dass Thornhill »seine« Leute nach deren Pensionierung in Ruhe lassen würde. Sie waren alle seine Sklaven im Wartestand. Trotz seiner Finesse und seiner gediegenen Art war der CIA-Mann ein Spion. Und waren Spione etwas anderes als wandelnde Lügen? Doch Buchanan hatte die Absicht, seine Abkommen mit den Politikern einzuhalten. Was er ihnen für ihre Hilfe versprochen hatte, würden sie bekommen, ob sie nun in der Lage waren, es zu genießen, oder nicht.

Als das flackernde Licht aus dem Kamin über das Gemälde spielte, hatte Buchanan den Eindruck, das Gesicht der Frau nähme die Züge Faith Lockharts an. Es fiel ihm nicht zum ersten Mal auf. Sein Blick folgte den Linien ihrer vollen Lippen, die unvermittelt verstockt oder sinnlich werden konnten. Wenn er das schmale, edel geschnittene Gesicht und das goldene Haar betrachtete, musste er stets an Faith denken. Das Augenpaar der Frau schien den Blick des Betrachters fest zu erwidern; die linke Pupille stand leicht aus der Mitte des Auges heraus und verlieh ihrem Gesicht eine bemerkenswerte Tiefe – und machte die Ähnlichkeit mit Faith noch frappierender. Es war, als hätte dieser kleine Makel die Frau auf dem Bild dazu befähigt, jedermann zu durchschauen.

Buchanan erinnerte sich noch an jede Einzelheit seiner ersten Begegnung mit Faith. Sie war gerade erst vom College gekommen und hatte sich mit der Begeisterung einer frisch geweihten Missionarin ins Leben gestürzt. Sie war Rohmaterial gewesen, in mancher Hinsicht unreif. Sie hatte keine Ahnung davon gehabt, wie Washington funktionierte, und war in jeder Hinsicht erstaunlich naiv gewesen. Andererseits besaß sie eine Präsenz wie ein Filmstar, konnte einen ganzen Raum durch ihre bloße Anwesenheit beherrschen. Sie konnte komisch sein, aber auch in null Komma nichts ernst werden. Sie konnte den Leuten um den Bart gehen und ihre Botschaft übermitteln, ohne aufdringlich zu werden. Nachdem Buchanan sich fünf Minuten lang mit ihr unterhalten hatte, war ihm klar geworden, dass sie besaß, was man brauchte, um es in der Welt zu etwas zu bringen. Nachdem Faith einen Monat in Buchanans Diensten verbracht hatte, wusste er, dass seine Einschätzung zutreffend gewesen war: Faith machte ihre Hausaufgaben, arbeitete unermüdlich, lernte, um was es ging und was nötig war, um ihren Job zu tun, und wusste, was erforderlich war, dass jeder sich als Sieger fühlte. Wer in dieser Stadt Leute vor den Kopf stieß, überlebte nicht. Früher oder später benötigte man die Hilfe aller, und Erinnerungen reichten in der Hauptstadt außergewöhnlich weit zurück. Hartnäckig wie eine Wölfin hatte Faith an zahlreichen Fronten Niederlage um Niederlage eingesteckt, hatte aber unverdrossen weitergemacht, bis zum Sieg. Nie war Buchanan einem Menschen wie Faith begegnet. In den fünfzehn Jahren ihrer Zusammenarbeit hatten sie mehr miteinander erlebt als ein Ehepaar in einem ganzen Leben. Sie war alles, was er an Familie hatte. Die altkluge Tochter, die er nie haben würde. Und jetzt? Wie sollte er seine Kleine nun beschützen?

Als der Regen über das Dach rauschte und der Wind seine seltsamen Laute auf den alten Ziegeln seines Altstadtkamins orgelte, vergaß Buchanan den Wagen, den Flug und das Dilemma, das ihm bervorstand. Im sanften Licht des leise knisternden Feuers starrte er unverwandt auf das Gemälde. Doch es war eindeutig nicht das Werk des großen Meisters, das ihn derart in den Bann schlug.

Faith hatte ihn nicht verraten. Nichts von dem, das Thornhill je erzählen würde, konnte ihn von diesem Glauben abbringen. Aber nun stand sie Thornhill im Weg – und das bedeutete, dass sie in größter Gefahr war.

»Lauf, Faith, lauf, so schnell du kannst«, sagte er mit unterdrückter Stimme – und mit aller Qual eines verzweifelten Vaters, der weiß, dass der Tod sein Kind verfolgt. Angesichts der beschützenden Mutter auf dem Gemälde fühlte er sich noch machtloser.

KAPITEL 12

Brooke Reynolds saß in einem angemieteten Büroraum, etwa zehn Querstraßen vom FBI-Hauptquartier in Washington entfernt. Manchmal mietete die Bundespolizei für Agenten, die mit heiklen Untersuchungen beschäftigt waren, Außenbüros an, damit zufällig mitgehörte Gespräche in der Cafeteria oder auf dem Gang keine katastrophalen Auswirkungen hatten. Praktisch alles, was das Dezernat zur Bekämpfung öffentlicher Korruption tat, war heikler Natur. Denn die üblichen Zielpersonen des Dezernats waren keine Masken tragenden und Revolver schwingenden Bankräuber, sondern oftmals Menschen, die in den Schlagzeilen erwähnt oder in den Fernsehnachrichten interviewt wurden.

Brooke beugte sich vor, streifte die Halbschuhe ab und rieb ihre schmerzenden Füße an den Beinen ihres Stuhls. Alles an ihr war verspannt und schmerzte. Ihre Nebenhöhlen waren fast zu, ihre Haut fiebrig, ihre Kehle kratzig. Aber immerhin lebte sie noch. Im Gegensatz zu Ken Newman. Sie war zu Kens Frau gefahren, nachdem sie sich vorher telefonisch angemeldet hatte; sie müsse mit ihr sprechen, hatte sie gesagt. Sie hatte zwar keine Gründe genannt, doch Anne Newman hatte sofort gewusst, dass ihr Mann tot war. Sie hatte es am Tonfall der wenigen Worte erkannt, die Brooke über die Lippen brachte.

Normalerweise hätte ein Vorgesetzter sie zum Haus der Witwe begleitet, um zu zeigen, dass das FBI sich um alles kümmerte, wenn es einen der seinen verlor. Doch Brooke Reynolds hatte nicht darauf gewartet, dass sich ein Freiwilliger fand, der mit ihr fuhr. *Sie* trug die Verantwortung für Ken, und dazu gehörte auch, dass sie seiner Familie mitteilte, dass er tot war.

Als sie das Haus der Newmans betreten hatte, war sie gleich zur Sache gekommen, da sie sich sagte, dass ein langatmiger Monolog den sichtbaren Schmerz Anne Newmans nur unnötig verlängert hätte. Doch das Mitgefühl und die Anteilnahme in ihren Worten waren nicht zu knapp und zutiefst aufrichtig gewesen. Sie hatte Anne in die Arme genommen, hatte sie nach bestem Gewissen getröstet und war schließlich selbst in Tränen ausgebrochen. Anne hatte kaum Fragen gestellt, was die näheren Umstände betraf; weitaus weniger als Reynolds selbst, wären die Rollen vertauscht gewesen.

Man würde Anne erlauben, ihren toten Mann noch einmal zu sehen. Dann würde der Chefpathologe eine Autopsie vornehmen. Connie und Reynolds würden gemeinsam mit Vertretern der Virginia State Police und der Staatsanwaltschaft, die alle unter strengster Geheimhaltungspflicht standen, daran teilnehmen.

Sie würden auf Anne Newman zählen müssen, dass sie ihnen half, aufgebrachte und verzweifelte Familienangehörige zu beschwichtigen. Es war ein potenziell schwaches Glied in der Kette, wenn man erwartete, dass eine von persönlichem Schmerz erfüllte Frau einer Regierungsbehörde half, die nicht einmal genau sagen konnte, unter welchen Umständen der Ehemann dieser Frau ums Leben gekommen war. Aber mehr konnte man nicht tun.

Als Brooke das Haus der erschütterten Anne Newman verlassen hatte – die Kinder waren bei Freunden gewesen –, hatte sie das Gefühl gehabt, dass Anne sie für den Tod ihres Mannes verantwortlich machte. Und als sie zu ihrem Wagen zurückgegangen war, hatte sie nicht bestreiten können, dass Anne in gewisser Weise Recht hatte. Das schlechte Gewissen, das Reynolds momentan empfand, war wie ein aggressiver Parasit, der sich in ihre Haut gefressen hatte, oder wie eine Krebszelle, die ihren Leib durchwanderte und eine

Stelle suchte, an der sie sich niederlassen und wuchern konnte, um sie irgendwann zu töten.

Vor dem Haus der Newmans war Reynolds auf den FBI-Direktor gestoßen, der ebenfalls gekommen war, um Anne sein Beileid auszusprechen. Er hatte Reynolds sein tief empfundenes Mitgefühl für den Verlust ihres Kollegen ausgedrückt. Überdies hatte er ihr mitgeteilt, dass man ihn über ihr Gespräch mit Massey ins Bild gesetzt hatte und er mit ihrem Urteil übereinstimmte. Er hatte ihr allerdings auch deutlich gemacht, dass sie bald mit einem konkreten Ergebnis zu ihm kommen sollte.

Als Reynolds nun einen Blick auf das totale Durcheinander in ihrem Büro warf, hatte sie den Eindruck, als symbolisiere dieses Chaos trefflich die Desorganisation – beziehungsweise Dysfunktion – ihres privaten Lebens. Wichtige Dinge aus vielen ungeklärten Fällen lagen auf dem Schreibtisch und dem kleinen Konferenztisch. Sie waren in Regale gestopft, hatten sich auf dem Boden zu Stapeln gehäuft oder sogar irgendwie einen Weg auf das Sofa gefunden, auf dem Reynolds oftmals schlief, fern von ihren Kindern.

Ohne die Tagesmutter und deren halbwüchsige Tochter hätte sie nicht gewusst, wie die Kinder ein halbwegs normales Leben hätten führen können. Rosemary, eine wunderbare Frau aus Mittelamerika, liebte die Kinder ebenso wie sie und war eine Fanatikerin in Sachen Sauberkeit, Kochen und Waschen. Rosemary kostete Brooke mehr als ein Viertel ihres Gehalts, war aber jeden Cent mehr als wert. Doch wenn die Scheidung erst mal durch war, wurde es eng. Brookes Exmann würde nämlich keine Alimente zahlen. Sein Beruf als Modefotograf war zwar lukrativ, aber er arbeitete unregelmäßig und manchmal aus eigenem Entschluss mehrere Monate gar nicht. Brooke konnte sich glücklich schätzen, wenn es nicht dazu kam, dass sie für *ihn* blechen musste. Dass er die Kinder unterstützen würde, konnte sie sich nicht vorstellen. Eher ließ er sich »Papa ist pleite« auf die Stirn tätowieren.

Brooke warf einen Blick auf die Armbanduhr. Das FBI-Labor untersuchte zurzeit das Videoband. Da die Existenz ihrer »Sondereinheit« nur wenigen ausgewählten Angehörigen des FBI bekannt war, musste jede Laborarbeit unter dem Namen eines erfundenen Falles mit einem erfundenen Aktenzeichen eingereicht werden. Es wäre zwar schön gewesen, ein eigenes Labor und eigene Leute zu haben, aber das hätte zu Ausgaben geführt, die im FBI-Budget nicht vorgesehen waren. Selbst die Elite der Verbrechensbekämpfer musste mit dem auskommen, was der Staat ihr zugestand. Normalerweise hätte ein Verbindungsagent in der Hauptstelle mit Reynolds' Team zusammengearbeitet, um Laboreinsendungen und andere Funde mit ihr zu koordinieren. Doch sie hatte keine Zeit für den Dienstweg. Sie hatte die Kassette persönlich im Labor abgeliefert und mit dem Segen ihres Vorgesetzten eine sehr hohe Dringlichkeitsstufe erhalten.

Nach der Begegnung mit Anne Newman war sie nach Hause gefahren, hatte so lange wie möglich mit ihren Kindern geschmust, geduscht, sich umgezogen und war gleich wieder zur Arbeit gefahren. Die ganze Zeit war ihr das verdammte Videoband nicht aus dem Kopf gegangen. Und wie als Antwort auf ihre Gedanken klingelte das Telefon.

»Ja?«

»Kommen Sie lieber rüber«, sagte der Mann. »Und damit Sie's gleich wissen – wir haben keine guten Nachrichten.«

KAPITEL 13

Faith erwachte schlagartig. Sie schaute auf ihre Armbanduhr. Es war fast sieben. Lee hatte darauf bestanden, dass sie ein wenig schlief, doch sie hatte nicht damit gerechnet, dass sie so fest einschlafen würde. Sie setzte sich hin. Sie war völlig benebelt, sämtliche Knochen taten ihr weh, und als sie die Beine über die Bettkante schwang, wurde ihr leicht übel. Sie war zwar noch bekleidet, hatte aber Schuhe und Strumpfhose ausgezogen, bevor sie sich hinlegte.

Sie stand auf, schlurfte ins angrenzende Bad und betrachtete sich im Spiegel. »O Gott ...« Mehr brachte sie nicht heraus. Ihr Haar lag flach am Kopf, ihr Gesicht sah grauenhaft aus, ihre Kleidung war schmutzig, und ihr Hirn fühlte sich an wie Beton. Konnte man einen neuen Tag schöner beginnen?

Sie drehte die Dusche auf und ging ins Schlafzimmer zurück, um sich auszuziehen. Sie hatte gerade die Kleider abgelegt und stand nackt mitten im Zimmer, als Lee anklopfte.

»Ja?«, sagte sie furchtsam.

»Bevor Sie unter die Dusche gehen, haben wir noch etwas zu erledigen«, sagte er durch die Tür.

»Ach, wirklich?« Der seltsame Ton seiner Worte ließ es ihr kalt über den Rücken laufen. Sie zog sich schnell wieder an und blieb starr im Zimmer stehen.

»Kann ich reinkommen?« Seine Stimme klang ungeduldig.

Faith ging zur Tür und öffnete. »Was ist denn ...?« Sie hätte beinahe aufgeschrien, als sie ihn sah.

Der Mann, der sie anschaute, war nicht Lee Adams. Er hatte einen Bürstenschnitt, und sein Haar war blond gefärbt und feucht. Er hatte einen kurzen Bart und trug eine Brille. Und seine Augen waren nicht strahlend blau, sondern braun.

Er lächelte, als er ihre Reaktion sah. »Gut, bestanden.«

»Lee?«

»Als Lockhart und Adams können wir wohl kaum am FBI vorbeispazieren.«

Lee streckte die Arme aus. Faith sah eine Schere und ein Päckchen mit einem Haarfärbemittel.

»Kurzes Haar kann man leichter pflegen. Außerdem halte ich's für ein Gerücht, dass Blondinen mehr Spaß haben, wie es in dem Schlager heißt.«

Faith blickte ihn verwundert an. »Sie wollen, dass ich mir das Haar schneide? Und dann färbe?«

»Nein, ich schneide es. Und wenn Sie wollen, kann ich es auch färben.«

»Kommt nicht in Frage.«

»Es muss sein.«

»Ich weiß, dass es unter diesen Umständen albern klingt ...«

»Stimmt, unter diesen Umständen klingt es albern«, sagte er hart. »Haar wächst nach, aber wenn man tot ist, bleibt man tot.«

Faith wollte protestieren; dann aber wurde ihr klar, dass er Recht hatte.

»Wie kurz?«

Lee legte den Kopf auf die Seite und betrachtete ihr Haar aus verschiedenen Blickwinkeln. »Wie wär's ganz kurz, wie bei Johanna von Orleans? Sieht jungenhaft, aber süß aus.«

Faith schaute ihn an. »Wunderbar. Jungenhaft, aber süß. Der Ehrgeiz eines ganzen Lebens geht mit ein paar Schnitten und einem Haarfärbemittel über den Jordan.«

Sie gingen zusammen ins Bad. Lee setzte sie auf den Toilettendeckel und begann zu schneiden. Faith machte die Augen fest zu.

»Soll ich es auch färben?«, fragte Lee, als er fertig war.

»Bitte. Ich weiß nicht, ob ich mich schon anschauen kann.«

Das Färben über dem Waschbecken dauerte einige Zeit, und der Geruch des chemischen Mittels reichte aus, einen leeren Magen rebellieren zu lassen, doch als Faith endlich einen Blick in den Spiegel werfen konnte, war sie freudig überrascht. Das kurze schwarze Haar ließ die Form ihres Kopfes viel deutlicher hervortreten, und das sah gar nicht so schlecht aus, wie sie befürchtet hatte. Und die dunkle Farbe passte gut zu ihrem Teint.

»Und jetzt in die Wanne«, sagte Lee. »Die Farbe geht nicht raus. Der Fön hängt unter dem Waschbecken. Saubere Klamotten liegen auf dem Bett.«

Sie musterte sein breites Kreuz. »Ich habe nicht Ihre Größe.«

»Keine Sorge. Ich hab 'ne Kleiderkammer.«

Eine halbe Stunde später kam Faith aus dem Schlafzimmer. Sie trug Jeans, ein Flanellhemd, eine Jacke und Stiefel mit niedrigen Absätzen, die Lee ihr hingelegt hatte. Von der Geschäftsfrau zur Studentin. Sie fühlte sich um Jahre jünger. Auf Schminke hatte sie bewusst verzichtet. Es war ein rundum neuer Anfang.

Lee saß am Küchentisch. Er musterte ihr neues Erscheinungsbild. »Sieht gut aus«, sagte er zufrieden.

»Es ist Ihr Werk.« Faith betrachtete sein feuchtes Haar, und ihr kam ein Gedanke. »Haben Sie ein Gästebad?«

»Nee, nur eins. Ich habe geduscht, als Sie schliefen. Ich hab den Fön aber nicht benützt, weil ich Sie nicht wecken wollte. Sie werden schon noch rausfinden, dass ich eine rücksichtsvolle Seele bin.«

Faith zuckte leicht zusammen. Es war eine gespenstische Vorstellung, dass er herumgeschlichen war, während sie schlafend im Bett gelegen hatte. Urplötzlich sah sie das Bild eines irren, Scheren schwingenden Lee Adams vor sich, der sich an ihr aufgeilte, während sie nackt und hilflos an ein Bett gefesselt dalag.

»O Mann, ich muss wirklich fest geschlafen haben«, sagte sie so beiläufig wie möglich.

»Haben Sie. Ich habe aber auch ein paar Stunden gepennt.« Lee musterte sie weiterhin. »Ohne Make-up sehen Sie eigentlich besser aus.«

Faith lächelte. »Ihre Lügen gehen mir runter wie Öl.« Sie strich ihr Hemd glatt. »Bewahren Sie immer Frauenkleidung in Ihrer Wohnung auf?«

Lee zog Socken und Tennisschuhe an. Er trug Jeans und ein weißes T-Shirt, das sich über seinem Brustkorb spannte. Die Adern an seinem Bizeps und den glatten Unterarmen traten dick hervor, und Faith fiel zum ersten Mal auf, wie kräftig sein Hals war. Seine Taille war extrem schmal, sodass sein breiter Rücken eine ausgeprägte V-Form besaß. Seine muskulösen Schenkel schienen den Stoff der Hosenbeine sprengen zu wollen. Dann erwischte Lee sie dabei, wie sie ihn anstarrte. Rasch wandte sie den Blick ab.

»Die Sachen sind von meiner Nichte Rachel«, sagte Lee. »Sie studiert Jura in Michigan. Voriges Jahr hat sie in einer hiesigen Anwaltskanzlei gejobbt und so lange bei mir gewohnt, mietfrei, versteht sich. Dabei hat sie in dem einen Sommer mehr verdient als ich im ganzen Jahr. Sie hat ein paar von ihren Klamotten hier gelassen. Zum Glück haben Sie die gleiche Größe. Nächsten Sommer ist Rachel wahrscheinlich wieder hier.«

»Sagen Sie ihr, sie soll vorsichtig sein. Diese Stadt ist ein gefährliches Pflaster.«

»Ich glaube nicht, dass Rachel jemals Ihre Probleme haben wird. Sie will Richterin werden. Dann haben die Bösen keine Chance mehr.«

Faith errötete. Sie nahm eine Tasse aus dem Regal an der Spüle und schenkte sich einen Kaffee ein.

Lee stand auf. »Meine Bemerkung war wohl etwas daneben. Entschuldigen Sie.«

»Ich habe eigentlich viel Schlimmeres verdient.«

»Vielleicht. Aber das überlasse ich lieber den anderen.«

Faith schenkte auch ihm einen Kaffee ein; dann setzte

sie sich an den Tisch. Max kam in die Küche und stupste ihre Hand. Sie lächelte und streichelte seinen breiten Kopf.

»Kümmert sich jemand um Max?«

»Ist alles geregelt.« Lee schaute auf die Uhr. »Die Bank macht bald auf. Wir haben gerade noch genug Zeit zum Packen. Wir holen Ihre Klamotten ab, flitzen zum Flughafen, kaufen Tickets und machen uns davon.«

»Ich kann die Sache mit dem Haus vom Flughafen aus telefonisch regeln. Oder soll ich es von hier aus versuchen?«

»Nein. Telefonanrufe werden registriert.«

»Daran hab ich nicht gedacht.«

»Dann müssen Sie jetzt damit anfangen.« Er trank einen Schluck Kaffee. »Hoffentlich ist das Haus frei.«

»Ist es. Es gehört mir. Oder zumindest meiner zweiten Identität.«

»Ein kleines Haus?«

»Kommt darauf an, was man unter klein versteht. Ich glaube, Sie werden sich dort wohl fühlen.«

»Ich bin anspruchslos.« Lee nahm seinen Kaffee mit ins Schlafzimmer und kam ein paar Minuten später mit einem marineblauen Pullover zurück, den er über das T-Shirt zog. Der Bart war verschwunden, dafür trug er eine Baseballmütze. Er hatte einen kleinen Plastikbeutel an der Hand.

»Die Beweise für unsere Verwandlungen«, erklärte er.

»Keine Verkleidung?«

»Mrs Carter ist zwar daran gewöhnt, dass sie zu den ungewöhnlichsten Stunden etwas für mich tun muss, aber wenn ich bei ihr reinschaue und wie ein Fremder aussehe, dürfte es so früh am Morgen ein bisschen viel für sie sein. Außerdem möchte ich nicht, dass sie später jemandem meine Beschreibung geben kann.«

»Sie verstehen wirklich was von solchen Dingen«, sagte Faith. »Wie beruhigend.«

Lee rief nach Max. Der große Hund trottete gehorsam aus dem kleinen Wohnzimmer in die Küche, reckte sich und hockte sich neben Lee zu Boden. »Wenn das Telefon klingelt, gehen Sie nicht ran. Und bleiben Sie vom Fenster weg.«

Faith nickte, dann waren Lee und Max verschwunden. Sie nahm ihre Kaffeetasse und schlenderte durch die kleine Wohnung. Es war eine merkwürdige Kreuzung zwischen einer unordentlichen Studentenbude und der Unterkunft eines reiferen Menschen. In einem Raum, der ein Speisezimmer hätte sein können, entdeckte Faith eine Art private Turnhalle. Sie enthielt nichts Besonderes, keine teuren Trainingsgeräte, nur Hanteln, ein Gestell mit Gewichten und ein Klimmzuggerät. Alles stand wahllos herum. In einer Ecke hing ein schwerer Punchingball. Box- und Gewichtheberhandschuhe, Gelenkschoner und Handtücher lagen ordentlich auf einem kleinen Holztisch neben einer Büchse mit weißem Pulver. In einer anderen Ecke lag ein Medizinball.

An den Wänden hingen einige Fotos von Männern in weißen Marineuniformen. Faith erkannte Lee auf den ersten Blick. Er hatte mit achtzehn Jahren fast genauso ausgesehen wie heute. Natürlich hatte die Zeit seine Gesichtszüge verwittert, doch die Falten machten ihn nur anziehender und verführerischer. Warum, verdammt noch mal, sahen Männer mit zunehmendem Alter immer besser aus? Sie entdeckte Schwarz-Weiß-Fotos, auf denen Lee in einem Boxring zu sehen war. Auf einem Bild hob er in Siegerpose den Arm. Vor seinem breiten Brustkorb baumelte eine Medaille. Sein Gesichtsausdruck war gelassen, als hätte er mit dem Sieg gerechnet. Oder als sei er nicht bereit, Niederlagen hinzunehmen.

Faith versetzte dem schweren Punchingball mit lockerer Faust einen leichten Schlag – und auf der Stelle tat ihr die Hand weh. Sofort musste sie daran denken, wie groß und kräftig Lees Hände waren. Knöchel wie eine Bergkette. Ein sehr starker, einfallsreicher, zäher Mann. Sie hoffte nur, dass er auf ihrer Seite blieb.

Sie ging ins Schlafzimmer. Auf der Nachtkonsole neben Lees Bett lag ein Handy, daneben ein tragbares Alarmgerät.

Gestern Abend war Faith zu müde gewesen, als dass sie es bemerkt hätte. Sie fragte sich, ob er mit einer Waffe unter dem Kopfkissen schlief. Litt er wirklich an Verfolgungswahn, oder wusste er etwas, von dem der Rest der Welt keine Ahnung hatte?

Plötzlich fiel ihr etwas ein. Hatte er keine Angst, dass sie sich aus dem Staub machte? Faith ging in den Flur zurück. Auf der Vorderseite der Wohnung gab es kein Durchkommen; hier würde er sie sehen. Aber es gab eine Hintertür gegenüber der Küche, die zur Feuerleiter führte. Faith ging dorthin und versuchte die Tür zu öffnen. Sie war abgeschlossen. Verriegelt. Eine Tür von der Art, die man auch von innen nur mit einem Schlüssel öffnen konnte. Auch an den Fenstern waren Schlösser. Zwar ärgerte es Faith, auf diese Weise gefangen zu sein, aber in Wahrheit hatte sie schon in der Falle gesessen, bevor Lee Adams so plötzlich in ihr Leben getreten war.

Faith schaute sich weiter in der Wohnung um und lächelte, als sie seine Schallplattensammlung (mit Originalhüllen) und ein gerahmtes Plakat aus dem Film *der Clou* entdeckte. Sie bezweifelte, dass Lee einen CD-Player besaß oder einen Anschluss fürs Kabelfernsehen.

Sie öffnete eine weitere Tür und betrat einen Raum. In dem Moment, als sie den Lichtschalter betätigen wollte, erregte ein Geräusch ihre Aufmerksamkeit. Sie trat ans Fenster, schob die Jalousien zwei Fingerbreit zur Seite und schaute hinaus.

Draußen war es hell geworden, auch wenn der Himmel noch immer grau und dämmerig war. Sie sah niemanden, aber das hatte nichts zu sagen. Sie hätte von einem Heer umzingelt sein können, ohne es zu bemerken.

Faith schaltete das Licht ein und schaute sich überrascht um: Sie sah einen Schreibtisch, Aktenschränke, eine moderne Telefonanlage und Regale voller Handbücher. An der Wand hingen Korkplatten, an denen Notizzettel befestigt waren. Auf dem Schreibtisch erblickte sie sauber ausgerichtete Akten, einen Kalender und den üblichen

Schreibtischkram. Lees Wohnung diente offenbar auch als Büro.

Wenn dies sein Büro war, fand sich hier vielleicht auch ihre Akte. Lee würde wahrscheinlich noch ein paar Minuten fort sein. Faith machte sich daran, die Papiere auf dem Tisch durchzusehen. Dann ging sie die Schreibtischschubladen durch und suchte in den Aktenschränken weiter. Lee war bestens organisiert und hatte – wie sie an den Etiketten erkannte – sehr viele Klienten, hauptsächlich Unternehmen und Anwaltskanzleien. Strafverteidiger, vermutete Faith, denn die Staatsanwaltschaft verfügte über eigene Schnüffler.

Das Telefon klingelte so plötzlich, dass ihr beinahe das Herz stehen geblieben wäre. Zitternd näherte sie sich dem Apparat. Das Tischgerät verfügte über eine LCD-Anzeige, auf der auch die Nummer des Anrufers erschien. Es war ein Ferngespräch mit der Vorwahl 215. Philadelphia, fiel ihr ein. Lees Stimme meldete sich und sagte dem Anrufer, er solle nach dem Piepton eine Nachricht hinterlassen. Als der Anrufer sich meldete, erstarrte sie.

»Wo ist Faith Lockhart?«, fragte Danny Buchanans Stimme. Er klang ziemlich sauer und schoss ein paar rasche Fragen ab: Was hatte Lee in Erfahrung gebracht? Er, Buchanan, wollte Antworten, und zwar auf der Stelle. Er hinterließ eine Telefonnummer; dann legte er auf.

Langsam wich Faith ein paar Schritte vom Telefon zurück, blieb dann stehen und rührte sich nicht. Sie konnte nicht fassen, was sie gehört hatte. Eine volle Minute wirbelten entsetzte Gedanken an Verrat wie Konfetti durch ihren Geist. Dann hörte sie hinter sich ein Geräusch und fuhr herum. Ihr Schrei war kurz und spitz und raubte ihr den Atem.

Lee stand da und starrte sie an.

KAPITEL 14

Buchanan schaute sich auf dem überfüllten Flughafen um. Es war zwar ein Risiko gewesen, Lee Adams direkt anzurufen, aber er hatte keine andere Möglichkeit gesehen, ihn zu kontaktieren.

Buchanans Blick schweifte über die Umgebung. Er fragte sich, wer von den Leuten auf ihn angesetzt war. Die alte Dame dort drüben, mit der großen Tasche und dem Haarknoten? Sie hatte mit ihm im Flugzeug gesessen. Der hoch gewachsene Mann in mittleren Jahren, der im Gang auf und ab gegangen war, als Buchanan telefoniert hatte? Auch er war in der Maschine gewesen.

In Wahrheit konnten Thornhills Leute überall sein. Jeder konnte für ihn arbeiten. Es war wie ein Angriff mit Nervengas: Der Feind war unsichtbar. Buchanan überkam ein bedrückendes Gefühl der Hoffnungslosigkeit.

Seine größte Angst war, dass Thornhill den Versuch machte, Faith in diese Sache zu verwickeln. Oder dass er sie plötzlich als Belastung empfand. Er, Buchanan, mochte Faith fortgejagt haben, aber er würde sie niemals verraten. Deshalb hatte er ja Adams engagiert, um ein Auge auf sie zu haben. Je näher das Ende rückte, umso mehr musste er für Faiths Sicherheit sorgen.

Buchanan hatte nach der schlichtesten Logik gehandelt, im Telefonbuch nachgeblättert und – es war kaum zu glauben – Erfolg gehabt. Lee Adams stand als erster in der Rubrik Privatdetektive. Buchanan hätte am liebsten laut gelacht bei den Gedanken an das, was er getan hatte. Doch im Unterschied zu Thornhill verfügte er nicht über ein Heer von Handlangern. Es war gut möglich, dass Adams sich noch nicht gemeldet hatte, weil er tot war.

Buchanan verharrte einen Moment. Sollte er einfach an den Schalter gehen, den erstbesten Flug in einen abgelegenen Winkel der Erde buchen und sich aus dem Staub machen? Es war leicht, sich so etwas vorzustellen, aber es zu tun war eine andere Sache. Er malte sich seine Flucht aus. Thornhills bislang unsichtbares Heer würde sich plötzlich materialisieren, sich aus der Finsternis auf ihn stürzen und mit amtlich aussehenden Ausweisen wedeln, damit niemand es wagte, sich einzumischen. Dann würde man ihn in den Sperrzonen des Flughafens von Philadelphia in einen stillen Raum geleiten. Dort würde Robert Thornhill ihn mit gelassener Miene erwarten – die Pfeife zwischen den Zähnen, in einen Anzug mit Weste und beiläufige Arroganz gekleidet. Er würde ihn mit ruhiger Stimme fragen, ob er vorhabe, noch in dieser Minute zu sterben. In diesem Fall werde er ihm gefällig sein. Und Buchanan würde absolut keine Antwort einfallen.

Schließlich tat er das Einzige, was er tun konnte. Er verließ den Flughafen, stieg in den wartenden Wagen und fuhr los, um seinen Freund, den Senator, zu treffen und mit seiner lächelnden, entwaffnenden Art und dem Abhörgerät, das er am Körper trug, einen weiteren Nagel in den Sarg des Mannes zu schlagen. Das Ding war so gut getarnt und technisch so fortgeschritten, dass es nicht einmal die ausgefeiltesten Detektoren Alarm schlagen ließ. Ein Aufnahmewagen würde ihn bis an sein Ziel verfolgen und jedes Wort mitschneiden, das er und der Senator sprachen.

Als Hilfsinstrument – für den Fall, dass das Abhörgerät irgendwie gestört werden sollte – war ein Kassettenrecorder in den Rahmen seines Aktenkoffers eingebaut. Eine leichte Drehung des Griffs, und das Gerät war eingeschaltet. Auch der Recorder war vom ausgeklügeltsten Flughafensicherheitssystem nicht aufzuspüren. Thornhill hatte wirklich an alles gedacht. *Der Teufel soll ihn holen!*

Während der Fahrt beschäftigte Buchanan sich mit einer

ungeheuer anregenden Fantasievorstellung, in der ein winselnder, gebrochener Thornhill, ein sich windendes Knäuel giftiger Schlangen, kochendes Öl und eine rostige Machete die Hauptrollen spielten.

Wenn Träume doch nur wahr werden könnten.

Der Mann, der in der Flughafenhalle saß, war sauber rasiert, Mitte dreißig, trug einen konservativen dunklen Anzug und war mit einem Laptop-Computer beschäftigt. Mit anderen Worten: Er sah aus wie tausend andere Geschäftsreisende in dieser Umgebung. Er wirkte beschäftigt und konzentriert, und manchmal führte er sogar ein Selbstgespräch. Auf jeden Menschen, der an ihm vorüberging, wirkte er wie jemand, der sich auf ein Verkaufsgespräch vorbereitet oder einen Marktbericht erstellt. In Wirklichkeit sprach er leise in ein winziges Mikrofon, das in seiner Krawatte versteckt war. Die Infrarot-Datenports auf der Hinterseite des Computers waren in Wirklichkeit Sensoren. Einer empfing elektronische Signale. Der andere war ein Klangstab, der Worte auffing und auf den Monitor übertrug. Der erste Sensor empfing nun die Telefonnummer, die Buchanan angerufen hatte, und zeigte sie automatisch an, während der Klangstab die Worte auf dem Monitor erscheinen ließ – wenngleich ein wenig verstümmelt, was an den vielen Gesprächen lag, die auf dem Flughafen geführt wurden. Aber es kam genug durch, um den Mann nervös zu machen. Die Worte »Wo ist Faith Lockhart?« starrten ihn vom Monitor an.

Der Mann überspielte die Telefonnummer und weitere Informationen an seine Kollegen in Washington. Sekunden später hatte ein Computer in Langley den Besitzer des angerufenen Telefons und die Adresse ausfindig gemacht, auf die es registriert war. Minuten später wurde ein sehr erfahrenes Team von Profis – das mit Robert Thornhill, der auf eine solche Mission nur gewartet hatte, ideologisch völlig übereinstimmte – zu Lee Adams' Wohnung in Marsch gesetzt.

Thornhills Instruktionen waren einfach. Falls Faith Lockhart sich in der Wohnung aufhielt, war sie zu »terminieren«, wie es im offiziellen Spionagejargon milde hieß – als wolle man sie lediglich entlassen und sie bitten, ihren Schreibtisch zu räumen, statt ihr eine Kugel in den Kopf zu jagen. Jeder, der sich bei Faith aufhielt, sollte das gleiche Schicksal erleiden.

Zum Wohle des Vaterlandes.

KAPITEL 15

»Sie haben mich zu Tode erschreckt.« Faith zitterte am ganzen Körper.

Lee kam ins Zimmer und schaute sich um. »Was tun Sie in meinem Büro?«

»Nichts! Ich bin nur... herumgegangen. Ich wusste nicht mal, dass Sie hier ein Büro haben.«

»Weil Sie es nicht zu wissen brauchten.«

»Als ich hier reinkam, dachte ich, ich hätte vor dem Fenster ein Geräusch gehört.«

»Sie haben ein Geräusch gehört, aber es kam nicht vom Fenster.« Er deutete auf den Türrahmen.

Faith bemerkte ein Stück aus weißem Kunststoff, das am Holz befestigt war.

»Ein Sensor. Jeder, der die Bürotür aufmacht, löst ihn aus und aktiviert diesen Piepser hier.« Er nahm das Gerät aus der Tasche. »Hätte ich Max nicht unten bei Mrs Carter beruhigen müssen, wäre ich viel früher hier gewesen.« Er musterte sie finster. »Ich mag so was nicht, Faith.«

»He, ich habe mich nur umgeschaut, um die Zeit totzuschlagen.«

»*Totschlagen* ist eine interessante Wortwahl.«

»Lee, ich bin nicht in eine Verschwörung gegen Sie verwickelt. Großes Ehrenwort.«

»Machen wir mit dem Packen weiter. Ich möchte Ihre Bankfritzen nicht warten lassen.«

Faith vermied es, das Telefon noch einmal anzuschauen. Lee konnte die Nachricht nicht gehört haben. Buchanan hatte ihn also beauftragt, sie zu beschatten. Hatte *Lee* gestern Abend den FBI-Mann erschossen? Würde es ihm, wenn sie im Flugzeug saßen, irgendwie gelingen, sie in zehn Kilometern Höhe aus der Maschine zu stoßen? Würde er sich krumm und schief lachen, wenn sie kreischend in die Tiefe fiel?

Quatsch. Seit gestern Abend hätte er sie jederzeit umbringen können. Er hätte sie schon als Leiche vor dem Cottage zurücklassen können. Ja, das wäre die einfachste Möglichkeit gewesen – es sei denn, Danny Buchanan wollte wissen, wie viel sie dem FBI schon erzählt hatte. Das würde erklären, weshalb sie noch lebte. Und auch, warum Lee so sehr darauf bedacht war, sie zum Reden zu bringen. Wenn sie erst mal ausgepackt hatte, würde er sie töten. Und jetzt flogen sie zusammen in eine Stadt an der Küste von North Carolina, die um diese Jahreszeit größtenteils verlassen war. Faith ging langsam aus dem Zimmer – eine Todgeweihte auf dem Weg zur Exekution.

Zwanzig Minuten später schloss sie die kleine Reisetasche und schob den Träger ihrer Handtasche über Kopf und Schulter. Lee kam ins Schlafzimmer. Er hatte sich den Schnäuzer und den Bart wieder angeklebt. Die Baseballmütze war verschwunden. Er hielt seine Pistole, zwei Munitionsschachteln und ein Gürtelhalfter in der Hand.

Faith beobachtete, wie er die Sachen in einer Art Mini-Aluminiumkoffer verstaute. »Sie können keine Waffe in ein Flugzeug mitnehmen«, sagte sie.

»Soll das ein Witz sein?« Er klappte den Behälter zu, schloss ihn ab, steckte den Schlüssel ein und schaute Faith an. »Man kann *sehr wohl* eine Knarre in ein Flugzeug mitnehmen, wenn man beim Einchecken eine Erklärung ausfüllt. Man muss nur dafür sorgen, dass die Waffe entladen ist und in einem dafür vorgesehenen Behältnis liegt.« Er klopfte mit den Knöcheln gegen den Aluminiumkasten. »So wie das hier. Es wird überprüft, ob man nicht mehr als hundert Schuss Munition dabeihat und ob diese in der Originalverpackung des Herstellers oder einer anderen von der Bundesluftfahrtbehörde genehmigten Verpackung steckt.

Auch in dieser Hinsicht habe ich mitgedacht. Der Behälter wird mit einem speziellen Etikett versehen und in den Frachtraum gebracht – wo sehr schwer an ihn ranzukommen ist, falls man die Absicht hat, das Flugzeug zu entführen. Meinen Sie nicht auch?«

»Danke für die Erklärung«, sagte Faith kurz.

»Ich bin doch kein Amateur«, sagte Lee sauer.

»Hab ich auch nicht behauptet.«

»Stimmt.«

»Na schön, es tut mir Leid.« Faith zögerte. Ihr war wirklich nach einem Waffenstillstand zu Mute, und zwar aus mehreren Gründen, wobei ihr Überleben natürlich der wichtigste war. »Tun Sie mir einen Gefallen?«

Lee blickte sie argwöhnisch an.

»Lassen wir das förmliche ›Sie‹, ja?«

Die Türklingel ließ beide zusammenzucken.

Lee schaute auf die Uhr. »'n bisschen früh für Besucher.«

Faith beobachtete überrascht, dass sich seine Hände wie eine Maschine bewegten. Zwanzig Sekunden später hatte er die Pistole aus dem Alu-Behälter genommen und geladen. Lee warf den Behälter und die Munitionsschachteln in seine Reisetasche und schwang sie sich über die Schulter. »Hol deine Tasche.«

»Wer ist da?« Faith wies zur Tür und spürte, dass ihr Puls in ihren Ohren hämmerte.

»Das wissen wir gleich.«

Sie traten leise in den Flur, und Faith folgte Lee zum Ausgang.

Er schaute auf den Überwachungsmonitor. Sie sahen einen Mann, der auf der Treppe vor dem Haus stand und mehrere Pakete auf den Armen trug. Die vertraute braune Uniform war deutlich zu sehen. Als sie den Mann beobachteten, drückte er erneut die Klingel.

»Es ist nur jemand von UPS«, sagte Faith und atmete erleichtert aus.

Lee nahm den Blick nicht vom Monitor. »Ach, wirklich?« Er drückte einen Knopf am Bildschirm, mit dem offenbar die Kamera bewegt wurde. Faith sah, wie sie herumschwenkte, sodass nun die Straße vor dem Haus zu sehen war. Im gleichen Moment fiel es ihr auf.

»Wo ist sein Wagen?« Mit einem Mal war Faiths Furcht wieder da.

»Eine sehr gute Frage. Außerdem kenne ich den Burschen von UPS, der diese Route fährt, ziemlich gut. Und der da ist es nicht.«

»Vielleicht macht der andere Urlaub.«

»Im Gegenteil. Er ist gerade erst mit seiner neuen Braut von den Florida Keys zurück. Und um diese Zeit kreuzt er nie hier auf. Was bedeutet, dass wir ein großes Problem haben.«

»Vielleicht können wir hinten raus verschwinden.«

»Das ist die Lösung! Oder wir klettern durch den Kamin und verschwinden übers Dach.«

»Es ist doch nur *ein* Mann.«

»Nein, er ist der Einzige, den wir sehen können. Der Typ soll uns nur was vorspielen. Natürlich wollen sie, dass wir hinten raus abhauen und ihnen direkt in die Arme laufen.«

»Dann sitzen wir in der Falle«, hauchte Faith.

Die Klingel ertönte erneut, und Lee streckte einen Finger aus, um den Knopf der Gegensprechanlage zu betätigen.

Faith griff nach seiner Hand. »Was tust du, verdammt?«

»Ich möchte wissen, was der Bursche will. Er wird sagen, er kommt von UPS, und dann lasse ich ihn rein.«

»Du lässt ihn rein?«, wiederholte Faith fassungslos und warf einen Blick auf seine Pistole. »Und dann? Schießt du dich mit ihm? Hier im Haus?«

Lees Miene wurde hart. »Wenn ich sage, du sollst losrennen, bewegst du dich, als wäre dir ein Tyrannosaurus auf den Fersen.«

»Bewegen? Wohin denn?«

»Hinter mir her. Und keine Fragen mehr.«

Lee drückte den Knopf der Gegensprechanlage. Der Mann stellte sich vor und erklärte, er habe eine Lieferung, und Lee betätigte den Türöffner. Im gleichen Moment aktivierte er die Alarmanlage der Wohnung, riss die Tür auf, packte Faith am Arm und zog sie hinaus auf den Flur. Gegenüber von Lees Wohnung befand sich eine Tür ohne Nummer. Während Faith den Schritten des UPS-Mannes lauschte, die unter ihr durchs Haus hallten, hatte Lee die Tür bereits aufgeschlossen und war hindurch. Sofort folgte Faith ihm, und Lee schloss schnell hinter ihnen beiden ab. In der Wohnung war es fast stockdunkel, doch Lee schien sich hier bestens auszukennen. Er führte Faith nach hinten und durch eine weitere Tür in ein Schlafzimmer, von dem Faith nur wenig erkannte.

Lee öffnete eine dritte Tür und winkte Faith zu sich. Sie trat über die Schwelle und spürte gleich darauf, dass sie vor einer Wand stand. Als Lee sich zu ihr gesellte, wurde es ziemlich eng, wie in einer Telefonzelle. Lee schloss die Tür, und es wurde dunkler als jedes Loch, in dem Faith bisher gewesen war.

Sie zuckte zusammen, als plötzlich seine Stimme erklang. Sein Atem kitzelte ihr Ohr. »Genau vor dir ist eine Leiter. Hier sind die Sprossen.« Er nahm ihre Hand und führte sie, bis ihre Finger die Sprossen berührten. »Gib mir deine Tasche und kletter los«, fuhr er mit gesenkter Stimme fort. »Aber langsam. Hauptsache, wir sind leise. Ich bin dicht hinter dir. Wenn du oben angekommen bist, bleib einfach stehen. Von da aus mache ich weiter.«

Faith kletterte los. Sie fühlte sich scheußlich eingeengt. Und nun, da sie die Orientierung verloren hatte, wurde ihr obendrein mulmig – kein günstiger Zeitpunkt, sich zu übergeben, so wenig sie auch im Magen hatte.

Sie bewegte langsam Hände und Beine und kletterte in die Höhe. Als sie Zuversicht gewann, legte sie ein etwas schnelleres Tempo vor – was ein Fehler war, denn plötzlich trat sie neben eine Sprosse und rutschte aus, knallte mit dem Kinn schmerzhaft auf eine andere Sprosse. Doch eine Sekunde später lag Lees kräftiger Arm um ihren Körper und hielt sie fest. Faith brauchte einen Moment, das Gleichgewicht zurückzuerlangen, bemühte sich, den Schmerz im

Kinn zu ignorieren, und kletterte weiter, bis sie die Decke über dem Kopf spürte und anhielt.

Lee stellte sich auf die Stufe, auf der auch Faith stand, indem er die Beine spreizte und die Füße rechts und links neben die ihren stellte, sodass er sie mit seinem Körper einkeilte. Er lehnte sich mit zunehmender Kraft gegen sie, und Faith fragte sich, was er vorhatte. Es fiel ihr immer schwerer, Luft zu holen, so fest wurde ihr Brustkorb schließlich gegen die Leitersprossen gedrückt. Einen entsetzlichen Moment lang glaubte sie, Lee habe sie hier hereingelockt, um sie zu vergewaltigen. Plötzlich fiel von oben Licht auf sie, und Lee löste sich von ihr. Faith schaute blinzelnd auf. Nach der grauenhaften Finsternis war der Anblick des blauen Himmels so schön, dass sie das Gefühl hatte, vor Erleichterung aufschreien zu müssen.

»Steig aufs Dach, aber duck dich so tief wie möglich«, flüsterte Lee ihr drängend ins Ohr.

Faith kletterte weiter, zog sich auf das Dach, blieb bäuchlings liegen und schaute in die Runde. Das Dach war flach und mit Teerpappe und Schotter gedeckt. An verschiedenen Stellen waren klobige alte Heizkörper und neuere Klimaanlagen zu sehen, die gute Verstecke boten. Faith kroch zu der Apparatur hinüber, die dem Dachausstieg am nächsten war, und ging in die Hocke.

Lee stand noch auf der Leiter, lauschte angestrengt und warf einen Blick auf die Uhr. Inzwischen musste der Bursche an der Tür seiner Wohnung sein. Er würde klingeln und darauf warten, dass man ihm öffnete. Sie hatten im besten Fall eine halbe Minute, bevor dem Typen klar wurde, dass niemand kam, um ihn hereinzulassen. Lee hätte gern etwas mehr Zeit gehabt und auch die anderen Burschen ins Haus gelockt, von denen er wusste, dass sie da waren. Er zog das Handy aus der Tasche und drückte eine Schnellwahlnummer.

»Mrs Carter«, sagte er, als seine Nachbarin sich meldete, »hier Lee Adams. Hören Sie, ich möchte, dass Sie Max in den Hausflur lassen ... Ja, ich weiß, dass ich ihn gerade erst abgeliefert habe. Ich weiß auch, dass er zu meiner Wohnung hochflitzen wird. Aber genau das will ich. Ich... äh... habe nämlich vergessen, ihm eine Spritze zu geben, die er braucht. Bitte beeilen Sie sich, ich muss jetzt gleich los.«

Er steckte das Handy ein, schwang die Reisetaschen aufs Dach, zog sich durch die Öffnung und machte die Luke hinter sich zu. Dann ließ er den Blick übers Dach schweifen, sah Faith, packte die Taschen und rutschte zu ihr hinüber.

»Okay, wir haben noch ein bisschen Zeit.«

Unter ihnen erklang das Gebell eines Hundes. Lee lächelte. »Komm mit.« Geduckt schlichen sie zum Dachrand. Das Nebenhaus war ein bisschen niedriger; das Dach lag etwa anderthalb Meter tiefer. Lee gab Faith mit einer Geste zu verstehen, sie solle seine Hand nehmen. Sie tat es, ließ sich über den Rand hinab und hielt sich an ihm fest, bis ihre Füße das Dach des Nebenhauses berührten. Kaum war Lee bei ihr, hörten sie Schreie von unten, die aus Lees Haus kamen.

»Okay, jetzt sind sie alle wach. Sie werden die Tür aufbrechen und den Alarm auslösen. Da ich keine Rückruf-Vereinbarung mit der Wachgesellschaft abgeschlossen habe, werden sie sofort die Bullen verständigen. In ein paar Minuten ist hier die Hölle los.«

»Und was machen wir bis dahin?«, fragte Faith.

»Wir gehen über drei weitere Dächer und dann eine Feuerleiter runter. Bewegung!«

Fünf Minuten später rannten sie durch eine Hintergasse auf eine andere stille Vorortstraße, die von niedrigen Wohnhäusern gesäumt wurde; an beiden Straßenrändern parkten Fahrzeuge. Im Hintergrund hörte Faith das Knallen eines Tennisballs. Dann sah sie auch den Tennisplatz; er war von hohen Fichten umgeben und lag in einem Park, den Wohnhäusern gegenüber.

Sie beobachtete Lee, der eine Reihe geparkter Wagen am Bordstein beäugte. Dann lief er zum Park hinüber und bückte sich. Als er sich wieder aufrichtete, hielt er einen

Tennisball in der Hand – einen von vielen, die im Lauf der Jahre außerhalb des Platzes gelandet waren. Er kam zu Faith zurück. Sie sah, dass er mit einem Taschenmesser ein Loch in den Ball bohrte.

»Was tust du da?«, fragte sie.

»Geh über den Bürgersteig. Geh, so ruhig du kannst. Und halte die Augen offen.«

»Lee ...«

»Mach schon, Faith!«

Faith drehte sich um und schlenderte über den Gehsteig, machte die gleichen Bewegungen wie Lee, der auf der anderen Straßenseite neben den geparkten Wagen ging und jeden einzelnen eingehend musterte. Schließlich blieb er vor einem neu aussehenden Luxusschlitten stehen.

»Beobachtet uns jemand?«, fragte Lee.

Faith schüttelte den Kopf.

Er trat an den Wagen heran und legte den Tennisball an das Türschloss, wobei er das Loch im Ball auf das Schlüsselloch drückte.

Faith schaute ihn an, als hätte er den Verstand verloren. »Was soll das denn?«

Statt einer Antwort schlug er mit der Faust auf den Tennisball. Die Luft im Ball schoss mit Hochdruck in das Schlüsselloch der Autotür. Faith schaute erstaunt auf, als alle vier Türen aufsprangen.

»Wie hast du das gemacht?«

»Steig ein.«

Lee schwang sich auf den Fahrersitz, Faith setzte sich auf die Beifahrerseite.

Lee schob den Kopf unter die Lenksäule und fand die Drähte, die er suchte.

»Die Autos von heute kann man nicht kurzschließen, Lee«, sagte Faith. »Die moderne Technik ...« Der Wagen sprang an. Faith hielt den Mund.

Lee setzte sich aufrecht, legte den Gang ein und lenkte das Fahrzeug vom Bordstein. Er schaute Faith an. »Was hast du gesagt?«

»Schon gut. Aber wie hast du mit dem Tennisball das Schloss geknackt?«

»Ich hab so meine Berufsgeheimnisse.«

Während Lee im Wagen wartete, wobei seinem Blick nichts entging, betrat Faith die Bank und erklärte dem stellvertretenden Filialleiter, was sie wollte. Es gelang ihr sogar, ihren Namen zu schreiben, ohne auf der Stelle in Ohnmacht zu fallen. *Beruhige dich, Mädchen, eins nach dem anderen.* Zum Glück kannte sie den Mann.

Der stellvertretende Filialleiter beäugte neugierig Faiths neues Erscheinungsbild.

»Midlife-Crisis«, sagte sie als Antwort auf sein Starren. »Ich habe beschlossen, ein bisschen jugendlicher und stromlinienförmiger zu werden.«

»Steht Ihnen gut, Miss Lockhart«, sagte er artig.

Sie beobachtete ihn genau, als er ihren Schlüssel und den Zweitschlüssel der Bank nahm, beide in die Schlösser schob und das Fach herauszog. Dann verließen sie den Tresorraum, und der Mann stellte das metallene Fach in der Nische gegenüber jener ab, die den Wertpapierkunden diente. Faith ließ ihn nicht aus den Augen, als er davonging.

Gehörte er dazu? Schlich er sich jetzt davon und rief die Polizei, das FBI oder sonst wen an, der irgendwo herumrannte und Menschen umbrachte? Doch der Mann setzte sich an seinen Schreibtisch, öffnete eine weiße Tüte, nahm einen Donut mit Zuckerguss heraus und fiel darüber her.

Faith, für den Moment beruhigt, machte die Tür zu, schloss sie ab, öffnete das Fach und schaute sich für einen Moment den Inhalt an. Dann schüttete sie alles in ihre Reisetasche und verschloss das Fach wieder. Der junge Mann kam zurück und schob das Fach wieder in die Wand. Faith verließ die Bank, so gelassen sie konnte.

Als sie wieder im Wagen saß, fuhr Lee auf die Interstate 395, bog am GW Parkway ab und nahm die südliche Richtung zum Reagan National Airport. Da sie dem morgendlichen Berufsverkehr entgegenfuhren, kamen sie gut voran.

Faith schaute zu Lee hinüber, der nach vorn blickte, in Gedanken verloren.

»Du hast deine Sache wirklich gut gemacht«, sagte sie.

»Wir waren dem Abnibbeln näher, als mir lieb war.« Lee schüttelte den Kopf. »Ich mache mir wirklich Sorgen um Max, so blöd es sich unter diesen Umständen anhört.«

»Es hört sich überhaupt nicht blöd an.«

»Max und ich sind schon sehr lange zusammen. Ich lebe seit Jahren nur mit dem alten Kläffer.«

»Ich glaube nicht, dass sie ihm etwas getan haben, wo doch so viele Leute dabei waren.«

»Ja, man möchte es gern glauben, nicht wahr? Aber Tatsache ist, dass Hunde bei Typen, die Menschen umlegen, keine Chance haben.«

»Tut mir Leid, dass du es meinetwegen tun musstest.«

Er richtete sich auf. »Tja, Faith, ein Hund bleibt eben ein Hund. Und wir haben jetzt andere Sorgen, nicht wahr?«

Faith nickte. »Ja.«

»Offenbar hat mein Magnettrick doch nicht funktioniert. Sie müssen mich anhand des Videos identifiziert haben. Trotzdem – sie waren verdammt schnell da.« Er schüttelte den Kopf, und seine Miene war eine Mischung aus Bewunderung und Furcht. »Beängstigend schnell.«

Faith spürte, dass ihre gute Laune schwand. Wenn Lee sich fürchtete – müsste *sie* da nicht in blinde Panik geraten? »Es ist nicht sehr ermutigend, was?«, sagte sie.

»Ich wäre vielleicht etwas besser vorbereitet, wenn du mir sagst, was hier eigentlich abgeht.«

Nach seinen Heldentaten hätte Faith sich ihm am liebsten anvertraut. Dann aber fiel ihr Buchanans Anruf wieder ein, und er hallte in ihren Ohren wider wie die Schüsse der vergangenen Nacht.

»Wenn wir nach North Carolina kommen, müssen wir die Karten auf den Tisch legen«, sagte sie. »Du *und* ich.«

KAPITEL 16

Thornhill legte den Hörer auf und ließ den Blick durch sein Büro schweifen. Auf seinem Gesicht lag ein verstörter Ausdruck. Seine Männer hatten das Nest leer vorgefunden, und einer war sogar von einem Hund gebissen worden. Es gab jedoch Meldungen über einen Mann und eine Frau, die an dem besagten Haus über die Straße gerannt waren. Es war alles ein bisschen zu viel. Thornhill war ein geduldiger Mensch. Er war daran gewöhnt, bestimmte Projekte über viele Jahre hinweg zu verfolgen, doch seine Toleranz hatte ihre Grenzen. Seine Leute hatten die Nachricht abgehört, die Buchanan auf Lees Anrufbeantworter hinterlassen hatte. Sie hatten das Band an sich genommen und es ihm über eine abhörsichere Leitung vorgespielt.

»Du hast also einen Privatdetektiv engagiert, Danny«, murmelte Thornhill vor sich hin. »Dafür wirst du bezahlen.« Er nickte nachdenklich. »Dafür sorge ich.«

Die Polizei hatte auf den Einbruchsalarm reagiert, doch als Thornhills Leute ihre amtlich aussehenden Ausweise gezückt hatten, hatten die Cops schnell den Schwanz eingezogen. Der CIA fehlte die gesetzliche Befugnis, innerhalb der Vereinigten Staaten zu operieren; deshalb führten Thornhills Leute routinemäßig mehrere Ausweise mit sich, die sie von Fall zu Fall benutzten, je nachdem, mit wem sie es zu tun bekamen.

Man hatte die Streifenpolizisten mit der Anweisung fortgeschickt, schnellstens alles zu vergessen, was sie gesehen hatten. Trotzdem gefiel Thornhill die Sache nicht. Es war alles zu riskant. Sie durften sich keine Pannen leisten, sonst war zu befürchten, dass er ins Hintertreffen geriet.

Er trat ans Fenster und schaute hinaus. Es war ein schöner Herbsttag; die Farben wurden intensiver. Während Thornhill die Blätter betrachtete, stopfte er seine Pfeife – aber dabei musste es leider bleiben, denn in der CIA-Zentrale war Rauchen verboten. Zwar hatte Thornhill als stellvertretender Direktor einen Balkon vor dem Büro, auf dem er sitzen und rauchen konnte, aber es war irgendwie nicht das Gleiche. In den Zeiten des Kalten Krieges war es in den CIA-Büros so nebelig gewesen wie in der Sauna. Tabak half beim Nachdenken; davon war Thornhill überzeugt. Das Rauchverbot war zwar nur eine Kleinigkeit, aber es symbolisierte alles, was hier schief gelaufen war.

Seiner Meinung nach hatte der Niedergang der CIA sich 1994 mit dem Aldrich-Ames-Debakel beschleunigt. Jetzt noch zuckte Thornhill jedes Mal zusammen, wenn er an den ehemaligen Offizier der CIA-Gegenspionage dachte, der verhaftet worden war, weil er für die Sowjets und später für die Russen spioniert hatte. Und natürlich – es konnte gar nicht anders sein – hatte das FBI den Fall gelöst. Daraufhin hatte der Präsident die Direktive ausgegeben, die CIA müsse einen FBI-Agenten fest anstellen. Von da an hatte dieser FBI-Agent ihre Gegenspionagebemühungen überwacht und Zugang zu allen CIA-Akten erhalten. Ein FBI-Agent in diesen heiligen Hallen! Seine Nase in ihren ganzen Geheimnissen! Und um dies noch zu übertreffen, hatte das idiotische Parlament später noch ein Gesetz beschlossen, laut dem alle Regierungsbehörden, die CIA eingeschlossen, das FBI jedes Mal benachrichtigen mussten, wenn ein Beweis für den Verdacht vorlag, dass ausländischen Mächten Geheiminformationen zugänglich gemacht worden waren. Mit dem Ergebnis, dass die CIA alle Risiken trug, das FBI jedoch die Belohnung einheimste. Außerdem war es eine unmittelbare Einmischung in die Aufgaben des Geheimdienstes.

Thornhill schäumte vor Wut. Die CIA konnte jetzt nicht

einmal mehr Personen beschatten oder abhören. Wenn sie jemanden verdächtigten, mussten sie zum FBI und eine elektronische oder sonstige Überwachung beantragen. War elektronische Observierung erforderlich, musste das FBI sich an den FISC wenden, das Amt für die Überwachung ausländischer Geheimdienste, und dort um Erlaubnis bitten. Die CIA konnte nicht einmal eigenständig beim FISC anklopfen, nur an der Hand des großen Bruders. Alles war zum Vorteil des FBI ausgelegt.

Und die Fesseln der CIA galten nicht nur im Inland. Bevor man in Übersee irgendwelche verdeckten Unternehmungen durchführte, musste man sich erst die Erlaubnis des Präsidenten einholen. Den Wachhunden im Parlament musste über jedes Unternehmen dieser Art lange im Voraus Bericht erstattet werden. Und da die Welt der Spionage immer komplizierter wurde, kam es zwischen CIA und FBI immer wieder zu Auseinandersetzungen über juristische Spitzfindigkeiten oder den Einsatz von Zeugen und verdeckten Ermittlern. Obwohl das FBI im Grunde eine Organisation war, deren Rechte und Pflichten sich auf Inlandsangelegenheiten beschränkten, war es nun in beträchtlichem Ausmaß auch im Ausland tätig, wo es sich mit Terrorismusbekämpfung und Anti-Drogen-Einsätzen sowie dem Sammeln und Auswerten von Informationen befasste – auch eigentlich eine Aufgabe der CIA.

War es also verwunderlich, dass Thornhill die Leute vom FBI als Widersacher ansah? Die Schweinehunde waren überall, wie Krebs. Und um den Nagel noch tiefer in den Sarg der CIA zu schlagen, leitete ein ehemaliger FBI-Mann nun das CIA-Sicherheitszentrum, das Überprüfungen des gegenwärtigen und zukünftigen Personals auf internationaler Ebene vornahm. Außerdem mussten sämtliche CIA-Mitarbeiter jedes Jahr Formulare ausfüllen, in denen sie ihre Finanzen offen legten, und der Fragenkatalog war ziemlich erschöpfend.

Thornhill, in dem die Wut immer heißer hochkochte, zwang sich, seine Gedanken auf andere Dinge zu richten, auf den wichtigsten aktuellen Fall: Lockhart und Buchanan. Falls Buchanan diesen Privatdetektiv engagiert hatte, damit er Faith Lockhart beschattete, konnte der Mann sehr gut derjenige gewesen sein, der in der letzten Nacht am Cottage gewesen war und auf Serow geschossen hatte. Serow hatte durch den Treffer einen bleibenden Nervenschaden am Arm davongetragen; deshalb hatte Thornhill befohlen, den Ex-KGB-Mann zu liquidieren. Ein Auftragskiller, der nicht einmal mehr seine Waffe ruhig halten konnte, würde sich nach anderen Möglichkeiten umsehen, seine Brötchen zu verdienen. Damit stellte Serow eine Gefahr dar. Es war seine eigene Schuld. Wenn Thornhill von seinen Leuten eines unbedingt verlangte, dann Verlässlichkeit.

Also ist dieser Lee Adams jetzt mit im Spiel, dachte er. Er hatte bereits eine eingehende Prüfung der Vergangenheit dieses Mannes angeordnet. Im Computerzeitalter würde er Adams' Akte binnen einer halben Stunde haben, wenn nicht eher. Adams' Lockhart-Akte kannte Thornhill bereits; seine Leute hatten sie aus der Wohnung mitgenommen. Die Notizen zeigten, dass der Mann gründlich war und bei seinen Ermittlungen sachgerecht vorging. Für Thornhills Ziele war das gut und schlecht zugleich. Adams hatte seine Leute reingelegt. So etwas war nicht einfach. Das Gute aber war: Wenn Adams ein logischer Denker war, musste er auch einem vernünftigen Angebot zugänglich sein. Einem Angebot, das ihm das Weiterleben erlaubte.

Möglicherweise war Adams mit Faith Lockhart von dem Cottage entwischt. Er hatte Buchanan keine Meldung darüber gemacht; deshalb hatte dieser bei Adams angerufen. Buchanan hatte offenbar keine Ahnung, was in der vergangenen Nacht geschehen war, und Thornhill wollte alles tun, dass es auch so blieb.

Wie konnten sie geflohen sein? Mit der Eisenbahn? Thornhill bezweifelte es. Züge waren langsam. Und mit einem Zug konnte man nicht nach Übersee reisen. Ein Zug zum Flughafen lag schon eher im Bereich des Möglichen. Oder ein Taxi. Das erschien ihm noch wahrscheinlicher.

Thornhill ließ sich wieder in den Sessel sinken. Kurz darauf trat ein Assistent mit den Unterlagen ein, die sein Chef angefordert hatte. Obwohl die CIA mit den modernsten Rechnern ausgestattet war, hielt Thornhill gern Papier in den Händen, wie in den guten alten Zeiten. Mit Papier konnte er klarer denken. Bei einem Bildschirm voller Buchstaben sah die Sache anders aus.

Die üblichen Routen wurden also alle überwacht. Doch was war mit den unüblichen? Hinzu kam, dass Faith Lockhart mit Hilfe eines professionellen Ermittlers flüchtete. Vielleicht waren beide mit falschen Papieren unterwegs. Vielleicht hatten sie sich sogar maskiert. Thornhill hatte seine Männer an allen drei Flughäfen Washingtons und sämtlichen Bahnhöfen postiert. Mehr konnte er kaum tun. Doch Lockhart und Adams konnten sich problemlos einen Wagen mieten und nach New York fahren, um dort in ein Flugzeug zu steigen. Sie konnten auch nach Süden reisen und dort das Gleiche tun. Die Sache war verdammt problematisch, so viel stand fest.

Thornhill konnte Verfolgungsjagden dieser Art nicht ausstehen. Es gab zu viele Möglichkeiten, die man im Auge behalten musste, und er hatte für Aktivitäten »außer der Reihe« zu wenig Leute. Immerhin genoss er den Vorteil, mehr oder weniger autonom operieren zu können. Niemand hatte je genau von ihm wissen wollen, was er eigentlich tat. *Hätte* man ihn gefragt, hätte er den Fragen leicht ausweichen können. Er hatte schließlich Erfolge vorzuweisen, die alle gut dastehen ließen; das war seine größte Waffe.

Es war viel besser, Flüchtige dazu zu bringen, dass sie zu einem kamen, was mit dem richtigen Köder nicht allzu schwierig war. Nur war Thornhill bislang noch nicht eingefallen, was im konkreten Fall der richtige Köder war. Er musste länger darüber nachdenken. Faith Lockhart hatte keine Familie, keine alten Eltern und keine kleinen Kinder. Über Adams wusste er noch nicht genug, aber das kam schon noch. Wenn der Kerl sich gerade erst mit Lockhart zusammengetan hatte, konnte er unmöglich bereit sein, alles für sie herzugeben. Jetzt noch nicht. Sofern nichts anderes dazwischenkam, musste er sich auf Adams konzentrieren. Sie hatten eine Verbindungslinie zu ihm, weil sie seine Wohnung kannten. Wenn sie ihm eine diskrete Mitteilung machen wollten, war das möglich.

Dann wandten Thornhills Gedanken sich Buchanan zu. Er hielt sich derzeit in Philadelphia auf und traf sich mit einem prominenten Senator, um mit ihm zu besprechen, wie man weiterhin im Interesse seiner Klienten tätig werden konnte. Gegen den Burschen hatten sie so viel in der Hand, dass es ein Leichtes gewesen wäre, ihn so fertig zu machen, bis er um sein jämmerliches Leben bettelte. Der Kerl war der CIA schon seit längerem ein Dorn im Auge. Er hatte sie von seinem Hochsitz im Bewilligungsausschuss ganz besonders gepiesackt. Thornhills Rache würde umso grausamer ausfallen.

Er malte sich aus, wie er in die Büros dieser mächtigen Politiker marschierte und ihnen die Videos, Bänder und papierenen Spuren zeigte, auf denen sie selbst und Buchanan zu sehen waren – bei der Planung ihrer kleinen Verschwörungen und mit allen Einzelheiten über ihre Schmiergelder. Wie willig doch alle gewesen waren, Buchanans zugesagten Zahlungen entgegenzukommen. Wie gierig sie nun dastanden!

Hätten Sie vielleicht die Güte, mir die Stiefel zu lecken, Herr Senator? Auf die Knie, du jämmerlicher Abschaum! Von nun an tust du genau das, was ich dir sage, nicht mehr und nicht weniger. Sonst zertrete ich dich schneller, als du sagen kannst: »Geben Sie mir Ihre Stimme.«

Natürlich würde Thornhill so etwas niemals sagen. Diesen Männern kam man mit Respekt entgegen, auch wenn sie ihn nicht verdienten. Er würde ihnen auftischen, Danny Buchanan sei verschwunden und habe die Aufzeichnungen bei ihm zurückgelassen. Er würde ihnen vorheucheln, dass er nicht genau wisse, was er mit dem Beweismaterial anfangen solle, dass aber die Möglichkeit bestünde, dass es beim FBI landete. Dass es eine abscheuliche Sache sei; dass diese feinen Herren unmöglich an diesen Verbrechen mitgewirkt haben könnten, dass sie aber so gut wie er wüssten, wo die Sache endete, wenn das FBI sich erst mal in den Fall verbiss: im Gefängnis. Und dass dies wiederum dem Land nicht gerade helfe. Dass die Welt über die USA *lachen* würde. Dass der Terrorismus angesichts seines angeschlagenen Gegners Morgenluft wittern würde. Tja, aber die Mittel ... Die CIA war leider personell unterbesetzt und ihr Budget auch nicht gerade das, was er sich wünschte. Da kann man halt nichts machen. Es sei denn, Sie, meine Herren Politiker, könnten etwas tun, um diese Misere aus der Welt zu schaffen. Nach Möglichkeit auf Kosten des FBI – dieser Schweinehunde, die nichts lieber tun würden, als ihre Pfoten auf dieses Beweismaterial zu legen, um Sie, meine Herren Politiker, zu vernichten. Vielleicht können wir ja damit anfangen, dass wir das FBI kaltstellen? Vielen, vielen Dank, meine ehrenwerten Herren Politiker. Wir von der CIA haben gleich gewusst, dass wir uns verstehen.

Der erste Schritt in Thornhills großem Plan sollte darin bestehen, die neuen Verbündeten nach einer Möglichkeit suchen zu lassen, die FBI-Präsenz gänzlich aus der CIA zu entfernen. Dann musste das Budget für Außeneinsätze um fünfzig Prozent erhöht werden. Für den Anfang. Im nächsten Steuerjahr würde die CIA ihre Meldungen dann nur noch bei einem gemeinsamen Nachrichtendienstausschuss abliefern statt bei den getrennten Parlaments- und Senatsausschüssen, mit denen man sich gegenwärtig herumärgerte. Es war nämlich viel leichter, *einen* Ausschuss zu unterwandern. Dann mussten die Hierarchien der amerikanischen Nachrichtendienste ein für alle Mal begradigt werden. Der Direktor der CIA musste an der Spitze der Pyramide stehen. Das FBI würde so weit unten landen, wie Thornhill es hinbekam. Außerdem galt es, die Mittel der CIA beträchtlich anzuheben. Inlandsüberwachung, verdeckte Finanzierung und Bewaffnung von aufständischen Gruppen, um die Feinde der Vereinigten Staaten zu besiegen, auch selektive Beseitigungen. Thornhill fielen auf der Stelle fünf ausländische Staatschefs ein, deren sofortiger Tod aus der Welt einen besseren, sichereren und menschlicheren Ort machen würde. Das alles – diese Befugnisse und die entsprechenden Gelder – mussten er und seine Kollegen wieder zugesprochen bekommen. Es war an der Zeit, den Besten und Cleversten die Fesseln abzunehmen, damit sie wieder ihren Aufgaben nachgehen konnten. Gott, er war so nahe dran.

»Mach nur so weiter, Danny«, sagte er laut vor sich hin. »Gieß bis zum Ende Öl ins Feuer. Sei brav. Lass sie ganz kurz den Geschmack des Sieges kosten, bevor ich ihnen die Schlinge um den Hals lege.«

Mit grimmiger Miene schaute er auf die Uhr und erhob sich hinter dem Schreibtisch. Thornhill war ein Mensch, der die Presse verabscheute. Er hatte ihr in all den Jahren, die er bei der CIA beschäftigt war, noch nie ein Interview gewährt. Doch als eines der hohen Tiere musste er hin und wieder eine andere Art Auftritt machen, der ihm ebenso zuwider war. Er musste vor den Ausschüssen des Parlaments und des Senats Rede und Antwort stehen, sobald es um Dinge ging, die den Geheimdienst betrafen.

In diesen »aufgeklärten« Zeiten lieferten die CIA-Mitarbeiter dem Parlament pro Jahr über tausend Berichte. So viel zum Thema verdeckte Aktionen. Thornhill konnte diese Besprechungen nur durchstehen, indem er sich darauf konzentrierte, wie leicht er die Schwachköpfe manipulieren konnte, die seine Organisation beaufsichtigen sollten. In selbstgefälliger Art stellten sie ihm nur Fragen, die ihre äußerst rührigen Mitarbeiterstäbe formuliert hatten, die mehr über die Tätigkeit der Nachrichtendienste wussten als ihre gewählten Vorgesetzten.

Wenigstens fanden die Anhörungen hinter verschlossenen Türen statt. Öffentlichkeit und Presse waren nicht zugelassen. Für Thornhill war die Pressefreiheit der größte Fehler, den die Gründungsväter beim Entwurf der Verfassung gemacht hatten. Man musste verdammt vorsichtig sein, was man in Gegenwart dieser Schmierfinken sagte;

sie lauerten stets darauf, einem was ans Zeug zu flicken, drehten einem die Worte im Mund herum und versuchten, einem ein Bein zu stellen, nur damit die CIA schlecht dastand. Es verletzte Thornhill zutiefst, dass seiner Organisation eigentlich niemand richtig vertraute. Und selbst wenn er und die seinen in bestimmten Angelegenheiten lügen mussten; das war nun mal ihr Job.

In seiner Vorstellung war die CIA eindeutig der beliebteste Prügelknabe der Nation. Es gefiel den Politikern, die supergeheime Organisation runterzumachen. Zu Hause machte es wohl Eindruck auf die Leute, wenn sie in der Zeitung lasen: EXBAUER UND KONGRESSABGEORDNETER MACHT CIA-BOSSE FERTIG. Inzwischen konnte Thornhill die Schlagzeilen selbst schreiben.

Die heutige Anhörung versprach jedoch positiv zu werden, denn die CIA hatte in letzter Zeit bezüglich der Friedensgespräche in Nahost einige fette Punkte sammeln können. Durch ihre hauptsächlich hinter den Kulissen erfolgte Arbeit war es der CIA gelungen, sich ein gefälligeres, aufrichtigeres Image zuzulegen. Ein Image, das Thornhill heute nutzen wollte, um ihren Status aufzupolieren.

Thornhill schloss seinen Aktenkoffer und steckte sich die Pfeife in die Tasche. *Auf zu den Lügenbolden*, dachte er. *Wir werden uns zwar gegenseitig etwas vormachen, wie immer, doch wir werden beide gewinnen. Das gibt es nur in Amerika.*

KAPITEL 17

»Guten Tag, Herr Senator«, sagte Buchanan und schüttelte dem hoch gewachsenen, elegant wirkenden Herrn die Hand. Senator Harvey Milstead war ein angesehener Politiker mit hohen moralischen Grundsätzen und einem ausgeprägten politischen Instinkt – ein Mann, der die Kernprobleme der Zeit kannte und beim Namen nannte. Ein echter Staatsmann; so jedenfalls sah ihn die Öffentlichkeit. In Wirklichkeit war er ein Schürzenjäger ersten Ranges und auf Grund permanenter Rückenschmerzen so stark tablettenabhängig, dass er manchmal nur noch zusammenhanglos schwafelte. Außerdem hatte er ein wachsendes Alkoholproblem. Es war zwar Jahre her, dass Milstead sich aus eigenem Antrieb für eine bedeutende Gesetzesvorlage stark gemacht hatte, doch in seiner Blütezeit hatte er geholfen, Dinge auf den Weg zu bringen, von denen inzwischen jeder Amerikaner profitierte. Wenn er heutzutage eine Rede hielt, brachte er nur noch Kauderwelsch hervor, das niemand überprüfte, da er es mit großer Autorität artikulierte. Außerdem kam der charmante Typ seines vornehmen Gehabes wegen bei der Presse gut an. Überdies fütterte er die Medien mit einem Strom stets passender, deftiger Indiskretionen und war immer für ein Zitat gut. Buchanan wusste, dass die Leute ihn mochten. Wieso auch nicht?

Im Kongress saßen 535 Abgeordnete – einhundert Senatoren und die Vertreter des Parlaments. Gut mehr als zwei Drittel dieser Leute, nahm Buchanan – vielleicht etwas zu großzügig – an, waren schwer arbeitende, aufrichtige und engagierte Menschen, die fest an Washington glaubten und daran, was sie für die Bevölkerung leisteten. Buchanan nannte sie die »Gläubigen«. Von den Gläubigen hielt er sich freilich fern, denn hätte er sich an sie herangemacht, wäre er in null Komma nichts im Knast gelandet.

Der Rest der Washingtoner Führungsschicht war wie Harvey Milstead. Zwar waren nicht alle Trunkenbolde, Schürzenjäger oder Schatten ihres einstigen Ichs, aber die meisten waren aus verschiedenen Gründen anfällig für Manipulationen und eine leichte Beute für die Verlockungen, die Buchanan zu bieten hatte.

Im Lauf der Jahre hatte er erfolgreich zwei solcher Gruppen rekrutiert. Er dachte nicht in Kategorien wie »Demokraten« und »Republikaner«. Die Parteien, die ihn interessierten, waren die ehrwürdigen »Townies« und jene Leute, die er ein wenig ironisch »Zombies« getauft hatte.

Die Townies kannten das System besser als alle anderen, denn sie *waren* das System. Washington war ihre Stadt, daher der Spitzname. Sie alle waren länger hier als Gott. Wenn sie sich beim Rasieren schnitten, so erzählten sie gern, bluteten sie rot, weiß und blau. Es gab aber noch eine andere Farbe, die Buchanan hinzugefügt hatte: grün. Die Farbe des Dollars.

Im Gegensatz zu den Townies waren die Zombies ohne den geringsten Anflug moralischer Prinzipien oder den Hauch einer politischen Philosophie in den Kongress gelangt. Sie hatten ihren Platz im Führerstand mit dem besten Wahlkampf erobert, den man für Dollars in den Medien kaufen konnte. Als Fernsehdarsteller und als Redner innerhalb der Grenzen vorbereiteter Debatten waren sie fabelhaft. Nach intellektuellen Maßstäben gemessen, waren sie im besten Fall durchschnittlich, aber sie verkauften sich mit einem Schwung und Enthusiasmus, wie John F. Kennedy ihn nicht besser hätte artikulieren können. Sobald ein Zombie gewählt war, tauchte er in Washington auf, ohne zu wissen, was er eigentlich tun sollte, denn er hatte sein einziges Ziel erreicht: Er hatte den Wahlkampf gewonnen.

Trotz allem neigten die Zombies dazu, auch bei der

nächsten Wahl wieder anzutreten, da sie die Macht liebten, zu der man als Amtsträger Zugang hatte. Und wer einmal da ist, der bleibt. Sicher, auch ungeachtet der astronomisch gestiegenen Wahlkampfkosten war es immer noch möglich, einen eingesessenen Amtsträger zu schlagen – so wie es theoretisch möglich ist, ohne Atemgerät bis zum Wrack der Titanic zu tauchen. Man muss nur für ein paar Stunden die Luft anhalten ...

Buchanan und Milstead setzten sich im geräumigen Büro des Senators auf ein bequemes Ledersofa. Die Regale waren mit den üblichen Trophäen eines Berufspolitikers gefüllt: Gedenktafeln, Orden, silberne Pokale, kristallene Auszeichnungen und Hunderte von Fotos, auf denen der Senator mit Leuten herumstand, die noch berühmter waren als er; dazu gravierte Zeremonienhämmerchen und bronzene Miniaturschaufeln, die das Gute symbolisierten, das er für seinen Bundesstaat getan hatte. Als Buchanan sich umschaute, wurde er den Eindruck nicht los, sein gesamtes berufliches Leben damit verbracht zu haben, sich an Orten wie diesem aufzuhalten – mit dem Hut in der Hand, wie ein Bettler.

Es war zwar noch früh, aber der Stab des Senators rumorte bereits in der Büroflucht herum und bereitete einen hektischen Tag für die Wähler von Pennsylvania vor, einen Tag voller Essen, Reden auf irgendwelchen Empfängen, Drinks und Partys. Der Senator stand zwar nicht zur Wiederwahl an, aber es war immer eine nette Show für die Leute daheim.

»Herzlichen Dank, dass Sie mich so kurzfristig empfangen haben, Harvey.«

»Ihnen kann man nur schwer etwas abschlagen, Danny.«

»Dann komme ich gleich zur Sache. Pickens' Gesetzesvorlage könnte die Finanzierung für rund zwanzig meiner Hilfsprojekte kippen. Das dürfen wir nicht zulassen. Die bisherigen Ergebnisse sprechen für sich: Die Säuglingssterblichkeit ist um siebzig Prozent zurückgegangen. Mein Gott, das Wunder des Impfstoffs und der Antibiotika! Wir schaffen Arbeitsplätze; die Wirtschaft verändert sich vom Tummelplatz für Schläger zum legalen Geschäft. Der Export ist um ein Drittel gestiegen, unsere Importe sind um zwanzig Prozent raufgegangen. Sie sehen also, dass die Sache auch bei uns neue Stellen schafft. Wir können den Leuten doch jetzt nicht den Stecker rausziehen. Es wäre nicht nur moralisch falsch, sondern von unserer Seite her schlichtweg dumm. Wenn wir solche Länder nicht auf die Beine bringen, können wir uns einen Handelsausgleich abschminken. Aber wie soll das gehen – ohne Elektrifizierung, ohne Förderung des Bildungswesens?«

»Die AID erreicht eine Menge«, führte der Senator aus.

Buchanan kannte sich mit der AID, der Agentur für internationale Entwicklung, bestens aus. Früher war sie eine unabhängige Organisation gewesen, nun unterstand sie dem Außenministerium, das auch mehr oder weniger ihr beträchtliches Budget kontrollierte. Die AID war das Flaggschiff der amerikanischen Entwicklungshilfe. Die große Mehrheit ihrer finanziellen Mittel floss in ihre seit langem bestehenden Programme. Dabei zuzuschauen, wohin die begrenzten Budgetdollars der AID flossen, war jedes Jahr wie bei dem Spiel »Reise nach Jerusalem«; Buchanan hatte sich oft ohne Stuhl wiedergefunden, und er war es allmählich leid. Wenn man nicht der Schablone entsprach, welche die AID für die Programme erstellt hatte, die es unterstützte, hatte man eben Pech gehabt.

»Die AID kann nicht alles bewirken. Und meine Klienten sind ein zu kleiner Happen für den internationalen Währungsfonds und die Weltbank. Außerdem kriege ich jetzt überall nur noch ›längerfristige Entwicklungen‹ zu hören. Es gibt nur Dollars für längerfristige Entwicklungen. Verdammt noch mal, als ich mich das letzte Mal umgeschaut habe, waren Nahrung und Medizin lebenswichtig. Reicht das etwa nicht mehr aus?«

»Mich brauchen Sie nicht zu überzeugen, Danny«, sagte Milstead ernst. »Aber jetzt wird auch bei uns das Kleingeld gezählt. Die fetten Jahre sind vorbei.«

»Meine Klienten nehmen auch die Brosamen. Hauptsache, es schläft nicht alles ein.«

»Hören Sie, ich setze die Vorlage nicht auf die Tagesordnung.«

Wenn ein Vorsitzender im Senat eine Gesetzesvorlage nicht aus dem Ausschuss lassen wollte, setzte er sie einfach nicht zur Debatte auf die Tagesordnung. Genau das schlug Milstead nun vor. Buchanan hatte das Spiel schon sehr oft gespielt.

»Aber Pickens könnte Sie in dieser Sache ausstechen«, sagte er. »Ich habe gehört, dass er sich ernsthaft bemüht, die Sache irgendwie ins Parlament zu bringen. Vielleicht findet er dort ein Publikum, das seinen Vorstellungen mehr Beachtung schenkt als der Ausschuss. Warum kann man die Vorlage nicht auf Eis legen und in die nächste Legislaturperiode verschieben?«, schlug Buchanan vor.

Danny Buchanan war ein Meister dieser Technik. Ein einzelner Senator, der Einwände erhob, genügte, um eine anhängige Gesetzesvorlage aufzuschieben. Bis er seine Einwände zurückzog, verschwand die Vorlage endgültig in einem schwarzen Loch. Vor Jahren hatten Buchanan und seine Verbündeten im Kapitol dieses Verfahren mit sensationellem Ergebnis eingesetzt, um die mächtigsten Interessengruppen des Landes zu vertreten. In Washington musste man *sehr* einflussreich sein, um zu verhindern, dass etwas in die Tat umgesetzt wurde. Was Buchanan betraf, war dies für ihn immer der faszinierendste Aspekt dieser Stadt gewesen. Warum verschwanden Gesetzesvorlagen zur Gesundheitsreform oder zur Haftungspflicht der Tabakindustrie – obwohl von starken Medien und öffentlichem Protest begleitet – einfach im gähnenden Abgrund des Parlaments? Oftmals deswegen, weil mächtige Gruppen den Status quo erhalten wollten, denn sie hatten schwer geschuftet, ihn zu errichten. Für sie waren Veränderungen schlecht. Deswegen hatte sich ein Großteil von Buchanans früherer Lobbyarbeit darauf konzentriert, sämtlichen Gesetzen das Grab zu schaufeln, die seinen mächtigen Klienten hätten schaden können.

Das Veto-Manöver war auch als »Blindlauf« bekannt, da ein anderer Senator ein neues Veto einlegen konnte, wenn das vorherige aufgehoben war, wie beim Weiterreichen des Stabes beim Staffellauf. Nur die Kongressverwaltung wusste, wer für die Verzögerung verantwortlich war. Das alles reichte natürlich noch nicht aus, um einen Gesetzentwurf effektiv zu Fall zu bringen, aber insgesamt gesehen war der Blindlauf eine riesige, aber außerordentlich wirkungsvolle Zeitverschwendung, wie Buchanan wusste, und verdeutlichte im Kern das Wesen der Politik.

Der Senator schüttelte den Kopf. »Ich habe gehört, dass Pickens bei zwei von meinen Vorlagen sein Veto eingelegt hat. Ich war dicht daran, ein Geschäft mit ihm zu machen, damit er einlenkt. Wenn ich ihm jetzt mit einem anderen Veto eins überbrate, wird der Hampelmann rigoros vorgehen und sich an meinen Arsch klammern wie ein Frettchen an eine Kobra.«

Buchanan lehnte sich zurück, nippte am Kaffee und ließ sich eine Reihe politischer Strategien durch den Kopf gehen. »Also gut, kommen wir noch mal auf den Punkt. Wenn Sie die Stimmen haben, um Pickens abzuschmettern, setzen Sie seine Vorlage auf den Terminplan, lassen den Ausschuss abstimmen und machen den Mistkerl zur Schnecke. Wenn er die Vorlage dann ins Parlament bringt, kriegt er wahrscheinlich nicht genug Unterstützung, um sie durchzubringen. O Mann, wenn die Vorlage erst mal im Parlament ist, können wir sie bis in alle Ewigkeit verzögern, Nachbesserungen verlangen und das Letzte aus der Sache rausholen – unter dem Vorwand, dass Sie nachgeben, wenn Pickens eine *Ihrer* Vorlagen unterstützt. Im Grunde stehen die Wahlen schon so dicht vor der Tür, dass wir sogar die Fraktion auf ihn hetzen können, bis er nach seiner Mama schreit.«

Milstead nickte nachdenklich. »Archer und Simms machen mir allerdings auch einige Sorgen.«

»Harvey, Sie haben so viele Dollars für den Ausbau der Highways in die Staaten dieser beiden Schweinehunde geschickt, dass jeder Mann, jede Frau und jedes Kind dort daran ersticken könnte. Erinnern Sie die beiden mal daran! Die scheren sich doch einen Dreck um die Vorlage. Wahrscheinlich haben sie nicht mal das Informationsmaterial zum Thema gelesen.«

Milstead schaute nun zuversichtlich drein. »Wir kriegen es hin, so oder so. Bei einem Etat von 1,7 Billionen ist das doch ein Trinkgeld.«

»Es geht um meinen Klienten. Sehr viele Leute hoffen darauf, Harvey. Und die meisten können noch nicht mal laufen.«

»Verstehe.«

»Sie sollten sich mal eine Reise dorthin gönnen, um sich die Fakten anzusehen. Ich fliege gern mit. Es ist wirklich ein wunderschönes Land, bloß kann man nichts damit anfangen. Gott mag Amerika gesegnet haben, doch einen Großteil vom Rest der Welt hat er vergessen. Aber die Leute in diesen gottvergessenen Gegenden machen sich. Sollten Sie je glauben, Sie hätten einen miesen Tag gehabt, ist eine Reise dorthin eine angenehme Erinnerung.«

Milstead hustete. »Mein Terminplan ist voll, Danny. Und Sie wissen, dass ich nicht wieder kandidiere. Noch zwei Jahre, dann bin ich hier weg.«

Okay, Schluss mit der Fachsimpelei und den humanistischen Appellen, sagte sich Buchanan. *Jetzt spielen wir Verräter.*

Er beugte sich vor und schob beiläufig seinen Aktenkoffer aus dem Weg. Eine Drehung des Griffes aktivierte den darin verborgenen Recorder. *Jetzt bist du dran, Thornhill, du dreckiger Hurensohn.*

Buchanan räusperte sich. »Tja, ich schätze, es ist nie zu früh, über mögliche Nachfolger zu reden. Ich brauche ein paar Leute für die Entwicklungshilfe, und ich hätte in meinem kleinen Pensionsprogramm noch Plätze für sie frei. Ich kann ihnen das Gleiche bieten, das ich Ihnen zahle; es soll ihnen an nichts fehlen. Aber ich will keine Wackelkandidaten. Ich bin nun an einem Punkt angelangt, an dem ich es mir nicht mehr leisten kann, irgendwelche Niederlagen einzustecken. Diese Leute müssen hundertprozentig auf meiner Seite stehen. Es ist die einzige Möglichkeit, dass ich ihre Bezüge garantieren kann. Wie bei Ihnen. Sie waren immer auf meiner Seite, Harvey. Seit fast zehn Jahren. Sie haben es immer hingekriegt. So oder so.«

Milstead schaute kurz zur Tür; dann ergriff er mit leiser Stimme das Wort. »Ich habe da ein paar Leute, mit denen Sie mal reden sollten.« Mit einem Mal wirkte er nervös. »Damit sie einige meiner ›Pflichten‹ übernehmen. Ich habe natürlich noch nicht direkt mit ihnen darüber gesprochen, aber es würde mich überraschen, wenn sie einem solchen Arrangement nicht zugänglich wären.«

»Das höre ich wirklich gern.«

»Und Sie müssen natürlich vorausplanen. Zwei Jahre gehen schnell vorbei.«

»Du liebe Güte, Harvey. In zwei Jahren bin ich vielleicht schon nicht mehr hier.«

Der Senator lächelte gütig. »Ich kann mir nicht vorstellen, dass Sie je in den Ruhestand gehen.« Er hielt inne. »Aber ich schätze, Sie haben wahrscheinlich schon einen Nachfolger im Auge. Wie geht's übrigens Faith? Munter wie immer, nehme ich an.«

»Faith bleibt Faith. Das wissen Sie doch.«

»Was für ein Glück, jemanden wie sie zu haben, die einem den Rücken freihält.«

»Kann man wohl sagen«, erwiderte Buchanan mit leicht gerunzelter Stirn.

»Grüßen Sie Faith von mir, wenn Sie sie sehen. Sagen Sie ihr, sie soll mal mitkommen und den alten Harvey besuchen. Sie hat den klügsten Kopf und die schönsten Beine der Stadt«, fügte Milstead mit einem Zwinkern hinzu.

Buchanan erwiderte nichts.

Der Senator lehnte sich im Sofa zurück. »Ich habe mein halbes Leben im öffentlichen Dienst verbracht. Die Bezahlung ist lächerlich und für einen Mann mit meinen Fähigkeiten und meines Standes kaum mehr als Hühnerkacke. Sie wissen ja, was ich in der Industrie verdienen könnte.

Aber das ist eben der Nachteil, wenn man seinem Land dient.«

»Sie haben vollkommen Recht, Harvey.« *Das Schmiergeld steht dir zu. Du hast es dir verdient.*

»Aber ich bedaure es nicht. Nicht einen Tag.«

»Dazu gibt es auch keinen Grund.«

Milstead lächelte müde. »Die Dollars, die ich im Laufe der Jahre ausgegeben habe, um dieses Land wieder aufzubauen, es für die Zukunft zu formen, für die nächste Generation ... und die übernächste.«

Jetzt war es schon *sein* Geld. Er rettete das Land. »Die Leute werden es nie zu schätzen wissen«, sagte Buchanan. »Die Medien wühlen nur im Dreck.«

»Ich nehme an, wenn ich im Ruhestand bin, bekomme ich den Ausgleich dafür«, sagte Milstead. Er klang leicht zerknirscht.

Nach all den Jahren bleiben ein bisschen Demut und ein schlechtes Gewissen. »Sie haben es sich verdient. Sie haben dem Land gut gedient. Alles wartet auf Sie. Wie wir es besprochen haben. Besser, als wir es besprochen haben. Ihnen und Louise wird es an nichts mangeln. Sie werden wie König und Königin leben. Sie haben Ihre Arbeit getan und werden Ihre Belohnung erhalten. Auf amerikanische Weise.«

»Ich bin müde, Danny. Hundemüde. Unter uns gesagt, ich weiß nicht, ob ich es noch zwei Minuten aushalte, geschweige denn zwei Jahre. Diese Stadt hat mir die Lebensenergie ausgesaugt.«

»Sie sind ein wahrer Staatsmann. Ein Vorbild für uns alle.«

Buchanan holte tief Luft und fragte sich, ob Thornhills Jungs, die draußen im Wagen saßen, Spaß an diesem saftigen Wortwechsel hatten. In Wahrheit wartete er darauf, sich endlich verziehen zu können. Er schaute seinen alten Freund an. Ein Ausdruck der Verzückung zeigte sich auf den Zügen seines Gegenübers, denn er dachte zweifellos an einen wahrhaft ruhmreichen Rückzug mit der Frau, mit der er seit fünfunddreißig Jahren verheiratet war, die er zahllose Male betrogen und die ihn immer wieder aufgenommen hatte, ohne eine große Sache daraus zu machen. Die Psyche der gemeinen Politikerfrau war gewiss wenigstens ein Proseminar wert, sagte sich Buchanan.

In Wahrheit hatte Buchanan eine Schwäche für seine Townies. Viele von ihnen hatten tatsächlich einiges erreicht und waren auf ihre Weise die ehrenwertesten Kerle, die ihm je begegnet waren. Und doch hatte der Senator kein Problem damit, sich kaufen zu lassen.

Harvey Milstead würde sehr bald einem neuen Herrn dienen. Der dreizehnte Verfassungszusatz hatte die Sklaverei zwar abgeschafft, aber es hatte sich offenbar niemand die Mühe gemacht, Robert Thornhill darüber zu informieren. Er lieferte seine Freunde dem Teufel aus. Und das ärgerte Buchanan an meisten. Thornhill, immer wieder Thornhill.

Die beiden Männer standen auf, und Buchanan und der Senator schüttelten sich die Hand. »Danke, Danny. Danke für alles.«

»Ist doch nicht der Rede wert«, sagte Buchanan. »Ist doch nicht nötig.« Er packte seine Spionage-Aktentasche und verließ fluchtartig das Zimmer.

KAPITEL 18

»Degaussiert?« Brooke Reynolds starrte die beiden Techniker an. »Das Band wurde degaussiert? Können Sie mir das bitte erklären?« Sie hatte sich die Videoaufzeichnung inzwischen zwanzig Mal angeschaut, genauer gesagt, die Zickzacklinien und den Schnee, wie in einem Film über eine Luftschlacht im Ersten Weltkrieg bei heftigem Einsatz von Flugabwehrkanonen. Reynolds saß nun schon ziemlich lange da, war aber nicht klüger als zuvor.

»Ohne allzu technisch zu werden ...«, begann einer der Männer.

»Ich bitte darum«, warf Reynolds ein. In ihrem Kopf hämmerte es. Angenommen, das Band war nutzlos? *Du lieber Himmel, nur das nicht.*

»Degaussieren ist der technische Begriff für das Löschen eines elektromagnetischen Mediums, das aus vielerlei Gründen vorgenommen werden kann – üblicherweise deshalb, um das Medium neu zu verwenden oder es von aufgezeichneten vertraulichen Daten zu befreien. Ein Videoband etwa ist ein solches elektromagnetisches Medium. Mit dem Band ist Folgendes passiert: Ein unerwünschter Einfluss von außen hat das Medium verzerrt und/oder korrumpiert, wodurch sein ursprünglicher Nutzungszweck verhindert wurde.«

Brooke schaute den Mann verdutzt an. Wie wäre wohl die *technische* Antwort ausgefallen?

»Sie meinen also, jemand hat das Band gezielt unbrauchbar gemacht?«, sagte sie.

»Stimmt.«

»Könnte es nicht am Band selbst liegen? Was macht Sie so sicher, dass jemand es ›korrumpiert‹ hat?«

Nun meldete der andere Techniker sich zu Wort. »Das Maß der Verfälschung, das uns die bisherigen Bilder gezeigt haben, lässt keinen anderen Schluss zu. Wir sind uns natürlich nicht hundertprozent sicher, aber es sieht tatsächlich nach einer Manipulation durch Dritte aus. So viel ich weiß, war das Überwachungssystem hoch entwickelt. Ein Multiplexer mit drei oder vier eingeschalteten Kameras, damit keine längere Zeitlücke entsteht. Wie wurden die Einheiten aktiviert? Durch Bewegung oder einen Schalter?«

»Einen Schalter.«

»Bewegung ist besser. Die heutigen Systeme sind so empfindlich, dass sie eine Hand registrieren, die auf einer Fläche von dreißig Quadratzentimetern nach einem Gegenstand auf einem Schreibtisch greift. Schalter sind veraltet.«

»Danke, ich werd's mir merken«, sagte Brooke trocken.

»Wir haben einen Pixelzoom vorgenommen, um die Details zu vergrößern, aber bisher ohne Erfolg. Es war eindeutig äußere Einwirkung.«

Brooke fiel ein, dass in dem Cottage der Wandschrank mit der Videoausrüstung offen gewesen war.

»Na schön. Wie kann man so etwas machen?«

»Tja, da gibt es eine Vielzahl spezialisierter Instrumente.«

Brooke schüttelte den Kopf. »Nein, wir reden jetzt nicht darüber, wie man so was im Labor anstellen würde, sondern spontan und ohne komplizierte technische Hilfsmittel. Der Täter hat zuvor vermutlich nicht mal von der Videoanlage gewusst. Nehmen wir also an, er konnte sich nur mit dem behelfen, was er bei sich hatte.«

Die Techniker dachten eine Zeit lang nach. »Nun ja«, sagte der eine, »wenn er zum Beispiel einen starken Magneten dabeihatte und damit mehrmals über den Recorder gestrichen hat, hätte dies die Bandaufzeichnung verzerren können, denn dadurch wären die winzigen Metallpartikel neu verteilt worden, was wiederum die zuvor aufgenommenen Signale getilgt hätte.«

Brooke holte tief und bebend Luft. Hatte ein schlichter Magnet ihre einzige Spur vernichtet? »Gibt es irgendeine Möglichkeit, die Bilder wieder sichtbar zu machen?«

»Es ist zwar möglich, aber das dauert. Und wir können Ihnen nichts versprechen, bevor wir uns die Sache nicht näher angeschaut haben.«

»Tun Sie das. Aber eins möchte ich klarstellen.« Brooke erhob sich und baute sich vor den beiden Männern auf. »Ich muss unbedingt wissen, was auf dem Band zu sehen ist. Ich *muss* sehen, wer sich in dem Haus aufgehalten hat. Es gibt keine höhere Priorität für Sie. Wenden Sie sich an den Diensthabenden, sollte es irgendwelche Schwierigkeiten für Sie geben, doch wie lange es auch dauert, arbeiten Sie rund um die Uhr daran. Ich brauche ein Ergebnis. Verstanden?«

Die Männer schauten sich kurz an, dann nickten sie.

Als Brooke in ihr Büro zurückkehrte, wartete dort ein Mann auf sie.

»Paul.« Sie nickte ihm zu und nahm Platz.

Paul Fisher stand auf und schloss die Tür. Er war Brookes Verbindungsmann zum Hauptquartier. Als er wieder Platz nahm, trat er über einen Dokumentenstapel hinweg. »Du siehst überarbeitet aus, Brooke. Du siehst immer aus, als wärst du überarbeitet. Ich glaube, das mag ich so an dir.«

Er lächelte, und Brooke erwischte sich dabei, dass sie sein Lächeln erwiderte.

Fisher gehörte zu den wenigen Mitarbeitern des FBI, zu denen sie buchstäblich aufschaute – weil er fast einsneunzig groß war. Sie waren ungefähr im gleichen Alter, auch wenn Fisher in der Befehlskette ihr Vorgesetzter war und schon zwei Jahre länger hier arbeitete als sie. Er war ein tüchtiger, kompetenter Mann. Außerdem sah er gut aus; er hatte das zerzauste Blondhaar und die schlanke Figur behalten, die er schon als Student in Kalifornien an der UCLA gehabt hatte. Als Brookes Ehe sich in Wohlgefallen aufgelöst hatte, hatte sie sich des Öfteren ausgemalt, ein Verhältnis mit dem geschiedenen Fisher anzufangen. Auch jetzt war sie froh, als sie ihn sah, dass sie vor seinem überraschenden Besuch Gelegenheit gehabt hatte, nach Hause zu fahren, zu duschen und sich umzuziehen.

Fisher hatte sein Jackett ausgezogen. Sein Hemd schmiegte sich an seinen langen Oberkörper. Sie wusste, dass sein Dienst gerade erst angefangen hatte, aber er schien rund um die Uhr da zu sein.

»Die Sache mit Ken tut mir Leid«, sagte er. »Ich war nicht in der Stadt, sonst wäre ich gestern Abend hergekommen.«

Brooke spielte mit einem Brieföffner auf der Tischplatte. »Nicht so Leid wie mir. Und keiner von uns kann wohl nachempfinden, wie es Anne zumute ist.«

»Ich habe mit dem SAC gesprochen«, sagte Fisher, womit er den Dienst habenden Spezialagenten meinte, »aber ich möchte es aus deinem Mund hören.«

Nachdem Brooke berichtet hatte, was sie wusste, rieb Fisher sich das Kinn. »Die Zielpersonen wissen offenbar, dass du ihnen auf den Fersen bist.«

»Sieht so aus.«

»Du arbeitest noch nicht lange an der Sache, oder?«

»Nein – falls du damit wissen willst, ob wir schon etwas haben, mit dem die Staatsanwaltschaft was anfangen kann.«

»Dann sind der tote Ken und deine einzige Zeugin also alles, was du hast. Erzähl mir von Faith Lockhart.«

Brooke schaute jäh auf, denn seine Wortwahl und sein offener Tonfall verwirrten sie gleichermaßen.

Er erwiderte ihren Blick, und Brooke glaubte in seinen haselnussbraunen Augen einen Hauch von Unfreundlichkeit zu erkennen. Doch im Moment, das war ihr klar, konnte er auch nicht auf ihrer Seite stehen. Er vertrat das Hauptquartier.

»Gibt's irgendwas, das du *mir* erzählen möchtest, Paul?«

»Brooke, wir waren doch immer offen zueinander.« Fisher hielt inne und tippte mit den Fingern auf die Lehne, als wolle er sich über Morsezeichen mit ihr verständigen. »Ich weiß zwar, dass Massey dir letzte Nacht irgendwelchen

Spielraum gelassen hat, aber alle machen sich große Sorgen um dich. Das sollst du wissen.«

»Ich weiß, dass im Licht der neuen Entwicklungen ...«

»Man war schon *vorher* besorgt. Die neuen Entwicklungen haben die Besorgnis nur größer gemacht.«

»Soll ich denn einfach aufgeben? Du lieber Himmel, es könnte um Leute gehen, nach denen Regierungsgebäude benannt wurden.«

»Es ist eine Frage der Beweise. Was hast du ohne Lockhart?«

»Die Sache stimmt, Paul.«

»Welche Namen außer dem Buchanans hat sie dir genannt?«

Für einen Moment schaute Brooke nervös drein. Das Problem war, dass Lockhart ihnen überhaupt keine Namen genannt hatte. Noch nicht. Dazu war sie zu klug gewesen. Das sparte sie sich für den Tag auf, an dem man sich mit ihr geeinigt hatte.

»Sie hat noch nichts Genaues gesagt. Aber das kriegen wir schon noch. Buchanan hat keine Geschäfte mit irgendwelchen Schulräten gemacht. Lockhart hat einiges über seine Vorgehensweise berichtet. Die Leute sind für ihn tätig, solange sie an der Macht sind. Wenn sie aus ihren Ämtern ausscheiden, besorgt er ihnen Scheinjobs, die mit Spitzengehältern und anderen Vergünstigungen honoriert werden. Es ist ganz einfach. Genial. Lockhart hat uns Einzelheiten genannt, dass es kaum zu fassen ist.«

»Ich bestreite ja nicht ihre Glaubwürdigkeit. Aber kannst du etwas *beweisen*? Jetzt gleich?«

»Wir tun, was wir können. Ich wollte Lockhart eigentlich bitten, sich von uns verkabeln zu lassen, als es losging, aber du weißt ja, dass man solche Dinge nicht übereilen soll. Hätte ich sie zu sehr unter Druck gesetzt oder ihr Vertrauen verloren, hätten wir am Ende nichts gekriegt.«

»Willst du meine persönliche Meinung hören?« Fisher wertete ihr Schweigen als Zustimmung. »Du hast eine Gruppe namenloser, aber sehr mächtiger Leute. Viele von ihnen haben gegenwärtig etwas von der Zukunft zu erwarten oder werden nach ihrem Ausscheiden eine hübsche Scheinkarriere führen. Was ist daran so ungewöhnlich? Das kommt doch immer wieder vor. Sie telefonieren, gehen essen, flüstern sich gegenseitig was ins Ohr und fordern da und dort eine Gefälligkeit ein. So ist Amerika nun mal. Und wo bleiben wir?«

»Es steckt mehr dahinter, Paul. Viel mehr.«

»Willst du damit sagen, du kannst die tatsächlichen ungesetzlichen Aktivitäten ermitteln? Auf welche Weise die Gesetzgebung manipuliert wird?«

»Nicht unbedingt.«

»Nicht unbedingt, eben. Es ist wirklich so, als wolle man ein Negativum beweisen.«

Brooke wusste, was er damit sagen wollte. Wie bewies man, dass jemand etwas *nicht* tat? Viele Werkzeuge, die Buchanans Leute benützten, um seine Arbeit voranzutreiben, wurden wahrscheinlich von jedem Politiker ganz legal verwendet. Es ging um das Ziel, die Motivation – *warum* jemand etwas tat, nicht *wie*. Das Warum war illegal, das Wie nicht. Wie ein Basketballer, der wie der letzte Heuler spielte, weil man ihn bestochen hatte.

»Ist Buchanan Direktor der unbekannten Firmen, in denen ehemalige politische Hinterbänkler Jobs bekommen? Oder Teilhaber? Hat *er* das Geld aufgebracht? Hat er im Moment irgendwelche Geschäfte mit diesen Leuten laufen?«

»Du redest wie ein Strafverteidiger«, sagte Brooke erbost.

»Genau das ist meine Absicht. Weil man diese Fragen stellen wird – und weil sie beantwortet werden müssen.«

»Wir konnten keine Beweise finden, die Buchanan direkt mit dieser Sache in Verbindung bringen.«

»Worauf stützen sich dann deine Schlussfolgerungen? Was ist der Beweis, dass es diese Verbindungen überhaupt gibt?«

Brooke wollte etwas erwidern, hielt aber inne. Sie errötete, und in ihrer Aufregung brach sie den Bleistift durch, den sie in der Hand hielt.

»Dann will ich es dir beantworten«, sagte Fisher. »Faith Lockhart – deine verschwundene Zeugin.«

»Wir finden sie schon, Paul. Und dann sind wir wieder im Geschäft.«

»Und wenn ihr sie nicht findet?«

»Dann finden wir eine andere Möglichkeit.«

»Kannst du die Identität der bestochenen Amtsträger ohne Lockhart aufdecken?«

Brooke wünschte sich verzweifelt, diese Frage bejahen zu können, aber das konnte sie nicht. Buchanan hatte jahrzehntelang in Washington gelebt. Möglicherweise hatte er mit fast jedem Politiker und Bürokraten der Stadt Geschäfte gemacht. Ohne Faith Lockhart war es unmöglich, die Liste seiner Bekannten aufzudecken.

»Möglich ist alles«, sagte sie lahm.

Fisher schüttelte den Kopf. »Eben nicht, Brooke.«

Sie erwiderte scharf: »Buchanan und seine Kumpane haben gegen das Gesetz verstoßen. Zählt das etwa nichts?«

»Vor Gericht zählt es ohne Beweise gar nichts«, gab er zurück.

Brooke schlug mit der Faust auf den Tisch. »Das kann ich nicht glauben, verdammt noch mal! Außerdem sind die Beweise vorhanden. Wir müssen nur danach graben.«

»Genau da liegt das Problem. Es wäre schön, könnte man das völlig im Geheimen tun. Aber eine Untersuchung dieses Ausmaßes ... die sehr prominenten Personen, über die wir reden ... so etwas kann nie ganz geheim bleiben. Und jetzt müssen wir uns auch noch mit einem Mordfall herumschlagen.«

»Du meinst, es wird undichte Stellen geben«, sagte Brooke und fragte sich, ob Fisher mutmaßte, dass es schon längst welche gab.

»Ich meine, dass du deiner Sache verdammt sicher sein solltest, wenn du wichtige Leute angehst – und zwar *bevor* ein Leck da ist. Solche Leute kann man nur aufs Korn nehmen, wenn deine Flinte mit Munition geladen ist, mit der man einen Elefanten umnieten kann. Im Moment hast du dein Pulver verschossen, und ich weiß nicht genau, wohin du gehst, um nachzuladen. Die Vorschriften unseres Vereins besagen ziemlich deutlich, dass die Jagd auf Staatsbeamte allein auf Grund von Gerüchten und Andeutungen verboten ist.«

Als er seinen Spruch aufgesagt hatte, schaute Reynolds ihn kühl an. »Na schön, Paul, würdest du mir dann bitte sagen, was ich deiner Meinung nach tun soll?«

»Die Jungs von der Korruptionsfahndung werden dich über ihre Ermittlungen auf dem Laufenden halten. Du musst Lockhart finden. Weil beide Fälle untrennbar verbunden sind, schlage ich eine Zusammenarbeit vor.«

»Mit dem VCU? Ich kann den Korruptionsfahndern nichts über unsere Untersuchung erzählen.«

»Ich bitte dich auch nicht darum. Arbeite bloß mit den VCU zusammen, um den Mord an Newman aufzuklären. Und finde Lockhart.«

»Und was dann? Wenn wir sie nicht finden können? Was wird dann aus meinen Ermittlungen?«

»Ich weiß es nicht, Brooke. Im Moment sind die Teeblätter sehr schwer zu lesen.«

Brooke stand auf und blickte aus dem Fenster. Schwere, düstere Wolken hatten den Tag fast zur Nacht gemacht. Sie sah ihr Spiegelbild und das von Fisher in der Scheibe. Er ließ sie keine Sekunde aus den Augen, und Brooke bezweifelte, dass er sich in diesem Moment nur für ihre wohlgeformten Beine interessierte, die unter dem knielangen Rock hervorschauten.

Als Brooke am Fenster stand, drang ein Geräusch an ihre Ohren, das sie normalerweise nicht hörte: das »Weiße Rauschen«. In empfindlichen Regierungsgebäuden waren Fenster potenzielle Schwachstellen für wertvolle Informationen, insbesondere Gesprochenes. Um diese Lecks abzudichten, waren Störsender angebracht worden, die den Klang von Stimmen verzerrten, damit jene, die draußen an ausgeklügelten Abhörgeräten lauerten, nur ein Zischen empfingen. Die Störsender gaben ein Geräusch ab, das dem eines kleinen Wasserfalls ähnelte. Wie den meisten anderen, die in solchen Gebäuden arbeiteten, war Brooke das Hintergrundgeräusch in Fleisch und Blut übergegangen. Nun aber hörte sie es mit überraschender Deutlichkeit. War das ein Zeichen dafür, dass sie auch andere Dinge wahrnehmen sollte? Dinge, die man als Mensch täglich sah, ohne darüber nachzudenken? Die man als das hinnahm, was sie zu sein vorgaben? Sie drehte sich zu Fisher um.

»Danke für das Vertrauensvotum, Paul.«

»Deine Laufbahn war bisher geradezu sensationell. Aber bei einem öffentlichen Arbeitgeber ist es in einer Hinsicht oft so wie beim privaten: Das ›Was-hast-du-in-letzter-Zeit-für-mich-getan?‹-Syndrom. Und was das angeht, hast du dich nicht gerade hervorgetan, Brooke. Ich höre es schon grummeln.«

Sie verschränkte die Arme vor der Brust. »Ich weiß deine Offenheit zu schätzen«, sagte sie ungerührt. »Wenn Sie mich jetzt entschuldigen wollen, schaue ich mal nach, was ich demnächst für Sie tun kann, Agent Fisher.«

Als Fisher aufstand, um zu gehen, trat er neben sie und berührte leicht ihre Schulter. Brooke zog sich ein Stück zurück. Seine ätzenden Worte setzten ihr noch immer zu.

»Ich habe dich immer unterstützt und halte auch weiterhin zu dir, Brooke. Verstehe es nicht so, als wollte ich dich den Wölfen zum Fraß vorwerfen. Ich respektiere dich sehr. Ich will nur nicht, dass du in dieser Sache in ein offenes Messer rennst. Das hast du nicht verdient. Mein Rat ist durchaus freundschaftlich gemeint.«

»Gut zu wissen, Paul«, sagte sie ohne Begeisterung.

Die Hand am Türknauf, drehte er sich noch einmal um. »Wir kümmern uns vom WFO aus um die Medien. Wir haben schon mehrere Presseanfragen. Im Moment geht es um einen Agenten, der bei einer verdeckten Ermittlung ums Leben gekommen ist. Einzelheiten, seine Identität eingeschlossen, werden nicht verbreitet. Wir können es aber nicht lange durchhalten. Und wenn der Damm erst bricht, weiß ich nicht, wer dann noch trocken bleibt.«

Sobald die Tür hinter ihm geschlossen war, musste Brooke sich heftig schütteln. Ihr war, als schwebe sie über einem Fass mit siedendem Öl. War es ihre alte Paranoia? Oder nur ihr logisches Urteilsvermögen? Sie zog die Schuhe aus und ging im Büro auf und ab, wobei sie den papiernen Landminen auswich. Sie wippte auf den Fußballen und bemühte sich, die starke Spannung abzuleiten, die sie aus dem ganzen Körper in Richtung Boden strömen spürte. Nur leider funktionierte es nicht, nicht einmal ansatzweise.

KAPITEL 19

Am Ronald Reagan Washington National Airport, dem jüngst umgetauften Flughafen, den die meisten Leute in der Gegend weiterhin nur »National« nannten, ging es an diesem Morgen sehr geschäftig zu. Er war seiner Nähe zur Stadt und der zahlreichen Flüge wegen beliebt, die täglich von hier abgingen. Weniger beliebt war er wegen der Staus auf den Anfahrtsstraßen, der kurzen Landebahnen und der Übelkeit erregenden Wendemanöver der Maschinen in dem begrenzten Luftraum über dem Flughafen. Die schmucke neue Abflughalle mit ihren klobigen Kuppeln, den mehrstöckigen Parkhäusern und den Gängen, die zu den Terminals führten, wurde jedoch von allen genervten Passagieren willkommen geheißen.

Als Lee und Faith die Tür zur Abflughalle durchschritten, entdeckte Lee einen Polizisten, der die Halle entlangging. Sie hatten den Wagen auf einem der Parkplätze abgestellt.

Auch Faith folgte den Bewegungen des Polizisten genau. Sie trug die Brille, die Lee ihr gegeben hatte und die ihr Aussehen noch mehr veränderte, auch wenn die Gläser nur aus Fensterglas waren. Sie berührte seinen Arm. »Nervös?«

»Bin ich immer. Ständig auf dem Sprung. Ein Ausgleich für meine ausgesprochen mangelhafte Schulbildung.« Er warf sich ihre Taschen über die Schulter. »Lass uns 'ne Tasse Kaffee trinken, bis die Schlange am Schalter etwas kürzer ist. Schauen wir uns mal um.« Als sie nach einem Kaffeestand Ausschau hielten, fragte er: »Hast du irgendeine Vorstellung, wann und wie wir hier wegkommen?«

»Wir fliegen nach Norfolk und nehmen dann einen Pendler nach Pine Island. Die Insel liegt vor den Outer Banks von North Carolina. Flüge nach Norfolk gehen ziemlich regelmäßig. Den Pendler nach Pine Island muss man vorher telefonisch bestellen. Sobald wir für den Flug nach Norfolk eingecheckt sind, rufe ich an und arrangiere alles. Der Pendler fliegt nur tagsüber.«

»Und warum?«

»Weil er nicht auf einer regulären Landebahn heruntergeht. Es ist eher so was wie eine Straße. Ohne Beleuchtung, ohne Tower und dergleichen. Da gibt es nur einen Windsack.«

»Wie beruhigend.«

»Ich rufe mal eben an und erkundige mich, ob das Haus klar ist.«

Sie gingen zu einem öffentlichen Telefon. Lee hörte zu, wie Faith ihre Ankunft ankündigte. Dann legte sie auf. »Alles klar. Sobald wir eingetroffen sind, kriegen wir einen Mietwagen.«

»So weit, so gut.«

»Es ist ein hübscher Ort zum Ausspannen. Wenn man keine Lust hat, braucht man sich mit niemandem zu treffen oder zu unterhalten.«

»Hab ich auch nicht vor«, erklärte Lee.

»Ich möchte dich etwas fragen«, sagte Faith, als sie sich einem Café näherten.

»Spuck's aus.«

»Wie lange hast du mich beschattet?«

»Sechs Tage«, sagte er sofort, »in denen du drei Mal zu dem Cottage gefahren bist. Einschließlich gestern Abend.«

Gestern Abend, dachte Faith. Öfter nicht? »Und du hast deinem Auftraggeber noch nichts gemeldet?«

»Nein.«

»Warum nicht?«

»Ich mache am liebsten Wochenberichte. Es sei denn, es passiert etwas wirklich Ungewöhnliches. Glaub mir, hätte ich die Zeit gehabt, hätte ich gestern Abend den besten Bericht aller Zeiten abgeliefert.«

»Und wie? Du weißt ja nicht, wer dein Auftraggeber ist.«

»Ich habe eine Telefonnummer bekommen.«

»Und du hast sie nie überprüft?«

Er schaute sie verärgert an. »Nee – warum sollte ich das tun? Bei *dem* Vorschuss?«

Sie schaute betroffen drein. »So habe ich es nicht gemeint.«

»Aha.« Lee rückte die Trageriemen ihres Gepäcks zurecht. »Es gibt da ein spezielles Querverzeichnis, das einem die Adresse sagt, wenn man die Telefonnummer hat.«

»Und?«

»Nichts. Und das in der Zeit von Satellitentelefonen, bundesweiter Handynetze und ähnlichem Scheiß. Ich habe die Nummer angerufen. Das Telefon ist offenbar dafür gedacht, dass es nur Anrufe von mir entgegennimmt, denn die Ansagestimme hat mir gesagt, Mr Adams möge alle Informationen auf ein Band sprechen. Sie hat mir außerdem eine Postfachnummer in Washington genannt. Da ich natürlich neugierig bin, habe ich auch das überprüft, aber das Postfach läuft auf den Namen einer Firma, von der ich noch nie gehört habe, und die Adresse hat sich als nichtexistent herausgestellt. Da war ich in 'ner Sackgasse.« Er schaute auf Faith hinunter. »Ich nehme meine Arbeit ernst, Faith. Ich laufe nicht gern in eine Falle. Berühmte letzte Worte, was?«

Sie blieben an dem kleinen Café stehen, bestellten sich Kaffee und Mohnbaguettes und setzten sich in eine freie Ecke.

Faith nippte am Kaffee und mümmelte an dem buttertriefenden Baguette. Vielleicht meinte Lee es ehrlich mit ihr; aber das änderte nichts daran, dass er mit Danny Buchanan in Verbindung stand. Es war ein eigenartiges Gefühl, sich plötzlich vor einem Menschen zu fürchten, den sie bisher geradezu verehrt hatte. Hätten sich im letzten Jahr die Dinge zwischen ihnen nicht so sehr geändert, hätte sie Danny vielleicht angerufen. Aber nun war sie durcheinander; das Grauen des vergangenen Abends stand ihr noch kristallklar vor Augen. Außerdem ... Was sollte sie ihn fragen? *Danny, haben Sie gestern Abend versucht, mich ermorden zu lassen? Wenn ja, hören Sie bitte damit auf. Ich arbeite nämlich mit dem FBI daran, Ihnen zu helfen. Wirklich! Und warum haben Sie Lee engagiert, damit er mich beschattet, Danny?* Ja, sie musste sich von Lee trennen, und zwar bald.

»Erzähl mir, was in der Akte steht, die du über mich bekommen hast.«

»Du bist Lobbyistin. Du hast früher bei einer großen Firma gearbeitet, bis du vor etwa zehn Jahren mit einem Mann namens Daniel Buchanan ein eigenes Unternehmen gegründet hast.«

»Wurden irgendwelche unserer derzeitigen Kunden erwähnt?«

Lee legte den Kopf schräg. »Nein. Ist das wichtig?«

»Was weißt du über Buchanan?«

»Die Akte hat zwar nicht viel über ihn ausgesagt, aber ich habe selbst ein bisschen herumgeschnüffelt. Das wirst du aber alles schon wissen. Auf dem Capitol Hill ist Buchanan eine Legende. Er kennt jeden, und jeder kennt ihn. Hat alle großen Schlachten geschlagen und dabei einen Haufen Kohle verdient. Ich nehme an, du bist dabei auch nicht gerade arm geworden.«

»Ich habe gut verdient. Noch was?«

Lee schaute sie eigenartig an. »Warum willst du Dinge erfahren, die du schon weißt? Ist Buchanan irgendwie in die Sache verwickelt?«

Nun war es an Faith, Lee genau in Augenschein zu nehmen. Falls er sich dumm stellte, machte er seine Sache ausgezeichnet.

»Danny Buchanan ist ein Ehrenmann. Ich verdanke ihm alles, was ich habe.«

»Ein guter Freund, hm? Aber du hast meine Frage nicht beantwortet.«

»Menschen wie Danny sind selten. Er ist ein wahrer Visionär.«

»Und du?«

»Ich? Ich helfe ihm bloß, seine Visionen zu verwirklichen. Menschen wie mich findest du an jeder Ecke.«

»So gewöhnlich kommst du mir aber nicht vor.«

Faith trank einen Schluck Kaffee und schwieg.

»Und wie wird man Lobbyist?«

Faith unterdrückte ein Gähnen und trank einen weiteren Schluck. Allmählich bekam sie Kopfschmerzen. Sie hatte nie viel Schlaf gebraucht, wenn sie um den Globus gedüst war und für gewöhnlich nur im Flugzeug ein Nickerchen gemacht hatte. Aber jetzt war ihr danach, sich unter dem Tisch zusammenzukuscheln und die nächsten zehn Jahre zu pennen. Vielleicht reagierte ihr Körper auf die schrecklichen letzten zwölf Stunden, indem er einfach das Handtuch warf. *Tu mir bitte nicht weh.*

»Ich könnte jetzt lügen und sagen, dass ich die Welt verändern wollte. Das sagen doch alle, nicht wahr?« Sie zog eine Packung Aspirin aus der Tasche und spülte zwei Tabletten mit Kaffee herunter. »Aber eigentlich war es so: Als Kind habe ich im Fernsehen die Berichterstattung über die Watergate-Affäre verfolgt... viele seriös aussehende Männer in mittlerem Alter mit scheußlichen Krawatten, teigigen Gesichtern und kurz geschnittenem Haar. Sie haben in scheppernde Mikrofone gesprochen. Neben ihnen saßen Anwälte, die ihnen pausenlos etwas ins Ohr flüsterten. Alle Medien der Welt haben sich auf diese Leute konzentriert. Was der Rest des Landes offenbar abscheulich fand, hat mir imponiert. Die Macht, die diese Männer hatten!« Faith lächelte schwach in ihre Kaffeetasse. »Meine verderbte Seele. Die Nonnen hatten Recht. Eine besonders: Schwester Audrey Ann hat sogar meinen Vornamen für Gotteslästerung gehalten. ›Faith‹, hat sie immer gesagt, ›du solltest lieber deinem Taufnamen Ehre machen, statt deinen teuflischen Trieben nachzugeben.‹«

»Du warst also eine Unruhestifterin?«

»Ich habe jede schlechte Angewohnheit übernommen, die ich kriegen konnte. Mein Vater ist oft mit uns umgezogen, mit meiner Mutter und mir, aber in der Schule kam ich ganz gut mit. Nur auf der Straße war ich immer die Wildeste. Ich hab' dann ein gutes College besucht und bin in Washington gelandet, weil mich der Gedanke an diese Konzentration absoluter Macht nicht losließ. Ich hatte zwar nicht die blasseste Ahnung, was ich anfangen sollte, aber ich wusste ganz genau, dass ich bei dem Spiel mitmachen wollte. Eine kurze Zeit habe ich für einen frisch gebackenen Abgeordneten als Assistentin gearbeitet und bin dabei Danny Buchanan aufgefallen. Er hat mich abgeworben. Hat irgendwas in mir gesehen, vermute ich. Ich glaube, ihm gefiel meine Einstellung. Ich habe dann seine Geschäfte geführt, obwohl ich gerade mal zwei Monate Erfahrung hatte. Es hat ihm gefallen, dass ich nicht vor den Leuten gekuscht habe, nicht mal vor dem Parlamentspräsidenten.«

»Ich nehme an, für jemanden, der gerade vom College kommt, muss so was schwer beeindruckend sein.«

»Nach meinen Erlebnissen mit den Nonnen waren Politiker keine große Herausforderung mehr für mich.«

Lee grinste. »Jetzt freut's mich, dass ich nur auf einer einfacheren Schule war.« Er schaute eine Sekunde lang weg. »Dreh dich nicht um. Das FBI schleicht hier rum.«

»Was?« Ihr Kopf flog herum, und sie schaute in alle Richtungen.

Lee verdrehte die Augen. »Oh, das war gut.«

»Wo sind sie?«

Er klopfte leise auf die Tischplatte. »Nirgends. Und doch überall. Die Leute vom FBI latschen nicht mit der Dienstmarke auf der Stirn durch die Gegend. Du würdest sie nicht erkennen.«

»Warum sagst du dann, sie schleichen hier herum, verdammt?«

»Es war ein kleiner Test. Du hast ihn nicht bestanden. *Ich* kann sie manchmal erkennen, aber nicht immer. Wenn ich es noch mal sage, meine ich es ernst. Dann *sind* sie da, und wehe, du reagierst so wie gerade eben. Normale, langsame Bewegungen, kapiert? Du bist bloß 'ne hübsche Frau, die mit ihrem Freund einen Ausflug macht.«

»Na schön. Aber tu so was bloß nicht noch mal. Innerlich bin ich auf achtzig.«

»Wie bezahlst du die Flugscheine?«

»Wie soll ich sie bezahlen?«

»Mit deiner Kreditkarte. Mit dem anderen Namen. Ist nicht gut, 'ne Menge Bargeld herumzuzeigen. Wenn du gerade heute ein Ticket ohne Rückflug kaufst und bar bezahlst, könnte man sich daran erinnern. Im Moment brauchen wir so wenig Beachtung wie möglich. Wie lautet er übrigens? Dein Name, meine ich.«

»Suzanne Blake.«

»Hübscher Name.«

»Meine Mutter hieß Suzanne.«

»Hieß? Ist sie tot?«

»Ja. Mein Vater auch. Meine Mutter starb, als ich elf war. Mein Vater sechs Jahre später. Ich habe keine Geschwister. Ich war mit siebzehn Jahren Waise.«

»Muss ganz schön hart gewesen sein.«

Faith schwieg längere Zeit. Es fiel ihr immer schwer, von ihrer Vergangenheit zu erzählen. Außerdem kannte sie diesen Mann kaum. Trotzdem war an Lee Adams irgendetwas, das sie beruhigte. Seine Charakterfestigkeit. »Ich hatte meine Mutter wirklich gern«, sagte sie schließlich. »Sie war eine liebe Frau und hat wegen meines Vaters lange gelitten. Er war zwar kein schlechter Kerl, aber einer von den Burschen, die es nie lange irgendwo hält. Dad wollte immer mit irgendwelchen verrückten Ideen ein Vermögen verdienen. Und wenn seine Pläne schief gingen – und die gingen immer schief –, mussten wir packen und weiterziehen.«

»Warum?«

»Weil es immer Leute gab, mit deren Geld Dad gearbeitet hatte. Die waren dann natürlich ziemlich sauer. Vor dem Tod meiner Mutter sind wir vier Mal umgezogen. Danach noch fünf Mal. Mutter und ich haben jeden Tag für Dad gebetet. Kurz vor ihrem Tod hat sie mich gebeten, dass ich mich um ihn kümmere. *Ich* – obwohl ich erst elf war.«

Lee schüttelte den Kopf. »Das kann ich mir gar nicht richtig vorstellen. Meine Eltern haben fünfzig Jahre im gleichen Haus gewohnt. Wie ist es dir gelungen, nach dem Tod deiner Mutter alles zusammenzuhalten?«

Nun fiel Faith das Reden leichter. »So zäh, wie du glaubst, war ich gar nicht. Mutter hat Dad geliebt. Sie hasste nur seine Lebensweise, seine verrückten Pläne, seine Unstetigkeit. Und sie wusste, dass er sich niemals ändern würde; deshalb waren sie nicht gerade die glücklichsten Menschen. Manchmal habe ich wirklich geglaubt, sie bringt ihn um. Als sie dann starb, hieß es mehr oder weniger ›Dad und ich gegen den Rest der Welt‹. Er hat mich in mein schönstes Kleid gesteckt und bei allen möglichen Geschäftspartnern mit seiner süßen Tochter angegeben. Ich nehme an, die Leute haben gedacht, wenn dieser Bursche ein so liebes kleines Mädchen hat, kann er unmöglich eine Niete sein. Als ich sechzehn war, habe ich ihm sogar bei seinen Geschäften geholfen. Ich bin schnell erwachsen geworden. Ich nehme an, daher habe ich auch meine große Klappe und mein Rückgrat. Ich habe gelernt, mit den Füßen zu denken.«

»Das ist wirklich eine alternative Erziehung«, sagte Lee. »Jetzt verstehe ich, dass sie dir beim Lobbyismus so sehr weitergeholfen hat.«

Faiths Augen wurden feucht. »Wenn wir zu einer Besprechung unterwegs waren, hat Dad immer gesagt: ›Diesmal geht es um etwas ganz Neues, mein Schatz. Ich spüre es genau, und zwar hier.‹ Dann hat er die Hand auf sein Herz gelegt. ›Ich tue alles nur für dich, meine Kleine. Weil dein Dad dich lieb hat.‹ Und ich habe es ihm jedes Mal geglaubt, verdammt.«

»Hört sich so an, als hätte er dir am Ende doch wehgetan«, sagte Lee leise.

Faith schüttelte stur den Kopf. »Er hat die Leute ja nicht übers Ohr gehauen. Er war kein krummer Hund oder so was. Er glaubte wirklich daran, seine Ideen umsetzen zu können. Aber es ging immer wieder schief – und deshalb mussten wir immer wieder verschwinden. Es war nicht so, als hätten wir nie Geld verdient. Aber wir haben oft in unserem Wagen schlafen müssen. Ich kann mich noch gut daran erinnern, wie oft Dad sich an die Hintertür eines Restaurants geschlichen hat und kurz darauf mit irgendwas zu futtern wieder rauskam. Er hat es den Köchen abgeschwatzt. Dann saßen wir auf dem Rücksitz und haben gegessen. Er hat zum Himmel raufgeschaut und mir die Sternbilder erklärt. Er hatte nicht mal die Mittelschule abgeschlossen, aber über die Sterne wusste er alles. Er sagte, er wäre ihnen in seinem Leben genug nachgejagt. Wir saßen bis tief in die Nacht da, und er erzählte mir, dass es uns bald besser gehen würde.«

»Er war offenbar ein Mann, der gewusst hat, wie man sich durchschlägt. Vermutlich wäre er ein guter Privatdetektiv geworden.«

Faith lächelte bei der Erinnerung. »Manchmal sind wir zusammen in eine Bank gegangen. Fünf Minuten später kannte er alle Leute mit Namen, trank Kaffee mit ihnen und unterhielt sich mit dem Geschäftsführer, als würde er ihn sein Leben lang kennen. Wenn wir dann rausgingen, hatte er ein Empfehlungsschreiben dabei – und eine Liste mit den Namen wohlhabender Einwohner, die er abklapperte. Er hatte eine besondere Art. Alle mochten ihn. Bis sie ihr Geld los waren. Das Wenige, das wir hatten, haben wir auch immer verloren. In dieser Hinsicht nahm Pa es sehr genau. Er hat immer sein eigenes Geld mit reingesteckt. Im Grunde war er kein übler Kerl.«

»Hört sich so an, als würde er dir fehlen.«

»Sehr«, sagte Faith. Sie schloss die Augen. Tränen liefen ihr über die Wangen.

Lee zog eine Serviette aus dem Spender und drückte sie ihr in die Hand. Sie wischte sich die Augen ab.

»Tut mir Leid«, sagte sie. »Eigentlich habe ich noch nie richtig mit jemandem darüber gesprochen.«

»Ist schon gut, Faith. Ich kann zuhören.«

»In Danny Buchanan habe ich meinen Vater wiedergefunden«, sagte sie und räusperte sich. Ihre Augen wurden groß. »Er hat die gleiche Art. Den Charme der Iren. Irgendwie hat er es immer geschafft, dass jeder für ihn zu sprechen ist. Er kennt jeden Trick, kennt sich auf allen Gebieten aus. Zieht nie den Schwanz ein. Er hat mir eine Menge beigebracht. Nicht nur über den Lobbyismus. Auch über das Leben. Er hatte es als Kind auch nicht leicht. Wir hatten viel gemeinsam.«

Lee lächelte. »Dann bist du also wegen der Masche deines Vaters zum Lobbyismus in Washington gekommen?«

»Manche würden sogar sagen, mein Berufsbild hätte sich nicht geändert.« Faith musste über ihre eigenen Worte lächeln.

»Manche würden auch sagen, dass der Apfel nicht weit vom Stamm fällt.«

Sie biss in ihr Baguette. »Da wir gerade bei der großen Beichte sind – wie sah es in deiner Familie aus?«

Lee lehnte sich zurück. »Vier Jungs, vier Mädchen. Ich bin Nummer sechs.«

»Was? Acht Kinder! Deine Mutter muss eine Heilige sein.«

»Wir sind unseren Eltern so auf die Nerven gegangen, dass es für zehn Leben reicht.«

»Dann leben sie also noch.«

»Kann man wohl sagen. Wir kommen jetzt alle prächtig miteinander aus, auch wenn wir als Kinder manchmal harte Zeiten durchgemacht haben. Aber die Leute helfen einem, wenn man in Schwierigkeiten ist. Die Hilfe ist nur einen Telefonanruf entfernt. Das heißt, normalerweise. Jetzt natürlich nicht.«

»Klingt gut. Wirklich gut.« Faith schaute weg.

Lee musterte sie mit festem Blick. Es fiel ihm leicht, ihre Gedanken zu lesen. »Auch Familien haben ihre Probleme, Faith. Scheidungen, Krankheiten, Depressionen, schwere Zeiten. Wir haben alles mitgemacht. Manchmal würde ich gern sagen, es wäre mir lieber gewesen, ein Einzelkind zu sein.«

»Nein, würdest du nicht«, erwiderte sie mit Bestimmtheit. »Das meinst du vielleicht, aber sagen würdest du es nicht, auch wenn du mir vielleicht nicht glaubst.«

»O doch.«

Sie schaute verwirrt auf. »Was – *doch?*«

»Ich glaube dir.«

Faith sagte langsam: »Weißt du, für einen Privatdetektiv, der an Verfolgungswahn leidet, findest du wirklich schnell Freunde. Ich könnte doch eine Massenmörderin sein.«

»Wenn du wirklich eine Bestie wärst, hätte das FBI dich in den Knast gesteckt.«

Sie stellte ihre Kaffeetasse ab und beugte sich vor. Ihr Gesicht war sehr ernst. »Deine Einschätzung freut mich. Aber damit wir uns richtig verstehen: Ich habe in meinem ganzen Leben noch keiner Ameise was zu Leide getan. Ich halte mich auch nicht für eine Kriminelle, aber ich glaube, das FBI würde mich gern in eine Zelle stecken, wenn das möglich wäre. Nur damit du es weißt.« Nach einer Pause fügte sie hinzu: »Willst du immer noch mit mir in ein Flugzeug steigen?«

»Aber sicher. Jetzt hast du mich erst richtig neugierig gemacht.«

Faith setzte sich mit einem Seufzer zurück und warf einen Blick in die Abflughalle. »Schau jetzt nicht hin, aber da kommen zwei Typen, die verdammt nach FBI aussehen.«

»Im Ernst?«

»Im Unterschied zu dir würde ich nicht mal den Versuch machen, mit so was Scherze zu treiben.« Sie beugte sich vor und kramte in ihrer Reisetasche herum. Einige ängstliche Sekunden später, als die beiden Männer vorbeigegangen waren, ohne Faith oder Lee zu beachten, richtete sie sich wieder auf.

»Lee, je nachdem, was sie in Erfahrung gebracht haben, suchen sie möglicherweise nach einem Mann *und* einer Frau. Bleib lieber hier, ich gehe schon mal die Tickets kaufen. Wir treffen uns dann an der Sicherheitskontrolle.«

Lee schaute unsicher drein. »Darüber muss ich erst nachdenken.«

»Ich dachte, du glaubst mir.«

»Tu ich auch.« Eine Sekunde lang stellte er sich Faiths Daddy vor, der ihn um Geld anhaute. Es war nicht zu fassen, aber Lee hätte wahrscheinlich seine Brieftasche gezückt.

»Aber auch das Vertrauen hat seine Grenzen, was? Hör zu: Du behältst die Reisetaschen. Ich brauche nur meine Handtasche. Wenn du dir wirklich Sorgen machst – von hier aus hast du einen guten Blick auf die Kontrolle. Sollte ich versuchen, dir zu entwischen, hast du mich in null Komma nichts eingeholt. Ich wette, du kannst viel schneller laufen als ich.« Sie stand auf. »Dass ich das FBI nicht anrufen kann, ist doch wohl klar, oder?«

Sie schaute ihn eine ganze Weile an, als wolle sie, dass er ihr logisches Argument zerpflückte.

»Na schön.«

»Wie heißt du denn jetzt? Ich brauche den Namen für dein Ticket.«

»Charles Wright.«

Sie zwinkerte ihm zu. »Und deine Freunde nennen dich Chuck?«

Er bedachte Faith mit einem unbehaglichen Lächeln, und sie drehte sich um und verschwand in der Menge.

Kaum war sie fort, bedauerte Lee seine Entscheidung. Sicher, sie hatte ihre Reisetasche zurückgelassen, aber es waren nur die paar Klamotten darin, die er ihr gegeben hatte. Die Handtasche aber hatte sie mitgenommen – und somit alles, was sie wirklich brauchte: den falschen Ausweis und ihr Geld. Ja, er konnte die Sicherheitskontrolle von hier aus sehen, aber angenommen, Faith marschierte einfach zum Ausgang raus? Angenommen, sie hatte genau das vor? Ohne sie hatte er nichts in der Hand. Und hier gab es ein paar wirklich gefährliche Leute, die wussten, wo er wohnte. Leute, denen es großen Spaß machen würde, ihm einen Knochen nach dem anderen zu brechen, bis er ihnen erzählte, was er wusste. Nämlich nichts. Es würde diese Leute nicht gerade freuen, das zu hören. Und die nächste – und letzte – Station war dann irgendein tiefes Loch im Wald.

Es war genug. Lee sprang auf, schnappte sich die beiden Taschen und eilte hinter Faith her.

KAPITEL 20

Jemand klopfte an Brooke Reynolds' Tür. Connie steckte den Kopf ins Zimmer. Brooke telefonierte gerade, winkte ihn aber herein.

Connie hatte zwei Tassen Kaffee mitgebracht. Eine stellte er zusammen mit zwei Windbeuteln, Zucker und einem Rührstäbchen vor Brooke ab. Sie dankte ihm mit einem Lächeln. Er setzte sich und nippte am Kaffee, bis Brooke das Telefongespräch beendete.

Sie legte auf und rührte den Kaffee um. »Ein paar gute Nachrichten wären mir jetzt wirklich recht, Connie.« Ihr fiel auf, dass auch er zu Hause gewesen war, sich geduscht und umgezogen hatte. Das Herumkriechen im dunklen Wald hatte seinem Anzug bestimmt nicht gut getan. Sein Haar war noch feucht und ließ es grauer aussehen als sonst. Brooke vergaß immer wieder, dass Connie schon über fünfzig war. Er schien sich jedoch nie zu verändern. Er war immer der große, zerfurchte, von Wind und Wetter gegerbte Fels, an den sie sich klammern konnte, wenn die Gezeiten an ihr zerrten. So wie jetzt.

»Möchtest du Lügen hören oder Wahrheiten?«

Brooke trank einen Schluck Kaffee, seufzte und lehnte sich im Bürostuhl zurück. »Im Moment weiß ich's nicht genau.«

Connie beugte sich vor und stellte seine Tasse auf den Schreibtisch. »Ich habe den Tatort mit den Burschen von der VCU durchkämmt. Bei denen habe ich nämlich vor vielen Jahren angefangen. War wie in alten Zeiten.« Er legte die Handflächen auf seine Knie und drehte den Hals, um eine Verspannung loszuwerden. »Verdammt, mein Rücken fühlt sich an, als hätte 'ne ganze Footballmannschaft darauf herumgetrampelt. Ich werde zu alt für solche Jobs.«

»Du kannst nicht in Rente gehen. Ohne dich läuft der Laden hier nicht.«

Connie nahm die Tasse wieder an sich. »Was du nicht sagst.« Es war jedoch offensichtlich, dass Brookes Bemerkung ihn erleichterte. Er lehnte sich zurück und knöpfte sein Jackett auf. Etwa eine Minute saß er so da und hing seinen Gedanken nach.

Brooke wartete geduldig. Sie wusste, dass Connie nicht gekommen war, um mit ihr zu schäkern. So etwas tat er selten, egal mit wem. Brooke hatte gelernt, dass Connie praktisch nichts ohne einen bestimmten Grund tat. Er war ein echter Veteran im Land der Bürokratie, und entsprechend trug er seine Agenda natürlich stets bei sich. Obwohl Brooke sich bedingungslos auf seine Instinkte und seine Erfahrung im Außeneinsatz verließ, war ihr doch immer bewusst, dass sie zwar jünger und unerfahrener war als Connie, aber dennoch seine Chefin. Das musste ihm zu schaffen machen. Obendrein war sie eine Frau – und das auf einem Gebiet, auf dem nicht viele Frauen arbeiteten. Sie hätte es Connie eigentlich nicht verübeln können, wenn er Vorbehalte gegen sie hegte. Aber er hatte nie ein böses oder abfälliges Wort über sie gesagt. Und er hatte sich noch bei keinem Fall ein Bein ausgerissen, nur um besser dazustehen als Brooke. Im Gegenteil, er war so methodisch wie kein anderer und so verlässlich wie der Sonnenaufgang. Trotzdem musste sie auf sich aufpassen.

»Ich habe heute Morgen mit Anne Newman gesprochen. Sie hat deinen Besuch gestern sehr zu schätzen gewusst. Sie hat gesagt, du hättest sie wirklich getröstet.«

Das überraschte Brooke. Vielleicht nahm die Frau es ihr *wirklich* nicht übel. »Sie hat es so gut aufgenommen, wie man es in der Situation nur kann.«

»Ich habe gehört, der Direktor ist auch bei ihr gewesen. Das war nett von ihm. Weißt du, Ken und ich haben uns lange gekannt.« Der Ausdruck auf Connies Gesicht war leicht zu lesen. Falls er den Mörder eher fand als die Jungs von der VCU, bestand die Möglichkeit, dass es gar nicht mehr zu einem Prozess kam.

»Ich weiß. Ich muss die ganze Zeit daran denken, wie schwer es für dich sein muss.«

»Du hast genug andere Dinge im Kopf. Außerdem bin ich der Letzte, um den du dir Sorgen machen musst.« Connie trank einen Schluck Kaffee. »Der Schütze wurde ebenfalls getroffen. Jedenfalls sieht es so aus.«

Brooke ruckte sofort nach vorn. »Erzähl mir alles.«

Connie lächelte kurz. »Willst du nicht auf die schriftliche Meldung der VCU warten?« Er schlug die Beine übereinander und zupfte an seinen Hosenbeinen. »Was den Standort des Schützen angeht, hattest du Recht. Wir haben dort Blut entdeckt, und zwar eine ganze Menge. Im Waldstück vor dem Haus. Die Stelle stimmt wahrscheinlich mit dem Punkt überein, von dem der Schuss abgefeuert wurde. Wir sind der Spur gefolgt, so gut wir konnten, haben sie aber nach ein paar hundert Metern im Wald verloren.«

»Wie viel Blut war es genau? Lebensbedrohlich viel?«

»Schwer zu sagen. Es war dunkel. Zurzeit ist ein Team dort, um die Suche nach der Kugel fortzusetzen, die Ken getötet hat. Sie durchkämmen den Rasen, die ganze Umgebung. Aber das Haus steht so weitab von allem, dass ich nicht weiß, ob es was bringt.«

Brooke holte tief Luft. »Wenn wir eine Leiche fänden, würde es den Fall zugleich erleichtern und erschweren.«

Connie nickte nachdenklich. »Ich weiß, worauf du hinaus willst.«

»Hast du schon einen Bluttest vornehmen lassen?«

»Das Labor macht ihn gerade. Ich wüsste aber nicht, wie uns das weiterhelfen könnte.«

»Zumindest erfahren wir, ob es menschliches oder tierisches Blut ist.«

»Stimmt. Vielleicht finden wir bloß einen Hirschkadaver. Aber das glaube ich eigentlich nicht.«

Brooke schaute ihn gespannt an.

»Es gibt nichts Konkretes«, sagte Connie, als er ihren Blick bemerkte. »Ist nur so ein Gefühl.«

»Wenn der Kerl verwundet ist, dürfte es leichter sein, ihn aufzuspüren.«

»Möglich. Wenn er einen Arzt braucht, wird er allerdings nicht so dämlich sein, sich an die Notaufnahme eines Krankenhauses zu wenden. Die müssen Schussverletzungen melden. Aber wir wissen nicht, wie schwer er verwundet ist. Vielleicht hat er nur 'ne stark blutende Fleischwunde. In diesem Fall verbindet er sie einfach, steigt in ein Flugzeug, und weg ist er. Wir halten zwar alle Flughäfen unter Beobachtung, aber wenn der Typ mit einer Privatmaschine abhaut, haben wir Probleme. Wahrscheinlich ist er schon längst über alle Berge.«

»Vielleicht ist er tot. Sein Hauptziel hat er doch wohl verfehlt. Sein Auftraggeber wird sich ganz bestimmt nicht darüber freuen.«

»Stimmt.«

Brooke faltete die Hände auf der Schreibtischplatte. »Aus Kens Waffe wurde nicht gefeuert, Connie«, sagte sie dann.

Connie hatte offenbar auch schon darüber nachgedacht, denn er erwiderte: »Und das bedeutet, dass sich gestern Abend tatsächlich eine *vierte* Person am Cottage aufgehalten hat, falls das Blut sich als menschliches Blut erweist. Und dass diese Person auf den Mörder geschossen hat.« Er schüttelte müde den Kopf. »Das alles klingt total verrückt.«

»Verrückt, ja, aber angesichts der uns bekannten Fakten gibt es keine andere Erklärung. Denk mal nach: Könnte der vierte Mann Ken getötet haben? Nicht der Bursche, der verwundet wurde?«

»Glaube ich nicht. Die Leute von der VCU suchen an der Stelle im Wald, von der wir glauben, dass von dort der andere Schuss kam, nach Patronenhülsen. Zur Bestätigung. Wenn es eine Schießerei zwischen zwei Unbekannten gab, finden wir vielleicht auch noch ein paar andere Hülsen.«

»Tja, wenn ein vierter Mann da war, würde das vielleicht auch die offene Hintertür erklären – und die ausgelösten Kameras.«

Connie richtete sich kerzengerade auf. »Ist auf dem Band irgendetwas zu sehen? Es müssten doch ein paar Gesichter oder so was zu sehen sein.«

»Um es einfach auszudrücken, das Band wurde degaussiert.«

»Was?«

»Frag lieber nicht. Im Moment können wir mit dem Band jedenfalls nichts anfangen.«

»Scheiße. Dann bleibt uns nicht viel.«

»Eigentlich bleibt uns nur noch Faith Lockhart.«

»Wir lassen sämtliche Flughäfen, Eisenbahn- und Busbahnhöfe und jeden Autoverleih überwachen. Ihre Firma übrigens auch, obwohl ich bezweifle, dass sie dort aufkreuzt.«

»Einverstanden«, sagte Brooke langsam. »Übrigens kann das der Ort sein, von dem die Kugel kam.«

»Buchanan?«

»Schade, dass wir es nicht beweisen können.«

»Vielleicht doch – wenn wir Faith Lockhart finden. Da können wir unseren Hebel ansetzen.«

»Verlass dich nicht darauf«, sagte Brooke trocken. »Wenn dir beinahe der Kopf weggeschossen wird, denkst du zwei Mal darüber nach, wem du die Treue hältst.«

»Wenn Buchanan und seine Leute über Lockhart Bescheid wissen, wissen sie auch über uns Bescheid.«

»Das hast du schon mal gesagt. Glaubst du an eine undichte Stelle? Bei uns?«

»Irgendwo muss sie doch sein. Hier oder auf Faith Lockharts Seite. Vielleicht hat sie irgendwas getan, das Buchanan misstrauisch gemacht hat. Der Bursche ist jedenfalls sehr zugeknöpft. Er hat sie beschatten lassen. Er hat gesehen, dass sie sich mit dir im Haus getroffen hat. Er hat ein wenig weiter gebohrt, ist auf die Wahrheit gestoßen und hat dann jemanden auf Lockhart angesetzt.«

»*Das* würde ich lieber glauben, als dass uns jemand aus den eigenen Reihen verkauft hat.«

»Ich auch. Aber Tatsache ist, dass es in jedem Nachrichtendienst ein paar faule Äpfel gibt.«

Brooke fragte sich kurz, ob Connie sie verdächtigte. Jeder, der für das FBI arbeitete, ob nun als Spezialagent oder als Bürobote, wurde einer eingehenden Sicherheitsüberprüfung unterzogen. Wenn man sich beim FBI um eine Stelle bewarb, schwärmten ganze Agentengruppen los und gruben die kleinste Kleinigkeit aus der Vergangenheit des Bewerbers aus, und mochte sie noch so unwichtig sein. Sie sprachen mit jedem, den der Bewerber kannte. Alle fünf Jahre wurden die Mitarbeiter routinemäßig einer gründlichen Überprüfung unterzogen. Zwischendurch wurde jede verdächtige Handlung und jede Beschwerde von außen, die Fragen über einen Mitarbeiter aufwarf, den Sicherheitsbeamten der einzelnen Abteilungen gemeldet. Gott sei Dank war Brooke noch nie so etwas passiert. Ihre Akte war sauber.

Vermutete man eine undichte Stelle oder ein Sicherheitsvergehen anderer Art, wurde die Sache höchstwahrscheinlich vom OPR untersucht, einer gefürchteten Abteilung des Innenministeriums, die »unkorrektes Verhalten von FBI-Agenten« unter die Lupe nahm; der verdächtige Mitarbeiter wurde sogar einem Lügendetektortest unterzogen. Außerdem war das FBI ständig auf der Suche nach Anzeichen, die dafür sprachen, dass ein Mitarbeiter übermäßige private oder berufliche Probleme hatte, die ihn für Bestechung oder Beeinflussung durch Dritte empfänglich machen konnte.

Brooke wusste, dass es Connie finanziell gut ging. Seine Frau war zwar vor Jahren nach einer langen Krankheit gestorben, die Connies Ersparnisse aufgezehrt hatte, aber er wohnte in einem hübschen Haus, das viel mehr wert war, als er einst dafür bezahlt hatte. Seine Kinder hatten das College absolviert, und seine Pension war ihm sicher. Er konnte sich auf ein angenehmes Rentnerdasein freuen.

Brooke selbst und ihre finanzielle Lage hingegen waren

in grottenschlechtem Zustand. Studium für die Kinder? Nicht dran zu denken. Sie konnte sich glücklich schätzen, wenn sie ihnen weiterhin den Besuch einer privaten Grundschule zahlen konnte. In Kürze würde sie auch das Haus nicht mehr ihr Eigen nennen; es wurde im Zuge der Scheidung verkauft. Die Eigentumswohnung, die Brooke im Auge hatte, besaß ungefähr die Größe der Bude, die sie nach ihrem Abgang vom College gemietet hatte. Für einen Single war es dort gemütlich. Aber eine Erwachsene und zwei lebhafte Kinder konnten die Gemütlichkeit leicht in ein Chaos verwandeln. Und konnte sie sich die Tagesmutter dann noch leisten? Aber was blieb ihr angesichts ihrer Arbeitszeiten anderes übrig? Sie konnte die Kinder abends ja nicht allein lassen.

In jeder anderen Firma hätte sie vermutlich schon auf der Abschussliste gestanden. Aber beim FBI war die Scheidungsrate so hoch, dass Brookes kaputte Ehe das Radar der Organisation nicht mal zum Piepsen brachte. Eine Laufbahn beim FBI war für ein glückliches, normales Leben eben nicht geeignet.

Sie blinzelte; dann bemerkte sie, dass Connie sie noch immer anschaute. Verdächtigte er sie tatsächlich, die undichte Stelle zu sein? Hielt er sie für schuldig an Ken Newmans Tod? Brooke wusste, dass einiges gegen sie sprach. Ken war ausgerechnet an dem Abend ums Leben gekommen, an dem er sie vertreten hatte. Sie wusste, dass Paul Fisher so dachte, und sie war ziemlich sicher, dass Connie nun auch so empfand.

Sie riss sich zusammen. »Im Moment«, sagte sie, »kommen wir, was die undichte Stelle betrifft, nicht weiter. Konzentrieren wir uns also auf das Machbare.«

»Gut. Wie sieht unser nächster Schritt aus?«

»Wir treiben die Ermittlungen so energisch wie möglich voran. Wir stöbern Faith Lockhart auf. Hoffen wir, dass sie ihre Kreditkarten benützt, wenn sie Flug- oder Eisenbahntickets kauft. Tut sie es, haben wir sie. Wir sollten uns wenigstens bemühen, den Mörder zu finden. Buchanan muss beschattet werden. Wir müssen das Videoband rekonstruieren, damit wir wissen, wer im Haus war. Ich möchte, dass du als Verbindungsmann zur VCU arbeitest. Es gibt viele lose Fäden bei der Sache, aber wenn wir nur einen oder zwei zu fassen kriegen, könnten wir uns daran entlanghangeln.«

»Ist das nicht immer so?«

»Momentan sitzen wir *wirklich* in der Klemme, Connie.«

Connie nickte nachdenklich. »Ich habe gehört, dass Fisher hier war. Dachte mir schon, dass er vorbeikommt.«

Brooke antwortete nicht, also sprach Connie weiter.

»Vor dreizehn Jahren habe ich mal gemeinsam mit der Drogenfahndung eine verdeckte Ermittlung in einer Rauschgiftsache in Texas geleitet. In Brownsville.« Er hielt kurz inne, als überlegte er, ob er weitererzählen solle. »Unser offizielles Ziel bestand darin, den Strom des Kokains zu unterbrechen, das über die mexikanische Grenze kam. Unser inoffizielles Ziel war, die Sache so durchzuziehen, dass die mexikanische Regierung nicht wie eine Horde Bekloppter dastand. Aus diesem Grund hatten wir offene Kommunikationsverbindungen mit den Kollegen in Mexico City. Vielleicht waren sie *zu* offen, denn es gab südlich der Grenze wüste Korruption auf allen Ebenen. Aber wir sind so vorgegangen, damit die mexikanischen Behörden sich den Ruhm mit uns teilen konnten, nachdem wir die ganze Arbeit erledigt und die Spuren gesichert hatten, die bis zu dem Drogenkartell reichten. Nach zwei Jahren Vorbereitung standen wir in den Startlöchern. Es sollte eine Riesenaktion werden. Aber unsere Pläne wurden verraten, und meine Jungs sind in einen Hinterhalt gerannt, bei dem zwei Mann starben.«

»Ich hab von dem Fall gehört. Aber ich wusste nicht, dass du auch dabei warst.«

»Damals hast du wahrscheinlich noch mit Puppen gespielt.«

Brooke wusste nicht, ob er sie veräppeln wollte, beschloss aber, nicht auf die Bemerkung zu reagieren.

»Nachdem die Sache schief gegangen war«, fuhr Connie

fort, »bekam ich Besuch von einem jungen Karrieristen aus dem Hauptquartier, der nicht mal wusste, an welchem Ende man eine Pistole hält. Er hat mich freundlich wissen lassen, man würde meinen Arsch grillen, wenn ich die Sache nicht aufkläre. Aber es gab eine Bedingung: Sollte ich herausfinden, dass die mexikanischen Kollegen uns verschaukelt hatten, sollte ich das nicht als Entschuldigung anführen. Wegen der internationalen Beziehungen, hat der Schnösel gesagt. Ich sollte mich also zum Nutzen der Welt ins Schwert stürzen.« Connies Stimme bebte, als er den letzten Satz aussprach.

Brooke bemerkte, dass sie den Atem anhielt. Es war untypisch für Connie, dass er so viel redete. Im Wörterbuch stand sein Bild möglicherweise gleich neben dem Begriff »wortkarg«.

Er trank noch einen Schluck Kaffee; dann wischte er sich mit dem Handrücken den Mund ab. »Weißt du was? Ich habe die undichte Stelle in den höchsten Kreisen der mexikanischen Polizei gefunden, habe ein großes X auf die Stirn der Schweinehunde gemalt und bin nach Hause gefahren. Wenn meine Vorgesetzten nichts dagegen tun wollten – na schön. Aber ich wollte lieber verrecken, als für was den Kopf hinzuhalten, wofür ich nichts konnte.« Er schaute Brooke fest an. »Die internationalen Beziehungen«, sagte er, und ein verbittertes Lächeln legte sich auf seine Lippen. Er stützte sich mit den Ellbogen auf dem Schreibtisch ab.

Will er mich provozieren, fragte sich Brooke. Rechnet er damit, irgendwann ein X auf meiner Stirn zu hinterlassen, oder fordert er mich auf, eins auf seine Stirn zu malen?

»Das ist seitdem mein offizielles Motto«, sagte Connie.

»Was?«

»Scheiß auf die internationalen Beziehungen!«

KAPITEL 21

Mitarbeiter des FBI und der CIA bewegten sich durch die Abflughalle, wobei die einen nicht die geringste Ahnung von der Anwesenheit der anderen hatten. Thornhills Leute waren im Vorteil, denn sie wussten, dass Lee Adams möglicherweise mit Faith Lockhart zusammen unterwegs war. Die FBI-Agenten dagegen suchten nur eine Frau.

Ohne sie zu bemerken, ging Lee an zwei FBI-Leuten vorbei, die wie Geschäftsleute gekleidet waren und Aktenkoffer und das *Wall Street Journal* trugen. Sie nahmen ebenso wenig Notiz von ihm wie von Faith, die kurz vorher an den Männern vorübergegangen war.

Lee ging langsamer, als er zum Hauptschalter kam. Faith sprach gerade mit einer Angestellten. Es sah eigentlich ganz gut aus, und Lee hatte seines mangelnden Vertrauens wegen plötzlich ein schlechtes Gewissen. Er eilte an eine Ecke und wartete ab.

Am Schalter legte Faith ihren falschen Führerschein vor und kaufte drei Flugscheine. Zwei lauteten auf den Namen Suzanne Blake und Charles Wright. Die Angestellte warf kaum einen Blick auf ihr Foto. Faith dankte Gott dafür, obwohl sie andererseits annahm, dass die meisten Menschen ihren Fotos ohnehin nicht glichen. Der Flug nach Norfolk International ging in fünfundvierzig Minuten. Das dritte Ticket, das sie erwarb, lautete auf den Namen Faith Lockhart und galt für einen Flug nach San Francisco, mit Zwischenstop in Chicago. Die Maschine startete in vierzig Minuten; Faith hatte es auf den Monitoren gesehen. Westküste,

Großstadt. Sie konnte dort untertauchen, an der Küste entlangfahren, vielleicht sogar nach Mexico verschwinden. Sie wusste zwar noch nicht genau, wie sie es anstellen sollte, aber sie brauchte nur einen Schritt nach dem anderen zu tun.

Faith erklärte, dass sie das Ticket nach San Francisco für ihre Chefin kaufte, die in Kürze eintreffen würde.

»Dann muss sie sich aber beeilen«, sagte die Angestellte. »Sie muss noch einchecken. In zehn Minuten ist der erste Aufruf.«

»Das ist kein Problem«, versicherte Faith ihr. »Sie hat kein Gepäck, da kann sie gleich zum Ausgang.«

Die Angestellte händigte ihr die Flugscheine aus. Faith hatte sich gedacht, dass es unproblematisch sei, ihren richtigen Namen zu verwenden, da sie alle drei Tickets mit der Suzanne-Blake-Kreditkarte bezahlte. Und der einzige Ausweis, den sie sonst noch zum Einchecken hatte, war ihr echter. Faith Lockhart oder gar nichts. Es würde schon alles gut gehen.

Sie hätte sich nicht schlimmer irren können.

Als Lee Faith beobachtete, ließ ein Gedanke ihn zusammenzucken. Sein Schießeisen! Er musste die Waffe abgeben, bevor sie durch die Sicherheitskontrolle gingen, sonst gab es ein Chaos. Er eilte durch die Halle zum Schalter und erschien neben der überraschten Faith, legte ihr einen Arm um die Schultern und gab ihr einen Kuss auf die Wange.

»Hallo, Schatz. Tut mir Leid. Das Telefongespräch hat länger gedauert, als ich dachte.« Er schaute die Angestellte an und sagte beiläufig: »Ich hab eine Pistole dabei, die noch registriert werden muss.«

Die Angestellte kniff die Augen zusammen.

»Sind Sie Mr Wright?«

Lee nickte. Die Angestellte nahm sich die notwendigen Formulare vor. Lee zeigte ihr seinen falschen Ausweis, sie stempelte das Passagierticket entsprechend und gab die Information in den Computer ein. Lee reichte ihr die Waffe und die Munition und füllte eine Erklärung aus. Die Angestellte versiegelte den Behälter, in dem sich Waffe und Munition befanden; dann verließen Faith und Lee den Schalter.

»Tut mir Leid, dass ich das Schießeisen vergessen hab.« Lee schaute zur Sicherheitskontrolle. »Okay, sie haben Leute da vorn postiert. Wir müssen getrennt durchgehen. Bleib ganz ruhig. Du siehst überhaupt nicht wie Faith Lockhart aus.«

Obwohl Faith das Herz bis zum Hals schlug, kamen sie ohne Zwischenfall durch die Sicherheitskontrolle.

Als sie an den Fluginformationsmonitoren vorbeikamen, sah Lee ihren Ausgang. »Da lang.«

Faith nickte und schaute sich an, wie die Flugsteige angelegt waren. Der zur Maschine nach San Francisco war leicht erreichbar und zugleich weit genug von dem Ausgang nach Norfolk entfernt. Sie unterdrückte ein Lächeln. Es war perfekt.

Als sie weitergingen, musterte sie Lee. Er hatte eine Menge für sie getan. Bei dem, was sie vorhatte, fühlte sie sich zwar nicht gut, aber sie hatte sich eingeredet, dass es das Beste war. Für sie beide.

Sie erreichten den Ausgang zur Maschine nach Norfolk und hörten die Durchsage, dass sie in zehn Minuten an Bord gehen könnten. Eine ziemliche Menschenmenge hatte sich dort versammelt.

Lee schaute Faith an. »Du solltest lieber den Pendlerdienst wegen des Flugs nach Pine Island anrufen.«

Gemeinsam gingen sie zu einem Telefon, und Faith machte den Anruf.

»Alles klar«, sagte sie. »Jetzt können wir uns entspannen.«

»In Ordnung«, sagte Lee trocken.

Faith schaute sich um. »Ich muss mal.«

»Beeil dich.«

Sie ging davon. Lee schaute ihr nachdenklich hinterher.

KAPITEL 22

»Treffer!«, sagte der Mann vor dem Computermonitor. Er saß in einem Lieferwagen, der auf dem Flughafengelände stand. Das FBI hatte eine Verbindung mit den Fluggesellschaften, die dazu bestimmt war, die Reisen gesuchter Personen zu überwachen. Seit die meisten Fluggesellschaften ein gemeinsames Reservierungs- und Datensystem und einheitliche Codierungen verwendeten, war der Job des FBI etwas leichter geworden. Man hatte darum gebeten, den Namen Faith Lockhart in den elektronischen Reservierungssystemen der großen Gesellschaften hervorzuheben. Das hatte sich nun ausgezahlt.

»Sie hat gerade einen Flug nach San Francisco gebucht, der in einer halben Stunde startet«, sagte der Mann in sein Kopfhörermikrofon. »Bei United Airlines.« Er teilte die Flugnummer und den entsprechenden Ausgang mit. »Zugriff«, befahl er den Männern, die sich in der Halle aufhielten. Dann nahm er den Hörer auf, um Brooke Reynolds anzurufen.

Lee blätterte gerade eine Illustrierte durch, die jemand auf dem Sitz neben ihm liegen gelassen hatte, als zwei in Anzüge gekleidete Männer an ihm vorübereilten. Wenige Sekunden später stürmten zwei Leute in Jeans und Windjacken vorbei, die es in die gleiche Richtung zog.

Lee sprang sofort auf und schaute sich um, ob noch jemand im Anmarsch war. Doch er sah niemanden, der es eilig hatte, und folgte der Gruppe.

Die Jeans-Träger im Schlepptau, stürmten die FBI-Agenten an der Damentoilette vorbei. Eine Minute später trat Faith ins Freie. Inzwischen waren die Männer in der Menge untergetaucht.

Als Lee Faith aus der Toilette kommen sah, ging er langsamer. Noch ein falscher Alarm? Da Faith sich von ihm abwandte und in Gegenrichtung ging, wusste Lee, dass seine Befürchtungen berechtigt waren. Während er sie beobachtete, schaute sie auf ihre Armbanduhr und schritt schneller aus. Verdammt, sie wusste genau, was sie tat. Sie wollte eine andere Maschine nehmen. So, wie sie auf die Uhr geschaut hatte und beinahe losgerannt war, musste das Flugzeug gleich starten. Lee schob sich durch die Menge und suchte den Gang vor sich ab. Weiter vorn gab es noch zehn Ausgänge. Für ein paar Sekunden blieb er unter der elektronischen Anzeigetafel stehen und ließ den Blick über die Liste der aufgerufenen Flüge huschen. Dann suchte er einen Ausgang nach dem anderen ab, bis sein Blick auf der blinkenden »Boarding«-Meldung eines Fluges der United nach San Francisco haften blieb. Kurz darauf sah er, dass auch ein Flug nach Toledo startbereit war. Welcher war es? Es gab nur eine Möglichkeit, das herauszufinden.

Lee rannte los und eilte quer durch eine Wartezone. Es gelang ihm, Faith zu überholen, ohne dass sie es bemerkte. Dann blieb er abrupt in Sichtweite stehen, vor dem Ausgang zur Maschine nach San Francisco. Die Anzugträger, die an ihm vorbeigeeilt waren, standen am Ausgang und redeten mit einem nervös wirkenden United-Angestellten. Dann verschwand der steingesichtige Mann hinter einer Trennwand, und die Blicke der FBI-Leute hefteten sich auf die Menge und die Wartezone. Die Burschen waren eindeutig vom FBI. Also war Faith zur Maschine nach San Francisco unterwegs.

Aber irgendetwas passte nicht zusammen. Wenn sie den falschen Namen benützt hatte, wie ...? Dann verstand er. Sie konnte keinen falschen Namen für Flüge verwenden, die wenige Minuten nacheinander starteten. Es hätte die Frau am Schalter misstrauisch gemacht. Sie hatte ihren echten Namen angegeben, weil sie sich ausweisen musste, um an Bord zu kommen. Verdammt! Sie lief ihnen genau in die Arme. Sobald sie ihr Ticket vorzeigte, würde der Angestellte dem FBI ein Zeichen geben, und das war's dann.

Als Lee sich umdrehen wollte, sah er die beiden Männer in den Jeans und Windjacken, die zuvor an ihm vorbeigeeilt waren. Sein geschulter Blick sagte ihm, dass sie die FBI-Leute intensiv beobachteten, doch ohne diesen Eindruck zu erwecken. Lee schob sich näher an die beiden heran; da es draußen ziemlich finster war, konnte er ihre Gesichter im Fenster erkennen. Einer der beiden hielt irgendetwas in der Hand. Lee schlich noch näher heran – und es lief ihm eiskalt über den Rücken, als er sah, was es war. Oder was er dafür hielt. Nun nahm der Fall eine wahrhaft neue Dimension für ihn an.

Lee kämpfte sich bis zum Gang durch. Offenbar hatten sich sämtliche Bewohner Washingtons entschlossen, heute eine Flugreise zu machen. Er sah Faith auf der anderen Seite. Noch einen Augenblick, dann war sie an ihm vorbei. Er warf sich durch die Wand aus Menschen und stieß einen Kleidersack um, den jemand am Boden abgestellt hatte. Lee strauchelte, fiel zu Boden, doch seine Knie fingen die meiste Wucht ab. Als er aufsprang, war Faith an ihm vorbei. Er hatte nur noch ein paar Sekunden – falls überhaupt.

»Suzanne? Suzanne Blake?«, rief er.

Zuerst reagierte sie nicht. Dann aber blieb sie stehen und drehte sich um. Wenn sie ihn sah, rannte sie möglicherweise los; das wusste Lee. Aber dass sie stehen geblieben war, hatte ihm die Sekunden verschafft, die er brauchte. Augenblicke später war er hinter ihr.

Faith wäre beinahe zusammengebrochen, als er ihren Arm packte. »Dreh dich um und komm mit«, zischte er.

Sie zerrte an seinen Fingern. »Lee, du verstehst nicht. Bitte, lass mich gehen.«

»Nein, *du* verstehst nicht. Am Ausgang wartet das FBI auf dich.«

Bei seinen Worten erstarrte sie.

»Du hast Mist gebaut. Du hast die zweite Reservierung auf deinen Namen laufen lassen. So was wird überwacht, Faith. Sie wissen jetzt, dass du hier bist.«

So schnell sie konnten, eilten sie durch den Gang zum richtigen Ausgang. Die Passagiere gingen bereits an Bord der Maschine. Lee nahm die Taschen auf, doch statt ins Flugzeug zu steigen, bog er ab und zog Faith hinter sich her. Sie gingen durch die Sicherheitskontrolle zurück und näherten sich dem Aufzug.

»Wohin gehen wir?«, fragte Faith. »Die Maschine nach Norfolk fliegt gleich ab.«

»Wir verdünnisieren uns, und zwar schnell, bevor sie die ganze Abflughalle dichtmachen und nach uns abkämmen.«

Sie fuhren mit dem Aufzug in die untere Ebene und traten ins Freie. Lee winkte einem Taxi. Sie stiegen ein. Lee nannte dem Fahrer eine Adresse in Virginia, und der Wagen fuhr los. Erst dann schenkte er Faith einen Blick.

»Wir können nicht mit der Maschine nach Norfolk fliegen.«

»Und warum nicht? Das Ticket läuft doch auf meinen anderen Namen.«

Lee warf dem Taxifahrer einen Blick zu. Es war ein alter Knabe, der zusammengesunken auf seinem Sitz hockte und der Country-Musik aus dem Radio lauschte.

Lee sprach leise weiter. »Weil sie jetzt als Erstes am Schalter nachprüfen, wer den Flugschein für Faith Lockhart bezahlt hat. Dann wissen sie, dass es Suzanne Blake war. Und dann wissen sie auch, dass Charles Wright mit dir fliegen wollte. Und sie bekommen eine Beschreibung von uns. Dann überprüfen sie die Reservierungen für Blake und Wright. Wären wir in Norfolk ausgestiegen, hätte das FBI uns dort erwartet.«

Faith erbleichte. »Die sind so schnell?«

Lee bebte vor Wut. »Was glaubst du, mit wem du es hier zu tun hast? Mit irgendwelchen Trotteln?« In einem plötzlichen Wutausbruch schlug er sich mit der Hand auf den Schenkel. »Verdammte Scheiße!«

»Was?«, sagte Faith erschreckt. »Was ist?«

»Sie haben meine Kanone! Sie ist auf meinen Namen registriert. Auf meinen *echten* Namen. Verdammt! Jetzt bin ich wegen Beihilfe dran. Jetzt hab ich sie *auch* am Hals!« Verzweifelt schlug er die Hände vors Gesicht. »Heute muss mein Glückstag sein. Es ist einfach zu schön, um wahr zu sein.«

Faith hätte am liebsten seine Schulter gestreichelt, zog dann aber die Hand zurück und schaute aus dem Fenster. »Tut mir Leid. Tut mir wirklich Leid.« Sie drückte eine Hand gegen die Scheibe und ließ die Kälte des Glases auf ihre Haut einwirken. »Hör mal ... Bring mich einfach zum FBI. Ich werde die Wahrheit erzählen.«

»Das wäre großartig, aber leider wird das FBI dir nicht glauben. Außerdem ist da noch was ...«

»Was denn?« Faith fragte sich, ob er ihr nun erzählen würde, dass er für Buchanan arbeitete.

»Nicht jetzt.« Lee dachte in diesem Moment an die anderen Männer, die er am Ausgang der Abflughalle gesehen hatte. Und an das, was sie in den Händen gehalten hatten. »Im Moment möchte ich lieber von dir wissen, was das vorhin sollte.«

Faith blickte aus dem Fenster auf den bewegten grauen Potomac. »Ich weiß nicht genau, ob ich es erklären kann«, erwiderte sie so leise, dass er sie kaum verstand.

»Tja, dann solltest du dich bemühen«, sagte er mit fester Stimme. »Und zwar ernsthaft.«

»Ich glaube nicht, dass du es verstehen würdest.«

»So blöd bin ich nun auch nicht.«

Faith wandte sich schließlich zu ihm um. Ihr Gesicht war gerötet, ihr Blick konnte dem seinen nicht standhalten. Nervös befingerte sie den Saum ihrer Jacke. »Ich hielt es für besser, du bist nicht bei mir. Ich hab mir gedacht, dann bist du sicherer.«

Lee wandte zornig den Blick zur Seite. »Schwachsinn.«

»So ist es aber!«

Er wirbelte zu ihr herum und griff so fest in ihre Schulter, dass sie sich vor Schmerzen krümmte. »Hör zu, Faith, sie waren in meiner Wohnung. Wer sie auch sind. Sie wissen, dass ich in der Sache mit drinhänge. Ob ich nun mit dir zusammen bin oder nicht – es ändert nichts an der Gefahr, in der ich stecke. Es macht sie höchstens noch schlimmer. Und du rennst herum und versuchst, mich zu linken! Das ist wirklich verdammt hilfreich.«

»Aber sie wussten doch schon, dass du mit drinsteckst. Sie waren doch in deiner Wohnung.«

Lee schüttelte den Kopf. »Die waren nicht vom FBI.«

Faith schaute erschreckt auf. »Woher dann?«

»Weiß ich nicht. Aber das FBI tarnt sich nicht als UPS. FBI-Regel Nummer eins: Eine überlegene Streitmacht ist unschlagbar. Sie wären mit hundert Mann, einem Spezialkommando für die Befreiung von Geiseln, mit Hunden, mit schusssicheren Westen und was weiß ich angerückt. Ein solches Kommando stürmt rein, packt dich an Arsch und Kragen und fertig aus.« Lees Stimme wurde ruhiger, als er die Dinge überdachte. »Aber die Typen, die in der Abflughalle auf dich gewartet haben, *waren* vom FBI.« Er nickte nachdenklich. »Sie haben nicht mal vertuscht, wer sie sind.« Und die beiden anderen Kerle am Ausgang? Jetzt wurden keine Wetten mehr angenommen. Aber er wusste, dass Faith sich glücklich schätzen konnte, noch am Leben zu sein.

»Ach, übrigens, du kannst dich bei mir bedanken, dass ich schon wieder deinen Hintern gerettet habe. Ein paar Sekunden später wärst du wieder im FBI-Land gewesen, wo man dir mehr Fragen gestellt hätte, als du beantworten kannst. Vielleicht hätte ich einfach zulassen sollen, dass sie dich schnappen«, fügte er müde hinzu.

»Warum hast du es nicht getan?«, fragte sie leise.

Lee hätte beinahe aufgelacht. Das ganze Erlebnis kam ihm wie ein Traum vor. *Aber wann werde ich erwachen?*

»Ich hatte wahrscheinlich einen Anfall von Schwachsinn.«

Faith versuchte zu lächeln. »Gott sei Dank.«

Er erwiderte ihr Lächeln nicht. »Von jetzt an sind wir siamesische Zwillinge. Am besten bereitest du dich schon mal darauf vor, einem Mann beim Pieseln zuzuschauen, weil wir von nun an nämlich keinen Schritt mehr ohne den anderen machen.«

»Lee ...«

»Ich will nichts hören. Sag jetzt bloß nichts mehr.« Seine Stimme zitterte. »Bei Gott, ich bin nah daran, dich windelweich zu schlagen.« Er machte eine Schau daraus, den Arm auszustrecken und seine große Hand um ihr Gelenk zu legen. Wie eine Handschelle aus Fleisch und Blut. Dann lehnte er sich zurück und starrte ins Nichts.

Faith machte keinen Versuch, die Hand wegzuziehen, obwohl sie es gekonnt hätte. Aber Lee sah wirklich so aus, als könnte er ihr im nächsten Moment eine runterhauen. Womöglich war Lee Adams in seinem ganzen Leben noch nicht so wütend gewesen. Schließlich lehnte sie sich zurück und gab sich alle Mühe, ruhiger zu werden. Ihr Herz schlug so schnell, dass es ihr unmöglich erschien, dass die Blutgefäße dem Druck standhielten. Vielleicht ersparte sie dem Rest der Welt eine Menge Ärger, wenn sie jetzt einen Herzschlag bekam und tot umfiel.

In Washington konnte man über alles lügen: Sex, Geld, Macht und Treue. Man konnte Unwahrheiten in Wahrheiten verwandeln und schlichte Tatsachen zu Lügen verdrehen. Faith hatte all das schon erlebt. Diese Stadt gehörte zu den frustrierendsten und grausamsten Orten der Erde. Hier verließ man sich aus Gründen des Überlebens auf alte Bündnisse und schnelle Beine, denn jeder neue Tag, jede neue Beziehung konnte einen großen Triumph oder das Ende bedeuten. Faith war bei dieser Arbeit aufgeblüht. Sie hatte sie sogar gern getan. Bis heute.

Sie traute sich nicht, Lee Adams anzuschauen, denn sie fürchtete sich vor dem, was sie in seinen Augen zu sehen bekam. Sie hatte nur noch ihn. Obwohl sie den Mann kaum kannte, war es ihr aus irgendeinem Grund wichtig, seine

Achtung, sein Verständnis zu erlangen. Sie wusste, dass sie weder das eine noch das andere von ihm bekommen würde. Sie hatte es nicht verdient.

Durch das Seitenfenster beobachtete sie ein Flugzeug, das rasch an Höhe gewann. In wenigen Sekunden würde es in den Wolken verschwinden, und die Passagiere würden nur noch eine weiße, bauschige Schicht Kumuluswolken unter sich sehen. Als wäre die Welt darunter plötzlich verschwunden. Warum saß sie jetzt nicht in der Maschine und flog an einen Ort, an dem sie für immer bleiben konnte? Warum gab es keinen solchen Ort? Warum nicht?

KAPITEL 23

Brooke Reynolds saß mit finsterer Miene an dem kleinen Tisch. Ihr Kinn ruhte auf ihrer Hand, und sie fragte sich, ob in diesem Fall irgendwann mal etwas gut lief. Man hatte Ken Newmans Wagen gefunden. Er war von einem Profi gesäubert worden, sodass die »Experten« des FBI keine brauchbaren Hinweise gefunden hatten. Brooke hatte es soeben vom Labor erfahren. Und an dem Videoband wurde noch immer gearbeitet. Doch am schlimmsten hatte Brooke die Meldung getroffen, dass Faith Lockhart ihnen durch die Finger geschlüpft war. Wenn es so weiterging, würde man sie bestimmt bald zur FBI-Direktorin befördern. Sobald sie in ihrem Büro eintraf, da war sie sicher, würde es dort von Meldungen des Dienst habenden Direktor-Stellvertreters nur so wimmeln. Und nicht sehr schmeichelhaften, stand zu befürchten.

Brooke und Connie hielten sich in einem abgeschlossenen, der Öffentlichkeit nicht zugänglichen Teil des Reagan-Flughafens auf. Sie hatten die Angestellte, die Faith Lockhart die Tickets verkauft hatte, ausgiebig verhört und sich sämtliche Überwachungsvideos angeschaut. Die Angestellte hatte Faith Lockhart auf Anhieb herausgefunden. Brooke nahm jedenfalls an, dass es Faith gewesen war. Man hatte der Frau ein Foto von Faith Lockhart gezeigt, und sie war sich ziemlich sicher gewesen, dass die beiden Personen identisch waren.

Wenn es stimmte, hatte Faith ihr Aussehen beträchtlich verändert. Soweit Brooke es anhand der Überwachungsvideos erkennen konnte, hatte sie ihr Haar kurz geschnitten und gefärbt. Und nun hatte sie auch Hilfe. Denn die Kamera hatte einen hoch gewachsenen, gut gebauten Mann aufgenommen, der mit ihr zusammen gewesen war. Brooke hatte inzwischen auch die üblichen Befragungen – einschließlich der Taxifahrer – auf dem Flughafen angeleiert. Außerdem überprüften die Kollegen Norfolk, für den Fall, dass die beiden dort weitere Arrangements für ihre Reise getroffen hatten. Bis jetzt hatte sich noch nichts ergeben. Sie hatten allerdings eine vielversprechende Spur.

Brooke öffnete den metallenen Waffenbehälter und begutachtete die SIG-Sauer. Connie lehnte derweil an der Wand und starrte finster ins Nichts. Man hatte dem Schießeisen bereits die Fingerabdrücke abgenommen. Das Ergebnis lief soeben durch die Datenbanken des FBI. Aber sie hatten sogar noch etwas Besseres zu bieten: Die Waffe war registriert, und sie hatten den Namen und die Adresse des Besitzers von der Polizei des Staates Virginia erfahren.

»Na schön«, sagte Brooke, »die Waffe ist also auf einen Lee Adams registriert. Wir bekommen ein Foto des Burschen vom DMV. Ich nehme an, dass Adams mit Faith Lockhart zusammen ist. Was wissen wir bis jetzt über ihn?«

Connie nahm einen Schluck Cola aus dem Becher, den er in der Hand hielt, und warf zwei Tabletten ein. »Privatdetektiv. Ist schon 'ne Weile im Geschäft. Scheint sauber zu sein, der Junge. Ein Paar von unseren Leute kennen ihn sogar und bezeichnen ihn als anständigen Kerl. Sein Foto legen wir der Schalterdame noch vor. Mal sehen, ob sie ihn identifizieren kann. Das ist im Moment alles. Aber wir kriegen bald mehr.« Er warf einen Blick auf die Waffe. »Wir haben im Wald hinter dem Cottage Patronenhülsen gefunden. Aus einer Pistole. Einer Neun-Millimeter. Und der Anzahl der gefundenen Patronen nach hat der Schütze das ganze Magazin auf jemand abgefeuert.«

»Glaubst du, das ist *die* Pistole?«

»Wir haben zwar keine Kugeln gefunden, mit denen wir Vergleiche vornehmen könnten, aber die Ballistik wird uns Bescheid geben, ob die Bolzensignatur auf den gefundenen

Hülsen zu denen passt, die aus dieser Pistole abgeschossen wurden.« Connie meinte damit die Einkerbungen, die der Schlagbolzen einer Waffe am Boden einer Patronenhülse hinterließ; eine Markierung, die so einmalig war wie ein Fingerabdruck. »Da wir auch seine Munition haben, können wir Testschüsse abgeben, was natürlich ideal ist. Außerdem lassen wir die Patronenhülsen auf Fingerabdrücke prüfen. Das bestätigt zwar nicht eindeutig, ob Adams dort war – schließlich hätte er die Pistole vorher laden und ein anderer sie am Cottage abfeuern können –, aber es ist immerhin etwas.«

Sie wussten beide, dass die Oberfläche von Patronenhülsen sich viel besser zur Abnahme brauchbarer Abdrücke eigneten als der Griff einer Pistole.

»Wäre prima, wenn wir seine Fingerabdrücke auch im Innern des Hauses fänden.«

»Die VCU hat nichts entdeckt. Lee Adams kennt sich offenbar in dem Metier aus. Hat wahrscheinlich Handschuhe getragen.«

»Wenn die Ballistik Recht hat, dürfte Adams derjenige sein, der den Mordschützen verwundet hat.«

»Dass er die ganzen Schüsse nicht auf Ken abgefeuert hat, steht fest, und eine SIG taugt auf große Entfernungen nichts. Wenn Adams Ken mit einem Pistolenschuss im Dunkeln auf diese Distanz getroffen hat, müssen wir ihm in Quantico einen Job auf dem Schießplatz besorgen.«

Brooke schaute skeptisch drein.

Connie fuhr fort: »Das Labor hat außerdem bestätigt, dass das Blut im Wald eindeutig von einem Menschen stammt. Wir haben auch eine Kugel in der Nähe der Stelle gefunden, an der die vielen Pistolen-Patronenhülsen lagen. Die Kugel ist in einen Baum eingeschlagen. Wir haben auch mehrere Hülsen in der Nähe der Stelle gefunden, an der das Blut entdeckt wurde. Hülsen von Gewehrkugeln. Stahlmantelgeschosse, schweres Kaliber. Selbst gemacht, ohne Herstellercodierung oder Kalibergravur. Das Labor sagt aber, dass der Schütze statt eines Ambosszündhütchens eine Berdan-Zündvorrichtung verwendet hat.«

Brooke schaute ihn jäh an. »Berdan? Es war also ein europäisches Fabrikat?«

»Es gibt heutzutage zwar eine Menge verrückte Varianten, aber es sieht ganz so aus.«

Brooke war mit Berdan-Zündern bestens vertraut. Der Unterschied zu amerikanischen Produkten bestand im Prinzip darin, dass Berdan-Zünder keinen integralen Amboss besaßen. Der Amboss war in die Patronenhülse eingesetzt und bildete in der Zündhütchentasche einen winzigen t-förmigen Vorsprung mit zwei Zündkanälen, damit der explodierte Zünder an das Pulver herankam. Ihrer Meinung nach eine kluge und wirkungsvolle Konstruktion.

Wenn man den Abzug einer Waffe betätigte, hämmerte der Schlagbolzen auf das Zündhütchen, presste den Zünder zwischen Hütchen und Amboss zusammen und brachte ihn zur Explosion. Diese Mini-Explosion wiederum schoss durch die Zündkanäle und entzündete das Pulver, das eine Temperatur von mehr als 5000 Grad Fahrenheit entwickelte. Eine Millisekunde später fegte die Kugel durch den Lauf, und bevor man auch nur blinzeln konnte, gab es wahrscheinlich einen Toten.

Schießeisen waren in Amerika die am meisten verbreitete Mordwaffe; jeden Tag wurden in den USA 55 Menschen mit Schusswaffen ermordet. Daraus folgte, dass Brooke und ihre Kollegen sich über Mangel an Arbeit nicht beklagen konnten.

»Hülsen europäischer Produktion deuten vielleicht auf die ausländischen Interessengruppen hin, von denen Lockhart berichtet hat«, murmelte sie halb in Gedanken vor sich hin. »Demnach sind Adams und der Mordschütze aneinander geraten. Und Adams hat gesiegt.« Sie schaute ihren Partner nachdenklich an. »Gibt's irgendwelche Verbindungen zwischen Adams und ihr?«

»Keine, die wir im Moment überblicken können, aber wir haben ja gerade erst angefangen.«

»Ich habe noch eine Theorie, Connie: Adams ist aus dem

Wald gekommen, hat Ken umgebracht und ist wieder im Wald verschwunden. Er könnte über irgendwas gestolpert und gestürzt sein und sich dabei geschnitten haben. Vielleicht ist das die Erklärung für die Blutspuren. Ich weiß, dass es nicht die Gewehrkugel erklärt, aber wir dürfen diese Möglichkeit nicht außer Acht lassen. Könnte doch sein, dass Adams ebenfalls ein Gewehr hatte. Die Kugel könnte aus der Waffe eines Jägers stammen. In den Wäldern dort in der Gegend wird doch bestimmt gejagt.«

»Na, hör mal, Brooke. Der Typ kann sich doch nicht selbst beschießen. Vergiss nicht die beiden unterschiedlichen Arten von Patronenhülsen, die gefunden wurden. Kein Jäger, den ich kenne, steht irgendwo herum und ballert einen Schuss nach dem anderen auf seine Beute ab. Jäger legen vielleicht ihre Kameraden oder sich selbst um. Deswegen schreiben die meisten Staaten vor, dass Gewehrmagazine nur eine bestimmte Anzahl von Patronen enthalten dürfen. Die Hülsen haben nicht lange dort gelegen.«

»Na schön, na schön. Aber ich bin einfach nicht bereit, Adams jetzt schon zu trauen.«

»Glaubst du, ich? Ich traue meiner eigenen Mutter nicht, Gott habe sie selig. Aber ich kann auch die Tatsachen nicht ignorieren. Faith Lockhart verschwindet mit Kens Wagen? Und Adams lässt seine Stiefel zurück, bevor er wieder im Wald untertaucht? Also wirklich, das glaubst du doch selbst nicht.«

»Ich deute nur Möglichkeiten an, Connie. Ich sage ja nicht, dass es so oder so gewesen ist. Aber mich lässt die Frage nicht los, wer Ken so erschreckt hat, dass er die Waffe zog. Wenn der Schütze im Wald war, kann *der* es nicht gewesen sein.«

Connie rieb sich das Kinn. »Ja, das stimmt.«

Brooke schnippte plötzlich mit den Fingern. »Verdammt, die Tür! Wieso hab ich nicht gleich daran gedacht? Als wir zum Cottage kamen, stand die Tür weit offen. Ich weiß es noch genau. Sie geht nach außen auf, also muss Ken sie gesehen haben, als er darauf zugehen wollte. Was hätte er in einem solchen Fall getan? Er hätte seine Kanone gezogen.«

»Dann hätte er vielleicht auch die Stiefel gesehen. Es war zwar dunkel, aber so groß ist die hintere Veranda ja nun auch nicht.« Connie trank noch einen Schluck Cola und rieb sich die linke Schläfe. »Die Scheiß-Tabletten wollen nicht wirken. Tja, sobald die Jungs im Labor das Videoband hingekriegt haben, wissen wir genau, ob Adams im Cottage war.«

»*Falls* sie es hinkriegen. Aber was hatte er überhaupt dort zu suchen?«

»Vielleicht hat jemand ihn engagiert, um Lockhart zu beschatten.«

»Buchanan?«

»Der würde auf meiner Liste ganz oben stehen.«

»Aber wenn Buchanan den Schützen angeheuert hat, um Lockhart ermorden zu lassen, hätte er Adams doch kaum als Zeugen an den Tatort geschickt?«

Connie zog die Schultern hoch und ließ sie wieder sinken, wie ein Bär, der sich den Rücken an einem Baum kratzt. »Es ergibt wirklich keinen Sinn.«

»Tja, dann mache ich die Sache noch ein bisschen komplizierter für dich. Lockhart hat *zwei* Tickets für einen Flug nach Norfolk gekauft. Aber nur *eins* nach San Francisco – unter ihrem richtigen Namen.«

»Und auf dem Flughafen-Video kannst du Adams hinter unseren Jungs herrennen sehen.«

»Glaubst du, Lockhart wollte sich absetzen?«

»Die Frau vom Schalter sagt, Adams sei erst dazugekommen, als Lockhart die Tickets schon gekauft hatte. Und das Video zeigt, dass Adams sie aus jenem Bereich des Flughafens zurückbringt, an der sich der Ausgang zur Maschine nach San Francisco befindet.«

»Dann ist ihre Partnerschaft möglicherweise nicht ganz freiwillig entstanden«, sagte Brooke. Als sie Connie anschaute, kam ihr plötzlich eine Idee. *Vielleicht wie unsere?*

»Weißt du, was mir wirklich gefallen würde?«, sagte sie.

Connie runzelte die Brauen.

»Ich würde Mr Adams gern seine Stiefel zurückbringen. Haben wir seine Privatanschrift?«

»North Arlington. Ist höchstens zwanzig Minuten von hier.«

Brooke stand auf. »Gehen wir.«

KAPITEL 24

Als Connie den Wagen an dem Bordstein parkte, schaute Brooke zu dem alten Sandsteinhaus hinauf. »Adams scheint es sehr gut zu gehen. Das hier ist keine billige Gegend.«

Connie schaute sich um. »Vielleicht sollte ich mein Haus verkaufen und mir in dieser Ecke eine Wohnung zulegen. Durch die Straßen schlendern, im Park sitzen, das Leben genießen.«

»Denkst du schon ans Altenteil?«

»Wenn man Ken in einem Leichensack gesehen hat, ist man nicht mehr scharf darauf, so was sein Leben lang zu tun.«

Sie traten an die Haustür und bemerkten die Videokamera. Connie drückte auf den Klingelknopf.

»Wer ist da?«, fragte eine grimmige Stimme.

»FBI«, sagte Brooke. »Agentin Reynolds, Agent Constantinople.«

Wider Erwarten wurde die Tür nicht geöffnet.

»Zeigen Sie mir Ihre Marken«, verlangte die ältlich klingende Stimme. »Halten Sie sie vor die Kamera.«

Die beiden Agenten schauten sich an. Brooke lächelte. »Seien wir lieb und tun wir, was sie verlangt, Connie.«

Sie hielten ihre Ausweise vor die Kamera. Sie waren identisch: goldene Marken, die an der Außenseite einer Ausweishülle befestigt waren, sodass man zuerst die Dienstmarke und dann das Foto sah. Sie sollten einschüchternd wirken. Und das taten sie auch. Kurz darauf hörte man, wie im Inneren des Gebäudes eine Tür geöffnet wurde. Dann erschien hinter den Scheiben der altmodischen Flügeltür das Gesicht einer Frau.

»Zeigen Sie's mir noch mal«, sagte sie. »Meine Augen sind nicht mehr so gut.«

»Ma'am ...«, setzte Connie mit aufkeimendem Zorn an, doch Brooke stieß ihm den Ellbogen in die Rippen. Sie wiesen sich noch einmal aus.

Die Frau beäugte sie eingehend; dann öffnete sie die Tür.

»Tut mir Leid«, sagte sie, als sie eintraten. »Aber nach dem Durcheinander von heute Morgen möchte ich am liebsten meine Sachen packen und verschwinden. Dabei wohne ich doch schon zwanzig Jahre hier.«

»Was für ein Durcheinander?«, fragte Brooke, hellhörig geworden.

Die Frau schaute sie misstrauisch an. »Wen wollen Sie sprechen?«

»Lee Adams«, sagte Brooke.

»Das habe ich mir gedacht. Nun, er ist nicht da.«

»Haben Sie eine Ahnung, wo er sein könnte, Mrs ...«

»Carter. Angie Carter. Nein, ich habe keine Ahnung, wo er abgeblieben ist. Ist heute Morgen fortgegangen. Seitdem habe ich ihn nicht mehr gesehen.«

»Und was ist heute Morgen passiert?«, fragte Connie. »Es war doch heute Morgen, oder?«

Mrs Carter nickte. »Ziemlich früh. Ich saß gerade beim Kaffee, als er mich anrief und sagte, ich soll Max hinaufschicken, weil er weg wollte.« Sie schauten die Frau neugierig an. »Max ist ein Schäferhund.« Ihre Lippen zitterten kurz. »Das arme Tier.«

»Was ist mit dem Hund?«, fragte Brooke.

»Sie haben ihn angeschossen. Er kommt wieder auf die Beine, aber sie haben ihn ganz schön erwischt.«

Connie trat näher an die alte Frau heran. »Wer hat ihn angeschossen?«

»Gehen wir doch lieber in Ihre Wohnung, Mrs Carter, und unterhalten wir uns da«, schlug Brooke vor.

Die Wohnung war mit bequemen alten Möbeln und winzigen Regalen mit allerlei Nippes vollgestellt. Es roch nach angebranntem Grünkohl und Zwiebeln.

Als sie Platz genommen hatten, sagte Brooke: »Es wäre vielleicht besser, wenn Sie von vorn anfangen und wir Ihnen zwischendurch Fragen stellen könnten.«

Mrs Carter berichtete, sie habe sich einverstanden erklärt, sich um Lees Hund zu kümmern. »Das tue ich oft, weil Lee oft weg ist. Er ist nämlich Privatdetektiv.«

»Das wissen wir. Er hat also nicht gesagt, wohin er will? Hat er gar nichts gesagt?«, fragte Connie drängend.

»Das tut er nie. Es heißt ja nicht umsonst *Privatdetektiv*. Lee hat seinen Beruf immer ernst genommen.«

»Hat er irgendwo ein Büro?«

»Nein, das Büro ist in seiner Wohnung. Er kümmert sich auch ums Haus. Er hat die Kamera draußen angebracht und die Türen gesichert. Solche Sachen. Hat auch nie einen Cent dafür genommen. Wenn jemand im Haus ein Problem hat – die meisten Mieter sind in meinem Alter –, geht er zu Lee. Und der kümmert sich dann darum.«

Brooke lächelte herzlich. »Hört sich so an, als wäre er ein netter Kerl. Aber erzählen Sie weiter.«

»Tja, ich hatte Max gerade beruhigt, als der UPS-Mann kam. Habe ihn durchs Fenster gesehen. Dann rief Lee an und sagte, ich soll Max rauslassen, und ...«

Brooke unterbrach sie. »Hat er aus dem Haus angerufen?«

»Keine Ahnung. Die Verbindung war aber nicht gut. Könnte eines von diesen neumodischen Handys gewesen sein. Aber das Komische ist ... Ich habe ihn nicht weggehen sehen. Kann aber auch sein, dass er hinten raus und die Feuerleiter runter ist.«

»Wie hat er geklungen?«

Mrs Carter legte die Hände zusammen und dachte über die Frage nach. »Tja, ich nehme an, er war wegen irgendetwas sauer. Es überraschte mich, dass ich Max rauslassen sollte. Wie gesagt, ich hatte ihn gerade erst beruhigt. Lee hat gesagt, er müsse ihm noch eine Spritze geben oder so was. Das habe ich zwar nicht verstanden, aber ich hab getan, was er wollte. Und dann brach die Hölle los.«

»Haben Sie den UPS-Mann gesehen?«

Mrs Carter schnaubte. »Er war kein UPS-Mann. Er hatte zwar eine UPS-Uniform an, aber ich hab den Mann hier noch nie gesehen.«

»Vielleicht ein Ersatzmann. Eine Aushilfe.«

»Ich habe noch nie einen UPS-Mann mit einem Schießeisen gesehen. Sie etwa?«

»Ein Schießeisen?«

Sie nickte. »Als er die Treppe heruntergelaufen kam. Er hatte eine Pistole in der Hand. Die andere Hand hat geblutet. Aber der Reihe nach. Vorher habe ich Max bellen gehört wie noch nie. Dann kam es zu Tätlichkeiten, ich habe es genau gehört. Füßestampfen ... und ein Mann hat geschrien ... und Max' Krallen auf dem Holzfußboden. Dann habe ich einen Plumps gehört, und dann hat der arme alte Max geheult. Und dann schlug jemand auf Lees Tür ein. Dann hörte ich eine Menge Leute die Feuerleiter hinaufrennen. Ich habe aus dem Küchenfenster geschaut, und tatsächlich, da stiegen Männer die Feuerleiter rauf. Es war wie im Fernsehen. Ich bin nach vorn gegangen und habe durch das Guckloch geschaut. Da rannte der UPS-Mann durch die Haustür raus. Ich nehme an, er ist hinten herum zu den anderen. Ich weiß es nicht genau.«

Connie beugte sich im Sessel vor. »Haben die anderen Männer auch irgendwelche Uniformen getragen?«

Mrs Carter musterte ihn eigenartig. »Tja, aber gerade Sie müssten das doch wissen.«

Brooke schaute sie verdutzt an. »Was meinen Sie damit?«

Doch Mrs Carter fuhr mit ihrer Geschichte fort. »Als sie die Tür einschlugen, ging die Alarmanlage los. Die Polizei war sofort hier.«

»Und was ist dann passiert?«

»Die Männer sind hier geblieben. Jedenfalls einige von ihnen.«

»Hat die Polizei sie festgenommen?«

»Natürlich nicht. Sie haben Max mitgenommen und die Männer die Wohnung durchsuchen lassen.«

»Haben Sie eine Ahnung, warum die Polizisten das getan haben?«, fragte Brooke.

»Aus dem gleichen Grund, aus dem ich Sie reingelassen habe.«

Brooke schaute Connie entsetzt an. Dann fiel ihr Blick wieder auf die alte Frau. »Soll das heißen ...?«

»Das soll heißen«, sagte Mrs Carter, »dass sie vom FBI waren.«

KAPITEL 25

»Was genau tun wir hier, Lee?«, fragte Faith. Sie hatten nach dem Taxi, das sie am Flughafen aufgelesen hatte, noch zweimal ein neues genommen. Das letzte Taxi hatte sie mitten im Nirgendwo abgesetzt; seither hatten sie schon einige Kilometer durch Gassen und Nebenstraßen zurückgelegt.

Lee warf Faith einen kurzen Blick zu. »Regel Nummer eins, wenn man vor dem Gesetz auf der Flucht ist: Geh immer davon aus, dass sie den Fahrer ausfindig machen, mit dem du abgehauen bist. Deshalb lässt man sich von einem Taxifahrer nie an seinem wahren Ziel absetzen.« Er deutete nach vorn. »Wir sind fast da.« Während er weiterging, nahm er die Kontaktlinsen heraus, sodass seine Augen wieder ihr gewohntes Blau annahmen. Er verstaute die Linsen in einem speziellen Etui in seiner Reisetasche. »Die scheiß Dinger machen mich verrückt.«

Faith schaute nach vorn, sah aber nur heruntergekommene Häuser, rissige Gehsteige und kränklich aussehende Bäume und Wiesen. Sie bewegten sich parallel zur Route 1 in Virginia, die auch unter dem Namen Jefferson Davis Highway bekannt war, nach dem einstigen Präsidenten der Konföderation. Faith fand es seltsam, dass sie ausgerechnet hier gelandet waren, denn auch Jefferson Davis war lange Zeit gejagt worden. Nach dem verlorenen Bürgerkrieg hatte man ihn durch den ganzen Süden gehetzt. Schließlich hatten die Blauen ihn eingeholt, und Davis hatte lange Zeit im Gefängnis gesessen. Faith hatte keine Lust, das gleiche Schicksal zu erleben.

Normalerweise bekam sie diesen Teil des nördlichen Virginia nicht zu sehen. Die Gegend war stark industrialisiert und wimmelte von Kleinbetrieben, Lastwagen- und Bootsreparaturwerkstätten und den üblichen, unseriös aussehenden Gebrauchtwagenhändlern, die in rostigen Wohnwagen ihren obskuren Geschäften nachgingen. Sie sah auch einen Flohmarkt, der in einem heruntergekommenen Gebäude untergebracht war, dessen Dach nur ein Stützbalken vor dem Zusammenbruch bewahrte. Sie empfand leichte Überraschung, als Lee sich umdrehte und auf den Jeff Davis zuhielt. Sie beeilte sich, ihn nicht zu verlieren.

»Sollten wir die Stadt nicht lieber verlassen? Du hast doch gesagt, das FBI kann alles. Außerdem haben wir auch die anderen auf den Fersen, über die du mir nichts sagen willst. Ich wette, die sind genauso schlimm, wenn nicht schlimmer. Und wir schlendern hier durch die Vorstadt.«

Lee sagte nichts, und so packte sie schließlich seinen Arm. »Lee, kannst du mir bitte sagen, was los ist?«

Er blieb so abrupt stehen, dass sie gegen ihn prallte. Ihr war, als wäre sie gegen eine Mauer gelaufen.

Lee schaute sie kurz an. »Hör mal, vielleicht bin ich ja blöd. Aber ich werde das Gefühl nicht los, je mehr du weißt, umso eher fällt dir irgendein Schwachsinn ein, der uns beide ins Grab bringt.«

»Die Sache am Flughafen tut mir Leid, Lee. Du hast Recht, es war blöd. Aber ich hatte meine Gründe.«

»Deine Gründe sind einen Scheißdreck wert. Dein ganzes Leben ist ein Scheißdreck«, sagte er wütend und stapfte mit langen Schritten weiter.

Sie eilte an seine Seite, zerrte an seinem Arm und hob die Fäuste.

»Na schön, wenn du wirklich so empfindest ... Was hältst du davon, wenn wir getrennte Wege gehen? Hier und jetzt. Jeder für sich allein.«

Er stützte eine Hand auf die Hüfte. »Deinetwegen kann ich weder nach Hause gehen noch meine Kreditkarte benützen. Ich habe keine Kanone mehr, das FBI sitzt mir im

Nacken, und ich hab nur noch vier Mäuse in der Brieftasche. Deinem Angebot kann man wirklich kaum widerstehen.«

»Du kannst die Hälfte meiner Barschaft haben.«

»Und wo genau willst du hin?«

»Mein Leben mag ja ein Scheißdreck sein, aber auch wenn es dich erschreckt: Ich kann *wirklich* auf mich aufpassen.«

Er schüttelte den Kopf. »Wir bleiben zusammen. Aus vielen Gründen. Wenn man uns schnappt, möchte ich nämlich, dass du neben mir stehst und sofort auf das Grab deiner Mutter schwörst, dass ich nur ein unschuldiger kleiner Kerl bin, der versehentlich in *deinen* Albtraum verwickelt wurde.«

»Lee!«

»Ende der Diskussion.«

Er ging schnell weiter, und Faith beschloss, nichts mehr zu sagen. In Wahrheit *wollte* sie gar nicht allein weitermachen. Sie lief hinter ihm her, und sie kehrten wieder auf die Route 1 zurück. Bei Grün überquerten sie die Straße.

»Ich möchte, dass du hier wartest«, sagte Lee und stellte die Reisetaschen ab. »Könnte sein, dass man mich dort wiedererkennt, wo ich hin will, und ich möchte nicht, dass du dann bei mir bist.«

Faith schaute sich um. Hinter ihr war ein zwei Meter hoher Maschendrahtzaun, der oben mit Stacheldraht begrenzt war. Dahinter lag das Gelände einer Firma, die Boote reparierte. Hinter dem Zaun schlich ein Dobermann herum. Mussten Boote wirklich so bewacht werden? Vielleicht war es in dieser Gegend üblich. Das Unternehmen an der nächsten Ecke befand sich in einem hässlichen Holzgebäude, über dessen Fenstern große rote Spruchbänder verliefen. Sie priesen neue und gebrauchte Motorräder an, »die besten Schnäppchen der Stadt«. Auf dem Parkplatz wimmelte es von Zweirädern.

»*Muss* ich allein hier stehen bleiben?«, fragte Faith.

Lee zog die Baseballmütze aus der Reisetasche und setzte

eine Sonnenbrille auf. »Ja«, sagte er knapp. »Oder war es ein Geist, der mir gerade erzählt hat, er könnte selbst auf sich aufpassen?«

Da Faith keine patzige Antwort einfiel, musste sie sich damit begnügen, wütend hinter Lee herzuschauen, als er über die Straße eilte und das Motorradgeschäft betrat. Als sie wartete, spürte sie plötzlich, dass jemand hinter ihr stand. Sie drehte sich um und erblickte den großen Dobermann. Er hatte das Grundstück verlassen. Offenbar gehörte es nicht zu den Sicherheitsvorkehrungen der verdammten Bootswerft, das Tor des Betriebsgeländes zu schließen. Als der Hund die Zähne fletschte und ein leises, Furcht einflößendes Knurren ausstieß, nahm Faith ganz langsam die beiden Reisetaschen, hielt sie vor sich, ging rückwärts über die Straße und trat auf den Parkplatz des Motorradhändlers. Der Dobermann verlor das Interesse an ihr und verzog sich wieder auf das Grundstück der Werft.

Faith atmete erleichtert auf und stellte die Taschen ab. Ihr fielen ein paar Halbstarke mit schütteren Bärtchen auf, die abwechselnd eine gebrauchte Yamaha und Faith angafften. Sie zog ihre Baseballmütze tiefer in die Stirn, drehte sich weg und tat so, als interessiere sie sich für eine glänzend rote Kawasaki, die als Sonderangebot zu haben war. Auf der anderen Straßenseite befand sich ein Geschäft, das schwere Baumaschinen verlieh. Faith schaute sich einen Kran an, der gut zehn Meter hoch in die Luft ragte. An seinem Drahtseil baumelte ein kleiner Gabelstapler, an dem ein Schild mit der Aufschrift LEIH MICH AUS hing. Wohin sie auch blickte, tat sich ihr eine Welt auf, von der sie nichts mehr wusste. Sie hatte sich bisher auf ganz anderen Ebenen bewegt: in den Hauptstädten der Welt, unter hohen politischen Risiken, in Gesellschaft von einflussreichen Klienten, im Umkreis gewaltiger Macht und des großen Geldes. Und das alles war fortwährend in Bewegung gewesen, wie die Kontinentalplatten. Zwischen diesen Massen wurden ständig alle möglichen Dinge zerrieben, ohne dass es jemand bemerkte. Faith wurde plötzlich klar, dass die *wahre*

Welt ein zwei Tonnen schwerer Gabelstapler war, der wie ein Fischlein an einem Angelhaken hing. Leih mich aus. Stell Leute ein. Bau etwas auf.

Aber Danny Buchanan hatte ihr eine Chance gegeben, etwas zu bewirken. Sie war nichts Außergewöhnliches, und doch hatte sie der Welt manches Gute getan. Zehn Jahre lang hatte sie Menschen geholfen, die verzweifelt Hilfe brauchten. Vielleicht hatte sie auch in diesen zehn Jahren etwas an Wiedergutmachung für die Schuldgefühle geleistet, die sie angesichts der Schurkereien ihres Vaters empfunden hatte; so gut sie auch immer gemeint gewesen waren, so viel Schaden hatten sie dennoch angerichtet. Diesen Teil ihres Lebens hatte sie immer am liebsten verdrängt, weil die Erinnerung zu sehr schmerzte.

Faith hörte Schritte hinter sich und drehte sich um. Der Mann trug Jeans, schwarze Stiefel und einen Pulli mit dem Emblem des Motorradgeschäfts. Er war jung, Anfang zwanzig, groß, hatte einen schläfrigen Blick, war schlank und sah gut aus. Dass er es auch wusste, erkannte Faith schon an seiner selbstgefälligen Haltung. Sein Gesichtsausdruck zeigte deutlich, dass sein Interesse an ihr größer war als das ihre an einem Zweirad.

»Kann ich Ihnen irgendwie helfen, Ma'am? Wobei auch immer?«

»Ich schaue mich nur um. Ich warte auf meinen Freund.«

»Da drüben steht 'ne tolle Maschine für Sie.« Er deutete auf eine BMW, die sogar für Faiths ungeübtes Auge nach Geld roch. Nach Geldverschwendung, fand sie. Aber war sie nicht stolze Besitzerin einer großen BMW-Limousine, die in McLean in der Garage ihrer äußerst teuren Bude stand?

Der junge Mann fuhr langsam mit der Hand über den Tank der Maschine. »Schnurrt wie 'n Kätzchen. Wenn man schöne Dinge pflegt, danken sie es einem. Ist nicht nur mit Motorrädern so.« Ein breites Lächeln lag bei diesen Worten auf seinem Gesicht. Er schaute Faith an und zwinkerte ihr zu.

Faith fragte sich, ob das sein bester Aufreißerspruch war.

»Ich sitze immer nur drauf«, sagte sie beiläufig und bedauerte sofort ihre Wortwahl.

Er grinste noch breiter. »Mann, das ist die beste Nachricht, die ich heute gehört habe. Eigentlich sogar im ganzen Jahr. Sie sitzen also immer nur drauf?« Der junge Mann lachte und klatschte in die Hände. »Wie wär's mit 'ner kleinen Spritztour, Süße? Dann können Sie mal *mein* Gerät testen. Setzen Sie sich nur drauf.«

Faith errötete. »Ihre Sprüche gefallen mir n...«

»Na, reg dich mal nicht auf. Falls du irgendwas brauchst, ich heiß Rick.« Er hielt ihr seine Karte hin und zwinkerte erneut. »Meine Privatnummer steht auf der Rückseite, Süße«, fügte er leise hinzu.

Faith musterte die Karte mit Abscheu. »Na schön, Rick, aber ich stehe auf offene Worte. Sind Sie Manns genug, die Wahrheit zu ertragen?«

Rick wirkte nun nicht mehr ganz so selbstsicher. »Ich bin Manns genug für alles, Kleine.«

»Freut mich zu hören. Mein Freund ist in dem Geschäft da. Er ist ungefähr so groß wie Sie, hat aber den Körper eines *echten* Mannes.«

Die Hand mit der Visitenkarte sank herab, und Rick starrte Faith finster an. Sie spürte sofort, dass sein Sprüchevokabular aufgebraucht und sein Verstand zu langsam war, um sich spontan neue auszudenken.

Sie musterte ihn scharf. »Ja, seine Schultern sind etwa so breit wie Nebraska. Hab ich eigentlich schon erwähnt, dass er mal die Meisterschaft im Boxen gewonnen hat? Bei der Marine.«

»Wirklich?« Rick steckte seine Karte ein.

»Ja, Sie können's mir ruhig glauben. Da ist er.« Sie streckte den Arm aus. »Gehen Sie zu ihm, und fragen Sie ihn selbst.«

Rick wirbelte herum und erstarrte. Lee kam aus dem Laden. Er trug zwei Helme und zwei einteilige Motorradfahrerkluften. Aus der Brusttasche seiner Jacke ragte eine Landkarte hervor. Selbst unter den Lasten, die er schleppte, konnte man seine wuchtige Statur erkennen. Er warf Rick einen argwöhnischen Blick zu.

»Kennen wir uns?«, fragte er ruppig.

Rick lächelte unbehaglich, dann schluckte er, was ihm sichtlich schwer fiel, und schaute zu Lee hinauf. »N-nein, Sir«, stotterte er.

»Und was willst du dann, Junge, verdammt noch mal?«

»Ach, er hat mich nur gefragt, was ich für meine Kluft noch alles brauche, nicht wahr, Ricky?«, flötete Faith und lächelte den jungen Verkäufer an.

»Ja, genau. Das isses. Tja, dann, bis neulich.« Rick flitzte zum Laden zurück.

»Tschü-hüs, Süßer!«, rief Faith hinter ihm her.

Lee maß sie mit finsterer Miene. »Ich hab doch gesagt, du sollst auf der anderen Straßenseite warten. Kann man dich nicht mal 'ne Scheiß-Minute allein lassen?«

»Ich hatte eine Begegnung mit einem Dobermann. Ein Rückzug schien mir der klügste Entschluss zu sein.«

»Stimmt. Hast du mit dem Typ darüber verhandelt, dass er mich zusammenschlagen soll, damit du abhauen kannst?«

»Werd nicht albern, Lee.«

»Irgendwie wünsche ich mir, du hättest es getan. Dann hätte ich endlich einen Grund gehabt, jemandem die Fresse zu polieren. Was wollte er wirklich?«

»Er wollte mir was verkaufen, aber kein Motorrad. Was ist das?« Sie deutete auf die Sachen, die Lee schleppte.

»Klamotten, die man in dieser Jahreszeit für 'ne Motorradfahrt braucht. Bei neunzig Sachen die Stunde zieht's ein bisschen.«

»Wir haben doch gar kein Motorrad.«

»Jetzt doch.«

Sie folgte ihm zu einer gewaltigen Honda Gold Wing Se. Das Motorrad wirkte mit seinem blitzenden Chrom und dem futuristischen Design, dem verkleideten Motorblock und dem Windabweiser wie eine Maschine aus Batmans Fuhrpark. Es war perlgrau-grün gespritzt, hatte dunkelgrüngraue Zierleisten und einen majestätischen Sitz mit gepolsterter Rückenlehne. Ein Mitfahrer würde wie angegossen dort hineinpassen. Das Motorrad war riesig und mit allen Schikanen ausgestattet.

Lee steckte den Zündschlüssel ins Schloss und zog seine Kluft an. Die andere reichte er Faith.

»Und wohin fahren wir mit dem Ding?«

Lee zog den Reißverschluss seiner Kluft zu. »Zu deinem Cottage in North Carolina.«

»Die ganze Strecke auf einem Motorrad?«

»Ohne Kreditkarte und Ausweis kann man kein Auto kaufen. Mein Wagen oder deiner nützen uns nichts mehr. Flugzeug, Eisenbahn oder Bus kommen ebenfalls nicht in Frage. Es wird alles überwacht. Es sei denn natürlich, du kannst dir Flügel wachsen lassen.«

»Ich bin noch nie auf einem Motorrad gefahren.«

Lee nahm die Sonnenbrille ab. »Du brauchst es ja nicht zu lenken. Dafür bin ich da. Na, was sagst du? Hast du Lust auf 'ne Spritztour?« Er grinste sie an.

Als er die Worte aussprach, hatte Faith das Gefühl, von einem Ziegelstein getroffen zu werden. Ihre Haut glühte, als sie Lee auf der Maschine sah. Und genau in diesem Moment, wie durch den Willen Gottes, brach die Sonne durch das Dunkel. Ein Lichtstrahl ließ seine blitzblauen Augen wie flammende Saphire leuchten. Faith stellte fest, dass sie sich nicht von der Stelle rühren konnte. Du lieber Himmel, sie konnte kaum Luft holen. Und ihre Knie fingen an zu zittern.

Wie in der fünften Klasse, in der Pause. Der Junge mit den männlichen Augen. Sie hatten die gleiche Farbe wie Lees Augen gehabt. Er war mit einem Motorrad mit Bananensitz dorthin gekommen, wo sie auf der Schaukel gesessen hatte, in ein Buch vertieft.

»Hast du Lust auf 'ne Spritztour?«, hatte er gefragt. »Nein«, hatte sie geantwortet. Dann hatte sie das Buch sinken lassen und war auf den Rücksitz gestiegen. Zwei Monate lang waren sie miteinander »gegangen«, hatten die Zukunft geplant und sich ewige Liebe geschworen. Er hatte Faith nur mal kurz auf den Mund geküsst.

Dann war ihre Mutter gestorben, und ihr Vater war wieder einmal mit ihr fortgezogen. Sie fragte sich kurz, ob Lee der Junge von damals sein mochte. Faith hatte die Erinnerung an ihn so vollständig aus ihrem Unterbewusstsein verbannt, dass ihr nicht mal mehr sein Name einfiel. War doch möglich, dass er Lee geheißen hatte, oder? Sie stellte es sich vor, denn nur einmal im Leben waren ihr die Knie weich geworden: damals auf dem Spielplatz. Der Junge hatte den gleichen Spruch gesagt wie Lee, die Sonne hatte sich in seinen Augen gespiegelt wie bei Lee, und Faiths Herz hatte sich angefühlt, als würde es explodieren, wenn sie nicht sofort tat, was er verlangte. So wie jetzt.

»Alles in Ordnung?«, fragte Lee.

Faith packte die Lenkstange, um ihr Gleichgewicht zu wahren, und fragte, so ruhig sie konnte: »Und du kannst so einfach damit wegfahren?«

»Der Laden gehört meinem Bruder. Die Maschine ist ein Vorführmodell. Offiziell machen wir nur 'ne ausgedehnte Probefahrt.«

»Ich kann es nicht fassen, dass ich so etwas tue.« Aber wie damals in der fünften Klasse konnte sie gar nicht anders.

»Denk an die Alternative, dann wird dir der Gedanke eines Ritts auf dieser Honda schon sympathischer.« Lee setzte die Sonnenbrille auf und klappte das Helmvisier herunter, als wollte er den Satz mit einem Ausrufezeichen beenden.

Faith zog die Motorradkluft an, und mit Lees Hilfe gelang es ihr, den Helm richtig zuzumachen. Er stopfte ihr Gepäck in die geräumigen Satteltaschen, und Faith nahm hinter ihm Platz. Er ließ den Motor an, drehte ihn eine Weile hoch und gab Gas. Als er die Kupplung losließ, wurde Faith von der Beschleunigung der Honda in die gepolsterte Rückenlehne gedrückt, und sie ertappte sich dabei, dass sie Arme und Beine um Lee schlang – beziehungsweise um die zentnerschwere Maschine. Sie bogen auf den Jeff Davis Highway ein und fuhren nach Norden.

Als die Stimme an ihrem Ohr erklang, wäre Faith vor Schreck beinahe vom Motorrad gesprungen.

»Okay, beruhig dich«, sagte Lee. »Es ist 'ne Helmfunkanlage.« Er hatte ihren Schreck offenbar gespürt. »Bist du je zu deinem Strandhaus gefahren?«

»Nein, ich bin immer geflogen.«

»In Ordnung. Ich hab 'ne Landkarte. Wir fahren über die 95 und gehen bei Richmond auf die Interstate 64. Die bringt uns nach Norfolk. Von da aus tüfteln wir die beste Route aus. Unterwegs gehen wir was spachteln. Bevor es zu dunkel wird, müssten wir da sein. Alles klar?«

Faith nickte. Dann fiel ihr ein, dass sie sprechen musste. »In Ordnung.«

»Bleib jetzt ruhig sitzen und entspann dich. Du bist in guten Händen.«

Statt ruhig zu sitzen, schmiegte sie sich an ihn, schlang die Arme um seine Taille und hielt sich fest. Und auf der Stelle fielen ihr die beiden göttlichen Monate in der fünften Klasse wieder ein. Das musste ein Omen sein. Vielleicht konnten sie beide wegfahren und für immer verschwinden. Sie konnten an den Outer Banks ein Boot mieten und irgendwo in der Karibik an Land gehen. An einem Ort, den außer ihnen nie jemand zu sehen kriegen würde. Sie konnte lernen, wie man eine Hütte in Schuss hielt, mit Kokosmilch zu kochen oder was es dort sonst gab und eine gute Hausfrau zu sein, während Lee unterwegs war und fischte. Sie konnten sich jeden Abend im Mondschein lieben. Sie schmiegte sich noch fester an ihn. Es klang nicht übel. Unter den derzeitigen Umständen klang es nicht mal an den Haaren herbeigezogen. Kein bisschen.

»He, Faith«, sagte seine Stimme an ihrem Ohr.

Sie berührte seinen Helm mit dem ihren und spürte seinen starken, breiten Rücken an ihren Brüsten. Sie war wieder zwanzig, der Wind war herrlich, die Wärme der Sonne anregend, und ihre größte Sorge war die Zwischenprüfung.

Sie stellte sich plötzlich vor, dass sie und er nackt unter freiem Himmel lagen. Gebräunte Haut, feuchtes Haar, die Glieder umeinander geschlungen. Sie wünschte sich, die Kluft mit den langen Reißverschlüssen nicht tragen zu müssen, wenn sie mit neunzig Sachen über den harten Asphalt fegten.

»Ja?«

»Falls du auch nur daran denkst, mich noch mal so zu verarschen wie am Flughafen, drehe ich dir eigenhändig den Hals um, kapiert?«

Sie lehnte sich zurück, drückte sich an die Rückenlehne und versank noch tiefer im Leder. Fort von ihm. Ihrem strahlenden weißen Ritter mit den verhexenden blauen Augen.

So viel zum Thema Erinnerungen. Und zum Thema Träume.

KAPITEL 26

Danny Buchanans Blick schweifte über eine vertraute Szenerie. Die Veranstaltung war typisch für Washington: ein Dinner in Politikerkreisen mit dem Ziel, Spendengelder zu beschaffen. Das Essen fand in einem Hotel im Stadtzentrum statt. Das Hähnchenfleisch war faserig und kalt, der Wein billig, die Gespräche engagiert, die Risiken hoch, das Protokoll verzwickt, das Selbstbewusstsein oftmals unglaublich. Die Teilnehmer an diesem Essen waren entweder reich und/oder hatten gute Beziehungen, oder es waren unterbezahlte politische Assistenten, die tagsüber schwer schufteten und für ihre ungeheuren Anstrengungen belohnt wurden, indem man sie dazu zwang, am Abend auch noch bei Veranstaltungen dieser Art tätig zu sein. Angeblich hatten der Finanzminister und einige andere politische Größen teilnehmen wollen. Seit er mit einer bekannten Hollywood-Schauspielerin verlobt war, die sich gern in den Ausschnitt blicken ließ, sobald irgendwo ein Fotoapparat klickte, war der Minister gefragter denn je. In letzter Minute hatte er ein besseres Angebot erhalten, eine Rede zu schwingen, doch so etwas kam in dem endlosen Spiel »Wäschst du meine Hand, so wasch ich deine« oft vor. An Stelle des Ministers war irgendein Bursche aus der dritten Garnitur gekommen, ein unbeholfener, nervöser Knabe, den eigentlich niemand kannte und für den sich auch niemand interessierte.

Die Veranstaltung war eine von vielen Gelegenheiten, zu sehen und gesehen zu werden und sich dabei zugleich ein Bild über den augenblicklichen Stand der Hackordnung einer bestimmten Untergruppe der Polithierarchie zu machen. Die meisten nahmen nicht mal Platz, um zu essen. Sie lieferten nur ihren Scheck ab und eilten weiter zum nächsten Event. Auch für Gerüchte war eine Veranstaltung wie diese eine sprudelnde Quelle. Oder eine schwärende Wunde, je nachdem, aus welchem Blickwinkel man es sah.

An wie vielen Essen dieser Art hatte Buchanan im Lauf der Jahre teilgenommen? In der hektischen Geldbeschaffungsära, als er noch Großunternehmen vertreten hatte, hatte er wochenlang pausenlos an Frühstücken, Mittagessen, Abendessen und Partys teilgenommen. Manchmal war er vor Erschöpfung bei den falschen Veranstaltungen aufgekreuzt – bei einem Empfang für einen Senator aus North Dakota statt bei einem Abendessen für einen Abgeordneten aus South Dakota. Seit er für die Armen der Welt arbeitete, hatte er diese Probleme nicht mehr, allein auf Grund der schlichten Tatsache, dass er nun kein Geld mehr verteilte. Eins wusste Buchanan jedoch sehr genau: Wenn es bei der Spendengeldbeschaffung eine Binsenweisheit gab, dann die, dass nie genug Geld da war. Was wiederum bedeutete, dass es *immer* eine Gelegenheit gab, hier und da Verantwortliche zu beeinflussen. Immer.

Nach der Rückkehr aus Philadelphia hatte sein Tag ohne Faith erst richtig angefangen. Er hatte sich aus zahllosen unterschiedlichen Gründen mit einem halben Dutzend verschiedener Leute aus dem Kapitol und deren Mitarbeitern getroffen, um Termine für zukünftige Gespräche zu vereinbaren. Die Assistenten der Politiker waren wichtig, besonders jene, die für die Vorbereitung von Ausschusssitzungen zuständig waren. Die Politiker kamen und gingen, die Assistenten blieben meist ewig und kannten sämtliche Probleme und Vorgänge aus dem Effeff. Danny wusste, dass man Politikern nicht überraschend auf die Bude rücken durfte. Man durfte auch nicht den Versuch machen, ihre Assistenten zu übergehen. Einmal hatte man vielleicht Glück dabei, aber danach war man erledigt: Erboste Assistenten rächten sich, indem sie den Übeltäter am ausgestreckten Arm verhungern ließen.

Anschließend hatte Buchanan ein verspätetes Mittagessen mit einem zahlenden Klienten eingenommen, den normalerweise Faith übernahm. Buchanan hatte sich für ihre Abwesenheit entschuldigen müssen – mit der ihm angeborenen Sicherheit und seinem üblichen Humor. »Tut mir Leid, dass Sie heute nur die zweite Geige zu sehen kriegen«, hatte er gesagt. »Aber ich werde mir alle Mühe geben, es kurz und schmerzlos zu machen.«

Auch wenn es überflüssig war, Faiths ausgezeichneten Ruf zu kräftigen, hatte Buchanan dem Klienten die Geschichte erzählt, wie sie einst sämtlichen 535 Kongressabgeordneten – in einer Geschenkpackung mit roter Schleife – höchstpersönlich detaillierte Umfrageergebnisse übergeben hatte, die besagten, dass die amerikanische Öffentlichkeit die weltweite Impfung von Kindern zu hundert Prozent unterstützte. Sie hatte dieser Geschenkpackung Informationsmaterial und Fotos von Kindern aus fernen Ländern vor und nach einer Impfung beigelegt. Manchmal waren Fotos für sie die wichtigste Waffe gewesen. Dann wieder hatte sie sechsunddreißig Stunden lang ohne Pause am Telefon gesessen, um in- und ausländische Unterstützung einzuholen, und über einen Zeitraum von zwei Wochen mit einigen internationalen Wohltätigkeitsorganisationen umfangreiche Präsentationen auf drei Kontinenten veranstaltet, um zu zeigen, wie man solche Ziele erreichte. Und wie wichtig sie waren. Mit dem Ergebnis, dass das Parlament einen Antrag gebilligt hatte, eine Studie zu erstellen, um zu klären, inwiefern solche Bemühungen Aussicht auf Erfolg hätten. Gutachter hatten Millionen Dollar an Honoraren eingestrichen, und mehrere Wälder waren abgeholzt worden – für das Papier, auf dem man die Studie druckte, um die enormen Gutachterhonorare zu rechtfertigen. Und ohne die Zusage, dass auch nur ein Kind geimpft wurde.

»Ein kleiner Erfolg, gewiss, aber immerhin ein Schritt nach vorn«, hatte Buchanan zu seinem Klienten gesagt.

»Wenn Faith sich etwas ins Visier nimmt, geht man ihr lieber aus dem Weg.« Der Klient hatte es längst gewusst, und das wusste auch Buchanan. Vielleicht hatte er es nur gesagt, damit seine Stimmung sich besserte. Vielleicht hatte er auch nur über Faith reden wollen. Er war im letzten Jahr ziemlich übel mit ihr umgesprungen, ziemlich grob. Die Vorstellung, sie könnte in seinen Thornhill-Albtraum hineingezogen werden, hatte ihn erschreckt. Nur deswegen hatte er sie auflaufen lassen. Tja, es war ihm offenbar gelungen, sie in die Arme des FBI zu treiben. *Tut mir Leid, Faith.*

Nach dem Essen war Buchanan ins Kapitol zurückgekehrt und hatte mehrere Abstimmungen im Plenarsaal abgewartet. Er hatte seine Visitenkarten ins Plenum bringen lassen und einige Abgeordnete um ein kurzes Gespräch gebeten. Die anderen wollte er sich schnappen, wenn sie aus dem Aufzug kamen.

»Für bestimmte Nationen ist ein Schuldenerlass die Kernfrage, Herr Senator«, hatte er zu mehr als einem Dutzend Politikern gesagt, als er neben ihnen und ihrem überaus wachsamen Gefolge her marschiert war. »Diese Länder geben mehr für Tilgungszinsen aus als für Gesundheit und Bildung. Was haben sie von einer guten Handelsbilanz, wenn Jahr für Jahr zehn Prozent der Bevölkerung sterben? Dann haben sie zwar einen tollen Kredit, aber keinen mehr, der etwas davon hat. Wir müssen den Reichtum *dort* verteilen.« Nur eine Person konnte solche Appelle besser abgeben, aber Faith war nicht da.

»Richtig, Danny, richtig. Wir kommen noch mal darauf zurück. Schicken Sie mir Material.« Wie die Blüten einer Blume, die sich abends schließt, scharte sich das Gefolge um den Politiker, und das Bienchen Danny machte sich vom Acker, um anderswo Nektar zu sammeln.

Das Parlament war ein Ökosystem, dessen Zusammenspiel so kompliziert war wie das in den Weltmeeren. Wenn Danny durch die Gänge schlenderte, beobachtete er, was sich ringsum tat. Ihrem Spitznamen gemäß waren die »Einpeitscher« überall, um dafür zu sorgen, dass die Abgeordneten nicht von der Parteilinie abwichen. Buchanan wusste, dass die Telefone in ihren Büros nicht stillstanden, mit dem gleichen Ziel. Boten eilten durch die Gänge und suchten Leute, die wichtiger waren als sie. In den breiten Korridoren versammelten sich Grüppchen und besprachen mit ernster, gewichtiger Miene weltbewegende Dinge. Männer und Frauen drängten sich zu den überfüllten Aufzügen, in der Hoffnung, für ein paar kostbare Sekunden mit einem Abgeordneten reden zu können, ohne dessen Unterstützung sie nicht weiterkamen. Abgeordnete unterhielten sich, legten Grundsteine für künftige Abmachungen oder bestätigten bereits getroffene Vereinbarungen. Es ging durchweg chaotisch zu, und dennoch gab es eine gewisse Ordnung, nach der Menschen sich zusammenfanden oder sich trennten wie Roboter und Metallbauteile an einem Fließband. Man sagte etwas und ging zum nächsten. Man hätte meinen können, dass diese Tätigkeit so erschöpfend war wie eine Geburt, doch Danny hätte Stein und Bein geschworen, dass sie belebender war als Fallschirmspringen. Er war regelrecht süchtig danach. Das alles würde ihm fehlen.

»Ich höre von Ihnen?«, lautete seine typische Schlussfrage nach der Zusage eines jeden Abgeordneten.

»Natürlich, Sie können auf mich zählen«, lautete die typische Antwort des Hilfswilligen.

Natürlich meldete der Betreffende sich nie. Aber *er* würde von Danny hören. Wieder und wieder, bis er es gerafft hatte. Man feuerte einfach blindlings seine Schrotkugeln in die Gegend und hoffte, irgendwann etwas zu treffen.

Danach hatte Buchanan einige Minuten mit einem seiner »Auserwählten« verbracht. Sie hatten an der Sprachregelung gearbeitet, die er im Änderungsantrag eines Gesetzesvorlagentextes sehen wollte. Die Amtssprache las so gut wie niemand, doch die wichtigen Dinge standen in den unwichtigen« Details. In diesem Fall sollte die Sprache den Machern bei der Agentur für internationale Entwicklung genau sagen, wie die Finanzmittel ausgegeben werden mussten, die von dem Gesetz gebilligt wurden.

Als der Text Gestalt angenommen hatte, strich Buchanan den Punkt von seiner Liste und machte sich auf die Suche nach weiteren Abgeordneten. Dank jahrelanger Praxis fand er sich im Labyrinth von Senat und Parlament, in dem sich manchmal sogar die Veteranen verliefen, ohne Schwierigkeiten zurecht. Der einzige andere Ort, an dem er so viel Zeit verbrachte, war das Kapitol. Sein Blick huschte nach rechts und links, erfasste jeden, den er sah, egal ob Mitarbeiter oder Lobbyist, und überschlug rasch, ob eine bestimmte Person seiner Sache helfen konnte oder nicht. Wenn man mit einem Abgeordneten in ein Büro schlüpfen oder ihn auf dem Gang erwischen konnte, musste man die Gelegenheit sofort beim Schopf packen. Die Leute waren beschäftigt. Sie wurden oft belästigt und dachten über fünfhundert Dinge gleichzeitig nach.

Glücklicherweise konnte Buchanan auch die verzwicktesten Themen in wenigen Sätzen zusammenfassen – ein Talent, für das er einen legendären Ruf hatte. Für die von allen Seiten und von Interessengruppen jeder Art belagerten Abgeordneten war dies lebenswichtig. Außerdem konnte Buchanan das Anliegen seiner Klienten überzeugend zum Ausdruck bringen. Und das alles in zwei Minuten, wenn er durch einen von Menschen wimmelnden Korridor ging, in einem Aufzug stand oder – wenn er Glück hatte – jemanden auf einem langen Flug traf. Es war wichtig, die wirklich mächtigen Abgeordneten zu erwischen. Wenn er den Parlamentspräsidenten, und sei es auch nur informell, bewegen konnte, einen Antrag zu unterstützen, nützte er dies, um anderen Abgeordneten, die noch schwankten, einen letzten Schubs zu geben. Manchmal genügte das schon.

»Ist er da, Doris?«, hatte Buchanan gefragt und den Kopf in das Büro eines Abgeordneten gesteckt. Die matronenhafte Sekretärin, die für die Termine zuständig war, kannte er seit langem; sie gehörte fast schon zum Inventar.

»Er fährt in fünf Minuten zum Flughafen, Danny.«

»Großartig. Ich brauche nämlich nur zwei Minuten. Die restlichen drei kann ich dann mit dir verbringen. Mit dir zu reden macht ohnehin mehr Spaß. Gott möge Steve segnen, aber fürs Auge bist du erfreulicher, meine Liebe.«

Doris' feistes Gesicht verzog sich zu einem Lächeln. »Alter Schmeichler.«

Und er hatte seine zwei Minuten beim Abgeordneten Steve bekommen.

Anschließend war Buchanan auf die Toilette gegangen und hatte in Erfahrung gebracht, welcher Senatsausschuss eine Reihe von Gesetzesvorlagen besprach, die ihn interessierten. Es gab Primär- und Folgeausschüsse, in seltenen Fällen auch gleichzeitige Zuständigkeit; je nachdem, worum es in dem jeweiligen Antrag ging. Allein schon herauszubekommen, wer welche Vorlage diskutierte und mit welcher Priorität, war ein riesiges und sich ständig änderndes Puzzle, mit dem ein Lobbyist sich permanent beschäftigen musste. Es war eine oft unlösbar erscheinende Aufgabe, und niemand war besser in diesem Spiel als Danny Buchanan.

Im Lauf dieses Tages hatte er, wie immer, in den Büros von Abgeordneten Informationen, Notizen oder Zusammenfassungen hinterlassen, welche die Assistenten nutzen konnten, um ihre Chefs in bestimmte Dinge einzuweisen. Falls sie Fragen oder Vorbehalte hatten, verschaffte er ihnen sofort die Antwort eines Experten. Zudem hatte Buchanan jedes Gespräch mit der allerwichtigsten Frage abgeschlossen: »Wann sehen wir uns wieder?« Ohne einen festen Termin hätte er nie mehr von den Leuten gehört. Sie hätten ihn vergessen. Und einer von den hundert anderen, die sich ebenso engagiert für ihre Klienten einsetzten, hätte Buchanans Platz eingenommen.

Den Spätnachmittag hatte er damit zugebracht, für Klienten zu arbeiten, die normalerweise in Faiths Arbeitsbereich gehörten. Er hatte Faith entschuldigt und vage Aussagen über ihre Abwesenheit gemacht. Was hätte er sonst tun sollen?

Anschließend war er auf einem von einer Denkfabrik gesponserten Seminar über den Hunger in der Welt aufgetreten und dann in sein Büro zurückgeeilt, um Telefongespräche zu führen: Er hatte Abgeordnetenassistenten an zahlreiche Dinge erinnert, die zur Abstimmung anstanden, und bei diversen wohltätigen Organisationen für eine gemeinsame Linie geworben. Er hatte ein paar Reisen nach Übersee gebucht und Arbeitsessen arrangiert, unter anderem im Januar im Weißen Haus, wo er dem Präsidenten den neuen Leiter einer internationalen Kinderrechtsorganisation vorstellen wollte. Es war ein echter Coup, von dem Buchanan und die von ihm unterstützten Hilfswerke sich viel positive Publicity versprachen. Unterstützung durch Prominente zu bekommen war ein ständiges Anliegen. Auf so etwas hatte Faith sich besonders gut verstanden. Journalisten interessierten sich selten für die Armen in fernen Ländern, aber wenn man einen Hollywoodstar mitbrachte, eilten die Schreiberlinge in Scharen herbei. So war das Leben.

Dann hatte Buchanan einige Zeit damit verbracht, seinen vierteljährlichen Bericht an die zuständigen Ministerialbehörden aufzusetzen, zu dem er verpflichtet war, um als Repräsentant ausländischer Organisationen anerkannt zu werden. Das konnte einem wirklich auf die Nerven gehen, besonders, weil man jede im Parlament abgelegte Akte mit dem Stempel »Ausländische Propaganda« versehen musste, als wolle man zum Umsturz der US-Regierung aufrufen, statt, wie in Dannys Fall, seine Seele zu verkaufen, um Getreide und Milchpulver abzustauben.

Nachdem er noch ein paar Leute telefonisch weichgeknetet und ein paar hundert Seiten Informationsmaterial durchgearbeitet hatte, beschloss er, es für heute genug sein zu lassen. Es war ein glänzender Tag im Leben eines typischen Washington-Lobbyisten gewesen. In der Regel endete ein solcher Tag damit, dass er todmüde ins Bett fiel; doch diesen Luxus konnte er sich heute nicht leisten. Also saß er in einem Hotel in der Innenstadt und nahm an der nächsten politischen Geldbeschaffungsmaßnahme teil. Der Grund dafür stand in der gegenüberliegenden Ecke des Raumes, nippte an einem Weinglas und schaute äußerst gelangweilt drein. Buchanan eilte zu ihm.

»Du siehst aus, als könntest du was Stärkeres als Weißwein vertragen«, sagte er.

Senator Russell Ward drehte sich um. Als er Buchanan sah, glitt ein Lächeln über sein Gesicht. »Wie schön, in diesem Meer der Niedertracht ein ehrliches Gesicht zu sehen, Danny.«

»Was hältst du davon, wenn wir ins Monocle gehen?«

Ward stellte sein Glas auf einem Tisch ab. »Das beste Angebot, das man mir heute gemacht hat.«

KAPITEL 27

Das Monocle war ein Restaurant mit gutem Ruf und lag auf der Senatsseite des Capitol Hill. Neben dem Gebäude der U.S. Capitol Police, das einst als Einwanderungs- und Einbürgerungsbüro gedient hatte, war es das Letzte einer ganzen Reihe von alten Bauwerken, die in dieser Gegend früher gestanden hatten. Das Monocle war das Lieblingslokal der Politiker, Lobbyisten und Prominenten. Sie aßen hier zu Mittag und zu Abend. Und tranken sich einen.

Der Oberkellner kannte Buchanan und Ward mit Namen und geleitete sie an einen gemütlichen Ecktisch. Das Dekor war konservativ, und an den Wänden hingen genügend Fotos von Politikern aus der Vergangenheit und Gegenwart, um das Washington Monument damit zu füllen. Das Essen war gut, doch kamen die Leute nicht wegen der Leckerbissen auf der Speisekarte. Sie kamen, um gesehen zu werden und fachliche Gespräche zu führen. Ward und Buchanan gehörten zu den Stammgästen.

Sie bestellten etwas zu trinken und ließen sich die Speisekarte reichen.

Während Ward die Karte studierte, schaute Buchanan ihn an.

Solange Buchanan sich erinnern konnte, wurde Russell Ward meist »Rusty« genannt. Und er konnte sich lange zurückerinnern, denn sie waren zusammen aufgewachsen. Als Vorsitzender des Senatsausschusses zur Überwachung der Nachrichtendienste hatte Ward großen Einfluss auf das Wohlergehen – oder Nicht-Wohlergehen – sämtlicher Geheimdienste des Landes. Er war klug, politisch ausgebufft, ehrlich, arbeitete hart und stammte aus einer reichen Familie aus dem Nordosten, die ihr Vermögen jedoch verloren hatte, als Ward noch ein junger Mann gewesen war. Ward war nach Süden gegangen, nach Raleigh, und hatte sich methodisch eine Laufbahn im öffentlichen Dienst aufgebaut. Er war Senator von North Carolina und wurde in seinem Staat angebetet. Nach Buchanans Klassifikationssystem konnte man Rusty Ward als festen »Gläubigen« etikettieren. Er war mit jedem politischen Spielchen vertraut, das man je gespielt hatte. Er kannte die Stärken aller Menschen und, was noch wichtiger war, auch ihre Schwächen. Körperlich war er, wie Buchanan wusste, ein Wrack; seine Probleme reichten von Diabetes bis Prostata. Doch geistig war Ward so fit wie immer. Wer den gewaltigen Intellekt dieses Mannes seiner körperlichen Gebrechen wegen unterschätzte, würde es bitter bereuen.

Ward schaute von der Speisekarte auf. »Hast du was Interessantes auf der Pfanne, Danny?«

Seine Stimme war tief und dröhnend und klang so, wie man es von einem Südstaatler erwartete. Seinen harten Yankee-Akzent hatte er längst verloren. Buchanan konnte stundenlang mit ihm zusammensitzen und ihm zuhören. Und er hatte es bei zahlreichen Gelegenheiten auch getan.

»Immer der gleiche Käse«, erwiderte er. »Und bei dir?«

»Hatte heute Morgen eine interessante Anhörung. Im Ausschuss. Es ging um die CIA.«

»Tatsächlich?«

»Hast du schon mal von einem Gentleman namens Thornhill gehört? Robert Thornhill?«

Buchanan setzte eine neutrale Miene auf. »Kann nicht behaupten, dass ich ihn kenne. Erzähl doch mal.«

»Er gehört zu den alten Mächten bei der CIA. Einer der leitenden Direktoren. Klug, gerissen und lügt wie gedruckt. Ich traue ihm nicht.«

»Hört sich an, als sollte man ihm auch nicht trauen.«

»Eins muss ich ihm allerdings lassen. Er hat hervorragende Arbeit geleistet und viele andere CIA-Direktoren überlebt. Hat seinem Land wirklich außerordentlich gut gedient. Er ist in dem Laden eine echte Legende. Deshalb kann er mehr oder weniger machen, was er will. Aber so was ist gefährlich.«

»Auch bei dem Burschen? Klingt, als wäre er ein echter Patriot.«

»Das macht mich ja so besorgt. Menschen, die sich für echte Patrioten halten, sind nicht selten Fanatiker. Und meiner Meinung nach sind Fanatiker nur einen Schritt vom Wahnsinn entfernt. Dafür hat es in der Geschichte genügend Beispiele gegeben.« Ward grinste. »Er kam heute zu uns und hat den üblichen Stuss bei uns abgeladen. Er hat so selbstgefällig dreingeschaut, dass ich beschlossen habe, ihn ein bisschen zu reizen.«

Buchanan blickte Ward interessiert an. »Und wie?«

»Ich habe ihn nach den Todesschwadronen befragt.« Ward hielt inne und schaute sich kurz um. »Wegen dieses Themas hatten wir früher Probleme mit der CIA. Sie finanziert kleine aufständische Gruppen, rüstet und bildet sie aus und hetzt sie auf Menschen – wie Hunde, die auf Waschbären dressiert sind. Aber im Gegensatz zu einem braven Waschbärenhund tun diese Leute Dinge, die sie nicht tun sollten. Zumindest nicht nach den offiziellen Regeln.«

»Und was hat er geantwortet?«

»Tja, darüber stand leider nichts in seinem kleinen Manuskript. Er hat seine Unterlagen durchgeblättert, als würde er gleich 'ne bewaffnete Bande daraus hervorschütteln.« Ward lachte dumpf. »Dann hat er mir irgendein Geschwafel an den Kopf geworfen, das weder Hand noch Fuß hatte. Er sagte, die *neue* CIA sei nur dazu da, Informationen zu sammeln und auszuwerten. Als ich ihn fragte, ob er damit sagen wolle, mit der *alten* CIA sei irgendwas nicht in Ordnung gewesen, hab ich fast geglaubt, dass der Bursche mir über den Tisch an die Gurgel fährt.« Ward lachte erneut. »Immer der gleiche alte Käse.«

»Was hat er denn vor, das dich so gegen ihn eingenommen hat?«

Ward lächelte. »Willst du mich etwa dazu verführen, dass ich vertrauliche Dinge erzähle?«

»Natürlich.«

Ward schaute sich noch einmal um; dann beugte er sich vor und sprach leise weiter. »Er hat Informationen zurückgehalten, was sonst? Du kennst doch die Schlapphüte, Danny. Sie schreien immer nur nach mehr Geld, und wenn man sie fragt, was sie damit machen wollen, tun sie so, als hätte man ihre Mutter umgebracht. Aber was bleibt mir anderes übrig, wenn ich nur die verdammten Berichte des CIA-Generalinspekteurs bekomme, in die so viele Stellen eingetuscht sind, dass das Papier wie schwarz gefärbt aussieht? Also hab ich das Mr Thornhill gegenüber mal erwähnt.«

»Wie hat er darauf reagiert? Stinksauer? Oder ruhig und gefasst?«

»Was macht dich an dem Mann so neugierig?«

»Du hast von ihm angefangen, Rusty. Jetzt gib mir nicht die Schuld, wenn ich mich für deine Arbeit interessiere.«

»Tja, er hat gesagt, dass die Berichte zensiert werden müssten, um die Identität der Spitzel zu schützen, die für den Geheimdienst arbeiten. Dass es eine heikle Sache sei und die CIA eben sehr penibel vorgehen müsse. Ich hab gesagt, es erinnert mich daran, wie meine Enkelin ›Himmel und Hölle‹ spielt: Weil sie nicht alle Quadrate richtig treffen kann, springt sie schon mal absichtlich daneben. Ich hab gesagt, dass ich es *süß* finde, wenn kleine Kinder sich so verhalten. Trotzdem muss ich dem Mann eins zugute halten: Was er gesagt hat, war nicht unlogisch. Er hat gesagt, es sei eine Wahnvorstellung, wenn man glaubt, man könnte mit simplen Satellitenfotos und Richtmikrofonen Diktatoren beseitigen, die sich in Bunkern verschanzen. Dass man in solchen Fällen altmodische Bodentruppen braucht. Dass wir Leute in feindliche Organisationen einschleusen müssen, die bis in die höchsten Kreise aufsteigen. Nur so können wir solche Tyrannen erledigen. Klar verstehe ich das. Aber seine Arroganz, nun ja, die kann ich nicht ausstehen. Außerdem bin ich überzeugt, dass Robert Thornhill, selbst wenn er keinen Grund zum Lügen hat, nie die Wahrheit sagen würde. Verdammt, er betreibt die Sache mit System. Er tippt mit einem Kuli auf den Tisch, bis einer seiner Adjutanten neben ihm auftaucht und ihm was ins Ohr flüstert – damit er ein paar Sekunden mehr Zeit hat, sich irgendeine Lüge auszudenken. So macht er es schon seit Jahren. Er hält mich offenbar für irgendeinen Blödian und glaubt, dass ich es nicht merke.«

»Thornhill sollte dich lieber nicht unterschätzen.«

»Oh, er ist ein fähiger Bursche. Ich muss zugeben, dass er sich heute ziemlich wacker geschlagen hat. Er schafft es, dass der Wischiwaschi, den er von sich gibt, sich so edel anhört wie die Zehn Gebote. Als ich ihn in die Ecke gedrängt hatte, zog er den Scheiß mit der nationalen Sicherheit ab. Er hat sich natürlich darauf verlassen, dass wir alle vor Ehrfurcht erstarren. Ergebnis: Er hat mir alle Antworten versprochen. Und ich habe gesagt, dass ich mich darauf freue, auch weiterhin mit ihm zusammenzuarbeiten.« Ward nippte an seinem Wasserglas. »Nun gut, heute hat er gewonnen. Aber es gibt immer ein Morgen.«

Der Kellner brachte ihre Getränke, und sie bestellten etwas zu essen. Buchanan saß vor einem Scotch mit Wasser, während Ward sich an einem erlesenen Bourbon festhielt.

»Und wie geht's deiner besseren Hälfte? Ist Faith schon wieder für einen Klienten auf Achse, um einen von uns armen, hilflosen gewählten Amtsträgern auszuplündern?«

»Ich glaube, sie ist gerade nicht in der Stadt. Aus persönlichen Gründen.«

»Hoffentlich nichts Ernstes.«

Buchanan zuckte die Achseln. »Kann ich noch nicht sagen. Ich hoffe aber, sie kommt klar.« *Aber wo ist sie?* Fragte er sich erneut.

»Ich glaube, wir alle sind Überlebenskünstler. Ich weiß aber nicht, wie lange meine müden alten Knochen noch durchhalten werden.«

Buchanan hob sein Glas. »Du wirst uns alle überleben. Glaub Danny Buchanan.«

»Mein Gott, hoffentlich nicht.« Ward schaute ihn aufmerksam an. »Es ist schwer zu glauben, dass es vierzig Jahre her ist, seit ich aus Bryn Mawr weg bin. Weißt du, manchmal beneide ich dich, dass du in der Wohnung über der Garage aufgewachsen bist.«

Buchanan lächelte. »Komisch, ich war neidisch auf dich, weil du im Landhaus aufgewachsen bist und viel Geld hattest, während meine Familie sich für deine abgerackert hat. Wer von uns klingt eigentlich jetzt betrunken?«

»Du bist der beste Freund, den ich je hatte.«

»Du weißt, dass das auf Gegenseitigkeit beruht, Senator.«

»Es ist noch bemerkenswerter, dass du mich nie um irgendetwas gebeten hast. Dabei weißt du verdammt genau, dass ich einigen Ausschüssen vorsitze, die deiner Sache dienlich sein könnten.«

»Ich möchte den Anschein moralischen Fehlverhaltens vermeiden.«

»Dann wärst du der Einzige in dieser Stadt.« Ward lachte leise.

»Sagen wir einfach, deine Freundschaft ist mir wichtiger.«

Ward sprach leise weiter. »Ich hab's dir zwar nie erzählt, aber was du bei der Beerdigung meiner Mutter gesagt hast, hat mich tief gerührt. Ich wette, du hast sie besser gekannt als ich.«

»Sie war 'ne tolle Frau. Hat mir alles beigebracht, was ich fürs Leben brauchte. Sie hatte einen großen Abgang verdient. Was ich gesagt habe, war nicht mal die Hälfte von dem, was ihr zustand.«

Ward schaute in sein Glas. »Wenn mein Stiefvater von unserem Familienerbe hätte leben können, statt Geschäftsmann zu spielen, hätten wir den Landsitz möglicherweise behalten. Und er hätte sich den Kopf nicht mit der Schrotflinte weggeschossen. Aber dann hätte *ich* vielleicht das Vermögen verplempert und wäre nicht dazu gekommen, all diese Jahre Senator zu spielen.«

»Wenn mehr Menschen das Spiel so spielen würden wie du, Rusty, wäre das Land besser dran.«

»Ich war zwar nicht auf Komplimente aus, aber was du sagst, freut mich.«

Buchanan trommelte mit den Fingerspitzen auf den Tisch. »Ich bin vor ein paar Wochen mal wieder in der alten Heimat gewesen.«

Ward schaute überrascht auf. »Warum?«

Buchanan zuckte die Achseln. »Weiß ich auch nicht genau. Ich war in der Nähe und hatte ein bisschen Zeit. Es hat sich nicht viel verändert. Ist noch immer schön dort.«

»Ich war seit dem College-Abschluss nicht mehr da. Weiß nicht mal, wem der Landsitz jetzt gehört.«

»Einem jungen Ehepaar. Ich hab die Frau und die Kinder durchs Tor gesehen. Sie haben vorn auf der Wiese gespielt. Er ist wahrscheinlich Anlageberater oder Internetmogul oder so was. Vor kurzem nur zehn Dollar in der Tasche, bis ihm die glorreiche Idee kam, und heute hundert Millionen in Aktien.«

Ward hob sein Glas. »Gott segne Amerika.«

»Hätte ich damals das Geld gehabt, Rusty, hätte deine Mutter das Haus nicht verloren.«

»Ich weiß, Danny.«

»Aber nichts passiert ohne Grund. Wie du schon sagtest, wärst du vielleicht nicht in die Politik gegangen. Du hättest eine Riesenkarriere gemacht. Du bist ein Gläubiger.«

Ward lächelte. »Dein komisches Klassifizierungssystem hat mich schon immer fasziniert. Hast du es eigentlich irgendwo aufgeschrieben? Ich würde es gern mal mit meinen Schlussfolgerungen über meine ehrenwerten Kollegen vergleichen.«

Buchanan tippte sich an die Stirn. »Ich hab's nur hier oben drin.«

»Der ganze Goldschatz – gelagert im Hirn eines Menschen. Wie schade.«

»Du weißt doch auch alles über die Leute in dieser Stadt.« Buchanan hielt inne; dann fügte er leise hinzu: »Was weißt du eigentlich über mich?«

Die Frage schien Ward zu überraschen.

»Du willst mir doch nicht erzählen, dass der größte Lobbyist der Welt an Selbstzweifeln leidet? Ich dachte, die Haupttugenden von Daniel J. Buchanan wären seine unerschütterliche Zuversicht, sein enzyklopädischer Verstand und sein Verständnis für die Psyche flatterhafter Politiker und ihre angeborenen Schwächen – mit denen man übrigens den Pazifik füllen könnte.«

»Jeder hat so seine Zweifel, Rusty. Selbst Menschen wie wir. Deswegen halten wir es auch so lange aus. Einen Zoll vom Abgrund entfernt. Wenn man nur eine Sekunde nicht aufpasst, holt einen der Tod.«

Angesichts seines Tonfalls ließ Ward seinen amüsierten Ausdruck fallen. »Brennt dir irgendwas auf der Seele, worüber du reden möchtest?«

»Aber nein«, sagte Buchanan mit einem plötzlichen Lächeln. »Wenn ich erst anfange, arme Hunde wie dich in meine Geheimnisse einzuweihen, muss ich meine Würstchenbude irgendwo anders aufstellen und von vorn anfangen. Und dazu bin ich zu alt.«

Ward lehnte sich ins weiche Polster und schaute seinen Freund eingehend an. »Was treibt dich eigentlich, Danny? Das Geld doch wohl kaum.«

Buchanan nickte langsam und zustimmend. »Wenn ich es nur für die Dollars machen würde, wäre ich schon vor zehn Jahren weg gewesen.« Er leerte sein Glas und schaute zum Eingang, wo der italienische Botschafter mit seinem großen Gefolge stand – zusammen mit mehreren höheren Ministerialen, einigen Senatoren und drei Frauen in kurzen schwarzen Kleidern, die aussahen, als hätte man sie für den Abend gemietet. Wahrscheinlich war es auch so. Das Monocle füllte sich nun mit so vielen Prominenten, dass man kaum noch spucken konnte, ohne irgendeinen Würdenträger zu treffen. Alle waren darauf aus, sich die Welt in die Tasche zu stecken. Und ständig waren sie auf der Suche nach Leuten, die sie dabei weiterbrachten. Sie saugten dich aus, bis nichts mehr übrig war, und nannten dich »Freund«. Buchanan kannte den Text dieses Liedes genau.

Er schaute zu einem alten Foto an der Wand hinauf. Ein Glatzkopf mit Hakennase, finsterer Miene und wirrem Blick starrte auf ihn hinunter. Der Mann war längst tot, aber er war jahrzehntelang einer der mächtigsten Männer Washingtons gewesen. Und der gefürchtetsten. Macht und Furcht gingen hier offenbar Hand in Hand. Doch Buchanan konnte sich nicht mehr an seinen Namen erinnern. Wenn das nicht Bände sprach.

Ward stellte sein Glas ab. »Ich glaube, ich weiß es. Die Dinge, für die du eintrittst, sind mit den Jahren immer uneigennütziger geworden. Du willst eine Welt retten, die anderen scheißegal ist. Du bist eigentlich der einzige Lobbyist, den ich kenne, der so etwas tut.«

Buchanan schüttelte den Kopf. »Ein armer irischer Junge, der sich selbst an den Haaren aus dem Sumpf gezogen und ein Vermögen verdient hat, findet den Glauben und opfert seine restlichen Jahre, um weniger Glücklichen zu helfen? Verdammt, Rusty, ich werde mehr von Angst als von Altruismus angetrieben.«

Ward schaute ihn neugierig an. »Wie das?«

Buchanan richtete sich gerade auf, legte die Handflächen aneinander und räusperte sich. Er hatte es noch nie jemandem erzählt. Nicht mal Faith. Vielleicht war die Zeit jetzt reif. Er würde natürlich eine blöde Figur abgeben, aber Rusty behielt es wenigstens für sich.

»Ich habe einen ständig wiederkehrenden Traum. In diesem Traum wird Amerika immer reicher und fetter. Wo kriegt ein Sportler hundert Millionen Dollar, nur um einen Ball zu werfen? Wo verdient ein Schauspieler zwanzig Millionen, nur um in einem Scheiß-Film aufzutreten? Wo kriegt ein Model zehn Millionen, damit es in Unterwäsche herumläuft? Wo kann ein Neunzehnjähriger Milliarden im Börsengeschäft verdienen, indem er das Internet dazu nutzt, uns noch schneller als zuvor noch mehr Dinge zu verkaufen, die niemand braucht?« Buchanan legte eine Pause ein und schaute kurz in die Ferne. »Wo kann ein Lobbyist genug verdienen, um sich ein Privatflugzeug leisten zu können?« Er konzentrierte sich wieder auf Ward. »Wir horten den Reichtum der Welt. Wenn sich uns jemand in den Weg stellt, zertreten wir ihn auf hundert verschiedene Arten. Und gleichzeitig verkaufen wir allen die Botschaft des glorreichen Amerika, der einzigen noch existierenden Supermacht der Welt, stimmt's?

Dann wacht der Rest der Welt nach und nach auf, schaut nach Amerika und sieht, wer wir sind: eine Bande von Betrügern. Und dann kommen sie zu uns. In Langbooten, Propellerflugzeugen und Gott-weiß-was sonst noch. Zuerst zu Tausenden, dann zu Millionen und schließlich zu Milliarden. Und sie radieren uns aus. Sie stopfen uns alle in irgendein Klo und spülen uns ab. Dich, mich, die Sportler, die Filmstars, die Supermodels, die Wall Street, Hollywood und Washington. Die wahre Welt des schönen Scheins.«

Ward musterte ihn mit großen Augen. »Mein Gott, ist das ein Traum oder ein Albtraum?«

Buchanan schaute ihn ernst an. »Sag du's mir.«

»Wer sein Land nicht liebt, hat da nichts verloren, Danny. An dem Spruch ist was Wahres dran. So schlimm sind wir nun auch nicht.«

»Außerdem verbrauchen wir einen unverhältnismäßig großen Anteil des Reichtums und der Energie der Welt. Wir verschmutzen die Umwelt mehr als jedes andere Land. Wir ruinieren die Wirtschaft fremder Länder, und es schert uns einen Dreck. Trotzdem liebe ich mein Land – und dafür gibt es eine Reihe von großen und kleinen Gründen, die ich wirklich nicht erklären kann. Deswegen setzt mir der Traum so zu. *Ich will nicht, dass es so kommt.* Aber es fällt mir immer schwerer, in dieser Hinsicht Hoffnungen zu hegen.«

»Wenn es so ist, warum *tust* du es dann?«

Buchanan musterte erneut das alte Foto; dann sagte er: »Willst du etwas Markiges oder etwas Philosophisches hören?«

»Wir wär's mit der Wahrheit?«

Buchanan schaute seinen alten Freund an. »Ich bedaure es zutiefst, nie Kinder gehabt zu haben«, sagte er langsam.

Dann hielt er inne. »Ein guter Freund von mir hat ein Dutzend Enkel. Er hat mir von einem Elternabend an der Grundschule einer Enkelin erzählt, an dem er teilgenommen hat. Ich habe ihn gefragt, wieso er sich das antut, weil das doch eigentlich die Aufgabe der Eltern wäre. Weißt du, was er geantwortet hat? Er hat gesagt, so wie die Welt jetzt ist, müssen wir alle über das Ende unseres eigenen Lebens hinausdenken. Ja, sogar über das Leben unserer Kinder hinaus. Wir haben das Recht dazu. Und die Pflicht, hat er gesagt.«

Buchanan strich seine Serviette glatt. »Vielleicht tue ich das, was ich tue, weil in dieser Welt die Summe des Unglücks die des Glücks überwiegt. Und das ist einfach nicht recht.« Wieder hielt er inne, und Tränen traten ihm in die Augen. »Ansonsten weiß ich es auch nicht.«

KAPITEL 28

Brooke Reynolds hatte gerade das Tischgebet gesprochen. Zehn Minuten zuvor war sie durch die Tür gestürmt, gerade noch rechtzeitig zum Abendessen. Ihre reguläre Arbeitszeit ging von Viertel nach acht bis siebzehn Uhr. Das war der größte FBI-Witz: reguläre Arbeitszeit. In Windeseile hatte sie Jeans und einen Pulli angezogen und ihre Wildlederhalbschuhe mit Reeboks vertauscht. Das gemeinsame Abendessen war etwas, das Brooke in Ehren zu halten versuchte. Sie versuchte es jeden Abend einzuhalten, selbst wenn es bedeutete, dass sie anschließend wieder zur Arbeit musste.

Ihre Aufgabe heute Abend war es, die Teller mit Erbsen und Kartoffelbrei für alle zu füllen. Rosemary hatte den Kindern Milch eingeschenkt, und Brookes Tochter Theresa half dem dreijährigen David, das Fleisch zu schneiden.

Während die Hälfte ihres Hirns sich immer noch damit beschäftigte, Faith Lockhart und ihren neuen Verbündeten Lee Adams aufzuspüren, wartete die andere Hälfte in freudiger Erwartung auf Halloween. Noch knapp eine Woche. Sydney, ihre sechsjährige Tochter, war zum zweiten Mal hintereinander fest entschlossen, sich als I-Ah zu verkleiden. David würde als der muntere Tigger gehen, eine Figur, die perfekt zu dem lebhaften Jungen passte. Danach, an Thanksgiving, machten sie vielleicht einen Ausflug zu ihren Eltern nach Florida, falls Brooke die Zeit dazu fand. Dann kam Weihnachten. In diesem Jahr war sie fest entschlossen, den Kinder den Weihnachtsmann zu zeigen. Im letzten Jahr war sie nicht dazu gekommen, aus dienstlichen Gründen. Aus welchen Gründen auch sonst? Diesmal gedachte Brooke ihre Neun-Millimeter auf jeden zu richten, der es wagte, die Begegnung mit Santa Claus zu unterbinden. Alles in allem war es ein guter Plan, vorausgesetzt, es gelang ihr, ihn in die Tat umzusetzen. Planung war leicht; Ausführung war der Schlüssel, der so oft aus dem Schloss fiel.

Brooke stand vom Tisch auf und schenkte sich ein Glas Weißwein ein. Als sie die Flasche wieder verkorkte, schaute sie sich traurig in dem Heim um, das bald nicht mehr das ihre sein würde. Ihr Sohn und ihre Tochter spürten, dass Veränderungen anstanden. David schlief seit einer Woche nachts nicht mehr durch. Wenn Brooke nach einem fünfzehnstündigen Arbeitstag nach Hause kam, nahm sie den zitternden, weinenden Kleinen in die Arme, versuchte ihn zu beruhigen und wiegte ihn wieder in den Schlaf, versuchte ihm klarzumachen, dass alles wieder gut werden würde, obwohl sie nicht das mindeste über die Zukunft wusste. Manchmal war es schrecklich, Kinder zu haben, besonders dann, wenn man mitten in einer Scheidung war und den ganzen Schmerz, den so etwas mit sich brachte, jeden Tag in den Gesichtern der Kinder sah. Sie hatte sich mehr als einmal überlegt, ob sie die Scheidung nicht aus diesem Grund bleiben lassen sollte. Aber nur der Kinder wegen weiterzumachen war auch keine Lösung. Zumindest nicht für sie. Sie würden ohne den Mann, der bei ihnen gewesen war, ein besseres Leben führen. Und ihr Exmann war nach der Scheidung vielleicht ein besserer Vater als jetzt. Zumindest konnte man es hoffen. Sie wollte die Kinder einfach nicht enttäuschen.

Als Brooke ihre Tochter Sydney dabei ertappte, dass sie ihre Mutter besorgt anschaute, lächelte sie so natürlich sie konnte. Sydney war zwar erst sechs, aber sie hätte auch sechzehn sein können. Sie war so frühreif, dass es einen manchmal erschrecken konnte. Die Kleine bekam einfach alles mit. Brooke hatte in ihrem ganzen Berufsleben noch nie einen Verdächtigen so gründlich verhört, wie sie fast jeden Tag von Sydney in die Zange genommen wurde. Das Kind versuchte zu begreifen, was vor sich ging und was die Zukunft für sie bereithielt, doch Brooke wusste auf diese Fragen selbst keine klaren Antworten.

Sie hatte Sydney spätabends mehr als einmal dabei ertappt, wie sie ihr weinendes Brüderchen an sich gedrückt und getröstet hatte, um seine Ängste zu zerstreuen. Brooke hatte dem Mädchen vor kurzem gesagt, es brauche nicht auch noch die Verantwortung für David zu übernehmen; ihre Mutter würde immer für sie da sein. Die Worte hatten einen hohlen Klang gehabt, und Sydneys Miene war skeptisch gewesen. Die Tatsache, dass ihre Tochter ihre Aussage nicht als eine todernste, feste Wahrheit akzeptierte, hatte Brooke in Sekunden um Jahre altern lassen. Die Erinnerung an die Handleserin und die Prophezeiung eines frühen Todes waren ihr nicht mehr aus dem Kopf gegangen.

»Rosemarys Hähnchen sind klasse, nicht wahr, mein Schatz?«, sagte sie zu Sydney.

Das Mädchen nickte.

»Danke, Ma'am«, sagte Rosemary erfreut.

»Alles in Ordnung, Mommy?«, fragte Sydney. Gleichzeitig schob sie das Milchglas ihres kleinen Bruders vom Tischrand weg. David neigte dazu, alle mit Flüssigkeit gefüllten Gefäße in seiner Reichweite umzukippen.

Die unterschwellig mütterliche Handlung und die ernste Frage ihrer Tochter rührten Brooke beinahe zu Tränen. Ihr Gefühlsleben hatte in letzter Zeit so zwischen Höhen und Tiefen geschwankt, dass oft nicht viel fehlte, sie losheulen zu lassen. Sie trank einen Schluck Wein und hoffte, er möge verhindern, dass sie tatsächlich einen Weinkrampf bekam. Ihr war, als wäre sie wieder schwanger. Die kleinste Sache machte sie dermaßen fertig, als ginge es um Leben und Tod. Dann aber setzte ihr gesunder Menschenverstand wieder ein. Sie konnte sich den Luxus einer hingebungsvollen Tagesmutter leisten. Es war keine Antwort, wenn man heulend herumsaß und in Selbstmitleid zerfloss. Ihr Leben war halt nicht vollkommen. Wessen Leben war es schon? Sie dachte daran, was Anne Newman im Moment durchmachte. Ihre eigenen Probleme kamen ihr gar nicht mehr so schlimm vor.

»Es ist alles in bester Ordnung, Syd. Wirklich. Herzlichen Glückwunsch zu deinem letzten Diktat. Miss Betack hat gesagt, du warst der Star des Tages.«

»Ich gehe auch gern in die Schule.«

»Das sieht man, junge Dame.«

Brooke wollte sich gerade zurücklehnen, als das Telefon klingelte. Sie warf einen Blick auf die LCD-Anzeige. Die Nummer des Anrufers war nicht zu sehen. Entweder hatte er eine Rufnummernunterdrückung oder eine Geheimnummer. Sie fragte sich, ob sie das Gespräch annehmen sollte. Wie alle FBI-Agenten, die sie kannte, besaß auch sie aus Sicherheitsgründen eine Nummer, die nicht im Telefonverzeichnis stand. Die Leute aus dem Büro riefen ohnehin normalerweise Brookes Piepser oder ihr Handy an, deren Nummern sie nicht an jeden weitergab. Anrufe auf diesen Geräten nahm sie stets entgegen. Wahrscheinlich war es wieder eine dieser Firmen, welche die Leute per Computer anwählen ließen. Wenn man sich meldete, wurde man gebeten zu warten, bis ein Verkäufer das Gespräch annahm und versuchte, einem eine Ferienwohnung in Florida aufzuschwatzen. Trotzdem ließ irgendetwas sie nach dem Hörer greifen und abnehmen.

»Hallo?«

»Brooke?«

Es war Anne Newman, und sie klang verstört. Während Brooke ihr zuhörte, wurde ihr klar, dass es um irgendetwas ging, das mit dem gewaltsamen Tod ihres Mannes zu tun hatte. Die arme Anne. Was konnte es noch Schlimmeres geben?

»Ich bin in einer halben Stunde da«, sagte Brooke.

Sie nahm ihren Mantel und den Wagenschlüssel, biss noch mal von einer Scheibe Brot ab und küsste ihre Kinder.

»Kommst du früh genug zurück, um uns eine Geschichte vorzulesen, Mom?«, fragte Sydney.

»Drei Bären, drei Schweinchen, drei Ziegen«, zitierte David

prompt seine Lieblings-Gutenachtgeschichte. Seine Schwester Sydney las die Geschichten lieber selbst, und zwar jeden Abend, wobei sie die Wörter vor sich hin sprach. Klein-David trank nun einen großen Schluck Milch, rülpste laut und entschuldigte sich, wobei er sich kaputtlachte.

Brooke lächelte. Wenn sie müde war, erzählte sie die Geschichten manchmal so schnell, dass sie miteinander verschmolzen. Die Schweinchen bauten ihre Häuser, die Bären gingen spazieren, Goldlöckchen brach in die Bude ein, und die drei Ziegenböcke verprügelten den bösen Troll und lebten glücklich und zufrieden bis ans Ende ihrer Tage auf der grünen Wiese. Klang doch nett. Wo gab's so was zu kaufen? Später, wenn sie sich dann bettfein machte, hatte sie immer ein schrecklich schlechtes Gewissen. Die Wahrheit sah so aus, dass ihre Kinder erwachsen sein und ausziehen würden, bevor sie auch nur zweimal geblinzelt hatte. Und ihre Mutter ließ sie andauernd selbst bei den Märchen zu kurz kommen, weil ihr nach etwas so Unwichtigem wie Schlafen war. Manchmal war es besser, nicht zu viel nachzudenken. Obendrein war Brooke ein klassischer Workaholic und eine Perfektionistin obendrein. Die »perfekte Mutter« hingegen war der größte Widerspruch in sich, den man sich denken konnte.

»Ich werde es jedenfalls versuchen. Ich verspreche es.«

Das enttäuschte Gesicht ihrer Tochter führte dazu, dass Brooke sich herumdrehte und aus dem Zimmer flüchtete. Sie hielt vor dem kleinen Raum im Parterre an, der ihr als Arbeitszimmer diente, zog eine rundliche, schwere Metallkiste aus dem Schrank, schloss sie auf, nahm ihre SIG-Neun-Millimeter heraus, zog den Schlitten zurück, um eine Patrone zu laden, sicherte die Waffe, schob sie ins Klemmhalfter und verließ das Haus, bevor sie für einen weiteren Gedanken an unterbrochene Mahlzeiten und enttäuschte Kinder Platz gefunden hatte.

Superfrau: Karriere, Kinder. Sie hatte alles. Ihr Glück wäre perfekt gewesen, hätte sie sich klonen können. Zwei Mal.

KAPITEL 29

Lee und Faith hatten auf dem Weg nach North Carolina zweimal Zwischenstopps gemacht; einmal zu einem späten Mittagessen in einem Burger King, ein anderes Mal in einem großen Einkaufszentrum im Süden Virginias. Lee hatte am Rand des Highways eine Werbetafel erspäht, die Reklame für eine einwöchige Waffenmesse machte. Der Parkplatz wimmelte von Kombis, Geländewagen und Autos mit riesigen Reifen und großvolumigen Motoren, die aus der Kühlerhaube ragten. Einige Männer trugen Polohemden oder Chaps, andere Grateful-Dead-T-Shirts und ausgefranste Jeans. Offenbar waren Amerikaner aller sozialen Schichten in Waffen vernarrt.

»Warum gerade hier?«, fragte Faith, als Lee vom Motorrad abstieg.

»Die Gesetze in Virginia verlangen, dass Waffenhändler sich über jeden informieren, der ein Schießeisen bei ihnen kaufen will«, erklärte er. »Man muss ein Formular ausfüllen, einen Waffenschein haben und sich doppelt ausweisen. Das Gesetz gilt aber nicht bei Waffenmessen. Die Leute hier wollen nur dein Geld. Übrigens brauche ich welches.«

»Musst du *wirklich* ein Schießeisen haben?«

Er schaute sie an, als wäre sie gerade aus dem Ei geschlüpft. »*Alle*, die hinter uns her sind, haben Knarren.«

Da sie dieser vernichtenden Logik nichts entgegensetzen konnte, sagte sie nichts mehr, gab ihm das Bargeld und lehnte sich ans Motorrad. Lee ging in die Halle und erwarb eine Smith & Wesson Double Action mit Fünfzehn-Schuss-Magazin, die Neun-Millimeter-Parabellums verschoss. Das

»Autopistol«-Zeichen war jedoch irreführend. Man konnte die Waffe nicht auf Dauerfeuer einstellen; man musste bei jedem Schuss den Abzug betätigen. Die Automatik bestand darin, dass die Waffe nach jedem Bedienen des Abzugs selbsttätig nachlud. Lee kaufte noch eine Schachtel Munition und ein Reinigungsset, dann kehrte er auf den Parkplatz zurück.

Faith schaute genau hin, als er das Schießeisen und die Munition in einer Satteltasche des Motorrads verstaute.

»Fühlst du dich jetzt sicherer?«, fragte sie leicht ironisch.

»Im Moment würde ich mich nicht mal in Gesellschaft von hundert FBI-Agenten im Hoover Building sicher fühlen. Ich weiß auch nicht, wieso ...«

Bei Einbruch der Nacht erreichten sie den Ort Duck in North Carolina, und Faith wies Lee die Richtung zu ihrem Haus in der Gemeinde Pine Island.

Als sie davor hielten, starrte Lee das riesige Bauwerk an, nahm den Helm ab und drehte sich zu ihr um. »Hast du nicht gesagt, es wäre klein?«

»Wenn ich mich recht erinnere, hast *du* es als klein bezeichnet. Ich habe nur gesagt, es ist komfortabel.«

Sie schwang sich von der Honda und reckte sich. All ihre Körperteile, besonders der Hintern, fühlten sich verspannt an.

»Das ist ja mindestens zweitausend Quadratmeter groß.« Lee schaute das dreistöckige Holzhaus an, das auf einer riesigen Rasenfläche stand. Es verfügte über zwei gemauerte Schornsteine und ein Schindeldach aus Zedernholz. Zwei breite Balkone liefen um die zweite und dritte Etage und verliehen dem Gebäude das Aussehen eines Herrenhauses, was durch die Giebeltürmchen und den großen Wintergarten mit seinem verglasten Gitterwerk, der zwischen dem hohen Riedgras hervorlugte, noch verstärkt wurde. Lee bemerkte, dass sich die Sprinkleranlage automatisch einschaltete und die Außenbeleuchtung aufflammte. Hinter dem Gebäude hörte er das Tosen der Brandung. Die Villa stand am Ende einer Sackgasse, doch ähnliche Hausungetüme – gelb, blau und grün gestrichen – reihten sich an der dem Strand zugewandten Straßenseite in beiden Richtungen, so weit das Auge reichte. Obwohl die Luft warm und ein wenig feucht war, war der November im Anmarsch, und praktisch alle anderen Häuser waren dunkel.

»Ich habe mir nie die Mühe gemacht, die Fläche nachzumessen«, sagte Faith auf Lees letzte Bemerkung hin. »Ich vermiete das Haus von April bis September. Es deckt die Kosten und trägt mir pro Jahr noch dreißigtausend ein – nur für den Fall, dass es dich interessiert.« Sie nahm den Helm ab und fuhr sich mit der Hand durch das verschwitzte Haar. »Ich brauche eine Dusche und was zu essen. In der Küche findest du alles. Die Maschine kannst du auf dem Einstellplatz parken.«

Sie schloss die Haustür auf und ging hinein. Lee stellte die Honda auf einem von zwei Stellplätzen des Car-Ports ab und trug die Taschen hinein. Das Innere des Hauses war noch schöner als sein Äußeres. Lee nahm mit Dankbarkeit zur Kenntnis, dass es auch über eine Alarmanlage verfügte. Als er sich umschaute, fiel sein Blick auf hohe Decken, gebeizte Holzbalken, Wandvertäfelungen sowie auf italienische Fliesen an einigen Stellen und kostbare Perserteppiche, die den Fußboden bedeckten. Er zählte sechs Schlafzimmer und sieben Bäder und entdeckte auf der hinteren Veranda einen im Freien stehenden Whirlpool, der groß genug war, um mindestens sechs betrunkene Erwachsene aufzunehmen. Außerdem gab es drei Kamine, einschließlich eines gasbetriebenen in der Herrensuite. Die Sitzmöbel waren mit dicken Kissen belegt und bestanden aus Rattan und Korbgeflecht. Alle dienten offenbar dem Zweck, zu einem Nickerchen zu verlocken.

Lee öffnete in der Küche eine Balkontür, trat ins Freie und warf einen Blick in den umzäunten Hof. Unter ihm befand sich ein nierenförmiger Swimmingpool. Gechlortes Wasser funkelte im Schein der Poolbeleuchtung. Irgendein elektrisches Gerät schob sich durchs Wasser und fraß Käfer und Blätter und Schmutzteile.

Faith gesellte sich zu Lee. »Ich habe die Leute heute Morgen herbestellt und alles klarmachen lassen. Sie kümmern sich ohnehin das ganze Jahr um den Pool. Ich bin schon im Dezember drin geschwommen. Es ist herrlich friedlich hier.«

»Die anderen Häuser sind wohl nicht bewohnt.«

»Bestimmte Teile der Outer Banks sind neun bis zehn Monate im Jahr ziemlich voll, wegen des herrlichen Wetters. Aber es besteht auch die Möglichkeit, dass man in dieser Jahreszeit in einen Hurrikan gerät. Außerdem ist die Gegend hier ziemlich teuer. Die Häuser werden für ein kleines Vermögen vermietet, selbst in der Vor- und Nachsaison. Man braucht schon eine große Gruppe von Leuten, damit sich das lohnt; für eine Durchschnittsfamilie sind die Häuser zu teuer. Doch um diese Jahreszeit sind fast nur die Eigentümer hier. Aber wenn die Kinder in der Schule sind, sieht man sie die Woche über nur selten. Deshalb ist es so leer.«

»Ich hab's gern leer.«

»Der Pool ist beheizt, falls du plantschen gehen willst.«

»Ich hab keine Badehose dabei.«

»Ohne traust du dich wohl nicht, was?« Faith grinste. Sie war froh, dass es zu dunkel war, als dass Lee den Ausdruck ihrer Augen hätte sehen können. Hätten seine babyblauen Augen sie im richtigen Moment angeschaut, hätte sie ihn vielleicht ins Becken geschubst, wäre hinter ihm hergesprungen, und dann ...

»Im Ort gibt es zahlreiche Möglichkeiten, sich Sachen zum Schwimmen zu kaufen. Wir kaufen dir morgen welche. Ich selbst hab meine Sachen hier.«

»Ich glaube, ich komme mit dem zurecht, was ich bei mir habe.«

»Du willst es dir hier nicht gemütlich machen, oder?«

»Ich weiß nicht, ob wir dafür genug Zeit haben.«

Faith schaute zu den hölzernen Spazierwegen, die an den Dünen vorbeiführten, wo der Atlantik finster gegen den Strand schlug. »Das weiß man nie. Ich glaube, es gibt keinen besseren Ort zum Schlafen als den Strand. Das Schönste ist das Rauschen der Wogen, die einen in den Schlaf wiegen. In Washington schlafe ich nie sehr gut. Da gibt es zu viele Dinge, um die man sich Sorgen machen muss.«

»Komisch, ich schlafe gut in der Stadt.«

Sie schaute ihn kurz an. »Jedem das seine.«

»Was gibt's zum Abendessen?«

»Zuerst gehen wir mal duschen. Schlafen kannst du in der Herrensuite.«

»Die gehört doch dir. Mir reicht ein Sofa.«

»Bei sechs Schlafzimmern brauchst du nicht bescheiden zu sein. Nimm das Zimmer oben am Ende des Flurs. Von da aus kann man auf die hintere Veranda hinaus. Wo der Whirlpool ist. Fühl dich wie zu Hause. Auch ohne Badehose. Und keine Angst, ich guck dir schon nichts weg.«

Sie gingen zurück ins Haus. Lee nahm seine Tasche und folgte Faith nach oben. Er duschte und zog frische Khaki-Sachen, einen Pulli und Turnschuhe ohne Socken an, denn er hatte vergessen, welche mitzunehmen. Er machte sich nicht die Mühe, seine neue Bürstenfrisur zu trocknen. Er ertappte sich dabei, dass er in den Spiegel schaute. Der Haarschnitt stand ihm. Eigentlich wirkte er sogar ein paar Jahre jünger. Er klopfte auf seinen harten Bauch und protzte vor dem Spiegel kurz mit den Muskeln.

»Ja, genau«, sagte er zu seinem Spiegelbild. »Nicht mal dann, wenn sie dein Typ wäre, was sie aber auf keinen Fall ist.« Er verließ das Zimmer, um nach unten zu gehen, blieb dann aber im Korridor stehen.

Faiths Schlafzimmer lag am anderen Ende des Flurs. Lee hörte, dass ihre Dusche noch lief. Wahrscheinlich ließ sie sich nach der langen Fahrt unter dem warmen Wasser ausgiebig Zeit. Sie hatte sich gut gehalten, das musste er zugeben. Sie hatte sich auch nicht übermäßig beklagt. Er ging über den Flur, als ihm plötzlich der Gedanke kam, dass Faith die Dusche vielleicht nur als Ablenkungsmanöver benützte und in diesem Augenblick im Begriff war, durch die

Hintertür zu verschwinden. So viel er wusste, hatte sie einen Mietwagen bestellt, der auf der Straße stand. Vielleicht haute sie gerade mit dem Wagen ab und überließ ihn seinem Schicksal. War Faith genauso wie ihr Vater? Verschwand sie bei Nacht und Nebel, wenn die Lage kritisch wurde?

Er klopfte an die Tür. »Faith?« Keine Antwort, also klopfte er lauter. »Faith? Faith!« Das Wasser lief noch immer. »Faith!«, rief er. Er griff nach der Klinke. Die Tür war abgeschlossen. Er hämmerte an die Tür, rief ihren Namen.

Lee wollte gerade die Treppe hinunterstürmen, als er Schritte hörte und die Tür aufgerissen wurde. Faith stand vor ihm. Ihr Haar war durchnässt und hing ihr ins Gesicht. Wasser tropfte an ihren Beinen. Ein Handtuch verhüllte nur knapp ihre Blößen.

»Was ist?«, fragte sie. »Stimmt was nicht?«

Lee ertappte sich dabei, dass er die fein geschwungenen Knochen ihrer Schultern anstarrte, die ihren Audrey-Hepburn-Hals und die Straffheit ihrer Arme nun gänzlich enthüllten. Dann glitt sein Blick zu ihren Oberschenkeln hinunter, und er schlussfolgerte rasch, dass ihre Arme nicht mit den Beinen konkurrieren konnten.

»Was ist los, Lee, verdammt?«, fragte sie laut.

Lee fuhr zurück. »Ach, nichts. Ich wollte nur wissen ... äh, ob ich was zu essen machen soll.« Er setzte ein lahmes Lächeln auf.

Sie schaute ihn ungläubig an, während sich auf dem Teppich zu ihren Füßen eine Wasserpfütze sammelte. Als sie das größtenteils nasse Handtuch straffer um den Körper zog, malten ihre kleinen, festen Brüste sich unter dem dünnen Stoff ab. In diesem Moment begann Lee ernsthaft darüber nachzudenken, ob er noch einmal duschen gehen sollte – diesmal aber so kalt, dass ein bestimmter Teil seiner Anatomie die gleiche Farbe bekam wie seine Augen.

»Ja, schön.« Sie schlug ihm die Tür vor der Nase zu.

»Wirklich schön«, sagte Lee leise zu der Tür.

Er ging nach unten, inspizierte den Inhalt des Kühlschranks, entschied sich für ein Gericht und baute die Lebensmittel und Pfannen vor sich auf. Er hatte so lange allein gelebt, dass er sich, der ewigen Fertiggerichte überdrüssig, entschlossen hatte, kochen zu lernen. Er empfand es sogar als Therapie und ging inzwischen davon aus, dass er nun, da seine Arterien vom Fett befreit waren, zwanzig Jahre länger leben würde. Wenigstens war er bis zu dem Tag davon ausgegangen, an dem er Faith Lockhart begegnet war. Nun konnte er sich alle Wetten auf ein langes Leben abschminken.

Lee legte Alufolie auf ein Backblech, bestrich den Fisch mit Butter, die er in einer Pfanne hatte schmelzen lassen, und ließ sie eindringen. Dann gab er Knoblauch, Zitronensaft und einige andere Gewürze hinzu, deren Zusammensetzung der geheimen Tradition der Adams-Familie entstammte, und schob den Fisch in den Backofen. Er zerschnitt Tomaten und ein Stück Mozzarella, verteilte beides appetitlich auf einem Servierteller und fügte Olivenöl und Basilikum hinzu. Als Nächstes bereitete er einen Salat zu. Dann schnitt er ein Baguettebrot der Länge nach auf, bestrich es mit Butter, gab Knoblauch darauf und legte es in den unteren Ofen. Er deckte den Tisch für zwei Personen und legte Leinenserviette neben das Besteck, die er in einer Schublade fand. Kerzen standen zwar schon da, doch sie anzuzünden kam Lee bescheuert vor. Schließlich waren sie nicht auf der Hochzeitsreise, sondern wurden im ganzen Land gejagt.

Er öffnete einen kleinen eingebauten Weinkühler neben dem Kühlschrank und wählte eine Flasche Weißwein aus. Als er die beiden Gläser füllte, kam Faith die Treppe herunter. Sie trug ein offenes Jeanshemd mit einem weißen T-Shirt darunter, eine lose fallende weiße Hose und rote Sandalen. Ihm fiel auf, dass sie noch immer nicht geschminkt war; zumindest konnte er kein Make-up an ihr entdecken. An ihrem Handgelenk baumelte ein silberner Armreif. Außerdem trug sie Türkisohrringe im geschwungenen Stil des Südwestens.

Lees Aktivitäten in der Küche schienen sie zu überraschen. »Ein Mann, der schießen, das FBI abhängen und auch noch kochen kann. Du erstaunst mich immer wieder.«

Er reichte ihr ein Weinglas. »Eine gute Mahlzeit und ein ruhiger Abend – und dann nehmen wir uns die ernsthaften Dinge vor.«

Sie musterte ihn kühl, als er mit ihr anstieß. »Du verstehst es auch, hinter dir aufzuräumen«, sagte sie.

»Noch eins meiner Talente.« Lee schaute nach dem Fisch, während Faith ans Fenster trat und hinausblickte.

Sie aßen schweigend. Nun, da sie am Ziel angelangt waren, fühlten sie sich beide anscheinend ein wenig gehemmt. Hierher zu kommen war offenbar der leichtere Teil gewesen.

Faith bestand darauf, den Tisch abzuräumen. Lee schaltete den Fernseher ein.

»Sind wir in den Nachrichten?«, fragte sie.

»Ich kann nichts finden. Aber es muss Meldungen über den toten FBI-Mann geben. Ein ermordeter Bundesagent ist sogar heutzutage noch eine Seltenheit – Gott sei es gedankt! Morgen kaufe ich 'ne Zeitung.«

Faith beendete ihre Aufräumarbeit, schenkte sich noch ein Glas Wein ein und gesellte sich zu Lee.

»Okay«, sagte er, »unsere Bäuche sind voll, und der Wein hat uns entspannt. Also haben wir jetzt Zeit zum Reden. Ich muss die ganze Geschichte hören, Faith. So einfach ist das.«

»Du fütterst also ein Mädchen ab, füllst es mit Wein und glaubst, du könntest alles mit ihm machen, was?« Sie lächelte gespielt schüchtern.

Lee runzelte die Stirn. »Ich meine es ernst, Faith.«

Ihr Lächeln verschwand zusammen mit ihrer gespielten Schüchternheit. »Lass uns am Strand spazieren gehen.«

Lee wollte protestieren, ließ es dann aber. »Na gut. Du bist hier zu Hause, also gelten deine Regeln.« Er stieg die Treppe hinauf.

»Wo gehst du hin?«

»Bin gleich zurück.«

Als er herunterkam, hatte er eine Windjacke an.

»Du brauchst keine Jacke. Es ist ganz schön warm.«

Er öffnete die Jacke und enthüllte das Klemmhalfter und die Smith & Wesson, die darin steckte. »Ich hab keine Lust, die Sandkrabben zu erschrecken, die uns über den Weg laufen.«

»Waffen jagen mir schreckliche Angst ein.«

»Sie können einem aber auch das Leben retten, wenn man sie richtig benützt.«

»Es kann uns niemand gefolgt sein. Niemand weiß, dass wir hier sind.«

Seine Antwort ließ sie frösteln.

»Ich hoffe bei Gott, dass du Recht hast.«

KAPITEL 30

Brooke setzte das Blaulicht, das sie mitführte, zwar nicht ein, hätte es aber getan, hätte ein Streifenwagen sie anzuhalten versucht. Auf den wenigen geraden Stellen des Beltway überschritt sie nämlich die Geschwindigkeitsbegrenzung um mehr als dreißig Kilometer, bevor sie in einem Meer aus roten Bremslichtern langsamer werden musste. Sie warf einen Blick auf die Armbanduhr. Es war 18 Uhr 30. Wann gab es in dieser verfluchten Gegend eigentlich keinen Berufsverkehr? Um dem Verkehrsgewühl zu entgehen, fuhren die einen immer früher zur Arbeit, und die anderen blieben immer länger im Büro, bevor sie sich nach Hause wagten. Bald würden die beiden Gruppen aufeinander prallen, und dann gab es endlich den offiziellen Rund-um-die-Uhr-Highway-Parkplatz. Glücklicherweise war Anne Newmans Haus nur noch wenige Abfahrten entfernt.

Während der Fahrt dachte Brooke an ihren Besuch in Lee Adams' Wohnung. Sie hatte bisher angenommen, schon alles gesehen und gehört zu haben, doch die Aussage der Hausbewohnerin über das FBI war ein Schock gewesen und hatte Connie und sie in hektische Aktivität versetzt. Als Erstes hatten sie ihre Vorgesetzten informiert und rasch herausgefunden, dass es an Lee Adams' Adresse keinen FBI-Einsatz gegeben hatte. Dann war die Hölle losgebrochen. Wenn jemand sich als FBI-Mann ausgab, zog er die Aufmerksamkeit des Direktors höchstpersönlich auf sich; deswegen hatte er auch für diesen Fall persönlich Anweisungen erteilt. Obwohl die Hintertür zu Adams' Wohnung aus den Scharnieren gehoben war, sodass man problemlos hineingekommen wäre, war als Nächstes in Windeseile ein Durchsuchungsbefehl beantragt und erteilt worden, mit dem persönlichen Segen des Direktors. Was für Brooke eine große Erleichterung gewesen war, denn in diesem Fall wollte sie keine Schnitzer machen. Jeder Fehler würde auf sie persönlich zurückfallen.

Eines der besten kriminaltechnischen Teams des FBI, das von einem anderen hochbrisanten Fall abgezogen worden war, hatte die Wohnung gründlich durchgekämmt. Doch die Leute hatten nicht viel gefunden. Im Anrufbeantworter hatte kein Band gesteckt, was Brooke besonders frustriert hatte. Wenn die falschen FBI-Männer das Band mitgenommen hatten, musste etwas Wichtiges darauf gespeichert gewesen sein.

Bei der weiteren Suche war man weder auf Reiseunterlagen noch auf sonst etwas gestoßen, das einen Hinweis darauf gegeben hätte, wohin Adams und Lockhart unterwegs waren. Immerhin hatte das kriminaltechnische Team Lockharts Fingerabdrücke gefunden. Das war ja schon was. Momentan wurde Adams' Vergangenheit durchleuchtet. Er hatte Familienangehörige in dieser Gegend; vielleicht wussten sie etwas.

Die Beamten hatten auch die Dachluke in dem leeren Apartment gegenüber von Lee Adams Wohnung gefunden. Sehr geschickt gemacht. Brooke waren zudem die vielen Schlösser, die Videoüberwachungsanlage, die Eisentür und das Kupferschild über der Alarmanlage aufgefallen. Lee Adams war kein Anfänger.

In einer Mülltonne hinter der Wohnung hatte man außerdem die Tüte mit den abgeschnittenen Haaren und den Haarfärbemitteln gefunden. Dieser Fund – und die Aufnahmen des Überwachungsmonitors am Flughafen – bewiesen, dass Adams nun blond und Lockhart brünett war. Aber auch das half ihnen nicht viel weiter. Momentan wurde geprüft, ob die beiden irgendwo auf ihre Namen registrierte Zweitwohnsitze hatten.

Brooke war klar, dass es sich um die altbekannte Suche nach der Stecknadel im Heuhaufen handelte, selbst wenn die beiden so dumm waren, ihre echten Namen zu benützen, was Brooke stark bezweifelte. Selbst wenn sie einen ihrer Decknamen verwendet hatten: Namen wie Suzanne Blake und Charles Wright kamen zu oft vor, um eine große Hilfe zu sein.

Die Polizisten, die zu Adams' Wohnung gefahren waren, hatte man verhört. Von den Männern, die sich als FBI-Agenten ausgegeben hatten, hatten sie erfahren, dass Lee Adams im Zusammenhang mit einem landesweit operierenden Kidnapperring gesucht werde. Beide Polizisten hatten versichert, die Ausweise der angeblichen FBI-Leute hätten echt ausgesehen. Außerdem hatten sie eine professionelle Großspurigkeit an den Tag gelegt, die man normalerweise nur mit Bundesagenten in Verbindung brachte. Sie hatten die Wohnung fachmännisch durchsucht und keinen Versuch gemacht, sich davonzustehlen, als der Streifenwagen eingetroffen war. Die Hochstapler hatten sich nach Aussage der zwei Polizisten – beide Veteranen der Straße – in jeder Hinsicht so verhalten, wie man es von FBI-Agenten erwartete. Sie hatten auch den Namen des angeblichen Spezialagenten genannt, der die Aktion leitete. Man hatte diesen Namen durch die FBI-Datenbank gejagt, doch ohne Ergebnis, was aber niemanden überraschte. Die Polizisten hatten Beschreibungen der Hochstapler abgegeben. Ein FBI-Techniker entwarf bereits Phantombilder. Trotzdem war die ganze Sache im Nichts verlaufen, was natürlich tief blicken ließ. So tief, dass es einen schauderte, wenn man die Weiterungen bedachte.

Brooke hatte einen weiteren Besuch von Paul Fisher erhalten. Er war, wie er ihr rasch klar gemacht hatte, im Auftrag von Massey gekommen. Brooke solle – mit aller gebotenen Vorsicht – so schnell wie möglich versuchen, Lockhart aufzuspüren; sie könne darauf zählen, dass man ihr alle Unterstützung gewährte.

»Mach aber bloß keine Fehler mehr«, hatte Fisher gesagt.

»Ich wusste gar nicht, dass ich welche gemacht habe, Paul.«

»Einer unserer Leute wurde umgebracht. Lockhart ist dir in den Schoß gefallen, aber du hast sie entkommen lassen. Wie würdest du das nennen?«

»Ken ist gestorben, weil es eine undichte Stelle gab«, hatte Brooke mit scharfer Stimme erwidert. »Ich sehe nicht ein, wieso ich daran schuld sein soll.«

»Brooke«, hatte Fisher gesagt, »wenn du das wirklich glaubst, solltest du dich um eine Versetzung bemühen. Du hast den schwarzen Peter. Soweit es das FBI betrifft: Falls ein Leck existiert, steht jeder Angehörige deiner Truppe – du eingeschlossen – ganz oben auf der Liste. Und danach wirst du eben beurteilt.«

Sobald er ihr Büro verlassen hatte, hatte Brooke einen Schuh gegen die geschlossene Tür geschleudert. Dann auch den anderen, um sicherzugehen, dass ihm klar war, wie unbeliebt er sich gemacht hatte. Damit war Paul Fisher aus der Liste ihrer sexuellen Fantasien gestrichen.

Nun raste sie die Ausfahrt hinunter, hielt sich an der Braddock Road links, kämpfte sich durch einen letzten Verkehrsstau, bog dann ab und gelangte in das stille Anliegerviertel, wo die Witwe des ermordeten FBI-Agenten wohnte. Als sie Newmans Straße erreichte, wurde sie langsamer. Das Haus war finster. Ein einzelner Wagen stand in der Einfahrt. Brooke stellte ihre Dienstlimousine am Gehsteig ab, stieg aus und eilte zur Tür.

Anne Newman schien auf sie gewartet zu haben, denn die Tür wurde geöffnet, bevor Brooke die Klingel betätigen konnte.

Anne machte keinen Versuch, irgendwelche Floskeln von sich zu geben. Sie erkundigte sich auch nicht, ob Brooke etwas zu trinken haben wollte. Sie führte sie sofort in ein kleines, büromäßig eingerichtetes Hinterzimmer, in dem ein Schreibtisch, ein metallener Aktenschrank, ein Computer und ein Faxgerät standen. Eingerahmte Fotos von Baseballspielern und andere Sportsouvenirs zierten die Wände.

Auf dem Schreibtisch lagen Stapel von Silberdollars, die in Hartplastik verpackt und sauber etikettiert waren.

»Ich habe mich in Kens Büro umgeschaut. Ich weiß auch nicht, warum. Mir schien nur...«

»Du brauchst nichts zu erklären, Anne. Für das, was du jetzt durchmachst, gibt es keine Vorschriften.«

Anne wischte sich eine Träne ab. Brooke musterte sie. Die Frau stand eindeutig vor einem Zusammenbruch, und zwar in jeglicher Hinsicht. Sie trug ein altes Kleid, ihr Haar war ungewaschen, und ihre Augen waren rot und verquollen. Gestern Nachmittag hatte ihre wichtigste Entscheidung vermutlich noch darin bestanden, darüber nachzudenken, was es zum Abendessen geben sollte. Gott, wie die Dinge sich ändern konnten. Ken Newman war nicht der Einzige, dessen Leben gewaltsam geendet hatte. Auch für Anne war von einem Tag auf den anderen die Welt untergegangen. Bloß musste *sie* weiterleben.

»Ich habe ein paar Fotoalben gefunden. Ich wusste gar nicht, dass sie hier sind. Sie waren zusammen mit ein paar anderen Sachen in einem Karton. Ich weiß, dass es vielleicht Ken in ein schlechtes Licht rückt, aber... falls es hilft, herauszufinden, wer dahinter steckt...« Sie brach ab. Ihre Tränen topften auf das Album mit seinem abgewetzten, im psychedelischen Stil der siebziger Jahre gestalteten Umschlag.

»Dich anzurufen war das einzig Richtige«, sagte Anne schließlich mit einer Unverblümtheit, die in Brookes Ohren schmerzlich und erfreulich zugleich klang.

»Ich weiß, dass es dir furchtbar schwer fallen muss.« Brooke beäugte das Album. Sie wollte die Sache so schnell wie möglich hinter sich bringen. »Kann ich mir mal anschauen, was du gefunden hast?«

Anne Newman nahm auf einem kleinen Sofa Platz, schlug das Album auf und zog die durchsichtige Folie hoch, von der die Fotos geschützt wurden. Die aufgeschlagene Seite zeigte das großformatige Bild einer Männergruppe in Jagdkleidung. Sie trugen Gewehre. Einer von ihnen war Ken Newman.

Anne nahm das Foto aus der Hülle. Dahinter steckten ein Zettel und ein kleiner Schlüssel, der sich in die Seite gedrückt hatte. Sie reichte beides Brooke und schaute genau zu, als sie die Gegenstände untersuchte.

Der Zettel war eine Mietbestätigung für ein Schließfach bei einer örtlichen Bank. Der Schlüssel gehörte vermutlich dazu.

Brooke schaute Anne an. »Du hast nichts davon gewusst?«

Anne schüttelte den Kopf. »Wir haben ein Schließfach. Aber nicht bei dieser Bank. Und natürlich ist das noch nicht alles.«

Brooke schaute sich den Zettel an und zuckte unwillkürlich zusammen. Der Schließfachhalter war nicht Ken Newman. Die Rechnungsadresse war auch nicht die des Hauses, in dem sie sich gerade aufhielt. »Wer ist Frank Andrews?«

Anne sah aus, als würde sie erneut in Tränen ausbrechen. »Du lieber Gott, ich habe keine Ahnung.«

»Hat Ken den Namen denn nie erwähnt?«

Anne schüttelte den Kopf.

Brooke atmete tief ein. Wenn Newman ein Schließfach unter einem falschen Namen unterhielt, hatte er dafür irgendeinen Ausweis vorweisen müssen. Sie setzte sich neben Anne aufs Sofa und nahm die Hand der Frau. »Hast du hier irgendetwas gefunden, das auf den Namen Frank Andrews passt?«

Anne schoss das Wasser in die Augen. Brooke empfand echtes Mitleid mit ihr.

»Meinst du irgendeinen Ausweis mit Kens Bild? Etwas, das beweist, dass er Frank Andrews ist?«

»Ja«, sagte Brooke leise.

Anne schob eine Hand in ihr Kleid und nahm einen in Virginia ausgestellten Führerschein aus der Tasche. Der Name lautete Frank Andrews. Die Führerscheinnummer – in Virginia mit der jeweiligen Sozialversicherungsnummer identisch – war ebenfalls darauf zu lesen. Auf dem kleinen dazugehörigen Foto schaute Ken Newman sie an.

»Ich habe überlegt, ob ich selbst zu dem Schließfach gehen soll, aber dann wurde mir klar, dass man mich nicht heranlassen würde. Mein Name steht nicht auf dem Zettel. Ich könnte auch nicht erklären, dass Ken mein Mann war, wenn auch unter falschem Namen.«

»Ich weiß, Anne, ich weiß. Es war richtig, dass du es mir gesagt hast. Wo genau hast du den gefälschten Führerschein gefunden?«

»In einem anderen Fotoalbum. Es war natürlich kein Familienalbum. Die verwahre ich. Ich habe sie mir unzählige Male angeschaut. In den Alben hier sind nur Fotos von Ken und seinen Jäger- und Anglerfreunden. Sie haben jedes Jahr eine Reise gemacht. Ken war ein guter Fotograf. Ich wusste nicht mal, dass er die Fotos in Alben aufbewahrt. Ich hatte auch kein Interesse daran, sie mir anzuschauen.« Wehmütig blickte sie an die gegenüberliegende Wand. »Manchmal hatte ich den Eindruck, als wäre er mit seinen Freunden, mit seiner Münzsammlung und der Sammlung Baseballfotos glücklicher als zu Hause.« Sie holte schnell Luft, hielt sich die Hand vor den Mund und schaute zu Boden.

Brooke spürte, dass Anne nicht vorgehabt hatte, über so persönliche Dinge zu sprechen. Immerhin war sie, Brooke, nur eine Arbeitskollegin ihres Mannes. Brooke sagte nichts. Sie wusste aus Erfahrung, dass sie Anne Zeit geben musste, dies alles zu verarbeiten. Kurz darauf sprach Anne weiter.

»Ich glaube, ich hätte die Sachen vermutlich nie gefunden, wenn ... wäre Ken nicht erschossen worden. Das Leben ist manchmal wirklich komisch.«

Oder schrecklich grausam. »Anne, ich muss die Angelegenheit überprüfen. Ich nehme die Sachen mit. Ich möchte aber, dass du die Angelegenheit niemandem gegenüber erwähnst. Auch nicht vor deinen Freunden oder der Familie ...« Sie hielt inne und wägte ihre Worte so sorgfältig wie möglich ab. »Sag auch nichts den Leuten vom FBI. Zuerst muss ich mehr wissen.«

Anne schaute sie mit einem furchtsamen Blick an. »Was meinst du, Brooke? In was für eine Sache war Ken verwickelt?«

»Ich weiß es noch nicht. Lass uns keine vorschnellen Schlüsse ziehen. Vielleicht ist das Schließfach leer. Vielleicht hat er es vor langer Zeit gemietet und dann vergessen.«

»Und der gefälschte Führerschein?«

Brooke befeuchtete ihre trockenen Lippen. »Ken hat im Lauf der Jahre auch verdeckt ermittelt. Vielleicht ist er ein Andenken an vergangene Zeiten.« Sie wusste, dass es eine Lüge war. Anne Newman wusste es vermutlich auch. Das Datum auf dem Führerschein war zu neu. Und wer beim FBI verdeckt ermittelte, nahm die dazu nötigen Requisiten normalerweise nicht mit nach Hause, wenn seine Aufgabe erledigt war. Mit an Sicherheit grenzender Wahrscheinlichkeit, das war ihr klar, hatte der gefälschte Führerschein nichts mit Kens Dienstpflichten zu tun. Nun war es ihre Aufgabe, in Erfahrung zu bringen, *womit* er zu tun hatte.

»Kein Wort, Anne, zu niemandem. Nicht zuletzt auch zu deiner eigenen Sicherheit.«

Als sie aufstand, klammerte Anne sich an ihren Arm. »Brooke, ich habe drei Kinder. Wenn Ken in irgendeine schmutzige Sache verwickelt war ...«

»Ich lass das Haus rund um die Uhr bewachen. Wenn du etwas siehst, das dir auch nur ansatzweise seltsam vorkommt, ruf mich an.« Sie gab ihr eine Karte, auf der ihre Privatnummern standen. »Tag und Nacht.«

»Ich wusste nicht, an wen ich mich sonst wenden sollte. Ken hat dich wirklich sehr geschätzt.«

»Er war ein verdammt tüchtiger Agent und hat unheimlich gute Arbeit geleistet.« Doch falls sie entdeckte, dass Ken sie verraten hatte, würde das FBI die Erinnerung an ihn, seinen Ruf und alles über sein Berufsleben auslöschen. Das würde natürlich auch die private Seite seines Lebens beinhalten – und das der Frau, die Brooke gerade anschaute, und der Kinder. Aber so war das Leben. Sie hatte die Regeln nicht gemacht. Sie war auch nicht immer damit einverstanden, aber sie musste danach leben. Sie hatte allerdings vor, das Schließfach allein zu überprüfen. Wenn es nichts

Verdächtiges enthielt, würde sie es niemandem erzählen. Sie würde weiterhin versuchen, herauszufinden, warum Newman einen Decknamen verwendet hatte, aber das außerhalb ihrer Dienstzeit. Sie wollte die Erinnerung an Ken nicht ohne überzeugenden Beweis zu Grunde richten. Das war sie ihm schuldig.

Als sie ging, saß Anne Newman auf dem Sofa, das aufgeschlagene Fotoalbum im Schoß. Das Ironische an der Sache war, dass Ken Newman sich möglicherweise selbst zu einem schnellen Tod verholfen hatte, falls er im Fall Lockhart die undichte Stelle gewesen war. Im gleichen Augenblick kam Brooke der Gedanke, dass sein Auftraggeber womöglich geplant hatte, den Maulwurf und sein Hauptziel in einem Aufwasch zu erledigen. Nur die an Ken Newmans Pistole abgeprallte Kugel hatte verhindert, dass Faith Lockhart mit Ken zusammen draufgegangen war. Und vielleicht auch Lee Adams' Beistand?

Wer auch immer dahinter steckte, er wusste genau, was er tat. Was für Brooke wiederum schlecht war. Im Gegensatz zu den Bösewichten in Romanen und Filmen waren die meisten Kriminellen nicht so gewitzt, dass sie der Polizei bei jeder Gelegenheit ein Schnippchen schlugen. Die Mehrzahl der Mörder, Vergewaltiger, Einbrecher, Räuber, Drogenhändler und schrägen Vögel war in der Regel ungebildet oder gestört, oder es handelte sich um Junkies oder Säufer, die weder Gott noch die Welt fürchteten, solange sie high waren, aber vor ihrem eigenen Schatten davonliefen, sobald die Wirkung ihres speziellen Gifts nachließ. Sie ließen jede Menge Spuren zurück und wurden in der Regel geschnappt. Manche lieferten sich auch selbst ans Messer oder wurden von »Freunden« verpfiffen. Diese Sorte von Kriminellen wurde vor Gericht gestellt, landete im Gefängnis und wurde in seltenen Fällen hingerichtet. Sie waren nicht das, was man Profis nannte.

Brooke wusste, dass dieser Fall anders lag. Amateure hatten keine Möglichkeit, altgediente FBI-Agenten zu schmieren. Sie heuerten auch keine im Wald lauernden Killer an, die auf ihre Opfer warteten. Sie gaben sich nicht als FBI-Agenten aus und hielten der Polizei keine fachmännisch gefälschten Ausweise unter die Nase, um sie zu verscheuchen. In Brooke Reynolds' Kopf wirbelten so viele finstere Verschwörungstheorien herum, dass es ihr kalt über den Rücken lief. Solange man auch in diesem Job tätig war – die Angst verließ einen nie. Wer leben wollte, musste Angst haben. Nur Tote hatten keine Angst.

Auf dem Weg hinaus ging sie im Korridor unter einem blinkenden Feuerdetektor her. Es gab im Haus noch drei andere, einschließlich dem in Ken Newmans Büro. Zwar waren die Detektoren an die Stromverkabelung des Hauses angeschlossen und funktionierten konstruktionsgemäß, aber sie enthielten auch hochkomplizierte Überwachungskameras mit nadeldünnen Objektiven. Zwei Wandsteckdosen auf jeder Etage waren ähnlich »modifiziert«. Die Veränderungen hatte man vor zwei Wochen vorgenommen, als die Newmans einen ihrer seltenen gemeinsamen Tagesausflüge gemacht hatten. Diese Art der Überwachung basierte auf Stromleitungsträgern, einer Technik, die sehr beliebt war beim FBI. Und bei der Zentral Intelligence Agency.

Robert Thornhill übersah nichts. Nun würde seine Aufmerksamkeit sich Brooke Reynolds zuwenden.

Als sie in den Wagen stieg, war ihr ziemlich klar, dass sie möglicherweise an einem Wendepunkt ihrer beruflichen Laufbahn stand. Sie brauchte wahrscheinlich all ihren Einfallsreichtum und ihre ganze innere Kraft, um diesen Fall zu überstehen. Doch das Einzige, wonach ihr im Moment der Sinn stand, war, nach Hause zu fahren, um ihren wunderbaren Kindern die Geschichte von den drei kleinen Schweinchen zu erzählen. Und zwar so langsam, so genau und so farbenfroh wie möglich.

KAPITEL 31

Der Wind wehte heftig am Strand, und die Temperatur war drastisch gesunken. Faith knöpfte ihr Oberhemd zu. Dann zog sie trotz der Kälte die Sandalen aus und nahm sie in die Hand.

»Ich möchte den Sand spüren«, erklärte sie Lee. Es herrschte Ebbe, und sie hatten jede Menge Platz zum Laufen. Am Himmel waren vereinzelt Wolken zu sehen. Der Mond war fast voll, die Sterne kleine Lichtpünktchen, die auf sie herunterstarrten. Weit draußen auf dem Wasser sahen sie ein Licht; möglicherweise die Positionslampe eines Schiffes oder eine Fahrwassertonne. Abgesehen vom Wind war es absolut still. Keine Autos, keine plärrenden Fernsehapparate, keine Flugzeuge, keine anderen Menschen.

»Ist wirklich nett hier draußen«, sagte Lee schließlich, als er eine Sandkrabbe mit ihrem seltsamen Seitwärtsgang in ihrem Bau verschwinden sah. Aus dem Sand ragte ein Stück PVC-Rohr. Lee wusste, dass die Angler ihre Ruten in diese Hülsen steckten, wenn sie vom Strand aus angelten.

»Ich habe mir schon überlegt, ob ich ganz hierher ziehen soll«, sagte Faith.

Sie wich von seiner Seite und wagte sich bis zu den Knöcheln ins Wasser. Lee zog die Schuhe aus, krempelte die Hosenbeine hoch und gesellte sich zu ihr.

»Kälter, als ich dachte«, sagte er. »Hier kann man nicht schwimmen.«

»Du glaubst nicht, wie belebend es ist, in kaltem Wasser zu schwimmen.«

»Hast Recht. Glaub ich nicht.«

»Ich könnte mir vorstellen, dass man dir diese Frage schon eine Million Mal gestellt hat, aber wie bist du eigentlich Privatdetektiv geworden?«

Lee schaute achselzuckend aufs Meer hinaus. »Wie es halt so kommt. Mein Vater war Techniker. Ich habe auch immer rumgebastelt, genau wie er. Leider hatte ich nie sein Bücherwissen. Außerdem war ich eine Art Rebell, so wie du. Aber ich bin nicht aufs College gegangen. Ich war bei der Marine.«

»Dann sag mir, dass du Marinescharfschütze warst. Damit ich besser schlafen kann.«

Lee lächelte. »Ich kann kaum geradeaus schießen. Ich kann auch nicht aus zwei Zahnstochern und Kaugummipapier Atomraketen basteln. Als ich es das letzte Mal versucht habe, ist es mir nicht mal gelungen, jemanden mit einem Handkantenschlag ins Reich der Träume zu schicken.«

»Ich werde dich wohl trotzdem behalten. Entschuldige die Unterbrechung.«

»Das ist schon fast alles. Ich hab mich für Telefone und Kommunikation interessiert, bei der Marine jedenfalls. Hab geheiratet und 'n Kind gekriegt, das heißt, meine Frau. Anschließend bin ich bei der Marine ausgeschieden und hab als Mechaniker bei einer Telefongesellschaft gearbeitet. Dann hab ich bei 'ner ziemlich wüsten Scheidung meine Tochter verloren. Ich hab gekündigt und mich auf 'ne Anzeige einer privaten Sicherheitsfirma beworben, die jemand suchte, der sich mit elektronischer Überwachung auskennt. Ich dachte, bei meinem technischen Wissen kann ich lernen, was man da können muss. Der Job machte mir mordsmäßig Spaß. Also hab ich mich als Privatdetektiv selbstständig gemacht, mir ein paar anständige Klienten besorgt, anfangs ein paar Fehler begangen und dann Fuß gefasst. Heute bin ich der Chef eines gewaltigen Imperiums.«

»Wie lange bist du schon geschieden?«

»Ziemlich lange.« Er schaute sie an. »Warum?«

»Bin bloß neugierig. Und? Nie wieder Lust auf eine traute Zweisamkeit verspürt?«

»Nein. Ich hab wohl Angst, ich könnte die gleichen Fehler noch einmal machen.« Lee schob die Hände in die Taschen. »Ganz ehrlich, die Probleme bestanden auf beiden Seiten. Ich bin kein Typ, mit dem man leicht zusammenleben kann.« Er lächelte. »Ich glaube, Gott macht zweierlei Menschen: Die einen heiraten und pflanzen sich fort, die anderen bleiben allein und betreiben Sex nur aus Vergnügen. Ich gehöre wohl zur zweiten Gruppe. Was aber nicht heißt, dass ich in letzter Zeit viel ›Vergnügen‹ hatte.«

Faith schaute zu Boden. »Dann gibt's ja noch Chancen für mich.«

»Keine Bange. Ich hab ein großes Herz.« Er berührte ihren Ellbogen. »Lass uns reden. Die Zeit wird knapp.«

Faith führte ihn wieder zum Strand hinauf und ließ sich im Schneidersitz auf einer trockenen Stelle im Sand nieder. Er setzte sich neben sie.

»Wo möchtest du anfangen?«, fragte sie.

»Wie wär's mit dem Anfang?«

»Nein, ich meine, willst du, dass ich erst alles erzähle, oder willst erst du *deine* Geheimnisse ausplaudern?«

Er schaute überrascht drein. »*Meine* Geheimnisse? He, ich hab gar keine.«

Sie hob einen Stock auf, malte die Buchstaben D und B in den Sand und schaute ihn kurz an. »Danny Buchanan. Was weißt du wirklich über ihn?«

»Nur das, was ich dir erzählt habe. Dass er dein Partner ist.«

»Er ist außerdem der Mann, der dich engagiert hat.«

Lee brauchte eine Weile, um seine Stimme zu finden. »Ich hab dir doch gesagt, dass ich nicht weiß, wer mich engagiert hat.«

»Stimmt. *Gesagt* hast du's.«

»Woher weißt du, dass er es war?«

»Als ich in deinem Büro war, hat er auf den Anrufbeantworter gesprochen. Er klang ziemlich ängstlich und wollte unbedingt wissen, wo ich bin und was du erfahren hast. Er hat seine Telefonnummer hinterlassen, damit du zurückrufst. Ich habe ihn noch nie so aufgeregt erlebt. Ich glaube, ich wäre ebenso aufgeregt, hätte ich jemanden umbringen lassen wollen und dann festgestellt, dass der Betreffende sich bester Gesundheit erfreut.«

»Weißt du genau, dass er es war?«

»Nachdem ich fünfzehn Jahre mit ihm zusammengearbeitet habe, kenne ich seine Stimme. Du hast es also nicht gewusst?«

»Nein, hab ich nicht.«

»Das ist schwer zu glauben.«

»Ja, das ist es wohl«, sagte er. »Aber es ist nun mal die Wahrheit.« Er schaufelte ein bisschen Sand auf seine Handfläche und ließ ihn durch die Finger rieseln. »Kann ich also davon ausgehen, dass sein Anruf der Grund war, weshalb du dich auf dem Flughafen absetzen wolltest? Du traust mir nicht.«

Faith befeuchtete ihre trockenen Lippen und warf einen Blick auf das Schießeisen in seinem Halfter. Es war zu sehen, da der Wind seine Jacke aufwehte. »Ich traue dir *wirklich*, Lee. Sonst säße ich nicht im Dunkeln mit einem Bewaffneten, der mir noch immer ziemlich fremd ist, allein am Strand.«

Lees Schultern sanken herab. »Er hat mich beauftragt, dich zu beschatten, Faith. Das ist alles.«

»Versuchst du nie, vorher rauszukriegen, ob deine Klienten und ihre Absichten sauber sind?«

Lee wollte etwas sagen, gab dann aber auf. Sie hatte eine vernünftige Frage gestellt. Doch es war auch eine Tatsache, dass seine Geschäfte in letzter Zeit nicht so gut gelaufen waren. Der Auftrag und der Vorschuss waren genau zur rechten Zeit gekommen. In der Akte, die er erhalten hatte, hatte ein Foto von Faith gelegen. Dann hatte er sie leibhaftig gesehen. Tja, was sollte er nun sagen, verdammt? Die wenigsten Menschen, die er beschattete, waren so attraktiv wie Faith Lockhart. Auf dem Foto hatte sie sehr verletzlich ausgesehen. Nachdem er sie nun kennen gelernt hatte, wusste er, dass der Eindruck nicht unbedingt stimmte. Aber es war eine höchst wirksame Kombination für ihn gewesen: Schönheit und Verletzlichkeit. Wie für jeden anderen Mann.

»Normalerweise lerne ich meine Klienten und ihre Absichten gern kennen, bevor ich einen Auftrag übernehme.«

»Aber diesmal nicht?«

»Es war ein bisschen schwierig, weil ich nicht wusste, wer mich engagiert hat.«

»Also hast du das Angebot angenommen und mich beschattet – blindlings sozusagen –, statt das Geld zurückzugeben.«

»Ich hab nichts Schlimmes daran gesehen, dich zu beschatten.«

»Aber man hätte dich benützen können, um mir auf die Spur zu kommen.«

»Es war ja nicht so, als hättest du dich versteckt. Wie gesagt, ich dachte, du hättest irgendeine Affäre. Als ich in das Haus kam, wusste ich, dass dem nicht so war. Der Rest der Ereignisse dieses Abends haben meine Schlussfolgerungen nur untermauert. Mehr weiß ich eigentlich auch nicht.«

Faith schaute aufs Meer hinaus, zum Horizont, wo das Wasser endete und der Himmel begann. Es war ein Phänomen, das etwas Beruhigendes hatte, weil es sich jeden Tag aufs Neue ergab. Es gab ihr Hoffnung, auch wenn sie kaum einen anderen Grund sah, so zu empfinden. Allenfalls in dem Mann, der neben ihr saß.

»Gehen wir zum Haus zurück«, sagte sie.

KAPITEL 32

Sie saßen in dem geräumigen Wohnzimmer auf dem dick gepolsterten Sofa. Faith nahm die Fernbedienung, drückte einen Knopf, und die Flammen des Gaskamins loderten auf. Sie schenkte sich ein Glas Wein ein und bot auch Lee eins an. Er lehnte ab.

Faith trank einen Schluck und schaute aus dem Fenster. Ihr Blick war ins Leere gerichtet. »Washington repräsentiert den üppigsten und gewaltigsten Kuchen der Menschheitsgeschichte. Und jeder auf der Welt möchte ein Stück davon abhaben. Gewisse Leute halten das Messer, das den Kuchen in Portionen schneidet. Will man ein Stück, muss man diesen Leuten auf die Pelle rücken.«

»Und da kommen Buchanan und du ins Spiel?«

»Mein Beruf war buchstäblich mein Ein und Alles. Ich habe manchmal mehr als vierundzwanzig Stunden am Tag gearbeitet, weil ich die Datumsgrenze überschritt. Lobbyismus in dem großen Stil, wie Danny und ich ihn betreiben, das ist eine Sache von zahllosen Details, Nuancen, Intuitionen, von Menschenkenntnis, Nervenstärke und schierer Hartnäckigkeit.« Sie stellte das Weinglas ab und schaute Lee an. »Ich hatte in Danny Buchanan einen großartigen Lehrer. Er hat fast nie verloren. Bemerkenswert, findest du nicht auch?«

»Ich halte es für *sehr* bemerkenswert, nie zu verlieren. Aber nicht jeder kann ein Michael Jordan sein.«

»Kannst du in deiner Branche einem Klienten irgendein bestimmtes Ergebnis garantieren?«

Lee lächelte. »Wenn ich die Zukunft vorhersagen könnte, würde ich in der Lotterie spielen.«

»Danny Buchanan konnte die Zukunft garantieren.«

Lees Lächeln verlor sich. »Wie denn?«

»Wer die Männer in Schlüsselpositionen beherrscht, beherrscht die Zukunft.«

Lee begann zu begreifen. »Er hat also Leute aus der Regierung auf der Gehaltsliste?«

»Und zwar auf einer höheren Ebene als irgendwer vor ihm.«

»Er hat Abgeordnete bestochen? So was in der Art?«

»Viel besser: Sie haben kostenlos für ihn gearbeitet.«

»Was ...?«

»Bis sie aus dem Amt schieden. Bis dahin hatte Danny eine Menge tolle Sachen für sie vorbereitet. Lukrative Nichtstuerjobs in Firmen, die er gegründet hat. Einnahmen aus privaten Aktien- und Anleihenfonds, durch legale Unternehmen geschleustes und gewaschenes Bargeld für angeblich geleistete Dienste. Diese Leute können den ganzen Tag Golf spielen, führen ein paar nichts sagende Telefongespräche mit dem Kapitol, nehmen an ein paar Versammlungen teil und leben wie die Könige. Was sag ich – wie im Paradies! Du weißt doch, wie vernarrt Amerikaner in Aktien sind. Solange die Leute in Amt und Würden sind, nimmt Danny sie hart ran, aber er verschafft ihnen auch den besten Ruhestand, den man für Geld kriegen kann.«

»Wie viele von ihnen sind denn schon im ›Ruhestand‹?«

»Bis jetzt noch keiner. Aber wenn sie gehen, ist für alles gesorgt. Danny arbeitet erst seit etwa zehn Jahren nach dieser Methode.«

»Er ist aber viel länger in Washington.«

»Ich will damit sagen, dass er die Leute erst seit zehn Jahren so bearbeitet. Vorher war er als Lobbyist viel erfolgreicher. In den vergangenen zehn Jahren hat er viel weniger Geld verdient.«

»Ich dachte, garantierte Ergebnisse brächten ihm viel mehr ein.«

»Das letzte Jahrzehnt hat er nicht mehr in die eigene Tasche gewirtschaftet.«

»Dann muss der Mann einiges an Reserven haben.«

»Danny hat das meiste Geld inzwischen in diese Projekte gesteckt. Je länger seine Leute tun, was er sagt, desto mehr erhalten sie später. Wenn man wartet, bis sie aus dem Amt ausscheiden, bevor man sie bezahlt, sinken die Chancen beträchtlich, dass sie erwischt werden.«

»Dann müssen sie Buchanan wirklich vertrauen.«

»Ich wette, er musste ihnen auch beweisen, dass dieses Paradies, das auf sie wartet, tatsächlich existiert. Aber er ist ein Ehrenmann.«

»Sind das nicht alle Gauner? Nenn mir ein paar von den Leuten, die bei seinem Rentenverteilungsplan mitmachen.«

Faith schaute ihn argwöhnisch an. »Warum?«

»Nur damit ich bei Laune bleibe.«

Faith nannte ihm zwei Namen.

»Verbessere mich, wenn ich mich irre, aber sind das nicht der derzeitige Vizepräsident der Vereinigten Staaten und der Sprecher des Repräsentantenhauses?«

»Danny gibt sich nicht mit dem mittleren Management ab. Er hat schon mit dem Vize zusammengearbeitet, als der noch nicht im Amt war. Damals war er noch Einpeitscher im Parlament. Aber wenn Danny will, dass er einen Anruf tätigt, um jemandem die Daumenschrauben anzulegen, tut er es.«

»Verdammt noch mal, Faith. Wofür habt ihr diese Feuerkraft gebraucht? Geht's um militärische Geheimnisse?«

»Eigentlich um etwas viel Wertvolleres.« Sie nahm ihr Weinglas. »Wir vertreten die Ärmsten der Armen. Afrikanische Staaten in Angelegenheiten humanitärer Hilfe: Nahrung, Medizin, Kleidung, landwirtschaftliche Geräte, Getreidesamen und Entsalzungsanlagen. In Lateinamerika geht es um Geld für Impfstoffe und andere medizinische Güter. Und den Export legaler Verhütungsmittel. Um sterile Spritzen und Gesundheitsinformationen für die Menschen, die kein Geld dafür haben.«

Lee schaute skeptisch drein. »Soll das heißen, ihr habt Regierungsvertreter bestochen, damit sie den Ländern der Dritten Welt helfen?«

Faith stellte das Weinglas ab und musterte ihn intensiv. »Eigentlich hat sich die amtliche Bezeichnung geändert. Die reichen Länder haben für ihre mittellosen Nachbarn eine politisch äußerst korrekte Sprachregelung erfunden. Die CIA hat sogar ein Handbuch darüber herausgegeben. Statt der ›Dritten Welt‹ gibt es nun zwei neue Kategorien: Die so genannten ›Schwellenländer‹ werden bereits zur untersten Gruppe in der Hierarchie der entwickelten Länder gezählt. Offiziell gibt es einhundertzweiundsiebzig Schwellenländer. Das ist die große Mehrheit der Länder der Erde. Dann gibt es die ›Entwicklungsländer‹, die eigentlich ›unterentwickelte Länder‹ heißen sollten. Von ihnen gibt es *nur* zweiundvierzig. Es überrascht dich vielleicht, aber etwa die Hälfte der Bevölkerung unseres Planeten lebt in bitterster Armut.«

»Und das rechtfertigt Bestechung und Betrug?«

»Ich verlange nicht von dir, dass du das gutheißt. Es ist mir eigentlich ziemlich egal, ob du damit einverstanden bist oder nicht. Du wolltest die Fakten hören, und ich gebe sie dir.«

»Amerika zahlt eine Menge Entwicklungshilfe. Dabei haben wir es nicht nötig, auch nur einen *Cent* zu geben.«

Faith bedachte ihn mit einem Blick, den er noch nie bei ihr gesehen hatte. »Wenn du mit mir über Fakten reden willst, ziehst du den Kürzeren«, sagte sie spitz.

»Wie bitte?«

»Ich stecke seit mehr als zehn Jahren in dieser Materie drin. Sie war mein Leben! Wir zahlen unseren Landwirten mehr dafür, dass sie *kein* Getreide anbauen, als wir in Übersee für humanitäre Hilfe ausgeben. Unsere Entwicklungshilfe beträgt ungefähr ein Prozent unseres gesamten Staatshaushalts, und der Löwenanteil des Geldes geht an zwei Länder: Ägypten und Israel. Amerikaner geben pro Jahr hundert Mal mehr für Make-up, Fast Food und Leihvideos aus, als wir in einem Jahrzehnt für hungernde Kinder in der Dritten Welt ausgeben. Wir könnten in den unterentwickelten Ländern der Erde ein Dutzend schlimmer Kinderkrankheiten ausrotten und bräuchten dafür weniger Geld, als wir momentan für Teletubbies ausgeben.«

»Du bist naiv, Faith. Ihr füllt wahrscheinlich nur die Taschen irgendwelcher Diktatoren.«

»Nein! Das Argument ist zu einfach. Ich kann es nicht mehr hören. Das Geld, das wir kriegen, fließt direkt an anerkannte Hilfsorganisationen – niemals unmittelbar an eine Regierung. Ich habe genug Gesundheitsminister afrikanischer Länder gesehen, die in Armani-Klamotten herumlaufen und Mercedes fahren, während vor ihren Augen Kinder verhungern.«

»In unserem Land gibt es wohl keine hungernden Kinder?«

»Sie kriegen eine Menge Hilfe, und das zu Recht. Ich sage ja nur, dass Danny und ich unsere Vorgaben hatten, und das waren nun mal die Armen im *Ausland*. Die Menschen sterben zu Millionen, Lee. Kinder auf der ganzen Welt gehen aus bloßer Nachlässigkeit vor die Hunde. Jeden Tag, jede Stunde, jede Minute.«

»Und du erwartest, dass ich glaube, dass ihr das alles aus reiner Nächstenliebe getan habt?« Lee schaute sich um. »Das ist aber nicht gerade 'ne Suppenküche hier, Faith.«

»In den ersten fünf Jahren, in denen ich für Danny arbeitete, habe ich reiche Klienten betreut und viel Geld verdient. *Verdammt* viel Geld. Ich gestehe gern, dass ich ein materialistisch eingestelltes Miststück bin. Ich stehe auf Geld. Es gefällt mir, was man alles damit kaufen kann.«

»Und was ist dann passiert? Hast du Gott entdeckt?«

»Nein. Er hat mich entdeckt.«

Lee schaute verdutzt auf, und Faith fuhr rasch fort:

»Danny begann sich für die Armen im Ausland zu engagieren. Er kam aber nicht weiter. Er sagte, niemand sei an ihnen interessiert. Die anderen Partner unserer Firma hatten seine wohltätigen Unternehmungen satt. Sie wollten IBM und Philip Morris vertreten, nicht die sterbenden Menschen im Sudan. Eines Tages kam Danny in mein Büro. Er sagte, er sei dabei, eine neue Firma aufzubauen, und ob ich dabei mitmachen wolle. Wir würden zwar keinen unserer bisherigen Klienten mitnehmen, aber er meinte, ich solle mir keine Sorgen machen, er würde schon für mich sorgen.«

Lee wirkte besänftigt. »Das kann ich dir abnehmen: Du hast nicht gewusst, dass er die Leute bestach oder es zumindest vorhatte.«

»Natürlich wusste ich davon! Er hat mir alles erzählt. Er wollte, dass ich über alles ganz genau im Bilde bin. So ist er eben. Er ist kein billiger Gauner.«

»Faith, weißt du, was du da sagst? Du hast mitgemacht, obwohl du wusstest, dass ihr gegen das Gesetz verstoßt?«

Sie musterte ihn mit kaltem Blick. »Wenn man bereit ist, für die Tabakindustrie zu arbeiten, die Krebs an jeden verkauft, der eine saubere Lunge hat ... oder für Waffenfabrikanten tätig ist, die Maschinengewehre an jeden verkaufen, dessen Herz rechts schlägt, fällt einem so was nicht mehr schwer. Außerdem ging es um ein Ziel, auf das ich wirklich stolz sein konnte.«

»Das materialistische Miststück ist weich geworden?«, sagte Lee verächtlich.

»So was soll schon vorgekommen sein«, fauchte Faith.

»Wie habt ihr es durchgezogen?«, setzte Lee nach.

»Ich war Miss Außendienst. Ich habe mir alle Leute vorgeknöpft, die wir noch nicht auf unserer Liste hatten. Ich war sehr gut, wenn es darauf ankam, die Prominenz dazu zu bringen, sich auf bestimmten Veranstaltungen sehen zu lassen. Manchmal konnte ich sie sogar zu Auslandsbesuchen bewegen. Zu Fototerminen und Begegnungen mit Politikern.« Sie trank einen Schluck Wein. »Danny war Mister Innendienst. Er hat von innen gewühlt, während ich von außen geschoben habe.«

»Und das habt ihr zehn Jahre lang getan?«

Faith nickte. »Vor ungefähr einem Jahr wurde Danny dann das Geld knapp. Er hat unsere beruflichen Ausgaben größtenteils aus eigener Tasche bezahlt. Unsere Klienten konnten uns ja schlecht etwas hinblättern. Außerdem musste er 'ne

Menge eigenes Geld in die ›Treue‹-Fonds stecken, wie er sie nannte, für die Abgeordneten, die er bestach. Danny hat seine Aufgabe sehr ernst genommen. Er war ihr Treuhänder. Jeder versprochene Cent sollte für sie da sein.«

»Ganovenehre.«

Faith ignorierte die Bemerkung. »Dann hat er gesagt, ich soll mich nur noch um unsere zahlende Kundschaft kümmern. Er wollte die Sache allein weitermachen. Ich habe ihm angeboten, mein Haus und das hier zu verkaufen, um Geld zu beschaffen. Er hat abgelehnt. Er hat gesagt, ich hätte genug getan.« Sie schüttelte den Kopf. »Vielleicht sollte ich es trotzdem verkaufen. Glaub mir, man kann in diesen Dingen nie genug tun.«

Sie schwieg eine Zeit lang. Lee beschloss, ihr Schweigen nicht zu stören. Sie schaute ihn an. »Wir haben wirklich eine Menge Gutes vollbracht.«

»Was willst du eigentlich, Faith? Soll ich dir jetzt applaudieren?«

Ihre Augen blitzten ihn an. »Warum steigst du nicht auf dein blödes Motorrad und verschwindest aus meinem Leben, verdammt?«

»Na schön«, sagte Lee ruhig. »Wenn du deine bisherige Tätigkeit so edel einschätzt, wie kam es dann dazu, dass du als Zeugin beim FBI gelandet bist?«

Faith schlug die Hände vors Gesicht, als würde sie jeden Moment in Tränen ausbrechen. Als sie ihn schließlich anschaute, wirkte sie so niedergeschlagen, dass Lee seinen Zorn vergaß.

»Danny hatte sich seit einiger Zeit seltsam benommen. Ich dachte, vielleicht ist ihm jemand auf die Schliche gekommen. Es hat mir Angst gemacht. Ich wollte nicht ins Gefängnis. Ich habe ihn immer wieder gefragt, was los sei, aber er wollte nicht darüber reden. Er zog sich immer weiter zurück und wurde immer paranoider. Schließlich hat er mich sogar gebeten, aus der Firma auszusteigen. Ich habe mich zum ersten Mal seit sehr langer Zeit allein gefühlt. Es war, als hätte ich meinen Vater zum zweiten Mal verloren.«

»Dann bist du also zum FBI gegangen und hast versucht, ein Abkommen zu schließen. Deine Straffreiheit für Buchanans Kopf.«

»Nein!«, rief sie. »Niemals!«

»Was dann?«

»Vor etwa einem halben Jahr wurde ziemlich ausführlich darüber berichtet, dass das FBI einem riesigen Korruptionsfall auf die Spur gekommen war. Es ging dabei um einen Waffenfabrikanten, der mehrere Abgeordnete bestochen hatte, um einen großen Regierungsauftrag zu bekommen. Einige seiner Angestellten sind zum FBI gegangen und haben enthüllt, was vor sich gegangen war. Sie hatten zwar in der Anfangsphase an der Sache teilgenommen, aber man sagte ihnen Straffreiheit zu, wenn sie eine Aussage machten und bei den Ermittlungen halfen. Das gefiel mir, und ich dachte, vielleicht klappt es auch bei uns. Da Danny mich nicht ins Vertrauen ziehen wollte, bin ich auf eigene Faust drangegangen. Die Agentin, die damals die Untersuchung geleitet hat, wurde in einem Artikel erwähnt. Sie heißt Brooke Reynolds. Ich habe sie angerufen.

Ich wusste zwar nicht, was ich vom FBI zu erwarten hatte, aber eins war mir klar: Ich wollte ihnen nicht sofort alles erzählen. Also keine Namen und so etwas. Zuerst wollte ich wissen, wie die Sache ausgehen würde. Ich saß am längeren Hebel. Wenn es funktionieren sollte, brauchte das FBI einen lebendigen Zeugen, der sämtliche Daten, Fälle, Namen, Konferenzen, Abstimmungsunterlagen und dergleichen im Kopf hatte.«

»Und Buchanan hat das alles nicht gewusst?«

»Ich glaube nicht. Immerhin hat er jemanden beauftragt, mich umzubringen.«

»Wir wissen nicht, ob er es war.«

»Na hör mal, Lee. Wer soll es denn sonst gewesen sein?«

Lee fielen die Männer in den Jeans ein, die er am Flughafen gesehen hatte. Das Instrument, das der eine in der Hand gehalten hatte, war eine Art High-Tech-Blasrohr gewesen. Er hatte eine Vorführung dieser Waffe bei einem Seminar über

Terrorismusbekämpfung gesehen. Die Waffe und ihre Munition bestanden ausschließlich aus Kunststoff, damit man sie an Metalldetektoren vorbeischmuggeln konnte. Man betätigte den Abzug, und der Luftdruck feuerte eine winzige Nadel ab, die entweder angespitzt oder mit einem tödlichen Gift gefüllt war – mit Thallium oder Ricin oder mit Curare, dem bevorzugten Gift der Profikiller, weil es sich so schnell im Körper ausbreitete, dass es kein bekanntes Gegenmittel gab. Man konnte in einer Menschenmenge einen Mord begehen und verschwunden sein, noch bevor das Opfer tot umfiel.

»Sprich weiter«, sagte er.

»Ich habe vom FBI verlangt, dass auch Danny straffrei ausgeht.«

»Wie haben sie darauf reagiert?«

»Man hat mir deutlich gemacht, dass Danny dran glauben muss.«

»Ich kann deiner Logik nicht folgen. Wenn Buchanan *und* du als Zeugen ausgesagt hättet, wen hätte das FBI dann noch vor Gericht bringen sollen? Die Länder der Dritten Welt?«

»Nein. Deren Vertreter haben von unserer Vorgehensweise nichts gewusst. Wie gesagt, das Geld ging nie direkt an eine Regierung. Außerdem würden Organisationen wie CARE, MISEREOR oder UNICEF Bestechung niemals billigen. Danny war zwar ihr inoffizieller und ehrenamtlicher Lobbyist, aber sie haben keine Ahnung, mit welchen Mitteln er vorgeht. Er vertritt etwa fünfzehn Organisationen dieser Art. Sie tun sich ungeheuer schwer. Jede verfolgt ihre eigenen Ziele, und sie verzetteln sich hoffnungslos dabei. Früher haben sie zahllose Einzelvorschläge für Gesetzesänderungen gemacht. Danny hat sie zusammengebracht und ihre Energien gebündelt, damit die Organisationen sich gemeinsam auf wenige Vorlagen konzentrieren, die umfassendere Reformen ermöglichen. Er hat ihnen beigebracht, was man tun muss, um größere Wirkung zu erzielen.«

»Dann sag mir doch mal genau, gegen wen ihr aussagen wolltet?«

»Gegen die Politiker, die wir geschmiert haben. Sie haben es nur des Geldes wegen getan. Sie scheren sich doch einen Dreck um die Kinder mit den toten Augen, die im Hepatitis-Himmel leben. Ich habe es jeden Tag in ihren gierigen Visagen gesehen. Sie haben nur eine saftige Belohnung erwartet – und glauben auch noch, sie stünde ihnen zu.«

»Meinst du nicht, dass du ein bisschen hart über diese Leute urteilst?«

»Wann legst du endlich deine Naivität ab? Wie, glaubst du, werden Politiker in Amerika gewählt? Von den Gruppen, die die Wählerstimmen *organisieren*. Die die Meinung der Bürger bilden, damit sie für jemanden oder etwas stimmen. Weißt du, wer diese Leute sind? Sie sind das Großkapital. Interessenverbände und Unternehmer, die jedes Jahr die Taschen der politischen Kandidaten füllen. Glaubst du wirklich, normale Menschen nehmen an einem Festbankett teil, bei dem das Essen fünftausend Dollar kostet? Glaubst du etwa, dass all diese Leute ihr Geld verschenken, weil *Güte* ihr Herz regiert? Wenn ein Politiker ins Amt gekommen ist, muss er für diese Leute tätig werden, darauf kannst du dich verlassen.«

»Du behauptest also, dass alle Politiker in den Vereinigten Staaten korrupt sind. Aber dadurch wird das, was du und Buchanan getan habt, noch lange nicht richtig.«

»Nein? Welcher Abgeordnete aus Michigan würde denn für irgendeine Gesetzesvorlage stimmen, die der Automobilindustrie ernsthaft wehtut? Wie lange würde er deiner Meinung nach im Amt bleiben? Wer in Kalifornien würde gegen die Hochtechnologie die Stimme erheben? Im Mittelwesten gegen die Bauern? Im Süden gegen die Tabakpflanzer? Irgendwie ist es doch Wunschdenken. Für Unternehmen, Gewerkschaften und andere Interessengruppen steht eine Menge auf dem Spiel. Sie haben ein Ziel vor Augen, sie haben viel Geld, und sie haben politische Aktionskomitees und Lobbyisten, die ihre Botschaft pausenlos in Richtung Washington plärren. Die großen und kleinen Unternehmen beschäftigen den Großteil der Arbeitnehmer. Dieselben

Leute stimmen bei den Wahlen ab. Voilà, da hast du deine große, finstere Verschwörung der amerikanischen Politik. Für mich ist Danny der erste Visionär, dem es je gelungen ist, Gier und Ichbezogenheit zu übertölpeln.«

»Und was ist mit der Entwicklungshilfe? Wenn das an die Öffentlichkeit käme, wäre dann nicht alles aus?«

»Das ist es ja gerade! Kannst du dir vorstellen, wie groß die positive Resonanz wäre? Die ärmsten Länder der Welt sind gezwungen, gierige amerikanische Politiker zu bestechen, um die Hilfe zu kriegen, die sie dringend brauchen, weil sie sonst gar nichts bekommen würden! Wenn man eine solche Geschichte in die Medien bringt, käme es vielleicht zu echten, einschneidenden Veränderungen.«

»Für mich klingt alles ganz schön weit hergeholt. Um nicht zu sagen, kaum zu fassen.«

»Kann schon sein, aber ich hatte eben nicht allzu viele Möglichkeiten. Im Nachhinein lässt sich alles immer leicht kritisieren, Lee.«

Er lehnte sich zurück und dachte nach. »Na schön, na schön. Glaubst du *wirklich,* dass Buchanan dich umlegen lassen wollte?«

»Wir waren Partner. Freunde. Eigentlich sogar mehr als das. Er war in vielerlei Hinsicht wie ein Vater für mich. Ich ... ich weiß es einfach nicht. Vielleicht hat er rausgekriegt, dass ich zum FBI gegangen bin. Er könnte geglaubt haben, ich würde ihn verraten. Vielleicht ist er daraufhin ausgerastet.«

»Die Theorie, dass Buchanan hinter der ganzen Sache steckt, hat einen schwerwiegenden Fehler.«

Faith schaute ihn neugierig an.

»Du weißt, dass ich mich *nicht* bei ihm zurückgemeldet habe. Er weiß also gar nichts von deinem Geschäft mit dem FBI, sofern nicht *noch jemand* für ihn arbeitet. Außerdem erfordert es Zeit, einen professionellen Anschlag zu inszenieren. Du kannst nicht einfach einen Killer in der Nachbarschaft anrufen, ihn bitten, jemanden auszuknipsen, und sein Honorar von deiner Visa-Karte abbuchen lassen.«

»Aber vielleicht hat Danny schon einen Auftragskiller gekannt und dich erst später ins Spiel gebracht, um dich in den Mord zu verwickeln.«

Schon während Faith sprach, schüttelte Lee den Kopf. »Er hat doch gar nicht gewusst, dass ich genau an diesem Abend dort sein würde. Wärst du erschossen worden, hätte er das Problem gehabt, dass ich den Mord gesehen hätte und vielleicht zur Polizei gegangen wäre. Warum hätte er sich all das auf den Hals laden sollen? Überleg mal, Faith. Wenn Buchanan dich hätte umbringen wollen, hätte er mich nicht engagiert.«

Faith ließ sich in einen Sessel fallen. »Mein Gott, was du da sagst ... Es passt perfekt zusammen.« In ihren Augen lag Entsetzen, als sie über die Konsequenzen nachdachte. »Dann glaubst du also ...?«

»Ich glaube, dass jemand anders dich umbringen will.«

»Aber wer denn? Wer?« Sie schrie ihm die Worte beinahe ins Gesicht.

»Ich weiß es nicht«, sagte er.

Faith stand jäh auf und starrte ins Feuer. Die Schatten der Flammen tanzten auf ihrem Gesicht. Als sie wieder das Wort ergriff, war ihre Stimme ruhig, fast resigniert. »Siehst du deine Tochter oft?«

»Nein. Warum?«

»Ich habe immer gedacht, Ehe und Kinder können warten. Und dann wurden Monate zu Jahren, und Jahre zu Jahrzehnten. Und jetzt das.«

»In Rente gehst du aber noch nicht.«

Sie schaute ihn an. »Kannst du mir sagen, ob ich morgen noch lebe? Oder in einer Woche?«

»Das kann dir niemand garantieren. Wir können uns immer noch beim FBI melden. Vielleicht wäre es sogar das Beste.«

»Das kann ich nicht machen. Nicht nach dem, was du mir gerade erzählt hast.«

Er stand auf und packte sie an der Schulter. »Was meinst du damit?«

Sie machte sich los. »Das FBI wird Danny nicht verschonen. Entweder geht er ins Gefängnis oder ich. Als ich noch glaubte, er hätte einen Mordanschlag auf mich in Auftrag gegeben, hätte ich mich vielleicht gestellt und gegen ihn ausgesagt. Aber das geht jetzt nicht mehr. Ich kann ihn nicht in den Knast bringen.«

»Angenommen, man hätte nicht versucht, dich umzubringen. Was würdest du jetzt tun?«

»Ich wollte ihnen ein Ultimatum stellen. Um meine Mitarbeit zu bekommen, hätte man Danny Immunität zusichern müssen.«

»Und wenn man es abgelehnt hätte?«

»Dann wären Danny und ich verschwunden. Irgendwie.« Sie schaute ihn an. »Ich stelle mich nicht. Aus vielen Gründen. Hauptsächlich deswegen, weil ich nicht sterben will.«

»Was genau wird eigentlich aus mir, verdammt?«

»Hier ist es doch nicht übel, oder?«, sagte Faith lahm.

»Bist du verrückt? Wir können doch nicht für ewig hier bleiben.«

»Dann sollten wir uns lieber einen anderen Ort suchen, an den wir fliehen können.«

»Und was wird aus meiner Wohnung? Meinem Leben? *Ich* habe eine Familie. Erwartest du, dass ich mich von allem verabschiede?«

»Die Leute, die mir ans Leder wollen, gehen bestimmt davon aus, dass du alles weißt, was ich weiß. Für dich gibt es keine Sicherheit.«

»Lass *mich* das lieber entscheiden.«

»Tut mir Leid, Lee. Ich hätte nie gedacht, ein anderer könnte in die Sache hineingezogen werden. Schon gar nicht jemand wie du.«

»Es muss eine andere Möglichkeit geben.«

Faith ging zur Treppe. »Ich bin todmüde. Gibt es noch etwas zu bereden?«

»Verdammt. Ich kann doch nicht einfach abhauen und wieder von vorn anfangen.«

Faith stand auf halber Höhe der Treppe. Sie blieb stehen, wandte sich um und schaute auf ihn hinunter.

»Glaubst du, morgen früh sehen die Dinge besser aus?«, fragte sie.

»Nein«, sagte Lee offen.

»Und aus genau diesem Grund gibt es jetzt nichts mehr zu bereden. Gute Nacht.«

»Wieso werde ich das Gefühl nicht los, dass du die Entscheidung, dich nicht zu stellen, schon vor langer Zeit getroffen hast? Ungefähr in dem Augenblick, in dem wir uns begegnet sind?«

»Lee ...«

»Du hast mich beschwafelt, mitzukommen. Dann hast du die dämliche Show am Flughafen durchgezogen. Und jetzt sitze ich in der Scheiße. Tausend Dank, Ma'am.«

»So war es nicht geplant! Du irrst dich.«

»Und du erwartest wirklich, dass ich dir glaube?«

»Was soll ich denn sagen?«

Lee schaute zu ihr hinauf. »Mein Leben ist zwar nicht viel wert, Faith, aber ich lebe ganz gern.«

»Tut mir Leid.« Sie flüchtete nach oben.

KAPITEL 33

Lee nahm ein Sechserpack Red-Dog-Bier aus der Kühltruhe und knallte auf dem Weg ins Freie die Tür zu. Vor der Honda blieb er stehen und fragte sich, ob er einfach auf die schwere Maschine steigen und losfahren sollte, bis sein Benzin, sein Geld oder sein Verstand alle waren. Dann fiel ihm eine andere Möglichkeit ein. Er könnte allein zum FBI gehen. Er könnte Faith anzeigen und behaupten, von allem nichts gewusst zu haben. Er wusste ja *wirklich* von nichts. Er hatte keine Straftat begangen. Und er schuldete der Frau nichts. Eigentlich hatte sie ihm das alles eingebrockt. Ihretwegen hatte er beinahe dran glauben müssen. So gesehen, müsste ihm der Entschluss, sie beim FBI anzuzeigen, eigentlich leicht fallen. Warum tat er es dann nicht, verdammt?

Er ging zum Hintertor hinaus und folgte dem Gehweg, der zu den Dünen führte. Er wollte zum Strand, sich das Meer anschauen und Bier trinken, bis entweder seine Gedanken zur Ruhe kamen oder ihm ein genialer Plan einfiel, der sie beide retten würde. Oder wenigstens ihn. Aus irgendeinem Grund drehte er sich um und betrachtete für einen Moment das Haus. In Faiths Schlafzimmer brannte Licht. Die Jalousien waren zwar heruntergezogen, aber nicht gekippt.

Als Faith in sein Blickfeld kam, schreckte er auf. Sie durchquerte das Zimmer, verschwand für eine Minute im Bad und kam zurück. Als sie sich auszog, ließ er den Blick in die Runde schweifen, um festzustellen, ob jemand ihn beim Zuschauen beobachtete. Ein Streifenwagen, dessen

Besatzung einen Spanner suchte, wäre ein würdiger Abschluss dieses Tages im wundervollen Leben des Lee Adams gewesen. Doch die anderen Häuser waren dunkel; er konnte seinem Voyeurismus ungestört weiter frönen. Zuerst zog Faith das Hemd aus, dann die Hose. Sie zog sich so lange aus, bis der gesamte Fensterrahmen nur noch Haut zeigte. Doch sie zog weder einen Schlafanzug an noch ein T-Shirt. Allem Anschein nach nächtigte die hoch bezahlte Lobbyistin, die sich zu einer heiligen Johanna gewandelt hatte, im Evaskostüm. Lee hatte ausgezeichnete Aussicht auf alle Dinge, die das Handtuch nur angedeutet hatte. Vielleicht wusste sie, dass er hier draußen war, und legte die Peepshow bewusst für ihn hin. Wozu? Als Ausgleich dafür, dass sie sein Leben ruiniert hatte? Dann ging das Licht aus. Lee öffnete eine Bierdose, drehte sich um und ging an den Strand. Die Show war vorbei.

Als er sich in den Sand fallen ließ, hatte er das erste Bier schon getrunken. Die Flut war im Anmarsch. Lee brauchte nicht weit zu gehen, um nasse Füße zu bekommen. Er öffnete die nächste Dose und ging weiter, bis das Wasser zu den Knie reichte. Es war eisig kalt, doch er stapfte weiter, bis das Wasser ihm um die Oberschenkel schwappte. Dann blieb er stehen, aus einem praktischen Grund: Nasse Pistolen taugten nicht sonderlich viel.

Er schlurfte an den Strand zurück, ließ die Bierdose fallen, zog die patschnassen Turnschuhe aus und joggte los. Er war zwar müde, doch seine Beine bewegten sich automatisch, wie seine Arme, auf und nieder. Der Atem drang in großen, nebligen Wolken aus seinem Mund. Er legte anderthalb Kilometer zurück; wie ihm schien, schneller als je zuvor. Dann ließ er sich in den Sand fallen und rang in der feuchten Luft keuchend nach Atem. Ihm war heiß, dann kalt. Er dachte an seine Mutter, seinen Vater und seine Geschwister. Er stellte sich seine Tochter Renee als kleines Kind vor. Sie fiel von ihrem großen Pferd und rief nach ihrem Pa. Schließlich erstarben ihre Schreie, denn er konnte nicht zu ihr kommen. Ihm war, als würde sein Blut in umgekehrter Richtung fließen, als strömte es zurück, als wüsste es nicht wohin. Er spürte, dass die Mauern seines Körpers nachgaben, nichts mehr in sich halten konnten.

Er erhob sich mit zittrigen Beinen und lief unsicher zum Bier und den Schuhen zurück. Eine Zeit lang setzte er sich in den Sand, lauschte der tosenden Brandung und kippte noch zwei Dosen Red Dog. Er lugte in die Finsternis. Seltsam – ein paar Bierchen, und schon konnte er das Ende seines Lebens deutlich am Horizont erkennen. Er hatte sich schon immer gefragt, wann es so weit sein würde. Jetzt wusste er es. Einundvierzig Jahre, drei Monate und vierzehn Tage, und der Mann da oben zog sein Los. Er schaute zum Himmel und winkte. *Vielen Dank, Gott.*

Er stand auf und ging zum Haus zurück, trat jedoch nicht ein. Stattdessen ging er auf den umzäunten Hof, legte die Pistole auf den Tisch, zog sich nackt aus und sprang in den Pool. Die Wassertemperatur lag bei schätzungsweise fünfzehn Grad. Sein Frösteln verging schnell, und er tauchte, berührte den Boden, machte einen ungelenken Handstand, blies das frisch gechlorte Wasser aus der Nase, ließ sich an der Oberfläche treiben und starrte zum wolkigen Himmel hinauf. Dann schwamm er noch ein bisschen herum, übte Kraulen und Brust und trieb dann an die Seite, um sich noch ein Bier zu genehmigen.

Er kroch über den Rand des Beckens und dachte an sein zerstörtes Leben und die Frau, die dafür verantwortlich war. Dann sprang er wieder ins Wasser, schwamm ein paar weitere Züge und ging endgültig an Land. Erstaunt schaute er zu Boden. Es war ein echter Hammer. Er schaute zu dem dunklen Fenster hinauf. Schlief sie? Wie konnte sie schlafen? Wie konnte sie schlafen, verdammt, nach allem, was sie durchgemacht hatten?

Lee beschloss, es in Erfahrung zu bringen. Niemand ruinierte seine Existenz und schlief dann friedlich ein. Er schaute an sich hinunter. Scheiße! Er warf einen Blick auf seine durchnässten und sandigen Klamotten; dann schaute er wieder zum Fenster hinauf. Er kippte rasch noch ein

Bier. Mit jedem Schluck ging sein Puls schneller. Er brauchte sich nicht anzuziehen. Er wollte die Pistole hier unten lassen. Wenn die Sache außer Kontrolle geriet, sollte die Luft nicht bleihaltig werden. Lee warf die letzte Bierdose ungeöffnet über den Zaun. Sollten die Vögel sie lospicken und sich einen ansaufen. Wieso sollte er sich allein vergnügen?

Rasch öffnete er die Tür des Seiteneingangs und stürmte die Treppe hinauf, nahm immer zwei Stufen auf einmal. Zuerst wollte er die Tür ihres Schlafzimmers eintreten, bemerkte dann aber, dass gar nicht abgeschlossen war. Er schob die Tür auf, lugte ins Zimmer und wartete, bis seine Augen sich an die Dunkelheit gewöhnt hatten. Da war das Bett, ein dicker Brocken. *Ein dicker Brocken.* Lees alkoholumnebelten Sinnen kam die Formulierung sehr komisch vor. Mit drei schnellen Schritten war er neben dem Bett.

Faith schaute zu ihm hoch. »Lee.« Es war keine Frage, sie sagte es nur so – eine bloße Aussage, deren Bedeutung er nicht verstand.

Er wusste, dass sie seine Nacktheit sah. Er war sicher, dass sie sogar in der Dunkelheit seinen Ständer sehen konnte. Sein Arm zuckte vor und riss die Decke von ihrem Körper.

»Lee?«, sagte sie erneut. Diesmal war es eine Frage.

Er betrachtete die weichen Rundungen ihres nackten Körpers. Sein Puls schlug schneller, das Blut raste durch seine Adern und brachte einem Mann, dem ernstlich Unrecht geschehen war, teuflische Potenz. Grob drängte er sich zwischen ihre Beine und ließ sich auf sie fallen. Sie wehrte sich nicht; ihr Körper blieb schlaff. Er küsste sie auf den Hals, dann hörte er auf. Das war nichts. Ohne Zärtlichkeit. Er umklammerte fest ihre Handgelenke.

Sie lag nur da, sagte nichts, bat ihn nicht, aufzuhören. Es ärgerte ihn. Er atmete schwer in ihr Gesicht. Sie sollte wissen, dass es das Bier war, nicht er. Sie sollte spüren, dass es nicht um sie ging, um ihr Aussehen und ihre Empfindungen. Er war bloß ein rotäugiger besoffener Schweinehund

und sie eine leichte Beute. Mehr nicht. Er löste seinen Griff. Er wollte, dass sie schrie, dass sie so fest wie möglich auf ihn einschlug. Dann wollte er aufhören. Erst dann.

Ihre Stimme überlagerte die Geräusche seines Tuns. »Wäre nett, wenn du die Ellbogen von meinem Brustkorb nehmen könntest.«

Doch Lee wollte nicht aufhören, machte weiter. Harte Ellbogen auf weichem Fleisch. Der König und die Bäuerin. *Lass jucken, Faith. Gib's mir.*

»So brauchst du es nicht zu machen.«

»Wasch hättsch'n lieba?«, nuschelte er zurück. Beim Landgang in New York war er zum letzten Mal so besoffen gewesen. Bei der Marine. Ein heftiger Schmerz breitete sich in Lees Schläfen aus. Fünf Bier und ein paar Gläser Wein, und er war völlig abgefüllt. Du lieber Himmel, er wurde alt.

»Lass mich nach oben. Du bist zu blau. Du weißt ja nicht mehr, was du tust«, sagte sie unverblümt und mit tadelnder Stimme.

»Oben? Immer die Chefin, was? Sogar im Bett. Der Teufel soll dich holen.« Er packte ihre Handgelenke so fest, dass seine Daumen und Zeigefinger sich berührten. Man musste ihr zugute halten, dass sie nicht einmal wimmerte, obwohl er daran, wie ihr Körper sich unter ihm spannte, ihren Schmerz erkannte. Seine Pranken fuhren über ihre Brüste und ihren Hintern, schlugen grob auf ihre Beine und ihren Leib ein. Er machte aber keinen Versuch, in sie einzudringen. Nicht deswegen, weil er zu betrunken war, um den richtigen Weg zu finden. Es lag daran, dass nicht mal der Alkohol ihn dazu bringen konnte, einer Frau so etwas anzutun. Er behielt die Augen geschlossen, weil er sie nicht anschauen wollte. Aber er neigte sein Gesicht. Er wollte, dass sie seinen Schweiß roch, den Hopfen und Malz seiner Lust in sich aufnahm.

»Ich dachte nur, so macht es es dir mehr Spaß«, sagte sie.

»Verdammt!«, brüllte Lee. »Das nimmst du so einfach hin?«

»Soll ich lieber die Polizei anrufen?«

Ihre Stimme war wie ein Bohrer, der in seinen ohnehin schmerzhaft pochenden Schädel drang. Er hockte über ihr, die Arme verschränkt; die Sehnen seines Bizeps traten hervor.

Er spürte, dass eine Träne aus seinem Auge quoll und über seine Wange glitt. Wie eine einzelne Schneeflocke auf Wanderschaft. Heimatlos, so wie er. »Warum trittst du mir nicht vor die Nüsse, Faith?«

»Weil es nicht deine Schuld ist.«

Lee wurde schlecht. Er erschlaffte. Faith bewegte den Arm, und er hinderte sie nicht daran. Er ließ sie los, ohne dass sie ein Wort zu sagen brauchte. Ganz sanft berührte sie sein Gesicht, wie eine vom Himmel gefallene Feder. Als sie sprach, war ihre Stimme belegt. »Ich habe dein Leben ruiniert.«

Er nickte. »Wenn ich mit dir abhaue – krieg ich das jeden Abend? Als Hundekuchen?«

»Wenn du willst.« Sie zog die Hand plötzlich weg und ließ sie aufs Bett fallen.

Er unternahm nichts, sie wieder zu packen.

Schließlich schlug er die Augen auf und sah die Traurigkeit in ihrem Blick, den anhaltenden Schmerz in der Straffheit ihres Halses und Gesichts – Schmerz, den er hervorgerufen und den sie schweigend über sich hatte ergehen lassen. Das Schimmern von Tränen der Hoffnungslosigkeit auf blassen Wangen. Sie waren wie etwas sengend Heißes, das dicht an seiner Haut vorbeiströmte, mit seinem Herzen zusammenprallte und darin verdampfte.

Er wuchtete sich von ihr herunter und wankte ins Bad. Er schaffte es gerade noch zur Toilette, spuckte das Bier und das Abendessen schneller aus, als er es zu sich genommen hatte. Dann verlor er auf den teuren italienischen Bodenfliesen das Bewusstsein. Das kalte Prickeln eines Waschlappens auf der Stirn brachte ihn wieder zu sich. Faith war hinter ihm, wiegte ihn in den Armen. Sie trug offenbar irgendein langärmeliges T-Shirt. Er konnte ihre langen, muskulösen Schenkel und ihre dünnen, gekrümmten Zehen ausmachen. Er spürte, dass ein dickes Handtuch auf seinem Bauch lag. Ihm war noch immer übel und kalt. Seine Zähne klapperten. Sie half ihm beim Hinsetzen und Aufstehen und schlang einen Arm um seine Taille. Er trug Jockeyshorts. Sie musste sie ihm angezogen haben, denn er selbst wäre nicht dazu fähig gewesen. Er kam sich vor, als hätte er ein Jahr unter den Brücken geschlafen. Sie schafften es zusammen zum Bett, und Faith half ihm hinein und deckte ihn zu.

»Ich schlafe in einem anderen Zimmer«, sagte sie leise.

Lee erwiderte nichts, weigerte sich sogar, die Augen noch einmal aufzumachen.

Er hörte, dass sie zur Tür ging. Bevor sie das Zimmer verließ, sagte er: »Tut mir Leid, Faith.« Er schluckte, seine Zunge fühlte sich so dick wie ein Pfirsich an.

Bevor sie die Tür zumachte, hörte er sie ganz leise sagen: »Du wirst es kaum glauben, Lee, aber es tut mir noch mehr Leid als dir.«

KAPITEL 34

Brooke Reynolds schaute sich gelassen im Inneren der Bank um. Sie hatte gerade erst geöffnet. In der Filiale hielt sich noch keine Kundschaft auf. In einem anderen Leben hätte sie die Räume vielleicht für einen geplanten Überfall ausgekundschaftet. Der Gedanke ließ sie lächeln, was nur selten bei ihr vorkam. Brooke hatte sich mehrere Vorgehensweisen ausgedacht, doch der Anblick des blutjungen Mannes, auf dessen Schreibtisch ein Schild verkündete, er sei der stellvertretende Filialleiter, vereinfachte die Entscheidung.

Als Brooke näher kam, schaute er auf. »Kann ich Ihnen helfen?«

Als er ihren FBI-Ausweis sah, wurden seine Augen wahrnehmbar größer, und er setzte sich gerader hin, als wollte er ihr zeigen, dass sich unter den jugendlichen Gesichtszügen ein gestandener Mann mit Rückgrat verbarg. »Gibt's ein Problem?«

»Ich brauche Ihre Unterstützung, Mr Sobel«, sagte Brooke und warf einen Blick auf das kupferne Schild. »Es geht um eine laufende FBI-Ermittlung.«

»Ja, sicher«, sagte er. »Ich tue, was ich kann.«

Brooke setzte sich ihm gegenüber und sprach leise, aber bestimmt auf ihn ein. »Ich habe einen Schlüssel, der zu einem Schließfach in Ihrer Filiale gehört. Dieser Schlüssel ist uns im Zuge einer Ermittlung in die Hände gefallen. Wir glauben, dass der Inhalt des Schließfachs möglicherweise zu ernsten Konsequenzen führen kann. Ich muss es mir anschauen.«

»Verstehe. Tja, hm ...«

»Ich habe den Schließfach-Vertrag, falls er Ihnen hilft.«

Banker standen auf Papiere, das wusste Brooke. Je mehr Zahlen und Statistiken, desto besser. Sie reichte ihm das Schriftstück.

Er schaute sich den Vertrag an.

»Ist Ihnen der Name Frank Andrews bekannt?«, fragte sie.

»Nein«, erwiderte er. »Aber ich bin erst seit einer Woche in dieser Filiale. Bankenfusion. Es nimmt kein Ende.«

»Kann ich mir vorstellen. Sogar die Regierung spart an allen Ecken.«

»Ich hoffe, nicht auch bei Ihnen. Bei dieser Verbrechensrate.«

»Ich nehme an, jemand aus dem Bankmanagement kriegt auch eine Menge mit.«

Der junge Mann schaute selbstgefällig drein und nippte an seinem Kaffee. »Oh, ich könnte Ihnen Geschichten erzählen ...«

»Das glaube ich gern. Können Sie irgendwie rauskriegen, wie oft Mr Andrews an seinem Schließfach war?«

»Kein Problem. Wir geben seit neuestem alles in den Computer ein.« Er tippte die Kontonummer ein und wartete, während die Daten verarbeitet wurden. »Möchten Sie vielleicht eine Tasse Kaffee, Agentin Reynolds?«

»Nein, danke. Wie groß ist das Fach?«

Sobel schaute auf den Bildschirm. »Den monatlichen Kosten nach ist es unsere Luxusausführung. Doppelte Größe.«

»Ich nehme an, da passt eine Menge rein.«

»Die Fächer sind sehr geräumig, ja.« Sobel beugte sich vor und sprach leise weiter. »Ich wette, es hat mit Drogen zu tun, was? Geldwäsche, so etwas in der Art? Ich habe an einem Kurs zu diesem Thema teilgenommen.«

»Tut mir Leid, Mr Sobel, aber es ist eine laufende Ermittlung, und dazu darf ich nichts sagen. Das verstehen Sie gewiss.«

Sobel lehnte sich rasch zurück. »Natürlich. Klar. Wir haben ja alle unsere Vorschriften. Sie würden's nicht glauben, womit *ich* hier alles zu tun habe.«

»Kann ich mir vorstellen. Hat der Computer schon was gefunden?«

»Ach so, ja.« Sobel schaute auf den Monitor. »Ah, ja ... Er war ziemlich oft hier. Ich kann es für Sie ausdrucken, wenn Sie wollen.«

»Das wäre eine große Hilfe.«

Als sie kurz darauf zum Tresor gingen, wurde Sobel doch nervös. »Mir fällt gerade ein ... Es ist wohl doch besser, wenn ich mich zuerst oben rückversichere. Es gibt bestimmt keine Probleme bei der Sache, aber trotzdem, die Chefetage ist ziemlich streng, was den Zugang zu den Schließfächern angeht.«

»Das verstehe ich. Aber ich dachte, der Assistent des Filialleiters besäße genügend Autorität, selbst darüber zu entscheiden. Ich will ja nichts aus dem Fach herausnehmen. Ich möchte mir nur anschauen, was darin ist. Je nachdem, was das Fach enthält, müssen wir den Inhalt beschlagnahmen. Es ist nicht das erste Mal, dass wir so etwas tun. Ich übernehme die Verantwortung. Machen Sie sich keine Sorgen.«

Brookes Zusicherung schien Sobel zu erleichtern, und er ging mit ihr weiter. Schließlich nahm er Brookes und seinen eigenen Schlüssel und zog die lange Box heraus.

»Wir haben hier ein Zimmer, in dem Sie sich alles anschauen können.«

Sobel zeigte ihr den kleinen Raum, und Brooke schloss die Tür. Sie atmete tief ein und bemerkte, dass ihre Handflächen feucht waren. Vielleicht enthielt die Box etwas, das die Karriere oder gar das Leben vieler zerstören konnte. Sie hob langsam den Deckel ab. Was sie erblickte, ließ sie unterdrückt fluchen.

Das Geld war mit dicken Gummibändern ordentlich gebündelt. Es waren alte Scheine, keine neuen. Rasch überschlug Brooke die Summe. Es mussten Zehntausende sein. Sie machte den Deckel wieder zu.

Als sie aus dem kleinen Zimmer kam, stand Sobel vor der

Tür. Er nahm die Box entgegen und schob sie in die Wand zurück.

»Kann ich das Unterschriftsregister für das Fach sehen?«, fragte Brooke.

Sobel zeigte ihr das Unterschriftenbuch. Ken Newmans Handschrift. Brooke kannte sie sehr gut. Ein ermordeter FBI-Mann und eine Kiste Bargeld unter einem Decknamen. Gute Nacht, Marie.

»Haben Sie irgendwas gefunden, das Ihnen weiterhilft?«, fragte Sobel.

»Ich muss den Inhalt des Fachs beschlagnahmen lassen. Falls jemand hier auftaucht und an den Inhalt heran will, rufen Sie mich bitte sofort unter einer dieser Nummern an!« Sie reichte ihm ihre Karte.

»Es ist eine ernste Sache, was?« Sobel wirkte plötzlich sehr unglücklich, in diese Filiale versetzt worden zu sein.

»Ich weiß Ihre Hilfe zu schätzen, Mr Sobel. Ich melde mich wieder.«

Sie kehrte zu ihrem Wagen zurück, fuhr auf dem schnellsten Weg zu Anne Newman und rief sie von unterwegs an, um sich zu vergewissern, dass Anne auch zu Hause war. Kens Beerdigung fand in drei Tagen statt. Es würde eine große Sache werden, an der die höchsten Chargen des FBI und der anderen Nachrichtendienste des Landes teilnehmen würden. Die Kolonne der Trauerfahrzeuge würde besonders lang sein und zwischen Reihen ernster, respektvoller Bundesagenten und Männer und Frauen in blauen Uniformen hindurchfahren. Das FBI beerdigte seine Agenten, die im Dienst ihr Leben ließen, mit höchsten Ehren und aller Würde, die ihnen zustand.

»Was hast du rausgefunden, Brooke?« Anne Newman trug ein schwarzes Kleid. Ihr Haar war hübsch frisiert, und auf ihrem Gesicht lag ein Hauch von Make-up. Brooke hörte ihre Stimme aus der Küche. Als sie angekommen war, hatten zwei Autos vor dem Haus gestanden. Wahrscheinlich Familienangehörige oder Freunde, die Anne kondolierten.

Außerdem bemerkte Brooke auf dem Tisch im Speisezimmer Teller mit Essen. Kochen und Kondolieren gehörten ironischerweise irgendwie zusammen. Offenbar trauerte man mit vollem Magen besser.

»Ich muss die Unterlagen eurer Bankkonten sehen. Weißt du, wo sie sind?«

»Um die Finanzen hat Ken sich immer gekümmert. Ich nehme an, sie sind in seinem Büro.« Sie führte Brooke durch den Flur, und sie betraten Kens Arbeitszimmer.

»Habt ihr mehrere Konten bei verschiedenen Banken?«

»Nein. Das weiß ich genau. Ich kriege ja immer die Post. Es ist nur eine Bank. Wir haben auch nur ein Girokonto, kein Sparbuch. Ken hat immer gesagt, Sparbuchzinsen sind ein Witz. In Geldangelegenheiten kannte er sich wirklich sehr gut aus. Wir haben ein paar Aktien, und die Kinder haben Konten fürs College.«

Während Anne die Unterlagen suchte, schaute Brooke sich müßig im Zimmer um. In einem Bücherregal stapelten sich zahlreiche Mappen aus Hartplastik in unterschiedlichen Farben. Obwohl sie diese Klarsichthüllen schon bei ihrem letzten Besuch gesehen hatte, hatte sie eigentlich nicht darauf geachtet.

»Was ist in diesen Plastikdingern?«

Anne schaute in die Richtung, in die Brooke deutete. »Ach, da ist bloß Kens Sportbildersammlung drin. Und seine Münzen. Damit hat er sich gut ausgekannt. Er hat sogar einen Kurs belegt und ein Zertifikat als Bild- und Münzfachmann bekommen. Er war fast jedes zweite Wochenende auf irgendeiner Messe.« Sie deutete zur Decke hinauf. »Deswegen auch der Brandmelder da oben. Ken hatte Angst vor Bränden, besonders in diesem Zimmer. Wegen dem vielen Papier und Kunststoff. Hier drin wäre ein Brand wirklich verheerend.«

»Es überrascht mich, dass er die Zeit hatte, die man als Sammler braucht.«

»Tja, er hat sie sich genommen. Hat ihm wirklich Spaß gemacht.«

»Bist du je mit ihm zu diesen Messen gefahren? Oder die Kinder?«

»Nein. Er hat uns nie darum gebeten.«

Annes Tonfall bewirkte, dass Brooke das Thema fallen ließ. »Ich frage nicht gern, aber hatte Ken eine Lebensversicherung?«

»Ja. Eine recht hohe.«

»Schön, dass du dir um finanzielle Dinge keine Gedanken machen musst, Anne. Ich weiß, dass es nur ein kleiner Trost für dich ist, aber viele Menschen sind in solchen Dingen ziemlich nachlässig. Ken wollte offenbar, dass ihr versorgt seid, falls ihm etwas zustößt. Liebevolle Taten sagen oft mehr als Worte.« Brooke war sicher, dass ihre letzte Bemerkung schrecklich nichts sagend und lahm geklungen hatte, und sie beschloss, von nun an zu diesem Thema zu schweigen.

Anne zog einen halbhohen roten Ordner hervor und reichte ihn ihr.

»Ich glaube, das hier ist es, was du suchst. In der Schublade sind noch mehr davon. Das ist der neueste.«

Brooke schaute sich den Rücken des Ordners an, dann die Vorderseite, auf der ein Etikett klebte, das besagte, dass der Ordner die Kontoauszüge des laufenden Jahres enthielt. Sie klappte ihn auf. Die Auszüge waren sauber beschriftet und chronologisch nach Monaten sortiert; der letzte Monat lag ganz oben.

»Die stornierten Schecks sind in der anderen Schublade. Ken hat sie nach Jahren geordnet.«

Verdammt! Brooke verwahrte ihre finanziellen Unterlagen in mehreren Schubladen in ihrem Schlafzimmer auf – und sogar in der Garage. Wenn eine Steuererklärung anstand, brach bei ihrem Steuerberater stets der Notstand aus.

»Anne, ich weiß, dass du Besuch hast. Ich kann mir die Sachen auch allein anschauen.«

»Wenn du willst, kannst du sie mitnehmen.«

»Wenn du nichts dagegen hast, schaue ich sie mir lieber hier an.«

»Na schön. Möchtest du etwas essen? Oder trinken? Ich habe gerade eine frische Kanne Kaffee aufgesetzt.«

»Kaffee wäre prima, danke. Mit wenig Milch und Zucker.«

Anne wirkte plötzlich nervös. »Du hast mir noch nicht erzählt, ob du irgendwas gefunden hast.«

»Bevor ich etwas sage, möchte ich ganz sichergehen. Ich will jeden Irrtum ausschließen.« Brooke schaute der armen Frau in die Augen und hatte ein schrecklich schlechtes Gewissen. Jetzt war sie hier und ließ sich von der ahnungslosen Witwe des Mannes helfen, dessen Andenken sie möglicherweise beflecken musste.

»Wie kommen die Kinder damit klar?«, fragte sie und tat ihr Bestes, das miese Gefühl abzuschütteln.

»Wie Kinder eben damit klarkommen, nehme ich an. Sie sind sechzehn und siebzehn und verstehen die Dinge natürlich besser als Fünfjährige. Aber es ist trotzdem sehr hart. Für uns alle. Es gibt nur einen Grund, dass ich nicht heule: Seit heute Morgen habe ich keine Tränen mehr. Die Kinder habe ich in die Schule geschickt, weil ich finde, dass für sie nichts schlimmer sein kann, als hier herumzusitzen, während die Leute hereinmarschieren und über ihren Papa reden.«

»Du hast wahrscheinlich Recht.«

»Man kann nur sein Bestes geben. Ich habe immer gewusst, dass es so kommen kann. Du lieber Himmel, Ken war vierundzwanzig Jahre beim FBI. Er wurde nur einmal im Dienst verletzt – als sein Wagen einen Platten hatte und er sich beim Reifenwechsel einen Muskel zerrte.« Anne lächelte kurz über diese Erinnerung. »Er hat sogar darüber gesprochen, in den Ruhestand zu gehen. Vielleicht wären wir weggezogen, wenn die Kinder beide auf dem College sind. Kens Mutter wohnt in South Carolina. Sie kommt jetzt in das Alter, in dem man seine Familie in der Nähe braucht.«

Anne sah aus, als würde sie jeden Augenblick wieder in Tränen ausbrechen, und Brooke wusste nicht, ob sie in diesem Fall mit ihr geweint hätte, so hundeelend fühlte sie sich.

»Hast du auch Kinder, Brooke?«
»Einen Jungen und ein Mädchen. Drei und sechs.«
Anne lächelte. »Das sind ja fast noch Babys.«
»Soviel ich weiß, wird es schwieriger, wenn sie älter werden.«
»Na ja, sagen wir mal ... Es wird verzwickter. Es geht vom Spucken, Beißen und Aufs-Töpfchen-Gehen bis zum Streit um Kleidung, Jungs und Geld. Wenn sie so um die dreizehn sind, wollen sie mit Ma und Pa auf einmal nichts mehr zu tun haben. Es ist eine schwierige Zeit, aber irgendwann kommen sie zu einem zurück. Dann wird einem vor Angst übel, wenn man nur an Alkohol und Autos, Sex und Drogen denkt.«
Brooke brachte ein schwaches Lächeln zu Stande. »Mann, ich kann's kaum erwarten.«
»Wie lange bist du schon beim FBI?«
»Dreizehn Jahre. Ich bin nach einem unglaublich langweiligen Jahr als Wirtschaftsjuristin dazugestoßen.«
»Es ist ein gefährlicher Job, nicht wahr?«
Brooke schaute sie an. »Ja. Er kann wirklich gefährlich sein.«
»Bist du verheiratet?«
»Auf dem Papier, ja, aber in ein paar Monaten nicht mehr.«
»Oh. Tut mir Leid.«
»Glaub mir, es ist besser so.«
»Behältst du die Kinder?«
»Natürlich.«
»Das ist gut. Kinder gehören zur Mutter. Ist mir egal, was die politisch Korrekten dazu sagen.«
»In meinem Fall frage ich mich das ... Ich arbeite nämlich lange, hab keine festen Bürostunden. Ich weiß nur, dass meine Kinder zu mir gehören.«
»Du hast Jura studiert, sagst du?«
»Ja. In Georgetown.«
»Anwälte verdienen gutes Geld. Und der Beruf ist nicht annähernd so gefährlich wie der eines FBI-Agenten.«

»Wahrscheinlich nicht.« Brooke spürte allmählich, wohin das Gespräch führte.

»Vielleicht denkst auch du mal über einen Berufswechsel nach. Da draußen gibt es zu viele Irre. Und sie haben zu viele Kanonen. Als Ken beim FBI anfing, gab's noch keine Kinder, die kaum laufen können, aber mit Maschinenpistolen herumfuchteln und Menschen abknallen wie in einem blöden Zeichentrickfilm.«

Brooke wusste nichts darauf zu antworten. Sie stand nur da, Kens Notizbuch in der Hand, und dachte an ihre Kinder.

»Ich bring dir den Kaffee.«

Anne machte die Tür hinter sich zu, und Brooke ließ sich in den nächstbesten Sessel sinken. Sie hatte eine plötzliche Vision, wie sie steif und leblos in einen schwarzen Sack geschoben wurde, während die Handleserin ihren entsetzten Kindern die schlimme Nachricht überbrachte. *Ich hab's eurer Mutter ja gesagt!* Scheißdreck. Brooke schüttelte die Vorstellung ab und schlug den Ordner auf. Anne kam mit dem Kaffee, ließ sie aber sofort wieder allein. Mit neuer Energie machte sich Brooke an die Sichtung der Unterlagen. Und was sie fand, beunruhigte sie zutiefst.

Ken Newman hatte mindestens in den letzten drei Jahren Bares auf sein Girokonto eingezahlt. Es waren kleine Summen gewesen – hundert Dollar hier, fünfzig da –, und zwar ohne System. Brooke zog die Liste hervor, die Sobel ihr gegeben hatte, und schaute sich die Daten jener Tage an, da Ken am Schließfach gewesen war. Die meisten stimmten mit den Tagen überein, an denen er Bargeld auf sein Konto eingezahlt hatte. Ken war offenbar zum Fach gegangen, hatte neues Bargeld dazugelegt, einige der alten Scheine herausgenommen und sie aufs Familienkonto eingezahlt – vermutlich bei einer anderen Bank; er konnte ja schlecht als Frank Andrews Bargeld aus seinem Safe holen und es bei der gleichen Bankfiliale als Ken Newman wieder einzahlen.

Alles zusammen ergab zwar eine beträchtliche Summe, aber noch lange kein Vermögen. Die Gesamtsumme des Geldes auf Kens Girokonto war nie sehr hoch gewesen, weil er ständig Schecks ausgeschrieben hatte, die sein Guthaben schrumpfen ließen. Sein FBI-Gehalt wurde direkt überwiesen, wie Brooke feststellte. Zudem waren zahlreiche Schecks auf eine Börsenmaklerfirma ausgestellt worden. Sie fand die Unterlagen in einer anderen Schublade und zog den raschen Schluss, dass Newman zwar kein reicher Mann gewesen war, aber ein hübsches Portefeuille angehäuft hatte. Die Unterlagen zeigten, dass er es gewissenhaft weiter ausgebaut hatte. Da der Haussemarkt noch immer florierte, waren seine Investitionen beträchtlich angewachsen.

Abgesehen von den Bareinzahlungen bekam Brooke nichts allzu Ungewöhnliches zu sehen. Ken hatte Geld gespart und es gut angelegt. Er war zwar nicht reich, aber es ging ihm gut. Die Dividenden des Investmentkontos waren ebenfalls auf sein Girokonto geflossen und machten das Bild seines wahren Einkommens noch unübersichtlicher. Es würde schwierig sein, den Schluss zu ziehen, dass an Ken Newmans Finanzen irgendetwas mysteriös war – es sei denn, man schaute sie sich wirklich *ganz* genau an. Und wenn man nichts über das Bargeld im Schließfach wusste, konnte die Geldmenge, um die es ging, eine eingehende Untersuchung kaum rechtfertigen.

Das Verwirrende war die Bargeldsumme im Schließfach. Warum bewahrte jemand so viel Geld in einer Kiste auf, in der es keine Zinsen brachte? Ebenso wie das Bargeld verwirrte Brooke etwas, das sie *nicht* fand. Als Anne kam, um nach ihr zu schauen, fragte sie danach.

»Ich finde keine Unterlagen über Hypothekenzahlungen oder Zahlungen per Kreditkarte.«

»Wir zahlen keine Hypothek. Das heißt, nicht mehr. Wir hätten dreißig Jahre lang zahlen müssen, aber dann hat Ken die ganze Schuld auf einen Schlag getilgt.«

»Wann war das?«

»Ich glaube, vor drei oder vier Jahren.«

»Was ist mit Kreditkarten?«

»Ken hielt nichts von Kreditkarten. Wir haben alles bar

bezahlt. Haushaltsgeräte, Kleider, sogar Autos. Wir haben nie Neuwagen gekauft, nur gebrauchte.«

»Ganz schön clever. Da habt ihr Unsummen an Finanzierungsgebühren gespart.«

»Wie gesagt, mit Geld kannte Ken sich aus.«

»Hätte ich das gewusst, hätte ich ihn um Hilfe gebeten.«

»Musst du dir noch was anderes anschauen?«

»Noch eins, fürchte ich. Eure Steuerbescheide der letzten paar Jahre, falls du sie hast.«

Nun ergab die große Summe im Schließfach einen Sinn. Wenn Newman alles bar bezahlt hatte, war es nicht nötig gewesen, das Geld auf sein Girokonto einzuzahlen. Für Dinge wie Miete, Müllabfuhr und die Telefonrechnung musste er natürlich Schecks ausschreiben; deshalb hatte er Bargeld einzahlen müssen, um die Schecks zu decken. Das bedeutete auch, dass für das Geld, das Newman nicht auf sein Konto einzahlte, keine Unterlagen existierten, die bewiesen, dass er je Geld in dem Fach gehabt hatte. Und das wiederum bedeutete, dass das Finanzamt nie herausbekommen würde, dass Newman je ein solches Fach besessen hatte.

Er hatte seinen Lebensstil klugerweise beibehalten. Er war im gleichen Haus wohnen geblieben, fuhr keine Luxusschlitten und war auch nicht in den Kaufrausch verfallen, über den schon so mancher Dieb gestolpert war. Da er keine Miete zu zahlen brauchte und auch nichts mit Kreditkarten bezahlte, hatte er einen großen Bargeldverkehr. Wahrscheinlich war das die Erklärung dafür, dass Newman regelmäßig in Aktien investieren konnte. Irgendjemand würde wirklich tiefer graben müssen, um die Wahrheit ans Licht zu bringen.

Anne fand die Steuererklärungen der letzten sechs Jahre in dem metallenen Aktenschrank, der an der Wand stand. Sie waren so gut geordnet wie die anderen Unterlagen Ken Newmans. Ein rascher Blick auf die Bescheide der letzten drei Jahre bestätigten Brookes Verdacht. Das einzige aufgelistete Einkommen waren Newmans FBI-Gehalt, verschiedene Bank- und Investmentzinsen sowie Dividenden.

Sie legte die Akten zurück und zog ihren Mantel an. »Tut mir Leid, Anne, dass ich mitten in deine Schwierigkeiten hereingeplatzt bin.«

»Ich habe dich doch um Hilfe *gebeten*, Brooke.«

Brooke empfand trotzdem einen Stich von Schuld. »Tja, ich weiß nicht, ob ich dir eine Hilfe war.«

Anne ergriff ihren Arm. »Kannst du mir jetzt sagen, was los ist? Hat Ken irgendetwas ... Falsches gemacht?«

»Ich kann dir im Moment nur sagen, dass ich einige Dinge gefunden habe, die ich nicht erklären kann. Ich will dich nicht belügen, Anne. Sie sind sehr Besorgnis erregend.«

Anne zog langsam die Hand zurück. »Ich nehme an, du musst deine Entdeckung melden.«

Brooke schaute Anne an. Technisch gesehen musste sie nun auf direktem Weg zum OPR gehen und Meldung erstatten. Das OPR stand offiziell unter dem Dach des FBI, war aber eine Abteilung des Justizministeriums, die Vorwürfe über Fehlverhalten von FBI-Angehörigen untersuchte und die in dem Ruf stand, sehr gründlich zu sein. Eine OPR-Untersuchung ließ selbst den abgebrühtesten FBI-Agenten ins Zittern geraten.

Ja, rein technisch betrachtet, brauchte sie sich keine Gedanken mehr zu machen. Wenn das Leben nur so einfach gewesen wäre. Die verzweifelte Frau, die vor ihr stand, machte Brooke die Entscheidung unendlich schwer. Schließlich gab sie ihren Gefühlen nach und vergaß für einen Moment die Vorschriften. Ken Newman würde ein Heldenbegräbnis erhalten. Der Mann hatte über zwei Jahrzehnte für das FBI gearbeitet. Zumindest *das* hatte er verdient.

»Irgendwann werde ich meinen Fund melden müssen, ja. Aber nicht jetzt.« Brooke hielt inne und nahm Annes Hand. »Ich weiß, wann die Beerdigung ist. Ich werde da sein, zusammen mit allen anderen, und Ken meinen Respekt erweisen.«

Brooke drückte Anne an sich; dann ging sie hinaus. Ihre Gedanken wirbelten so schnell, dass ihr beinahe schwindlig wurde.

Falls Ken Newman die Hand aufgehalten hatte, dann nicht erst seit ein paar Tagen. War *er* die undichte Stelle bei ihren Ermittlungen gewesen? Hatte er auch andere Untersuchungsergebnisse verraten? War Newman ein freiberuflicher Maulwurf gewesen, der sein Wissen an den Meistbietenden verkauft hatte? Oder hatte er das FBI im Auftrag einer Organisation unterwandert? Wenn ja – welche Organisation konnte an Faith Lockhart interessiert sein? Es ging auch um ausländische Interessen; das immerhin hatte Lockhart durchblicken lassen. War das der Schlüssel? Hatte Newman die ganze Zeit für eine ausländische Macht gearbeitet, für eine fremde Regierung, die zufälligerweise ebenfalls in Buchanans Intrige verwickelt war?

Brooke seufzte. Der Fall nahm allmählich solche Dimensionen an, dass sie am liebsten nach Hause gelaufen wäre, um sich die Bettdecke über den Kopf zu ziehen. Stattdessen würde sie in ihren Wagen steigen, ins Büro fahren und an der Sache weiterarbeiten, wie sie es im Lauf der Zeit bei hundert anderen Fällen auch getan hatte. Sie hatte bisher mehr Fälle gewonnen als verloren. Und das war das Höchste, was man in einem Job wie diesem von jemandem erwarten konnte.

KAPITEL 35

Lee war sehr spät und mit dem schlimmsten Kater aller Zeiten erwacht. Deshalb hatte er sich zu einer Runde Joggen entschlossen. Anfangs sandte jeder Schritt im Sand tödliche Pfeile durch sein Hirn. Als seine Verspannung sich dann etwas löste und er tief die eiskalte Luft einatmete, den salzigen Wind auf dem Gesicht spürte und etwa anderthalb Kilometer hinter sich hatte, verschwanden die Auswirkungen des Besäufnisses. Als er zum Strandhaus zurückkam, umrundete er das Schwimmbecken und nahm seine Kleidung und die Pistole an sich, setzte sich eine Zeit lang in einen Korbsessel und ließ sich von der Sonne wärmen. Als er schließlich ins Haus ging, roch es nach Kaffee und Eiern.

Faith war in der Küche und schenkte sich gerade eine Tasse Kaffee ein. Sie trug Jeans, ein kurzärmeliges Hemd und war barfuß. Als sie Lee hereinkommen sah, nahm sie noch eine Tasse und füllte sie. Für einen Moment freute er sich über diese schlichte kameradschaftliche Geste. Dann aber wischte sein Tun vom Abend zuvor das Gefühl hinweg wie die Meereswogen, die erbarmungslos eine Sandburg zerstörten.

»Ich dachte schon, du würdest den ganzen Tag schlafen«, sagte Faith, deren Stimme äußerst beiläufig klang, wie Lee fand, die ihn aber nicht anschaute.

Es war der beschämendste Augenblick in seinem bisherigen Leben. Was sollte er sagen? *Hör mal, tut mir Leid, dass ich gestern Abend versucht habe, dich zu vergewaltigen.*

Er kam in die Küche, nahm die Tasse und hoffte irgendwie, dass der Knoten in seiner Kehle ihn erdrosselte. »Manchmal besteht die beste Kur gegen die größte und unverzeihlichste Dummheit, die man je begangen hat, darin, dass man rennt, bis man umfällt.« Er warf einen Blick auf die Eier. »Riecht gut.«

»Hält aber keinem Vergleich mit der Mahlzeit stand, die du gestern aufgetischt hast. Andererseits bin ich keine geborene Köchin. Ich gehöre wohl eher zu denen, die sich vom Zimmerkellner bedienen lassen. Aber das hast du sicher längst herausbekommen.« Als sie an den Herd trat, fiel ihm auf, dass sie leicht hinkte. Er bemerkte auch die Schrammen an ihren nackten Handgelenken. Er legte die Pistole unter die Theke, ehe es dazu kam, dass er sich aus einem plötzlichen Schamgefühl heraus das Hirn wegpustete.

»Faith?«

Sie drehte sich nicht um; sie rührte nur die Eier in der Pfanne.

»Wenn du willst, dass ich gehe, dann verschwinde ich«, sagte Lee.

Da sie den Anschein erweckte, darüber nachzudenken, beschloss er, ihr zu sagen, worüber er während des Dauerlaufs nachgedacht hatte. »Was gestern Abend passiert ist ... was ich dir gestern Abend *angetan* habe ... dafür gibt es keine Entschuldigung. So etwas ist mir noch nie passiert. Das ist gar nicht meine Art. Ich kann's dir nicht verübeln, wenn du mir nicht glaubst. Aber es stimmt.«

Sie drehte sich plötzlich zu ihm um, und ihre Augen schimmerten feucht. »Tja, und ich kann nicht sagen, dass ich mir *nicht* vorgestellt habe, dass zwischen uns was passiert – obwohl wir in einem Albtraum leben. Ich habe mir nur nicht vorgestellt, dass es so ausfällt ...« Die Stimme versagte ihr, und sie drehte sich rasch wieder um.

Lee schaute zu Boden und nickte leicht. Ihre Worte schmetterten ihn doppelt nieder. »Ich stecke nämlich in einem ziemlichen Dilemma. Mein Bauch und mein Gewissen sagen mir, dass ich aus deinem Leben verschwinden soll, damit du dich nicht immer, wenn du mich siehst, daran erinnerst, was letzte Nacht passiert ist. Aber ich möchte dich in dieser Situation auch nicht allein lassen. Nicht, solange jemand darauf aus ist, dich umzubringen.«

Faith schaltete den Herd ab, baute zwei Teller vor sich auf, belegte sie mit Rührei, bestrich zwei Scheiben Toast mit Butter und stellte alles auf den Tisch. Lee rührte sich nicht von der Stelle. Er schaute sie nur an. Sie bewegte sich langsam, und ihre Wangen waren tränenfeucht. Die Schrammen an ihren Gelenken waren wie Fesseln, die seine Seele einschnürten.

Er nahm ihr gegenüber Platz und stocherte in seinem Frühstück.

»Ich hätte dich gestern Abend aufhalten können«, sagte sie unverblümt. Tränen liefen über ihre Wangen, aber sie machte keinen Versuch, sie abzuwischen.

Auch Lee spürte ein Brennen in den Augen. Es fehlte nicht mehr viel. »Hättest du es doch getan!«

»Du warst betrunken. Ich sage nicht, dass dies eine Entschuldigung dafür ist, was du getan hast, aber ich weiß, dass du es nicht getan hättest, wärst du nüchtern gewesen. Außerdem hast du aufgehört. Ich habe mir daher gesagt, dass du niemals so tief sinken würdest. Wäre ich mir der Sache nicht ganz sicher, hätte ich dich mit deiner Pistole erschossen, als du bewusstlos warst.« Sie hielt inne, schien nach den passenden Worten zu suchen. »Aber vielleicht war das, was *ich dir* angetan habe, schlimmer als das, was du mir gestern Abend hättest antun können.« Sie schob ihren Teller beiseite und schaute aus dem Fenster. Es schien ein wunderschöner Tag zu werden.

Als sie weitersprach, besaßen ihre Worte einen wehmütigen Tonfall, der seltsamerweise hoffnungsvoll und bedrückt zugleich war. »Als ich ein kleines Mädchen war, hatte ich meine ganze Zukunft vorgeplant. Ich wollte Krankenschwester werden. Dann Ärztin. Außerdem wollte ich heiraten und zehn Kinder haben. Dr. Faith Lockhart sollte tagsüber Leben retten und dann zu einem wunderbaren Mann nach Hause zurückkehren, der sie liebt, und eine wunderbare Mutter ihrer perfekten Kinder sein. Nachdem ich all die Jahre mit meinem Vater herumgezogen war, wollte ich nur ein Heim, wo ich den Rest meines Lebens verbringen würde. Meine Kinder sollten immer und ewig wissen, wo sie mich finden. Als ich acht Jahre alt war, kam es mir so einfach vor, so ... machbar.« Sie nahm ihre Serviette und tupfte sich die Augen ab, als hätte sie die Feuchtigkeit auf ihren Wangen gerade erst bemerkt.

Sie schaute wieder zu Lee auf. »Doch jetzt führe ich ein anderes Leben.« Ihr Blick schweifte durch das hübsch eingerichtete Zimmer. »Ich habe es eigentlich nicht schlecht getroffen. Ich habe 'ne Menge Geld verdient. Worüber beschwere ich mich also? Es ist doch der amerikanische Traum, oder? Geld? Macht? Besitz? Ich habe sogar etwas Gutes getan, wenn auch auf illegale Weise. Aber dann musste ich alles kaputtmachen. Die besten Absichten, nur mit der Ausführung ging es schief. Genau wie bei meinem Vater. Du hast Recht. Der Apfel fällt nicht weit vom Stamm.« Wieder hielt sie inne, spielte mit ihrem Besteck, hielt Gabel und Messer senkrecht aneinander.

»Ich möchte nicht, dass du gehst.« Dann stand sie auf, durchquerte das Zimmer und stieg die Treppe hinauf.

Lee hörte, dass sie die Schlafzimmertür zuschlug.

Er atmete tief ein, stand ebenfalls auf und stellte überrascht fest, dass seine Knie zitterten. Er wusste, dass es nicht am Dauerlauf lag. Er duschte, zog sich um und ging wieder nach unten. Faiths Tür war noch geschlossen, und er hatte nicht die Absicht, sie zu stören, was sie auch tun mochte. Um seine Nerven zu beruhigen, beschloss er, eine Stunde mit der weltlichen Aufgabe zu verbringen, seine Waffe zu reinigen. Salz und Wasser waren das reinste Gift für Waffenstahl, und automatische Pistolen waren ohnehin sehr anfällig. Und wenn die Munition nicht von hoher Qualität war, konnte man sich darauf verlassen, dass es zu Ladehemmungen kam – und ein bisschen Sand konnte die gleiche Fehlfunktion hervorrufen. Zudem konnte man eine Ladehemmung bei einer Pistole nicht so einfach beheben wie bei einem Revolver, indem man den Abzug betätigte und eine neue Waffenkammer reinklickte. Bis man die Knarre gerichtet hatte, war man tot. Und so wie es mit seinem bisherigen Glück aussah, würde das genau in dem Moment passieren, wenn er das Ding abfeuern *musste*. Auf der Habenseite jedoch hatten Neun-Millimeter-Parabellum-Geschosse, wenn sie von einer Smith & Wesson abgefeuert wurden, eine verheerende Durchschlagskraft. Was immer sie trafen, hielten sie auf, sofern es lebte und atmete. Lee hoffte inständig, die Waffe nicht einsetzen zu müssen. Denn wenn er sie benützte, bedeutete es aller Wahrscheinlichkeit nach, dass jemand auf ihn schoss.

Er lud das fünfzehnschüssige Magazin nach, schob es in den Griff und beförderte eine Patrone in die Kammer. Dann legte er den Sicherungshebel um und steckte die Waffe ins Halfter. Er fragte sich, ob er mit der Honda in den Ort fahren und sich im Laden eine Zeitung kaufen sollte; dann aber wurde ihm klar, dass er weder die Kraft noch das Verlangen hatte, sich einer dermaßen schlichten Aufgabe anzunehmen. Außerdem wollte er Faith nicht allein im Haus lassen. Wenn sie herunterkam, wollte er hier sein.

Als er zur Küche ging, um sich am Spülbecken etwas zu trinken zu holen, warf er einen kurzen Blick durchs Fenster und hätte fast einen Herzschlag bekommen. Auf der anderen Straßenseite, über der hohen, dichten Buschwerkmauer, die so weit verlief, wie das Auge reichte, tauchte urplötzlich am Rand seines Blickfelds eine kleine Propellermaschine auf. Im gleichen Moment fiel ihm die Landebahn ein, die Faith erwähnt hatte. Sie lag dem Haus gegenüber und wurde vom Buschwerk abgeschirmt.

Lee eilte zur Haustür, um sich die Landung des Flugzeugs anzuschauen. Doch bis er draußen war, war die Maschine schon verschwunden. Dann erblickte er zwischen den Wipfeln ihr Heck. Es blitzte vor ihm auf und war sofort wieder verschwunden.

Lee stieg zur Veranda im zweiten Stock hinauf und sah von dort aus, wie die Maschine zum Stehen kam und die Insassen von Bord gingen. Ein Wagen erwartete sie, und die Leute stiegen ein. Koffer wurden ausgeladen und ins Fahrzeug verfrachtet, das dann mit den Passagieren durch eine schmale gepflasterte Öffnung, nicht weit von Faiths Haus entfernt, zwischen den Bäumen verschwand. Dann stieg auch der Pilot aus der zweimotorigen Propellermaschine, überprüfte einige Dinge am Flugzeug und stieg wieder ein. Wenige Minuten später ließ er die Maschine ans andere Ende der Bahn rollen und wendete, gab Gas und jagte über die Piste – in die Richtung, aus der er gekommen war. Er schwang sich elegant in die Luft. Die Maschine näherte sich dem Wasser, zog eine Schleife und verschwand dann schnell am Horizont.

Lee ging ins Haus zurück und machte den Versuch, sich das Fernsehprogramm anzuschauen. Gleichzeitig lauschte er nach Faith. Nachdem er sich durch tausend Programme gezappt hatte, gelangte er zu dem Schluss, dass kein einziges etwas taugte. Er spielte eine Partie Solitär. Weil es ihm großen Spaß machte, gegen sich selbst zu verlieren, ließ er noch ein Dutzend Partien folgen – mit dem gleichen Ergebnis. Er schlenderte nach unten und spielte im Spielzimmer eine Partie Poolbillard. Als die Essenszeit kam, machte er sich ein Tunfischbrot und eine Rindfleischsuppe und aß auf der Terrasse über dem Schwimmbecken. Gegen 13 Uhr schaute er dem Flugzeug bei der nächsten Landung zu. Erneut spuckte es seine Insassen aus und schwang sich wieder in die Lüfte. Lee fragte sich, ob er an Faiths Tür klopfen sollte, um nachzufragen, ob sie hungrig sei, entschied sich aber dagegen. Er schwamm eine Runde im Pool, legte sich dann auf den Beton und fing ein paar Sonnenstrahlen ein. Jede Minute, die er das Leben genoss, verursachte ihm ein schlechtes Gewissen.

Die Stunden vergingen. Als es allmählich dunkel wurde, fasste er die Zubereitung des Abendessens ins Auge. Diesmal wollte er Faith aus ihrem Zimmer holen, damit sie etwas zu sich nahm. Er war gerade im Begriff, nach oben zu gehen, als die Tür ihres Zimmers aufging. Sie kam heraus.

Ihr Kleid fiel ihm zuerst ins Auge: Es war weiß, aus Baumwolle, knielang und eng. Dazu trug sie einen hellblauen Pullover. Ihre Beine waren nackt, und sie trug schlichte Sandalen, die aber äußerst nobel wirkten. Ihr Haar war hübsch frisiert; ein Hauch von Make-up hob ihre Züge hervor, und blassroter Lippenstift vervollständigte das Bild. Sie hatte eine kleine Unterarmtasche in der Hand. Der Pullover verdeckte die Schrammen an ihren Gelenken. Möglicherweise hatte sie ihn nur deswegen angezogen. Lee war zutiefst dankbar dafür, dass sie nicht mehr hinkte.

»Willst du ausgehen?«, fragte Lee.

»Zum Abendessen. Ich sterbe vor Hunger.«

»Ich wollte gerade etwas machen.«

»Ich würde lieber essen gehen. Sonst fällt mir die Decke auf den Kopf.«

»Und wo willst du hin?«

»Tja, eigentlich hab ich gedacht, wir gehen zusammen.«

Lee schaute auf seine verschossene Khakihose, die Turnschuhe und das kurzärmelige Polohemd. »Neben dir sehe ich wie ein Penner aus.«

»Du siehst gut aus.« Sie warf einen Blick auf die Waffe in seinem Halfter. »Das Ding würde ich allerdings hier lassen.«

Er musterte ihr Kleid. »Faith, ich weiß nicht genau, ob man in den Sachen bequem auf einer Honda sitzen kann.«

»Der Country Club ist nur siebenhundert Meter die Straße hinunter. Es gibt da auch ein Restaurant. Ich dachte, wir gehen zu Fuß. Sieht nach einem hübschen Abend aus.«

Lee nickte. Er verstand, dass es völlig logisch war, wenn sie nun ausgingen, und zwar aus vielerlei Gründen. »Hört sich gut an. Warte 'nen Augenblick.« Er lief nach oben, legte das Schießeisen ab und verstaute es in einer Schublade. Er spritzte sich Wasser ins Gesicht, befeuchtete sein Haar ein wenig, schnappte sich seine Jacke und gesellte sich zu Faith an die Haustür, wo sie die Alarmanlage einschaltete.

Sie verließen das Haus und überquerten den Lieferantenweg. Als sie den Gehsteig erreicht hatten, der parallel zum

Hauptweg verlief, schlenderten sie unter einem Himmel dahin, dessen Farbe von Blau zu Rosa gewechselt hatte, während die Sonne unterging. Die Gartenlaternen waren inzwischen angegangen, zusammen mit den automatischen Sprinkleranlagen. Das Rauschen des Wassers hatte etwas Besänftigendes; so wirkte es zumindest auf Lee. Die Beleuchtung erzeugte eine ganz eigenartige Stimmung. Die ganze Gegend schien plötzlich in ein beinahe ätherisches Licht getaucht, als befänden sie sich in einer perfekt ausgeleuchteten Filmszene.

Lee schaute gerade noch früh genug zum Himmel, um eine zweimotorige Propellermaschine zu sehen, die zur Landung ansetzte. Er schüttelte den Kopf.

»Als ich das Ding heute Morgen zum ersten Mal sah, hab ich richtig Angst gekriegt.«

»Das wäre mir nicht anders ergangen, aber als ich das erste Mal herkam, saß ich zum Glück in dieser Maschine. Das ist der letzte Flug für heute. Jetzt wird es zu dunkel.«

Sie erreichten das Restaurant, das mit seemännischen Motiven dekoriert war: Am Eingang befand sich ein Steuerrad, an den Wänden hingen Taucherhelme, unter der Decke breitete sich ein Fischernetz aus. Die Wände bestanden aus knorrigem Fichtenholz. Lee sah Seilgeländer und ein riesiges Aquarium, in dem es von winzigen Burgen und Pflanzen und einer bunten Mischung Fische wimmelte, die da und dort hervorlugten. Das Personal war jung, tatkräftig und trug die Uniform einer Kreuzfahrtlinie. Die Kellnerin, die an Faiths und Lees Tisch bediente, war besonders quirlig. Sie nahm die Getränkebestellung entgegen. Lee entschied sich für einen Eistee, Faith bestellte eine Weinschorle. Als die Kellnerin die Bestellungen notiert hatte, sang sie ihnen mit einer lieblichen, jedoch zitternden Altstimme die Spezialitäten des Tages vor und trollte sich. Nachdem sie gegangen war, schauten Faith und Lee sich an und mussten lachen.

Als sie auf ihre Getränke warteten, schaute Faith sich im Restaurant um.

Lee musterte sie kurz. »Jemand hier, den du kennst?«

»Nein. Ich bin eigentlich nur selten hierher gegangen. Ich hatte Angst, ich könnte jemanden treffen, der mich kennt.«

»Keine Bange. Du hast nicht die geringste Ähnlichkeit mit Faith Lockhart.« Er betrachtete sie. »Auch wenn ich es schon mal gesagt haben sollte, du siehst wirklich ... Tja, heute Abend siehst du wirklich hübsch aus. Schick, meine ich.« Er war plötzlich ganz verlegen. »Was aber nicht heißt, dass du sonst nicht auch gut aussiehst. Ich habe nur gemeint ...« Lee verlor völlig den Faden, verfiel in Schweigen, lehnte sich zurück und vertiefte sich in die Speisekarte.

Faith schaute ihn an. Sie fühlte sich so ungelenk wie er; dennoch huschte ein Lächeln über ihre Lippen. »Danke.«

Sie blieben zwei angenehme Stunden im Restaurant, sprachen über harmlose Dinge, erzählten sich Geschichten aus der Vergangenheit und erfuhren mehr voneinander. Da Nachsaison und überdies ein Werktag war, waren nur wenige Gäste anwesend. Sie beendeten ihre Mahlzeit, tranken Kaffee und teilten sich ein dickes Stück Kokos-Sahnekuchen zum Nachtisch. Dann zahlten sie, in bar, und legten ein großzügiges Trinkgeld drauf, das die Kellnerin nach Dienstschluss wahrscheinlich zu Jubelarien inspirierte.

Faith und Lee gingen langsam zum Haus zurück, ein langer Verdauungsspaziergang in der kühlen Abendluft. Doch statt hineinzugehen, legte Faith ihre Handtasche an der Hintertür ab und führte Lee zum Strand. Faith zog ihre Sandalen aus, und sie setzten ihren Weg am Wasser entlang fort. Es war nun völlig dunkel. Der Wind wehte sanft und erfrischend. Sie hatten den ganzen Strand für sich allein.

Lee warf ihr einen Blick zu. »Das war eine gute Idee. Auszugehen, meine ich. Ich hab es wirklich genossen.«

»Wenn du willst, kannst du sehr charmant sein.«

Er wirkte eine Sekunde lang verärgert; dann aber begriff er, dass sie ihn auf den Arm nahm. »Ich nehme an, es bringt uns irgendwie einen neuen Anfang.«

»Daran habe ich auch gedacht.« Faith setzte sich und drückte die Füße in den Sand. Lee blieb stehen und schaute aufs Meer hinaus.

»Und was machen wir jetzt, Lee?«

Er setzte sich neben sie, streifte seine Schuhe ab und spielte mit den Zehen im Sand. »Es wäre toll, wenn wir hier bleiben könnten, aber ich glaube nicht, dass es möglich ist.«

»Aber wohin sollen wir gehen? Mehr Häuser habe ich nicht.«

»Daran hab' ich auch schon gedacht. Ich habe ein paar gute Freunde in San Diego. Privatdetektive wie ich. Sie kennen Gott und die Welt. Wenn ich sie darum bitte, schleusen sie uns über die Grenze nach Mexiko.«

Faith schien über den Einfall nicht sehr begeistert zu sein. »Mexiko? Und wohin dann?«

Lee zuckte die Achseln. »Ich weiß nicht. Wir können uns vielleicht ein paar falsche Pässe besorgen und damit nach Südamerika reisen.«

»Südamerika? Wo du dann auf den Kokainfeldern arbeitest, während ich in einem Puff anschaffen gehe?«

»He, he, ich war da schon mal. Da gibt's nicht nur Drogen und Prostituierte. Da kann man auch vernünftige Jobs finden.«

»Ein Mann und eine Frau, die vor dem Gesetz auf der Flucht sind? Hinter denen Gott-weiß-wer her ist?« Faith starrte auf den Sand und schüttelte zweifelnd den Kopf.

»Wenn du eine bessere Idee hast, ich bin ganz Ohr«, sagte Lee.

»Ich habe Geld. Eine Menge. Auf einem Nummernkonto in der Schweiz.«

Lee schaute skeptisch. »Gibt's so was wirklich?«

»Aber sicher! Und was die weltweiten Verschwörungen angeht, von denen du möglicherweise schon gehört hast ... und die Geheimorganisationen, welche diesen Planeten beherrschen ... Tja, die gibt's auch.« Sie lächelte und bewarf ihn mit Sand.

»Wenn das FBI deine Wohnung und dein Büro durchsucht – gibt's darüber irgendwelche Unterlagen? Wenn sie die Kontonummer kennen, können sie das Geld aufspüren.«

»Ein Schweizer Nummernkonto garantiert hundertprozentige Vertraulichkeit. Wenn die Schweizer Banker herumlaufen und ihre Informationen an jeden weitergeben würden, der sie haben will, würde das ganze System zusammenbrechen.«

»Das FBI ist nicht ›jeder‹.«

»Keine Bange, es gibt keine Unterlagen. Ich habe die Zugriffsinformation bei mir.«

Lee wirkte skeptisch. »Dann musst du also in die Schweiz, um an das Geld heranzukommen? Das wäre nämlich – wie soll ich es sagen – schlechterdings unmöglich.«

»Ich war dort, um das Konto zu eröffnen. Die Bank hat einen Treuhänder bestellt, einen Bankangestellten, der Generalvollmacht erhält, alle Transaktionen in meinem Namen durchzuführen. Es ist ganz schön kompliziert. Man muss seine Zugangsnummer angeben, sich ausweisen und eine Unterschrift leisten, die dann mit der in den Akten verglichen wird.«

»Und von da an kann man den Treuhänder anrufen, der alles für einen erledigt?«

»Genau. Ich habe früher einige kleine Überweisungen veranlasst, um rauszukriegen, ob es funktioniert. Es ist der gleiche Kerl. Er kennt mich und meine Stimme. Ich nenne ihm die Nummer und sage ihm, wohin das Geld gehen soll. Und es klappt.«

»Du weißt doch, dass du auf Faith Lockharts Girokonto nichts einzahlen kannst.«

»Klar, aber ich habe hier ein Bankkonto auf den Namen SLC Corporation.«

»Und du bist zeichnungsberechtigt?«

»Ja, als Suzanne Blake.«

»Leider kennt das FBI den Namen. Du weißt doch, vom Flughafen.«

»Hast du eine Ahnung, wie viele Amerikanerinnen Suzanne Blake heißen?«

Lee zuckte die Achseln. »Stimmt auch wieder.«

»Also haben wir wenigstens Geld, von dem wir leben können. Es reicht zwar nicht für ewig, aber es ist immerhin etwas.«

»Etwas ist gut.«

Sie schwiegen eine Zeit lang. Faith sah Lee hin und wieder nervös an, um dann aufs Meer hinauszuschauen.

Als Lee es bemerkte, warf er ihr einen raschen Blick zu. »Was ist? Klebt eine Nudel an meiner Nase?«

»Wenn das Geld hier ist, Lee, kannst du die Hälfte kriegen und gehen. Du brauchst nicht mit mir zu kommen.«

»Das haben wir doch schon besprochen, Faith.«

»Nein, haben wir nicht. Ich habe dich praktisch gezwungen, mitzugehen. Ich weiß, dass es schwierig für dich wäre, ohne mich zurückzukehren, aber dann hättest du wenigstens das Geld und könntest woanders hingehen. Schau, ich kann sogar das FBI anrufen. Ich kann den Leuten erzählen, dass du nichts mit mir zu tun hast. Du hast mir einfach geholfen. Und ich habe dich sitzen lassen. Dann kannst du wieder nach Hause gehen.«

»Danke, Faith, aber lass uns lieber einen Schritt nach dem anderen machen. Ich kann dich nicht verlassen, bevor ich nicht weiß, dass du in Sicherheit bist.«

»Bist du sicher?«

»Ja, ganz sicher. Ich gehe erst, wenn du mich zum Teufel jagst. Und selbst dann häng ich mich an deine Fersen und sorge dafür, dass dir nichts passiert.«

Sie streckte die Hand aus und nahm seinen Arm. »Lee, ich kann dir niemals für alles danken, was du für mich getan hast.«

»Tu einfach so, als wäre ich der große Bruder, den du nie gehabt hast.«

Der Blick, den sie tauschten, zeigte allerdings mehr als nur geschwisterliche Zuneigung. Lee schaute auf den Sand und bemühte sich, den Kopf gerade zu halten. Faith nahm wieder das Meer in Augenschein. Als Lee sie einige Zeit später anschaute, wiegte Faith lächelnd den Kopf.

»Was denkst du gerade?«, fragte er.

Sie stand auf und schaute auf ihn hinunter. »Ich glaube, ich möchte gern tanzen.«

Er starrte sie verblüfft an. »Tanzen? *So viel* hast du doch gar nicht getrunken.«

»Wie viele Abende bleiben uns hier noch? Zwei? Drei? Sind wir dann für den Rest unseres Lebens auf der Flucht? Komm schon, Lee, das ist die letzte Gelegenheit, ein Fest zu feiern.« Sie zog ihren Pullover aus und ließ ihn in den Sand fallen. Ihr weißes Kleid hatte Spaghettiträger. Sie ließ die Träger von den Schultern gleiten, zwinkerte Lee zu, dass ihm heiß wurde, und streckte beide Hände aus, damit er sie ergriff. »Komm schon, mein Junge.«

»Du bist wirklich verrückt.« Lee nahm ihre Hände und stand auf. »Aber ich muss dich warnen – es ist lange her, dass ich das letzte Mal getanzt hab.«

»Aber du hast geboxt, nicht wahr? Dann ist deine Beinarbeit vielleicht besser als meine. Zuerst führe ich, dann übernimmst du.«

Lee machte ein paar holperige Schritte, dann ließ er die Arme sinken. »Das ist doch albern, Faith. Stell dir vor, uns sieht jemand. Die glauben doch, wir hätten nicht alle Tassen im Schrank.«

Faith schaute ihn ungerührt an. »Ich habe die letzten fünfzehn Jahre meines Lebens damit verbracht, mich zu fragen, was die Leute denken. Deshalb schert es mich jetzt einen Dreck.«

»Aber wir haben nicht mal Musik.«

»Dann summ ein Lied. Hör dem Wind zu, und die Musik kommt von ganz allein.«

Erstaunlicherweise hatte Faith Recht. Sie begannen langsam, zögernd. Lee kam sich schwerfällig vor, und Faith war nicht an das Führen eines Partners gewöhnt. Doch als die Bewegungen ihnen vertrauter wurden, tanzten sie in weiten Kreisen über den Sand. Nach zehn Minuten ruhte Lees rechte Hand locker auf Faiths Hüfte, die ihre lag um seine Taille, und ihre linken Arme waren in Brusthöhe ineinander verhakt.

Dann wurden sie zunehmend mutiger und tanzten Schritte, als würde irgendwo Big-Band-Swing und Lindy-Hop gespielt. Es war schwierig, sogar auf dem festgetretenen Sand, aber sie gaben sich alle Mühe. Hätte jemand sie beobachtet, hätte er sie vermutlich für betrunken gehalten. Oder für ein Paar, das sich an seine Jugend erinnerte und einen Heidenspaß dabei hatte. Und irgendwie hätte beides gestimmt.

»Das hab ich seit der High School nicht mehr getan«, sagte Lee lächelnd. »Auch wenn damals Three Dog Night angesagt waren und nicht Benny Goodman.«

Faith schwieg, während sie um ihn herumwirbelte und ihre Bewegungen immer gewagter und verführerischer wurden: eine Flamencotänzerin in leidenschaftlicher Erregung.

Sie schob den Rock hoch, um sich mehr Bewegungsfreiheit zu verschaffen, und beim Anblick ihrer nackten Schenkel beschleunigte sich Lees Puls.

Sie tanzten in den ausrollenden Brandungswogen, dass das Wasser spritzte, während sie immer kompliziertere Schritte versuchten. Ein paar Mal stolperten sie, stürzten in den Sand oder ins kalte Salzwasser, rappelten sich lachend wieder auf und tanzten weiter. Hin und wieder, wenn ihnen eine komplizierte Schrittkombination gelang, grinsten sie wie Schüler auf dem Abschlussball.

Schließlich gelangten sie an einen Punkt, da sie beide verstummten; ihr Lächeln verblasste, und sie tanzten immer enger zusammen. Die Drehungen und Schwünge endeten; ihr Atem beruhigte sich, und sie stellten fest, dass ihre Körper sich berührten, während ihre Tanzschritte langsamer und kleiner wurden. Schließlich hielten sie gänzlich inne und standen einfach da, wippten leicht von einer Seite zur anderen, der letzte Tanz des Abends, die Arme umeinander gelegt, Gesicht an Gesicht. Sie schauten sich in die Augen, während der Wind um sie pfiff, die Wellen rauschend an den Strand rollten und Mond und Sterne sie vom Himmel beobachteten.

Schließlich trat Faith einen Schritt zurück. Ihre Lider waren schwer, und sie bewegte sich wieder verführerisch und erotisch zu einer unhörbaren Melodie.

Lee griff nach ihr und zog sie an sich. »Tanzen will ich jetzt nicht mehr, Faith.« Die Bedeutung seiner Worte war sonnenklar.

Sie griff ebenfalls nach ihm und stieß ihn dann hart vor die Brust. Die Bewegung war so schnell wie ein Peitschenhieb, und Lee stürzte rücklings in den Sand. Faith wirbelte herum und rannte los, und ihr helles Lachen senkte sich über ihn, während er ihr verblüfft hinterherschaute. Dann grinste er, sprang auf, setzte ihr nach und holte sie an der Treppe ein, die hinauf zum Strandhaus führte. Er warf sie sich über die Schulter und trug sie den Rest der Stufen hinauf. In gespieltem Protest schlug und trat sie nach ihm. Beide hatten vergessen, dass die Alarmanlage eingeschaltet war, und gingen von hinten ins Haus. Faith stürmte zur Haustür, um die Anlage rechtzeitig abzustellen.

»Du lieber Himmel, das war knapp«, sagte sie. »Das hätte uns gerade noch gefehlt, dass die Polizei hier aufkreuzt.«

»Ich will nicht, dass irgendjemand hier aufkreuzt.«

Faith nahm Lee bei der Hand und führte ihn hinauf zum Schlafzimmer. Ein paar Minuten lang saßen sie in der Dunkelheit auf dem Bett, umarmten sich und schaukelten sanft vor und zurück, als wollten sie ihre Bewegungen vom Strand auf diesen intimeren Ort übertragen.

Schließlich löste sie sich von ihm und legte eine Hand um sein Kinn. »Es ist schon eine Weile her, Lee. Eigentlich schon sehr lange.« Faith war dieses Eingeständnis peinlich, und ihre Stimme klang beinahe verlegen. Sie wollte ihn nicht enttäuschen.

Sanft streichelte er ihre Finger, hielt ihren Blick mit dem seinen, während das Rauschen der Wellen durch das offene Fenster zu ihnen drang. Es ist tröstlich, dachte sie ... das Wasser, der Wind, zwei Menschen, die einander berühren. Einen solchen Augenblick würde sie vielleicht lange nicht mehr erleben, wenn überhaupt.

»Es wird so einfach für dich sein wie nie, Faith.«

Die Bemerkung überraschte sie. »Warum sagst du das?«

Selbst in der Dunkelheit umgab sie der Glanz ihrer Augen, hielt sie fest – schützend, wie sie glaubte. Wurde aus der High-School-Schäkerei nun endlich eine Romanze? Und doch war Faith mit einem Mann zusammen, nicht mit einem Jungen. Einem auf seine Weise einzigartigen Mann. Sie musterte ihn. Nein, ein Junge war er eindeutig nicht.

»Weil ich nicht glauben kann, dass du je mit einem Mann zusammen warst, der dir die gleichen Gefühle entgegenbrachte wie ich.«

»Du hast gut reden«, murmelte sie, obwohl seine Worte sie zutiefst berührt hatten.

»Ich rede nicht nur so dahin«, sagte Lee.

Diese wenigen Worte sagte er mit solcher Aufrichtigkeit, ohne jede Spur der Zungenfertigkeit, der Selbstgerechtigkeit jener Welt, in der Faith es in den letzten fünfzehn Jahren so weit gebracht hatte, dass sie ehrlich nicht wusste, was sie sagen sollte. Doch die Zeit zu reden war längst verstrichen. Faith ertappte sich plötzlich dabei, dass sie Lee entkleidete. Dann zog er sie aus, wobei er ihre Schultern und den Nacken massierte. Seine großen Finger waren erstaunlich sanft. Sie hätte erwartet, dass er viel grober sein würde.

Ihre Bewegungen waren gemächlich, natürlich, als hätten sie dies alles während einer langen und glücklichen Ehe tausend Mal getan und versucht, jene Stellen des Körpers zu finden, die dem anderen die größtmögliche Lust bereiteten.

Sie glitten unter das Laken. Zehn Minuten später ließ Lee sich schwer atmend auf Faiths erhitzten Körper sinken. Auch sie keuchte, küsste sein Gesicht, seine Brust, seine Arme, während sich beider Schweiß vermischte. Sie umarmten einander, unterhielten sich zwei Stunden lang, liebkosten und küssten sich. Gegen drei Uhr morgens liebten sie sich ein zweites Mal; dann fielen beide in einen tiefen Schlaf der Erschöpfung.

KAPITEL 36

Als der Anruf kam, saß Brooke an ihrem Schreibtisch. Es war Joyce Bennett, die Anwältin, die sie bei ihrer Scheidung vertrat.

»Wir haben ein Problem, Brooke. Der Anwalt Ihres Mannes hat gerade angerufen und über Ihre verheimlichten Vermögenswerte gewettert.«

Brookes Gesicht nahm einen ungläubigen Ausdruck an. »Soll das ein Witz sein? Sagen Sie ihm, er soll mich mal aufklären. Ich kann das zusätzliche Geld wirklich gut gebrauchen.«

»Das ist kein Scherz. Er hat mir ein paar Kontoauszüge gefaxt, die er gerade erst gefunden haben will. Sie werden unter den Namen Ihrer Kinder geführt.«

»Um Himmels willen, Joyce, das Geld ist für ihre Collegeausbildung vorgesehen. Steve weiß von den Konten. Deshalb habe ich sie nicht bei meinen Vermögenswerten aufgeführt. Außerdem sind jeweils nur ein paar hundert Dollar auf den Konten.«

»Die Auszüge, die mir vorliegen, weisen Guthaben von jeweils fünfzigtausend Dollar auf.«

Brooke wurde der Mund trocken. »Das ist unmöglich. Da muss ein Fehler vorliegen.«

»Ein weiteres Problem ist, dass die Konten als Übereignungen an Minderjährige eingerichtet wurden. Das heißt im Klartext, dass die Schenkungen nach Gutdünken des Treuhänders beziehungsweise der Person, die sie vorgenommen hat, widerrufbar sind. Sie sind als Treuhänder eingetragen, und ich gehe davon aus, dass die Schenkung von Ihnen stammt. Im Prinzip ist es Ihr Geld. Sie hätten mir von den Konten erzählen sollen, Brooke.«

»Da gab es nichts zu erzählen, Joyce. Ich habe nicht die geringste Ahnung, woher dieses Geld kommt. Kann man den Auszügen nicht entnehmen, von welchen Konten das Geld überwiesen wurde?«

»Es handelt sich um mehrere telegrafische Überweisungen, die Summen sind etwa gleich hoch. Woher die Überweisungen kamen, geht aus den Auszügen nicht hervor. Steves Anwalt droht, Klage wegen arglistiger Täuschung einzureichen. Außerdem hat er gesagt, er habe das FBI angerufen.«

Brooke schloss die Hand fester um den Hörer und setzte sich aufrecht. »Das FBI?«

»Wissen Sie bestimmt nicht, woher das Geld kommt? Vielleicht von Ihren Eltern?«

»Die haben nicht so viel Geld. Können wir die Überweisungen nicht zurückverfolgen?«

»Es ist *Ihr* Konto. Aber Sie sollten wirklich etwas unternehmen. Halten Sie mich auf dem Laufenden.«

Brooke legte auf und starrte mit leerem Blick auf die Papiere auf ihrem Schreibtisch, ohne sie wirklich zu sehen. Ihr schwirrte der Kopf von all diesen neuen Enthüllungen. Als ein paar Minuten später das Telefon erneut klingelte, hätte sie beinahe nicht abgehoben. Sie wusste, wer der Anrufer war.

Paul Fishers Stimme klang kälter denn je. Sie solle sofort zum Hoover Building kommen. Mehr wollte er nicht sagen. Als Brooke die Treppe zur Tiefgarage hinunterstieg, drohten ihr die Beine mehrmals den Dienst zu versagen. Ihr Instinkt verriet ihr unmissverständlich, dass sie gerade zu ihrer beruflichen Hinrichtung bestellt worden war.

Der Konferenzraum im Hoover Building war klein und fensterlos. Paul Fisher war da, und Fred Massey, der stellvertretende Direktor vom Dienst. Massey saß am Kopf des Tisches, drehte einen Kugelschreiber zwischen den Fingern und musterte Brooke eindringlich. Sie kannte auch die beiden anderen Personen im Raum: ein Anwalt vom FBI und ein Ermittler vom OPR.

»Nehmen Sie Platz, Agentin Reynolds«, sagte Massey bestimmt.

Brooke setzte sich. Sie hatte sich nichts zu Schulden kommen lassen. Wieso kam sie sich also vor wie Charles Manson, der ein blutverschmiertes Messer im Schuh versteckt hat?

»Wir haben ein paar Dinge mit Ihnen zu besprechen.« Er warf dem Anwalt vom FBI einen Blick zu. »Ich muss Sie allerdings darauf hinweisen, dass Sie einen Rechtsbeistand hinzuziehen können, wenn Sie wünschen.«

Brooke versuchte, sich überrascht zu geben, doch es gelang ihr nicht – nicht nach dem Anruf von Joyce Bennett. Ihre gezwungene Reaktion ließ sie in den Augen der Anwesenden bestimmt noch schuldiger erscheinen. Sie machte sich Gedanken über den Zeitpunkt, als Bennetts Anruf gekommen war. Sie gehörte nicht zu den Menschen, die hinter allem eine Verschwörung sahen, schloss diese Möglichkeit aber plötzlich nicht mehr aus.

»Weshalb sollte ich einen Rechtsbeistand brauchen?«

Massey schaute Fisher an; der wiederum wandte sich Brooke zu. »Wir haben einen Anruf von dem Anwalt bekommen, der bei der Scheidung Ihren Mann vertritt.«

»Ich verstehe. Nun ja, ich habe gerade einen Anruf von meiner Anwältin bekommen, und ich kann Ihnen versichern, dass ich genauso im Dunkeln tappe wie alle anderen, was die Frage betrifft, wie dieses Geld auf die Konten gekommen ist.«

»Wirklich?« Massey betrachtete sie skeptisch. »Sie behaupten, jemand habe irrtümlich hunderttausend Dollar auf Konten überwiesen, die auf die Namen Ihrer Kinder lauten – Konten, über die einzig und allein Sie verfügen können?«

»Ich will nur sagen, dass ich keine Erklärung dafür habe. Aber ich werde es herausfinden, das versichere ich Ihnen.«

»Sie werden verstehen, dass der Zeitpunkt uns große Sorgen bereitet«, sagte Massey.

»Nicht so große wie mir. Immerhin steht mein Ruf auf dem Spiel.«

»Eigentlich machen wir uns Sorgen um den Ruf des FBI«, stellte Fisher unverblümt klar.

Brooke bedachte ihn mit einem kühlen Blick und wandte sich dann wieder Massey zu. »Ich habe keine Ahnung, was hier vorgeht. Stellen Sie ruhig Ermittlungen an; ich habe nichts zu verbergen.«

Massey schaute auf eine Aktenmappe, die vor ihm lag. »Sind Sie ganz sicher?«

Brooke betrachtete die Aktenmappe. Das war klassische Verhörtechnik; Brooke hatte sie selbst schon benützt: Man blufft den Verdächtigen, indem man andeutet, man habe belastende Beweise, die ihn einer Lüge überführten, und hofft darauf, dass er sich geschlagen gibt. Die Sache war nur, dass Brooke nicht wusste, ob Massey tatsächlich bluffte. Plötzlich bekam sie einen Eindruck davon, wie es war, auf der anderen Seite eines Verhörtisches zu sitzen. Es war nicht gerade erbaulich.

»Worüber soll ich mir ganz sicher sein?«, fragte Brooke, um sich Zeit zu verschaffen.

»Dass Sie nichts zu verbergen haben.«

»Diese Frage nehme ich Ihnen wirklich übel, Sir.«

Massey pochte mit dem Zeigefinger auf die Akte. »Wissen Sie, was mir an Ken Newmans Tod schwer zu schaffen macht? Dass Ken an dem Abend, als er ermordet wurde, Ihre Stelle eingenommen hat. Auf Ihre Anweisung. Hätten Sie ihm diesen Befehl nicht erteilt, würde er noch leben. Aber Sie auch?«

Brookes Gesicht lief rot an, und sie erhob sich und starrte auf Massey hinunter. »Beschuldigen Sie mich, in den Mord an Ken verwickelt zu sein?«

»Bitte setzen Sie sich wieder, Agentin Reynolds.«

»Beschuldigen Sie mich?«

»Ich will damit nur sagen, dass der Zufall mir Kopfzerbrechen bereitet – falls es einer war.«

»Es *war* ein Zufall, denn ich hatte nicht die leiseste Ahnung, dass jemand Ken auflauert, um ihn zu töten. Wie Sie sich erinnern, wäre ich beinahe rechtzeitig dort gewesen, um den Mord zu verhindern.«

»Beinahe rechtzeitig. Wie praktisch. Beinahe so, als hätten Sie sich ein Alibi verschafft. Zufall oder perfektes Timing? Vielleicht ein etwas zu perfektes Timing?« Masseys Blick schien sich in Brooke hineinzubrennen.

»Ich habe an einem anderen Fall gearbeitet und war eher damit fertig als erwartet. Howard Constantinople kann das bestätigen.«

»Oh, mit Connie werden wir noch reden. Sie sind befreundet, nicht wahr?«

»Wir sind Kollegen.«

»Ich bin sicher, Connie würde auf keinen Fall etwas sagen, das Sie belastet.«

»Und *ich* bin sicher, er wird Ihnen die Wahrheit sagen, wenn Sie ihn nur fragen.«

»Sie behaupten also, dass es keinen Zusammenhang zwischen dem Mord an Ken Newman und dem Geld gibt, das auf Ihrem Konto aufgetaucht ist?«

»Ich möchte es noch etwas deutlicher ausdrücken. Ich behaupte, das alles ist Scheiße! Wäre ich schuldig, hätte ich doch nicht unmittelbar vor dem Mord an Ken hundert Riesen auf eins meiner Konten überweisen lassen. Das wäre ein bisschen auffällig, finden Sie nicht auch?«

»Aber es war eigentlich doch gar nicht Ihr Konto, oder? Es wird auf den Namen Ihrer Kinder geführt. Und Ihrer Personalakte zufolge steht die routinemäßige interne Prüfung, die das FBI alle fünf Jahre vornimmt, bei Ihnen erst wieder in zwei Jahren an. Ich bezweifle stark, dass das Geld dann noch auf dem Konto gewesen wäre. Und ich bin sicher, hätte dann jemand entdeckt, dass das Geld einmal auf dem Konto *gewesen* ist, hätten Sie eine gute Erklärung parat gehabt. Fest steht jedenfalls – hätte der Anwalt Ihres Mannes die Sache nicht ausgegraben, hätte niemand davon erfahren. Das erscheint mir nicht sehr offensichtlich.«

»Na schön, wenn es sich nicht um einen Irrtum handelt, will mir da jemand etwas in die Schuhe schieben.«

»Und wer sollte das sein?«

»Derjenige, der Ken getötet und versucht hat, Faith Lockhart zu ermorden. Vielleicht befürchtet er, dass ich ihm zu dicht auf der Spur bin.«

»Wollen Sie damit sagen, dass Danny Buchanan versucht, Ihnen etwas anzuhängen?«

Brooke musterte nacheinander den FBI-Anwalt und den Mann vom OPR. »Sind die beiden befugt, bei unserem Gespräch dabei zu sein?«

»In Anbetracht der Verdachtsmomente, die sich in jüngster Zeit ergeben haben, müssen deine eigenen Ermittlungen in den Hintergrund treten«, sagte Fisher.

Brooke betrachtete ihn mit wachsendem Zorn. »Verdachtsmomente! Das ist völlig unbegründeter Quatsch!«

Massey schlug die Akte auf. »Demnach sind auch Ihre *privaten* Ermittlungen über Ken Newmans Finanzen ›Quatsch‹?«

Brooke erstarrte und setzte sich abrupt wieder. Sie drückte die schweißnassen Handflächen auf den Tisch und versuchte, ihre Gefühle unter Kontrolle zu bekommen. Ihr hitziges Temperament schadete ihr jetzt nur. Sie spielte ihnen direkt in die Hände. Sie bemerkte, wie Fisher und Massey angesichts ihres offensichtlichen Unbehagens zufriedene Blicke tauschten. Jedenfalls hatte sie den Eindruck.

»Wir haben mit Anne Newman gesprochen«, sagte Fisher. »Sie hat uns erzählt, was du getan hast. Ich kann nicht mal abschätzen, gegen wie viele Vorschriften des FBI du verstoßen hast.«

»Ich habe versucht, Ken und seine Familie zu schützen.«

»Also wirklich!«, rief Fisher.

»Das ist die Wahrheit! Ich wollte mich an die OPR wenden, aber erst nach der Beerdigung.«

»Das ist ja sehr rücksichtsvoll von dir«, sagte Fisher sarkastisch.

»Ach, geh doch zum Teufel, Paul!«

»Werden Sie nicht ausfallend, Agentin Reynolds«, wies Massey sie zurecht.

Brooke lehnte sich zurück und rieb sich die Stirn. »Darf ich fragen, wie Sie dahinter gekommen sind, was ich getan habe? Hat Anne Newman sich an Sie gewandt?«

»Wenn Sie nichts dagegen haben, stellen wir hier die Fragen.« Massey beugte sich vor und bildete mit den Fingern eine Pyramide. »Was genau haben Sie in diesem Schließfach gefunden?«

»Bargeld. Viel Bargeld. Tausende.«

»Und Newmans finanzielle Unterlagen?«

»Ein beträchtliches ungeklärtes Einkommen.«

»Wir haben auch mit dem Leiter der Bankfiliale gesprochen, die Sie aufgesucht haben. Sie haben den Bankangestellten eingeschärft, niemand außer Ihnen Zugang zu dem Schließfach zu gewähren. Und Anne Newman haben Sie aufgefordert, niemandem davon zu erzählen, nicht einmal Mitarbeitern des FBI.«

»Ich wollte verhindern, dass jemand an dieses Geld herankommt. Es handelt sich um wichtiges Beweismaterial. Und ich habe Anne gebeten, den Mund zu halten, um mir Gelegenheit zu geben, weitere Nachforschungen anzustellen. Es war zu ihrem eigenen Schutz, bis ich herausgefunden hatte, wer hinter der Sache steckt.«

»War es nicht eher so, dass Sie sich Zeit verschaffen wollten, sich das Geld anzueignen? Nachdem Ken tot war und Anne Newman offensichtlich nicht einmal wusste, dass ihr Mann das Schließfach hatte, war Ihnen als Einziger bekannt, dass sich das Geld dort befand.« Massey starrte sie unverwandt an; seine winzigen Augen kamen ihr wie zwei Mündungen vor, die auf sie gerichtet waren.

»Es ist doch seltsam«, warf Fisher ein, »dass du genau zu dem Zeitpunkt, als Newman stirbt, Zugang zu einem Schließfach mit Tausenden von Dollars bekommst, das er unter einem falschen Namen geführt hat, und etwa zur gleichen Zeit auf Konten, über die du Vollmacht hast, hunderttausend Dollar eingezahlt werden.«

»Wenn du irgendwie andeuten willst, ich hätte Ken wegen des Geldes im Schließfach umbringen lassen, bist du völlig auf dem Holzweg. Anne hat mich angerufen und um Hilfe gebeten. Ich habe gar nicht gewusst, dass Ken ein Schließfach hatte, bis Anne mir davon erzählte. Und ich habe erst erfahren, was in dem Schließfach ist, als Ken schon tot war.«

»Das behauptest *du*«, sagte Fisher.

»Nach bestem Wissen und Gewissen«, erwiderte Brooke heftig und schaute Massey an. »Wollen Sie mich hier förmlich anklagen?«

Massey lehnte sich zurück und verschränkte die Hände hinter dem Kopf. »Sie werden gewiss einsehen, dass es sehr, sehr schlecht für Sie aussieht. Welche Schlussfolgerungen würden Sie denn ziehen, wären Sie an meiner Stelle?«

»Ich kann ja verstehen, dass Sie einen gewissen Argwohn hegen. Aber wenn Sie mir die Gelegenheit geben ...«

Massey schlug den Aktenordner zu und erhob sich. »Sie sind mit sofortiger Wirkung vom Dienst suspendiert, Agentin Reynolds.«

Brooke war wie vor den Kopf geschlagen. »Suspendiert? Ich bin nicht einmal formell beschuldigt worden. Sie haben keinen einzigen Beweis, dass ich mich irgendwie schuldig gemacht hätte. Und da wollen Sie mich vom Dienst suspendieren?«

»Du solltest froh sein, dass es nicht schlimmer gekommen ist«, sagte Fisher.

»Fred«, wandte Brooke sich an Massey und erhob sich halb aus dem Stuhl, »ich kann ja verstehen, dass Sie mich von diesem Fall abziehen. Versetzen Sie mich in eine andere Abteilung, während Sie Ihre Ermittlungen fortführen, aber suspendieren Sie mich nicht. Jeder im FBI wird sonst annehmen, ich sei schuldig. Das ist nicht fair.«

Masseys Gesicht wurde um keine Spur weicher. »Bitte händigen Sie Agent Fisher Ihre Dienstmarke und Ihre Waffe aus. Es ist Ihnen untersagt, Ihr Büro zu betreten. Und Sie dürfen den Bundesstaat nicht verlassen, ganz gleich, aus welchem Grund.«

Das Blut wich aus Brookes Gesicht, und sie sank in den Stuhl zurück.

Massey ging zur Tür. »Ihre überaus verdächtigen Handlungen, noch dazu in Verbindung mit dem Mord an einem Agenten und mit Berichten über unbekannte Personen, die sich als FBI-Agenten ausgeben, erlauben es mir leider nicht, Sie lediglich zu versetzen, Reynolds. Wenn Sie unschuldig sind, wie Sie behaupten, werden Sie ohne dienstgradmäßige Rückstufung oder Gehaltseinbußen wieder in den Dienst übernommen. Und ich werde persönlich dafür sorgen, dass Ihr Ruf keinen bleibenden Schaden nimmt. Sollten Sie aber schuldig sein ... nun, dann wissen Sie besser als die meisten, was Sie erwartet.« Massey machte die Tür hinter sich zu.

Brooke stand auf, um ebenfalls zu gehen, doch Fisher versperrte ihr den Weg. »Dienstmarke und Waffe!«

Brooke holte beides hervor und reichte es ihm. Es kam ihr vor, als würde sie eins ihrer Kinder hergeben. Sie schaute in Fishers triumphierendes Gesicht. »Mann, Paul, du solltest dir deine Freude nicht so deutlich anmerken lassen. Dann stehst du nicht *ganz* so blöd da, wenn ich nachher freigesprochen werde.«

»Freigesprochen? Du kannst von Glück sagen, wenn du heute Abend nicht im Gefängnis sitzt. Aber wir wollen diesen Fall wasserdicht unter Dach und Fach bringen. Und wenn du mit dem Gedanken spielst, einfach abzuhauen ... wir behalten dich im Auge. Also versuch es lieber gar nicht erst.«

»Das würde mir nicht im Traum einfallen. Ich will nämlich dein Gesicht sehen, wenn ich mir meine Waffe und die Dienstmarke zurückhole. Aber keine Bange – ich erwarte dann nicht von dir, dass du mir auch noch den Hintern küsst.«

Brooke ging den Flur hinunter und verließ das Gebäude. Sie hatte das Gefühl, sämtliche Augenpaare im FBI wären auf sie gerichtet.

KAPITEL 37

Lee stand früher auf als Faith, duschte, schlüpfte in frische Sachen, trat dann neben das Bett und beobachtete die schlafende Frau. Ein paar Sekunden lang erlaubte er sich den Luxus, alles außer der wunderbaren Nacht zu vergessen, die sie miteinander verbracht hatten. Er wusste, sie hatte sein Leben für immer verändert, und dieser Gedanke jagte ihm eine Heidenangst ein.

Mit langsamen Bewegungen stieg er die Treppe hinunter. Ihn schmerzten Körperteile, die ihm lange Zeit keinen Ärger bereitet hatten. Und das kam nicht nur vom Tanzen. Er ging in die Küche und setzte Kaffee auf. Während die Maschine brodelte und zischte, dachte Lee über die vergangene Nacht nach. Nach seinen Begriffen war er Faith gegenüber eine starke Verpflichtung eingegangen. Vielleicht kam einigen Menschen diese Einstellung altmodisch vor, aber zumindest Lee ging mit einer Frau nur dann ins Bett, wenn er ihr auch tiefere Gefühle entgegenbrachte.

Er goss sich eine Tasse Kaffee ein, ging nach draußen und setzte sich auf die Veranda vor der Küche. Es war bereits früher Vormittag und warm und sonnig, doch in der Ferne zogen düstere Wolken auf. Dem Sturm voraus flog die zweimotorige Propellermaschine, die mit einer weiteren Ladung Passagiere gerade zur Landung ansetzte. Faith hatte ihm gesagt, dass während der Sommermonate zehn solcher Flüge pro Tag stattfanden. Inzwischen waren es nur noch drei: morgens, mittags und am frühen Abend. Und bislang war noch kein einziger Passagier in ein Haus an dieser Straße eingezogen. Sie alle waren anderswohin weitergefahren, was Lee nur recht war.

Während er am Kaffee nippte, kam er zum Schluss, dass er Faith in der Tat starke Gefühle entgegenbrachte, auch wenn er die Frau erst seit ein paar Tagen kannte. Aber es waren schon seltsamere Dinge geschehen. Und ihre Beziehung hatte, weiß Gott, keinen verheißungsvollen Anfang gehabt. Nach allem, was Faith ihm angetan hatte, hätte er allen Grund gehabt, sie zu hassen. So wie Faith alles Recht der Welt hatte, ihn zu verachten, wenn er daran dachte, was er ihr an jenem Abend anzutun versucht hatte, betrunken oder nicht. Liebte er Faith Lockhart? Er wusste nur, dass er im Augenblick nicht von ihr getrennt sein wollte. Er wollte sie schützen, dass niemand ihr ein Leid zufügte. Er wollte sie in den Arm nehmen, jede Minute mit ihr verbringen und, ja, leidenschaftlich mit ihr schlafen, so oft sein Körper es schaffte. War das Liebe?

Andererseits hatte Faith an einer Bestechung mitgewirkt, in die auch Regierungsbeamte verstrickt waren, und wurde – unter anderem – vom FBI gesucht. Ja, dachte er seufzend, es war wirklich alles sehr kompliziert geworden. Gerade als es für sie beide richtig anzufangen schien. Sie konnten ja schlecht in eine Kirche oder auch nur zu einem Friedensrichter gehen. *Genau, Hochwürden, wir sind das Pärchen, das gesucht wird. Könnten Sie sich bitte beeilen?*

Lee verdrehte die Augen und schlug sich an die Stirn. Heiraten! Du liebe Zeit, hatte er völlig den Verstand verloren? Vielleicht war er dieser Vorstellung nicht abgeneigt, aber was war mit Faith? Vielleicht stand sie auf kurze, aber heftige Beziehungen, wenngleich alles, was er an der Frau beobachtet hatte, gegen eine solche Schlussfolgerung sprach. Ob sie ihn liebte? Vielleicht war sie in ihn verknallt, fasziniert von seiner Rolle als ihr Beschützer. Die vergangene Nacht ließ sich mit dem Alkohol erklären, dem Rausch der Gefahr, die sie umgab. Oder sie waren schlicht und einfach scharf aufeinander gewesen. Er würde sie nicht fragen, was sie empfand. Sie hatte genug um die Ohren.

Er richtete die Gedanken auf die unmittelbare Zukunft. Bestand ihre beste Chance wirklich darin, mit der Honda quer durch das Land nach San Diego zu fahren? Mexiko und dann Südamerika? Er verspürte bittere Gewissensbisse, als er an die Familie dachte, die er zurücklassen würde. Dann dachte er an seinen Ruf und daran, was seine Familie *denken* würde. Wenn er davonlief, war das gewissermaßen ein Schuldeingeständnis. Und wenn man sie auf der Flucht erwischte ... wer würde ihnen glauben?

Er sank im Stuhl zurück und dachte plötzlich über eine ganz andere Strategie nach. Vor ein paar Minuten hatte er Flucht noch für die klügste Wahl gehalten. Faith wollte verständlicherweise nicht zurückgehen und mithelfen, Buchanan ins Gefängnis zu stecken. Lee hatte auch kein großes Interesse daran – nicht nachdem er gehört hatte, warum der Mann die Politiker bestochen hatte. Eigentlich sollte man Danny Buchanan dafür heilig sprechen. Und bei diesem Gedanken nahm eine Idee Gestalt an.

Lee ging wieder ins Haus und nahm sein Handy vom Beistelltisch. Er hatte einen dieser supergünstigen Verträge auf Minutenbasis abgeschlossen, ohne Aufschläge für Ferngespräche oder Fremdnetzeinwahl, und benützte deshalb sein Festnetz-Telefon kaum noch. Sein Handy verfügte über Voice-Mail, Text-Mail und Anruferidentifizierung. Man konnte darauf sogar Schlagzeilen abrufen, die aktuellen Nachrichten und die neuesten Aktienkurse, was für Lee allerdings weniger interessant war, da er keine Aktien besaß.

Als er sich als Privatdetektiv niederließ, hatte er noch eine IBM-Schreibmaschine benützt, Tastentelefone waren der Inbegriff des Fortschritts gewesen, und Faxgeräte, die sich damals nur die großen Unternehmen leisteten, spuckten Thermalpapier aus, das sich hartnäckig immer wieder aufrollte. Das war keine fünfzehn Jahre her. Nun hielt er ein computerisiertes globales Kommunikations-Kommandozentrum in der Hand. So schnelle Veränderungen konnten einfach nicht gut sein. Aber wer kam heute noch ohne diese verdammten Dinger aus?

Er ließ sich auf die Couch fallen, starrte auf die sich langsam drehenden Rattanflügel des Ventilators unter der Decke und dachte über das Für und Wider seines Vorhabens nach. Dann fasste er einen Entschluss und zog sein Portemonnaie aus der Gesäßtasche. Darin befand sich der Zettel mit der Telefonnummer, die sein Klient – von dem Lee nun wusste, dass es sich dabei um Danny Buchanan handelte – ihm damals gegeben hatte. Die Nummer, die er nicht hatte zurückverfolgen können.

Dann überkamen ihn Zweifel. Was, wenn er mit seiner Vermutung falsch lag, Buchanan habe nichts mit dem Anschlag auf Faiths Leben zu tun? Lee erhob sich und schritt auf und ab. Als er aus dem Fenster sah und den blauen Himmel betrachtete, machte er in den herannahenden Gewitterwolken nur sich abzeichnendes Unheil aus. Trotzdem ... Buchanan hatte ihn angeheuert. Genau genommen arbeitete er noch immer für den Mann. Vielleicht war es an der Zeit, ihm Bericht zu erstatten. Er sprach ein stummes Gebet, griff nach dem Handy und tippte die Nummer ein, die auf dem Zettel stand.

KAPITEL 38

Connie machte kein glückliches Gesicht, als Paul Fisher sich vorbeugte und ihn mit verschwörerischem Tonfall ansprach.

»Wir haben Grund zu der Annahme, dass sie darin verwickelt ist, Connie. Trotz allem, was Sie uns gesagt haben.«

Connie funkelte den Mann wütend an. Er verabscheute alles an Fisher, angefangen von dessen makelloser Frisur und dem markanten Kinn bis hin zu seiner kerzengeraden Haltung und den faltenfreien Hemden. Connie saß schon seit einer halben Stunde hier. Er hatte Fisher und Massey seine Version der Geschichte erzählt, und sie ihm die ihre. Es sah nicht so aus, als würden sie sich irgendwo in der Mitte treffen können.

»Das ist ausgemachter Quatsch, Paul.«

Fisher lehnte sich zurück und schaute Massey an. »Sie haben die Fakten gehört. Wie können Sie da sitzen und die Frau in Schutz nehmen?«

»Weil ich weiß, dass sie unschuldig ist. Genügt das?«

»Haben Sie irgendwelche Fakten, die diese Auffassung stützen, Connie?«, fragte Massey.

»Ich habe Ihnen die Fakten in der letzten halben Stunde aufgezählt. Wir hatten eine heiße Spur im Landwirtschaftsministerium. Reynolds wollte nicht, dass Ken Lockhart an diesem Abend begleitet. Sie wollte …«

»Das hat Sie Ihnen zumindest gesagt«, unterbrach ihn Massey.

»Hören Sie, fünfundzwanzig Jahre Berufserfahrung sagen mir, dass Reynolds so sauber ist, wie sie nur sein kann.«

»Sie hat Ken Newmans Finanzen überprüft, ohne jemandem etwas davon zu sagen.«

»Jetzt machen Sie aber 'nen Punkt. Das ist nicht das erste Mal, dass ein Agent sich nicht an die Dienstvorschriften hält. Reynolds hat eine heiße Spur und will ihr nachgehen. Aber sie will vermeiden, dass mit Kens Leiche auch sein guter Ruf begraben wird. Nicht, bis sie Gewissheit hat.«

»Und die hunderttausend Dollar auf den Konten ihrer Kinder?«

»Wurden ihr untergeschoben.«

»Von wem?«

»Das müssen wir herausfinden.«

Genervt schüttelte Fisher den Kopf. »Wir lassen sie beschatten. Rund um die Uhr, bis wir die Sache aufgeklärt haben.«

Connie beugte sich vor. Am liebsten hätte er Fisher seine riesigen Pranken um den Hals gelegt, hielt sich aber mit Mühe zurück. »Ihr solltet lieber den Spuren beim Mord an Ken nachgehen, Paul. Und versuchen, Faith Lockhart aufzuspüren.«

»Wir leiten die Ermittlungen, Connie, wenn Sie nichts dagegen haben.«

Connie blickte zu Fred Massey hinüber. »Wenn Sie Brooke Reynolds beschatten lassen wollen, bin ich Ihr Mann.«

»Sie? Kommt nicht in Frage!«, protestierte Fisher.

»Hören Sie mich doch erst mal an, Fred«, sagte Connie, während er den Blick auf Massey gerichtet hielt. »Ich geb ja zu, dass es für Brooke nicht gut aussieht. Aber ich weiß auch, dass es keine bessere Agentin gibt als sie. Und ich will verhindern, dass die Karriere einer guten Agentin den Bach runtergeht, nur weil jemand die falschen Schlüsse zieht. Das alles habe ich auch schon durchgemacht. Nicht wahr, Fred?«

Massey schaute bei der letzten Bemerkung überaus zerknirscht drein. Er schien unter Connies vernichtendem Blick in seinem Sessel förmlich zu schrumpfen.

»Fred«, sagte Fisher, »wir brauchen eine objektive Untersuchung ...«

»Ich *bin* objektiv, wenn es sein muss«, unterbrach Connie ihn. »Liege ich verkehrt, ist es für Brooke aus und vorbei, und ich werde es ihr persönlich mitteilen. Aber ich gehe jede Wette ein, dass sie bald wieder ihre Marke und ihre Waffe tragen wird. Ich kann mir sogar vorstellen, dass sie in zehn Jahren den verdammten Laden hier schmeißt.«

»Ich weiß nicht, Connie ...«, setzte Massey an.

»Ich glaube, dass *man* mir wenigstens so viel schuldig ist, Fred«, sagte Connie ganz ruhig. »Gerade Sie müssten das beurteilen können.«

Einen ziemlichen Augenblick lang herrschte Schweigen. Fisher schaute zwischen den beiden Männern hin und her.

»Na schön, Connie, Sie beschatten Reynolds«, sagte Massey. »Und Sie erstatten mir regelmäßig Bericht. Sie melden mir, was Sie sehen. Nicht mehr, nicht weniger. Ich verlasse mich auf Sie. Um der alten Zeiten willen.«

Connie erhob sich vom Tisch und warf Fisher einen triumphierenden Blick zu. »Vielen Dank für dieses Vertrauensvotum, meine Herren. Ich werde Sie nicht enttäuschen.«

Fisher folgte Connie auf den Gang hinaus.

»Ich weiß nicht, was Sie da gerade abgezogen haben, aber vergessen Sie nicht: Ihre Personalakte weist schon einen dunklen Fleck auf, Connie. Einen zweiten können Sie sich nicht leisten. Und ich will alles erfahren, was Sie Massey berichten.«

Connie drängte den viel größeren Fisher gegen die Wand. »Hören Sie zu, Paul ...« Er hielt inne und tat so, als wollte er einen Fussel von Fishers Hemd zupfen, bevor er fortfuhr. »Mir ist klar, dass Sie bei dieser Sache rein formell mein Vorgesetzter sind. Aber verwechseln Sie Formalien nicht mit der Wirklichkeit.«

»Sie schlagen einen sehr gefährlichen Weg ein, Connie.«

»Ich liebe die Gefahr, Paul. Deshalb bin ich zum FBI gegangen. Deshalb trage ich eine Waffe. Ich habe damit schon einen Menschen getötet. Wie steht's mit Ihnen?«

»Was Sie vorhaben, ist Unsinn. Sie werfen Ihre Karriere weg.« Fisher spürte die Wand im Rücken. Sein Gesicht lief rot an, als Connie den Druck verstärkte und sich gegen ihn presste.

»Ach ja? Dann will ich Ihnen mal ein paar Dinge klar machen. Jemand versucht Brooke etwas unterzuschieben. Wer könnte das sein? Es muss sich um die undichte Stelle hier im FBI handeln. Jemand will Brooke in Misskredit bringen, will sie fertig machen. Und wenn Sie mich fragen, Paul, geben gerade Sie sich in der Hinsicht verdammt große Mühe.«

»Ich? Sie beschuldigen mich, die undichte Stelle zu sein?«

»Ich beschuldige niemanden. Ich erinnere Sie nur daran, dass für mich jeder verdächtig ist, bis wir dieses Leck gefunden haben. Jeder, ohne Ausnahme, vom Direktor bis hin zu den Leuten, die hier die Toiletten putzen.«

Connie stieß sich von Fisher ab und schlenderte davon. »Schönen Tag noch, Paul. Ich muss jetzt los, noch ein paar böse Jungs schnappen.«

Fisher schaute ihm nach und schüttelte langsam den Kopf, und in seinen Augen lag ein Ausdruck, der an Furcht erinnerte.

KAPITEL 39

Die Telefonnummer, die Lee wählte, war mit einem Piepser verbunden, sodass Buchanan sofort erfuhr, wann die Nummer angewählt wurde. Als der Piepser ertönte, war Buchanan gerade zu Hause und packte seinen Aktenkoffer, um sich auf den Weg zu einer Anwaltskanzlei in der Innenstadt zu machen, die für einen von Buchanans Klienten einige Pro-bono-Geschäfte tätigte. Er hatte die Hoffnung, dass dieser verdammte Piepser jemals ertönte, fast schon aufgegeben. Als das Geräusch dann erklang, dachte er, der Schlag würde ihn treffen.

Buchanan fluchte lautlos, als ihm sein Dilemma klar wurde. Wie sollte er die Nachricht abhören und zurückrufen, ohne dass Thornhill davon erfuhr? Dann kam ihm ein Gedanke. Er rief seinen Fahrer an – ein Mann, der natürlich auch zu Thornhills Leuten gehörte. Er hatte seine Spitzel überall.

»Es wird ein paar Stunden dauern«, sagte Buchanan zum Fahrer, als sie in die Innenstadt zur Kanzlei unterwegs waren. »Ich rufe Sie an, wenn ich fertig bin.«

Buchanan betrat das Gebäude. Er war schon mal hier gewesen, kannte die Raumaufteilung gut. Er ging nicht zu den Fahrstühlen, sondern stattdessen quer durch die Lobby und hinten wieder durch eine Tür hinaus, die zur Tiefgarage führte. Er fuhr mit dem Aufzug zwei Etagen hinunter und stieg aus. Dann begab er sich durch den unterirdischen Gang zum eigentlichen Parkhausbereich. Direkt neben der Tür zur Tiefgarage hing ein Fernsprecher an der Wand. Er warf ein paar Münzen ein und wählte die Nummer, über die er die Nachricht abhören konnte. Seine Überlegung war klar: Wenn Thornhill einen zufälligen Festnetz-Anruf unter Tausenden Tonnen von Beton abfangen konnte, war er der Teufel persönlich, und Buchanan hatte sowieso keine Chance, ihn zu schlagen.

Der Anrufer war Lee. Seine Stimme klang fest, und seine Nachricht war knapp. Doch sie schlug bei Buchanan wie eine Bombe ein. Hastig wählte er eine Nummer, die Lee hinterlassen hatte. Sofort meldete sich eine Männerstimme.

»Mr Buchanan?«, fragte Lee.

»Geht es Faith gut?«

Lee seufzte erleichtert auf. Er hatte gehofft, dass der Mann diese Frage als erste stellen würde. Das sagte ihm mehr als viele Worte. Aber er musste trotzdem vorsichtig sein. »Nur um zu bestätigen, dass Sie's tatsächlich sind: Sie haben mir ein Päckchen mit Informationsmaterial geschickt. Wie haben Sie's mir geschickt, und was war drin? Und überlegen Sie jetzt bloß nicht zu lange.«

»Ich habe es per Kurierdienst geschickt. Dash Services. In dem Päckchen waren ein Foto von Faith, fünf Seiten mit Hintergrundmaterial über sie und meine Firma, die Telefonnummer, über die Sie mit mir Kontakt aufnehmen können, sowie eine Notiz, in der ich meine Befürchtungen zusammengefasst und Ihnen mitgeteilt habe, was Sie tun sollen. Außerdem fünftausend Dollar in Scheinen – Fünfziger und Zwanziger. Und vor drei Tagen habe ich in Ihrem Büro angerufen und eine Nachricht auf dem Anrufbeantworter hinterlassen. Und jetzt sagen Sie mir bitte, dass es Faith gut geht.«

»Im Augenblick ja. Aber wir haben ein paar Probleme.«

»Ja, allerdings. Zum Beispiel ... woher soll ich wissen, dass Sie wirklich Adams sind?«

Lee dachte rasch nach. »Ich hab in den Gelben Seiten eine große Anzeige mit 'nem altmodischen Vergrößerungsglas und so was. Ich hab drei Brüder. Der jüngste arbeitet in einem Motorradladen im südlichen Alexandria. Er heißt

Scotty, aber auf dem College hatte er den Spitznamen Scooter, weil er Football gespielt hat und verdammt schnell auf den Beinen war. Wenn Sie wollen, können Sie ihn anrufen, die Sache überprüfen und mich zurückrufen.«

»Nicht nötig. Sie haben mich überzeugt. Was ist passiert? Warum sind Sie abgehauen?«

»Tja, Sie würden auch abhauen, wenn jemand versucht, Sie zu töten.«

»Erzählen Sie mir alles, Mr Adams. Lassen Sie nichts aus.«

»Hören Sie, ich weiß zwar, *wer* Sie sind, aber ich bin mir nicht sicher, dass ich *Ihnen* vertrauen kann. Was können Sie dagegen tun?«

»Sagen Sie mir, *warum* Faith zum FBI ging. Dass sie es getan hat, weiß ich bereits. Und dann werde ich Ihnen sagen, mit wem Sie es wirklich zu tun haben. Ich bin es nicht. Aber wenn ich Ihnen sage, mit wem Sie sich auseinander setzen müssen, werden sich wünschen, ich wäre es.«

Lee dachte kurz darüber nach. Er hörte, dass Faith gerade aufstand; wahrscheinlich ging sie unter die Dusche. *Also, dann mal los!* »Sie hatte Angst. Sie hat gesagt, Sie hätten sich seltsam benommen, wären 'ne Zeit lang sehr nervös gewesen. Sie hat versucht, mit Ihnen darüber zu sprechen, aber Sie haben sie abblitzen lassen, sie sogar aufgefordert, die Firma zu verlassen. Mit dem Erfolg, dass Faith noch mehr Angst bekam. Sie hatte Schiss, die Behörden hätten Sie auf dem Kieker. Daraufhin hat sie sich ans FBI gewandt, um Sie dazu zu bringen, ebenfalls auszusagen. Gegen die Leute, die Sie bestochen haben. Sie beide hätten einen Handel abgeschlossen und wären straffrei davongekommen.«

»Das hätte niemals funktioniert.«

»Na ja, im Nachhinein ist man immer klüger, wie Faith so schön sagt.«

»Dann hat sie Ihnen also alles erzählt?«

»Jedenfalls ziemlich viel. Faith hielt es für möglich, dass *Sie* versucht haben, sie umzubringen. Aber diese Befürchtung hab ich ausgeräumt.« *Hoffentlich habe ich Recht.*

»Bevor Faith verschwand, wusste ich nicht mal, dass sie zum FBI gegangen ist.«

»Aber nicht nur das FBI ist hinter ihr her. Da gibt's noch ein paar andere. Diese Leute waren am Flughafen. Und sie hatten was dabei, das ich bislang nur auf 'nem Seminar über Terrorismusbekämpfung gesehen habe.«

»Wer hat das Seminar abgehalten?«

Diese Frage verblüffte Lee. »Den Schmus über Terrorismusbekämpfung haben die üblichen Leute erzählt, die sich nicht großartig vorgestellt haben. Sie wissen schon, wahrscheinlich die Jungs von der CIA.«

»Nun ja«, sagte Buchanan, »wenigstens sind Sie dem Feind begegnet und leben noch. Das ist gut.«

»Was soll das heißen …?« Plötzlich schien das Blut in Lees Schläfen zu schießen. »Wollen Sie damit genau das sagen, was ich glaube?«

»Drücken wir es mal so aus, Mr Adams: Faith ist nicht die Einzige, die für eine bedeutende Bundesbehörde arbeitet. Wenigstens hat sie sich freiwillig mit ihnen eingelassen. Von mir kann man das nicht unbedingt behaupten.«

»Ach du Scheiße!«

»Um es milde auszudrücken, ja. Wo sind Sie?«

»Wieso?«

»Weil ich zu Ihnen kommen muss.«

»Und wie wollen Sie das schaffen, ohne die Scharfschützen der Spezialeinheiten auf uns zu hetzen? Ich gehe davon aus, dass Sie unter Beschattung stehen.«

»Unter unglaublicher und erstaunlich enger Beschattung.«

»Okay. Dann bleiben Sie uns bloß von der Pelle.«

»Mr Adams, wir haben nur eine Chance, wenn wir zusammenarbeiten. Aus der Ferne ist das unmöglich. Und da ich es nicht für klug halte, dass Sie zu mir kommen, muss ich zu *Ihnen* kommen.«

»Hört sich nicht sehr überzeugend an.«

»Wenn ich die Leute nicht abschütteln kann, komme ich nicht.«

»Sie abschütteln? Hören Sie, für wen halten Sie sich, für die Wiedergeburt von Houdini? Dann lassen Sie sich von mir sagen, nicht mal Houdini könnte sowohl das FBI als auch die CIA abschütteln.«

»Ich bin weder Spion noch Zauberkünstler. Ich bin ein bescheidener Lobbyist, aber ich habe einen Vorteil: Ich kenne diese Stadt besser als jeder andere. Und ich habe Freunde in hohen und weniger hohen Positionen. Und zurzeit sind beide gleichermaßen wertvoll für mich. Glauben Sie mir, wenn ich zu Ihnen komme, wird mich niemand verfolgen. Und dann werden wir diese Sache vielleicht überleben. Jetzt möchte ich mit Faith sprechen.«

»Ich weiß nicht, ob das eine gute Idee ist, Mr Buchanan.«

»Doch, ist es.«

Lee wirbelte herum und sah, dass Faith in einem T-Shirt auf der Treppe stand. »Es ist an der Zeit, Lee. Eigentlich ist es schon lange über die Zeit.«

Er atmete tief ein und hielt ihr den Hörer hin.

»Hallo, Danny«, sagte sie ins Telefon.

»Mein Gott, Faith, es tut mir Leid. Ich möchte mich entschuldigen. Für alles.« Buchanans Stimme brach mitten im Satz.

»Wenn jemand sich entschuldigen muss, bin ich es. Wäre ich nicht zum FBI gegangen, wäre es gar nicht erst zu diesem Albtraum gekommen.«

»Tja, jetzt müssen wir die Sache zu Ende bringen. Das können wir genauso gut gemeinsam erledigen. Was ist mit Adams? Taugt er was? Wir werden Hilfe brauchen.«

Faith schaute zu Lee hinüber, der sie gespannt beobachtete. »Ich bin sicher, dass wir in der Hinsicht keine Probleme bekommen. Adams ist wahrscheinlich sogar das Ass, das wir im Ärmel haben.«

»Sag mir, wo ihr seid, und ich komme so schnell wie möglich.«

Sie sagte es ihm, erzählte ihm alles, was sie und Lee wussten. Als sie auflegte, schaute sie Lee an.

Er zuckte die Achseln. »Ich hab mir gedacht, das ist wohl

unsere einzige Chance, wollen wir nicht den Rest unseres Lebens auf der Flucht verbringen.«

Sie setzte sich auf seinen Schoß, zog die Beine an und schmiegte den Kopf an seine Brust. »Du hast das Richtige getan. Wer immer in diese Sache verwickelt ist ... sie werden feststellen, dass Danny ein harter Gegner ist.«

Doch Lees Hoffnung war im Keller. Die CIA. Profikiller; Heerscharen von Experten auf den verschiedensten Gebieten: Computer, Satelliten, verdeckte Operationen; Leute, die mit Luftgewehren vergiftete Kugeln verschossen. Sie alle waren hinter ihnen her. Wäre Lee klug gewesen, hätte er sich mit Faith auf die Honda geschwungen und sich mit Vollgas aus dem Staub gemacht.

»Ich spring mal schnell unter die Dusche«, sagte Faith. »Danny hat gesagt, dass er so schnell wie möglich kommt.«

»Genau«, sagte Lee. In seinen Augen lag ein verträumter Blick.

Als Faith die Treppe hinaufging, griff Lee nach seinem Handy, warf einen Blick auf das Display und erstarrte. Lee Adams war noch nie im Leben so fassungslos gewesen. Und nach den Ereignissen der letzten Tage wäre er nicht einmal außer Fassung geraten, wäre heute Morgen die Sonne nicht aufgegangen. Die Textnachricht auf dem kleinen Bildschirm des Handys war kurz und prägnant. Und sie hätte fast sogar Lees sehr starkes Herz zum Stillstand gebracht.

Faith Lockhart für Renee Adams, lautete die Nachricht. Darunter stand eine Telefonnummer.

Sie wollten Faith – im Austausch gegen seine Tochter.

KAPITEL 40

Brooke Reynolds saß im Wohnzimmer, hielt eine Tasse Tee in den Händen und starrte ins Kaminfeuer, das langsam herunterbrannte. Sie konnte sich kaum noch daran erinnern, wann sie zum letzten Mal um diese Tageszeit zu Hause gewesen war; das musste gewesen sein, als sie mit David schwanger war und Mutterschaftsurlaub hatte. Ihr Sohn war genauso überrascht gewesen, sie durch die Tür kommen zu sehen, wie Rosemary. Jetzt machte David ein Nickerchen, und Rosemary kümmerte sich um die Wäsche. Ein ganz normaler Tag für die anderen. Brooke schaute in die Glut des Feuers und wünschte sich, ein Stückchen Normalität in *ihrem* Leben zu finden.

Es regnete mittlerweile heftig, was genau zu ihrer deprimierten Stimmung passte. Suspendiert. Ohne ihre Dienstmarke und ihre Waffe kam sie sich nackt vor. Die vielen Jahre beim FBI, niemals ein Fleck auf der Weste, niemals ein Makel ... und nun war sie nur einen Schritt vom Ende ihrer Karriere entfernt.

Was würde sie dann anfangen? Wohin konnte sie sich wenden? Würde ihr Mann versuchen, die Kinder zu bekommen, wenn sie keinen Job mehr hatte? Und konnte sie ihn gegebenenfalls daran hindern?

Brooke stellte die Tasse auf den Tisch, trat die Schuhe von den Füßen und sank aufs Sofa zurück. Die Dämme brachen: Die Tränen strömten ungehemmt, und sie legte einen Arm vor das Gesicht, um die Nässe aufzusaugen und die Schluchzer zu ersticken.

Das Klingeln der Türglocke ließ sie hochfahren. Sie rieb

sich übers Gesicht und ging zur Tür, spähte durchs Guckloch und starrte auf Howard Constantinople.

Connie stand vor dem Feuer, auf dem er gerade Holz nachgelegt hatte, und wärmte sich die Hände. Eine verlegene Brooke tupfte sich rasch mit einem Papiertaschentuch die Augen ab. Ihr war klar, dass Connie ihre roten Augen und fleckigen Wangen nicht übersehen konnte, doch er war so taktvoll gewesen, nichts zu sagen.

»Haben sie mit dir gesprochen?«, fragte Brooke.

Connie drehte sich um, ließ sich auf einen Stuhl fallen und nickte. »Und um ein Haar wäre ich ebenfalls suspendiert worden. Ich hätte Fisher, diesem Arschgesicht, fast die Fresse poliert.«

»Mach bloß deine Karriere nicht meinetwegen kaputt, Connie.«

»Hätte ich dem Blödmann eine verpasst, hätte ich's für mich selbst getan und nicht für dich.« Er ballte die Hand zur Faust, als wollte er seine Aussage bekräftigen, und schaute dann zu Brooke hinüber. »Ich kriege bloß nicht auf die Reihe, dass die wirklich glauben, du wärst irgendwie in diese Geschichte verwickelt. Ich habe ihnen die Wahrheit gesagt. Dass wir an einem anderen Fall gearbeitet hatten, als sich auf einmal diese neue Sache ergab. Du wolltest Faith Lockhart begleiten, weil ihr eine persönliche Beziehung entwickelt hattet, aber wir mussten uns um diesen Typ im Landwirtschaftsministerium kümmern, der möglicherweise reden wollte. Ich habe ihnen gesagt, du hättest dir die ganze Zeit schreckliche Sorgen gemacht, weil du Zweifel hattest, ob es richtig war, dass Lockhart von Ken begleitet wird.«

»Und?«

»Und sie haben mir nicht zugehört. Sie hatten sich ihre Meinung schon gebildet.«

»Wegen des Geldes? Haben sie dir davon erzählt?«

Connie nickte langsam und beugte sich plötzlich vor. Für einen Mann seiner Größe konnten seine Bewegungen schnell und wendig sein.

»Ich will ja nicht auch noch auf dir herumtrampeln«, sagte er, »aber, verdammt noch mal, warum hast du in Newmans Konten herumgeschnüffelt, ohne jemandem etwas davon zu sagen? Mir zum Beispiel? Du weißt doch, dass die Detectives der Polizeibehörden immer zu zweit arbeiten, nicht zuletzt, damit sie sich gegenseitig den Rücken freihalten können. Jetzt kann niemand deine Geschichte bestätigen, mal abgesehen von Anne Newman. Und für unsere Vorgesetzten existiert die überhaupt nicht.«

Brooke warf die Arme hoch. »Ich hätte nie im Leben geglaubt, dass so etwas passieren könnte. Ich wollte nur Rücksicht auf Ken und seine Familie nehmen.«

»Tja, falls Ken bestechlich war, hat er diese Rücksichtnahme vielleicht nicht verdient. Und das sage *ich* dir – ein guter Freund von ihm.«

»Wir wissen nicht, ob er wirklich ein faules Ei war.«

»Ein Mann, der unter einem Falschnamen Bargeld in einem Schließfach deponiert? Das gehört heutzutage wohl zum guten Ton, was?«

»Woher wussten die eigentlich, dass ich Kens Finanzen überprüft habe, Connie? Anne wird doch wohl kaum von sich aus das FBI informiert haben. Sie hat mich um Hilfe gebeten.«

»Ich habe Massey gefragt, aber er war plötzlich ausgesprochen wortkarg. Er hält wohl auch mich für den Feind. Aber ich habe ein bisschen herumgeschnüffelt. Ich glaube, sie haben einen telefonischen Tipp bekommen. Natürlich anonym. Massey hat mir gesagt, du glaubst, jemand wollte dich reinlegen. Und weißt du was? Ich glaube, du hast Recht, auch wenn sie anderer Meinung sind.«

Brooke hatte sich sehr gefreut, Connie an der Tür zu sehen, und es bedeutete ihr sehr viel, dass er noch zu ihr hielt. Sie wollte ihn nicht enttäuschen. Gerade ihn nicht. »Hör mal, es wird deiner Karriere nicht gerade nützen, wenn man dich zusammen mit mir sieht, Connie. Ich bin sicher, Fisher lässt mich beschatten.«

»Allerdings. Von mir.«

»Du machst Witze.«

»Nein, zum Teufel. Ich habe den Dienst habenden stellvertretenden Direktor dazu überredet. Hab ein paar Schulden eingefordert. Um der alten Zeiten willen, hat Massey gesagt. Falls du es nicht weißt, es war Fred Massey, der mich vor ein paar Jahren dazu gedrängt hat, den Fall Brownsville aufzugeben. Wenn er glaubt, damit wären wir quitt, irrt er sich gewaltig. Aber mach dir bloß keine Sorgen. Sie wissen genau, dass ich allen Grund habe, mich nicht in die Sache reinziehen zu lassen. Und das heißt, wenn du den Bach runtergehst, brauchen sie kein weiteres Bauernopfer. Und ich bin damit aus der Schusslinie.« Connie hielt inne und schaute übertrieben spöttisch drein. »Stellvertretender Direktor! Ich wüsste, in welche Stelle ich ihn treten könnte.«

»Du bringst deinen Vorgesetzten nicht viel Respekt entgegen.« Brooke lächelte. »Was halten Sie denn so von mir, Agent Constantinople?«

»Ich finde, du hast ganz großen Mist gebaut und dem FBI einen Sündenbock geliefert. Sie werden dich eiskalt den Wölfen zum Fraß vorwerfen, um ihr Gesicht zu wahren«, sagte er geradeheraus.

Brookes Gesicht wurde ernst. »Du bist ein Freund deutlicher Worte.«

»Soll ich meine Zeit damit verschwenden, dir was vorzumachen?« Connie erhob sich. »Oder willst du deinen Namen rein waschen?«

»Ich *muss* meinen Namen rein waschen. Wenn mir das nicht gelingt, verliere ich alles, Connie. Meine Kinder, meinen Job. Alles.« Brooke spürte, dass sie wieder zu zittern anfing, und atmete mehrmals tief durch, um gegen die Panik anzukämpfen, die in ihr emporstieg. Sie kam sich vor wie eine Oberschülerin, die soeben erfahren hat, dass sie schwanger ist. »Aber ich bin suspendiert. Ich habe keinen Dienstausweis mehr. Keine Waffe. Keine Befugnisse.«

Als Antwort zog Connie seinen Mantel an. »Tja, du hast mich. Und *ich* habe Dienstausweis und Waffe. Ich bin zwar nur ein kleiner Agent im Außendienst, aber nach fünfundzwanzig Jahren Erfahrung mit diesem Mist habe ich genug gelernt, um mich von niemandem einschüchtern zu lassen. Also hol deinen Mantel. Wir müssen Lockhart finden.«

»Lockhart?«

»Wenn wir sie auftreiben, werden die Teile des Puzzles sich wohl zusammenfügen. Und je klarer das Bild wird, desto mehr wirst du entlastet. Ich habe mit den Jungs vom VCU gesprochen. Sie drehen Däumchen, warten auf die Ergebnisse der Laboruntersuchungen und den ganzen Kram. Und jetzt hat Massey sie auf dich angesetzt, und Faith Lockhart hat keinen mehr zu interessieren. Wusstest du, dass man noch nicht mal in ihrem Haus nach Spuren gesucht hat?«

Brooke schaute betroffen drein. »Bei dieser Sache erleben wir einen Rückschlag nach dem anderen. Immer *reagieren* nur wir. Als Ken ermordet wurde. Als Lockhart verschwand. Nach dem Fiasko am Flughafen. Bei den Leuten, die sich in Adams' Wohnung als FBI-Agenten ausgegeben haben. Wir hatten nie die Chance, eine richtige Ermittlung aufzunehmen.«

»Dann sollten wir ein paar Spuren nachgehen, solange sie noch heiß sind. Zum Beispiel, Adams' Familie hier in der Gegend zu überprüfen. Ich habe die Liste mit den Namen und Adressen. Wenn er tatsächlich auf der Flucht ist, hat er vielleicht seine Verwandtschaft um Hilfe gebeten.«

»Du könntest dir damit gewaltige Probleme einhandeln, Connie.«

Er zuckte die Achseln. »Wär nicht das erste Mal. Außerdem haben wir keine Abteilungsleiterin mehr. Ich weiß nicht, ob du es mitbekommen hast, aber sie wurde wegen Dummheit suspendiert.«

Sie lächelten sich an.

»Und als ihr Stellvertreter bin ich dazu berechtigt, in einem noch nicht abgeschlossenen Fall zu ermitteln, der mir zugewiesen wurde. Meine Anweisungen lauten, Faith Lockhart zu suchen, also werde ich genau das tun. Sie wissen nur nicht, dass ich es gemeinsam mit dir tue. Und ich habe mit den Jungs von der VCU gesprochen. Sie wissen, was ich vorhabe. Also werden wir bei Adams' Verwandten keinem anderen Team über den Weg laufen.«

»Ich muss Rosemary sagen, dass ich vielleicht über Nacht wegbleibe.«

»Tu das.« Er schaute auf die Uhr. »Sydney ist wohl noch in der Schule, hm? Wo ist der Kleine?«

»Er schläft.«

»Flüster ihm ins Ohr, dass seine Mami ein paar bösen Jungs in den Arsch tritt.«

Als Brooke zurückkam, ging sie direkt zum Schrank, nahm ihren Mantel heraus und eilte zum Arbeitszimmer, blieb dann aber abrupt stehen.

»Was ist?«, fragte Connie.

Sie schaute ihn verlegen an. »Ich wollte meine Dienstwaffe holen. Macht der Gewohnheit.«

»Keine Bange, du wirst sie bald zurückbekommen. Aber du musst mir etwas versprechen. Wenn du die Waffe und Ausweise holen gehst, nimmst du mich mit. Ich will die Gesichter von Massey und den anderen sehen.«

Sie hielt ihm die Tür auf. »Abgemacht.«

KAPITEL 41

In der Tiefgarage tätigte Buchanan ein paar weitere Anrufe. Dann ging er hinauf zur Anwaltskanzlei und kümmerte sich um eine wichtige Angelegenheit, die ihm plötzlich völlig gleichgültig war. Als er sich nach Hause fahren ließ, drehten seine Gedanken sich die ganze Zeit um die Ausarbeitung seines Plans gegen Robert Thornhill. Der CIA-Mann mochte fast alles infiltrieren oder gar kontrollieren können, nicht aber Danny Buchanans Verstand – eine sehr tröstliche Tatsache. Allmählich erlangte Buchanan das Selbstvertrauen zurück. Vielleicht konnte er dem Mann doch noch ein paar Knüppel zwischen die Beine werfen.

Buchanan schloss die Tür auf und betrat sein Haus. Er stellte die Aktentasche auf einen Stuhl und ging durch die dunkle Bibliothek. Er schaltete das Licht ein, um sein geliebtes Gemälde zu betrachten und Kraft daraus zu schöpfen für das, was vor ihm lag.

Als das Licht aufflammte, starrte Buchanan ungläubig auf den leeren Bilderrahmen. Er stolperte darauf zu, steckte die Hände hindurch, berührte die kahle Wand. Man hatte ihn beraubt, obwohl er eine sehr gute Alarmanlage hatte. Aber sie war nicht ausgelöst worden.

Er lief zum Telefon, um die Polizei anzurufen. Als seine Hand den Hörer berührte, klingelte der Apparat. Buchanan hob ab.

»Ihr Wagen wird in ein paar Minuten da sein, Sir. Fahren Sie ins Büro?«

Zuerst schaltete Buchanan überhaupt nicht.

»Ins Büro, Sir?«

»Ja«, brachte er schließlich über die Lippen.

Er legte auf und starrte zu der Wand hinüber, an der das Gemälde gehangen hatte. Zuerst Faith, und jetzt das Bild. Das alles war Thornhills Werk. *Na schön, Bob, der erste Punkt geht an dich. Jetzt bin ich an der Reihe.*

Er ging nach oben, wusch sich das Gesicht und zog sich um, wobei er die neuen Sachen sorgfältig auswählte. Im Schlafzimmer befand sich eine eingebaute Schrankwand mit den üblichen Geräten: Fernseher, Stereoanlage, Videorecorder und DVD-Player. Sie waren vor Einbrechern verhältnismäßig gut geschützt, denn man konnte die einzelnen Komponenten nicht herausnehmen, ohne zahlreiche Holzteile abzuschrauben, eine sehr Zeit raubende Aufgabe. Buchanan sah weder fern, noch schaute er sich Videofilme an. Und wenn er Musik hören wollte, legte er auf seinem alten Plattenspieler ein altes 33er-Schätzchen auf.

Er schob die Hand in den Kassettenschlitz des Videorecorders, zog einen Pass, einen Ausweis und eine Kreditkarte – alle auf einen falschen Namen ausgestellt – und ein schmales Bündel Hundert-Dollar-Scheine heraus und steckte alles in eine Innentasche seines Mantels, die mit einem Reißverschluss versehen war. Nachdem er wieder nach unten gegangen war, schaute er hinaus und sah, dass sein Wagen bereits dort stand. Er würde den Fahrer noch ein paar Minuten warten lassen, nur um ihn zu ärgern.

Als die Zeit schließlich verstrichen war, nahm Buchanan seine Aktentasche und ging hinaus zum Wagen. Er stieg ein, und der Wagen fuhr los.

»Hallo, Bob«, sagte Buchanan, so ruhig er konnte.

Thornhill warf einen Blick auf die Aktentasche.

»Was das soll?« Buchanan wies mit dem Kopf auf die getönte Seitenscheibe. »Ich fahre ins Büro. Das FBI wird damit rechnen, dass ich meine Tasche mitnehme. Oder gehen Sie nicht davon aus, dass der Verein mittlerweile mein Telefon angezapft hat?«

Thornhill nickte. »Sie wären ein guter Agent geworden, Danny.«

»Wo ist das Gemälde?«

»An einem sehr sicheren Ort. Und das ist weit mehr, als Sie unter diesen Umständen verdient haben.«

»Was soll das denn heißen?«

»Das soll heißen: Lee Adams, Privatdetektiv. Von Ihnen beauftragt, Faith Lockhart zu folgen.«

Buchanan täuschte einen Moment lang Erschrecken vor. Als junger Mann hatte er Schauspieler werden wollen. Bühnendarsteller, nicht Filmschauspieler. Für ihn war die Tätigkeit als Lobbyist ein beinahe adäquater Ersatz. »Als ich Adams den Auftrag gab, wusste ich nicht, dass Faith zum FBI gegangen ist. Ich war nur um ihre Sicherheit besorgt.«

»Und warum?«

»Die Antwort darauf kennen Sie doch.«

Thornhill schaute beleidigt drein. »Warum in aller Welt sollte ich Faith Lockhart etwas antun wollen? Ich kenne die Frau nicht mal.«

»Müssen Sie einen erst kennen, bevor Sie ihn vernichten?«

Thornhills Stimme klang spöttisch. »Es war ein Fehler, Adams zu beauftragen. Sie werden das Gemälde wahrscheinlich zurückbekommen. Doch vorerst müssen Sie lernen, darauf zu verzichten.«

»Wie sind Sie in mein Haus gekommen, Thornhill? Ich habe eine Alarmanlage.«

Thornhill schien lauthals lachen zu wollen. »Eine Alarmanlage? O je.«

Buchanan musste sich zusammenreißen, um sich nicht auf ihn zu stürzen.

»Sie machen mir Spaß, Danny. Ja, wirklich. Sie laufen herum und versuchen, die Besitzlosen zu retten. Offenbar haben Sie das Prinzip nicht verstanden. Wer sorgt dafür, dass die Welt sich dreht? Die Reichen und die Armen. Die Mächtigen und die Machtlosen. Es wird sie immer geben, bis ans Ende der Zeiten. Und was Sie auch tun, nichts wird sich daran ändern. Genau wie die Menschen einander stets hassen und betrügen werden. Gäbe es nicht das Böse im Menschen, wäre ich arbeitslos.«

»Sie haben Ihren Beruf verfehlt. Sie hätten Psychiater werden sollen«, sagte Buchanan. »Spezialist für geistesgestörte Kriminelle. Sie hätten sehr viel mit Ihren Patienten gemeinsam.«

Thornhill lächelte. »Wissen Sie, so bin ich auf Sie gekommen. Jemand, dem Sie helfen wollten, hat Sie verraten. War wohl eifersüchtig auf Ihren Erfolg und darauf, dass Sie Gutes tun wollten. Er wusste nichts von Ihrem System, hat aber meine Neugier erregt. Und wenn ich mich erst mal auf das Leben eines anderen Menschen konzentriere ... nun ja, dann gibt es für mich keine Geheimnisse mehr. Ich habe Ihr Haus angezapft, Ihr Büro, sogar Ihre Kleidung, und bin auf eine wahre Fundgrube gestoßen. Hat uns großen Spaß gemacht, Ihnen zuzuhören, Danny.«

»Faszinierend. Und jetzt sagen Sie mir, wo Faith ist.«

»Ich habe gehofft, das könnten Sie mir sagen.«

»Was wollen Sie von ihr?«

»Dass sie für mich arbeitet. Es gibt eine freundschaftliche Konkurrenz zwischen beiden Behörden, doch zwischen dem FBI und meiner Organisation ... Nun ja, ich muss sagen, mit unseren Leuten treiben wir ein viel faireres Spiel. Ich arbeite länger als das FBI an diesem Projekt. Ich möchte vermeiden, dass all meine Anstrengungen umsonst waren.«

Buchanan wählte seine Worte mit Bedacht. Er wusste, dass er in großer Gefahr schwebte. »Was kann Faith Ihnen geben, das Sie nicht schon haben?«

»In meiner Branche sind zwei immer besser als einer.«

»Schließt diese Gleichung auch den FBI-Agenten ein, den Sie umbringen ließen, Bob?«

Thornhill nahm die Pfeife aus dem Mund und drehte sie zwischen den Fingern. »Wissen Sie, Danny, Sie wären gut beraten, würden Sie sich nur auf Ihren Teil dieses Puzzles konzentrieren.«

»Ich betrachte *jeden* Teil als meinen Teil. Ich lese Zeitung.

Sie haben mir gesagt, Faith habe sich an das FBI gewandt. Ein FBI-Agent, der an einem nicht genannten Fall arbeitet, wird umgebracht. Faith verschwindet zur gleichen Zeit. Sie haben Recht – ich habe Lee Adams beauftragt, herauszufinden, was da vor sich geht. Seitdem habe ich nichts mehr von ihm gehört. Haben Sie auch ihn ermorden lassen?«

»Ich bin Staatsbediensteter, Mr Buchanan. Ich lasse keine Menschen ermorden.«

»Das FBI ist irgendwie an Faith herangekommen, und das konnten Sie nicht zulassen, weil Ihr ganzer Plan den Bach runtergeht, falls das FBI die Wahrheit erfährt. Und ich bin nicht so blöd zu glauben, dass Sie mir als Anerkennung für gute Arbeit auf die Schulter klopfen und mich dann meiner Wege ziehen lassen. Wäre ich ein solcher Idiot, hätte ich nicht so lange in diesem Geschäft überlebt.«

Thornhill legte seine Pfeife weg. »Überleben ... ein interessantes Thema. Sie haben Erfahrung im Überleben, sagen Sie, und doch kommen Sie zu mir und geben all diese unbegründeten Beschuldigungen von sich ...«

Buchanan beugte sich vor, brachte sein Gesicht ganz nahe an das Thornhills heran. »Ich habe mehr über das Überleben vergessen, als *Sie* je darüber wussten. Ich habe keine Armee von Bewaffneten, die nach meiner Pfeife tanzen und meine Befehle ausführen, während ich ungefährdet in einem warmen Zimmer in Langley sitze und die Schlacht analysiere, als wäre es eine Partie Schach. In dem Augenblick, als Sie in mein Leben getreten sind, habe ich Alternativpläne ausgearbeitet, die Ihnen auf jeden Fall den Hals brechen werden, sollte mir etwas zustoßen. Haben Sie je die Möglichkeit in Betracht gezogen, jemand könnte auch nur halb so umtriebig sein wie Sie? Oder ist der Erfolg Ihnen wirklich so sehr zu Kopf gestiegen?«

Thornhill blickte ihn nur an, also fuhr Buchanan fort: »Jetzt betrachte ich mich gewissermaßen als Ihren Partner, so abscheulich diese Vorstellung auch ist. Ich will wissen, ob Sie den FBI-Agenten umgebracht haben. Ich will wissen, was ich tun muss, um aus diesem Albtraum wieder rauszukommen. Und ich will wissen, ob Sie auch Faith und Adams umbringen ließen. Wenn Sie mir diese Fragen nicht beantworten, gehe ich zum FBI, sobald ich aus diesem Wagen steige. Falls Sie sich für so unangreifbar halten, dass Sie mich praktisch vor den Augen des FBI töten lassen wollen ... nur zu. Aber wenn ich sterbe, müssen auch Sie dran glauben.«

Buchanan lehnte sich zurück und erlaubte sich ein Lächeln. »Sie kennen doch sicher die alte Fabel vom Frosch und dem Skorpion, nicht wahr? Der Skorpion muss über den Fluss und verspricht dem Frosch, ihn nicht zu stechen, falls der ihn ans andere Ufer bringt. Der Frosch weiß, dass er ebenfalls ertrinkt, sollte der Skorpion ihn stechen, und nimmt ihn mit. Mitten auf dem Fluss sticht der Skorpion den Frosch – gegen jede Vernunft. ›Warum hast du das getan?‹, ruft der sterbende Frosch. ›Jetzt wirst auch du sterben.‹ Und der Skorpion antwortet nur: ›Es liegt in meiner Natur.‹« Buchanan wedelte spöttisch mit der Hand. »Hallo, Herr Frosch.«

Die beiden Männer saßen da und sahen sich den nächsten Kilometer nur an. Dann brach Thornhill das Schweigen. »Lockhart musste eliminiert werden. Der FBI-Agent war bei ihr. Also musste auch er sterben.«

»Aber Faith ist Ihnen entwischt?«

»Dank der Hilfe Ihres Privatdetektivs. Hätten Sie nicht diesen schlimmen Bock geschossen, wäre es nie zu dieser Krise gekommen.«

»Es ist mir nie in den Sinn gekommen, dass Sie jemanden umbringen wollten. Also haben Sie keine Ahnung, wo Faith ist?«

»Es ist nur eine Frage der Zeit, bis ich es erfahre. Ich habe eine ganze Reihe Eisen im Feuer. Und wo ein Köder ist, da ist auch Hoffnung.«

»Was soll das heißen?«

»Das heißt«, sagte Thornhill, »dass ich mit Ihnen nichts mehr zu besprechen habe.«

Die nächsten fünfzehn Minuten verstrichen in völligem

Schweigen. Der Wagen fuhr in die Tiefgarage von Buchanans Bürogebäude. Eine graue Limousine wartete mit laufendem Motor auf der unteren Parkebene. Bevor Thornhill ausstieg, ergriff er Buchanans Arm.

»Sie behaupten, Sie könnten mich vernichten, falls Ihnen etwas zustößt. Dann will ich Ihnen mal sagen, wie *ich* die Dinge sehe. Wenn Ihre Kollegin und deren neuer ›Freund‹ alles zerstören, wofür ich gearbeitet habe, werden Sie alle eliminiert. Umgehend.« Er nahm die Hand wieder weg. »Nur damit wir uns verstehen, Mr Skorpion«, fügte er verächtlich hinzu.

Eine Minute später verließ die graue Limousine die Tiefgarage. Thornhill telefonierte bereits.

»Sie dürfen Buchanan keine Sekunde aus den Augen lassen.« Er unterbrach die Verbindung und dachte darüber nach, wie er diese neue Entwicklung in den Griff kriegen sollte.

KAPITEL 42

»Das ist die letzte Adresse«, sagte Connie, als Brooke die Limousine vor dem Motorradladen an den Bordstein lenkte.

Sie stiegen aus, und Brooke schaute sich um. »Sein jüngerer Bruder?«

Connie blickte auf seine Liste und nickte. »Scott Adams. Geschäftsführer dieses Schuppens.«

»Tja, hoffentlich ist er etwas hilfsbereiter als die anderen.«

Sie hatten sämtliche Verwandte Lees in der Gegend abgeklappert. Keiner hatte ihn in der letzten Woche gesehen oder etwas von ihm gehört – hatten die Leute zumindest behauptet. Scott Adams war vielleicht ihre letzte Chance. Doch als sie das Geschäft betraten, erfuhren sie, dass er zur Hochzeit eines Freundes gereist war und erst in ein paar Tagen wiederkäme.

Connie gab dem jungen Mann hinter der Theke seine Karte. »Wenn er zurückkommt, sagen Sie ihm, er soll mich anrufen.«

Rick – der Verkäufer, der so aufdringlich mit Faith geflirtet hatte – warf einen Blick auf die Karte. »Hat das was mit seinem Bruder zu tun?«

Connie und Brooke musterten ihn. »Kennen Sie Lee Adams?«, fragte Brooke.

»Wäre zu viel gesagt. Der Typ weiß nicht, wie ich heiße oder so. Aber er ist ein paar Mal hier gewesen. Zuletzt vor einigen Tagen.«

Die beiden Agenten musterten Rick von oben bis unten, als wollten sie seine Glaubwürdigkeit abschätzen.

»War er allein?«, fragte Brooke.

»Nein. Er hatte irgend 'ne Tussi bei sich.«

Brooke nahm ein Foto von Faith Lockhart hervor und reichte es Rick. »Stellen Sie sich die nicht mit langem, sondern mit kurzem Haar vor, schwarz, nicht rötlich braun.«

Rick betrachtete das Foto und nickte. »Ja, das ist sie. Und Lees Haar war auch irgendwie anders. Kurz und blond. Und er hatte 'nen Bart, einen Vollbart. Ich kann mir so was gut merken.«

Brooke und Connie schauten sich an und versuchten, ihre Aufregung zu verbergen.

»Haben Sie eine Ahnung, wohin die beiden gefahren sind?«, fragte Connie.

»Kann sein. Aber ich weiß auf jeden Fall, warum sie hier waren.«

»Wirklich? Und warum?«

»Sie brauchten 'nen fahrbaren Untersatz. Haben sich 'ne Maschine geliehen. 'ne große Gold Wing.«

»Gold Wing?«, wiederholte Brooke.

»Ja.« Rick durchwühlte einen Stapel Farbbroschüren auf der Theke und drehte schließlich eine um, damit Brooke sie sich anschauen konnte. »Die hier. Die Honda Gold Wing Se. Auf langen Strecken gibt's nichts Besseres als dieses Baby, das können Sie mir glauben.«

»Und Sie sagen, Adams hat sich ein solches Motorrad geliehen? Wissen Sie, welche Farbe? Die Zulassungsnummer?«

»Wegen der Nummer müsste ich nachsehen. Die Farbe ist die gleiche wie in dem Prospekt. Ein Vorführmodell. Scotty hat's Lee überlassen.«

»Sie haben gesagt, Sie wüssten vielleicht, wohin die beiden gefahren sind«, hakte Brooke nach.

»Was wollen Sie von Lee?«

»Uns mit ihm unterhalten. Und mit der Frau, die bei ihm ist«, sagte sie freundlich.

»Haben die beiden was angestellt?«

»Das wissen wir erst, wenn wir mit ihnen gesprochen haben«, erwiderte Connie. Er trat einen Schritt vor. »Es handelt sich um eine laufende FBI-Ermittlung. Sind Sie vielleicht mit den beiden befreundet?«

Rick erbleichte angesichts der Andeutung. »Nein, verdammt, diese Tussi ist mit Vorsicht zu genießen. 'ne echte Zicke. Als Lee im Laden war, bin ich zu ihr raus, weil sie sich die Maschinen angesehen hat. Ich wollte ihr nur helfen, ist ja schließlich mein Job, aber die Tante hat mich dermaßen abfahren lassen ... Und Lee ist auch nicht besser. Als er rauskam, hat er 'ne große Lippe riskiert. Ich hätte ihm beinahe die Fresse poliert.«

Als Connie die Bohnenstange Rick betrachtete, musste er an die Videoaufnahmen des körperlich beeindruckenden Lee Adams denken. »Ach was? Die Fresse poliert?«

Rick nahm eine Verteidigungshaltung ein. »Er ist zwar ein paar Kilo schwerer als ich, aber 'n alter Knacker. Und ich mache Taekwondo.«

Brooke blickte Rick scharf an. »Sie sagen also, dass Lee Adams eine Zeit lang im Verkaufsraum war und die Frau allein draußen auf dem Platz?«

»Genau.«

Brooke und Connie wechselten einen raschen Blick. Brooke wurde ungeduldig. »Wenn Sie Informationen darüber haben, wohin die beiden gefahren sind, würden Sie dem FBI einen großen Gefallen tun«, sagte sie. »Außerdem brauchten wir die Zulassungsnummer des Motorrads. Und zwar schnell, wenn Sie nichts dagegen haben. Wir haben es ziemlich eilig.«

»Klar. Lee hat auch 'ne Karte von North Carolina mitgenommen. Wir verkaufen die Dinger hier, aber Scotty hat sie ihm einfach geschenkt ... hat jedenfalls Shirley gesagt, das Mädchen, das sonst hinter der Kasse sitzt.«

»Arbeitet sie heute?«

»Nee. Die ist krank. Deshalb steh ich ja hier.«

»Kann ich eine dieser Karten von Carolina haben?«, fragte Brooke.

Rick zog eine hervor und gab sie ihr.

»Wie viel?«

Er lächelte. »Geht auf Kosten des Hauses. Will nur meine Bürgerpflicht tun. Wissen Sie, ich spiel mit dem Gedanken, mich beim FBI zu bewerben.«

»Tja, gute Leute können wir immer gebrauchen«, sagte Connie mit leerem Gesichtsausdruck, ohne Rick anzusehen.

Rick schlug die Zulassungsnummer der Vorführmaschine nach, schrieb sie auf und reichte Connie den Zettel. »Halten Sie mich auf dem Laufenden«, sagte er, als die beiden sich zur Tür wandten.

»Sie werden es als Erster erfahren«, rief Connie über die Schulter zurück.

Die beiden Agenten setzten sich wieder in den Wagen.

Brooke schaute ihren Partner an. »Lockhart wird also nicht gegen ihren Willen von Adams festgehalten. Er hat sie allein draußen stehen lassen. Sie hätte abhauen können.«

»Sie scheinen tatsächlich irgendwie zusammenzuarbeiten. Zumindest im Augenblick.«

»North Carolina«, sagte Brooke fast zu sich selbst.

»Ein großer Staat«, erwiderte Connie.

Brooke bedachte ihn mit einem schiefen Lächeln. »Mal sehen, ob wir das irgendwie eingrenzen können. Auf dem Flughafen hat Faith Lockhart zwei Tickets für einen Flug nach Norfolk gekauft.«

»Weshalb dann die Karte von North Carolina?«

»Sie konnten das Flugzeug nicht nehmen. Wir hätten in Norfolk auf sie gewartet. Zumindest Adams schien das zu wissen. Wahrscheinlich ist ihm bekannt, dass wir mit den Fluggesellschaften zusammenarbeiten und Lockhart auf diese Weise auf dem Flughafen ausfindig gemacht haben.«

»Lockhart hat alles verpatzt, weil sie bei dem zweiten Ticket ihren richtigen Namen angegeben hat. Aber das ließ sich wohl nicht vermeiden, wenn sie nicht einen dritten gefälschten Ausweis hatte«, fügte Connie hinzu.

»Also kein Flugzeug. Eine Kreditkarte können sie auch

nicht benützen, damit scheidet ein Mietwagen ebenfalls aus. Und was die Bus- und Eisenbahnhöfe betrifft, wird Adams davon ausgehen, dass wir sie überprüfen lassen. Also leihen sie sich von Adams' Bruder die Honda und lassen sich eine Karte von ihrem wahren Ziel geben: North Carolina.«

»Das heißt, wenn sie nach Norfolk geflogen wären, wären sie von dort aus entweder nach Carolina gefahren oder hätten einen Anschlussflug genommen.«

Brooke schüttelte den Kopf. »Aber das ergibt doch keinen Sinn. Warum haben sie nicht direkt eine Maschine nach North Carolina genommen, wenn sie dorthin wollten? Vom National Airport gehen jede Menge Flüge nach Charlotte oder Raleigh. Warum fliegen sie nach Norfolk?«

»Na ja, vielleicht muss man den Flughafen Norfolk nehmen«, überlegte Connie, »wenn man zu irgendeinem Ort in North Carolina will, ohne über Charlotte oder Raleigh zu reisen.«

»Aber *warum* haben sie nicht einen dieser beiden großen Flughäfen genommen?«

»Und wenn Norfolk ihrem eigentlichen Ziel näher ist als Charlotte oder Raleigh?«

Brooke dachte kurz nach. »Raleigh liegt etwa in der Mitte des Staates, Charlotte im Westen.«

Connie schnippte mit den Fingern. »Der Osten! Die Küste. Die Outer Banks?«

Brooke ertappte sich dabei, dass sie bekräftigend nickte. »Vielleicht. Auf den Outer Banks gibt's Tausende von Strandhäusern, wo man sich verstecken könnte.«

Connie schaute plötzlich weniger hoffnungsvoll drein. »Tausende von Strandhäusern«, murmelte er.

»Tja, zuerst musst du das FBI anrufen und dich erkundigen, welche Flüge von Norfolk zu den Outer Banks gehen. Und dann müssen wir die Zeitangaben ins Kalkül ziehen. Ihre Maschine sollte gegen Mittag auf dem Flughafen Norfolk landen. Ich kann mir nicht vorstellen, dass sie sich länger als unbedingt nötig an einem öffentlichen Ort aufgehalten hätte. Also wäre ihr Anschlussflug wohl kurz nach Mittag gegangen. Vielleicht hat eine der regionalen Fluggesellschaften einen regelmäßigen Pendeldienst. Die großen Fluglinien haben wir bereits überprüft; da gab es keine Reservierungen für Anschlussflüge von Norfolk aus.«

Connie griff nach dem Autotelefon und wählte. Es dauerte nicht lange, bis sie eine Antwort bekamen.

Connie schaute wieder hoffnungsvoller drein. »Du wirst es nicht glauben, aber auf dem Norfolk International gibt es nur einen Pendlerdienst zu den Outer Banks.«

Brooke lächelte breit und schüttelte den Kopf. »Endlich haben wir bei diesem verdammten Fall mal Glück. Raus mit der Sprache.«

»Tarheel Airways. Sie fliegen von Norfolk fünf Ziele in Carolina an: Kill Devil Hills, Manteo, Ocracoke, Hatteras und einen Ort namens Pine Island, in der Nähe von Duck. Es gibt keinen festen Flugplan. Der Passagier ruft vorher an, und die Maschine wartet auf ihn.«

Brooke breitete die Karte aus und suchte sie ab. »Na schön, da sind Hatteras und Ocracoke, beide ganz im Süden.« Sie legte einen Finger auf die Karte. »Kill Devil Hills ist hier. Manteo südlich davon. Und Duck ist hier, ganz im Norden.«

Connie schaute sich die Orte an, die Brooke ihm zeigte. »Ich hab da mal Urlaub gemacht. Man nimmt die Brücke über den Sund und fährt in nördlicher Richtung nach Duck, in südlicher nach Kill Devil. Von dieser Stelle sind die beiden Orte etwa gleich weit entfernt.«

»Was glaubst du? Nach Norden oder nach Süden?«

»Tja, wahrscheinlich hat Lockhart vorgeschlagen, dass sie nach North Carolina fahren.« Brooke schaute ihn neugierig an. »Weil Adams die Karte mitgenommen hat«, erklärte Connie. »Würde er sich in der Gegend auskennen, hätte er das wohl kaum getan.«

»Sehr gut, Sherlock. Was noch?«

»Tja, Faith Lockhart hat jede Menge Knete. Man braucht sich nur ihr Haus in McLean anzuschauen. An ihrer Stelle hätte ich mir unter falschem Namen ein sicheres Versteck eingerichtet, für den Fall, dass das Dach einstürzt.«

»Das beantwortet aber noch immer nicht die Frage: Norden oder Süden?«

Sie saßen da und zerbrachen sich den Kopf darüber, bis Brooke sich plötzlich auf die Stirn schlug. »Mein Gott, was sind wir blöd. Connie, wenn man bei Tarheel anrufen muss, um eine Maschine anzufordern, sollten sie die Antwort wissen.«

Connie riss die Augen auf. »Verdammt, wir sehen den Wald vor lauter Bäumen nicht.« Er griff nach dem Telefon, besorgte sich die Nummer von Tarheel, rief dort an und nannte das Datum, die ungefähre Zeit und den Namen Suzanne Blake.

Er legte auf und schaute Brooke an. »Vor zwei Tagen hat unsere Mrs Blake bei Tarheel eine Reservierung für zwei Personen getätigt, Start gegen vierzehn Uhr von Norfolk. Die Leute da sind stinksauer, weil die Dame nicht aufgetaucht ist. Normalerweise lassen sie sich die Kreditkartennummer durchgeben, aber Mrs Blake ist schon mal mit ihnen geflogen, und so haben sie sich einfach auf ihr Wort verlassen.«

»Und ihr Ziel?«

»Pine Island.«

Brooke musste unwillkürlich lächeln. »Mein Gott, Connie, vielleicht haben wir diesmal wirklich Glück.«

Connie legte den Gang ein. »Der einzige Haken ist, wir können wohl kaum ein Flugzeug des FBI nehmen. Wir müssen mit dem alten Crown Vic hier auskommen. Reine Fahrzeit etwa sechs Stunden, ohne Pausen.« Er schaute auf die Uhr. »Mit Pausen kämen wir dann gegen ein Uhr morgens dort an.«

»Ich darf die Gegend nicht verlassen.«

»FBI-Regel Nummer eins: Du darfst überallhin, solange du deinen Schutzengel dabeihast.«

Brooke schaute besorgt drein. »Was hältst du davon, Verstärkung anzufordern?«

Er musterte sie fragend. »Tja, wir könnten Massey und Fisher hinzuziehen, damit sie die ganze Anerkennung einheimsen.«

Brooke lächelte plötzlich. »Ich rufe kurz zu Hause an, dann fahren wir los.«

KAPITEL 43

Es hatte viele quälende Stunden gedauert, doch schließlich war es Lee gelungen, Renee ausfindig zu machen. Ihre Mutter hatte sich geradeheraus geweigert, Lee ihre Telefonnummer am College zu geben, doch bei diversen Anrufen, unter anderem bei der Verwaltung, hatte Lee gelogen, gebettelt und gedroht, bis man ihm die Nummer schließlich nannte. Das passte ja mal wieder wie die Faust aufs Auge. Er hatte seine Tochter schon lange nicht mehr angerufen, und jetzt musste es ausgerechnet wegen einer solchen Sache sein. Mann, sie würde sich wirklich freuen, von ihrem alten Herrn zu hören.

Renees Zimmerpartnerin schwor Lee bei allem, was ihr heilig war, dass Renee in Begleitung zweier Angehöriger der Footballmannschaft – mit einem davon ging sie fest – zum Unterricht gegangen sei. Nachdem Lee der jungen Frau gesagt hatte, wer er war, und ihr die Nummer gegeben hatte, unter der Renee ihn zurückrufen solle, hatte er aufgelegt und sich dann von der Auskunft die Nummer des Sheriffs des Albermarle County geben lassen. Mühsam hatte er sich bis zum weiblichen Deputy durchgekämpft und der Frau erklärt, jemand hätte Drohungen gegen Renee Adams vorgebracht, eine Studentin an der UVA. Ob sie einen Beamten zu ihr schicken und nach ihr sehen würden? Die Frau stellte Fragen, die Lee nicht beantworten konnte; unter anderem wollte sie wissen, wer er sei. *Sehen Sie einfach mal in der neuesten Liste der meistgesuchten Verbrecher nach*, hätte er am liebsten geantwortet. Krank vor Sorge, gab er sein Bestes, sie mit der Aufrichtigkeit seiner Worte zu beeindrucken.

Dann legte er auf und starrte wieder die digitale Nachricht an: »Renee für Faith«, sagte er leise zu sich selbst.

»Was?«

Er fuhr herum und starrte Faith an, die auf der Treppe stand, die Augen weit aufgerissen, den Mund geöffnet.

»Was ist los, Lee?«

Ihm fiel im Augenblick keine gute Ausrede ein. Er nahm das Handy und hielt es Faith hin. Sein Gesicht war verzerrt vor Qual.

Faith betrachtete die Nachricht auf dem kleinen Display und schaute dann Lee an. »Wir müssen die Polizei verständigen.«

»Renee geht es gut. Ich habe gerade mit ihrer Zimmerpartnerin gesprochen. Jemand will uns einschüchtern. Damit wir einen Fehler machen.«

»Das weißt du aber nicht mit Sicherheit.«

»Da hast du Recht, ich weiß es nicht genau«, sagte er betreten.

»Willst du die Nummer zurückrufen?«

»Wahrscheinlich wollen sie mich genau dazu verleiten.«

»Du meinst, damit sie den Anruf zurückverfolgen können? Kann man überhaupt ein Handy zurückverfolgen?«

»Wenn man die richtige Ausrüstung hat, schon. Telefongesellschaften müssen einen Anruf zurückverfolgen können, um die Position eines Geräts zu bestimmen, von dem ein Notruf kommt. Dabei misst man die zeitliche Differenz, die sich aus dem unterschiedlichen Abstand der Sendemasten von der Quelle des elektronischen Impulses ergibt, also dem Handy, und errechnet eine Reihe möglicher Positionen ... Verdammt noch mal, vielleicht zieht man meiner Tochter gerade die Schlinge um den Hals, und ich quassle hier wie 'ne wandelnde populärwissenschaftliche Zeitschrift.«

»Aber bei dieser Messung kann man keine genaue Position errechnen.«

»Nein, jedenfalls glaube ich das nicht. Die Methode ist

auf keinen Fall so präzise wie eine Positionsbestimmung durch Satelliten. Aber wer kann das schon genau sagen? Jeden Tag erfindet ein superkluges Arschgesicht irgendwas Neues, das einem einen weiteren kleinen Teil der Privatsphäre raubt. Ich weiß es aus eigener Erfahrung. Meine Verflossene hat so einen geheiratet.«

»Du solltest anrufen, Lee.«

»Und was soll ich sagen, verdammt noch mal? Sie wollen dich im Tausch gegen meine Tochter!«

Faith legte ihm die Hand auf die Schulter, streichelte seinen Hals und lehnte sich an ihn. »Ruf sie an. Und dann werden wir sehen, was wir tun können. Deiner Tochter wird nichts passieren.«

Er schaute sie an. »Das kannst du nicht garantieren.«

»Ich *kann* garantieren, dass ich alles tun werde, damit ihr nichts geschieht.«

»Du würdest dich auch in die Hände ihrer Kidnapper begeben?«

»Wenn es darauf hinausläuft, ja. Ich werde nicht zulassen, dass ein unschuldiger Mensch meinetwegen verletzt wird.«

Lee ließ sich aufs Sofa fallen. »Angeblich bin ich auch unter Druck ein sehr fähiger Bursche. Dabei kann ich nicht einen klaren Gedanken fassen.«

»Ruf sie an«, sagte Faith nachdrücklich.

Lee atmete tief ein und wählte dann die Nummer. Faith setzte sich neben ihn, damit sie mithören konnte. Es klingelte einmal, dann wurde abgehoben.

»Mr Adams?« Lee erkannte die Stimme nicht. Sie hatte einen beinahe mechanischen Klang, und er vermutete, dass sie verzerrt wurde. Jedenfalls klang sie so unheimlich, dass er vor Entsetzen eine Gänsehaut bekam.

»Hier spricht Lee Adams.«

»Es war nett von Ihnen, Ihre Handynummer in Ihrer Wohnung zu hinterlegen. Das hat es sehr vereinfacht, Kontakt mit Ihnen aufzunehmen.«

»Ich habe mich gerade nach meiner Tochter erkundigt. Es

geht ihr gut. Und die Polizei ist vor Ort. Also ist Ihr kleiner Plan, sie zu entführen ...«

»Es besteht kein Grund, Ihre Tochter zu entführen, Mr Adams.«

»Dann ist mir nicht ganz klar, wieso ich überhaupt mit Ihnen spreche.«

»Man braucht niemanden zu entführen, um ihn zu töten. Wir können Ihre Tochter heute eliminieren, morgen, nächsten Monat, nächstes Jahr. Wenn sie zum Unterricht geht, zum Hockeytraining, in Urlaub fährt, ja, sogar wenn sie schläft. Ihr Bett steht direkt neben einem Fenster im ersten Stock. Sie bleibt oft bis spätabends in der Bibliothek. Es könnte wirklich nicht leichter sein.«

»Du verdammtes Schwein! Du Hurensohn!« Offensichtlich hätte Lee am liebsten das Telefon kurz und klein geschlagen.

Faith ergriff seine Schultern, versuchte, ihn zu beruhigen.

Die Stimme fuhr mit entnervender Gelassenheit fort: »Theatralisches Getue hilft Ihrer Tochter nicht. Wo ist Faith Lockhart, Mr Adams? Mehr wollen wir nicht. Geben Sie uns Lockhart, und Sie sind Ihre Probleme los.«

»Und das soll ich einfach so für bare Münze nehmen?«

»Sie haben keine Wahl.«

»Woher wollen Sie wissen, dass die Frau überhaupt bei mir ist?«

»Wollen Sie, dass Ihre Tochter stirbt?«

»Aber Lockhart ist abgehauen!«

»Wie Sie wollen. Nächste Woche können Sie Renee beerdigen.«

Faith zerrte an Lees Arm und zeigte auf das Telefon.

»Warten Sie, warten Sie!«, sagte Lee. »Na schön, angenommen, ich habe Faith ... was schlagen Sie vor?«

»Ein Treffen.«

»Sie wird kaum freiwillig mitkommen.«

»Es ist mir egal, wie Sie die Frau zum Treffpunkt schaffen. Das ist Ihr Job. Wir warten.«

»Und dann lassen Sie mich einfach davonfahren?«

»Setzen Sie Lockhart ab, und verschwinden Sie wieder. Um alles andere kümmern wir uns. Sie interessieren uns nicht.«

»Wo?«

Die Stimme nannte Lee einen Ort außerhalb von Washington, bereits in Maryland. Lee kannte den Ort gut; er war sehr abgelegen.

»Ich muss mit dem Wagen dorthin. Und überall sind Bullen. Das wird ein paar Tage dauern.«

»Morgen Abend. Um Mitternacht.«

»Verdammt, das ist aber ziemlich knapp.«

»Dann machen Sie sich lieber sofort auf den Weg.«

»Hören Sie, wenn Sie meine Tochter auch nur anfassen, werde ich Sie finden. Irgendwie werde ich Sie finden, das schwöre ich Ihnen. Zuerst werde ich Ihnen jeden Knochen einzeln brechen, und dann werde ich Ihnen *wirklich* wehtun.«

»Mr Adams, Sie können sich als glücklichsten Menschen auf Erden schätzen, dass wir Sie nicht als Bedrohung betrachten. Und tun Sie sich und Ihrer Tochter einen Gefallen: Wenn Sie losfahren, schauen Sie nicht zurück. Nie. Sie würden zwar nicht zur Salzsäule erstarren, aber es würde trotzdem nicht angenehm für Sie.« Die Verbindung wurde unterbrochen.

Lee legte das Telefon hin. Ein paar Minuten lang saßen er und Faith beisammen, ohne ein Wort zu sagen. »Und was jetzt?«, brachte er schließlich hervor.

»Danny hat gesagt, er käme so schnell wie möglich.«

»Toll. Man hat mir eine Frist gesetzt: morgen um Mitternacht.«

»Wenn Danny nicht rechtzeitig da ist, fahren wir zu dem Ort, den man dir genannt hat. Doch zuerst werden wir Verstärkung rufen.«

»Wen denn? Etwa das FBI?«

Faith nickte.

»Faith, ich bin mir nicht sicher, ob wir den Bundesagenten das alles in einem Jahr erklären können, geschweige denn an einem Tag.«

»Wir haben aber keine andere Wahl, Lee. Wenn Danny rechtzeitig hier ist und einen besseren Plan hat ... sehr gut. Sonst werde ich Agentin Reynolds anrufen. Sie wird uns helfen. Ich werde dafür sorgen, dass alles glatt geht.« Sie drückte seinen Arm. »Deiner Tochter wird nichts passieren. Das verspreche ich dir.«

Lee ergriff ihre Hand und hoffte von ganzem Herzen, dass Faith Recht hatte.

KAPITEL 44

Buchanan hatte für den frühen Abend eine Reihe von Terminen auf dem Capitol Hill vereinbart, um einmal mehr Klinken zu putzen bei Leuten, die nichts von seiner Botschaft wissen wollten. Genauso gut hätte er einen Ball auf eine Welle werfen können: Entweder wurde er einem ins Gesicht zurückgeschleudert oder versank im Meer. Tja, heute war Schluss damit. Endgültig.

Sein Wagen setzte ihn in der Nähe des Kapitols ab. Er stieg die Treppe hinauf und ging zur Senatsseite des Gebäudes, wo er das breite Treppenhaus betrat, welches zum ersten Stock führte, der zum größten Teil für die Öffentlichkeit gesperrt war, und weiter hinauf zur zweiten Etage, die man ungehindert betreten konnte.

Buchanan wusste, dass er mittlerweile von mehreren Personen verfolgt wurde. Obwohl hier sehr viele Leute in dunklen Anzügen herumliefen, hatte er diese heiligen Hallen lange genug durchstreift, um ein Gespür zu entwickeln, wer hier etwas zu suchen hatte und wer fehl am Platze war. Buchanan ging davon aus, dass es sich dabei um FBI-Agenten und Thornhills Leute handelte. Nach ihrem Gespräch im Wagen würde der Frosch weitere Beschatter auf ihn angesetzt haben. Gut. Buchanan lächelte. Frosch. Ein treffender Name für den CIA-Mann. Außerdem standen Spione auf Codenamen. Bei Thornhill konnte er sich keinen passenderen denken. Buchanan konnte nur hoffen, dass sein Stachel giftig genug war und der leuchtende, einladende Rücken des Frosches sich nicht als zu schlüpfrig erwies.

Die Tür war die erste, die man erreichte, wenn man in

den zweiten Stock kam und sich nach links wandte. Ein Mann mittleren Alters in einem Anzug stand daneben. An der Tür war kein Messingschild, auf dem zu lesen stand, um wessen Büro es sich handelte. Unmittelbar daneben befand sich das Büro des leitenden Ordnungsbeamten des Senats, Franklin Graham. Er war oberster Polizei- und Verwaltungschef und Protokolloffizier des Hohen Hauses und außerdem ein guter Freund von Buchanan.

»Schön, Sie zu sehen, Danny«, sagte der Mann im Anzug.

»Hallo, Phil. Was macht Ihr Rücken?«

»Der Arzt meint, ich müsste unters Messer.«

»Hören Sie auf mich, lassen Sie sich ja nicht aufschneiden. Wenn Sie Schmerzen haben, trinken Sie einen großen Scotch, schmettern aus voller Kehle ein Lied und schlafen dann mit Ihrer Frau.«

»Saufen, ficken, fröhlich sein – das hört sich wirklich nach einem guten Rat an«, sagte Phil.

»Was erwarten Sie denn von einem Iren?«

Phil lachte. »Sie sind gut, Danny Buchanan.«

»Wissen Sie, warum ich hier bin?«

Phil nickte. »Mr Graham hat es mir gesagt. Gehen Sie einfach rein.«

Er schloss die Tür auf, und Buchanan ging hindurch. Phil schloss die Tür wieder und baute sich daneben auf. Er bemerkte die vier Personen nicht, die den Wortwechsel misstrauisch verfolgt hatten.

Die Agenten waren der Auffassung, dass sie hier warten konnten, bis Buchanan wieder herauskam, um dann die Beschattung fortzuführen. Sie befanden sich schließlich im zweiten Stock. Der Mann konnte schwerlich davonfliegen.

Kaum hatte Buchanan die Tür hinter sich geschlossen, als er auch schon einen Regenmantel vom Haken an der Wand nahm. Zu seinem Glück nieselte es draußen leicht. An einem anderen Haken hing ein gelber Schutzhelm. Er setzte ihn auf. Dann holte er eine Brille mit dickem Fensterglas und Arbeitshandschuhe aus seiner Aktentasche. Wenn er die Tasche unter dem Regenmantel verbarg, würde seine Verwandlung vom Manager zum Malocher zumindest aus einiger Entfernung glaubwürdig wirken.

Buchanan ging zu einer anderen Tür am Ende des Zimmers, löste die Sicherungskette und öffnete. Er stieg eine Treppe hinauf und klappte eine Art Dachluke auf, hinter der eine Leiter noch weiter in die Höhe führte. Buchanan stellte den Fuß auf die unterste Sprosse und kletterte los. Oben angelangt, stieß er eine weitere Luke auf und fand sich auf dem Dach des Kapitols wieder.

Über diese Mansarde betraten die Pagen das Dach, um die Flaggen zu wechseln, die über dem Kapitol wehten. In den heiligen Hallen machte seit Bestehen dieses hohen Hauses der Scherz die Runde, die Fahnen würden ständig gewechselt, alle paar Sekunden, damit die Senatoren spendenfreudigen Wählern in der Heimat einen nicht abreißenden Strom von Sternenbannern schicken konnten, die wahrhaftig über dem Kapitol »geflogen« waren. Buchanan rieb sich die Stirn. Mein Gott, was für eine Stadt!

Buchanan schaute in die Tiefe. Hier und da bewegten sich winzige Gestalten – Menschen auf dem Weg zu Terminen mit Leuten, deren Hilfe sie dringend benötigten. Und trotz all der Personen, die sich furchtbar wichtig nahmen, trotz all der Splittergruppen, Streitigkeiten, Krisen, Skandale, trotz der Risiken, die größer waren als je zuvor in der Weltgeschichte, schien alles irgendwie zu funktionieren. Als Buchanan die Szene unter ihm betrachtete, kam ihm unwillkürlich ein riesiger Ameisenhaufen in den Sinn. Diese gut geölte Maschinerie der Demokratie. Nur dass es bei den Ameisen um das Überleben ging. *Aber vielleicht trifft das ähnlich auch auf uns zu,* dachte er.

Er schaute zur Lady Liberty auf ihrem hundertfünfzig Jahre alten Ausguck auf der Kuppel des Kapitols hinauf. Sie war vor kurzem mit Hilfe eines Hubschraubers und eines dicken Stahlkabels heruntergeholt worden, und man hatte ihr den Schmutz von anderthalb Jahrhunderten gründlich abgewaschen. Zu schade, dass man nicht auch die Sünden der Menschen so leicht abschrubben konnte.

Für einen verrückten Augenblick überlegte Buchanan tatsächlich, ob er springen sollte. Vielleicht hätte er es getan, aber der Wunsch, Thornhill zu besiegen, war einfach zu stark. Diesen Ausweg hätte sowieso nur ein Feigling gewählt. Und Buchanan konnte man vieles nachsagen, aber ein Feigling war er ganz bestimmt nicht.

Ein Laufsteg führte über das Dach des Kapitols. Über diesen Steg trat Buchanan den zweiten Teil seiner Reise an. Oder besser gesagt seiner Flucht. Der Flügel des Gebäudes, der den Abgeordneten des Repräsentantenhauses diente, verfügte über eine ähnliche Mansarde, durch die Pagen das Dach betraten, um dort die Flaggen zu hissen und einzuholen. Buchanan ging schnell über den Laufsteg und öffnete die Luke auf der anderen Seite. Er stieg die Leiter hinab in den Dachgeschossraum, wo er Helm und Arbeitshandschuhe ablegte, die Brille aber aufbehielt. Er holte einen Hut mit hochklappbarer Krempe aus der Aktentasche und setzte ihn auf. Dann schlug er den Kragen des Regenmantels hoch, atmete tief durch, öffnete die Tür des Raumes und trat hinaus auf den Korridor. Es waren zwar einige Leute unterwegs, aber niemand schenkte ihm sonderlich Beachtung.

Eine Minute darauf hatte er das Kapitol durch einen Hinterausgang verlassen, der nur einigen altgedienten Veteranen bekannt war. Dort wartete ein Wagen auf ihn. Eine halbe Stunde später befand er sich am National Airport, wo ein Privatflugzeug, dessen zwei Motoren schon warm liefen, auf seinen einzigen Passagier wartete. Hier hatte Buchanans Freund, der in *hoher* Position angesiedelt war, etwas für sein Geld getan. Ein paar Minuten später erhielt das Flugzeug die Startfreigabe. Kurz darauf schaute Buchanan aus dem Fenster der kleinen Maschine. Die Hauptstadt verschwand langsam aus dem Sichtbereich. Wie oft hatte er diesen Anblick schon erlebt?

»Das war's dann«, sagte er leise.

KAPITEL 45

Als Thornhill nach Hause fuhr, hatte er das Gefühl, einen sehr produktiven Tag hinter sich gebracht zu haben. Nachdem sie Lee Adams die Daumenschrauben angelegt hatten, war es nur noch eine Frage der Zeit, bis sie Faith Lockharts habhaft wurden. Vielleicht versuchte Adams ja, sie reinzulegen, doch Thornhill glaubte nicht so recht daran. Er hatte die Furcht in Adams' Stimme gehört. Gott sei Dank, dass der Kerl seine Tochter so liebte. Ja, alles in allem ein produktiver Tag.

Bis ein Anruf Thornhills gute Laune zunichte machte.

»Ja?« Sein zuversichtlicher Gesichtsausdruck verschwand, als der Anrufer ihm meldete, dass Danny Buchanan spurlos verschwunden sei – aus dem obersten Stock des Kapitols.

»Finden Sie ihn!«, brüllte Thornhill und knallte den Hörer auf die Gabel.

Was hatte Buchanan vor? Hatte er beschlossen, seine Flucht ein wenig früher anzutreten? Oder gab es einen anderen Grund? Hatte er irgendwie Verbindung mit Faith Lockhart aufgenommen? Dieser Gedanke war überaus unangenehm: Falls Buchanan und Lockhart Informationen austauschten, gerieten Thornhills Pläne in Gefahr. Er rief sich das Gespräch im Wagen in Erinnerung. Buchanan hatte wie üblich sein aufbrausendes Temperament und seine Vorliebe für kleine Wortspiele demonstriert – eigentlich nur ein Sturm im Wasserglas –, ansonsten aber ziemlich zahm gewirkt. Was hatte diese neueste Entwicklung ausgelöst?

Nervös trommelte Thornhill mit den Fingern auf den Aktenkoffer, der auf seinem Schoß lag. Als er auf das harte Leder schaute, riss er plötzlich den Mund auf. Der Aktenkoffer! Der verdammte Aktenkoffer! Er hatte ihn Buchanan selbst besorgt. Einen Aktenkoffer, in dem ein Aufnahmegerät installiert war. Das Gespräch im Wagen. Thornhill hatte zugegeben, für die Ermordung des FBI-Agenten verantwortlich zu sein. Buchanan hatte ihn ausgetrickst, hatte ihm ein Geständnis entlockt und es auf Band aufgenommen. Mit einem Gerät der CIA. Dieser verschlagene Hurensohn!

Thornhill griff nach dem Telefon. Seine Hände zitterten so heftig, dass er sich zweimal verwählte. »Sein Aktenkoffer – das Tonband darin. Finden Sie es. Und finden Sie ihn. Sie müssen das Tonband finden. *Unbedingt!*«

Er legte auf und ließ sich im Sitz zurücksinken. Der meisterhafte Stratege von mehr als eintausend geheimen Operationen stand der neuesten Entwicklung fassungslos gegenüber. Der Mistkerl hatte Beweise, die Thornhill zu Fall bringen und vernichten konnten. Aber auch Buchanan würde untergehen, *musste* untergehen; daran führte kein Weg vorbei.

Augenblick mal. Der Skorpion! Der Frosch! Jetzt ergab alles Sinn. Buchanan würde untergehen und Thornhill mit sich reißen. Der CIA-Mann lockerte seine Krawatte, drückte sich fest in den Sitz und kämpfte gegen die aufsteigende Panik an.

So wird es nicht enden, Robert, sagte er sich. Verdammt noch mal, nicht nach fünfunddreißig Jahren. Beruhige dich. Du musst jetzt überlegen, konzentriert nachdenken. Jetzt kannst du dir deinen Platz in der Geschichte verdienen. Dieser Mann wird dich nicht besiegen. Langsam, allmählich normalisierte sich Thornhills Atem.

Vielleicht wollte Buchanan das Tonband bloß als Rückversicherung benützen. Warum den Rest seines Lebens im Gefängnis verbringen, wenn er einfach untertauchen konnte? Nein, Buchanan hatte selbst viel zu viel zu verlieren, um sich mit dem Tonband an die Behörden zu wenden. Außerdem – so unversöhnlich konnte Buchanan nicht sein.

Plötzlich ging Thornhill ein Gedanke durch den Kopf: Vielleicht war es das Gemälde, dieses idiotische Bild. Vielleicht hatte das die ganze Sache ausgelöst. Thornhill hätte das verdammte Ding nicht mitnehmen sollen. Er würde sofort eine Nachricht auf Buchanans Anrufbeantworter sprechen und ihm mitteilen, dass er sein kostbares Meisterwerk wiederhatte. Thornhill sprach die Nachricht auf Band; dann erteilte er Anweisung, das Gemälde in Buchanans Haus zurückzubringen.

Als er sich zurücklehnte und aus dem Fenster schaute, kehrte allmählich seine Zuversicht wieder. Er hatte noch ein Ass im Ärmel. Ein guter Kommandant hielt stets Truppen in Reserve. Thornhill tätigte einen weiteren Anruf, und als er hörte, was sein Gesprächspartner ihm mitzuteilen hatte, hellte seine Miene sich auf, und die düsteren Visionen des Untergangs wichen. Es würde doch noch alles gut ausgehen. Thornhills Lippen verzogen sich zu einem Lächeln. Ein Sieg im Angesicht der sicheren Niederlage. So etwas konnte einen Mann über Nacht um Jahrzehnte altern lassen oder ihn noch mal richtig aufbauen. Manchmal auch beides.

Wenige Minuten später stieg Thornhill aus dem Wagen und ging die Auffahrt zu seinem wunderschönen Haus hinauf. Seine tadellos gekleidete Frau erwartete ihn an der Tür und drückte ihm einen flüchtigen Kuss auf die Wange. Sie war gerade von einer gesellschaftlichen Veranstaltung eines Country Clubs zurückgekommen. Eigentlich kam sie immer gerade von irgendeiner gesellschaftlichen Veranstaltung irgendeines Country Clubs zurück, dachte Thornhill wütend. Während er sich über Terroristen den Kopf zerbrach, die sich mit kernwaffenfähigem Material ins Land schlichen, schlug sie Zeit auf Modenschauen tot, auf denen geistlose junge Weiber mit langen Beinen, die bis zu ihren Silikon-Titten reichten, in Kleidern über den Laufsteg stolzierten, die nicht einmal ihren Hintern verbargen. Er musste jeden Tag die Welt retten, und seine Frau Gemahlin aß nachmittags mit anderen, überaus begüterten Ladys Canapés und trank Champagner. Die müßigen Reichen waren in Thornhills Augen genauso dumm wie die ungebildeten Armen. Sie waren noch blöder als Kühe; denen war zumindest halbwegs klar, dass sie nichts zu sagen hatten. *Ich bin ein unterbezahlter Beamter*, sinnierte Thornhill, *und sollte meine Wachsamkeit je nachlassen, würde von den Wohlhabenden und Mächtigen in diesem Land nur noch das Echo ihrer Schreie bleiben.* Es war ein faszinierender Gedanke.

Er hörte dem unzusammenhängenden Geplapper seiner Frau über »ihren Tag« kaum zu, während er seinen Aktenkoffer abstellte, sich einen Drink mixte, in sein Arbeitszimmer flüchtete und die Tür hinter sich schloss. Von *seinem* Tag erzählte Thornhill seiner Frau nie. Sie würde bloß ihrem schweineteuren Promi-Coiffeur davon vorplappern, der es dann einer anderen Dame der Washingtoner Society weitererzählte, und die würde es dann unter dem Siegel der Verschwiegenheit ... und übermorgen würde alle Welt es wissen! Nein, mit seiner Frau sprach Thornhill nie über dienstliche Angelegenheiten. Aber in fast jeder anderen Hinsicht ließ er sie gewähren. Selbst bei Canapés!

Ironischerweise ähnelte Thornhills Arbeitszimmer dem Buchanans: Es waren keine Urkunden oder Ehrenzeichen, keine signierten Fotos oder Souvenirs seiner langen Karriere zu sehen. Schließlich war er Spion. Sollte er sich vielleicht wie die Trottel vom FBI aufführen und Mützen und T-Shirts tragen, die vom CIA-Emblem geziert wurden? Bei diesem Gedanken wäre Thornhill beinahe an seinem Whiskey erstickt. Nein, seine Karriere war für die Öffentlichkeit unsichtbar, aber sichtbar genug für die Leute, auf die es ankam. Weil es ihn gab, war das Land viel besser dran, auch wenn die Normalsterblichen nie davon erfahren würden. Aber das war in Ordnung. Nur ein Narr würde von der breiten Öffentlichkeit, der ignoranten *Masse* Lob und Anerkennung erwarten. Was er tat, tat er des Stolzes wegen. Stolz auf sich selbst. Stolz auf die Hingabe gegenüber seinem Heimatland.

Thornhill dachte an seinen geliebten Vater, einen wahren

Patrioten, der seine Geheimnisse, seine glänzenden Triumphe mit ins Grab genommen hatte. Dienst und Ehre. Um etwas anderes ging es nicht.

Mit ein wenig Glück würde Thornhill in Kürze einen weiteren Triumph in seiner Karriere erzielen. Falls Faith Lockhart auftauchte, war sie binnen einer Stunde tot. Und Adams? Tja, auch der musste sterben. Thornhill hatte den Mann am Telefon schlichtweg belogen – Betrug war in seiner Branche nicht mehr und nicht weniger als ein höchst effizientes Werkzeug. Man musste nur dafür sorgen, dass die beruflich bedingten Lügen keine Auswirkungen auf das Privatleben hatten. Aber Thornhill hatte noch nie Schwierigkeiten gehabt, beides auseinander zu halten. Seine Gattin war der lebende Beweis dafür. Robert Thornhill konnte morgens grünes Licht für eine geheime Operation in Mittelamerika geben und abends im Country Club des Kongresses eine Partie Bridge spielen – und gewinnen. Wenn das kein gelungener Spagat war, was dann?

Und was man innerhalb der CIA auch über ihn sagen mochte – er war stets gut zu seinen Leuten gewesen. Er hatte ihnen immer geholfen, wenn sie Hilfe brauchten. Nie hatte Thornhill einen Agenten oder sonstigen Mitarbeiter schutzlos den Haien zum Fraß vorgeworfen. Doch wenn er wusste, dass die Leute sich aus eigener Kraft aus dem Dreck befreien konnten, hatte er sie vor Ort gelassen. Er hatte ein Gespür für solche Dinge entwickelt und sich nur selten geirrt. Und er trieb keine politischen Spielchen, wenn es um den Geheimdienst ging. Nie hatte er den Politikern nur nach dem Munde geredet, wie andere in der CIA es getan hatten – manchmal mit katastrophalen Folgen. Nun, er hatte getan, was er konnte. In zwei Jahren würde sich ein anderer mit diesen Problemen herumschlagen müssen. Thornhill würde ihm die Organisation in einem so guten Zustand wie möglich übergeben. Sein Abschiedsgeschenk. Er erwartete keinen Dank dafür.

Dienst und Ehre! Er hob sein Glas im Andenken an seinen verstorbenen Vater.

KAPITEL 46

»Unten bleiben, Faith«, sagte Lee, als er zu einem Fenster schlich, das einen Blick auf die Straße bot. Er hatte seine Waffe gezogen und beobachtete einen Wagen, der vor dem Haus gehalten hatte. Ein Mann stieg aus. »Ist das Buchanan?«, fragte er.

Faith spähte ängstlich über das Fensterbrett; dann entspannte sich ihr Körper.

»Ja.«

»Okay, mach die Tür auf. Ich geb dir Deckung.«

»Ich habe dir doch gesagt, dass es Danny ist.«

»Toll, dann lass ›Danny‹ rein. Ich werde kein unnötiges Risiko eingehen.«

Faith machte angesichts dieser Bemerkung ein düsteres Gesicht, ging aber zur Haustür und öffnete. Buchanan schlüpfte ins Zimmer, und Faith schloss und verriegelte die Tür hinter ihm. Dann umarmten sie sich – übermäßig lange, wie es Lee erschien, der sie von der Treppe aus beobachtete. Seine Pistole hatte er deutlich sichtbar unter den Gürtel gesteckt.

Lee sah, dass beiden Tränen über die Wangen liefen, und angesichts ihrer innigen Umarmung stieg Eifersucht in ihm auf, die sich aber schnell legte, als er spürte, dass dieser Austausch von Zuneigung eindeutig der zwischen einem Vater und seiner Tochter war – eine Wiedervereinigung von Seelen, die durch unglückliche Umstände getrennt worden waren.

»Sie müssen Lee Adams sein«, sagte Buchanan und streckte die Hand aus. »Sicher bedauern Sie den Tag, als Sie diesen Auftrag angenommen haben, stimmt's?«

Lee kam die Treppe herunter und schüttelte Buchanan die Hand. »Nee. Ist wirkliche keine große Sache. Ich spiele sogar mit dem Gedanken, mich auf solche Aufträge zu spezialisieren. Ich glaub nämlich nicht, dass es 'nen anderen Blödmann gibt, der solche Jobs übernimmt.«

»Ich danke Gott, dass Sie da waren, um Faith zu schützen.«

»Mittlerweile bin ich sogar 'ne Art Fachmann, wenn's darum geht, Faith zu retten.« Lee und Faith lächelten sich an; dann schaute Lee wieder zu Buchanan hinüber. »Aber leider hat sich eine weitere Komplikation ergeben. Eine nicht ganz unwesentliche«, fügte er hinzu. »Gehen wir in die Küche. Vielleicht wollen Sie sich die Geschichte bei 'nem Drink anhören.«

Nachdem Buchanan am Küchentisch Platz genommen hatte, erklärte Lee ihm die Situation mit seiner Tochter.

Buchanan schaute wütend drein. »Dieser Mistkerl.«

Lee musterte ihn scharf. »Hat dieser Mistkerl einen Namen? Ich würde ihn liebend gern erfahren, um später darauf zurückgreifen zu können.«

Buchanan schüttelte den Kopf. »Glauben Sie mir, es ist besser, wenn Sie sich das aus dem Kopf schlagen.«

»Wer steckt hinter alledem, Danny?« Faith berührte seinen Arm. »Ich habe mittlerweile wohl ein Recht darauf, es zu erfahren.«

Buchanan sah Lee an.

»Sorry«, sagte Lee, »*Sie* sind gefragt.«

Buchanan ergriff Faiths Arm. »Es sind sehr mächtige Leute, und sie arbeiten für dieses Land. Mehr kann ich wirklich nicht sagen, ohne dich in noch größere Gefahr zu bringen.«

Faith lehnte sich erstaunt zurück. »Unsere eigene *Regierung* versucht, uns umzubringen?«

»Der Gentleman, mit dem ich es zu tun habe, macht grundsätzlich, was er will. Und ihm stehen sehr viele Mittel zur Verfügung.«

»Also ist Lees Tochter tatsächlich in Gefahr?«

»Ja. Wenn der Mann das sagt, dann meint er es ernst.«

»Warum sind Sie hier, Buchanan?«, fragte Lee. »Sie sind dem Burschen doch entkommen. Jedenfalls hoffe ich das – um unsertwillen. Sie hätten eine Million Möglichkeiten gehabt, unterzutauchen. Warum sind Sie hierher gekommen?«

»Ich habe Sie beide in diese Sache hineingezogen. Ich will Sie auch wieder rausholen.«

»Tja, was immer Sie vorhaben – wenn in Ihrem Plan nicht auch die Rettung meiner Tochter vorgesehen ist, können Sie nicht auf mich zählen. Wenn es sein muss, werde ich die nächsten zwanzig Jahre in ihrer Badewanne schlafen, um sie zu beschützen.«

»Ich hab mir überlegt«, sagte Faith, »die FBI-Agentin anzurufen, mit der ich zusammengearbeitet habe, Brooke Reynolds. Wir können ihr sagen, was gespielt wird. Das FBI könnte Lees Tochter in Schutzhaft nehmen.«

»Für den Rest ihres Lebens?« Buchanan schüttelte den Kopf. »Nein, so funktioniert das nicht. Wir müssen der Hydra die Köpfe abschlagen und dann die Stümpfe ausbrennen. Alles andere wäre Zeitverschwendung.«

»Und wie genau fangen wir das an?«, fragte Lee.

Buchanan öffnete seinen Aktenkoffer und holte den winzigen Kassettenrecorder aus der verborgenen Nische. »Damit. Ich habe bestimmte Äußerungen des Herrn, von dem ich gesprochen habe, aufgenommen. Auf diesem Band gibt er zu, dass er den FBI-Agenten töten ließ. Und noch einige belastende Dinge mehr.«

Zum ersten Mal schaute Lee hoffnungsvoll drein. »Tatsache?«

»Glauben Sie mir. Über diesen Mann würde ich nie Scherze machen.«

»Also benützen wir dieses Band, um den Mistkerl in Schach zu halten. Wenn er uns an die Wäsche will, machen wir ihn fertig. Und er weiß das. Damit hätten wir ihm die Giftzähne gezogen. Sehe ich das richtig?«

Buchanan nickte langsam. »Genau.«

»Und Sie wissen, wie man Verbindung mit ihm aufnimmt?«, fragte Lee.

Buchanan nickte. »Er ist bestimmt schon dahinter gekommen, was ich getan habe, und überlegt im Augenblick, was ich vorhabe.«

»Tja, *ich* schlage vor, Sie rufen das Arschloch noch in dieser Minute an und sagen ihm, er soll sich ja von meiner Tochter fern halten. Und ich will's schriftlich, in Blut. Aber vertrauen werde ich diesem Hurensohn trotzdem nicht. Also will ich sicherheitshalber ein Sondereinsatzkommando oder so was vor der Tür von Renees Schlafsaal postiert haben. Und ich habe noch immer vor, selbst dort Wache zu beziehen – für alle Fälle. Wenn diese Schweinehunde Renee haben wollen, müssen sie an mir vorbei.«

»Ich weiß nicht, ob das eine gute Idee ist«, sagte Buchanan.

»Ich kann mich nicht erinnern, Sie um Erlaubnis gefragt zu haben«, erwiderte Lee heftig.

»Lee, bitte«, sagte Faith. »Danny will uns doch nur helfen.«

»Wäre dieser Typ von Anfang an ehrlich zu mir gewesen, wäre ich gar nicht in diese ganze Chose reingeraten. Entschuldige, wenn ich nicht so tue, als wär er mein bester Kumpel.«

»Ich kann es Ihnen nicht verübeln, dass Sie so empfinden«, sagte Buchanan. »Aber Sie haben mich um Hilfe gebeten, und ich werde für Sie tun, was in meiner Macht steht. Und für Ihre Tochter. Das schwöre ich.«

Angesichts dieser offensichtlich aufrichtigen Aussage legte sich Lees Zorn ein wenig.

»Na gut«, sagte er. »Immerhin sind Sie hierher gekommen, das spricht für Sie. Aber das nützt uns gar nichts, solange die Killer nicht zurückgepfiffen werden. Wenn wir das geschafft haben, sollten wir so schnell wie möglich von hier verschwinden. Ich hab diesen Irren schon mal übers Handy angerufen. Wie Sie wissen, gibt's technische Möglichkeiten, anhand eines solchen Gesprächs den ungefähren Aufenthaltsort des Anrufers zu ermitteln. Wenn Sie ihn jetzt *auch* noch anrufen, hat der Kerl noch mehr Informationen, mit denen er arbeiten kann.«

»Verstanden. Auf einem privaten Flughafen nicht weit von hier steht ein Flugzeug zu meiner Verfügung.«

»Haben Sie Freunde in hohen Ämtern?«

»*Einen* Freund. Einen altgedienten Senator dieses Bundesstaates. Russell Ward.«

»Der gute alte Rusty«, sagte Faith und lächelte.

»Sind Sie sicher, dass Ihnen niemand gefolgt ist?« Lee schaute zur Haustür.

»Mir hätte niemand folgen können. Ganz sicher.«

»Wenn dieser Typ wirklich so gefährlich ist, wie Sie ihn offenbar einschätzen, wäre ich mir über *gar nichts* mehr sicher.« Lee hielt ihm sein Handy hin. »Und jetzt rufen Sie bitte an.«

KAPITEL 47

Thornhill war zu Hause in seinem Arbeitszimmer, als Buchanans Anruf kam. Seine Kommunikationseinrichtungen machten es unmöglich, den Anruf bis zu ihm zurückzuverfolgen, selbst wenn Buchanan in der FBI-Zentrale sitzen sollte. Außerdem verfügte Thornhills Telefon über einen Verzerrer, der jede Identifizierung der Stimme unmöglich machte. Zugleich arbeiteten Thornhills Leute ihrerseits daran, Buchanans Standort ausfindig zu machen, aber es war ihnen noch nicht gelungen. Bei der derzeitigen Explosion auf dem Gebiet der Kommunikationstechnik waren selbst der CIA Grenzen gesetzt. Der Äther war von dermaßen vielen elektronischen Signalen erfüllt, dass es fast unmöglich war, ein drahtloses Ferngespräch genau zurückzuverfolgen.

Allenfalls die National Security Agency mit ihrer stadiongroßen Schüsselantenne wäre imstande gewesen, die Position des Handys zu bestimmen. Die supergeheime NSA verfügte über eine technische Ausstattung, die alles, was die CIA besaß, weit in den Schatten stellte. Es hieß, dass die Menge der Informationen, die von der NSA ununterbrochen eingeholt wurde, alle *drei* Stunden die Kongressbibliothek füllen würde. Diese Jungs sammelten ganze Universen an Bits und Bytes. Thornhill hatte schon öfter die Dienste der NSA in Anspruch genommen. Doch die NSA (es ging der Insiderscherz, dass das Akronym für »no such agency« stand – »Diese Behörde gibt's gar nicht«) war von niemandem problemlos zu kontrollieren. Daher wollte Thornhill die NSA in dieser sehr heiklen Angelegenheit nicht einbeziehen. Er würde sich selbst um diese Sache kümmern.

»Sie wissen, weshalb ich anrufe?«, fragte Buchanan.
»Ein Tonband. Ein überaus persönliches.«
»Es ist schön, mit jemandem Geschäfte zu machen, der sich für allwissend hält.«
»Wenn es nicht zu viel Mühe macht, würde ich gern einen kleinen Teil des Beweisstücks hören«, sagte Thornhill ruhig.

Buchanan spielte einen Abschnitt ihres Gesprächs im Wagen ab.

»Danke, Danny. Also, Ihre Bedingungen?«
»Erstens ... Sie kommen nicht mal in die Nähe von Lee Adams' Tochter. Das ist gestorben. Ein für alle Mal.«
»Sind Sie im Augenblick zufällig bei Mr Adams und Miss Lockhart?«
»Zweitens ... wir drei sind für Sie ebenfalls tabu. Wenn irgendetwas auch nur entfernt Verdächtiges passiert, geht das Band direkt ans FBI.«
»Bei unserem letzten Gespräch haben Sie gesagt, Sie verfügten bereits über die Mittel, mich zu vernichten.«
»Ich habe gelogen.«
»Wissen Adams und Lockhart, dass ich in die Sache verwickelt bin?«
»Nein.«
»Wie kann ich Ihnen vertrauen?«
»Würde ich es den beiden sagen, würde ich sie damit nur in noch größere Gefahr bringen. Sie wollen nur mit heiler Haut aus der Sache herauskommen. Das scheint mir heutzutage ein weit verbreitetes Ziel zu sein. Und ich befürchte, Sie werden sich auf mein Wort verlassen müssen.«
»Obwohl Sie gerade eingestanden haben, mich belogen zu haben?«
»Genau. Sagen Sie mal, wie fühlt man sich danach?«
»Und mein Langzeitplan?«
»Ist mir im Augenblick scheißegal.«
»Warum sind Sie davongelaufen?«
»Versetzen Sie sich mal in meine Lage. Was hätten Sie getan?«

»Ich wäre nie in Ihre Lage gekommen«, sagte Thornhill.

»Gott sei Dank können nicht alle Menschen so sein wie Sie. Also, gilt die Abmachung?«

»Ich habe keine große Wahl, oder?«

»Willkommen im Club«, sagte Buchanan. »Aber Sie können absolut sicher sein ... sollte einem von uns irgendwas passieren, sind Sie geliefert. Wenn Sie aber fair spielen, erreichen Sie Ihr Ziel, und alle leben glücklich bis ans Ende ihrer Tage.«

»Ich freue mich immer, Geschäfte mit Ihnen machen zu können, Danny.«

Vor Wut schäumend, unterbrach Thornhill die Verbindung. Einen Augenblick lang blieb er regungslos sitzen; dann führte er ein weiteres Telefongespräch, erlebte aber eine Enttäuschung. Es war nicht gelungen, den Anruf zurückzuverfolgen. Na ja, da konnte man halt nichts machen. Thornhill hatte kaum damit gerechnet, dass es so einfach werden würde. Doch er hatte noch immer sein Ass im Ärmel. Er tätigte einen weiteren Anruf – und diesmal ließ die Information ein breites Lächeln auf seinen Lippen erscheinen. Wie Danny gesagt hatte, Thornhill wusste alles, was es zu wissen gab, und er dankte Gott für seine Allwissenheit. War man für sämtliche Eventualitäten gewappnet, war man kaum zu schlagen.

Buchanan war bei Faith Lockhart, davon war er fast überzeugt. Seine beiden kostbaren Vögelchen saßen im selben Nest. Das machte seine Aufgabe unendlich einfacher. Buchanan hatte sich selbst überlistet.

Thornhill wollte sich gerade einen zweiten Scotch einschenken, als seine Frau den Kopf zur Tür hineinsteckte. Ob er sie in den Club begleiten wolle? Zu einem Bridgeturnier. Sie hatte gerade einen Anruf bekommen. Ein Pärchen hatte abgesagt; die zwei wollten wissen, ob die Thornhills für sie einspringen könnten.

»Eigentlich«, sagte er, »bin ich gerade in eine Partie Schach vertieft.« Seine Frau ließ den Blick durchs leere Zimmer schweifen. »Übers Telefon, Schatz«, erklärte Thornhill und deutete auf seinen Tischcomputer. »Du weißt doch, was dank der modernen Technik alles möglich ist. Man schlägt ganze Schlachten, ohne den Gegner auch nur ein einziges Mal zu sehen.«

»Na ja, bleib nicht zu lange auf«, sagte sie. »Du arbeitest sehr hart und bist kein junger Mann mehr.«

»Ich sehe Licht am Ende des Tunnels«, erwiderte Thornhill. Und diesmal sagte er die reine Wahrheit.

KAPITEL 48

Brooke Reynolds und Connie erreichten Duck, North Carolina, gegen ein Uhr morgens, nachdem sie nur einmal angehalten hatten, um zu tanken und etwas zu essen. Kurz darauf trafen sie in Pine Island ein. Die Straßen waren dunkel, die Geschäfte geschlossen. Aber sie hatten Glück und fanden eine Tankstelle, die rund um die Uhr geöffnet hatte. Während Brooke zwei Kaffee und Gebäck am Automaten holte, brachte Connie beim Tankwart in Erfahrung, wo sich die Start- und Landebahn befand. Dann setzten sie sich auf dem Parkplatz der Tankstelle in den Wagen, aßen und besprachen ihr weiteres Vorgehen.

»Ich habe beim WFO nachgefragt«, sagte Connie, während er Zucker in seinen Kaffee rührte. »Eine interessante Entwicklung. Buchanan ist verschwunden.«

Brooke schluckte einen Bissen ihres Plunders herunter und schaute ihn an. »Verflixt, wie konnte das passieren?«

»Das weiß keiner. Deshalb sind ja auch so viele Leute untröstlich darüber.«

»Na ja, wenigstens können sie diese Sache nicht uns in die Schuhe schieben.«

»Sei dir da nicht zu sicher. Jemandem eine Schuld in die Schuhe zu schieben ist in Washington eine hohe Kunst, und das FBI ist Meister darin.«

»Sag mal, Connie, hältst du es für möglich, dass Buchanan versuchen könnte, sich mit Faith Lockhart zu treffen? Vielleicht ist er deshalb verschwunden.«

»Wenn wir die beiden gleichzeitig festnageln könnten, wirst du vielleicht zur Direktorin ernannt.«

Brooke lächelte. »Ich wäre schon zufrieden, wenn man meine Suspendierung aufheben würde. Aber Buchanan könnte tatsächlich auf dem Weg hierher sein. Wann haben sie ihn aus den Augen verloren?«

»Am frühen Abend.«

»Dann könnte er schon längst hier sein. Wenn er ein Flugzeug genommen hat, schon seit ein paar Stunden.«

Connie nippte an seinem Kaffee und dachte darüber nach. »Warum sollten Buchanan und Lockhart Hand in Hand arbeiten?«, fragte er langsam.

»Vergiss nicht, falls Buchanan tatsächlich Lee Adams angeheuert hat, hat Adams möglicherweise Kontakt mit Buchanan aufgenommen. Da hätten wir unsere Verbindung.«

»Falls Adams in dieser Sache tatsächlich so unschuldig ist. Aber er würde Buchanan auf keinen Fall anrufen, würde er davon ausgehen, dass der Bursche irgendetwas mit dem Mordversuch an Faith Lockhart zu tun hat. Nach allem, was wir herausgefunden haben, schätze ich Adams gewissermaßen als Lockharts Beschützer ein.«

»Was das betrifft, hast du wohl Recht. Aber vielleicht hat Adams irgendwas rausgefunden, das darauf hindeutet, dass Buchanan den Mord *nicht* in Auftrag gegeben hat. Wenn dem so ist, könnte Adams versuchen, sich mit Buchanan zusammenzutun, um herauszufinden, was da eigentlich vor sich geht und warum jemand anders es darauf abgesehen hat, Faith Lockhart zu beseitigen.«

»Du meinst, jemand anders steckt hinter alledem? Vielleicht eine der ausländischen Regierungen, mit denen Buchanan zusammengearbeitet hat? Wenn die Wahrheit herauskäme, sähen sie natürlich ganz schön belämmert aus. Das wäre Grund genug, jemanden aus dem Weg zu räumen«, sagte Connie.

»Aber das kann es nicht sein«, erwiderte Brooke, und Connie musterte sie aufmerksam. »An diesem Puzzle gibt es immer noch ein paar Steine, die nicht ins Bild passen«, sagte sie. »Leute, die sich als FBI-Agenten ausgeben. Jemand, der jeden unserer Züge zu kennen scheint.«

»Ken Newman?«

»Vielleicht. Aber das ergibt auch keinen Sinn. Ken bekam seit langer Zeit Bargeld zugeschoben. Hat er diese ganze Zeit als Maulwurf für jemanden gearbeitet? Oder steckt sonst jemand dahinter?«

»Und vergiss nicht, dass jemand versucht, *dir* die Schuld in die Schuhe zu schieben. Es ist nicht ganz einfach, solche Summen auf Konten zu transferieren, wie es in diesem Fall geschehen ist.«

»Genau. Aber es will mir nicht in den Kopf, wie Beauftragte einer fremden Regierung dazu fähig wären, ohne dass jemand davon erfährt.«

»Brooke, andere Länder betreiben täglich Industriespionage gegen die USA. Verdammt, nicht mal unsere treuesten Verbündeten machen da eine Ausnahme. Sie klauen unsere Technologie, weil sie nicht clever genug sind, sie selbst zu entwickeln. Und unsere Grenzen sind so offen, dass man problemlos ins Land kommt. Das weißt du doch.«

Brooke stieß einen tiefen Seufzer aus und starrte in die Dunkelheit, die jenseits des grellen Lichterrings der Tankstelle lag. »Wahrscheinlich hast du Recht. Statt herauszufinden, wer dahinter steckt, sollten wir wohl versuchen, Faith Lockhart und ihre Begleiter zu finden, und sie einfach fragen.«

»Das ist ein Plan, mit dem ich etwas anfangen kann.« Connie legte den Gang ein, und sie fuhren in die Dunkelheit.

Nachdem Brooke und Connie die Start- und Landebahn gefunden hatten, fuhren sie auf der Suche nach der Honda Gold Wing durch die dunklen Straßen. Kaum ein Strandhaus schien zu dieser Jahreszeit bewohnt zu sein, was ihre Aufgabe zugleich erschwerte und erleichterte. Denn die Zahl der Häuser, auf die sie sich konzentrieren mussten, sank beträchtlich; andererseits waren sie beide mit ihrem Wagen auch wesentlich auffälliger.

Connie entdeckte die Honda schließlich auf dem Einstellplatz eines Strandhauses. Brooke stieg aus und ging nahe genug heran, um sich zu vergewissern, dass das Nummernschild mit dem der Maschine identisch war, die Lee Adams sich von seinem Bruder geborgt hatte. Sie fuhren zum anderen Ende der Straße, stellten die Scheinwerfer aus und besprachen sich.

»Vielleicht sollten wir's ganz einfach machen«, sagte Brooke, während sie das dunkle Haus betrachtete. »Ich gehe vorn rein, du hinten.« Bei dem Gedanken, dass sich die beiden, vielleicht sogar die drei Schlüsselpersonen dieser ganzen Ermittlung keine zwanzig Meter von ihr entfernt befanden, bekam sie eine Gänsehaut.

Connie schüttelte den Kopf. »Das gefällt mir nicht. Adams ist auch in dem Haus. Sonst würde die Honda nicht da stehen.«

»Wir haben seine Waffe.«

»So ein Typ besorgt sich doch als Erstes 'ne neue Kanone. Und wenn wir einfach so reingehen ... selbst wenn das Überraschungsmoment auf unserer Seite ist, er kennt das Haus und die Umgebung besser als wir. Durchaus möglich, dass er einen von uns erwischt. Außerdem«, fügte er hinzu, »bist du nicht mal bewaffnet. Kommt also gar nicht in Frage, dass wir uns trennen.«

»Aber du hast doch selbst gesagt, dass du Adams für einen anständigen Burschen hältst.«

»Etwas zu glauben und es genau zu wissen, sind zwei verschiedene Paar Schuhe. Und ich bin nicht bereit, wegen irgendeiner Unwägbarkeit dein oder mein Leben aufs Spiel zu setzen. Wenn man mitten in der Nacht ein Haus stürmt, kann es leicht zu Fehlern kommen, ob die Leute in dem Haus nun Gute oder Böse sind. Ich hab die Absicht, dich deinen Kindern in einem Stück zurückzubringen. Und ich hab auch selbst nicht die Absicht, meinen Kopf zu riskieren.«

»Wie ziehen wir's dann durch? Warten wir auf Tageslicht und fordern Verstärkung an?«

»Wenn wir die örtlichen Behörden informieren, werden

sich eine Stunde später wahrscheinlich Kamerateams sämtlicher Fernsehsender aus der Gegend gegenseitig auf den Füßen stehen. Das wird uns in der Zentrale nicht gerade viele Punkte einbringen.«

»Na ja, dann müssen wir wohl warten, bis sie mit der Honda wegfahren, und sie uns dann schnappen.«

»Ich würde vorschlagen, das Haus zu beobachten und einfach abzuwarten, solange sich hier nichts tut. Sobald sie rauskommen, schlagen wir zu. Wenn wir viel Glück haben, kommt Lockhart ohne Adams raus, und wir können sie uns schnappen. Danach können wir Adams wohl ziemlich problemlos rauslocken.«

»Und wenn sie nicht rauskommen, ob nun zusammen oder allein?«

»Alles zu seiner Zeit.«

»Ich will sie nicht wieder verlieren, Connie.«

»Sie können ja nicht einfach über den Strand abhauen oder nach England schwimmen. Adams hat große Mühen auf sich genommen, sich die Maschine zu besorgen. Er wird das Motorrad nicht einfach stehen lassen. Wenn Adams sich absetzt, dann nur mit der Honda. Und die schwere Maschine kann nicht verschwinden, ohne dass wir's mitbekommen.«

Sie richteten sich auf eine längere Wartezeit ein.

KAPITEL 49

Die Pistole auf der Brust, hatte Lee auf der Couch im Erdgeschoss einige unruhige Stunden verbracht. Alle paar Minuten glaubte er zu hören, dass jemand ins Haus eindrang, doch jedes Mal stellte sich heraus, dass seine völlig überreizte Fantasie ihr Bestes gab, ihn in den Wahnsinn zu treiben. Da er nicht schlafen konnte, hatte er schließlich beschlossen, sich für die Fahrt nach Charlottesville fertig zu machen. Er duschte rasch, zog sich um und packte gerade seine Tasche, als es leise an seiner Tür klopfte.

Faith trug einen langen, weißen Bademantel; ihre verschwollenen Wangen und die müden Augen waren ein deutliches Zeichen, dass auch sie keinen Schlaf gefunden hatte.

»Wo ist Buchanan?«, fragte Lee.

»Er hält wohl tatsächlich ein Nickerchen. Ich habe kein Auge zugemacht.«

»Wem sagst du das?« Lee war mit dem Packen fertig und zog den Reißverschluss der Tasche zu.

»Und du willst wirklich allein zu deiner Tochter?«, fragte sie. »Soll ich nicht doch mitkommen?«

Er schüttelte den Kopf. »Ich will nicht, dass du in der Nähe bist, wenn dieser Kerl und seine Typen aufkreuzen. Gestern Abend bin ich zu Renee durchgekommen. Da hab ich zum ersten Mal seit Gott-weiß-wann mit ihr gesprochen, und was muss ich ihr sagen? Dass vielleicht ein Irrer hinter ihr her ist, weil ihr Dad was Dummes angestellt hat.«

»Wie hat sie es aufgenommen?«

Lees Gesicht hellte sich ein wenig auf. »Ich glaub, sie hat sich vor allem gefreut, dass ich mich gemeldet habe. Ich hab ihr natürlich nicht alles erzählt, was hier vor sich geht; ich wollte sie nicht in Panik versetzen. Aber sie scheint sich wirklich darauf zu freuen, mich zu sehen.«

»Das ist schön, Lee. Ich freue mich wirklich für dich.«

»Wenigstens haben die Cops meinen Anruf ernst genommen. Renee hat gesagt, ein Polizist wäre vorbeigekommen, und ein Streifenwagen würde durch die Gegend fahren.« Er setzte die Tasche ab und nahm ihre Hand. »Ich lasse dich nicht gern allein.«

»Es geht um deine Tochter. Ich komm schon klar.«

»Gerade jetzt solltest du in deiner Wachsamkeit nicht nachlassen.«

»Du hast Danny doch gehört. Er hat diesen Burschen in der Zange.«

Lee schaute nicht besonders überzeugt drein. »Ich glaub nicht, dass der Kerl so ohne weiteres aufgibt. Und wenn er zuschlägt, dann bald. Sobald mit Renee alles klar ist, komme ich zurück. Ich habe es schon mit Buchanan besprochen. Er ist meiner Meinung.«

»Und dann?«

»Der Wagen, der dich und Buchanan zum Flugzeug bringt, kommt um acht. Du fliegst nach Washington zurück. Fahr zu einem Hotel in einem Vorort. Miete dich unter falschem Namen ein und ruf mich dann auf meinem Handy an.«

»Und dann?«, beharrte Faith.

»Machen wir einfach einen Schritt nach dem anderen. Ich hab dir doch gesagt, dass es bei dieser Sache keine Garantien gibt.«

»Ich habe eigentlich von *uns* gesprochen.«

Lee spielte mit dem Riemen seiner Tasche. »Oh.« Mehr kam nicht über seine Lippen, und es klang idiotisch.

»Ich verstehe.«

»Was verstehst du?«, fragte Lee.

»Rein, raus; danke, Maus.«

»Wie kommst du denn auf diesen Blödsinn? Du müsstest mittlerweile doch wissen, was für ein Mann ich bin.«

»Ich *dachte,* ich wüsste es. Aber ich habe wohl etwas vergessen. Du gehörst zu den Einzelgängern: Sex nur zum Spaß. Stimmt's?«

»Warum tun wir uns das an? Als hätten wir nicht schon genug Probleme. Wir können später darüber sprechen. Es ist ja nicht so, als käme ich nicht zurück.«

Lee wollte sie nicht vor den Kopf stoßen, aber – verdammt, konnte sie denn nicht einsehen, dass jetzt nicht der richtige Zeitpunkt dafür war?

Faith setzte sich aufs Bett.

»Wie du gesagt hast – keine Garantien«, sagte sie.

Er legte ihr eine Hand auf die Schulter. »Ich komme zurück, Faith. Glaubst du wirklich, ich lasse dich im Stich, wo ich so weit gegangen bin?«

»Okay.« Mehr sagte sie nicht. Sie stand auf und umarmte ihn kurz. »Bitte, pass auf dich auf.«

Sie ließ ihn zur Hintertür hinaus. Als sie sich umdrehte, um wieder ins Haus zu gehen, war Lees Blick fest auf sie gerichtet. Er nahm alles von ihr in sich auf – von ihren nackten Füßen bis zu dem kurzen dunklen Haar. Und für einen Moment fragte er sich, ob er sie je wiedersehen würde.

Lee stieg auf die Honda und ließ die Maschine an.

Als er über die Auffahrt fuhr und auf die Straße brauste, lief Brooke Reynolds zum Crown Victoria zurück und riss die Beifahrertür auf. Atemlos schaute sie hinein.

»Verdammt, Connie! In dem Augenblick, als ich aus dem Wagen stieg, um mir das Haus näher anzuschauen, hab ich gewusst, dass das passieren würde. Er muss eine Hintertür genommen haben. Er hat nicht mal das Licht am Carport angemacht. Ich habe ihn erst gesehen, als er das Motorrad anließ. Was machen wir jetzt? Haus oder Honda?«

Connie schaute die Straße entlang. »Adams ist schon nicht mehr zu sehen. Und seine Maschine ist viel beweglicher als dieser Panzer.«

»Dann bleiben uns wohl nur das Haus und Faith Lockhart.«

Auf Connies Gesicht lag plötzlich ein besorgter Ausdruck. »Wir gehen davon aus, dass sie noch im Haus ist. Aber wir wissen überhaupt nicht mit Sicherheit, ob sie je darin war.«

»Ich wusste, dass du das sagen würdest. Sie *muss* einfach drin sein! Wenn wir Adams entwischen lassen, und Faith Lockhart ist nicht in dieser Villa, werde *ich* nach England schwimmen. Und du wirst direkt neben mir strampeln. Komm schon, Connie, wir müssen hinein.«

Connie stieg aus, zog seine Waffe und sah sich nervös um. »Verdammt, das gefällt mir nicht. Es könnte eine Falle sein. Wir könnten direkt in einen Hinterhalt marschieren. Und wir haben keine Verstärkung.«

»Wir haben keine große Wahl, oder?«

»Na schön, aber bleib ja hinter mir, hörst du?«

Sie gingen zum Haus.

KAPITEL 50

Die drei Männer, die geduckt über den Strand liefen, trugen schwarze Jogginganzüge und Tennisschuhe. Obwohl die Dämmerung rasch heraufzog, waren sie in ihrer dunklen Kleidung vor der Weite des Meeres fast unsichtbar, und das Donnern der Brandung übertönte alle anderen Geräusche.

Sie waren vor knapp einer Stunde in dieser Gegend eingetroffen und hatten soeben ein paar sehr ärgerliche Informationen erhalten. Lee Adams hatte das Haus verlassen. Faith Lockhart war nicht bei ihm gewesen. Sie musste noch im Haus sein. Zumindest hofften es die Männer. Man hatte ihnen mitgeteilt, dass Buchanan vielleicht ebenfalls dort war. Diese beiden waren den Männern wichtiger als Adams. Der konnte warten. Irgendwann würden sie ihn erwischen. Denn eins stand fest: Sie würden erst aufgeben, wenn sie ihn hatten.

Jeder Angehörige des Teams war mit einer Automatikpistole und einem Messer bewaffnet, das eigens so entworfen war, dass die Klinge mit einem einzigen, gekonnt geführten Hieb eine Halsschlagader durchtrennen konnte. Jeder wusste genau, wie er solch einen tödlichen Streich führen musste. Ihre Befehle waren eindeutig. Sämtliche Personen in diesem Haus mussten sterben. Perfekt ausgeführt, konnte es durchaus eine saubere Operation werden. Am späten Vormittag konnten die Männer wieder in Washington sein.

Es waren stolze Männer, absolute Profis, die schon lange in Robert Thornhills Diensten standen. Als Team hatten sie in den letzten zwanzig Jahren mit ihrem Verstand, Können, Durchhaltevermögen und ihrer körperlichen Kraft einige brandgefährliche Einsätze überstanden. Sie hatten Leben gerettet, bestimmte Teile der Welt sicherer gemacht und dazu beigetragen, dass die Vereinigten Staaten die einzige verbleibende Supermacht der Welt wurden – für viele gleichbedeutend mit einer gerechteren Welt. Wie Robert Thornhill waren diese Männer zur CIA gegangen, um einen Dienst zu leisten, eine Verpflichtung der Öffentlichkeit gegenüber einzugehen. Für sie gab es keine höhere Berufung.

Alle drei gehörten zu jener Gruppe, der Lee und Faith in Adams' Wohnung mit knapper Not entwischt waren. Der Zwischenfall hatte die Männer in Verlegenheit gebracht, ihren Ruf der annähernden Vollkommenheit befleckt. Sie hatten auf eine Chance zur Ehrenrettung gehofft und wollten sie nun unbedingt nutzen.

Einer der Männer blieb neben dem Ende der Treppe stehen, um Wache zu halten, während die beiden anderen den Bohlenweg zur Rückseite des Hauses entlangeilten. Ihr Plan war einfach, direkt und unbelastet von allzu vielen Details. Sie würden schnell und kompromisslos ins Haus eindringen, das Erdgeschoss durchsuchen und dann nach oben gehen. Wenn sie jemandem begegneten, würden sie keine Fragen stellen oder Ausweise verlangen. Sie würden mit ihren schallgedämpften Pistolen einmal auf jeden schießen, der ihnen begegnete, und dann weitermachen, bis alles Leben im Haus erloschen war.

Ja – gut möglich, dass sie zum Mittagessen wieder in Washington waren.

KAPITEL 51

Lee bremste die Honda und hielt mitten auf der Straße. Seine Füße berührten leicht den Asphalt. Er blickte über die Schulter. Die Straße hinter ihm war lang, dunkel und leer. Aber das Tageslicht würde bald kommen. Er sah es an den Rändern des Himmels, die weicher wurden und wie ein Polaroidfoto langsam Farben und Konturen annahmen.

Warum hatte er nicht warten können? Er hätte bleiben können, bis der Wagen kam, der Faith und Buchanan zur Start- und Landebahn bringen sollte. Das hätte seine Fahrt nach Charlottesville höchstens um ein paar Stunden verzögert. Und sehr viel zu seinem Seelenfrieden beigetragen. Verdammt, warum wollte er unbedingt so schnell weg? Renee stand unter Bewachung. Was war mit Faith?

Seine behandschuhte Hand berührte den Gashebel der Honda. Es würde ihm auch eine Gelegenheit geben, noch einmal mit Faith zu sprechen, um jedes Missverständnis zwischen ihnen auszuräumen.

Er wendete und fuhr zurück. Als er die Straße erreichte, bremste er ab. Der Wagen stand am anderen Ende. Es war eine große Limousine, die geradezu hinausschrie: »Ich gehöre der Regierung!« Sicher, der Wagen stand am anderen Ende der Straße, und Lee war auf dem Weg zur Hauptstraße nicht daran vorbeigekommen – aber wie, zum Teufel, hatte sein sachverständiges Auge das große Auto übersehen können? Mein Gott, wurde er wirklich so alt?

Er fuhr direkt zu dem Wagen. Wenn tatsächlich Bundesagenten darin saßen, konnte er sich jederzeit in die Büsche schlagen und die Kerle abschütteln. Doch als er sich dem Wagen näherte, sah er, dass niemand sich darin befand.

Panik stieg in Lee auf. Er wendete die Honda, fuhr die Auffahrt des Strandhauses hinauf, das zwei Grundstücke von dem Faiths entfernt lag, und schwang sich von der Maschine. Er warf den Helm zu Boden, zog die Pistole, lief zum Hinterhof und dann zu dem Bohlenweg, der die hinteren Bereiche sämtlicher Häuser mit den Haupttreppen verband, die zum Strand führten, wie menschliche Arterien zur Herzschlagader. Sein eigenes Herz schlug rasend schnell.

Lee sprang vom Bohlenweg, duckte sich hinter ein Riedgrasbüschel und spähte zur Rückseite von Faiths Haus. Was er sah, ließ ihm das Blut in den Adern gefrieren. Die beiden Männer waren ganz in Schwarz gekleidet und glitten über die Mauer von Faiths Hinterhof. Waren es Bundesagenten? Oder die Kerle, die Faith auf dem Flughafen hatten töten wollen?

Bitte, lieber Gott, lass es nicht diese Burschen sein!

Die beiden Männer waren bereits hinter der Mauer verschwunden. In ein paar Sekunden würden sie im Haus sein. Hatte Faith die Alarmanlage wieder eingeschaltet, nachdem sie ihn hinausgelassen hatte? Nein, sagte sich Lee, wahrscheinlich nicht.

Er sprang auf, stürmte zum Haus. Als er den Bohlenweg überquerte, spürte er, dass sich ihm von links etwas näherte, in der sich zusehends lichtenden Dunkelheit. Wahrscheinlich rettete diese Wahrnehmung ihm das Leben.

Da Lee sich duckte und abrollte, drang das Messer nur in seinen Arm statt in den Hals. Er blutete zwar, als er wieder aufsprang, aber das feste Material der Motorradmontur hatte einen großen Teil der Wucht des Stoßes aufgefangen. Doch der Angreifer zögerte nicht, setzte sofort nach.

Diesmal aber reagierte Lee rechtzeitig. Er riss den unverletzten Arm hoch, packte den Mann und schleuderte ihn ins Riedgras – was so unangenehm war, als würde er ihm ein scharfes Messer tief ins Fleisch treiben. Lee sah sich nach seiner Pistole um, die er verloren hatte, als der Kerl sich auf ihn warf. Er hatte nicht die geringsten Gewissensbisse, den Mann niederzuschießen und die ganze Nachbarschaft zu alarmieren. Im Augenblick hätte er jede Hilfe willkommen geheißen, die örtliche Polizei eingeschlossen.

Sein Gegner erholte sich überraschend schnell, brach mit verblüffender Geschwindigkeit aus dem Ried hervor und prallte gegen Lee, bevor der seine Pistole aufheben konnte. Am Rand der Treppe schlugen die beiden Männer schwer zu Boden. Lee sah das Messer kommen, konnte aber das Handgelenk des Gegners packen, bevor die Klinge ihn erwischte. Der Kerl war stark; Lee konnte die stählernen Sehnen am Unterarm und den steinharten Trizeps spüren, als er den Oberarm des Mannes ergriff, um ihm das Messer aus der Hand zu zwingen. Doch Lee, der nicht umsonst im Lauf vieler Jahre Tausende Tonnen Stahl gestemmt hatte, war auch nicht gerade ein Schwächling.

Auch seine Kampferfahrung nützte dem Mann nichts, obwohl es ihm gelang, mit der freien Hand zwei oder drei wirksame Schläge in Lees Magen zu landen. Doch nach dem ersten Hieb spannte Lee die Bauchmuskulatur an und verspürte bei den nächsten Schlägen kaum noch Schmerz. Er hatte mehr als zwei Jahrzehnte lang Situps gemacht, hatte sich beim Boxtraining Medizinbälle gegen den Bauch schleudern lassen. Nach solchen Torturen bereitete ihm eine menschliche Faust nur wenig Schwierigkeiten, sofern der Gegner nicht das volle Körpergewicht in den Schlag legen konnte.

Urplötzlich ließ Lee den Oberarm des Mannes los und schmetterte ihm einen Aufwärtshaken aufs Zwerchfell. Er spürte, dass der Schlag dem Gegner den Atem raubte, aber der Kerl löste den Griff um das Messer nicht. Lee versetzte ihm drei Schläge in die Nieren – so ziemlich die schmerzhaftesten Hiebe, die man einem Gegner verpassen konnte, ohne ihm das Bewusstsein zu rauben. Der Mann ließ das Messer los, und es fiel klirrend die Stufen hinunter.

Schwer atmend rappelten beide Männer sich auf. Sie

hielten sich noch immer umklammert, als ein blitzschneller Scherentritt des Angreifers Lee plötzlich die Beine wegriss. Er prallte schwer zu Boden, sprang jedoch sofort wieder auf, als er sah, dass der Gegner nach seiner Waffe griff. Die unmittelbare tödliche Bedrohung verlieh Lees Körper eine Geschmeidigkeit, die er in weniger gefährlichen Situationen niemals hätte aufbringen können. Er rammte den Kerl mit der Schulter – ein Zusammenprall wie aus dem Football-Lehrbuch –, und beide Männer stürzten über den Rand der Treppe und die steilen Stufen hinunter, prallten in den Sand und rollten weiter in die Wellen, wobei sie reichlich Salzwasser schluckten, denn die Flut hatte fast die Treppe erreicht.

Lee hatte gesehen, dass die Pistole während des Sturzes davongeschleudert worden war. Er riss sich los, rappelte sich auf und stand in knöchelhohem Wasser. Der Kerl kam ebenfalls wieder auf die Beine, aber nicht ganz so schnell. Trotzdem blieb Lee wachsam. Der Bursche beherrschte Karate – der Tritt oben an der Treppe hatte es bewiesen. Lee erkannte es auch an der Verteidigungshaltung, die der Mann nun einnahm: Er krümmte sich, spannte die Muskeln wie Stahlfedern und bot kaum Angriffsflächen für Lees Fäuste. Lees Hirn arbeitete auf unterbewusster Ebene rasend schnell; er schätzte, dass er dem Kerl etwa um zehn Zentimeter Größe und gut zwanzig Kilo Gewicht überlegen war. Doch wenn der Mann ihm einen Tritt an den Kopf oder die Gurgel versetzte, würde er kaum überleben. Und dann waren auch Faith und Buchanan tot. Aber das waren sie sowieso, wenn Lee den Kerl nicht innerhalb der nächsten Minute erledigte.

Der Mann führte mit tödlicher Wucht einen Tritt gegen Lees Oberkörper. Da er den Fuß jedoch durchs Wasser ziehen musste, bekam Lee die Zehntelsekunde Zeit, die er brauchte. Lee war Boxer gewesen. Im Nahkampf, bei dem Beinschwünge nahezu wirkungslos blieben, konnten seine Fäuste verheerende Wirkung erzielen. Lee drehte seinen Oberkörper weg und fälschte den Tritt gegen den Leib ab, der hart genug gewesen wäre, ihm eine Rippe zu brechen, hielt das Bein mit seinem blutigen Arm fest und drückte es in einem schraubstockähnlichen Griff an seine Seite. Mit der freien Hand landete er einen Schlag am Knie des Gegners. Sehnen zerrissen, Knorpel wurden zerschmettert, und das Knie des Mann wurde in einem Winkel verdreht, für das kein Knie der Welt geschaffen war. Der Mann schrie auf. Dann versetzte Lee dem Gegner eine Gerade ins Gesicht. Er spürte, wie die Nase des Mannes brach. Blitzschnell und mit einer beinahe tänzerisch anmutenden Bewegung ließ Lee das Bein des Gegners los, ging in die Hocke und schoss aus dieser Position einen linken Haken ab, in dem verheerende Schlagkraft und die Wucht von gut zwei Zentnern Körpergewicht lagen. Als seine Faust den Kieferknochen traf, der unter der schrecklichen Schlagwucht zerschmettert wurde, wusste Lee, dass der Kampf zu Ende war. Nicht einmal das Kinn eines Profi-Schwergewichtlers hätte einen solchen Hieb verkraftet.

Der Mann brach zusammen, als hätte man ihm eine Kugel durch den Kopf gejagt. Lee drehte ihn sofort auf den Bauch, drückte den Kopf des Mannes unter Wasser. Er hatte nicht die Zeit, den Kerl zu ertränken, also rammte er ihm den Ellbogen in den Nacken. Das Geräusch, das daraufhin erklang, war unmissverständlich, als wollte Gott, dass Lee genau wusste, was er getan hatte, und es niemals vergaß.

Der Körper des Mannes erschlaffte, und Lee stieg über den Toten hinweg. Lee hatte sehr viele Kämpfe hinter sich, innerhalb und außerhalb des Boxrings, aber noch nie hatte er einen Menschen getötet. Als er auf die Leiche hinunterschaute, wusste er, dass er nicht stolz darauf sein konnte, was er getan hatte. Er war nur dankbar, dass nicht er dort lag.

Ihm wurde schlecht, und plötzlich spürte er den Schmerz im verletzten Arm. Er blickte zur Treppe, die zu den Strandhäusern hinaufführte. Jetzt musste er nur noch zwei weitere Ungeheuer besiegen, dann konnte er Feierabend machen. Es war klar, dass die Männer keine Bundesagenten waren. FBI-Leute schlichen nicht herum und versuchten, andere Menschen mit schmucken Messern und Karatetritten zu töten. Sie zückten ihre Dienstmarken und Waffen und befahlen einem, die Hände zu heben. Und wenn man klug war, gehorchte man ihnen.

Nein, das waren die anderen. Die CIA-Robokiller. Lee stürmte die Stufen hinauf, hob seine Pistole auf und rannte zum Strandhaus, so schnell er konnte. Mit jedem schmerzenden Atemzug hoffte er, dass er nicht zu spät kam.

KAPITEL 52

Faith hatte Jeans und ein Sweat-Shirt angezogen, saß nun auf dem Bett und betrachtete ihre nackten Füße. Die Geräusche des Motorrads waren verklungen, als wären sie von einem gewaltigen Vakuum aufgesogen worden. Als sie sich im Raum umschaute, kam es ihr vor, als wäre Lee Adams nie hier gewesen, als hätte er nie existiert. Sie hatte sehr viel Zeit und Energie darauf verwendet, diesen Mann loszuwerden, und nun, da er fort war, schien ihr gesamter Mut, ihre gesamte Kraft in die Leere geglitten zu sein, die Lee hinterlassen hatte.

Zuerst dachte sie, das Geräusch, das sie in der Stille des Hauses hörte, stamme von Buchanan, der aufgewacht sei. Dann glaubte sie tatsächlich, Lee sei zurückgekommen: Es hatte sich angehört, als wäre die Hintertür geöffnet worden. Doch als Faith sich vom Bett erhob, erkannte sie plötzlich, dass Lee es nicht sein konnte, sonst hätte sie ja das Motorrad am Carport gehört. Als ihr klar wurde, was dies bedeutete, begann sie am ganzen Körper zu zittern.

Hatte sie die Tür abgeschlossen? Sie wusste es nicht mehr. Sie wusste nur, dass sie die Alarmanlage nicht eingeschaltet hatte. War es vielleicht doch nur Danny, der wach geworden war und durchs Haus tapste? Aus irgendeinem Grund wusste Faith, dass er es nicht war.

Sie schlich zur Tür, spähte hinaus und lauschte angestrengt, hörte aber nichts. Doch sie wusste, dass sie sich das Geräusch nicht eingebildet hatte. Jemand war ins Haus eingedrungen, davon war sie überzeugt. Jemand war in diesem Augenblick im Haus. Sie blickte über den Flur. In dem

Schlafzimmer, in dem Lee übernachtet hatte, befand sich ebenfalls eine Schalttafel der Alarmanlage. Konnte sie die Konsole erreichen und den Bewegungsmelder einschalten? Sie ließ sich vorsichtig auf die Knie nieder und kroch auf den Flur hinaus.

Connie und Brooke waren zur Seitentür hineingegangen und schlichen durch den Flur im Erdgeschoss. Connie hielt seine Pistole in der Hand. Brooke war hinter ihm; ohne ihre Waffe kam sie sich nackt und überflüssig vor. Sie hatten im Erdgeschoss jede Tür geöffnet, aber alle Räume leer vorgefunden.

»Sie müssen oben sein«, flüsterte Brooke in Connies Ohr.

»Hoffentlich ist überhaupt jemand da«, erwiderte er genauso leise. Sein Tonfall ließ Schlimmes ahnen.

Als irgendwo im Haus ein Geräusch erklang, erstarrten die beiden. Connie wies mit dem Finger nach oben, und Brooke nickte bestätigend. Sie gingen zur Treppe und stiegen hinauf. Zum Glück waren die Stufen mit Teppichboden bedeckt, der die Geräusche ihrer Schritte verschluckte. Sie erreichten die erste Brüstung, blieben stehen, lauschten aufmerksam. Stille. Sie gingen weiter.

Soweit sie sehen konnten, war das Wohnzimmer leer. Sie gingen an einer Wand entlang, und ihre Köpfe drehten sich in einer beinahe synchronen Bewegung.

Direkt über ihnen, im Korridor des ersten Stocks, lag Faith bäuchlings auf dem Fußboden. Sie spähte über die Treppenkante und entspannte sich ein wenig, als sie sah, dass es Agentin Reynolds war. Doch als sie die beiden anderen Männer erblickte, die vom Erdgeschoss die Treppe hinaufstiegen, kehrte ihre Furcht sofort zurück.

»Achtung!«, rief sie.

Connie und Brooke drehten sich zu ihr um und sahen, wohin Faith zeigte. Connie schwang seine Pistole in Richtung der beiden Männer, die ebenfalls ihre Waffen gezogen hatten und sie auf die beiden Agenten richteten.

»FBI!«, rief Brooke den beiden Schwarzgekleideten zu. »Lassen Sie die Waffen fallen!« Normalerweise war sie zuversichtlich, dass man diesem Befehl Folge leistete. Doch nun, bei einer Pistole gegen zwei, war sie nicht annähernd so optimistisch.

Die beiden Männer ließen ihre Waffen nicht fallen. Sie gingen weiter, während Connie die Pistole zuerst auf den einen, dann auf den anderen richtete.

Einer der Männer blickte zu Faith hinauf. »Kommen Sie her, Miss Lockhart.«

»Bleiben Sie oben, Faith«, rief Brooke. Ihr Blick traf den der anderen Frau. »Gehen Sie auf Ihr Zimmer, und schließen Sie die Tür ab.«

»Faith?« Buchanan erschien im Korridor, das weiße Haar zerzaust, die Augen zusammengekniffen.

»Sie auch, Buchanan. Sofort«, befahl derselbe Mann. »Kommen Sie her.«

»Nein!«, sagte Brooke und trat vor. »Hören Sie, ein Sondereinsatzkommando ist auf dem Weg hierher. Es wird in etwa zwei Minuten hier sein. Wenn Sie die Waffen nicht fallen lassen, schlage ich vor, dass Sie rennen, als wäre der Teufel hinter Ihnen her – oder Sie müssen es mit diesen Jungs aufnehmen.«

Der Schwarzgekleidete blickte sie an und lächelte. »Es kommt kein Sondereinsatzkommando, Miss Reynolds.«

Brooke konnte ihr Erstaunen nicht verbergen. Und bei den nächsten Worten des Mannes wuchs dieses Erstaunen ins Unermessliche.

»Agent Constantinople«, sagte der Mann und schaute zu Connie hinüber, »Sie können jetzt gehen. Wir haben alles unter Kontrolle, und wir wissen Ihre Hilfe zu schätzen.«

Langsam drehte Brooke sich um und blickte ihren Partner an. Vor Schreck war ihr Mund weit aufgerissen.

Connie schaute sie an, und auf seinen Zügen lag ein Ausdruck der Resignation.

»Connie?« Brookes Atem ging schnell. »Das ist nicht wahr, Connie. Bitte sag mir, dass es nicht wahr ist.«

Connie befingerte seine Pistole und zuckte die Achseln. Allmählich entspannte sich seine verkrampfte Haltung. »Ich wollte dich eigentlich lebend aus dieser Sache rauskriegen *und* dafür sorgen, dass deine Suspendierung rückgängig gemacht wird.« Er schaute zu den beiden Männern hinüber. Einer von ihnen schüttelte nachdrücklich den Kopf.

»Du bist die undichte Stelle?«, fragte Brooke. »Nicht Ken?«
»Stimmt. Nicht Ken«, sagte Connie.
»Und das Geld in dem Schließfach?«
»Er hat mit Münzen und Baseball-Bildern gehandelt. Die Geschäfte wurden ausschließlich in bar abgewickelt. Ich habe Ken sogar ein paar Mal geholfen. Ich wusste es. Er hat das Finanzamt beschissen. Verdammt, wen interessiert das schon? Der Großteil des Geldes ging sowieso auf die College-Konten seiner Kinder.«
»Du hast mich glauben lassen, er sei es gewesen.«
»Na ja, du solltest nicht glauben, dass ich es bin. Das wäre aus nahe liegenden Gründen nicht gut gewesen.«
Einer der Männer rannte nach oben und verschwand in einem der Schlafzimmer. Eine Minute später kam er mit Buchanans Aktenkoffer wieder heraus. Er drängte Faith und Buchanan die Treppe hinunter. Der Mann öffnete den Aktenkoffer, nahm die Kassette heraus und spielte den Anfang ab, um sich davon zu überzeugen, dass es die richtige war. Dann zerbrach er die Kassette, riss das Band heraus, warf die langen Streifen in den gasbetriebenen Kamin und drückte auf den Knopf der Fernbedienung. Alle schauten schweigend zu, wie die Flammen das Band zu einer klebrigen Masse verschmolzen.
Während Brooke beobachtete, wie das Band vernichtet wurde, konnte sie den Gedanken nicht verdrängen, dass sie die nächsten paar Minuten ihres Lebens sah. Die *letzten* paar Minuten ihres Lebens.
Brooke schaute die beiden Männer und dann Connie an. »Also haben sie uns beschattet und bis hierher verfolgt? Ich habe niemanden gesehen«, sagte sie verbittert.

Connie schüttelte den Kopf. »In meinem Wagen war ein Sender. Sie haben alles mitgehört. Sie haben bloß gewartet, bis wir das richtige Haus gefunden hatten, und sind uns dann gefolgt.«

»Warum, Connie? Warum bist du zum Verräter geworden?«

Connie erwiderte in verbittertem Tonfall: »Fünfundzwanzig Jahre habe ich beim FBI geschuftet. Fünfundzwanzig verdammt erfolgreiche Jahre, und ich bin noch immer ganz unten, der letzte Arsch der Agenten im Außendienst. Ich hab dir ein Dutzend Dienstjahre voraus, trotzdem bist du mein Boss. Weil *ich* zu den politischen Spielchen der Führungsetage Nein gesagt habe. Weil *ich* nicht lügen und mitspielen wollte, haben sie meine Karriere gekillt.« Er schüttelte den Kopf und starrte zu Boden. Als er dann wieder Brooke anschaute, lag ein Ausdruck des Bedauerns auf seinem Gesicht. »Versteh doch, ich habe nichts gegen dich, Brooke. Nichts. Du bist eine sehr gute Agentin. Ich wollte nicht, dass es so endet. Ich hatte vor, dass wir draußen warten und diese Jungs ihre Arbeit erledigen lassen. Wenn ich dann grünes Licht bekommen hätte, wären wir reingegangen und hätten die Leichen gefunden. Dein Name wäre rein gewaschen worden, und alles wäre wieder in Ordnung gewesen. Dass Adams weggefahren ist, hat alles zunichte gemacht.« Connie bedachte den Mann in Schwarz, der ihn beim Namen genannt hatte, mit einem unfreundlichen Blick. »Wenn dieser Blödmann nichts gesagt hätte, hätte ich vielleicht doch noch eine Möglichkeit gefunden, dich lebend aus der Sache rauszubringen.«

Der Mann zuckte die Achseln. »Ist nun mal passiert. Und jetzt hauen Sie lieber ab. Es wird hell draußen. Geben Sie uns eine halbe Stunde, dann können Sie die Cops anrufen. Denken Sie sich eine gute Geschichte aus.«

Brooke wandte den Blick nicht von Connie ab. »Ich kann dir sagen, wie du die Sache vertuschen kannst, Connie. Ist doch ganz einfach: Wir haben das Haus gefunden. Ich gehe vorn rein, während du die Hintertür sicherst. Ich komme nicht wieder raus. Du hörst Schüsse, gehst rein, findest uns alle tot vor.« Brookes Stimme brach, als sie an ihre Kinder dachte, die sie nie wiedersehen würde. »Du siehst, dass jemand abhaut, schießt auf ihn, bis deine Pistole leer ist. Aber du triffst ihn nicht, verfolgst ihn, wirst beinahe getötet und überlebst nur mit viel Glück. Du rufst die Bullen. Sie kommen. Du rufst das Hauptquartier an, erklärst alles. Sie schicken Leute her. Du wirst ein wenig zusammengeschissen, weil du mit mir hierher gefahren bist, aber du hast ja bloß zu deinem Boss gehalten. Loyalität. Wer wird dir deshalb einen Vorwurf machen? Sie ermitteln, finden aber keine befriedigende Antwort. Wahrscheinlich werden sie davon ausgehen, dass ich die undichte Stelle war und hier mein schmutziges Geld in Empfang nehmen wollte. Du kannst ihnen ja sagen, es wäre meine Idee gewesen, hierher zu fahren. Ich hätte genau gewusst, wohin wir fahren müssen. Ich gehe ins Haus, werde abgeknallt. Und du – ein armer, unschuldiger Trottel – gehst ebenfalls fast drauf. Fall abgeschlossen. Wie hört sich das an, Agent Constantinople?« Den letzten Satz spuckte sie beinahe aus.

Einer von Thornhills Männern schaute zu Connie hinüber und lächelte. »Ich finde, das hört sich gut an.«

Auch Connie konnte den Blick nicht von Brooke lösen. »Tut mir Leid, Brooke. Wirklich.«

Brookes Augen füllten sich mit Tränen, und als sie sprach, brach ihre Stimme wieder. »Sag das Anne Newman. Sag das meinen *Kindern,* du Dreckskerl!«

Mit gesenktem Blick trat Connie an ihnen vorbei und stieg die Treppe hinunter.

»Wir erledigen sie hier, einen nach dem anderen«, sagte der erste Mann. Er schaute Buchanan an. »Sie zuerst.«

»Darauf hat Ihr Boss wohl ausdrücklich bestanden«, sagte Buchanan.

»Wer? Ich will einen Namen«, verlangte Brooke.

»Was spielt das für eine Rolle?«, sagte der zweite Mann. »Sie werden nicht mehr lange genug leben, um irgendwo auszusa...«

In diesem Augenblick traf die Kugel ihn in den Hinterkopf.

Der andere Mann wirbelte herum und versuchte, seine Waffe in Anschlag zu bringen, war aber zu langsam und bekam die Kugel mitten ins Gesicht. Tot brach er neben seinem Partner zusammen.

Connie kam die Treppe wieder hinauf. Aus der Mündung seiner Pistole stieg noch ein Rauchfaden empor. Er schaute auf die beiden Toten. »Das war für Ken Newman, ihr Arschlöcher.« Er blickte zu Brooke auf. »Ich habe nicht gewusst, dass sie Ken umbringen würden, Brooke. Das schwöre ich auf einen Stapel Bibeln. Doch nachdem es nun einmal passiert war, konnte ich nur noch abwarten, was weiter geschehen würde.«

»Und mich auf eine Schnitzeljagd führen? Zusehen, wie ich suspendiert werde? Wie meine Karriere ruiniert wird?«

»Ich konnte nicht viel dagegen tun. Ich hatte vor, dich da rauszuholen, wieder in Amt und Würden zu bringen. Dich zur Heldin zu machen. Sollte Ken doch als Verräter dastehen. Was spielt das schon für eine Rolle. Er ist tot!«

»Für seine Familie *spielt* es eine Rolle, Connie.«

Connies Gesicht wurde wütend. »Hör mal, ich bin nicht stolz auf das, was ich getan habe, aber ich hatte meine Gründe. Du brauchst es nicht gutzuheißen, aber halte mir bitte keine Vorlesungen über Dinge, von denen du keine Ahnung hast. Du willst über Schmerz sprechen und über Verbitterung? Da bin ich dir um fünfzehn Jahre voraus.«

Brooke kniff die Augen zusammen, trat zurück und schaute auf die Pistole.

»Na schön, Connie, du hast uns gerade das Leben gerettet. Das macht eine Menge wett.«

»Ach, glaubst du?«

Sie zog ihr Handy hervor. »Ich rufe Massey an und lass ein Team herschicken.«

»Steck das Telefon weg, Brooke.«

»Connie ...«

»Steck das verdammte Telefon weg. Sofort!«

Brooke ließ das Handy sinken. »Connie, es ist vorbei.«

»Es ist nie vorbei, Brooke, das weißt du. Dinge, die vor Jahren passiert sind, holen einen immer wieder ein und beißen einen in den Arsch. Irgendwer findet was raus und wühlt herum, und plötzlich ist dein Leben im Eimer.«

»Hast du dich deshalb auf diese Sache eingelassen? Weil jemand dich erpresst hat?«

Er schaute sich langsam um. »Was spielt das für eine Rolle, verflucht noch mal?«

»Für *mich* spielt es eine Rolle!«, sagte Brooke.

Connie stieß einen tiefen Seufzer aus. »Als meine Frau Krebs bekam, hat unsere Versicherung nicht alle Spezialtherapien abgedeckt. Die Ärzte waren der Meinung, die Behandlungen könnten ihr noch eine Chance geben, vielleicht noch ein paar Monate. Ich habe das Haus bis zum Dach mit Hypotheken belastet. Ich habe unsere Bankkonten geräumt. Es hat trotzdem nicht gereicht. Was sollte ich denn tun? Sie einfach sterben lassen?« Connie schüttelte wütend den Kopf. »Also ist ein bisschen Koks und anderes Zeug aus der Asservatenkammer verschwunden. Ein paar Leute kamen später dahinter. Und plötzlich hatte ich einen neuen Arbeitgeber.« Er hielt inne und schaute kurz zu Boden. »Und das Schrecklichste daran ist, dass June trotzdem sterben musste.«

»Ich kann dir helfen, Connie. Du kannst das sofort zu einem Ende bringen.«

Connie lächelte grimmig. »Niemand kann mir helfen, Brooke. Ich habe einen Pakt mit dem Teufel geschlossen.«

»Lass sie gehen, Connie. Es ist vorbei.«

Er schüttelte den Kopf. »Ich habe hier einen Job zu erledigen. Und du kennst mich gut genug, um zu wissen, dass ich immer zu Ende bringe, was ich anfange.«

»Und was dann? Welche Ausrede willst du dir dafür einfallen lassen?« Sie schaute zu den beiden Toten hinüber. »Und jetzt willst du noch drei Leute umbringen? Das ist doch verrückt. Bitte, Connie ...!«

»Noch verrückter wäre es, einfach aufzugeben und den

Rest meines Lebens im Knast zu verbringen. Oder vielleicht auf dem elektrischen Stuhl zu landen.« Er zuckte mit den breiten Schultern. »Mir wird schon was einfallen.«

»Bitte, Connie. Tu das nicht. Dazu bist gar nicht im Stande. Ich weiß es. Du bist nicht dazu fähig.«

Connie schaute auf seine Pistole, kniete dann nieder und hob eine der Waffen der Toten auf, auf die ein Schalldämpfer geschraubt war. »Ich muss. Und es tut mir Leid, Brooke.«

Sie alle hörten das Klicken. Connie und Brooke erkannten es sofort als das Geräusch, das entsteht, wenn der Hahn einer halbautomatischen Pistole gespannt wird.

»Lassen Sie die Waffe fallen!«, brüllte Lee. »Sofort! Oder ich schieße einen Tunnel in Ihren Kopf.«

Connie erstarrte. Seine Pistole fiel polternd zu Boden.

Lee kam die Treppe hinauf und drückte dem Agenten die Mündung seiner Waffe an den Kopf. »Ich hätte nicht übel Lust, Sie trotzdem zu erschießen, aber Sie haben mir die Mühe erspart, mich mit zwei weiteren Gorillas herumprügeln zu müssen.« Lee blickte Brooke an. »Agentin Reynolds, ich wäre Ihnen dankbar, würden Sie die Pistole aufheben und auf Ihren Kollegen richten.«

Brooke tat wie geheißen. Ihr Blick brannte sich in die Augen ihres Partners. »Setz dich, Connie. Auf der Stelle!«, befahl sie.

Lee ging zu Faith und umarmte sie.

»Lee.« Mehr sagte sie nicht. Sie drückte sich an ihn.

»Gott sei Dank habe ich mich entschlossen, noch mal zurückzukommen.«

»Kann mir jemand mal sagen, was das zu bedeuten hat, verdammt noch mal?«, sagte Brooke.

Buchanan trat vor. »Ich könnte es, aber das wird vielleicht nichts mehr nützen. Der Beweis, den ich hatte, war auf dem Band. Ich wollte Kopien machen, hatte aber keine Gelegenheit mehr dazu, bevor ich Washington verließ.«

Brooke schaute zu Connie hinunter. »Du weißt offensichtlich, was hier gespielt wird. Wenn du mit uns zusammenarbeitest, wirst du ein milderes Urteil bekommen.«

»Genauso gut könnte ich mich selbst auf dem Stuhl festschnallen«, sagte Connie.

»Wer? Verdammt, wer steckt hinter alledem? Vor wem haben alle solch eine fürchterliche Angst?«

»Agentin Reynolds«, sagte Buchanan, »der betreffende Herr wartet bestimmt darauf, das Ergebnis dieser Operation zu erfahren. Wenn er nicht bald etwas hört, wird er noch mehr Leute schicken. Das sollten wir lieber verhindern.«

Brooke schaute ihn an. »Warum sollte ich Ihnen vertrauen? Ich rufe besser die Polizei.«

»An dem Abend, als Agent Newman getötet wurde«, sagte Faith, »habe ich ihm gesagt, dass Danny mitmachen und zusammen mit mir aussagen soll. Newman hat erwidert, dazu würde es nie kommen.«

»Tja, das stimmt wohl auch.«

»Würden Sie alle Fakten kennen, würden Sie nicht so denken. Was wir getan haben, war falsch, aber es gab keine andere Möglichkeit ...«

»Tja, dann ist ja alles völlig klar«, meinte Brooke.

»Das kann warten«, sagte Buchanan eindringlich. »Jetzt müssen wir uns erst mal um den Mann kümmern, der diese Leute beauftragt hat.« Er blickte auf die Toten hinunter.

»Draußen liegt noch einer von denen«, sagte Lee. »Er nimmt gerade ein kleines Bad im Meer.«

Brooke schaute beinahe verzweifelt drein. »Jeder außer mir scheint etwas zu wissen.« Sie drehte sich mit finsterer Miene zu Buchanan um. »Na schön, ich höre. Was schlagen Sie vor?«

Buchanan wollte gerade antworten, als sie alle das Geräusch eines landenden Flugzeugs hörten. Sie schauten zum Fenster. Draußen war die Dämmerung angebrochen.

»Das ist nur der Pendlerdienst. Es wird hell. Der erste Flug des Tages. Die Landebahn liegt direkt hinter der Straße.«

»*Das* weiß ich«, sagte Brooke.

»Ich schlage vor, wir benutzen Ihren Freund dort«, sagte

Buchanan und nickte Connie zu, »um mit dieser Person Verbindung aufzunehmen.«

»Und was wollen wir ihr sagen?«

»Dass seine Operation ein voller Erfolg war, abgesehen davon, dass seine Männer bei dem nachfolgenden Kampf getötet wurden. Das wird er verstehen. Verluste sind unvermeidbar. Aber Faith und ich kamen um, und das Tonband wurde vernichtet. Dann wird er sich sicher fühlen.«

»Und ich?«, sagte Lee.

Buchanan warf ihm einen Blick zu. »Sie sind unser Joker.«

»Und warum sollte ich da mitmachen?«, fragte Brooke. »Wo ich Sie und Faith und ihn« – sie richtete die Pistole auf Connie – »doch einfach dem WFO übergeben, meinen Job zurückkriegen und als Heldin aus der Sache rauskommen könnte?«

»Ganz einfach. Wenn Sie das tun, wird der Mann, der für das alles verantwortlich ist, ungeschoren davonkommen. Und kann jederzeit erneut so etwas durchziehen.«

Brooke sagte gar nichts, runzelte nur die Stirn.

Buchanan beobachtete sie genau. »Es ist Ihre Entscheidung.«

Brooke schaute von einem zum anderen; dann senkte ihr Blick sich wieder auf Lee. Sie bemerkte das Blut auf seinem Ärmel, die Schnitte und Prellungen in seinem Gesicht.

»Sie haben uns allen das Leben gerettet. Sie sind wahrscheinlich die unschuldigste Person in diesem Raum. Was denken Sie?«

Lee schaute Faith und Buchanan an und richtete den Blick dann wieder auf Brooke. »Ich kann Ihnen wohl keinen guten Grund nennen, bei der Sache mitzuspielen, aber aus dem Bauch heraus würde ich sagen ... machen Sie mit!«

Brooke seufzte und blickte zu Connie hinüber. »Ist es dir möglich, mit diesem Ungeheuer Kontakt aufzunehmen?«

Connie sagte nichts.

»Connie, die Zusammenarbeit mit uns wird für dich von Vorteil sein. Ich weiß, du wolltest uns alle umbringen, und mir sollte eigentlich scheißegal sein, was aus dir wird.« Sie hielt inne und schaute kurz zu Boden. »Aber so ist es nicht. Deine letzte Chance, Connie. Was sagst du?«

Connie ballte die großen Hände nervös zu Fäusten und öffnete sie wieder. Er schaute Buchanan an. »Was genau soll ich denn sagen?«

Buchanan erklärte es ihm, und Connie setzte sich auf das Sofa, nahm das Handy und wählte. Als die Verbindung stand, sagte er: »Hier ist ...« Für einen Moment blickte Connie verlegen drein. »Hier ist das Ass im Ärmel.« Ein paar Minuten später unterbrach er die Verbindung und musterte die anderen der Reihe nach. »So, das wäre erledigt.«

»Hat er es Ihnen abgekauft?«, fragte Lee.

»Ich glaube schon. Aber bei solchen Typen weiß man das nie so genau.«

»Das muss genügen. Immerhin verschafft es uns ein wenig Zeit«, sagte Buchanan.

»Tja, im Augenblick müssen wir uns um ein paar andere Dinge kümmern«, sagte Brooke. »Zum Beispiel um ein paar Leichen. Und ich muss mich beim Hauptquartier melden. Und dich« – sie schaute Connie an – »in eine Zelle schaffen.«

Connie funkelte sie wütend an. »So viel zum Thema Loyalität«, sagte er.

Sie erwiderte seinen Blick genauso wütend. »Du hast deine Wahl getroffen. Was du für uns getan hast, *wird* dir helfen. Aber du wirst lange im Gefängnis sitzen, Connie. Wenigstens wirst du am Leben bleiben. Das blieb Ken verwehrt.«

Sie schaute Buchanan an. »Und was nun?«

»Ich schlage vor, dass wir sofort von hier verschwinden. Sobald wir diese Gegend verlassen haben, können Sie die Polizei anrufen. Wenn wir wieder in Washington sind, werden Faith und ich zum FBI gehen und dort auspacken, was wir wissen. Wir müssen alles völlig geheim halten. Wenn er erfährt, dass wir mit dem FBI zusammenarbeiten, werden wir nie die Beweise bekommen, die wir brauchen.«

»Dieser Kerl hat Ken umbringen lassen?«

»Ja.«

»Gehört er zu einer ausländischen Macht?«

»Eigentlich haben Sie beide denselben Brötchengeber.«

Brooke blickte ihn fassungslos an. »Die ... Vereinigten Staaten?«, sagte sie langsam.

Buchanan nickte. »Wenn Sie mir vertrauen, werde ich alles tun, was in meiner Macht steht, den Mann zu Ihnen zu bringen. Ich habe noch ein Hühnchen mit ihm zu rupfen.«

»Und was genau erwarten Sie als Gegenleistung?«

»Für mich? Nichts. Wenn ich ins Gefängnis muss, gehe ich ins Gefängnis. Aber Faith geht straffrei aus. Wenn Sie mir das nicht garantieren, können Sie direkt die Polizei rufen.«

Faith ergriff seinen Arm. »Danny, das wirst du nicht auf deine Kappe nehmen!«

»Warum nicht? Es war mein Werk.«

»Aber deine Gründe ...«

»Gründe sind keine Entschuldigung. Als ich gegen das Gesetz verstieß, habe ich gewusst, dass ich ein Risiko einging.«

»Ich aber auch, verdammt!«

Buchanan drehte sich zu Brooke um. »Sind wir uns einig? Faith geht nicht ins Gefängnis.«

»Ich bin wirklich nicht in der Lage, Ihnen irgendetwas anzubieten.« Sie dachte kurz darüber nach. »Aber ich kann Ihnen eins versprechen: Wenn Sie ehrlich zu mir sind, werde ich tun, was ich kann, dass Faith straffrei ausgeht.«

Connie stand auf; plötzlich war er kreidebleich. »Brooke, ich muss ... ganz schnell aufs Klo.« Er war wacklig auf den Füßen und fasste sich mit einer Hand an die Brust.

Sie warf ihm einen misstrauischen Blick zu. »Was ist los?« Ihr fiel auf, wie bleich er war. »Geht es dir nicht gut?«

»Um die Wahrheit zu sagen, ging es mir schon mal besser«, murmelte er. Sein Kopf kippte nach rechts, die linke Seite schien hinabzusacken.

»Ich begleite ihn«, sagte Lee.

Als die beiden zur Treppe gingen, schien Connie das

Gleichgewicht zu verlieren, und er drückte die Hand fest auf die Mitte seiner Brust. Sein Gesicht verzog sich vor Schmerz. »Verdammt. O Gott!« Er fiel stöhnend auf ein Knie; Speichel tropfte ihm aus dem Mund, und er lallte leise etwas vor sich hin.

»Connie!« Brooke lief zu ihm.

»Er hat einen Herzanfall!«, rief Faith.

»Connie!«, sagte Brooke erneut, während sie ihren schmerzgepeinigten Partner anstarrte, der zu Boden sank. Sein Körper zuckte.

Die Bewegung war schnell. Eigentlich viel zu schnell für einen Mann in den Fünfzigern; andererseits konnte Verzweiflung sich mit Adrenalin zu einem Blitz vermischen.

Connies Hand zuckte zum Knöchel. Dort befand sich eine kleine Pistole in einem Halfter. Bevor jemand reagieren konnte, hatte er die Waffe gezogen und zielte. Connie hatte mehrere Personen zur Auswahl, entschied sich aber für Danny Buchanan und schoss.

Lediglich Faith Lockhart reagierte genauso schnell wie Connie.

Sie stand neben Buchanan und sah die Pistole eher als alle anderen. Sie sah auch, dass der Lauf auf ihren Freund gerichtet war. In ihrer Vorstellung hörte sie bereits die Detonation, sah die tödliche Kugel in Danny Buchanans Leib einschlagen. Es war unerklärlich, wie Faith sich so schnell bewegen konnte.

Die Kugel traf sie in die Brust; sie keuchte einmal und brach dann vor Buchanan zusammen.

»Faith!«, rief Lee. Statt auf Connie loszugehen, sprang er zu ihr.

Brookes Waffe war auf Connie gerichtet. Als er die Pistole zu ihr herumriss, blitzte in ihr das Bild der Handleserin auf. Die allzu kurze Lebenslinie. FBI-AGENTIN ERSCHOSSEN – HINTERLÄSST ZWEI KINDER. Sie sah die Schlagzeile in fetten Lettern vor ihrem geistigen Auge. Die überwältigende Erinnerung lähmte sie fast. Fast.

Sie und Connie starrten sich an. Er riss die Pistole hoch,

richtete sie auf Brooke. Er würde abdrücken, daran hegte sie nicht den geringsten Zweifel. Er hatte eindeutig die Nerven, den Mut, jemanden zu töten. Und sie? Ihr Finger krümmte sich um den Abzug, während die ganze Welt langsamer zu werden schien, als befände sie sich unter Wasser, wo die Schwerkraft entweder aufgehoben oder vergrößert wurde. Ihr Partner. Ein FBI-Agent. Ein Verräter. Ihre Kinder. Ihr eigenes Leben. Jetzt oder nie.

Brooke drückte ab, einmal, zweimal. Der Rückstoß war kurz, und die Kugeln saßen perfekt. Als sie in Connies Körper schlugen, zitterte und zuckte er: Sein Hirn schickte noch Befehle aus, hatte noch nicht registriert, dass der Körper bereits tot war.

Brooke glaubte zu sehen, dass Connie sie forschend anstarrte, als die Pistole aus seiner Hand fiel und er langsam zusammenbrach. Dieses Bild würde sie ewig verfolgen. Erst als Agent Howard Constantinople auf den Boden schlug und sich nicht mehr rührte, atmete Brooke wieder ein.

»Faith, Faith!« Lee zerrte an ihrem Sweat-Shirt, legte die schreckliche, blutige Wunde an ihrer Brust frei. »O Gott. Faith.« Sie war bewusstlos, ihr Atem ging kaum noch wahrnehmbar.

Buchanan starrte mit nacktem Entsetzen auf sie hinunter.

Brooke kniete neben Lee nieder. »Wie schlimm ist es?«

Lee schaute gequält auf. Er brachte kein Wort hervor.

Brooke betrachtete die Verletzung prüfend. »Schlimm«, sagte sie. »Die Kugel steckt noch in der Brust. Direkt neben dem Herzen.«

Lee blickte Faith an. Ihre Haut erbleichte bereits. Mit jedem flachen Atemzug, den sie tat, schien die Wärme des Lebens aus ihr zu strömen. »Oh, Gott. Nein. Bitte!«, rief er.

»Wir müssen sie in ein Krankenhaus bringen«, sagte Brooke. »Sofort!« Sie hatte keine Ahnung, wo das nächste Krankenhaus war, geschweige denn ein Traumazentrum, und nur dort konnte Faith geholfen werden. Und wenn sie auf der Suche danach mehr oder weniger ziellos durch die

Gegend fuhren, unterschrieben sie damit Faiths Todesurteil. Sie konnte einen Rettungswagen anfordern, aber wer wusste schon zu sagen, wie lange es dauerte, bis der Wagen hier war? Das Dröhnen des Flugzeugmotors draußen ließ Brooke zum Fenster schauen. Der Plan bildete sich innerhalb eines Sekundenbruchteils in ihrem Kopf. Sie lief zu Connie zurück und nahm seine FBI-Dienstmarke an sich. Ihr Blick blieb einen winzigen Augenblick lang auf ihrem ehemaligen Kollegen haften. Sie sollte eigentlich keine Gewissensbisse haben. Connie hätte sie ohne den geringsten Skrupel umgebracht. Warum also schien die Reue sie zu zerfressen? Aber Connie war tot, Faith Lockhart noch nicht. Brooke eilte zu Faith zurück. »Lee, wir nehmen das Flugzeug. Schnell!«

Sie stürmten aus dem Haus, Brooke voran, und hörten, wie der Motor des Flugzeugs aufheulte, als die Maschine sich auf den Start vorbereitete. Brooke rannte, so schnell sie konnte. Sie lief auf das Buschwerk zu, bis Lee irgendetwas rief und auf den Zufahrtsweg zeigte. Brooke stürmte in diese Richtung weiter und fand sich eine Minute später auf der Start- und Landebahn wieder. Sie schaute zum anderen Ende. Das Flugzeug drehte soeben, um die Rollbahn entlangzurasen und sich in die Luft zu erheben. Brookes einzige Hoffnung würde in wenigen Sekunden verschwunden sein. Sie rannte über den Asphalt, direkt auf das Flugzeug zu, winkte mit der Pistole und der Dienstmarke und rief, so laut sie konnte: »FBI!« Die Maschine jagte mit dröhnenden Motoren auf sie zu, während Buchanan und Lee, der Faith auf den Armen trug, auf die Rollbahn stürmten.

Endlich bemerkte der Pilot die Frau, die eine Pistole schwenkte und auf ihn zulief. Er nahm das Gas zurück, und das Flugzeug rollte aus; die Motoren erstarben jaulend.

Brooke erreichte die Maschine und hielt die Marke in die Höhe. Der Pilot klappte das Fenster der Kanzel hoch.

»FBI!«, stieß Brooke keuchend hervor. »Ich habe hier eine Schwerverletzte. Ich brauche Ihr Flugzeug. Sie müssen uns zum nächsten Krankenhaus fliegen. Sofort!«

Der Pilot blickte auf die Dienstmarke und die Pistole und nickte. »Okay.«

Sie stiegen in das Flugzeug. Lee drückte Faith an seine Brust. Der Pilot wendete die Maschine erneut, fuhr zum Ende der Rollbahn zurück und setzte wieder zum Start an. Eine Minute später erhob sich das Flugzeug in die Luft und stieg der Umarmung eines rasch aufhellenden Himmels entgegen.

KAPITEL 53

Der Pilot gab über Funk eine Meldung durch, und ein Notarztwagen wartete auf der Landebahn von Manteo, das glücklicherweise nur ein paar Flugminuten entfernt war. Brooke und Lee hatten die Blutung mit Verbänden aus dem Erste-Hilfe-Kasten des Flugzeugs zum Stillstand gebracht, und Lee hatte Faith Sauerstoff aus der kleinen Flasche an Bord gegeben, aber nichts davon schien irgendeine Wirkung zu haben. Faith hatte das Bewusstsein nicht wiedererlangt, und mittlerweile war ihr Puls kaum zu fühlen. Ihre Glieder kühlten schnell aus, obwohl Lee sie an sich drückte und versuchte, ihr etwas von seiner Körperwärme abzugeben, als würde es ihr helfen.

Lee fuhr mit Faith im Krankenwagen zum Beach Medical Center, das über eine Notaufnahme und ein Traumazentrum verfügte. Brooke und Buchanan wurden in einem PKW dorthin gebracht. Auf dem Weg zum Krankenhaus rief Brooke in Washington bei Fred Massey an. Sie berichtete ihm gerade so viel, dass er sofort loslief, um sich eine FBI-Maschine zu schnappen. Nur er durfte kommen, niemand sonst; darauf hatte Brooke bestanden. Massey hatte die Bedingung kommentarlos akzeptiert. Vielleicht hatte es an ihrem Tonfall gelegen, oder einfach nur an dem unglaublichen Inhalt ihrer wenigen Worte.

Faith wurde sofort in die Notaufnahme gebracht, in der die Ärzte sich fast zwei Stunden lang um sie bemühten. Sie versuchten, die Lebensfunktionen zu stabilisieren und die innere Blutung zu stoppen. Es sah nicht gut aus. Dann kam der Herzschlag zum Erliegen.

Gelähmt vor Entsetzen beobachtete Lee durch die Tür, wie Faiths Körper wiederholt unter der Wirkung der Elektroschocks zuckte, die ihr verabreicht wurden. Erst als er sah, dass die flache Linie auf dem Monitor, der die Herztätigkeit anzeigte, wieder der normalen Wellenlinie mit ihren Gipfeln und Tälern gewichen war, konnte er sich wieder bewegen.

Kaum zwei Stunden später mussten die Ärzte Faiths Brustkorb aufschneiden, die Rippen spreizen und das Herz massieren, um es wieder in Gang zu bringen. Jede Stunde, die Faith sich verzweifelt ans Leben klammerte, schien eine neue Krise zu bringen.

Unaufhörlich schritt Lee auf dem Gang auf und ab, die Hände in den Taschen, den Kopf gesenkt. Er wechselte mit niemandem auch nur ein Wort. Er hatte jedes Gebet gesprochen, das er kannte. Er hatte sich sogar ein paar neue ausgedacht. Er war völlig hilflos, konnte überhaupt nichts tun, und das zerrte am meisten an ihm. Wie hatte er das nur zulassen können? Wie hatte Constantinople, dieser fette alte Druckskerl, diesen Schuss nur abfeuern können? Und er hatte direkt neben diesem Arschloch gestanden! Und Faith ... warum hatte sie die Kugel abgefangen? Warum? Buchanan hätte jetzt auf diesem Rollbett liegen sollen, während die Ärzte um ihn herumwimmelten und verzweifelt versuchten, das Leben in seinen geschundenen Körper zurückzuzwingen.

Lee sank gegen die Wand, glitt zu Boden und bedeckte das Gesicht mit beiden Händen, während sein großer Körper zitterte.

In einem Privatzimmer warteten Brooke und Buchanan, der kaum ein Wort gesagt hatte, seit Faith angeschossen worden war. Er saß einfach da und starrte die Wand an. Wenn man Buchanan anschaute, hätte man kaum glauben können, dass sich greller Zorn in ihm aufstaute – und abgrundtiefer Hass auf einen Mann, der alles zerstört hatte, was Buchanan lieb und teuer war.

Als Fred Massey eintraf, wurde Faith gerade auf die Intensivstation gebracht. Die Ärzte hatten ihren Zustand vorerst stabilisiert, erklärte ihnen einer der Mediziner. Bei der Kugel handelte es sich um eins dieser tückischen Dum-Dum-Geschosse, sagte er. Sie war wie eine außer Kontrolle geratene Bowlingkugel durch Faiths Körper geschleudert und hatte beträchtliche Schäden an den inneren Organen hervorgerufen. Die inneren Blutungen waren sehr heftig gewesen. Doch Faith war stark, und sie lebte noch. Sie hatte eine Chance, mehr aber nicht, sagte der Arzt. Er könne keine Garantien geben. Doch sie würden bald mehr wissen.

Als der Arzt ging, legte Brooke eine Hand auf Lees Schulter und reichte ihm eine Tasse frischen Kaffee.

»Lee, wenn sie bis jetzt überlebt hat, wird sie es wohl schaffen.«

»Keine Garantien«, murmelte er eher zu sich selbst. Er konnte Brooke nicht ins Gesicht sehen.

Sie gingen in das Privatzimmer, und Brooke stellte Buchanan und Lee Fred Massey vor.

»Mr Buchanan sollte Ihnen jetzt seine Geschichte erzählen«, sagte Brooke zu Massey.

»Und er ist dazu bereit?«, fragte Massey skeptisch.

»Mehr als nur bereit«, warf Buchanan ein. »Aber verraten Sie mir eins, bevor ich anfange. Was ist Ihnen wichtiger? Was ich getan habe, oder die Person zu verhaften, die Ihren Agenten getötet hat?«

Massey beugte sich vor. »Ich weiß nicht, ob ich in der Lage bin, einen solchen Handel mit Ihnen zu besprechen.«

Buchanan stützte die Ellbogen auf den Tisch. »Wenn ich Ihnen meine Geschichte erzählt habe, werden Sie es sein. Aber ich erzähle dies alles nur unter einer Bedingung: Ich darf mit diesem Mann abrechnen. So, wie ich es für richtig halte.«

»Agentin Reynolds hat mich informiert, dass diese Person für die Bundesregierung arbeitet.«

»So ist es.«

»Das ist kaum zu glauben. Haben Sie Beweise?«

»Lassen Sie mich die Sache auf meine Weise erledigen, und Sie werden Ihre Beweise bekommen.«

Massey blickte Brooke an. »Die Leichen im Haus. Wissen wir schon, um wen es sich handelt?«

Sie schüttelte den Kopf. »Ich habe gerade nachgefragt. Die Polizei und Agenten aus Washington, Raleigh und Norfolk sind am Tatort. Aber für diese Information ist es noch zu früh. Immerhin halten wir den Deckel drauf. Die örtlichen Behörden haben nichts erfahren. Soweit haben wir alles unter Kontrolle. In den Nachrichten wird man nichts von den Leichen zu sehen bekommen. Und man wird auch nicht erfahren, dass Faith noch lebt und im Krankenhaus ist.«

Massey nickte. »Gute Arbeit, Agentin Reynolds.« Als fiele ihm plötzlich etwas ein, öffnete er seine Aktentasche, holte zwei Gegenstände heraus und reichte sie ihr.

Brooke schaute auf ihre Pistole und ihre Dienstmarke.

»Tut mir Leid, dass es so weit gekommen ist, Brooke«, sagte Massey. »Ich hätte Ihnen vertrauen sollen. Vielleicht bin ich schon zu lange nicht mehr im Außeneinsatz. Schiebe zu viele Formulare hin und her und höre nicht mehr auf meinen Instinkt.«

Brooke schnallte sich das Halfter um und steckte die Dienstmarke ein. Sie fühlte sich wieder wie ein ganzer Mensch. »Vielleicht hätte ich Ihnen auch nicht vertraut, wäre ich an Ihrer Stelle gewesen. Aber vorbei ist vorbei, Fred. Machen wir weiter. Wir haben nicht viel Zeit.«

»Glauben Sie mir, Mr Massey«, sagte Buchanan, »Sie werden diese Männer nie identifizieren. Und wenn doch, werden Sie keinerlei Verbindungen zu der Person nachweisen können, von der ich spreche.«

»Wie können Sie da so sicher sein?«, fragte Massey.

»Vertrauen Sie mir. Ich weiß, wie dieser Mann arbeitet.«

»Hören Sie, warum sagen Sie mir nicht einfach, um wen es sich handelt, und ich kümmere mich um den Rest?«

»Nein«, sagte Buchanan entschieden.

»Was soll das heißen, nein? Wir sind das FBI, Mister, das

ist unser Beruf. Wenn Sie irgendetwas aushandeln wollen ...«

»Jetzt hören Sie mir mal zu.« Buchanan hob kaum die Stimme, doch sein Blick bohrte sich mit solch überwältigender Kraft in Masseys Augen, dass der ADIC den Faden verlor und verstummte. »Wir haben eine Chance, den Kerl zu fassen. Eine! Er hat bereits das FBI infiltriert. Constantinople war vielleicht nicht der einzige Maulwurf. Es könnte weitere geben.«

»Das bezweifle ich sehr ...«, begann Massey.

Nun hob Buchanan die Stimme. »Können Sie mir garantieren, dass es keine weiteren gibt? Mit absoluter Sicherheit?«

Massey lehnte sich zurück und schaute unbehaglich drein. Er blickte Brooke an, doch die zuckte nur mit den Schultern.

»Wenn sie Connie umdrehen konnten«, sagte sie, »können sie jeden rumkriegen.«

Massey runzelte die Stirn und schüttelte langsam den Kopf. »Connie ... Ich kann es immer noch nicht glauben.«

Buchanan klopfte auf den Tisch. »Und wenn es einen weiteren Spion in Ihren Reihen gibt und Sie versuchen, ihm allein eine Falle zu stellen, werden Sie auf die Schnauze fallen. Und Ihre einzige Chance verpassen. Wollen Sie dieses Risiko wirklich eingehen?«

Massey rieb sein glattes Kinn und dachte darüber nach. Als er zu Buchanan aufschaute, war sein Gesichtsausdruck wachsam, aber interessiert.

»Glauben Sie wirklich, dass Sie diesen Burschen festnageln können?«

»Ich bin bereit, dafür mein Leben auf Spiel zu setzen. Und ich muss mich hinters Telefon klemmen. Ein paar ganz besondere Helfer anfordern.« Ein Lobbyist bis zum Schluss, dachte er und lächelte leicht. Er wandte sich an Lee. »Und ich brauche Ihre Hilfe, Lee. Falls Sie dazu bereit sind.«

Lee wirkte überrascht. »Ich? Was kann ich denn tun, um Ihnen zu helfen?«

»Ich habe gestern Abend mit Faith über Sie gesprochen. Sie hat mir von Ihren besonderen Fähigkeiten erzählt. Sie meinte, es wäre gut, Sie in einer schwierigen Situation dabeizuhaben.«

»Da hat sie sich wohl geirrt. Sonst würde sie nicht mit einem Loch in der Brust dort liegen.«

Buchanan legte Lee eine Hand auf den Arm. »Was soll ich denn sagen? Sie hat eine Kugel abgefangen, die mir gegolten hat; das ist eine Schuld, die ich niemals werde abtragen können. Aber ich kann nichts daran ändern. Ich kann allerdings versuchen, dafür zu sorgen, dass Faith ihr Leben nicht umsonst riskiert hat. Die Sache wird sehr gefährlich für Sie. Selbst wenn wir diesen Mann erwischen ... es stehen viele Leute hinter ihm. Alle werden wir nie kriegen.«

Buchanan lehnte sich im Stuhl zurück und beobachtete Lee genau. Massey und Brooke starrten den Privatdetektiv ebenfalls an. Lees muskulöse Arme und seine breiten Schultern standen in starkem Kontrast zu dem umschatteten Blick in seinen Augen.

Lee Adams atmete tief ein. Am liebsten hätte er an Faiths Bett gewartet und es erst verlassen, wenn sie aufwachte, ihn sah, lächelte und sagte, sie würde wieder gesund werden. Dann wäre auch für ihn wieder alles in Ordnung. Aber Lee wusste, dass man im Leben nur selten bekam, was man sich wünschte.

»Also gut«, sagte er. »Ich bin dabei.«

KAPITEL 54

Die schwarze Limousine hielt vor dem Haus. Robert Thornhill und seine Frau – beide in eleganter Abendkleidung, da sie zu einem offiziellen Dinner ins Weiße Haus geladen waren – kamen aus der Tür. Thornhill schloss hinter sich ab. Er und seine Frau stiegen ein, und der Wagen fuhr los.

Die Limousine fuhr an einem Verteilerkasten für Telefonleitungen vorüber; auch der Anschluss zum Haus der Thornhills ging von diesem Verteiler ab. Der Metallkasten war groß, sperrig und hellgrün angestrichen. Man hatte ihn vor ungefähr zwei Jahren aufgestellt, als die Telefongesellschaft neue Leitungen für diese alte Wohngegend legte. Der kahle Betonsockel und der Metallkasten war in diesem Viertel, das sich teurer Villen und exklusiver Landschaftsgärtner erfreute, den Leuten ein Dorn im Auge gewesen. Deshalb hatten die Anlieger privat das Geld für mehrere große Sträucher aufgebracht, die um den Verteilerkasten herum angepflanzt wurden und ihn von der Straße aus vollständig verbargen – mit der Folge, dass die Techniker der Telefongesellschaft nur noch von der Rückseite an den Kasten herankamen. Die Sträucher boten einen ästhetischen Anblick, waren allerdings auch einem Mann willkommen, der im Verborgenen beobachtete, wie die Limousine an ihm vorüberfuhr. Dann öffnete er den Verteilerkasten und tastete sich behutsam den Weg durch dessen elektronische Eingeweide.

Dank eines Werkzeugs aus seiner Spezialausrüstung stellte Lee Adams fest, welche Leitung zum Haus der Thornhills führte. Nun kamen ihm seine Kenntnisse über

Kommunikationseinrichtungen zugute. Das Haus der Thornhills verfügte über eine erstklassige Alarmanlage. Doch jedes Sicherheitssystem besaß eine Achillesferse: die Telefonleitung. Immer war es die Telefonleitung. Vielen Dank, US-Telekom.

Lee ging im Geist die einzelnen Schritte durch. Wenn jemand in ein Haus einbrach, aktivierte er die Alarmanlage; der Computer wählte die betreffende Wachgesellschaft an, die auf diese Weise vom Einbruch informiert wurde. Dann rief der Mitarbeiter an den Überwachungsmonitoren in dem betreffenden Haus an, um sich zu überzeugen, ob tatsächlich ein Einbruch stattgefunden hatte. Meldete sich der Besitzer, musste er seinen Sicherheitscode durchgeben; anderenfalls verständigte die Wachgesellschaft die Polizei. Wenn niemand sich meldete, wurden die Beamten von selbst losgeschickt.

Einfach ausgedrückt: Lee sorgte dafür, dass der Anruf der Alarmanlage im Haus der Thornhills niemals die Wachgesellschaft erreichte, aber dem Computer vorgaukelt wurde, er *habe* sie erreicht. Dies schaffte er, indem er eine weitere Schaltstufe, eine Art Telefonsimulator, dazwischenklinkte. Auf diese Weise trennte er das Haus der Thornhills von der Festnetzleitung und unterbrach die Verbindung nach außen. Für den Computer der Alarmanlage aber musste es den Anschein haben, als würde der Anschluss ans Telefonnetz weiterhin bestehen. Lee installierte das Gerät und drückte auf den Knopf. Nun hatte das Telefon im Haus der Thornhills ein Freizeichen und eine Leitung, die allerdings ins Nichts führte.

Lee hatte überdies herausgefunden, dass die Alarmanlage der Thornhills über keine Funksicherung verfügte und dass nur die normale Festnetzleitung geschützt war – eine gewaltige Sicherheitslücke. Eine Funksicherung konnte man nicht überlisten, da es sich um ein drahtloses System handelte, an das man nicht herankam. Praktisch sämtliche Alarmanlagen in diesem Land benutzten die gleichen Festnetzleitungen. Und damit gab es bei allen auch Hintertüren, durch die man hineinkam. Lee hatte die seine soeben gefunden.

Er packte sein Werkzeug zusammen und bahnte sich durch den Wald einen Weg zur Rückseite des Hauses der Thornhills. Er entdeckte ein Fenster, das von der Straße aus nicht einzusehen war. Lee besaß eine Kopie vom Grundriss der Thornhill-Villa, auf der auch die Leitungen der Alarmanlage eingezeichnet waren. Fred Massey hatte ihm die Kopie besorgt. Wenn Lee durch dieses Fenster ins Haus einstieg, konnte er die zentrale Schaltstelle der Alarmanlage im ersten Stock erreichen, ohne an einem der Bewegungssensoren vorbei zu müssen.

Lee zog einen Elektroschocker aus seinem Rucksack und drückte ihn an die Fensterscheibe. Sämtliche Fenster waren verdrahtet, auch die im ersten Stock, wie er wusste. Und sowohl an den oberen und unteren Rahmen waren Kontakte angebracht. Die meisten Häuser verfügten nur über Kontakte an den unteren Fenstern; wäre es auch hier der Fall gewesen, hätte Lee einfach das Fensterschloss geknackt und die obere Scheibe heruntergeschoben, ohne einen Kontakt zu beschädigen.

Er betätigte den Abzug des Elektroschockers und hielt ihn an eine andere Stelle des Fensters, an der er ebenfalls Kontakte vermutete. Insgesamt acht Mal schoss er auf Fenster und Rahmen. Die elektrischen Entladungen des Schockers schmolzen die Kontakte und setzten sie außer Gefecht.

Lee knackte das Schloss des Schiebefensters. Als er die Scheibe nach oben schob, hielt er den Atem an. Aber die Alarmsirene heulte nicht los. Rasch kletterte er durchs Fenster und schloss es hinter sich. Dann zog er eine kleine Taschenlampe hervor, suchte die Treppe und stieg hinauf.

Die Thornhills, stellte er rasch fest, lebten in extremem Luxus und äußerstem Komfort. Die Einrichtung war zum großen Teil antik; an den Wänden hingen echte Ölgemälde, und Lees Füße versanken in einem flauschigen, vermutlich sündhaft teuren Teppich.

Die so genannte Zentrale der Alarmanlage befand sich

dort, wo sich solche Schaltstellen üblicherweise befanden: im ersten Stock im Schlafzimmer. Lee schraubte den Deckel ab und fand die Drähte der Sirene. Zwei Schnitte, und das Alarmsystem hatte sich eine so schwere Halsentzündung eingefangen, dass es keinen Laut mehr herausbekam. Jetzt konnte Lee ungehindert durchs Haus streifen.

Er stieg hinunter ins Erdgeschoss und kam an einem der Bewegungsmelder vorbei. Trotzig winkte er mit den Armen, zeigte dem Sensor sogar den Stinkefinger und stellte sich vor, es wäre Thornhill, der ihn in hilflosem Zorn anstarrte, ohne das Geringste gegen den dreisten Einbrecher unternehmen zu können. Zwar leuchtete das rote Lämpchen auf und die Alarmanlage wurde aktiviert, doch sie konnte ihre Warnung nicht mehr in die Welt hinausschreien. Wahrscheinlich wählte der Computer bereits die Nummer der Wachgesellschaft, doch der Anruf würde nicht dort eingehen. Der Computer würde die Nummer acht Mal anwählen, keine Antwort erhalten, den sinnlosen Versuch schließlich einstellen und wieder in Untätigkeit versinken. Bei der Wachgesellschaft würde alles völlig normal erscheinen.

Der Traum eines jeden Einbrechers.

Lee sah, dass das rote Lämpchen des Bewegungsmelders erlosch. Doch jedes Mal, wenn er durch den Sensorbereich ging, würde es wieder aufleuchten – mit demselben Ergebnis. Acht Mal anrufen und dann aufhören. Lee lächelte. So weit, so gut. Bevor die Bewohner nach Hause kamen, würde er die Drähte der Sirene wieder anschließen, um zu verhindern, dass Thornhill misstrauisch wurde, wenn er beim Öffnen der Tür nicht den gewohnten Piepton hörte. Aber bis dahin hatte Lee noch einiges zu tun.

KAPITEL 55

Das Abendessen im Weißen Haus war für Mrs Thornhill ein denkwürdiges Ereignis. Für ihren Ehemann hingegen war es ein Teil seiner Arbeit. Er saß an dem langen Tisch und gab Belanglosigkeiten von sich, wenn jemand ihn ansprach; hauptsächlich aber lauschte er aufmerksam den anderen Gästen.

An diesem Abend waren mehrere Ausländer anwesend, und Thornhill wusste aus Erfahrung, dass wertvolle Informationen auch aus ungewöhnlichen Quellen sprudeln konnten; sogar bei einem Dinner im Weißen Haus konnte man einiges aufschnappen. Thornhill wusste nicht genau, ob den ausländischen Gästen bekannt war, dass er der CIA angehörte; eine solche Information posaunte man nicht gerade in der Öffentlichkeit heraus. Auf der Gästeliste, die am nächsten Morgen in der *Washington Post* veröffentlicht wurde, waren sie nur als Mr und Mrs Robert Thornhill aufgeführt.

Ironischerweise war die Einladung zum Abendessen nicht wegen Thornhills leitender Stellung in der CIA an ihn und seine Frau ergangen. Es war eines der größten Geheimnisse in der Hauptstadt, wer zu solchen gesellschaftlichen Ereignissen im Weißen Haus eingeladen wurde und aus welchem Grund. Doch die Einladung an die Thornhills war der allgemein bekannten karitativen Arbeit von Roberts Frau für die Armen des Distrikt of Columbia wegen ergangen – eine Wohltätigkeitsarbeit, bei der auch die First Lady persönlich sehr aktiv war. Und Thornhill musste gestehen, dass seine Frau sich ganz hingebungsvoll engagierte. Natürlich nur, wenn sie nicht gerade im Country Club war.

Die Heimfahrt verlief ereignislos; das Ehepaar sprach über banale Dinge, während Robert Thornhill hauptsächlich über den Anruf von Howard Constantinople nachdachte. Es war ein Schlag für Thornhill gewesen – sowohl persönlich als auch professionell –, dass er seine Leute verloren hatte. Jahrelang hatte er mit ihnen zusammengearbeitet. Er konnte es nicht fassen, dass alle drei umgekommen waren. Zurzeit versuchten Mitarbeiter Thornhills in North Carolina, so viel wie möglich über den Vorfall herauszufinden.

Nach den Geschehnissen hatte Thornhill nichts mehr von Constantinople gehört. Er wusste nicht, ob der Mann untergetaucht war. Aber Faith und Buchanan waren tot und auch die andere FBI-Agentin, Brooke Reynolds – jedenfalls war Thornhill da ziemlich sicher. Allerdings bereitete es ihm gewaltiges Kopfzerbrechen, dass noch keine einzige Zeitungsmeldung über sechs Leichen in einem Strandhaus in einer exklusiven Wohngegend der Outer Banks erschienen war. Die Sache lag mittlerweile eine Woche zurück, und noch immer war kein Sterbenswörtchen darüber zu hören gewesen. Vielleicht hatte das FBI die Hand im Spiel und wollte vertuschen, was leicht zu einem Public-Relations-Albtraum werden könnte. Leider hatte Thornhill mit Constantinople auch seine Augen und Ohren beim FBI verloren. Dagegen musste er rasch etwas unternehmen. Es würde eine Zeit lang dauern, einen neuen Maulwurf heranzuziehen, aber nichts war unmöglich.

Immerhin ließ die Spur sich nicht zu ihm, Thornhill, zurückverfolgen. Die Identität seiner drei Agenten war dermaßen gut getarnt, dass die Behörden sich schon sehr glücklich schätzen konnten, wenn sie nur die oberste Schicht ankratzten. Darunter aber würden sie nichts finden. Nun ja, die drei waren als Helden gestorben. Als Thornhill und seine Mitstreiter von ihrem Tod erfuhren, hatten sie in dem unterirdischen Bunker auf das Andenken der Männer angestoßen.

Eine weitere unerledigte Kleinigkeit bereitete ihm Sorgen: Lee Adams. Der Mann war mit seinem Motorrad davongefahren. Wahrscheinlich hatte er nach Charlottesville gewollt, um sich zu vergewissern, dass seine Tochter in Sicherheit war, doch Adams war nie dort eingetroffen, das wusste er mit Sicherheit. Wo also steckte der Bursche? War er zurückgefahren, und hatte *er* Thornhills Leute getötet? Nein, es war unvorstellbar, dass ein einzelner Mann seine drei Spezialisten ausschalten konnte. Außerdem hatte Constantinople bei seinem Anruf Adams gar nicht erwähnt.

Während der Fahrt schwand Thornhills Zuversicht immer mehr. Er musste die Situation sehr genau im Auge behalten. Vielleicht wartete zu Hause ja irgendeine Nachricht auf ihn.

Als der Wagen in die Auffahrt einbog, schaute Thornhill auf die Uhr. Es war spät geworden, und morgen musste er früh aus den Federn, um vor Rusty Wards Ausschuss auszusagen. Er hatte endlich die Antworten gefunden, die der Senator hören wollte – und nun konnte er mit so viel Dreck um sich werfen, dass man das Zimmer drei Tage lang schrubben musste, wenn er fertig war.

Thornhill entschärfte die Alarmanlage, gab seiner Frau einen Gutenachtkuss und schaute ihr nach, wie sie die Treppe zu ihrem Schlafzimmer hinaufstieg. Sie war noch immer eine sehr attraktive Frau, schlank und zartgliedrig. Vielleicht würde es ja gar nicht so schlimm, wenn er in den Ruhestand ging, was bald der Fall war. Diese Vorstellung hatte Thornhill Albträume bereitet: Er sah sich schon bei endlosen Bridgepartien, Country-Club-Dinners und Wohltätigkeitsveranstaltungen sitzen oder sich durch unendliche Golfpartien durchkämpfen, und seine unerträglich lebhafte Frau war stets an seiner Seite.

Doch als Thornhill nun beobachtete, wie sich das wohlgeformte Hinterteil seiner Gattin schwingend die Treppe hinaufbewegte, sah er plötzlich verlockendere Möglichkeiten für seine goldenen Jahre. Eine Weltreise, zum Beispiel. Sie beide waren noch relativ jung und recht wohlhabend.

Thornhill spielte sogar mit dem Gedanken, heute Abend früh zu Bett zu gehen und auszunutzen, dass er bei dem Anblick von Mrs Thornhills Hüftschwung plötzlich gewisse sexuelle Bedürfnisse verspürte. Es gefiel ihm, wie sie aus den Schuhen mit den hohen Absätzen schlüpfte und die Füße entblößte, die in schwarzen Strumpfhosen steckten, oder wie sie ihr Haar löste, dass es über den Rücken fiel, oder wie ihre Schultermuskeln sich bei jeder Bewegung spannten. Die Stunden im Country Club waren wohl doch keine reine Verschwendung gewesen. Er wollte nur kurz im Arbeitszimmer nachschauen, ob irgendwelche Nachrichten vorlagen, und dann nach oben gehen.

Thornhill knipste das Licht ein und ging zu seinem Schreibtisch. Gerade wollte er den Anrufbeantworter seines abhörsicheren Telefons in Betrieb setzen, als er das Geräusch hörte. Er drehte sich zu den Glastüren um, durch die man den Garten betreten konnte. Die Tür wurde geöffnet, und ein Mann trat hindurch.

Lee legte einen Finger auf die Lippen und lächelte. Seine Waffe war genau auf Thornhill gerichtet. Der CIA-Mann erstarrte. Seine Blicke huschten nach rechts und links. Er suchte nach einem Fluchtweg, doch es gab keinen. Wenn er loslief oder schrie, war er tot – das sah er in den Augen des Mannes. Lee ging durchs Arbeitszimmer, drückte die schwere Tür zu und schloss sie ab. Der geschockte Thornhill beobachtete ihn stumm.

Den nächsten Schock bekam er, als ein zweiter Mann durch die Gartentür trat, sie schloss und verriegelte.

Danny Buchanan wirkte so ruhig, dass er beinahe zu dösen schien. Doch hinter seinen Augen tanzte eine unbändige Energie.

»Wer sind Sie? Was haben Sie in meinem Haus zu suchen?«, fragte Thornhill.

»Ich hätte etwas Originelleres erwartet, Bob«, sagte Buchanan. »Wie oft sieht man schon einen Geist aus der Vergangenheit?«

»Setzen Sie sich!«, befahl Lee barsch.

Thornhill starrte noch einmal auf die Pistole, ging dann zum Ledersofa an der Wand und nahm langsam darauf Platz. Er zog seine Fliege auf, warf sie aufs Sofa und versuchte – mit einigen Schwierigkeiten –, die Lage einzuschätzen und eine Entscheidung über sein weiteres Vorgehen zu treffen.

»Ich dachte, wir hätten eine Abmachung, Bob«, sagte Buchanan. »Warum haben Sie uns Ihr Killerteam auf den Hals gehetzt? Viele Menschen sind einen unnötigen Tod gestorben. Warum?«

Thornhill musterte zuerst ihn und dann Lee argwöhnisch. »Ich weiß nicht, wovon Sie sprechen. Verdammt, ich weiß nicht einmal, wer Sie sind.«

Es war klar, was Thornhill vermutete: dass Lee und Buchanan verdrahtet waren. Vielleicht arbeiteten sie mit dem FBI zusammen. Und sie waren in seinem Haus! Seine Frau zog sich oben gerade aus, und diese beiden Hurensöhne waren in seiner Villa und stellten ihm solche Fragen. Tja, die Mühe hatten sie sich umsonst gemacht.

»Ich ...« Buchanan hielt inne und schaute Lee an. »Wir sind als die einzigen Überlebenden hier, um eine Vereinbarung mit Ihnen zu treffen. Ich will nicht mein Leben lang über die Schulter schauen müssen.«

»Vereinbarung? Wie wäre es damit, dass ich meiner Frau zurufe, sie soll die Polizei verständigen? Gefällt Ihnen diese ›Vereinbarung‹?« Thornhill musterte Buchanan mit zusammengekniffenen Augen und tat dann so, als würde er ihn erkennen. »Irgendwo habe ich Sie schon mal gesehen. In der Zeitung?«

Buchanan lächelte. »Dieses Tonband, von dem Agent Constantinople Ihnen gesagt hat, es sei zerstört worden ...« Er schob eine Hand in die Jackentasche und nahm eine Kassette heraus. »Tja, da hat er etwas nicht so ganz richtig mitbekommen.«

Thornhill starrte auf die Kassette, als wäre sie ein Stück Plutonium, das man ihm gleich in den Hals schieben würde. Dann griff er in seine Jackentasche.

Lee hob die Pistole.

Thornhill bedachte ihn mit einem enttäuschten Blick und zog bedächtig seine Pfeife und ein Feuerzeug hervor. Es dauerte eine Weile, bis der Tabak brannte. Mehrere Züge später schaute er Buchanan wieder an.

»Ich weiß gar nicht, wovon Sie sprechen. Sie müssten mir dieses Band schon vorspielen. Ich würde gern hören, was darauf ist. Vielleicht würde das erklären, weshalb zwei Wildfremde in mein Haus eingebrochen sind.« *Und wenn ich auf diesem Band darüber sprechen würde, einen FBI-Agenten zu töten, wärt weder ihr noch ich hier. Dann hätte man mich schon längst verhaftet. Ein Bluff, Danny. Aber ein schlechter.*

Buchanan tippte mit der Kassette langsam gegen seine Handfläche, während Lee plötzlich nervös wirkte.

»Nun kommen Sie schon. Erst machen Sie mich heiß, und dann sagen Sie *ätsch*!«

Buchanan legte die Kassette auf den Schreibtisch. »Später vielleicht. Zuerst einmal möchte ich wissen, was Sie für uns tun werden. Damit wir nicht zum FBI gehen und dort erzählen, was wir wissen.«

»Und was soll ich für Sie tun? Sie haben gesagt, dass jemand getötet wurde. Wollen Sie mir unterstellen, ich hätte jemanden ermordet? Sie wissen wahrscheinlich, dass ich bei der CIA bin. Sind Sie ausländische Agenten, die irgendeinen verrückten Erpressungsversuch unternehmen? Dann stehen Sie allerdings vor dem Problem, dass Sie irgendetwas haben müssen, womit Sie mich erpressen *können*.«

»Wir wissen genug, um Sie zu *beerdigen*«, sagte Lee.

»Dann würde ich vorschlagen, dass Sie sich eine Schaufel besorgen und schon mal zu graben anfangen, Mr ...?«

»Adams, Lee Adams«, sagte Lee und starrte Thornhill düster an.

»Faith ist tot, Bob«, sagte Buchanan. Lee blickte zu Boden. »Sie hätte es beinahe geschafft. Constantinople hat sie umgebracht. Er hat auch zwei Ihrer Leute erschossen. Aus Rache. Weil Sie, Bob, den FBI-Agenten umbringen ließen.«

Thornhill schaute angemessen verwirrt drein. »Faith?

Constantinople? Verdammt noch mal, wovon sprechen Sie?«

Lee trat vor und baute sich vor Thornhill auf. »Sie Arschloch! Sie bringen Menschen um, als würden Sie Ameisen zertreten. Für Sie ist das bloß ein Spiel!«

»Bitte stecken Sie die Waffe weg und verlassen Sie mein Haus. Sofort.«

»Sie Dreckskerl!« Lee richtete die Pistole direkt auf Thornhills Kopf.

Buchanan trat sofort neben ihn. »Lee, bitte nicht. Das würde uns nichts nützen.«

»An Ihrer Stelle würde ich auf Ihren Freund hören«, sagte Thornhill, so ruhig er konnte. Man hatte erst einmal eine Pistole auf ihn gerichtet – vor vielen Jahren, als in Istanbul seine Tarnung aufgeflogen war. Er hatte großes Glück gehabt, lebend aus der Sache herauszukommen, und fragte sich, ob dieses Glück ihm auch heute beistehen würde.

»Warum sollte ich auf Sie hören?«, knurrte Lee.

»Lee, bitte«, sagte Buchanan.

Lees Finger krümmte sich um den Abzug. Sein Blick wich nicht von Thornhill. Schließlich senkte er die Waffe langsam.

»Tja, dann werden wir wohl mit dem, was wir haben, zum FBI gehen müssen«, sagte er.

»Ich verlange, dass Sie mein Haus verlassen.«

»Und ich«, sagte Buchanan, »verlange Ihre persönliche Zusicherung, dass es keine Toten mehr gibt. Sie haben, was Sie wollen. Sie brauchen niemandem mehr Schaden zuzufügen.«

»Selbstverständlich. Ja, sicher. Alles, was Sie wollen. Ich werde niemanden mehr töten«, sagte Thornhill sarkastisch. »Wenn Sie jetzt bitte mein Haus verlassen würden. Ich möchte nicht, dass meine Frau sich aufregt. Sie hat nämlich keine Ahnung, dass sie mit einem Massenmörder verheiratet ist.«

»Das ist kein Scherz«, sagte Buchanan wütend.

»Nein, allerdings nicht. Und ich hoffe, dass Sie die Hilfe

bekommen, die Sie so offensichtlich benötigen«, sagte Thornhill. »Und bitte sorgen Sie dafür, dass Ihr schießwütiger Freund niemanden verletzt.« *Das müsste sich auf dem Tonband wirklich gut anhören. Mir liegt tatsächlich viel an anderen Menschen.*

Buchanan steckte die Kassette wieder ein.

»Sie wollen mir den Beweis für meine Verbrechen nicht dalassen?«

Buchanan wirbelte herum und bedachte ihn mit einem ernsten Blick. »Unter diesen Umständen wird das wohl nicht nötig sein.«

Er würde mich am liebsten umbringen, dachte Thornhill. *Gut, sehr gut.*

Thornhill schaute den beiden Männern nach, wie sie die Auffahrt entlangeilten und auf der dunklen Straße verschwanden. Kurz darauf hörte er, wie der Motor eines Wagens angelassen wurde. Er eilte zum Telefon auf seinem Schreibtisch, blieb dann aber abrupt stehen. Hatte man den Apparat angezapft? War die ganze Sache eine bloße Farce, die ihn zu einem Fehler verleiten sollte?

Thornhill schaute zum Fenster. Durchaus möglich, dass sie da draußen standen. Er drückte auf einen Knopf unter seinem Schreibtisch. Sämtliche Vorhänge im Zimmer schlossen sich; dann ertönte vor jedem Fenster ein leises Zischen: weißes Rauschen. Thornhill zog eine Schublade auf und nahm sein abhörsicheres Telefon hervor. Es verfügte über dermaßen viele Verzerrer und Zerhacker, dass nicht einmal die Hexenmeister von der NSA ein Gespräch hätten aufnehmen können, das auf diesem Apparat geführt wurde. Hier kam eine ähnliche Technik zum Einsatz wie an Bord von Militärflugzeugen: Das Telefon stieß ein elektronisches Zirpen aus, das jeden Versuch blockierte, sein Signal abzufangen. *So viel zum elektronischen Belauschen, ihr Amateure.*

»Buchanan und Lee Adams waren in meinem Arbeitszimmer«, sagte Thornhill in den Hörer. »Ja. In meinem Haus, verdammt! Sie sind gerade erst verschwunden. Ich will, dass sämtliche Leute darauf angesetzt werden, die wir entbehren können. Wir sind nur ein paar Minuten von Langley entfernt. Es *muss* Ihnen möglich sein, diese Kerle zu finden!« Er hielt inne und zündete seine Pfeife wieder an. »Sie haben irgendeinen Unsinn von dem Tonband erzählt, auf dem ich gestanden habe, dass ich diesen FBI-Agenten umbringen ließ. Aber Buchanan hat geblufft. Die Kassette wurde zerstört. Ich vermute, Buchanan und Adams waren verdrahtet. Ich habe mich dumm gestellt, aber es hätte mich beinahe das Leben gekostet. Adams, dieser Idiot, war nur Sekunden davon entfernt, mir den Kopf wegzuschießen. Buchanan hat gesagt, dass Faith Lockhart tot ist. Das wäre nicht schlecht für uns – falls es stimmt. Aber ich weiß nicht, ob die Kerle irgendwie mit dem FBI zusammenarbeiten. Nun ja, ohne dieses Band haben sie nicht die geringsten Beweise gegen uns. – Was? Nein, Buchanan hat geradezu darum gebettelt, dass wir ihn in Ruhe lassen. Wir können mit der Erpressung weitermachen, wenn wir ihn nur am Leben lassen. Eigentlich war es eine ziemlich jämmerliche Vorstellung. Als ich die beiden sah, dachte ich zuerst, sie wären gekommen, um mich zu töten. Dieser Adams jedenfalls ist gefährlich. Und sie haben gesagt, Constantinople habe zwei unserer Leute getötet. Übrigens, Constantinople hat es offenbar erwischt, also brauchen wir einen neuen Spitzel im FBI. Aber was auch immer Sie tun – finden Sie die Männer! Und machen Sie diesmal keine Fehler. Die beiden Kerle müssen sterben. Und dann wird es Zeit, den Plan auszuführen. Ich kann es gar nicht erwarten, die erbärmlichen Visagen auf dem Capitol Hill zu sehen, wenn ich ihnen diese Geschichte um die Ohren haue.«

Thornhill legte auf und setzte sich hinter seinen Schreibtisch. Es kam ihm seltsam vor, dass Buchanan und Adams hierher gekommen waren. Eine Verzweiflungstat. Von Verzweifelten. Glaubten sie wirklich, einen Mann wie ihn bluffen zu können? Das kam fast schon einer Beleidigung gleich. Aber letzten Endes hatte *er* gewonnen. Tatsache war, dass Buchanan und Adams morgen – oder kurz darauf – tot sein würden, er aber nicht.

Er erhob sich vom Schreibtisch. Er war eiskalt gewesen, war unter Druck ganz gelassen geblieben. *Das Überleben ist stets berauschend*, dachte Thornhill, als er das Licht ausschaltete.

KAPITEL 56

Im Dirksen-Bürogebäude des Senats herrschte an diesem kühlen Morgen der übliche Betrieb. Robert Thornhill ging zielsicher über den langen Flur und schwang seinen Aktenkoffer im Rhythmus der forschen Schritte. Der gestrige Abend war ausgezeichnet gewesen, in vielerlei Hinsicht ein Erfolg. Enttäuschend war lediglich, dass es ihnen nicht gelungen war, Buchanan und Adams zu finden.

Der Rest der Nacht war schlichtweg wundervoll gewesen. Mrs Thornhill hatte sich von der animalischen Gier ihres Gatten beeindruckt gezeigt. Das Frauchen war sogar früh aufgestanden und hatte ihm Frühstück gemacht, nur mit einem durchsichtigen, eng anliegenden schwarzen Négligé bekleidet. So etwas hatte sie schon seit Jahren nicht mehr getan.

Der Anhörungssaal befand sich am anderen Ende des Ganges. Rusty Wards kleines Reich, dachte Thornhill verächtlich. Er beherrschte es mit der Faust eines Südstaatlers: mit Samthandschuhen, unter denen aber Knöchel aus Granit steckten. Ward konnte einen mit seinem lächerlichen, lang gezogenen Südstaatenakzent geradezu einlullen – und wenn man am wenigsten damit rechnete, stürzte er los wie ein Bluthund und zerfetzte einen. Sein durchdringender Blick und seine überaus präzisen Worte konnten den nichts ahnenden Gegner auf dem unbequemen staatlichen Verhörstuhl regelrecht zum Schmelzen bringen.

Thornhill war ein Gentleman der alten Schule; er hatte sein Feingefühl an einer Eliteuniversität der Ostküste entwickelt – und *alles* an Rusty Ward verstieß gegen dieses

Feingefühl. An diesem Morgen jedoch war Thornhill gut vorbereitet. Er würde ihnen etwas von Todesschwadronen und Verschleierungen erzählen, bis die Ochsen Kälber kriegten, um einen von Wards Lieblingsausdrücken zu benutzen, und der Senator würde am Ende der Sitzung über nicht mehr Informationen verfügen als zu Anfang.

Bevor Thornhill den Anhörungssaal betrat, atmete er einmal tief durch. Er stellte sich vor, womit er es zu tun bekommen würde: Ward und seine Kollegen saßen hinter ihrer kleinen Bank; der Vorsitzende zog an seinen Hosenträgern, und sein feistes Gesicht wandte sich hierhin und dorthin, während er mit lautem Rascheln seine Papiere ordnete, damit er in den Beschränkungen seines jämmerlichen Königreichs nur ja nichts übersah. Wenn Thornhill hereinkam, würde Ward ihn anschauen, lächeln, nicken und irgendeine kleine, unschuldige Begrüßung murmeln, die Thornhills Wachsamkeit einschläfern sollte. Als ob so etwas möglich wäre! *Aber wahrscheinlich muss er diese kleine Nummer durchziehen. Einem alten Hund bringt man keine neuen Tricks bei.* Das war auch eins von Wards kleinen Sprichwörtern. Wie öde.

Thornhill zog die Tür auf und schritt zuversichtlich durch den Mittelgang des Saales. Etwa auf halber Strecke fiel ihm auf, dass sich viel mehr Leute als üblich in dem Raum aufhielten. Er quoll geradezu über vor Besuchern. Bei einem Blick in die Runde sah Thornhill zahlreiche Gesichter, die er nicht kannte. Und als er sich dem Zeugentisch näherte, erlebte er den nächsten Schock: Dort saßen bereits einige Personen; sie hatten ihm den Rücken zugewandt.

Er schaute zu den Ausschussmitgliedern hinauf. Ward erwiderte Thornhills Blick. Der korpulente Vorsitzende zeigte kein Lächeln, machte keine dümmliche Begrüßung.

»Nehmen Sie bitte in der ersten Reihe Platz, Mr Thornhill. Bevor wir Sie befragen, werden wir noch einen anderen Zeugen hören.«

Thornhill schaute ihn benommen an. »Wie bitte?«

»Setzen Sie sich, Mr Thornhill«, sagte Ward.

Thornhill blickte auf die Uhr. »Ich fürchte, meine Zeit ist heute ziemlich knapp, Herr Vorsitzender. Und mir war nicht bekannt, dass noch jemand aussagen soll.« Thornhill schaute zum Zeugentisch. Er erkannte die Männer nicht, die dort saßen. »Vielleicht sollten wir einen anderen Termin vereinbaren.«

Ward schaute an Thornhill vorbei. Der drehte sich um und folgte Wards Blick. Der uniformierte Polizeibeamte des Capitol Hill schloss mit großer Geste die Tür des Anhörungssaales und baute sich davor auf, den breiten Rücken dem Ausgang zugekehrt, als wollte er jeden herausfordern, doch mal zu versuchen, an ihm vorbei zu kommen.

Thornhill drehte sich wieder zu Ward um. »Ist mir hier irgendetwas entgangen?«

»Falls ja, werden Sie es in Kürze wissen«, antwortete Ward mit warnendem Unterton. Dann schaute er zu einem seiner Assistenten hinüber und nickte.

Der Mann verschwand durch eine kleine Tür hinter den Ausschussmitgliedern. Ein paar Sekunden später kam er zurück. Und dann erlebte Thornhill den wohl größten Schock seines Lebens, als Danny Buchanan hereinkam und zum Zeugentisch ging. Er schaute Thornhill nicht an, der wie erstarrt in der Mitte des Ganges stand; sein Aktenkoffer ruhte nun bewegungslos neben seinem Bein. Die Männer am Zeugentisch erhoben sich und nahmen in den Publikumsrängen Platz.

Buchanan trat vor den Zeugentisch, hob die rechte Hand, wurde vereidigt und nahm Platz.

Ward schaute zu Thornhill hinüber, der sich noch immer nicht bewegt hatte.

»Mr Thornhill, würden Sie sich bitte setzen, damit wir anfangen können?«

Thornhill konnte den Blick nicht von Buchanan wenden. Mit schleppenden Schritten ging er zum einzigen noch freien Stuhl in der ersten Reihe. Der große Mann, der am Ende der Reihe saß, erhob sich und trat zur Seite, damit Thornhill an ihm vorbei konnte. Als Thornhill sich setzte, schaute er zu dem Mann hinüber und stellte fest, dass es Lee Adams war.

»So sieht man sich wieder«, sagte Adams mit gedämpfter Stimme, nahm wieder Platz und richtete seine Aufmerksamkeit auf den vorderen Teil des Saales.

»Mr Buchanan«, begann Ward, »würden Sie uns bitte erklären, warum Sie heute hier sind?«

»Um über eine schockierende Verschwörung innerhalb der CIA auszusagen«, antwortete Buchanan ruhig und selbstsicher. Im Lauf der Jahre hatte er vor mehr Ausschüssen ausgesagt als sämtliche an Watergate beteiligten Personen gemeinsam. Er war mit dem Ablauf solcher Verfahren vertraut; außerdem nahm sein bester Freund die Befragung vor. Jetzt war er am Zug. Endlich.

»Dann sollten Sie am besten ganz von vorn anfangen, Sir.«

Buchanan faltete die Hände auf dem Tisch, beugte sich vor und sprach ins Mikrofon.

»Vor etwa fünfzehn Monaten nahm ein hoher Vertreter der CIA Kontakt mit mir auf. Dieser Gentleman war genau über meine Tätigkeit als Lobbyist informiert. Er wusste, dass ich viele Persönlichkeiten auf dem Capitol Hill sehr gut kannte, und trat mit dem Wunsch an mich heran, ihm bei einem ganz bestimmten Projekt zu helfen.«

»Was für ein Projekt war das?«, fragte Ward.

»Es ging darum, dass ich Beweismaterial über Kongressabgeordnete sammeln sollte, die er dazu benutzen konnte, diese Abgeordneten zu erpressen.«

»Erpressen? Wie?«

»Er wusste, dass ich mich als Lobbyist für verarmte Länder und zahlreiche Hilfsorganisationen einsetze.«

»Wir alle wissen von Ihren dahingehenden Bemühungen«, sagte Ward großmütig.

»Wie Sie sich vorstellen können, ist das keine leichte Aufgabe. Ich habe den Großteil meines Privatvermögens in diesen Kreuzzug gesteckt. Auch das wusste der Mann, der an mich herangetreten war. Er hat offenbar geahnt, dass ich ziemlich verzweifelt war. Eine leichte Beute, hat er sich wohl gesagt.«

»Wie genau sollten diese Erpressungen vonstatten gehen?«

»Ich sollte mich an gewisse Kongressabgeordnete und Beamte wenden, die Einfluss auf die Gelder haben, die in die Entwicklungshilfe und bestimmte Hilfsprojekte fließen. Ich sollte durchblicken lassen, dass die Betreffenden als Gegenleistung für ihre Unterstützung gewisse Entschädigungen bekommen würden, nachdem sie aus ihrem Amt ausgeschieden seien. Die Leute wussten es natürlich nicht, aber die CIA würde diese Altersvorsorge finanzieren. Wenn die Betreffenden sich bereit erklärten, mir zu helfen, sollte ich eine Abhörvorrichtung tragen, die mir von der CIA zur Verfügung gestellt wurde, und belastende Gespräche mit diesen Männern und Frauen aufzeichnen. Außerdem würde die CIA diese Personen dann beschatten und überwachen. Der hochrangige Mitarbeiter der CIA, der an mich herangetreten war, würde dann sämtliche Informationen über diese ›illegalen‹ Aktivitäten sammeln und sie gegen die Abgeordneten verwenden.«

»Und wie?«

»Viele der Personen, die ich bestechen sollte, damit sie Entwicklungshilfegelder gewährten, gehören Ausschüssen an, welche die Kontrolle über die CIA ausüben. Beispielsweise zählen zwei Angehörige des hier versammelten Ausschusses, die Senatoren Johnson und McNamara, auch zu dem Komitee, das Gelder für die Auslandshilfe bewilligt. Der Gentleman von der CIA gab mir eine Liste mit den Namen der Personen, an die ich mich wenden sollte. Die Senatoren Johnson und McNamara standen ebenfalls darauf. Der CIA-Mann hatte die Absicht, sie und die anderen zu zwingen, ihren Einfluss in den Ausschüssen zu benutzen, um der CIA zu helfen. Höhere Budgets für die CIA, mehr Verantwortung, weniger Kontrolle durch den Kongress und so weiter. Für meine Bemühungen sollte ich mit einer beträchtlichen Summe entlohnt werden.«

Buchanan blickte Johnson und McNamara an, Männer, die er vor zehn Jahren problemlos rekrutiert hatte. Sie erwiderten seinen Blick mit genau der richtigen Mischung aus Erschütterung und Zorn.

In der vergangenen Woche hatte Buchanan mit jedem gesprochen, den er bestochen hatte, und den Leuten genau erklärt, was geschehen würde. Wenn sie überleben wollten, mussten sie jedes Wort der Lügengeschichte bestätigen, die er nun vorbrachte. Was blieb ihnen anderes übrig? Sie würden Buchanans Sache auch weiterhin unterstützen, dafür allerdings keinen roten Heller mehr von ihm bekommen. Nun würden ihre Bemühungen für wohltätige Zwecke sich tatsächlich als unentgeltlich erweisen. Es gab doch einen Gott.

Und er hatte sich auch Ward anvertraut. Sein Freund hatte es besser aufgenommen, als Buchanan es für möglich hielt. Ward hatte Buchanans Handlungsweise zwar nicht gebilligt, sich aber doch entschlossen, zu seinem alten Freund zu stehen. Es gab schlimmere Verbrechen.

»Und das ist die reine Wahrheit, Mr Buchanan?«

»Jawohl, Sir«, sagte Buchanan und schaute Ward an, als könne er kein Wässerchen trüben.

Thornhill saß ausdruckslos auf seinem Stuhl. Seine Miene erinnerte an die eines zum Tode Verurteilten auf dem Weg zur Gaskammer – eine Mischung aus Verbitterung, Entsetzen und Unglauben.

Buchanan hatte offensichtlich einen Handel abgeschlossen. Die Politiker würden seine Geschichte bestätigen, das sah er in Johnsons und McNamaras Gesichtern. Wie konnte Thornhill ihre Aussagen in Zweifel ziehen, ohne seine eigene Beteiligung an der Sache zu enthüllen? Er konnte schwerlich aufspringen und rufen: »So war es nicht! Buchanan hatte sie schon bestochen! Ich habe ihn lediglich erwischt und für mein eigenes Bestechungsvorhaben benutzt!« Seine Achillesferse. Das war ihm nie in den Sinn gekommen. Der Frosch und der Skorpion – aber der Skorpion würde überleben.

»Was haben Sie daraufhin unternommen?«, fragte Ward.

»Ich habe umgehend die Personen auf der Liste aufgesucht – darunter die Senatoren Johnson und McNamara – und ihnen mitgeteilt, was passiert ist. Ich bedaure, dass wir Sie zu diesem Zeitpunkt noch nicht ins Bild setzen konnten, Herr Vorsitzender, aber es war absolute Vertraulichkeit vereinbart. Wir haben gemeinsam beschlossen, die Sache gewissermaßen zu hintertreiben. Ich wollte so tun, als würde ich beim Plan der CIA mitspielen – und die vorgesehenen Opfer ebenfalls. Während die CIA dann ihr Material für die Erpressungen sammelte, sollte ich insgeheim Beweise gegen die CIA zusammentragen. Sobald das Material ausreichte, einen wasserdichten Fall zu präsentieren, wollten wir uns an das FBI wenden.«

Ward nahm die Brille ab und ließ sie vor seinem Gesicht baumeln. »Eine sehr riskante Sache, Mr Buchanan. Wissen Sie, ob dieser Erpressungsversuch offiziell von der CIA sanktioniert war?«

Buchanan schüttelte den Kopf. »Er war eindeutig das Werk eines einzelnen CIA-Mitarbeiters.«

»Was ist dann geschehen?«

»Ich habe mich daran gemacht, Beweise zu sammeln. Dann aber wurde meine Mitarbeiterin, Faith Lockhart, die nichts von alledem wusste, argwöhnisch. Wahrscheinlich ist sie davon ausgegangen, ich sei tatsächlich in eine Erpressung verwickelt. Ich konnte mich ihr natürlich nicht anvertrauen. Sie ist mit ihrer Geschichte zum FBI gegangen. Dort wurde eine Untersuchung eingeleitet. Der Mann von der CIA erfuhr von dieser Entwicklung und befahl die Ermordung Miss Lockharts. Damals ist sie dem Anschlag entgangen, aber ein FBI-Agent kam dabei ums Leben.«

Geraune erhob sich im Saal.

Ward schaute Buchanan demonstrativ an. »Wollen Sie etwa sagen, dass ein Angehöriger der CIA für den Mord an einem FBI-Agenten verantwortlich war?«

Buchanan nickte.

»Ja. Mehrere andere Tote gehen ebenfalls auf sein Konto,

darunter« – Buchanan senkte kurz den Blick, und seine Lippen zitterten – »Faith Lockhart. Das hat mich dazu bewogen, heute hier zu erscheinen. Ich möchte diesem Töten ein Ende machen.«

»Wer ist dieser CIA-Mann, Mr Buchanan?«, sagte Ward mit aller Empörung und Neugier, die er vortäuschen konnte.

Buchanan drehte sich um und zeigte auf einen Platz in der ersten Reihe.

»Der stellvertretende Leiter der Einsatzabteilung, Robert Thornhill.«

Thornhill sprang auf und schüttelte wütend die Faust. »Das ist eine verdammte Lüge!«, rief er. »Diese Anhörung ist ein Affenzirkus ... eine Widerwärtigkeit, wie sie mir in all den Jahren in Diensten der Regierung noch nicht untergekommen ist! Sie locken mich unter Vorspiegelung falscher Tatsachen hierher und setzen mich dann den absurden, lächerlichen Anklagen dieses Mannes aus. Die beiden waren gestern Abend in meinem Haus, dieser Buchanan und dieser Mann da!« Wütend zeigte Thornhill mit einem Finger auf Lee. »Er hat mir eine Pistole an den Kopf gehalten! Die beiden haben mich mit derselben verrückten Geschichte bedroht. Sie behaupteten, diesen Unsinn beweisen zu können! Doch als ich ihren Bluff durchschaute, sind sie davongelaufen. Ich verlange, dass Sie diese Männer auf der Stelle verhaften lassen. Ich werde Anzeige gegen sie erstatten. Wenn Sie mich jetzt bitte entschuldigen, woanders wartet wichtige Arbeit auf mich.«

Thornhill versuchte, sich an Lee vorbeizudrängen, doch der Privatdetektiv erhob sich und versperrte ihm den Weg.

Thornhill starrte Ward an. »Wenn Sie nicht sofort etwas unternehmen, Herr Vorsitzender, sehe ich mich gezwungen, über mein Mobiltelefon die Polizei anzurufen. Ich bezweifle, dass sich so etwas in den Abendnachrichten besonders gut macht.«

»Ich kann beweisen, was ich gesagt habe«, erklärte Buchanan.

»Das lächerliche Tonband«, rief Thornhill, »mit dem Sie mich gestern Abend bedroht haben? Spielen Sie es doch vor! Es ist offensichtlich gefälscht!«

Buchanan öffnete eine Aktentasche, die vor ihm auf dem Tisch lag. Er nahm jedoch kein Tonband, sondern eine Videokassette heraus und reichte sie einem von Wards Assistenten.

Alle im Saal beobachteten mit Argusaugen, wie ein anderer Helfer ein Fernsehgerät, an das ein Videorecorder angeschlossen war, in eine Ecke schob, damit alle Anwesenden ungehinderten Blick auf den Bildschirm hatten. Der Mann nahm die Kassette, schob sie in den Recorder, drückte auf die Fernbedienung und trat zurück. Gespannt beobachteten die Anwesenden, wie der Bildschirm zum Leben erwachte.

Es war zu sehen, wie Lee und Buchanan Thornhills Arbeitszimmer verließen. Sekunden später eilte Thornhill zu seinem Schreibtisch, griff nach dem Telefon, zögerte und nahm einen Augenblick später einen anderen Apparat aus einer Schreibtischschublade. Offensichtlich besorgt sprach er hinein. Alle Anwesenden wurden Zeuge seines Gesprächs vom Vorabend. Sein Erpressungsplan, der Mord am FBI-Agenten, seine Anweisung, Buchanan und Lee Adams zu töten. Der triumphale Ausdruck auf Thornhills Gesicht, als er den Hörer auflegte, bildete einen krassen Gegensatz zu seiner augenblicklichen Miene.

Als der Bildschirm wieder dunkel wurde, starrte Thornhill weiterhin auf das Fernsehgerät. Er hatte den Mund leicht geöffnet, und seine Lippen bewegten sich, doch kein Laut war zu hören. Sein Aktenkoffer mitsamt den wichtigen Papieren fiel unbeachtet zu Boden.

Ward tippte mit dem Kugelschreiber auf das Mikrofon; sein Blick war fest auf Thornhill gerichtet. Die Züge des Senators zeigten eine gewisse Befriedigung, doch er konnte sein Entsetzen nicht verbergen. Was Ward soeben gesehen hatte, schien ihm Übelkeit zu bereiten.

»Da Sie gestanden haben, dass diese Männer sich gestern Abend in Ihrem Haus befanden, werden Sie wohl nicht behaupten, dieses Beweisstück sei eine Fälschung, Mr Thornhill, nicht wahr?«

Danny Buchanan saß ruhig und mit gesenktem Blick an seinem Tisch. Sein Gesicht zeigte Erleichterung, in die sich Traurigkeit mischte, und seine Körperhaltung ließ seine Erschöpfung erkennen. Auch er hatte eindeutig genug.

Lee beobachtete Thornhill aufmerksam. Die andere Aufgabe, die er am vergangenen Abend im Haus der Thornhills erledigt hatte, war relativ einfach gewesen. Die Technik war dieselbe, mit der Thornhill Ken Newmans Haus hatte verwanzen lassen: Es war ein drahtloses System mit einem 2,4-Gigahertz-Sender samt Antenne und einer versteckten Kamera, die genau wie der Rauchmelder in Thornhills Arbeitszimmer aussah und diese Funktion tatsächlich erfüllte, während sie gleichzeitig die Überwachung vornahm. Seine Energie bezog das Gerät über die normale Stromversorgung des Hauses. Es übermittelte scharfe Bild- und Tonaufnahmen von allem, was sich in seiner Reichweite befand. Thornhill hatte verhindert, dass sein belastendes Gespräch außerhalb des Hauses aufgezeichnet werden konnte, war aber nicht auf den Gedanken gekommen, dass sich *innerhalb* seiner vier Wände gewissermaßen ein winziges Trojanisches Pferd befand.

»Ich stehe beim Prozess als Zeuge zur Verfügung«, sagte Danny Buchanan. Er erhob sich, drehte sich um und trat auf den Mittelgang.

Lee legte Thornhill eine Hand auf die Schulter. »Verzeihung«, sagte er höflich.

Thornhill ergriff Lees Arm. »Wie haben Sie das geschafft?«, fragte er.

Lee löste sich langsam aus Thornhills Griff und ging zu Buchanan. Schweigend verließen die beiden Männer den Saal.

KAPITEL 57

Auf den Tag genau einen Monat nach Buchanans Aussage vor Wards Untersuchungsausschuss stürmte Robert Thornhill die Treppe des Bundesgerichtshofs in Washington hinunter. Seine besorgten Anwälte konnten kaum mit ihm Schritt halten. Ein Wagen wartete auf Thornhill. Er stieg ein. Nachdem er vier Wochen hinter schwedischen Gardinen gesessen hatte, war ihm endlich Kaution gewährt worden. Nun brannte er darauf, sich an die Arbeit zu machen. Nun war die Zeit der Rache gekommen. Endlich. *Endlich.*

»Hat man mit allen Kontakt aufgenommen?«, fragte er den Fahrer.

Der Mann nickte. »Sie sind bereits da. Warten auf Sie.«

»Und was ist mit Buchanan und Adams? Wo sind sie?«

»Buchanan ist im Zeugenschutzprogramm, aber wir haben ein paar Spuren. Adams bewegt sich ungeschützt in der Öffentlichkeit. Wir können ihn jederzeit eliminieren.«

»Faith Lockhart?«

»Tot.«

»Sind Sie sicher?«

»Wir haben zwar nicht ihre Leiche ausgegraben, aber es deutet alles darauf hin, dass sie in dem Krankenhaus in North Carolina ihren Verletzungen erlegen ist.«

Thornhill lehnte sich seufzend in den Sitz zurück. »Sie kann sich glücklich schätzen.«

Der Wagen fuhr in ein Parkhaus, und Thornhill stieg aus und wechselte sofort in einen Lieferwagen, der auf ihn wartete. Das Fahrzeug verließ das Parkhaus unverzüglich und schlug die entgegengesetzte Richtung ein. Sollten die Beschatter, die das FBI auf ihn angesetzt hatte, sich den Kopf zerbrechen, wo ihre Zielperson geblieben war.

Nach fünfundvierzig Minuten hatte Thornhill das kleine, aufgegebene Einkaufszentrum erreicht. Er trat in den Fahrstuhl und fuhr hinunter zu dem einstigen Atombunker. Und je tiefer er kam, desto besser fühlte er sich – eine Feststellung, die ihn ungemein erheiterte.

Die Tür öffnete sich, und Thornhill sprang buchstäblich aus der engen Kabine. Die Männer, seine Kollegen, waren vollzählig versammelt. Thornhills Stuhl am Kopf des Tisches war leer. Sein vertrauter Kamerad Phil Winslow saß auf dem Stuhl direkt zu seiner Rechten. Thornhill erlaubte sich ein zufriedenes Lächeln. Jetzt war er wieder am Drücker. Jetzt konnte er loslegen.

»Freut mich, dass man dir Kaution gewährt hat, Bob«, sagte Winslow.

»Nach *vier* Wochen«, antwortete Thornhill verbittert. »Die CIA muss sich offensichtlich um bessere Anwälte bemühen.«

»Nun ja, dieses Video war sehr belastend«, sagte Aaron Royce, der jüngere Mann, der bei dem früheren Treffen mit Thornhill aneinander gerasselt war. »Es überrascht mich, dass man Sie auf Kaution freigelassen hat. Ehrlich gesagt erstaunt es mich, dass die CIA Ihnen *überhaupt* einen Rechtsbeistand gewährt hat.«

»Natürlich hat das Videoband mich belastet«, sagte Thornhill verächtlich. »Und die CIA hat mir den Anwalt aus Loyalität gestellt. Die Agency vergisst ihre Leute nicht. Leider bedeutet diese ganze Geschichte, dass ich verschwinden muss. Die Anwälte meinen, dass es uns vielleicht gelingen könnte, das Videoband als Beweisstück abzuschmettern, aber wir stimmen wohl überein, dass trotz aller juristischen Winkelzüge auf dem Band zu viele Einzelheiten erwähnt werden, als dass ich in meiner bisherigen Position weiter fungieren könnte.« Thornhill schaute einen Augenblick betrübt in die Runde. Seine Karriere war zu Ende – aber nicht so, wie er es geplant hatte. Dann nahmen seine Gesichtszüge wieder die übliche stählerne Härte an; seine Entschlossenheit sprudelte wie Öl aus einer neu erschlossenen Quelle. Triumphierend ließ er den Blick durch den Bunkerraum schweifen. »Aber ich werde die Schlacht aus der Ferne schlagen. Und wir werden den Krieg gewinnen. Also, ich habe gehört, dass Buchanan untergetaucht ist, Adams dagegen nicht. Wir werden den Weg des geringsten Widerstands gehen. Adams zuerst. Dann Buchanan. Wir brauchen jemanden vom U.S. Marshal's Service, und da haben wir ja bereits einige Leute. Wir werden den guten alten Danny ausfindig machen und verschwinden lassen. Und dann will ich zweifelsfrei bestätigt haben, dass Faith Lockhart nicht mehr unter uns weilt.« Er blickte Winslow an. »Sind meine Reisedokumente fertig, Phil?«

»Nein, sind sie nicht, Bob«, sagte Winslow langsam.

Royce starrte Thornhill wütend an. »Diese Operation hat uns zu viel gekostet«, sagte er. »Drei Agenten sind tot. Sie werden angeklagt. Die CIA wird auf den Kopf gestellt. Das FBI klopft uns auf die Finger, wann und wo es kann. Diese Sache ist eine Katastrophe. Im Vergleich dazu war Aldrich Ames, der russische Maulwurf, ein geplatzter Scheck.«

Thornhill bemerkte, dass alle Anwesenden, Winslow eingeschlossen, ihn unfreundlich musterten. »Drehen Sie jetzt ja nicht durch. Wir werden das überleben«, sagte er ermutigend.

»Ich bin mir ziemlich sicher, dass *wir* es überleben werden«, sagte Royce nachdrücklich.

Royce wurde Thornhill allmählich lästig. Sicher, der Mann zeigte Rückgrat – aber auf eine Art und Weise, die man sofort unterdrücken musste. Doch Thornhill beschloss, Royce vorerst zu ignorieren. »Das verdammte FBI«, beschwerte er sich. »Verwanzt mein Haus! Gilt für diesen Verein die Verfassung nicht mehr?«

»Gott sei Dank hast du bei dem Telefonat an diesem Abend nicht meinen Namen erwähnt«, sagte Winslow.

Wieder schaute Thornhill ihn an. Nun erst fiel ihm der seltsame Tonfall in der Stimme des Freundes auf. »Was meine Papiere betrifft ... ich sollte das Land so schnell wie möglich verlassen.«

»Das wird nicht nötig sein, Bob«, sagte Royce. »Und, ehrlich gesagt, trotz Ihrer ständigen Hetzereien hatten wir ein ganz gutes Verhältnis zum FBI, bis Sie alles verpatzt haben. Heutzutage kommt es auf Kooperation an. Kompetenzgerangel macht *alle* zu Verlierern. Sie haben uns zu Dinosauriern gemacht und ziehen uns mit sich in den Sumpf.«

Thornhill warf ihm einen verärgerten Blick zu und schaute dann Winslow an. »Phil, ich habe keine Zeit dafür. Befasse du dich mit dem Jungen.«

Winslow hüstelte nervös. »Ich fürchte, er hat Recht, Bob.«

Thornhill erstarrte einen Augenblick; dann schaute er die Anwesenden der Reihe nach an, bevor er den Blick wieder auf Winslow richtete. »Phil, ich will meine Papiere und meine Tarnexistenz, und zwar sofort.«

Winslow schaute Royce an und nickte leicht.

Aaron Royce erhob sich. Er lächelte nicht, zeigte keinerlei Anzeichen von Triumph. Genau, wie man es ihm beigebracht hatte.

»Bob«, sagte er, »wir haben den Plan geändert. Wir brauchen Ihre Hilfe bei dieser Sache nicht mehr.«

Thornhills Gesicht lief vor Wut rot an. »Was reden Sie denn da, zum Teufel? Ich leite diese Operation. Und ich will Buchanan und Adams tot sehen! Sofort!«

»Es wird keine Morde mehr geben«, sagte Winslow scharf. »Keine weiteren Morde an Unschuldigen«, fügte er etwas ruhiger hinzu und erhob sich. »Es tut mir Leid, Bob. Wirklich.«

Thornhill starrte ihn an, und die ersten Ahnungen der Wahrheit stiegen in ihm auf. Phil Winslow war sein Zimmerpartner in Yale gewesen; sie beide hatten derselben studentischen Verbindung angehört. Winslow war sein Trauzeuge gewesen. Sie waren ein Leben lang befreundet. *Ein Leben lang.*

»Phil?«, fragte Thornhill vorsichtig.

Winslow gab den anderen Männern ein Zeichen, und sie

erhoben sich ebenfalls. Gemeinsam gingen sie zum Fahrstuhl.

»Phil?«, sagte Thornhill erneut. Der Mund wurde ihm trocken.

Als die Gruppe den Fahrstuhl erreicht hatte, schaute Winslow zu Thornhill zurück. »Wir können diese Sache nicht weiterführen. Wir können nicht zulassen, dass dir der Prozess gemacht wird. Und wir können nicht zulassen, dass du untertauchst. Sie werden niemals aufhören, nach dir zu suchen. Wir müssen der Sache ein Ende machen, Bob.«

Thornhill erhob sich halb aus dem Stuhl. »Wir könnten meinen Tod vortäuschen. Meinen Selbstmord.«

»Tut mir Leid, Bob. Wir brauchen einen vollständigen und *ehrlichen* Schlussstrich.«

»Phil!«, rief Thornhill. »Bitte!«

Als alle Männer im Fahrstuhl waren, blickte Winslow seinen Freund ein letztes Mal an. »Manchmal müssen Opfer gebracht werden, Bob. Das weißt du besser als jeder andere. Zum Wohle des Landes.«

Die Fahrstuhltüren schlossen sich.

KAPITEL 58

Als Lee über den Krankenhausflur ging, hielt er den Korb mit den Blumen vorsichtig in beiden Händen. Nachdem Faith sich einigermaßen erholt hatte, war sie in eine Klinik außerhalb von Richmond, Virginia, verlegt worden. Hier wurde sie unter einem falschen Namen geführt, und rund um die Uhr stand ein bewaffneter Wachposten vor der Tür ihres Zimmers. Das Krankenhaus befand sich zum einen weit genug von Washington entfernt, um die völlige Geheimhaltung von Faiths Aufenthaltsort zu gewährleisten, andererseits war es nahe genug, dass Brooke Reynolds sie genau im Auge behalten konnte.

Es war das erste Mal, dass Lee sie besuchen durfte, sooft er Brooke Reynolds auch darum angefleht hatte. Aber die Hauptsache war, dass Faith noch am Leben war und dass es ihr, wie man ihm versichert hatte, von Tag zu Tag besser ging.

Deshalb war er sehr überrascht, als er sich ihrem Zimmer näherte und vor der Tür keinen Posten sah. Er klopfte an, wartete einen Augenblick und öffnete. Das Zimmer war leer, das Bett abgezogen. Einen Moment ging Lee wie benommen auf und ab; dann stürmte er auf den Gang zurück, wo er beinahe eine Krankenschwester umgerannt hätte. Er hielt die Frau am Arm fest.

»Die Patientin aus Zimmer 212? Wo ist sie?«, fragte er.

Die Schwester warf einen Blick in das leere Zimmer und schaute dann wieder Lee an. Ihre Miene war traurig. »Sind Sie ein Angehöriger?«

»Ja«, log er.

Die Schwester schaute auf die Blumen, und ihr Gesichtsausdruck wurde noch bekümmerter. »Hat Sie denn niemand angerufen?«

»Mich angerufen? Weshalb?«

»Sie ist letzte Nacht verstorben.«

Lee erbleichte. »Verstorben?«, murmelte er wie betäubt. »Aber sie war doch nicht mehr in Lebensgefahr. Sie würde es schaffen, hieß es! Verdammt, was soll das heißen – verstorben?«

»Bitte, Sir, hier sind noch andere Patienten.« Die Schwester nahm seinen Arm und führte ihn vom Zimmer weg. »Ich kenne die genauen Einzelheiten nicht, ich hatte gestern Abend keinen Dienst. Aber ich bringe Sie gern zu jemandem, der Ihre Fragen beantworten kann.«

Lee riss seinen Arm los. »Sie kann nicht tot sein. Das war doch nur 'ne *Geschichte!* Um sie nicht zu gefährden.«

»Was?« Die Frau schaute ihn verwirrt an.

»Ich übernehme das«, sagte eine Stimme.

Beide drehten sich um und sahen Brooke Reynolds. Sie hielt der Schwester ihre Dienstmarke hin. »Ich übernehme das«, wiederholte sie. Die Schwester nickte und ging schnell davon.

»Verdammt noch mal, was ist hier los?«, fragte Lee.

»Gehen wir irgendwohin, wo wir ungestört darüber sprechen können.«

»Wo ist Faith?«

»Nicht hier, Lee. Wollen Sie alles verderben?« Brooke zerrte an seinem Arm, doch Lee rührte sich nicht von der Stelle. Brooke seufzte. Wahrscheinlich wären drei kräftige Männer nötig gewesen, diesen Muskelberg von hier fortzuschaffen.

»Warum sollte ich Sie begleiten?«

»Damit ich Ihnen die Wahrheit sagen kann.«

Brooke fuhr vom Parkplatz, nachdem sie und Lee in ihren Wagen gestiegen waren.

»Ich wusste, dass Sie heute kommen würden, und wollte vor Ihnen im Krankenhaus sein und auf Sie warten. Ich habe es leider nicht ganz geschafft. Tut mir Leid, dass Sie es von einer Schwester erfahren mussten. Das habe ich nicht gewollt.« Brooke schaute auf die Blumen, die Lee noch in den Händen hielt, und verspürte tiefes Mitleid mit diesem Mann. In diesem Augenblick war sie keine FBI-Agentin – sie war ganz einfach ein Mensch, der neben einem anderen Menschen saß, dem es das Herz zerriss, wie Brooke wusste. Und was sie Lee zu sagen hatte, würde es nur schlimmer machen.

»Faith wurde ins Zeugenschutzprogramm aufgenommen. Ebenso wie Buchanan.«

»*Was?* Bei Buchanan kann ich's ja verstehen! Aber Faith kann gar nichts bezeugen!« Lees Erleichterung wurde nur von seinem Zorn übertroffen. Das war doch ausgemachter Blödsinn!

»Aber sie braucht Schutz. Wenn gewisse Leute erfahren, dass sie noch lebt – Sie wissen ja, was passieren könnte.«

»Wann findet der verdammte Prozess statt?«

»Es wird keinen Prozess geben.«

Er starrte sie an. »Sagen Sie mir bloß nicht, dass Thornhill, dieses Arschloch, 'nen hübschen Handel rausgeholt hat. Sagen Sie mir das ja nicht!«

»Hat er nicht.«

»Warum also kein Prozess?«

»Für einen Prozess braucht man einen Angeklagten.« Brooke tippte mit den Fingern auf das Lenkrad und setzte dann eine Sonnenbrille auf. Sie fingerte an den Schaltern der Klimaanlage herum.

»Ich warte«, sagte Lee. »Oder hab ich keine Erklärung verdient?«

Brooke seufzte und richtete sich auf. »Thornhill ist tot. Man hat ihn in seinem Wagen gefunden, auf einer einsamen Landstraße. Er hatte eine Kugel im Kopf. Selbstmord.«

Lee war so verblüfft, dass es ihm die Sprache verschlug. »Der Ausweg des Feiglings«, brachte er schließlich hervor.

»Im Grunde sind wohl alle erleichtert darüber. Von den Mitarbeitern der CIA jedenfalls weiß ich das mit Sicherheit.

Die Behauptung, dass diese Sache ihnen bis ins supergeheimnisvolle Mark und Bein ginge, wäre eine Untertreibung. Zum Wohle des Staates ist es sicher besser, dass uns ein langer, peinlicher Prozess erspart bleibt.«

»Genau. Schmutzige Wäsche und so weiter«, sagte Lee ätzend. »Ein dreifach Hoch den Vereinigten Staaten!« Lee salutierte spöttisch vor einer Flagge, welche vor einem Postamt wehte, an dem sie vorüberfuhren. »Warum muss Faith ins Zeugenschutzprogramm, wenn Thornhill ihr nicht mehr gefährlich werden kann?«

»Sie kennen die Antwort. Als Thornhill starb, hat er die Namen aller anderen, die in diese Sache verwickelt sind, mit ins Grab genommen. Aber sie sind irgendwo da draußen, das ist uns klar. Denken Sie doch nur an das Videoband, das Sie aufgenommen haben. Thornhill hat mit irgend jemandem telefoniert, und dieser Jemand läuft noch frei herum. Die CIA nimmt eine interne Untersuchung vor, um Thornhills Mitverschwörer aufzuspüren, aber ich halte nicht gerade vor Spannung den Atem an. Und Sie wissen, dass diese Leute alles versuchen werden, Faith und Buchanan zu erwischen. Allein schon, um sich zu rächen.« Sie berührte seinen Arm. »Und auch Sie sind in Gefahr, Lee.«

Er warf ihr einen Blick zu und erkannte ihre Gedanken. »Nein. Ich werd auf keinen Fall ins Zeugenschutzprogramm gehen. Mit 'nem neuen Namen könnte ich mich nie abfinden. Ich hab schon Schwierigkeiten, mich an meinen richtigen zu erinnern. Da kann ich genauso gut auf Thornhills Helferlein warten. Dann hab ich wenigstens noch 'n bisschen Spaß, bevor ich dran glauben muss.«

»Das ist kein Scherz, Lee. Wenn Sie nicht untertauchen, sind auch Sie in Gefahr. Und wir können Sie nicht rund um die Uhr beschützen.«

»Nicht? Nach allem, was ich für das FBI getan habe? Dann krieg ich nicht mal den FBI-Decoder-Ring und das kostenlose T-Shirt?«

»Warum müssen Sie immer so ein Klugscheißer sein?«

»Vielleicht, weil mir alles egal ist, Brooke. Und Sie sind

doch eine ziemlich kluge Frau; ist Ihnen das noch nie in den Sinn gekommen?«

Die nächsten paar Kilometer sprach keiner von ihnen ein Wort.

»Wenn es nach mir ginge, bekämen Sie alles, was Sie wollen«, sagte Brooke schließlich, »meinetwegen sogar eine kleine Insel mitsamt den dazugehörigen Dienstboten. Aber leider geht es nun mal nicht nach mir.«

Lee zuckte die Achseln. »Ich gehe das Risiko ein. Wenn die Typen es auf mich abgesehen haben ... na gut, sollen sie kommen. Die werden schon merken, dass ich ein härterer Brocken bin, als sie glauben.«

»Und nichts, was ich dazu sagen könnte, würde sie umstimmen?«

Lee hielt die Blumen in die Höhe. »Sie können mir sagen, wo Faith ist.«

»Das darf ich nicht. Und das wissen Sie genau.«

»Ach, hören Sie doch auf. Natürlich könnten Sie's mir sagen. Sie müssen's nur *tun*.«

»Lee, bitte ...«

Er schlug so heftig mit seiner Faust auf das Armaturenbrett, dass es einen Sprung bekam. »Verdammt, Brooke, Sie verstehen das nicht. Ich muss Faith sehen! Ich *muss* sie einfach sehen!«

»Sie irren sich, Lee, *Sie* verstehen nicht. Und deshalb ist es auch so schwer für mich. Aber wenn ich es Ihnen sage, und Sie gehen zu ihr, würde Faith in Gefahr gebracht. Und auch Sie. Das würde gegen sämtliche Regeln verstoßen. Es tut mir Leid. Sie können sich nicht vorstellen, wie scheußlich ich mich fühle, Ihnen das sagen zu müssen ...«

Lee lehnte den Kopf an den Sitz, und die beiden schwiegen wieder ein paar Minuten lang, während Brooke ziellos durch die Gegend fuhr.

»Wie geht's ihr?«, fragte Lee schließlich leise.

»Ich will Sie nicht belügen. Die Kugel hat schlimme Verletzungen angerichtet. Faith erholt sich, aber nur langsam. Die Ärzte hätten sie noch ein paar Mal beinahe verloren.«

Lee bedeckte das Gesicht mit einer Hand und schüttelte langsam den Kopf.

»Wenn es ein Trost für Sie ist – Faith war genauso wütend über dieses Arrangement wie Sie.«

»Mann«, sagte Lee, »dann ist ja alles in bester Ordnung. Ich bin ein richtiger Glückspilz.«

»So habe ich es nicht gemeint.«

»Sie werden mich wirklich nicht zu ihr lassen, oder?«

»Nein. Ich kann nicht.«

»Dann dürfen Sie mich an der Ecke da absetzen.«

»Aber Ihr Wagen steht auf dem Krankenhausparkplatz.«

Lee öffnete die Tür, bevor Brookes Wagen zum Stehen gekommen war. »Ich geh zu Fuß.«

»Das sind doch ein paar Kilometer!«, sagte Brooke mit angespannter Stimme. »Und es ist bitterkalt draußen. Lee, ich kann Sie fahren. Wir könnten irgendwo einen Kaffee trinken und noch mal darüber sprechen.«

»Ich brauch frische Luft. Und was gibt's noch zu besprechen? Ich hab alles gesagt. Vielleicht werde ich nie wieder etwas sagen.« Er stieg aus und beugte sich dann noch einmal in den Wagen. »Aber Sie können tatsächlich was für mich tun.«

»Alles, was Sie wollen.«

Er gab ihr die Blumen. »Können Sie dafür sorgen, dass Faith sie bekommt? Ich wäre Ihnen wirklich dankbar.« Lee warf die Tür zu und ging.

Brooke nahm die Blumen und schaute Lee hinterher, wie er davonging, den Kopf gesenkt, die Hände in den Taschen. Sie sah, dass seine Schultern bebten. Und dann lehnte Brooke Reynolds sich in den Sitz zurück, und Tränen liefen ihr übers Gesicht.

KAPITEL 59

Neun Monate später observierte Lee das Liebesnest eines Mannes, dem in Kürze ein erbitterter Scheidungsprozess bevorstand. Lee war von der argwöhnischen Gemahlin beauftragt worden, Dreck zu sammeln, den sie gegen ihren Mann schleudern konnte, und er hatte nicht lange gebraucht, um seine Taschen damit zu füllen. Lee hatte eine ganze Parade hübscher junger Dinger fotografiert, die durch die Haustür spaziert waren. Die Frau wollte eine dicke, fette Abfindung von ihrem Gatten, der etwa fünfhundert Millionen Dollar an Aktien irgendeines High-Tech-Internet-Unternehmens besaß, dessen Mitbegründer er war. Und Lee war nur allzu gern bereit, der Frau zu helfen. Der untreue Ehemann erinnerte ihn an Eddie Stipowicz, den milliardenschweren Gatten seiner Exfrau. Beweise gegen diesen Hurensohn zu sammeln kam ihm ein wenig so vor, als würde er den Eierkopf des kleinen Eddie mit Steinen bombardieren.

Lee holte seine Kamera hervor und nahm ein paar Fotos eines großen, blonden, mit einem Minirock bekleideten Mädchens auf, das zum Stadthaus hinaufschlenderte. Das Foto des Mannes, der mit nacktem Oberkörper an der Tür stand und auf die Süße wartete, eine Dose Bier in einer Hand, ein dümmliches, lüsternes Grinsen auf dem feisten Gesicht, würde das Beweisstück Nummer eins der Anwälte seiner Frau sein. Die Abschaffung der Schuldfrage hatte den Privatdetektiven, die Klinken putzten und im Dreck wühlten, ernsthaft das Geschäft verdorben, aber wenn es darum ging, die Ehebeute aufzuteilen, hatte solch ein klebriger Schlick noch immer einiges an Gewicht. Niemand wurde gern mit derart peinlichen Einzelheiten konfrontiert. Besonders, wenn Kinder im Spiel waren, wie in diesem Fall.

Die langbeinige Blondine konnte nicht viel älter als zwanzig sein, ungefähr so alt wie Lees Tochter, während ihr Liebhaber auf die fünfzig zuging. Mann Gottes, diese Aktienpakete mussten eine unheimliche Anziehungskraft besitzen. Oder lag es am Glatzkopf dieses Burschen, seiner winzigen Gestalt oder dem Schwabbelbauch? Frauen waren bekanntermaßen unergründlich. *Nee, muss an der Knete liegen*, dachte Lee und steckte die Kamera wieder weg.

Es war August in Washington, und das bedeutete, dass fast alle verreist waren, abgesehen von ehebrecherischen Gatten, ihren kleinen Schlampen und Privatdetektiven, die ihnen hinterherschnüffelten. Es war heiß, schwül und widerwärtig. Lee hatte das Fenster heruntergekurbelt und betete inbrünstig um den kleinsten Lufthauch, während er Studentenfutter mampfte und Mineralwasser trank. Das Unangenehmste an diesen Überwachungen war der Mangel an Pinkelpausen. Deshalb bevorzugte er Mineralwasser in Flaschen. Die leeren Plastikbehälter waren ihm mehr als einmal sehr dienlich gewesen.

Er schaute auf die Uhr. Kurz vor Mitternacht. Die meisten Lichter in den Wohnungen und Häusern in dieser Gegend waren längst erloschen. Lee spielte mit dem Gedanken, ebenfalls nach Hause zu fahren. Er hatte in den letzten Tagen genug Material gesammelt – darunter peinliche Fotos von einer nächtlichen Plantscherei im Whirlpool –, um den Typ zu bewegen, auf zwei Drittel seines Nettovermögens zu verzichten. Zwei nackte Mädchen, die jung genug aussahen, um sich demnächst zu überlegen, was sie auf der Abschlussfete ihrer Schule anziehen sollten, tollten in dem sprudelnden Wasser mit einem Typ herum, der alt genug war, um es besser zu wissen. Sein Treiben würde bei den sittenstrengen Aktienbesitzern seiner schönen kleinen High-Tech-Firma wahrscheinlich nicht allzu gut ankommen.

Lees eigenes Leben folgte einem Ablauf, der an zwanghafte Monotonie grenzte, wie er es genannt hatte. Er stand früh auf und trainierte hart, arbeitete am Sandsack, machte Situps und stemmte Gewichte, bis er den Eindruck hatte, sein Körper würde die weiße Flagge hissen und sich mit krankhafter Arterienerweiterung rächen. Dann ging er an die Arbeit und machte ohne Pause durch, bis er es gerade eben noch zum Nachtschalter des McDonald's-Drive-Through in der Nähe seiner Wohnung schaffte. Anschließend fuhr er – allein – nach Hause und versuchte zu schlafen, stellte aber stets fest, dass es ihm einfach nicht gelingen wollte, einen Zustand völliger Bewusstlosigkeit zu erreichen. Also tigerte er durch die Wohnung, schaute aus dem Fenster und dachte über sehr viele Dinge nach, an denen er nichts ändern konnte. Das »Was-wäre-wenn«-Buch seines Lebens war proppenvoll. Er musste sich unbedingt ein neues kaufen.

Es hatte ein paar positive Entwicklungen gegeben. Brooke Reynolds hatte es sich zur Aufgabe gemacht, ihm so viel Arbeit wie möglich zuzuschanzen, und es waren anständige, gut bezahlte Aufträge gewesen. Sie hatte auch dafür gesorgt, dass einige ehemalige Kollegen vom FBI, die nun für Sicherheitsdienste arbeiteten, Lee angerufen und ihm anständig bezahlte Jobs angeboten hatten – natürlich mit Altersversorgung. Lee hatte sämtliche Offerten abgelehnt. Er wisse die Geste zu schätzen, hatte er Brooke Reynolds gesagt, aber er arbeite lieber allein. Er warf sich nicht gern in Anzüge. Er nahm nicht gern an Mittagessen teil, bei denen Tafelsilber benutzt wurde. Die Elemente des traditionellen Erfolgsbegriffs stellten zweifellos eine Gefährdung für Lees Gesundheit dar.

Er hatte Renee oft gesehen, und bei jedem Treffen hatten sie sich besser verstanden. Nachdem alles vorbei gewesen war, war Lee etwa einen Monat lang nicht von ihrer Seite gewichen, um dafür zu sorgen, dass Robert Thornhill und Konsorten ihr nichts antun konnten. Nach Thornhills Tod hatte seine Besorgnis sich ein wenig gelegt, doch er hatte

Renee eingeschärft, stets wachsam zu bleiben. In den Semesterferien würde sie ihn ein paar Tage besuchen. Vielleicht schickte er Trish und Eddie dann eine Postkarte und schrieb ihnen, was für einen tollen Job sie bei Renees Erziehung geleistet hatten. Oder auch nicht.

Das Leben ist schön, sagte er sich immer wieder. Die Geschäfte laufen prima, du bist bei guter Gesundheit, und du hast wieder Kontakt mit deiner Tochter. Er lag nicht zwei Meter unter der Erde als Dünger, damit das Gras grüner wuchs. Und er hatte seinem Land gedient. Das alles war doch einfach toll. Was ihn zu der Frage brachte, warum er so unglücklich war. Warum es ihm so durch und durch beschissen ging. Natürlich wusste er es, aber er konnte absolut nichts dagegen tun. War das nicht wunderbar? Die Geschichte seines Lebens. Du weißt, wieso du den Moralischen hast, kannst aber nichts daran ändern.

Das Scheinwerferlicht eines Wagens blitzte im Seitenspiegel auf. Lees Blick glitt sofort zu dem Fahrzeug, das soeben hinter ihm am Bordstein gehalten hatte. Es war kein Cop, der sich fragte, wieso Lee bereits seit ein paar Stunden hier parkte. Er runzelte die Stirn und schaute zu dem prachtvollen Haus hinüber. Hatte der geile High-Tech-Mogul ihn entdeckt und ein paar Schläger herbestellt, um dem neugierigen Privatschnüffler die Fresse polieren zu lassen? Lee hoffte, dass dem so war. Auf dem Beifahrersitz lag eine Brechstange. Oh Mann, das würde ihm Spaß machen. Ein paar Fieslingen so richtig was auf die Rübe zu geben, war vielleicht genau das Antidepressivum, das er brauchte; es würde die Ausschüttung der Glückshormone wieder in Schwung bringen. Vielleicht half es ihm wenigstens durch die Nacht.

Erstaunt sah er, dass nur eine Person auf der Beifahrerseite ausstieg und zu seinem Wagen kam. Es war eine kleine, schlanke Gestalt, die einen knöchellangen Mantel mit Kapuze trug, nicht gerade die empfehlenswerteste Kleidung bei über dreißig Grad und hundert Prozent Luftfeuchtigkeit. Lees Hand schloss sich um die Brechstange. Als die Gestalt an seiner Beifahrertür stehen blieb, betätigte er die Zentralverriegelung. Im nächsten Augenblick hatten seine Lungen sich ebenfalls verriegelt, und er schnappte nach Luft.

Das Gesicht, das zu ihm in den Wagen schaute, war sehr bleich und schmal. Und es sah dem Gesicht von Faith Lockhart sehr ähnlich.

Lee öffnete die Tür wieder, und sie stieg ein.

Er schaute sie an und fand seine Stimme schließlich irgendwo bei seinen Knien wieder. »Mein Gott, bist du's wirklich?«

Sie lächelte, und plötzlich kam sie ihm nicht mehr so bleich vor, so hager, so zerbrechlich. Sie glitt aus dem langen Mantel mit Kapuze. Darunter trug sie eine kurzärmelige Bluse und Khaki-Shorts. Ihre Füße steckten in Sandalen. Ihre Beine waren sehr blass und dünner, als Lee sie in Erinnerung hatte; aber das traf auf Faiths gesamten Körper zu. Lee wurde klar, dass die Monate im Krankenhaus nicht spurlos an ihr vorübergegangen waren. Ihr Haar war wieder gewachsen, wenn es auch längst noch nicht so lang war wie zuvor. Mit ihrer richtigen Haarfarbe sieht sie besser aus, dachte er. Aber er hätte diese Frau auch kahlköpfig genommen.

»Ich bin es«, sagte sie leise. »Zumindest das, was von mir übrig ist.«

»Ist das da im Wagen Brooke Reynolds?«

»Ja. Nervös und stinksauer, weil ich sie dazu überreden konnte.«

»Du siehst wunderschön aus, Faith.«

Sie lächelte ein wenig resigniert. »Lügner. Ich sehe scheußlich aus. Ich kann es nicht mal ertragen, meine Brust anzuschauen. Du liebe Güte!« Sie sprach die Worte wie im Scherz, doch Lee konnte die Qual hinter dem aufgesetzt fröhlichen Tonfall spüren.

Ganz sanft berührte er mit der Hand ihr Gesicht. »Ich lüg nicht, und das weißt du.«

Sie legte ihre Hand um die seine und drückte sie mit erstaunlicher Kraft. »Danke.«

»Wie geht's dir wirklich? Bitte nur die Fakten, ja?«

Sie streckte langsam den Arm aus, und der Schmerz auf ihrem Gesicht ließ Lee erkennen, wie viel Anstrengung ihr selbst eine so einfache Bewegung bereitete. »Ich bin offiziell aus dem Aerobic-Club ausgetreten, hänge aber noch immer dort herum. Nein, eigentlich wird es mit jedem Tag besser. Die Ärzte rechnen mit einer vollständigen Wiederherstellung. Na ja, irgendwo so jenseits der neunzig Prozent zumindest.«

»Ich dachte, ich würde dich nie wiedersehen.«

»Das konnte ich nicht zulassen.«

Er rutschte zu ihr rüber, legte den Arm um sie. Sie zuckte leicht zusammen, und er wich rasch zurück.

»Tut mir Leid, Faith, tut mir Leid.«

Sie lächelte, nahm seinen Arm, zog ihn wieder um ihre Schulter und tätschelte dabei seine Hand. »So zerbrechlich bin ich nun auch wieder nicht. Und an dem Tag, an dem du nicht mehr den Arm um mich legen kannst, werde ich freiwillig die Augen zumachen.«

»Ich würde dich ja fragen, wo du wohnst, aber ich will nicht, dass du etwas tust, das dich in Gefahr bringt.«

»Ein Drecksleben, findest du nicht auch?«, fragte Faith.

»Ja.«

Sie schmiegte sich an ihn, lehnte den Kopf an seine Brust. »Als ich aus dem Krankenhaus kam, habe ich Danny gesehen. Als sie uns sagten, dass Thornhill Selbstmord begangen hat, hab ich gedacht, er hört nie mehr auf zu lächeln.«

»Ich kann nicht bestreiten, dass ich genauso empfunden habe.«

Sie schaute ihn an. »Wie geht es *dir*, Lee?«

»Mir? Mir ist nichts passiert. Auf mich hat niemand geschossen. Mir sagt keiner, wo ich leben muss. Mir geht's gut. Ich bin von allen am besten weggekommen.«

»Gelogen oder wahr?«

»Gelogen«, sagte er leise.

Sie küssten sich erst kurz, dann länger. Wie einfach das alles ist, dachte Lee. Wie selbstverständlich. Sie umarmten einander ohne jede überflüssige Bewegung, und es schien, als wäre keine Zeit vergangen – sie hätten ebenso gut im Strandhaus aufwachen können, damals, am Morgen danach. Ohne dass der Albtraum je geschehen war. Wie war es nur möglich, dass man einen anderen Menschen so kurz kannte und trotzdem das Gefühl hatte, als wäre man schon ein Leben lang zusammen? Gott würde so etwas nur einmal geschehen lassen, wenn überhaupt. Und in Lees Fall hatte Gott es ihm wieder genommen. Das war nicht fair, das war nicht richtig. Er drückte das Gesicht in Faiths Haar, sog jeden Partikel ihres Geruchs in sich auf.

»Wie lange kannst du bleiben?«, fragte er.

»Was hast du denn so vor?«

»Nichts Besonderes. Abendessen bei mir, ein bisschen erzählen. Und dann will ich dich die ganze Nacht festhalten.«

»So wunderbar sich das auch anhört, ich weiß nicht, ob ich dem letzten Teil schon gewachsen bin.«

Er blickte sie an. »Ich meine es wörtlich, Faith. Ich will dich einfach nur festhalten. Mehr nicht. An mehr hab ich all die Monate nicht gedacht. Dich einfach nur halten.«

Faith schien jeden Augenblick in Tränen auszubrechen. Stattdessen wischte sie die eine Träne weg, die Lees Gesicht hinabgerollt war.

Lee warf einen Blick in den Rückspiegel. »Aber das steht wohl nicht in Agentin Reynolds' Dienstanweisung, oder?«

»Wahrscheinlich nicht.«

Er schaute sie wieder an. »Faith«, sagte er leise, »warum hast du dich in den Weg der Kugel geworfen? Ich weiß ja, dass dir viel an Buchanan liegt, aber ...«

Sie atmete ganz flach ein. »Wie ich schon sagte, Danny Buchanan ist einzigartig, und ich bin ein ganz gewöhnlicher Mensch. Ich konnte ihn nicht sterben lassen.«

»Ich hätte es nicht getan.«

»Hättest du es für mich getan?«, fragte sie.

»Ja.«

»Man opfert sich für Menschen, an denen einem was liegt. Und mir liegt sehr viel an Danny.«

»Ja. Du hättest einfach verschwinden können. Falsche Ausweise, ein Bankkonto in der Schweiz, ein Strandhaus als Versteck. Stattdessen bist zum FBI gegangen, um Buchanan zu retten. Daran hätte ich's erkennen müssen.«

Sie umklammerte seinen Arm. »Aber ich habe überlebt. Ich habe es geschafft. Vielleicht macht mich das irgendwie ein ganz klein wenig außergewöhnlich?«

Er legte ihre Hände an seine Wangen. »Jetzt, da du hier bist, möchte ich wirklich nicht, dass du wieder gehst, Faith. Ich würde alles geben, was ich habe, alles tun, was ich kann, damit du mich nicht verlässt.«

Sie zeichnete seinen Mund mit den Fingern nach, küsste seine Lippen, schaute ihm in die Augen, hinter denen selbst im Dunkeln die blendende Hitze der Sonne zu lodern schien. Faith hatte lange Zeit geglaubt, sie würde diese Augen nie wiedersehen. Möglicherweise hatte allein der Gedanke sie am Leben gehalten, dass sie diese Augen vielleicht *doch* noch einmal sehen würde, falls sie durchkam. Im Moment wusste sie nicht genau, wofür sonst sie noch leben konnte. Abgesehen von der offensichtlich endlosen Liebe für diesen Mann. Und im Augenblick bedeutete das alles für sie.

»Lass den Motor an«, sagte sie.

Er schaute sie verwirrt an, sagte aber nichts. Er drehte den Schlüssel im Zündschloss, legte den Gang ein.

»Fahr los«, sagte Faith.

Er fuhr an, und der Wagen hinter ihnen tat es ihnen gleich.

Sie fuhren weiter, und das andere Fahrzeug folgte ihnen.

»Reynolds wird sich die Haare raufen«, sagte Lee.

»Sie wird darüber wegkommen.«

»Wohin?«, fragte er.

»Wie viel Benzin hast du im Tank?«, fragte Faith.

Er schaute verwundert auf. »Ich war gerade auf Posten. Der Tank ist voll.«

Faith lehnte sich an ihn, ihr Arm schmiegte sich um seinen Oberkörper, ihr Haar kitzelte in seiner Nase; sie roch so wundervoll, dass Lee sich ganz benommen fühlte.

»Wir können auf den Parkplatz am GW-Parkway fahren, da haben wir einen tollen Ausblick.« Sie schaute zum Himmel. »Ich könnte dir die Sternbilder zeigen.«

Er schaute sie an. »Jagst du in letzter Zeit Sternen nach?«

Sie lächelte ihm zu. »Immer.«

»Und danach?«

»Sie können mich nicht gegen meinen Willen im Zeugenschutzprogramm behalten, oder?«

»Nein. Aber du wärst in Gefahr.«

»Wie wär's, wenn *wir beide* in Gefahr wären?«

»Nichts lieber als das, Faith. Aber was passiert, wenn wir keinen Sprit mehr haben?«

»Fahr erst mal einfach weiter.«

Und genau das tat er.

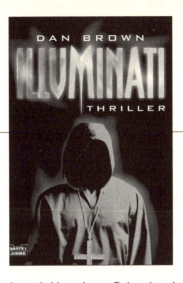

Ein Kernforscher wird in seinem Schweizer Labor ermordet aufgefunden. Auf seiner Brust finden sich merkwürdige Symbole eingraviert, Symbole, die nur der Harvardprofessor Robert Langdon zu entziffern vermag. Was er dabei entdeckt, erschreckt ihn zutiefst: Die Symbole gehören zu der legendären Geheimgesellschaft der „Illuminati". Diese Gemeinschaft scheint wieder zum Leben erweckt zu sein, und sie verfolgt einen finsteren Plan, denn aus dem Labor des ermordeten Kernforschers wurde Antimaterie entwendet ...

ISBN 3-404-14866-5

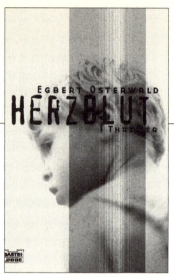

Ulrike und Klaus Beckmann haben es geschafft: Sie sind Inhaber einer erfolgreichen Computerfirma und führen mit ihrem vierjährigen Sohn Jonas ein glückliches Vorzeige-Familienleben.

Doch von einem Tag auf den anderen fallen Schatten auf ihr Glück: In der Firma geschehen merkwürdige Dinge, zu Hause belästigt sie nachts ein anonymer Anrufer. Und dann kommt Jonas aus dem Kindergarten nicht nach Hause ... Geht es den Entführern wirklich um Geld? Hauptkommissarin Susanne Breugel zweifelt daran. Und während sie um das Leben des Kindes kämpft, stößt sie auf eine sorgsam verschüttete Spur in die Vergangenheit. Eine Spur aus Herzblut ...

ISBN 3-404-14636-0